AYLA DADE zählt zu den Stars im New-Adult-Genre. Mit ihrer *Winter-Dreams*-Reihe und *Frozen-Hearts*-Reihe hat sie sich in die Herzen ihrer Leser*innen geschrieben. Jeder ihrer Romane ist ein SPIEGEL-Bestseller und hält sich wochenlang in den Top-Rängen. Ihr Erfolgsgeheimnis ist eine süchtig machende Mischung aus Ästhetik und Glamour, Geheimnissen und Intrigen, Liebe und Spice in den faszinierenden Kreisen der High Society. Mit ihrer aktuellen *Sky-Circus*-Reihe lädt die Autorin ihre Fans ein zu einer atemberaubenden Show voller Dramatik, Emotionen und magischer Momente.

Begeisterte Stimmen über Ayla Dades Romane:
»Wenn ihr nach einer faszinierenden Story und einem unwiderstehlichen Setting sucht, müsst ihr unbedingt *Blackwell Palace* lesen!« Anna Todd über *Blackwell Palace*
»Zum Wegträumen schön!« Lilly Lucas über *Like Snow We Fall*

Außerdem von Ayla Dade lieferbar:

Die *Winter-Dreams*-Reihe:
Like Snow We Fall
Like Fire We Burn
Like Ice We Break
Like Shadows We Hide
Like Feathers We Fly

Die *Frozen-Hearts*-Reihe:
Blackwell Palace. Risking it all
Blackwell Palace. Wanting it all
Blackwell Palace. Feeling it all

Whispers. Die Wahrheit wird dich zerstören

www.penguin-verlag.de

Ayla Dade

A MILLION STARS ABOVE

ROMAN

PENGUIN VERLAG

FSC
www.fsc.org
MIX
Papier | Fördert gute Waldnutzung
FSC® C014496

Penguin Random House Verlagsgruppe FSC® N001967

1. Auflage

in der Penguin Random House Verlagsgruppe GmbH,
Neumarkter Str. 28, 81673 München
Dieses Buch wurde vermittelt durch die Literarische Agentur Thomas Schlück GmbH, 30161 Hannover.
Lektorat: Janina Roesberg
Umschlaggestaltung: www.buerosued.de, unter Verwendung von Motiven von bürosüd
Cover- und Innenillustration: Christin Neumann
Satz: GGP Media GmbH, Pößneck
Druck und Bindung: GGP Media GmbH, Pößneck
Printed in Germany
ISBN 978-3-328-11261-7
www.penguin-verlag.de

KAPITEL 1

Heaven

Ich habe ein Geheimnis, das niemals jemand erfahren darf.

Jeder denkt, ich wäre so brav, so unschuldig, dass ich kotzen könnte.

Wenn sie wüssten, was ich getan habe, würden sie sich die Augen waschen, nachdem sie mich nur angesehen hätten.

Nein.

Sie würden sie sich *rauskratzen.*

Also kann ich auf diesen Rave gehen, als wäre ich genau das, was ich bin.

Dreckig.

Außerdem wartet Elvis Presley da drin auf mich.

Nicht wirklich, denn er ist offensichtlich tot, aber ich affirmiere.

Sein Geist wartet in diesem nach Rauch stinkenden, pulsierenden Partykeller auf mich, und er wird der einzige Grund sein, weshalb ich da jetzt reingehe. Wenn der King of Rock 'n' Roll höchstpersönlich auf den vollgepissten Toiletten auf mich wartet, kann es mir egal sein, dass die Klos nur noch halbe Keramikruinen sind, weil ich mich gleich auf seinem Schoß rekeln werde.

Ich. Kann. Das.

»O mein Gott, Hawk ist da!« Savannah zupft an meinem Ellbogen und nickt mit dem Kinn die Straße hinunter. Sanft beleuchtet vom orangenen Schein der Straßenlaternen wird sie von unzähligen Palmen flankiert. Es ist Samstagabend, womit Downtown Los Angeles automatisch zum saftigen Fruchtfleisch für die Gen Z wird, die sich in trendiger, ausgefallener Kleidung durch die Straßen schiebt.

Aber Hawk spielt auf einem ganz anderen Level. Selbst in Los Angeles, die Großstadt der Extravaganz, sticht er sofort heraus. Sein Kopf ist kahl rasiert und die schwarze Tinte unter seiner Haut verleiht ihm das Aussehen eines Skeletts. Von der einen Wange zur anderen ziehen sich Totenkopfzähne über seinen Mund, und das Licht erhellt die tätowierten Muskel- und Sehnenstränge, die von seinem Kinn abwärtsgleiten und unter seinem Shirt verschwinden. Der Typ ist von Kopf bis Fuß ein Kunstwerk. Und das weiß ich nicht, weil ich schon mit ihm im Bett gewesen bin. Nein, ich weiß das, weil ich Hawk kenne, seit er mit sechs Jahren zu uns in den Zirkus gekommen ist.

Ich weiß das, weil ich jedes neue Tattoo von ihm miterlebt habe.

Ich weiß das, weil Hawk seine Shows als Okkultist in nichts als schwarzer Lederhose ausführt. Manchmal sogar weniger. Er ist beliebt, denn die ganze Welt kennt den Sky Circus. Wir sind wie ein Königreich. Abgeschottet in den Hollywood Hills, von Sicherheitsleuten umgeben, die Staracts begehrt wie sündige Prinzen. Unser Zirkustal ist umsäumt von elektrischen Zäunen.

Wir sind wie die Area 51.

Nur dass keiner Notiz von mir und Savannah nimmt, weil wir keine Aliens sind. Keine Stars. Niemand weiß, dass wir uns jeden Tag die Glieder taub trainieren, denn wir sind keine Hauptacts.

»Sorry, Mädels«, murmelt Savannah, als sie die ganzen Groupies sieht, die ihm kreischend am Arsch kleben. Wie Ameisen, die es auf ein klebriges Fruchteis abgesehen haben, stürzen sie auf die Warteschlange zu. »Aber das Skelett wird euch kein Babyskull machen. Sammelt eure verdammten Östrogene wieder ein.«

In meinem Magen dreht sich ein panischer Klops auf die andere Seite, der bis eben noch friedlich geschlummert hat. »Glaubst du, er verrät meiner Mutter, dass ich hier bin?«

Meine beste Freundin verdreht die Augen und zieht mich einen Schritt weiter, als die Schlange vor dem dreckigen Schuppen kleiner wird. »Du *darfst* hier sein, Heaven. Ich bitte dich. Wir sind doch keine Gefangenen.«

»Ich bin zwanzig.« Nervös schiebe ich den Spaghettiträger meines Babydoll-Kleides höher auf die Schulter. Meine Füße stecken in bequemen Schleifchensandalen. Es ist mein Lieblingsoutfit, aber alle anderen sehen aus wie nach einem Superhaul aus den Altkleidercontainern, nachdem die Apokalypse ausgebrochen ist. Nicht, dass ich das verurteilen würde, aber ich wünschte, ich hätte den Mut, mich ausgefallener zu kleiden. Jedoch regiert in meinem Kopf die Stimme meiner Mutter: *Sieh brav aus. Wenn du berühmt wirst, darfst du nicht aus der Reihe tanzen. Die Welt will anständige Mädchen, die keinen Ärger machen.*

Jetzt wünschte ich mir, ich wäre einfach im Schlafanzug gekommen. In meinem fleckigen Elvis-Shirt hätten sie mich akzeptiert, aber in diesem süßen Sommerkleid werden sie mich fressen wie eine nicht willkommene Mutter Theresa.

»*Theoretisch* gesehen dürfte ich nicht hier sein.«

»Deshalb ja der Ausweis.« Savannah wackelt mit den roten Brauen, bevor sie eine kleine Karte aus ihrer übergroßen Jeansjacke zieht. »Heute Abend bist du nicht Heaven Fairchild, Tochter des Zirkusdirektors, sondern Leonora Miller, frisch einundzwanzig geworden, bereit und willig fürs The Hodge.«

Angesichts des Altkleider-Dresscodes finde ich den Namen des Untergrundclubs passend. The Hodge. Der Tölpel.

»Wenn das rauskommt«, murmele ich und schnappe ihr den gefälschten Ausweis aus der Hand, mit dem sie in der Luft herumwedelt wie eine stolze Dienerin Cleopatras, »sage ich, dass du mich gezwungen hast, mitzukommen.«

»Ich habe dich nicht gezwungen.« Wir gehen noch einen Schritt vor und nähern uns damit langsam der Treppe. Der Gestank von Rauch und Alkohol mischt sich mit den städtischen Gerüchen von Abgas und fettigem Fast Food, das die Betrunkenen sich aus dem McDonald's an der Ecke besorgen. »Du meintest, wenn ich ohne dich gehe, bringst du mich mit Kujos Messern um.«

»Weil ich meine beste Freundin nicht allein in diesen Techno-Schuppen gehen lasse. Was, wenn dich eine Gruppe asozialer Drogensüchtiger mit sich reißt und ich nicht da war, um es zu verhindern?«

Savannah lacht auf. »Heaven, du musst lockerer werden.«

Entschieden recke ich das Kinn. »Die Statistik besagt, dass eine von sechs Frauen in Amerika Opfer von versuchter oder begangener Vergewaltigung werden. Häufig in Clubs oder Bars, wo sich die Kerle besaufen und denken, sie wären machthaberische Gangster.«

Sav zieht eine Augenbraue in die Höhe. »Und ausgerechnet Heaven Fairchild wird dann plötzlich zum Karatekid und macht sie alle fertig?«

»Ich bin Luftakrobatin«, halte ich dagegen, während ich die Nase rümpfe, weil vor mir ein Mädchen nach Big Mac riecht. »Ich springe einfach über sie drüber, bevor ich ihnen das Messer in die Kehle ramme.« Mit bedeutsamem Blick klopfe ich auf meine Hängetasche.

»Ich kann nicht fassen, dass du Kujo echt das Messer geklaut hast.«

»Er hat Hunderte. Eins wird nicht auffallen.« Als ich nicht weit hinter uns Hawks Stimme zwischen den anderen heraushöre, versteife ich mich. Unauffällig schiebe ich mich vor das Big-Mac-Mädchen. »Wenn Hawk uns sieht, bin ich erledigt.«

»Schwachsinn. Er ist nicht Ashley.«

Bei dem Gedanken an meine größte Konkurrentin dreht der Klops in meinem Magen eine zweite Runde. »Aber ich *sollte* wie Ashley sein. Denn sie ist im Zirkus geblieben und trainiert sich die Seele aus dem Leib, anstatt ihren Hintern in diese vollgequalmte Hölle zu schieben, für die wir dreißig Dollar Eintritt zahlen, damit sie dir gratis die Lunge verfärbt.« Ich verziehe das Gesicht. »Deshalb ist *sie* jedes Jahr der Staract und nicht ich.«

»Du trainierst genauso hart wie Ash.«

»Scheinbar nicht«, korrigiere ich sie.

Sav seufzt. »Sie hat die letzten Jahre immer den Hauptact bekommen, weil die Leute sie *kennen*, Heav. Ash zieht die Zuschauer an. Das hat nichts damit zu tun, dass sie besser ist als du.«

Trotzig presse ich die Lippen zusammen. Seit dem Kleinkindalter trainiere ich, bin die Tochter des Zirkusdirektors und habe es nicht ein einziges Mal allein auf die große Bühne geschafft. Stattdessen muss ich mich mit den Gruppenauftritten zufriedengeben, weil – ich zitiere meine Mutter – *Fehler zwischen so vielen anderen weniger auffallen*.

»Hey, noch ist die Entscheidung für die nächste Tour nicht gefallen.« Während wir die vorletzte Stufe zum Keller hinuntergehen tätschelt Savannah meine Schulter. »Vielleicht bekommst du dieses Mal den Hauptact.«

Ich grunze. »Genauso wahrscheinlich wäre es, dass Dexter Shadow endlich aufhört, Zucker wie Wasser zu sich zu nehmen.«

Dexter Shadow ist unser Tuchkünstler und führt eine Schatten- und Nebelshow auf, die die Zuschauer immer wieder zum Staunen bringt. Aber ich bin mir sicher, wenn sie wüssten, dass ihr geheimnisvoller Wikinger, wie die meisten ihn öffentlich nennen, Twizzlers als Grundnahrungsmittel mit sich trägt, wäre der Zauber dahin.

»Und wenn sie es wieder wird«, flüstert Savvy, »können wir ihr Enthaarungscreme ins Shampoo mischen.«

»Nein.«

Sie seufzt theatralisch. »Du bist zu gut für diese Welt.«

»Offensichtlich nicht, denn ich verbringe meinen Samstagabend in einem Drogenclub.«

»Nur um mich zu beschützen, Babe.« Zwinkernd stößt Sav mir ihren Ellenbogen in die Seite. »Denk an die Statistik.«

Dann sind wir an der Reihe und halten dem Security-Typ unsere Ausweise hin. Mein Herz poltert lauter als der Technobeat, der sich jetzt schon an meinen Beinmuskeln labt. Aber der stämmige Kerl hat nicht mal einen kurzen Blick für die gefälschten Karten übrig. Er winkt uns einfach durch.

Euphorisch tänzelt Sav die Treppe herunter, während ich die Hand Halt suchend über die Graffitiwand gleiten lasse, um in der Dunkelheit nicht auf den klebrigen Boden zu fallen. »Der Typ muss gemeldet werden«, sage ich entsetzt. »Jemanden wie den kann man doch nicht vor so einen Club stellen!«

Sav sieht über die Schulter zu mir. Ihr rotes Haar leuchtet in dem flackernden Licht. »Sorry, dass er uns nicht durchschaut hat. Ich weiß, das war dein innigster Wunsch.«

»Falsch.« Ich verenge die Augen, um dem grellen Licht zu entgehen, als wir die schweißgetränkte Alkoholwolke betreten, die in der Main Area im Takt der Beats pulsiert. »Mein innigster Wunsch ist, Elvis Presley zu begegnen.«

»Und du glaubst, er würde dich in dem Kleid nehmen?« Beschwichtigend hebt sie die Arme. »Nichts für ungut, ich liebe dieses Outfit. Aber ich bezweifle, dass E before P seine Ledergirlies dafür hätte stehen lassen.«

»*E before P*«, betone ich, um ihr zu zeigen, wie lächerlich dieser Spitzname ist, »war ein Good Guy, und Priscilla kein Ledergirlie, sondern süß.«

»Seine Frau war vierzehn, und er, keine Ahnung, vierzig?«

»Vierundzwanzig«, korrigiere ich.

»Das macht es nicht besser, Sweety. Der King of Rock 'n' Roll war kein Good Guy, wenn er eine Minderjährige gevögelt hat.«

»Er hat *ewig* gewartet.«

»Bist du deshalb mit Craig zusammen?« Meine beste Freundin bettet ihre perfekten, prallen Brüste auf die Bartheke und weiß ganz genau, wie sie sie zusammenschieben muss, damit der Barkeeper auf sie aufmerksam wird. Sav liebt ihren Körper und lässt keine Gelegenheit aus, ihn als

Waffe einzusetzen. Eine verdammt *scharf* geladene Waffe. »Weil du dir vorstellst, er wäre Elvis, wenn er nicht mit dir schläft?«

»Craig will sich eben aufsparen, na und?« Ich verschränke die Arme. »Er wurde so erzogen, dass er warten will, bis geheiratet wird, und ich respektiere das.«

»Blablabla.« Sav wackelt mit ihren Titten, bevor sie zu dem Barkeeper unter ihrem schwarzen Wimpernkranz hochblinzelt. »Ich war heute duschen, also bin ich ganz sauber und rein, okay, Daddy?«

»Nicht mehr lange, wenn du dich weiter an diesem verklebten Tresen rubbelst«, entgegne ich. »O Gott, Savvy, ist das *Rotze* neben dir?«

Sofort zuckt meine beste Freundin zurück, als sie den grün verkrusteten Fleck auf der Industrietheke sieht. Der Barkeeper lacht, aber in seinen Augen blitzt ein loderndes Feuer auf, während er Savannah ansieht. Kein Wunder. Sie sieht aus wie Aphrodite. Wahrscheinlich würde er ohnmächtig werden, wenn er sie tanzen sieht.

»Was kann ich euch bringen, ihr Süßen?«

»Ha!« Sav wirbelt zu mir rum. »Mehrzahl, *ihr Süßen*, das heißt, du bist nicht das einzige Mauerblümchen.«

»Doch, ist sie«, entgegnet der Barkeeper, genau in dem Moment, in dem ich »Doch, bin ich« sage.

Dann zucke ich zusammen, als der Kerl über den Tresen greift, Savannahs Jackenkragen packt und sich dicht zu ihr herüberbeugt. »Aber du bist trotzdem verdammt süß mit diesen roten ... *whooow*, was wird das?« Eilig stolpert der Typ zurück, als er Kujos Messer in meinen Händen entdeckt. Vielleicht ist es doch ganz gut, dass der zwielichtige Türsteher seinen Job so gewissenlos ausführt.

Ich umklammere den hölzernen Griff mit beiden Händen und fokussiere ihn mit stechendem Blick. »Wenn du sie vergewaltigst, steche ich dich ab.«

»Was?«

»Heaven!«, zischt Savvy empört. »Steck das Ding weg!«

»Erst wenn er schwört, sich nicht auf dich zu stürzen.«

In ungläubiger Langsamkeit hebt der Barkeeper eine Braue, bevor er zu Sav sieht. »Ist sie immer so?«

»Ja«, seufzt sie. »Aber ich schwöre, sie würde keiner Fliege was tun. Wirf uns nicht raus, okay?«

»Sie hat eine Waffe dabei.«

»Nur weil sich der Messerwerfer so leicht beklauen lässt.«

»Was?«

Noch immer halte ich das Ding aufrecht und lasse den Typ nicht aus den Augen. Jeder Idiot weiß, dass die Gegner angreifen, sobald man den Fokus verliert. »Zirkus«, erkläre ich knapp.

Er sieht von mir zu Sav und zurück, bevor Erkenntnis in seine dunklen Augen sickert. »Scheiße, ihr seid vom Sky Circus?«

»Das darfst du niemandem sagen!« Panisch sehe ich mich um, ob Hawk in der Nähe ist, aber in dieser vollen Partyhöhle erkenne ich nur einen Einheitsbrei an roten verschwitzten Gesichtern. Obwohl so ein Skelett vermutlich auffallen müsste.

Er runzelt die Stirn. »Gib mir das Messer.«

»Was?«

»Du sollst es mir geben. Dann dürft ihr bleiben. *Und* ich gebe euch sogar einen Drink aus.«

»Nie im Leben kriegst du mein …«

»Gib ihm das verdammte Messer, Heaven!«

Ich presse die Lippen zusammen, während der Barkeeper und Sav mich anstarren. »Schön«, knicke ich ein und schiebe das Wurfmesser über die Theke. »Aber wenn ich am Ende recht hatte, bringe ich dich um, Sav.«

»*Statistisch* gesehen schwierig, wenn wir heute Abend draufgehen.« Sie lehnt sich über die Theke, wobei ihre üppigen roten Wellen nur knapp dem Rotzfleck entgehen, und klimpert ihren neuen besten Freund an. »Machst du mir einen Long Island, äh …?«

»Steve.«

»Steve. Und mit viel Eis, bitte?« Theatralisch fächert sich meine beste Freundin Luft zu. »Ich habe das Gefühl, mir wird plötzlich so heiß.«

Er grinst frech, aber als er bemerkt, dass ich ihn entgeistert anstarre, fällt es in sich zusammen. »Und für dich, Prinzessin Diana?«

»Ich bin brünett.«

Steve verdreht die Augen. »Okay, Audrey Hepburn. Maria Magdalena. Wie auch immer. Was willst du trinken?«

»Nichts.«

»Nichts?«

»Ja, nichts.«

»Du schwitzt dein niedliches Sommerkleid voll. Obwohl sicher niemand was dagegen einzuwenden hätte, wenn es dir am Körper klebt, aber …« Argwöhnisch mustert er mich. »… ich schätze, *dir* würde das nicht so gut gefallen wie den Kerlen hier.«

»Komm schon, Heav.« Savannah knufft mir in die Seite. »Du gehst *nie* aus.«

»Ich weiß auch warum, wenn ich mich hier so umsehe.«

»Versuch zumindest, Spaß zu haben.«

Spaß?

Wie soll ich in dieser grauenvollen Hölle Spaß haben?

Der Technobeat zerfleischt mein Trommelfell, der Rauch frisst sich in meine Lunge, und die vielen tanzenden Menschen rufen in mir eine Klaustrophobie hervor, obwohl ich schon mein ganzes Leben in einem Zelt voller Menschen auftrete.

Aber gut, haben wir Spaß. Wenn das hier mein Untergang wird, will ich ihn wenigstens genießen.

Ich atme tief durch. »Eine Traubenschorle.«

Obwohl der Bass in meinen Ohren dröhnt, entsteht eine Stille zwischen uns. Dem Typen fällt die Kinnlade runter, Savannah vergräbt das Gesicht in den Händen.

»Eine *Traubenschorle?*«, wiederholt er.

Ich nicke.

»Süße«, Steve beugt sich zu mir vor, und ich weiche instinktiv zurück, »du weißt schon, dass der The Hodge kein Leseclub ist, ja?«

»Ja, weiß ich«, presse ich zwischen den Zähnen hervor. »Ich nehme auch Orangensaft, wenn ihr keine Schorle habt.«

Er öffnet bereits den Mund, um etwas zu entgegnen, aber Savvy schneidet ihm das Wort ab. »Gib meiner besten Freundin ihren Drink, und behalte deine Gedanken für dich, wenn du willst, dass ich weiter bei dir rumhänge.«

Abwehrend hebt er die Hände. »Alles cool, Arielle. Das Messermädchen kriegt ihre *Schorle*.«

Der Kerl widmet sich den Kühlschränken unter der Theke, und Savannah beäugt mich mit hochgezogenen Brauen. »Soll ich Kujo sagen, was du getan hast?«

Ich funkele sie an. »Er hätte ein Vergewaltiger sein können. Du musst dir Pfefferspray besorgen, Sav.«

»Wieso?« Sie schiebt sich auf den Hocker und grinst frech. »Ich habe doch dich, Karatekid.« Kurz schaut sie zu meinen Schleifchensandalen hinunter. »Vielleicht hätte ich dir Heels leihen sollen, damit du mit dem Absatz zutreten kannst, statt Kujos Messer zu klauen.« Ihr Blick wird dunkel, wobei mir das perfide Feuer darin nicht entgeht. »Oh, er wird dir den Kopf abreißen, wenn er erfährt, dass ihm eins fehlt, Heav.«

Damit hat sie recht. Kujo ist besessen von seinen Messern. Er poliert sie regelmäßig und ordnet sie in einer akkuraten Sammlung auf roten Tüchern in einer Vitrine seines Wohnwagens, statt sie im Trainingsraum aufzubewahren. Außerdem hasst er mich. Keine Ahnung, was ich ihm je getan habe, aber Kujo gehört zu denjenigen im Zirkus, die der Meinung sind, ich würde einer besseren Luftakrobatin den Platz wegnehmen. *Sie ist nur hier, weil sie die Tochter des Direktors ist. Das Mädchen gehört in irgendeine Eliteuni, wo sie andere Nerds mit ihrer Scheiße nerven kann. Wie kann sie jemand heiß finden bei den hässlichen Hautverfärbungen? Kein Wunder, dass ihre Mommy sie nicht im Hauptgig haben will, wenn die Zuschauer denken, jemand vermöbelt ihre Fresse. Wer will so einer Akrobatin zuschauen?*

Gerade die letzten Beleidigungen treffen mich, weil ich nichts dagegen tun kann. Ich bin eine der unglücklichen Gewinnerinnen des Gardner-Diamond-Syndroms, wodurch ich nie weiß, wie ich am nächsten Morgen aussehe, wenn ich in den Spiegel sehe. Ein verdammtes Überraschungsei. Manchmal ist meine Haut klar und ebenmäßig, an anderen Tagen zieren heftige Blutergüsse meinen Körper. Manchmal das halbe Gesicht. In der Maske müssen sie dafür Camouflage statt normalem Make-up benutzen.

»Wehe, du erzählst es ihm«, murmele ich.

Sav schnaubt. »Heiße ich Ash und will dich aus dem Weg räumen?« In dem Moment schiebt Steve ihr den Long Island über die Theke und mir die Traubenschorle. Savannah bedankt sich mit einem Kätzchengrinsen, nippt am Strohhalm und verdreht die Augen vor Genuss, bevor sie mit dem Finger auf mich zeigt. »Ihm wird trotzdem auffallen, dass eins fehlt, und …« Plötzlich werden ihre Augen riesig. »Oh fuck, Hawk!«

KAPITEL 2

Heaven

Alarmiert wirble ich herum. Und erkenne, dass sie recht hat. Das Skelett ist im Anmarsch, an jedem Arm zwei Frauen. Panisch greife ich nach meiner Traubenschorle und will mich wegdrehen, aber es ist zu spät. Er hat uns entdeckt und führt seine Chicks zielsicher in unsere Richtung.

»Was sehen meine toten Augen?« Hawk trägt nur einen offenen schwarzen Blazer und zeigt damit seinen tätowierten Knochenrumpf. Die schwarze Jeans sitzt ihm tief auf den Hüften und betont die beiden Muskelstränge, die von seinem schlanken Bauch in tiefere Gefilde führen. Zwar guckt er ernst, aber durch die Tätowierung sieht es immer so aus, als würde er irre grinsen. »Über dich wundere ich mich nicht im Geringsten, Sav, aber unsere süße Fairchild?« Hawk schnalzt dreimal mit der Zunge, als würde er mich tadeln. »Was sagt Craig dazu, dass du dich im bösen, *bösen* Downtown von La La Land herumtreibst?« Weil ich schweige, verzerren sich seine Lippen nun zu einem echten Grinsen. »Sag bloß, du hast es ihm verschwiegen?«

Der Anflug eines schlechten Gewissens zerrt an meinem Magen. »Er würde es nicht gut finden, und ich will keinen Streit, also …«

»Natürlich nicht.« Sein Lächeln wird breiter, teuflischer. »Heaven Fairchild will niemals Streit. Und erst recht nicht mit ihrem Good Boy, hm? Was würde er sagen, wenn er wüsste, dass seine heilige Freundin …« Er beugt sich vor, streift mein Ohr und flüstert: »… sich in diesem unheiligen Partykeller vergnügt?«

»Ich vergnüge mich nicht.« Mit der einen Hand umklammere ich mein Glas und mache einen Schritt zurück. »Ich bin hier, um auf Savvy aufzupassen.«

»Oh, Heav«, nuschelt Sav durch ihre Finger hindurch, in die sie das Gesicht schon wieder vergräbt. Doch ihre Stimme wird im nächsten Moment abgelöst von Hawks bellendem Gelächter.

»*Du* passt auf *Sav* auf?«

Hitze glüht in meinen Eingeweiden auf, und mich überkommt das Bedürfnis, ihm die Traubenschorle ins Gesicht zu kippen, aber ich habe Angst, dass Steve sich weigert, mir eine weitere auszuschenken. Ich hasse es, dass mich alle für ein kleines Kind halten, das nichts kann. Aus demselben Grund glauben sie, ich wäre niemals in der Lage, die Show anzuführen. Heaven, das Mädchen, das zwischen den Wolken verloren geht. Heaven, die von ihrem Bruder beschützt werden musste, weil sie sich nicht selbst gewehrt hat. Die unbedeutende, unsichtbare, nichtskönnende Heaven.

»Bei aller Liebe, Zuckerpuppe, aber Savannah ist ein Raubtier.« Nur für eine Millisekunde zuckt sein Blick zu ihr. Sie saugt an ihrem Strohhalm, als könnte sie das hier nicht weniger interessieren, aber mir kann sie nichts vormachen. Ich erkenne ganz genau, wie verräterisch ihre perfekten Mundwinkel zucken. »Sogar *ich* habe manchmal Angst vor ihr. Dich hingegen …« Er neigt den Kopf, mustert mich mitfühlend, als wäre ich ein süßer Käfer, der gerade zertreten worden ist. »... könnte ich mit zwei Fingern zerdrücken. Nimm's nicht persönlich.«

»Schon klar.«

»Wie sieht's aus?« Hawk nickt mit dem Kinn in Richtung Tanzfläche. »Jetzt, wo ihr euch sowieso in der Hölle rumtreibt, gehen wir ins Feuer und tanzen?«

Geräuschvoll schlürft Savannah ihren letzten Schluck, stellt das Glas auf die Theke und hüpft vom Hocker. »Auf jeden Fall.«

»Nein danke, ich warte, äh«, ich werfe einen schnellen Blick durch den Keller, muss aber feststellen, dass diese Höhle ausschließlich aus graffitibeschmierten Betonwänden, einer Tanzfläche und kaum Sitzgelegenheiten besteht, »da drüben irgendwo.«

»Oh nein, komm schon!« Sav zieht eine Schnute und rüttelt an meinem Ellbogen. »Wir wollten Spaß haben, oder nicht?«

»Hör auf sie, Fairchild«, stimmt Hawk mit einem beunruhigenden Funkeln in seinen Augen zu, »während dein armer braver Freund unwissend im Bett liegt und schläft, *hab Spaß*.«

Bei seinem Tonfall rieselt mir ein unangenehmer Schauder über den Rücken. »Nein, schon gut. Ich setz mich dahinten an den Tisch und hoffe, dass mir Elvis über den Weg läuft.«

»Wer ist Elvis?«, fragt Hawk.

»Presley.«

»Ist der nicht tot?«

»Nein«, sage ich genau in dem Moment, in dem Sav mit »Ja« antwortet.

»Sie will einen Quicky mit ihm schieben«, ergänzt Savvy.

»Mit einem Toten?«, fragt er.

»Ja«, entgegnen wir wieder zeitgleich.

»Muss ich das verstehen?«

»Nein«, sagen wir unisono.

Sav sieht mich an. »Bist du dir sicher?«

»Absolut«, bestätige ich lächelnd. »Ich rufe Craig an. Hawk hat recht. Er sollte Bescheid wissen.«

»Hallo? Ich habe nie gesagt, dass du den Jongleur anrufen sollst. Lass den Typen pennen und genieß dein Leben.«

Seine Mädels kichern, aber ich schüttele den Kopf. »Wenn er es von anderen erfährt, wäre er enttäuscht.«

»Von wem soll der Kerl bitte erfahren, dass sein Mauerblümchen im The Hodge auf einen Quicky mit einem Toten gehofft hat?«

Zur Antwort sehe ich ihn nur mit weit hochgezogenen Brauen an.

»*Ich?*« Hawk verdreht so heftig die Augen, dass ich fürchte, sie fallen ihm gleich raus. »Jetzt bin *ich* enttäuscht von dir, Zuckerpuppe.«

»Glaub mir, ist nichts Neues für mich.« Mit einem ermutigenden Lächeln in Savvys Richtung kämpfe ich mich zu dem einsamen Stehtisch in der Ecke, in der es riecht, als hätte jemand gekotzt und gleichzeitig seine Blase nicht mehr unter Kontrolle gehabt. Angewidert schiebe ich mich auf den hohen Stuhl, nehme große Kopfhörer aus meiner Tasche und verbinde sie mit dem Handy. Als »Jailhouse Rock« die furchtbaren Technobeats des Clubs überspielt, sacken meine angespannten Schultern augenblicklich hinab.

Dann öffne ich Craigs Chat und schreibe ihm eine Nachricht. Ihn anzurufen würde in diesem Club sowieso nichts bringen. Außer vielleicht, dass er direkt losrennt und mich in den dunkelsten Gossen suchen geht.

Heaven:
Schläfst du?

Craig:
Nein. Muss die ganze Zeit an dich denken. Heute ist einer dieser Tage, an denen mir die Enthaltsamkeit schwerfällt.

Heaven:
Wollen wir die Regeln brechen? 😏

Craig:
Nein, Heaven.

Mein Lächeln fällt in sich zusammen.

Craig:
Du wusstest, worauf du dich einlässt.

Heaven:
War doch nur Spaß, Craig.

Craig:
Nicht lustig. Es fällt mir auch so schwer genug. Ich wünsche mir Unterstützung von dir.

Heaven:
Tut mir leid.

Craig:
Schon gut. Gehst du gleich schlafen?

Ich hebe den Blick und lasse ihn durch den pulsierenden Raum schweifen. Der DJ trägt eine große Sonnenbrille, schiebt an den Reglern seines Pults herum und wippt dabei mit der Hand durch die Luft. Unter ihm auf der Tanzfläche bewegen sich die Leute zu seinen Beats. Das bunte Licht zuckt über ihre Gesichter und entblößt einen grotesken Gesichtsausdruck nach dem anderen. Ich entdecke Savvy mit Hawk und seinen Groupies. Gerade lehnt sie den Kopf zurück, während er ihr einen Shot in den Mund kippt.

Ach. Du. Scheiße!

Wenn Craig wüsste, wo ich mich herumtreibe, würde er durchdrehen.

Als hätte er meine Gedanken gelesen, vibriert mein Handy erneut.

Craig:
Heav? Eingeschlafen?

Heaven:
Ich bin im The Hodge.

Craig:
Was? Mit wem?

Heaven:
Savvy

Craig:
Bist du verrückt? Geh sofort da weg!

Heaven:
Ich bleibe, bis Sav gehen will.

Craig:
Nein, ich rufe dir jetzt ein Uber.

Fast hätte ich gelacht. Fast.

Heaven:
Du willst mir lieber ein Uber rufen, statt einfach herzukommen?

Heaven:
Der Fahrer könnte mich doch genauso abmurksen.

Craig:
Natürlich will ich nicht nach Downtown rein.

Craig:
Ich weiß, wie gefährlich das nachts sein kann.

O mein Gott. So viel dazu, dass er in den dunkelsten Gossen nach mir suchen würde.

Craig:
Das Uber ist auf dem Weg.

Mit zusammengezogenen Augenbrauen starre ich die Nachricht an, während ein Gefühl von flüssiger Hitze durch meine Adern strömt.

Heaven:
Du kannst nicht über mich bestimmen.

Craig:
Wenn meine Freundin sich in einer verdammten Drogenhöhle rumtreibt? Äh, doch, ich glaube schon?!

Craig:
Du bist eine Frau. Das schwache Geschlecht. Du kannst nicht auf dich selbst aufpassen. Mein Gott, ich hätte dir wirklich dieses GPS-Zeug auf dem Handy installieren sollen. Was ist in dich gefahren?

Seine Worte fühlen sich an wie eine Backpfeife. Sogar meine Wangen brennen vor Wut. Kurz hebe ich den Blick vom Handy, um mich zu sammeln, da bleibe ich plötzlich an etwas hängen. Oder, besser gesagt, jemandem.

Obwohl die Gestalt im Schatten der Bar steht, spüre ich, dass er mich ansieht. Ein eisiger Schauder rieselt mir über die Wirbelsäule. Dann steckt der breite Schatten seinem Gegenüber etwas zu, klopft ihm kurz auf die Schulter und tritt an ihm vorbei ins Licht. Es ist nur ein Schritt, aber es fühlt sich an, als hätte er mich stattdessen unter Wasser gedrückt.

Ich halte die Luft an.

Der Typ ist groß, breit, hat zerzauste schwarze Haare wie ein wilder Rabe und Augenbrauen dunkel wie der Marianengraben. Seine Haut ist bronzefarben und scheint im Licht zu glitzern, als hätte er sich unser Zirkuspuder aufgetupft, bis mir bewusst wird, dass es der gleiche feine Schweißfilm sein muss, der auch mir unbehaglich auf der Haut klebt.

Mein Herz gerät ins Stolpern, denn fuck!

Er kommt direkt auf mich zu.

KAPITEL 3

Heaven

Bei jedem Schritt tanzen die festen Stränge seines nackten Bizeps im Beat der zuckenden Lichter. Sein anthrazitfarbenes Shirt ist ärmellos, aber es sind nicht diese verdammten Muskeln, die mich in seinen Bann ziehen, sondern die Farbe seiner Augen. Wie flüssiges Gold, versetzt mit bernsteinfarbenen Tupfern, und so hell, dass sie meine Brust in Flammen stecken. Alles an diesem Typen wirkt so beängstigend schön, dass es mir beinahe lächerlich konstruiert vorkommt.

Das kann nicht echt sein.

Niemand ist so schön.

Und hat so scharf geschnittene, hohe Wangenknochen.

Ganz zu schweigen von diesen gottgemachten Lippen, die so dunkelrot glänzen, dass es nur drei Möglichkeiten gibt:

a. er hat den ganzen Abend Wein getrunken,
b. er ist ein Vampir und will mein Blut (vielleicht glitzert er deshalb?)
c. ich muss einsehen, dass Götter existieren.

Gerade hat er meinen Tisch erreicht, aber statt etwas zu sagen, steht er einfach nur da und zieht eine Braue in die Stirn.

In seinem Ohrläppchen steckt ein kleiner goldener Ring. Als ich die lange Narbe entdecke, die sich von seinem Kieferansatz bis zu seinem Kinn zieht, sauge ich scharf die Luft ein.

»Wie heißt du?«, fragt er unverblümt. Seine Stimme klingt dunkel, rau und jagt mir eine Gänsehaut über den Nacken. Sie fühlt sich an wie totes Laub, das über meinen nackten Körper wandert.

»Heaven.« Es kommt fast kein Ton heraus, also räuspere ich mich und richte mich auf, obwohl das Handy in meinen Händen zittert.

»Heaven und weiter?«

Ich runzle die Stirn. »Fairchild.«

Als hätte mein Name eine giftige Wirkung, verzieht er plötzlich das Gesicht, und in den glatt polierten Bernsteinen lodern gefährliche Flammen auf. »Du bist das Zirkusmädchen.«

Mein Herz poltert und quietscht wie ein schlechtes Gitarrenriff. »Woher weißt du das?«

»Ich weiß so *einiges* über dich«, raunt er und lehnt sich mit dem Ellbogen auf den Tisch zu mir herüber, »Heaven Fairchild.«

Ein unangenehmes Gefühl kribbelt mir von den Knöcheln bis in meinen Schädel. Ich bin kein Hauptact. Zwar auch nicht bei den Amateuren in der Bronzegruppe, aber man kennt mich nicht. Nur diejenigen, die sich intensiv mit der Geschichte unseres Zirkus befassen, wissen, dass ich die Tochter des Direktors bin.

Was will der Typ von mir?

Es verlangt mir einiges ab, den Blickkontakt zu halten, denn seine Augen sehen aus, als wollten sie mich mit den scharfen Kanten der Bernsteine aufschlitzen. Plötzlich komme ich mir so verletzlich vor in diesem dünnen Sommerkleid und ohne Kujos Messer. Unter dem Tisch überkreuze ich die Beine und atme kurz durch. »Und du?«

»Was ich?«

»Wer bist du, wenn du anscheinend so viel über mich weißt?«

Für eine Millisekunde hebt sich sein Mundwinkel, dennoch würde ich es nicht als Lächeln bezeichnen. Eher als Fratze, die mir zu verstehen geben soll, dass das Raubtier hungrig ist. »Ich bin die Hölle, Süße.«

»Du hast jemandem Drogen verkauft«, entgegne ich, als wäre das meine letzte Waffe in diesem aussichtslosen Kampf. »Eben gerade.«

»Ach, habe ich das?«

»Ja.«

»Aha.« Sein zweiter Mundwinkel wandert nun ebenfalls nach oben. »Du siehst so brav aus, dass ich meinen Schwanz drauf verwetten würde.«

Sein Tonfall lässt mich zusammenzucken. »Du würdest … ihn drauf verwetten, dass du mit Drogen gedealt hast?«

»Meinen Schwanz«, wiederholt er. »Sag es, Fairchild. Ich würde *was* darauf verwetten?«

Feuer frisst sich in meine Wangen.

In seinem Gesicht leuchtet perfides Vergnügen. »Weißt du, was ich noch mehr hasse als Menschen, die mich enttäuschen?«

Ich blinzle, verwirrt über diesen Themenwechsel. »Was?«

»Menschen, die nicht Klartext reden können«, bringt er zwischen zusammengebissenen Zähnen hervor. Sein Kiefer malmt, woraufhin seine Narbe zu tanzen beginnt. »Menschen, die versuchen, *auszuweichen.*« Er stößt sich vom

Tisch ab und kesselt mich ein, indem er eine Hand auf den Tisch und eine auf die Wand hinter mir drückt. »*Feiglinge.*«

Das Wort sticht zu wie Kujos tödlichste Waffe. Nicht seine scharfen Klingen, sondern seine sanft gesäuselten Sätze, die seinen Mund verlassen und es auf mich abgesehen haben.

Warum du niemals den Hauptact bekommen wirst, Fairchild? Weil du ein Feigling bist. Weil du dich die riskanten Manöver nicht traust. Weil du Durchschnitt bist. Feiglinge haben keinen Erfolg.

»Ich fliege ungesichert meterhoch durch die Luft und mache dabei Salti und Twists. Das ist alles andere als feige.«

»Dann sag es. Ich würde *was* darauf verwetten, dass ich …«

»Deinen Schwanz«, unterbreche ich ihn mit glühend heißem Gesicht.

Sein Grinsen hat etwas von bittersüßem Gift. »Mhm. Dafür hast du dir zwei weitere Minuten mit mir verdient.«

»Danke, kein Interesse.«

Ich will mir wieder die Kopfhörer auf die Ohren schieben, aber er nimmt sie mir aus den Händen. »Der Satz war noch nicht korrekt.« Entschieden legt er sie auf den Tisch. »Du siehst so brav aus, ich würde *meinen Schwanz* darauf verwetten, dass deine Eltern dir beigebracht haben, deine kleine Nase nicht in größere Angelegenheiten zu stecken.«

»Laut Statistik gab es letztes Jahr allein in Los Angeles dreitausendzweihundertzwanzig Menschen, die infolge ihrer Drogensucht gestorben sind.« Während ich mit seinem desinteressierten Scheißegal-Blick kollidiere, rast mein Herz aus den falschen Gründen. Ich will nicht, dass er aufhört, mich anzusehen. Bei dem Gedanken verschlucke ich mich beinahe an meinem ratternden Puls. Schweiß rinnt zwischen meine Brüste in meinen Ausschnitt.

Kurz wandert sein Blick daran herab, bevor er mich genauso gleichgültig und genervt wie schon zuvor ansieht.

»Es könnte also sein, dass dieser Typ eben einer der nächsten dreitausendzweihundertzwanzig Personen gewesen ist, und *du* hast ihm den ersten Schubs in die tödliche Grube gegeben.« Ich schlucke hart. »Freier Fall«, flüstere ich, woraufhin er die Hände zu Fäusten ballt, obwohl er mich unmöglich über den lauten Bass hätte hören können, »kein Erbarmen.«

Er steht so eisern da und sieht mich einfach nur an, dass ich fast glaube, er hat aufgehört zu atmen.

Dann durchbricht er seine Starre und nickt mit dem Kinn zu meinem Handy. »Dein Freund will zu deiner Mommy rennen.«

Blinzelnd reiße ich mich von seinem Adonisgesicht los und schaue aufs Display. Und als ich sehe, dass er recht hat, sickert mir flüssiger Teer in den Magen, bereit zu erhärten und mich in die Tiefe zu ziehen.

Craig:
Weiß deine Mutter, dass du dort bist?

Craig:
Hallo?

Craig:
Heaven, ich muss zu ihr gehen. Sie wird sich Sorgen machen. Antworte bitte.

»Scheiße!« Ich setze zu einer Antwort an, da schließen sich plötzlich warme, raue Finger um meine, und ich bekomme einen halben Herzinfarkt. Entgeistert wirble ich zu dem

Typen rum, der mir entschieden das Handy wegnimmt. »Gib es mir wieder!«

»Wozu?«

»Äh, das kann dir scheißegal sein?« Ich versuche, mein iPhone aus seiner Hand zu schnappen, aber er hält es hoch. Obwohl ich auf einem Stuhl sitze, überragt er mich bei Weitem. »Bist du bescheuert? Gib's mir!«

»Danke, kein Interesse«, äfft er mich mit zuckendem Mundwinkel nach. »Ich stehe nicht auf brave Mädchen.«

Wut züngelt in mir hoch. »Ich meinte das Handy!«

Wie ein gefährliches Raubtier auf Beutezug neigt er seinen Kopf. »Hat er es verdient, dass du ihm antwortest, wenn er dich nicht mal auf eine Party gehen lässt?«

»Gegenfrage: Hast *du* schon mal davon gehört, dass man seine Nasen nicht in andere Angelegenheiten steckt?«

»Wenn du mir die Nachrichten dieses Idioten *aufdrängst* …«

»Außerdem hat er recht«, stoße ich aus. »Ich sollte nicht hier sein. Gott, war ich dumm, herzukommen.«

Sein Grinsen verrutscht nicht einen Millimeter. »Du gibst einem Kerl recht, der seine Freundin kontrolliert?« Jetzt wandern seine Mundwinkel nach unten, und sein Blick wird mitleidig. »Und ich dachte, du wärst intelligent. Aber dein spießiges Aussehen trügt, nicht wahr?«

Mein Herz macht einen Satz. Was meint er?

Irgendetwas stimmt mit diesem Typen nicht.

Um meine Unsicherheit zu überspielen, schnaube ich. »Als ob du jemand wärst, der seine Freundin fröhlich in diese Untergrundhölle spazieren lassen würde.«

»Nein«, raunt er und kommt noch näher. Der Klang dieses einen Wortes war betörender als jede Berührung von Craigs Lippen auf meiner Haut – ein Gedanke, der mich hundsmiserabel fühlen lässt. »Ich würde mein Mädchen nicht aus den Augen lassen. Wenn ich wüsste, sie wäre hier, *allein*«, mir stockt der Atem, als seiner über meinen Hals gleitet, »müsste sie nur einmal blinzeln, und ich wäre da, um ihren Spaß zu verdreifachen. Zwischen ihren gespreizten Beinen, auf der Toilette, in dieser Nische …« Er stößt ein raues Stöhnen aus, von dem ich ganz genau weiß, es soll berechnend sein, aber trotzdem reagiert mein Körper, und eine verräterische Nässe sammelt sich in meinem Slip. Unwillkürlich beuge ich den Rücken durch und kralle meine Finger in mein Kleid. »Ich *kontrolliere* mein Mädchen nicht«, knurrt er, »weil ich ihr vorher beibringe, wie meine Königin zu kämpfen hat, wenn es drauf ankommt.«

Urplötzlich schießen meine Finger vor und krallen sich in seinem Shirt fest. Scheiße, was passiert mit mir? Ich verliere niemals die Kontrolle. Ich bin Zirkusartistin. Ich bin Disziplin pur. Warum macht mein Körper jetzt sein eigenes Ding?

Ein weiteres Seufzen vibriert zwischen uns. Im ersten Moment denke ich, er hat schon wieder einen berechnenden Laut von sich gegeben, als plötzlich …

»Hast du gerade gestöhnt, Fairchild?« Sein leises Lachen hallt wie ein Donnerschlag zwischen meinen Beinen wider. »Ohne dass ich dich berühren musste?«

Der Donnerschlag zieht einen Blitz mit sich, der in mich hineinkracht. Von jetzt auf gleich krabbelt die pulsierende Hitze in den Hintergrund und wird ersetzt von einer mitreißenden Welle Scham. Und schlechtem Gewissen. Sein Shirt gleitet mir aus den Fingern.

Wer zur Hölle ist dieser Kerl, und wieso hat er eine Wirkung auf mich, als wäre er Elvis Presley höchstpersönlich?

Plötzlich klingelt mein Handy. Ich versuche, es ihm wieder aus der Hand zu schnappen, aber er dreht sich mühelos weg und sieht aufs Display.

Dann schenkt er mir ein verschlagenes Grinsen. »Craig«, formt er mit den Lippen, und mein Herz gerät aus den Fugen wie eine brüchige Achterbahn.

»Gib her!«, rufe ich, aber der Kerl hält mich mühelos mit einer Hand auf Abstand, während er mit der anderen …

Oh nein. Er nimmt den Anruf an.

»Hallo?« Er klingt gelangweilt. »Ja, sie ist bei mir.«

Verzweifelt kämpfe ich gegen seinen Arm an und zerkratze ihm die Haut wie eine wild gewordene Katze, aber der Typ bewegt sich nicht einen Millimeter. Es scheint ihm nicht mal wehzutun, denn er grinst noch immer wie ein dummer Pavian. »Nein, weißt du, sie sitzt gerade auf meinem Schoß und macht *andere* Dinge mit ihrem Mund, deshalb … sorry, Kumpel.« Dann legt er auf und wirft das Handy auf den Tisch.

»Du Scheißkerl!«

Amüsiert zuckt sein Blick auf die etlichen Kratzer auf seiner bronzenen Haut. »Machst du so was auch beim Sex?«

Plötzlich greift er nach meinem Glas und schiebt mir den Strohhalm in den Mund. »Saug, Zirkusmädchen, und du musst dich nicht schlecht fühlen, wenn er fragt, *was* für Dinge du mit deinem Mund getan hast.«

Ich schlage seinen Arm weg, aber schon in der nächsten Sekunde ist der Strohhalm wieder da. »Du kannst auch ganz was Anderes damit tun, wenn du willst.« Mit dem Daumen streicht er minimal über meine Lippen, und augenblicklich durchfährt mich ein elektrischer Stoß, der meinen ganzen Körper in Aufruhr versetzt. »Nur ein Wort, und ich besorg dir jemanden, den du verwöhnen kannst.« Ich *besorge* dir jemanden. Als würde er sich selbst niemals in Betracht ziehen. Als wäre er ein verdammter Zuhälter. »*Oder* du saugst brav an deiner süßen Traubenschorle und kannst deinem Freund sagen, wie es wirklich war.«

Traubenschorle. Wie lange beobachtet der Kerl mich schon?

Statt einer Antwort funkele ich ihn an, doch im nächsten Moment öffnen sich meine Lippen. Das war keine bewusste Entscheidung. Jeder Gedanke an Craig, der zu meiner cholerischen Mutter rennen könnte, ist wie weggeblasen. Ich habe nicht einmal darüber nachgedacht, bis ich den Strohhalm an meiner Zunge spüre und beginne, daran zu saugen.

Und zu saugen.

Und zu saugen.

»Brav«, knurrt er, als das Glas leer ist. »Ich habe über deine Worte nachgedacht.«

»W... was?«

»Wäre echt beschissen, wenn ich einer der dreitausendzweihundertzwanzig Menschen wäre, die wegen der Drogen draufgehen, oder?«

Verwirrt blinzle ich ihn an, da zieht er schon ein kleines Tütchen aus seiner Jeanstasche. Meine Augen weiten sich.

Weißes Pulver. Kokain.

»Du trägst in aller Öffentlichkeit *Koks* mit dir rum?«

Ein verschlagenes Grinsen kriecht auf seine Lippen.

Meine nächsten Worte gehen in ein Keuchen über, als ich seine warmen Finger an meiner Haut spüre. Sie schieben sich unter den Stoff meines Kleids. Gleiten in meinen BH. Und ich ... ich sollte auf dem Scheiterhaufen brennen.

Keuchend sitze ich da und rege mich nicht, als er meinen

harten Nippel umkreist. Ich schlage seine Hand nicht weg. Ich verfluche ihn hierfür, ja, aber ich gebe diesem Junkie das klare Signal, nicht aufzuhören. Mein Gesicht muss aussehen wie ein sabbernder Shih Tzu, während mein Freund vermutlich gerade mit meiner Mutter plant, wie sie eine GPS-App auf meinem Handy installieren könnten.

Mein Freund. O Gott, *mein Freund*! Ich muss das hier unterbrechen. Sofort. Und Craig sagen, dass er nicht zu meiner Mom gehen darf und …

Sein Daumen findet die empfindliche Stelle.

Es ist, als hätte er eine Bombe entzündet.

Und ich habe wohl all meinen Stolz verloren, denn ich reibe meine pochende Stelle an der verdammten Sitzkante.

Scheiße, ich hasse mich hierfür. Ich bin abgefuckter als dieser Untergrundclub und sollte dafür brennen, dass ich nicht aufhören kann. Dass ich die Kontrolle verloren habe. Dass dieser Typ irgendeine okkulte Macht auf mich ausübt und ich keine Chance habe, dagegen anzukommen.

Fuck, bin ich beschissen.

»Nicht ich, Süße«, raunt er an meinem Ohr. *»Du.«*

»Wa…«

Im nächsten Moment spüre ich, wie etwas in meinen BH fällt, bevor er die Hand herauszieht und mich mit einem teuflischen Grinsen ansieht.

Mir sackt die Kinnlade herunter. Gerade will ich ihn anschreien, aber dann …

»Alle abhauen!«, brüllt ein Kerl vom Eingangsbereich vor der Treppe. »Die Cops kommen!«

O verfluchte Götter.

Eine Razzia!

KAPITEL 4

Helix

Das habe ich nicht kommen sehen. Dabei sehe ich immer *alles* kommen. Die Fairchild sitzt starr wie ein verschrecktes Reh und blickt aus ihren riesigen blauen Augen zur Treppe. Dann schreckt sie auf. Während sie panisch versucht, das Koks aus ihrem Dekolleté zu zupfen, ist der ganze Club in Aufruhr.

Zeit, abzuhauen. Ich drehe mich um und steuere den geheimen Ausgang an.

»Hey!«, ruft sie. Aus dem Augenwinkel sehe ich, wie sie in diesem Kommunionskleid vom Barhocker hüpft und mir hinterhereilt. »Wo willst du hin?«

»Weg hier.«

»Scheiße, wo ist Savvy?«

Ich habe keine Ahnung, wer Savvy ist, aber es interessiert mich auch nicht. Schnell schiebe ich mich an den panischen Menschen vorbei, die durcheinanderrennen wie eine Herde aufgeschreckter Antilopen. Im nächsten Moment höre ich das Tapsen der Schleifchensandalen neben mir. Nur flüchtig werfe ich einen Blick auf Miss Heute-kommen-meine-Großeltern-zum-Picknick-und-ich-ziehe-mich-an-wie-sie, aber sie heftet sich an mich, als wäre sie ein hartnäckiges Geschwür.

»Nimm mich mit!«

»Was?«

»Ich kriege dein beschissenes Tütchen nicht aus meinem BH, weil es sich mit meinem Bügel verheddert hat!«

»Na und?«

»Wenn ich nicht will, dass alles aufreißt, die Cops mich filzen und ihre Hunde bellen, weil es aussieht, als hätte ich in Koks gebadet, muss ich jetzt verschwinden.«

Ein Aufschrei weht durch den Keller. Mein Blick zuckt zum Clubeingang. Von oberhalb der Treppe klingt eine Diskussion zu uns. Mehr als die Hälfte der Leute hier hat Dreck am Stecken, und fast alle tragen Drogen in ihren Taschen oder haben bereits welche genommen.

»Dann viel Spaß dabei.« Ich stoße eine Reihe von Barhockern um, damit die Cops mir nicht so schnell hinterherjagen können, falls sie mich entdecken. »Mit mir gehst du nirgendwohin.«

»Es ist deine Schuld, dass ich überhaupt abhauen muss!«

»Süße, keiner dieser Cops wird *dich* filzen.«

Die Wellen in ihren blauen Augen funkeln vor Wut. »Wenn du mich nicht hier rausschaffst, werde ich dich suchen und dich den Cops zum Fraß vorwerfen. Schaff mich aus dem Schuppen raus, und du bist mich los.«

Zähneknirschend mustere ich die kleine Fairchild, und zu meinem Bedauern wird mir klar, dass sie das ernst meint. Wäre ich nur irgendein Kerl aus L. A., könnte mir ihre Drohung am Arsch vorbeigehen, aber …

»Schön«, zische ich, packe sie am Handgelenk und ziehe sie hinter mir her, »wehe, du fällst zurück. Ich werde dich nicht tragen.«

»Glaub mir, Vollidiot«, erwidert sie und lacht freudlos auf, »ich bin flinker als du.«

»Wir werden sehen.« Urplötzlich reißt sie sich los, hebt die Arme und streckt ein Bein vor. »Was zur …«, setze ich an, als sie mit einem Mal einen verdammten Überschlag über die umgestürzten Barhocker macht. Dabei rutscht ihr der Rock ihres Kleides herunter. Unter dem Stoff blitzt kein Slip auf, sondern eine Radlerhose. Ohne Scheiß. Als hätte sie Vorsichtsmaßnahmen getroffen für den Fall, dass im Partykeller eine Windmaschine läuft.

Ihre Hände landen auf der Theke. Mühelos wirft sie ihren Körper darüber und fasst hinter der Bar wieder Fuß, wo sie sich hektisch umsieht. Kein Plan, wo der Barkeeper steckt. Wahrscheinlich abgehauen, bevor die Cops ihn drankriegen.

»Was auch immer du da machst«, rufe ich, »du bist mir nicht mehr als fünf Sekunden wert.«

Trotzig schiebt sie den Kiefer vor. »Zu gütig.«

Sosehr ich dieses Mädchen auch verabscheue … ich muss zugeben, ihre harte Kinnlinie ist sexy.

»Eins«, zähle ich laut, während sie alle möglichen Spirituosen durcheinanderbringt und Schubläden aufreißt, »zwei …«

In der dritten findet sie etwas, denn ihre Augen leuchten auf. Ein siegreiches Lächeln umspielt ihre Mundwinkel.

»Drei … Vier …«

Im nächsten Moment schlittert ihr Hintern über die versiffte Theke, und sie landet wieder neben mir.

»Fünf.« Ich hebe eine Braue, als ich das Ding in ihrer Hand sehe. »Der ganze Zirkus für ein verdammtes Messer?«

»Für *mein* verdammtes Messer. Damit ich dich aufschlitzen kann, falls du mich auf dem Weg nach draußen töten willst.«

Einen Augenaufschlag lang starre ich sie an, dann ertönt plötzlich ein Knall, weil eine Tür aufgestoßen wird. Mit Entsetzen stelle ich fest, dass mindestens ein Dutzend uniformierter Cops des LAPD den Club stürmen.

»Fuck!« Wieder packe ich das Zirkusmädchen am Handgelenk und reiße sie mit mir, damit sie nicht wieder abhaut.

Könnte ja sein, dass sie diesmal eine Knarre entdeckt.

Der Gedanke lässt mich ungläubig auflachen.

»Was ist so komisch?«, fragt sie, während wir um die Ecke in die Black-Area rennen.

»Hey!«, brüllt einer der Cops. Mich beschleicht das unangenehme Gefühl, dass er uns meint. »Das war der Winchester-Junge!«

Jep, er meint mich.

»*Du* bist komisch«, rufe ich ihr zu, während wir zwischen zwei abgewrackte Sofas schlittern. Mein Herz schlägt fest wie eine Trommel. Wenn die Cops mich kriegen, bin ich dran. Das war's mit meiner letzten Chance, die morgen erst beginnen sollte. Ich hab's verkackt, bevor es überhaupt losging. »Du gehst in einen Drogenkeller, betrinkst dich mit *Traubenschorle* und wirst auf einmal zu Tarzan, um ein Messer zu klauen.« Mit aller Kraft drücke ich den Kühlschrank hinter der Bar beiseite, woraufhin ein schmaler Gang frei wird. »Rein da, Tomb Raider.«

Mit großen Augen starrt sie in die Dunkelheit. »Damit du mich da drin killen kannst?«

»Hast doch dein Messer.«

Sie schüttelt den Kopf. »Nie im Leben.«

»Rein da!«

Aus der Main Area dringt Tumult zu uns. Schritte kommen immer näher. Fluchend reiße ich sie mit mir. Ihr spitzer Schrei hallt wie eine Schreckschusspistole in meinen Ohren.

Auch wenn sie mein Tempo halten kann, stolpert sie immer wieder über die verdammten Sandalen.

»Zieh sie aus«, sage ich scharf über meine Schulter.

»Was?«

Wir rennen um eine Ecke. »Die Sandalen. Zieh sie aus.«

»Aber dann bin ich barfuß!«

»Besser barfuß als im Knast!«

Scheinbar hat sie die Schritte hinter uns auch gehört, denn sie zieht scharf die Luft ein. »O Gott!« Sie stockt, und ich will sie schon weiterzerren, aber im nächsten Moment kickt sie ihre Sandalen beiseite und stürmt auf nackten Sohlen vorwärts. Ihre großen Kopfhörer hängen aus ihrer Tasche, und das braune Haar flattert ihr immer wieder ins Gesicht. »Die holen uns ein!«

»Tun sie nicht. Lauf schneller!«

Wir ziehen das Tempo an. Unsere Schultern streifen an den Betonwänden entlang, wodurch mir die Haut aufgeschürft wird. Trotzdem werde ich nicht langsamer.

Ich habe schon wesentlich Schlimmeres gespürt.

Heaven flucht leise vor sich hin: »... weiß nicht mal, ob sie im Gefängnis einen Sportraum haben oder ich Musik hören darf.« Vor allem der letzte Gedanke scheint sie regelrecht zu verstören. »Wie soll ich ohne Elvis überleben?«

»Wie soll *ich* überleben, wenn du weiter so rumnervst?« Endlich taucht vor uns eine alte Holztür auf. Durch den Spalt dringt Licht herein und wird von etwas Silbernem reflektiert. Heaven hat ihr Messer gezückt.

»Mal sehen, ob ich dich immer noch nerve, wenn du das hier wegen mir überstehst.« Mit der Klinge prügelt sie erfolglos auf das Schloss ein.

»Was *zur Hölle* tust du da?«

»Uns retten.«

»Stehen bleiben!«, rufen die Cops aus der Ferne. Also werfe ich mich mit voller Wucht gegen die Tür. Schwungvoll bricht sie auf, und Heaven taumelt auf die Straße. Wie ein Brotmesser wackelt die Waffe nutzlos in ihrer Hand. Erstaunlicherweise findet sie binnen einer Sekunde die volle Balance wieder und rennt mir hinterher.

»Steck das verfluchte Messer weg!«, zische ich.

»Niemals! Wenn du mich in eine Ecke ziehst, habe ich keine Chance! Wahrscheinlich spritzt du dir Testosteron und tötest mich mit einer Überdosis, die du mir in den Arsch …«

»Ich ziehe dich in keine Ecke, verdammt!« Kraftvoll springe ich vom Boden ab und lande auf einer hohen Mülltonne, die auf beiden Seiten von Büschen flankiert ist. Ich gehe davon aus, dass Heaven den Umweg drumherum nimmt, aber da landet sie auch schon geschmeidig wie eine Katze neben mir. »Du bist absolut nicht mein Typ.«

»Gleichfalls«, knurrt sie.

»Jetzt steck das Messer weg.«

»Nein.«

Ich schnappe es ihr aus der Hand und werfe es rücksichtslos in die Mülltonne. Augenblicklich wird sie kalkweiß im Gesicht. »Bist du verrückt geworden?«

»Wenn dich ein Cop damit sieht, bist du dran.«

»Was kümmert es dich?«

Einen Moment denke ich darüber nach. »Du hast recht.« In ihrem Ausdruck blitzt Triumph. »Also, hier trennen sich unsere Wege, Zirkusmädchen. Ich habe getan, was du wolltest, und dich da rausgeholt.« Der Triumph wechselt zu Entsetzen, wodurch ich grinsen muss. »Sorry für das Messer. Aber du kannst reinspringen und es rausholen, oder nicht?«

»Du widerliches, hässliches, verseuchtes Arsch...«

»Bei eins und drei gehe ich mit«, unterbreche ich sie, während ich leicht in die Hocke gehe, »aber bei zwei ...«, ich gebe ein trockenes Lachen von mir, »... versuch's gar nicht erst, Süße.« Damit springe ich in einem Salto von der Tonne und lande sicher auf meinen Füßen. Ich will losrennen, als ein schweres Gewicht auf mir landet.

Auf. Meinen. Schultern.

Es gelingt mir gerade so, nicht auf die Fresse zu fliegen.

Finger krallen sich in mein Haar. »Du gehst nirgendwo ohne mich hin, bis die Cops verschwunden sind!«

»Bist du *irre?*« Ich versuche, die kleine Fairchild abzuschütteln, aber sie hält sich wie eine erfahrene Reiterin auf einem bockenden Pferd. Nur dass meine Haare ihre Zügel sind und es ihr scheißegal ist, wie viele sie mir ausreißt. »Geh runter von mir!«

»Besser, du rennst«, gurrt sie, hörbar zufrieden mit ihrer Attacke, »oder wir werden beide geschnappt.«

Dieses Mädchen hat sie nicht mehr alle. Aber eines hat sie: recht.

Fluchend kralle ich meine Nägel in ihre Waden. »Wenn du fällst, lasse ich dich liegen.«

Sie schnaubt. »Ich falle nicht.«

»Jeder fällt irgendwann, Zirkusmädchen.« Für einen winzigen Moment streift mein Blick das St. Thomas Hospital, das in der Ferne aufragt. »So ist das Leben.«

Dann sprinte ich los.

KAPITEL 5

Helix

Die Neonlichter von Downtown Los Angeles ziehen an uns vorbei, während ich mit geschärften Sinnen durch die Nacht rase. Heaven presst ihre Beine an meinen Brustkorb und legt die Hände an meine Stirn.

»Die starren uns alle an!«

»Natürlich. Du missbrauchst mich als Rodeo.«

»Was, wenn die sich unser Aussehen merken und es der Polizei stecken?«

»Als ob.« Von weit entfernt dröhnen Sirenen der Cops in meinen Ohren, aber für mich ist diese Stadt mit all den Gassen und Winkeln mein Spielplatz. »Die sind alle besoffen und kennen nicht mal mehr ihren eigenen Namen.«

»Aber was, w…« Ihr Satz geht in einen Schrei über, als urplötzlich ein Taxi um die Ecke rast. »Pass auf!«

Geschickt weiche ich dem Auto aus, springe über einen niedrigen Zaun und renne auf eine Kreuzung zu.

»Links!« Ihre zittrige Stimme ist ein chaotischer Kontrast zu dem kontrollierten Druck ihrer Beine. »Verdammt, du Idiot, was machst du?«

Nicht nach links abbiegen.

»Da ist eine Mau… Ah!« Sie kreischt, als ich abspringe

und die Hände auf eine Backsteinwand lege und uns nach oben drücke. »Scheiße!«, stößt sie aus, gefolgt von einem verzweifelten Lachen, »bist du lebensmüde?«

»Geh runter.«

»Was?«

In einer schnellen Bewegung werfe ich sie von meinen Schultern. Bevor sie mit dem Schädel auf die Mauer knallt, streckt sie die Arme vor und landet in einem kerzengeraden Handstand. Der Rock ihres Sommerkleids fällt bis zu ihrem Hals, entblößt diese lächerliche Radlerhose und stählerne Bauchmuskeln.

Wütend blinzelt sie zu mir hoch. »Wolltest du mir gerade den Schädel zerschmettern?«

Ich grinse. »War neugierig, was das Zirkusmädchen kann.«

»Ich hätte *sterben* können!«

»Vielleicht hätte ich dich aufgefangen.«

»*Vielleicht?*«

»Wir werden es nie erfahren.«

Heaven beugt ihren Körper, bis ihre nackten Füße auf die Mauer treffen und sie in einer gelenkigen Brücke den Bauch gen Nachthimmel reckt. Dann richtet sie sich auf. Sie streicht ihr Kleid glatt, als Reifenquietschen nicht weit von uns zu hören ist.

Ihre Augen weiten sich. »Weg hier!«

Ich muss zugeben, dass Heaven extrem wendig ist. Und dass ich mich frage, wie sie im Bett ist. Denn die kleine Fairchild ist das absolute Gegenteil von den Frauen, die ich gewöhnlich vögle, und definitiv nicht mein Typ, aber ich muss zugeben: Sie macht mich neugierig.

Ohne zu zögern, springt sie mit einem Strecksalto von der

Mauer. Das hier ist ein Kinderspiel für sie. Ihr Zuhause. Die Bewegungen, das Fliegen, die Sprünge.

Sie braucht kein Messer. Ihr Körper ist ihre beste Waffe.

Als wir ein paar Minuten später in eine verlassene Unterführung eintauchen, halten wir inne.

»Das war ... krass«, murmelt Heaven.

»Teil meines Jobs«, entgegne ich mit einem bitteren Lächeln. »Frauen retten.«

»Oh, komm schon.« Ein empörtes Schnauben entfährt ihr. »Als ob ich dich nötig hätte.«

»Wer hat sich wie ein panisches Äffchen an mich geklammert, als ich sie allein lassen wollte?«

»Ein kurzer Moment der Schwäche«, murmelt sie.

»Schwäche ist was für Zuschauer, nicht für Akteure.« Ich ziehe mein Handy aus der Hosentasche und drehe mich weg, während ich WhatsApp öffne und einen Standort verschicke. Hinter mir tapsen nackte Füße davon. Ohne mich umzudrehen, strecke ich den Arm aus und ergreife Heavens Handgelenk.

Kurz verharrt ihr Blick auf meinen Fingern. »Was?«

»Bleib hier.«

»Warum?«

Mit einer Hand tippe ich eine letzte Nachricht. »Darum.«

Unter meinen Fingern spüre ich ihren Puls schneller werden. »Willst du mich jetzt doch umbringen?«

Ich stecke das Handy weg. »Was hätte ich davon?«

»Genugtuung? Befriedigung? Wer weiß, worauf ein verdorbener Typ wie du steht?«

»Wie gesagt«, entgegne ich träge, »nicht auf Mädchen wie dich.«

Sie öffnet den Mund, doch in dem Moment wird die

Unterführung von grellen Xenon-Scheinwerfern geflutet. Blinzelnd taumelt Heaven rückwärts, hält sich die Finger vor die Augen. Ich stehe einfach nur da, während der AMG auf uns zurast.

»Hast du sie noch alle?« Heaven zerrt an meinem Arm. »Weg da! Der fährt dich tot!«

Aber ich bleibe, wo ich bin. »Werden wir plötzlich rührselig?«

Sie schnaubt. »Ich will hinterher nur nicht verdächtigt werden.«

Mit einer Hand stoße ich Heaven rückwärts. Sie keucht, als ihr Rücken gegen die gemauerte Wand kracht.

Nur Zentimeter vor mir kommt der Mercedes quietschend zum Stehen. Grimmig blicke ich durch die Windschutzscheibe, kann mir aber ein anerkennendes Nicken nicht verkneifen.

Dann öffne ich die Beifahrertür und sehe zu Heaven. »Steig ein.«

»W… was?«

»Du sollst einsteigen. Ich sorge dafür, dass du nach Hause kommst.« Noch immer rührt sie sich nicht, und ich stehe kurz davor, meine Geduld zu verlieren. »Das hier ist L.A. und du eine Frau, die leichter zu schnappen ist als ein Reh im Scheinwerferlicht. Rein da.«

»Danke für die Mühe, aber kein Bedarf.« Sie versucht, stark zu klingen, klammert sich aber ängstlich an ihre Handtasche. »Ich laufe.«

»Einen Scheiß tust du. Steig jetzt ein.« Schon wieder will sie widersprechen, aber ich komme ihr zuvor. »Bis zum Zirkustal sind es dreieinhalb Stunden zu Fuß.«

»Dann rufe ich mir ein Uber.«

Nur mit Mühe kann ich ein Augenrollen unterdrücken. »Vor *mir* hast du Angst, aber einem *Uber-Fahrer* traust du?«

»Ja«, entgegnet sie sofort. »Sie würden ja sonst ihre Lizenz verlieren.«

»Ihre Liz...« Ein trockenes Lachen entfährt mir. »Ist das dein Ernst?« Als sie nur trotzig das Kinn vorschiebt, wird mein Herz von Zorn gejagt. Wie kann jemand so stur sein? »Steig. Jetzt. Ein«, zische ich.

»Ne-hein.«

»Das reicht.« In einer schnellen Bewegung schlinge ich meinen Arm um ihre Taille und werfe sie über meine Schulter.

Sie kreischt auf. »Lass mich runter, du Freak!«

»Sagt das Mädchen mit dem Messer?«

»Was *du* in den Müll geworfen hast!«

»Tz, tz, tz«, kommt es von der Fahrerseite, »Kujo wird ausrasten.«

Ein dumpfer Laut entkommt Heavens Kehle, als ich sie auf den Beifahrersitz werfe.

»*Du?*« Erschrocken sieht sie zu Hawk. »Ihr ... ihr kennt euch?«

Sein linker Arm liegt lässig auf dem geöffneten Fenster. »Das Arschloch ist mein bester Kumpel, Zuckerpuppe.«

Stöhnend wirft sie den Kopf zurück und zwickt sich in die Nasenwurzel. »Wieso wundert mich das nicht?«

Von hinten streckt ein rothaariges Mädchen den Kopf durch die Mittelkonsole. »Mach dir nichts draus. Ich hatte auch keine Chance.«

Quietschend wirbelt Heaven herum. »Savvy!«

Ach, *das* ist Savvy.

»Hawk hat mich auch einfach ins Auto geschmissen.« Die

Rothaarige verdreht die Augen. »Dabei war ich gerade dabei, Steve meine Nummer zu geben.«

»Während einer verdammten Razzia«, grummelt mein Freund.

Sie hebt entrüstet die Arme. »Wenn nicht jetzt, wann dann, Skullhead?«

»Sav, du glaubst nicht, was in der letzten halben Stunde passiert ist!« Heaven presst sich eine Hand auf die Brust. »Ich bin vor den Cops geflüchtet. Vor. Den. Cops! *Und* ich bin ihnen entkommen!«

Besagte Sav schnappt nach Luft und klatscht in die Hände. »Gratuliere, Babe!«

Ich beuge mich durch das Fenster zu ihr herunter. »Du bist entkommen, weil du mit mir zusammen warst«, raune ich. »Glaub bloß nicht, du wärst was Besonderes, Fairchild.«

»Ein Glück für dich, dass ich dich nie wiedersehen werde, Arschloch.« Ihr Blick speit Feuer. »Ich hoffe, du landest im Knast.«

»Und ich hoffe, dein Ich-renn-zu-deiner-Mommy-Lover nimmt dich so richtig durch, damit der Stock in deinem Arsch von einem Schwanz ersetzt wird. Scheinst du zu brauchen.«

Ihre Kinnlade klappt herunter.

Ein Grinsen, süß wie Gift, hebt meinen Mundwinkel, als ich die Hand ausstrecke und in ihren BH greife. Mit geweiteten Augen schnappt sie nach Luft, während ich das Tütchen Koks herausziehe. Dann nicke ich Hawk zu. »Fahr los.«

KAPITEL 6

Heaven

Als ich am nächsten Morgen in meinem Zirkuswagen aufwache, bin ich überzeugt, den absurdesten Traum meines Lebens gehabt zu haben. Die letzte Nacht kann gar nicht real gewesen sein – nicht in meinem Leben. Ich liege in meiner Bettnische, rolle mich auf den Rücken und blinzle gegen das Morgenlicht an, das durch den Spalt der schweren Vorhänge fällt. Dann strecke ich mich unter der Steppdecke aus, schiebe mich höher in die Kissen und beobachte, wie der Sonnenaufgang die Vintagetapete in ein tiefes Orange hüllt.

Der Himmelszirkus gehört zu den berühmtesten Zirkussen der Welt. Im späten neunzehnten Jahrhundert wurde er von meinem Ururgroßvater gegründet. Um den klassisch nostalgischen Charme zu erhalten, wurden die Wagen und Zelte immer wieder aufwendig restauriert. Ich liebe meinen Trailer. Alles in unserem Zirkustal, dem Sky Valley. Jeder Ort verströmt ein königliches Ambiente.

Neben der Lampe mit dem alten Fransenschirm leuchtet mein Handy auf dem Nachttisch auf. Eine Erinnerung meines Vaters in der Zirkusgruppe, dass wir alle pünktlich zu einer wichtigen Versammlung in der Manege erscheinen sollen. Also wühle ich mich aus dem Bett und ziehe ein geblümtes Sommerkleid aus den unteren Schränken der Holzvitrine.

Laut meiner Mutter hat sie einst Zoola Fairchild gehört. Meine Ururgroßmutter war eine historische Ikone, deren Schwarz-Weiß-Fotografien berühmt sind wie die Marilyn Monroes und für astronomische Summen gehandelt werden. Im selben Atemzug hat sie mir gesagt, dass der Schrank ein Anreiz wäre, mir Zoolas Ehre durch perfekte Leistungen zu erarbeiten.

Gerade binde ich meine Haare zu zwei Knoten, als es an meiner Wohnwagentür klopft.

»Heav?«, ruft eine kratzige Stimme von draußen, »bist du wa…« Der Rest ihres Satzes geht im knarrenden Schwung der Tür unter, als ich sie öffne. Savvy steht unter dem markisenähnlichen Vordach, die geschwungene Kante wie ein schwebender weißer Heiligenschein über ihrem roten Haar – etwas, das so gar nicht zu meiner besten Freundin passt. Dunkle Ringe liegen unter ihren Augen. »Natürlich bist du wach«, krächzt sie. »Wahrscheinlich bist du schon seit vier am Trainieren, und ich sollte mich wie ein räudiger Tomatenfrosch fühlen, weil ich verpennt habe.«

»Ich bin auch gerade erst aufgewacht«, gestehe ich, ziehe die Tür hinter mir zu und gehe an ihr vorbei die Treppe hinunter ins Zirkusdorf. Hier stehen unzählige marineblaue Wohnwagen. Unser Dorf wird eingefasst von dem riesigen Showzelt, dem etwas kleineren Speisezelt Sky Food, dem Gemeinschaftszelt Sky Snookers und den Trainingshallen.

»Du?«, fragt Savvy entgeistert. »Ist deine Fantasie endlich wahr geworden, und Elvis' Geist hat sich in dein Bett verirrt?«

»Nein.« Seufzend gehe ich über den erdigen Platz und sehe in der Ferne einige der Artisten, die mit müden Gesichtern das Speisezelt betreten. »Die letzte Nacht hat mich fertiggemacht.«

»Was denn? Hattest du etwa noch Sex mit Craig?« Als sie meinen funkelnden Blick bemerkt, lacht sie grunzend auf. »Was? Es ist kein Geheimnis, dass ich deinen Good-Guy-Typen unattraktiver finde als eine Blindschleiche.«

Kopfschüttelnd steige ich über die Deichsel von Ashleys Wohnwagen. An ihnen werden die Trailer an ein Zugfahrzeug gekoppelt, wenn wir unterwegs sind. »Craig ist verlässlich, liebevoll und fürsorglich.«

»Trotzdem stehst du auf den Typen von gestern.«

Bei dem Gedanken gebe ich ein helles, ungläubiges Lachen von mir. »Als ob ich meine Zeit jemals mit so einem abgewrackten Typen verschwenden würde, der jeden Menschen verdirbt, wenn er ihn nur *anfasst*. So einer schreit nach Ärger, ein personifizierter Haftbefehl mit …«

»Heav«, unterbricht mich Savvy, indem sie mir den Weg abschneidet und mich amüsiert ansieht. »Du hast ihn gierig angeglotzt. Ich dachte, du sabberst jeden Moment los.«

»Wie bitte?«

»Kein Witz.«

Meine Starre hält einen Augenaufschlag, bevor ein schallendes Lachen aus mir herausbricht. »Ja, klar.« Aber als ihr ernster Ausdruck bleibt, erstirbt das Geräusch in meiner Kehle, und meine Augen weiten sich. »Du denkst ernsthaft, ich finde diesen Idioten gut?«

»Dexter-Shadow-Ernst.«

Unser Schattenkünstler lacht niemals und wird in manchen Shows sogar von bekannten Komödianten herausgefordert, ernst zu bleiben. Dexter versagt nie, weshalb sich sein Name in Sky Valley zu einem Insider entwickelt hat.

»Was ist eigentlich mit Kujos Messer?«, fragt Sav. »Hast du es zurückgeschmuggelt?«

Ich stöhne. »Der Kerl hat es in eine Mülltonne geworfen.«

»Oh.« Meine Freundin verzieht das Gesicht, und ich weiß auch wieso: Kujo und Pawel, einer der Tänzer, kommen gerade hinter einem Wohnwagen in Sicht und steuern das Sky Food an. »Das sagen wir ihm besser nicht.«

»O Gott«, murmele ich, als ich Kujos angepissten Gesichtsausdruck erkenne. Er hat das helle Kinn vorgeschoben, und sein schwarzer Irokesenschnitt sieht aus, als wäre er hundertmal mit den Fingern da durchgefahren. »Er weiß es.«

»Vielleicht, dass es weg ist, aber nicht, dass du es warst.«

»Egal. Er hasst mich. Er wird es einfach vermuten.«

Als hätte Kujo mich gehört, dreht er den Kopf in unsere Richtung, seine dunklen Augen sind zu Schlitzen zusammengekniffen. »Was glotzt du so hässlich, Leuchtfresse?« Ich zucke zusammen. »Siehst heute mal wieder wunderbar lädiert aus. Besser als gestern. Ich hoffe, dir hat jemand heftig in die Fresse getreten.«

Mir klappt die Kinnlade herunter. Ja, Kujo ist ein abgefucktes Arschloch, aber so was ist selbst für ihn heftig. Jetzt besteht kein Zweifel mehr, dass er bereits weiß, dass seine geliebte Messersammlung unvollständig ist.

Savvy hat die Fäuste in die Hüfte gestemmt und schießt mit ihren Augen Blitze auf ihn. »Halt die Fresse, Kujo!«

Unser Messerwerfer öffnet den Mund, um die nächste Beleidigung abzufeuern, aber dann huscht sein Blick über meine Schulter, und er schließt ihn schnell wieder. Mit einem Kopfschütteln wendet er sich ab und verzieht sich mit Pawel in das Speisezelt. Keine Sekunde später spüre ich eine starke Hand auf meiner Schulter, und mein Dad kommt an meine Seite. »Gut geschlafen?«

»Ja.« Unsicher lächle ich in sein wettergegerbtes Gesicht. Das Klima in Los Angeles hat meinem Vater eine waschechte Lederhaut verpasst. *Hat Craig ihm von gestern Nacht erzählt?* »Und, äh, du?«

»Es geht.«

»Viel zu tun mit den Tourvorbereitungen, Sir?«

»Ah, Savannah.« Dad seufzt. »Du sagst es. Dazu die kurzfristigen Änderungen …«

»Änderungen?«, frage ich überrascht.

Mit erhobenen Brauen sieht mich Dad an. »Hat deine Mutter es dir nicht gesagt?«

»Nein?«

Kurz kratzt er sich den halbkahlen Schädel. »Brandon fällt für ein Jahr aus.«

Ich blinzle. »Wie bitte?«

»Brandon?«, fragt Sav. »Aber er ist unser Staract!«

In den letzten drei Jahren haben Brandon und Ashley die Hauptgigs der Shows bekommen; sie als Luft-, er als Kraftakrobat.

»Warum?«, füge ich hinzu.

Dad fährt sich über das Gesicht, als würde ihn die Frage erschöpfen. »Die Vorbereitungen auf sein Examen kosten wohl doch mehr Zeit, als er angenommen hatte.«

»Oh.« Ich wusste zwar, dass Brandon neben dem Zirkus Jura studiert, aber irgendwie ist es mir immer wieder entfallen. Kein Wunder. Der Kerl ist eine Maschine. »Und wer springt für ihn ein?«

Bevor er antworten kann, ruft ihn Joseph, unser Clown.

»Mr. Fairchild, Sir!« Er eilt aus dem Eingang seines Wohnwagens zu uns. Es ist verrückt, wie anders er außerhalb seines Kostüms wirkt. »Wir wollten noch über den Umzug in den größeren Wagen sprechen …«

»Ah, richtig.« Dad drückt mir ein weiteres Mal die Schulter und entschuldigt sich, bevor er Joseph entgegengeht und mit ihm im Speisezelt verschwindet.

»Wer könnte für Brandon einspringen?«, fragt Savvy.

Ich zucke mit den Achseln. »Niemand im Team könnte Brandon ersetzen. Er ist einfach …«

»… zu krass«, murmelt Savvy, während sie auf der Unterlippe herumkaut. »Ja, hab ich auch gedacht.«

Als wir das Speisezelt betreten, sitzt bereits ein Drittel der Zirkusbelegschaft auf den samtbezogenen Stühlen.

An diesem Ort herrscht eine andere Ära – und ich liebe es.

»Also«, beginnt Sav, nachdem wir uns an einen freien Tisch gesetzt haben. »Wenn du mit dem Rebellen schlafen würdest …« Grinsend schiebt sie sich einen Löffel Porridge in den Mund.

»Savvy!«

Sie lacht, wobei sie die Haferflocken vom Löffel auf den Tisch sprenkelt. »Also, wenn du mit ihm schlafen würdest …«

»… was nie passieren wird.«

»Ja, aber *wenn*, Heav, *fiktiv*, würde es sich so anfühlen, als hätte er deine Ehre beschmutzt?«

»Es würde sich anfühlen, als hätte der Teufel von mir Besitz ergriffen.«

»Okay, also wenn du Sex mit einem Rebellen hast, kann ich davon ausgehen, dass du besessen bist?«

»Ja.«

»Interessant.«

»Warum ist das interessant?«

»Na jaaa …« Ihr Blick huscht kurz zu Hawk, der mit Kujo, Pawel, Ashley und den anderen an einem Tisch sitzt. Das schummerige Licht flackert über seinen Totenkopfschädel. Für Besucher der Shows wirkt es gruselig, aber ich habe mich längst dran gewöhnt. Sav sieht wieder zu mir, beißt in ihren Apfel und fährt schmatzend fort: »Dafür, dass du diesen verruchten Typen so unattraktiv gefunden hast, war der Sex-Appeal zwischen euch gigantisch.«

Mein Hand erstarrt mit dem Löffel in der Luft. »Was?«

»Ohne Scheiß, Babe, ihr zwei hattet einen so lauten Hayogasmus, dass ich dachte, ich komme gleich nur vom Zusehen.«

»Hayogasmus?!«

»Hate-You-Orgasmus.« Sie leckt den Apfelsaft von ihren Fingern.

»Äh, ja, sicher.« Die süßliche Säure eines Himbeerstücks verteilt sich in meinem Mund, als ich mir den Porridge endlich in den Mund schiebe.

»Als wäre er ein Löwe und du das Lamm.«

»Mir egal, was er ist. Ich werde ihn nie wiedersehen.«

Anzüglich drückt Savvy die Zunge in die Wange.

»Heaven?« Ich drehe den Kopf, woraufhin Craig leicht zusammenzuckt. Ich habe mich daran gewöhnt, dass es anderen schwerfällt, mich anzusehen, wenn die blauroten Hämatome mein Gesicht überziehen, aber es tut trotzdem jedes Mal weh.

Savvy stößt ein entnervtes Stöhnen aus.

»Darf ich mich setzen?«, fragt er.

»Ja, ähm, klar.«

Craig stellt seine Schüssel ab und hebt zögerlich einen Arm. »Ist es okay, wenn ich dich drücke?«

Savvy gibt Kotzgeräusche von sich. Ich werfe ihr einen mahnenden Blick zu, bevor ich ihn anlächle. »Ja, natürlich.«

Erleichtert sacken seine Schultern nach unten, bevor er einen Arm um mich legt und mich kurz an sich zieht. Er gibt mir einen flüchtigen Kuss auf die Schläfe. Dabei entgeht mir nicht, dass er darauf achtet, nicht die verfärbte Haut zu berühren. Mein Lächeln verrutscht um einige Millimeter.

»Wegen gestern …«, fange ich an.

»Was war gestern?«, grätscht Savvy neugierig rein.

Aber ich übergehe ihre Frage. »Das war ein Idiot, der sich mein Handy geschnappt hat«, erkläre ich Craig. »Ehrlich.« Fahrig reibe ich mir über die Brust. »Er hatte sogar einen Ohrring, die Ärmel seines Shirts waren *abgerissen*, und in seinem Gesicht war eine Narbe, Craig. Eine *Narbe*. Wahrscheinlich ein Schlägertyp.« Trocken lache ich auf, »vor so einem würde ich wegrennen, anstatt auf seinem Schoß zu hocken.«

»Oder *mit* ihm wegrennen«, hüstelt Savvy.

Könnte ich Feuer speien, wäre sie jetzt ein Aschehäufchen.

»Schon okay«, sagt Craig. »Ich vertraue dir.«

Ein riesengroßer Stein fällt von mir ab. »Wirklich?«

»Natürlich. Du würdest nichts tun, das ich verurteile.«

Erneute Kotzgeräusche erklingen von Sav.

Ich lege meine Hand auf sein Bein. »Du bist der Beste.«

Lächelnd drückt er meine Finger, bevor er sie bestimmt von sich schiebt. »Heav«, flüstert er, »lass so was.«

»Oh, klar. Entschuldige.«

Wieder schießt Enttäuschung durch mich hindurch, doch plötzlich wird sie von einer eigenartigen Hitze ersetzt. Ich blinzle, weil ich das Gefühl nicht einordnen kann, als auf einmal Bilder von gestern Nacht durch meinen Kopf zucken. Finger in meinem BH, eine hauchzarte Berührung, die sich nimmt, was sie will. Der hungrige Ausdruck dieses Typen, Augen wie flüssiger Honig, und ich, wie ich mich an der Kante des Stuhls reibe.

Mir rutscht der Löffel aus der Hand. Das Geräusch, als er auf dem hölzernen Tisch aufschlägt, reißt mich aus meinen Gedanken.

Während Savvy mit einem wissenden Grinsen in ihrem Porridge rührt, wirkt Craig besorgt. »Alles okay?«

»Ja«, murmele ich. »Nur zu wenig geschlafen.«

Er nickt, aber es wirkt wie ein Tadeln. »Wenigstens hast du aus diesem Abend gelernt. Er hat dir nichts als Ärger beschert.«

Unter dem Tisch drücke ich unauffällig die Schenkel aneinander. »Mhm.«

Savvys Blick trifft meinen. »Ärger«, formen ihre Lippen lautlos, während sie mit den Augenbrauen wackelt, »und Lust.«

Mein Herz macht einen unangenehmen Hüpfer. Zum Glück gehen wir kurz danach in Richtung Showzelt.

Aber ich hatte ja keine Ahnung, was mich dort drin erwartet.

KAPITEL 7

Heaven

»Fünfhundert Dollar, dass Dexter Shadow wieder angemalt *und* mit Twizzlers ins Zelt kommt?« Savvy und ich lassen uns hinter den bereits besetzten Reihen fallen.

»Natürlich kommt er bemalt. Als ob ich dagegenwette.«

»Guter Punkt. Ah, da ist er.«

Ich sehe zum Eingang, und Savvy hat recht. Dexter Shadow betritt das Zelt, sein Gesicht grau, als wäre er eine Gewitterwolke, in der Hand einen Twizzler.

Außerhalb der Shows ist das Zirkuszelt wesentlich unspektakulärer. Die Lichterketten an der spitzen Decke sind ausgeschaltet, es fehlen bunte Projektionen, und die gestreiften Zeltwände samt burgunderroter Vorhänge, durch die wir Artisten unsere Manege betreten, wirken trostlos ohne ihre mysteriöse Dunkelheit.

»Irgendwie lächerlich, dass wir immer noch alle hier antanzen müssen, um die Verkündung des Showacts zu zelebrieren.« Savvy dreht ihr Haar auf den Finger. »Wir wissen doch eh alle, dass es Ash wird.« Ihre Aussage verpasst mir einen Tritt in den Magen. Scheinbar spiegelt sich der Schmerz in meinem Gesichtsausdruck wider, denn augenblicklich verzieht Savvy bedauernd den Mund. »Scheiße, tut mir leid.«

»Schon gut. Du hast recht.«

»Nein, habe ich nicht. Du hast genauso Chancen, sie vom Thron zu stürzen. Das war dumm von mir.« Kopfschüttelnd vergräbt sie das Gesicht in den Händen und linst mich dann durch die Finger an. »Verzeih mir, okay?«

»Schon gut«, wiederhole ich und setze mich in einen Schneidersitz, soweit es die engen Sitze der Tribüne zulassen. »Aber ich bin gespannt, wer der Kraftakrobat wird.«

»Ich auch!« Savvys Augen werden schmal, während sie die Reihen scannt. »Vielleicht Pawel?«

»Nee.«

»Aber er hat Muskeln.«

»Er ist Tänzer, kein Akrobat.«

»Hmm ...« Sie streckt die Beine aus und platziert ihre Docs auf der Lehne von Hawks Stuhl. Mit der Spitze berührt sie seinen Rücken. »Trotzdem ist er zum Anbeißen.«

Genervt dreht Hawk sich um. »Was wird das, Arielle?«

»Ich mache es mir nur gemütlich.«

»Gemütlich?« Er hebt eine Braue, was durch die ganze Farbe unter der Haut kaum zu sehen ist. »Mit deinem Schuh an meinem Rippenbogen?«

»Woher soll ich wissen, wo dein Rippenbogen ist?«

Hawk blinzelt ein einziges, trockenes Mal, bevor er sich das T-Shirt über den Kopf zieht. »Hier, eine Landkarte für dich, Süße. Wenn du willst, dass ich mich ausziehe, musst du das nur sagen.«

»Wenn ich will, dass sich jemand für mich auszieht, erkennt er es an meinem Blick.« Sie zwinkert ihm zu. »Und wenn du ihn nicht siehst, ist das wohl nicht der Fall.«

»*Noch* nicht.« Grinsend dreht Hawk sich wieder um, ohne sich sein Shirt wieder anzuziehen. Genau da, wo gerade noch Savannahs Schuh war, ist sein Rippenbogen, gestochen in schwarzer Tinte, umgeben von Muskelsträngen, Knochen und Organen.

Kommentarlos zieht Sav ihre Beine zurück.

In dem Moment wird der Vorhang zurückgezogen, und meine Eltern betreten die Manege. Dad trägt seine feierliche Showkleidung, samt Zylinder und Anzug, Mom ein schillerndes Kleid im Stil der goldenen Zwanziger. Ihr Lächeln wirkt verkrampft. Sie sieht zu mir, und in ihren Augen blitzt etwas auf, aber ich weiß nicht, ob es Vorfreude oder Enttäuschung ist. Bei ihr liegt beides so nah beieinander.

»Einen wunderschönen Sonntagmorgen, meine Familie.« Dad breitet die Arme aus, als wollte er sie um jeden Einzelnen legen. »Bald beginnt die nächste Tour, und wie einige von euch bereits mitbekommen haben, wird Brandon dieses Mal nicht als Hauptgig auftreten.« Im Zelt bricht ungläubiges Gemurmel aus, während Brandon sich in der ersten Reihe erhebt und zu meinem Vater in die Manege geht. Väterlich legt Dad einen Arm um ihn. Sofort zieht ein schwallartiger Krampf durch meine Glieder.

So hat er früher Elliott umarmt, bevor …

»Es bricht mir das Herz«, sagt Brandon. »Aber ich muss mich auf mein Examen vorbereiten, und ich bin sicher, der Ersatz, den Mr. Fairchild gefunden hat, wird mich zufriedenstellend vertreten.« Bevor er an seinen Platz zurückgeht, schüttelt er meinem Dad noch einmal respektvoll die Hand.

»Hat er dir erzählt, wer es wird?«, raunt Savvy mir ins Ohr. »Oder deine Mom?«

Ich schüttele den Kopf.

»Komm schon«, drängt sie. »Du kannst es mir erzählen.«

»Ich weiß es wirklich nicht.«

Sie seufzt. »Und ich dachte, es wäre praktisch, wenn meine beste Freundin die Tochter des Zirkusdirektors ist.«

»Kommen wir zur weiblichen Besetzung«, sagt Mom, und urplötzlich kehrt Stille ein. In meinem Magen flattern ungefähr eine Million Schmetterlinge. »Für den Part der Luftakrobatin werden dieses Jahr spannende neue Elemente eingeführt. In den vergangenen Shows haben wir uns auf das Trapez und Ringe beschränkt, aber für die anstehende Himmelstour wollen wir das Seidenband mit einbauen, in gemeinsamer Show mit dem Kraftakrobaten. Er steht unten und kontrolliert das Band, in dem sie oben ihre Kunststücke macht, und kommt dann zu ihr rauf. Ein gemeinsamer Tanz.«

Schock wallt durch meinen Körper, und die Schmetterlinge fallen tot zu Boden. »In anderen Worten«, murmele ich, »verkackt er es, knallt sie auf den Boden.«

Sav wirft mir einen mitleidigen Blick zu. »Schlimm, wenn ich jetzt hoffe, dass du es dieses Jahr doch nicht wirst?«

»Ja.« Ich verziehe den Mund. »Ich will das unbedingt.«

»Auf den Boden fallen und dir alles brechen?«

»Den Hauptact.«

Savvy seufzt. »Gott sei Dank bin ich Tänzerin.«

»Aber ob Mom …«, beginne ich, doch breche ab.

Meine Mutter und ich haben eine merkwürdige Beziehung. Seit dem Kindesalter drillt sie mich. Gelingt mir etwas, liebt sie mich abgöttisch. Genüge ich nicht ihren Anforderungen, bin ich die größte Enttäuschung. Manchmal sagt sie Dinge, die wie ein Skalpell meine Seele zerfleischen. Ihre größte Angst ist, dass ich sie blamieren könnte, wenn ich versage – ich, als ihre Tochter, für die sie alles aufgegeben hat. Ich, als ihre einzige Chance auf Ruhm, nachdem Elliott alles verdorben hat.

»Und als kleinen Zusatzpunkt«, fährt Mom fort, »haben wir uns überlegt, die Presse für die Tour anzuheizen.«

»Inwiefern?«, ruft Kujo aus dem Publikum.

»Eine gespielte Beziehung!« Dad strahlt Mom an, als wäre das die beste Idee ihrer beider Leben gewesen. »Wir faken Dates zwischen den beiden Hauptacts, bis die Gerüchte überkochen. Die Shows werden ausverkauft sein, die Medien durchdrehen und der Zirkus in aller Munde sein.«

Begeistert klatscht Mom in die Hände. »Sex sells! So was hat es in der Zirkusbranche noch nicht gegeben und wird uns an die Spitze katapultieren.«

»Und?« Ich spüre Savvys Seitenblick wie Nadeln in meiner Haut. »Willst du immer noch?«

Ich schweige.

»Kommen wir jetzt zur Verkündung. Luftakrobatin für die Himmelstour wird …« Mom räuspert sich, ihre Lippen kräuseln sich vor Begeisterung, während sich mein Magen überschlägt. »Ashley Goldstein!«

Meine Hoffnung flattert in tausend dünnen Papierschnipseln zu Boden. Applaus brandet auf, während sich Ash erhebt und in die Mitte der Manege schreitet. Strahlend nimmt Mom sie in die Arme. Dabei zuckt ihr Blick über Ashs Schulter zu mir. Ihre stummen Worte sind unmissverständlich: *Das hättest du sein können, wenn du dich angestrengt hättest.*

Savvy stöhnt leise auf. »Tut mir leid. Ich hätte es dir gegönnt.«

»Am meisten hättest du Craigs Gesicht sehen wollen, wenn ich öffentlich so tue, als würde ich mit jemand anderem zusammenkommen.«

»Das auch«, gesteht sie.

Ich applaudiere, während Ashley weiterhin strahlt. Sie sieht aus wie Schneewittchen: ihre Haut wie Porzellan, tiefrote Lippen, schwarze Haare und eine begnadete Oberweite. Dazu kann sie sich bewegen wie eine Schlange. Manchmal träume ich sogar von ihren Kontorsionskünsten, wie sie sich verdreht und verknotet. Jedoch sitzt dann mein Kopf auf ihrem Körper. Es sind meine zweitschlimmsten Träume. Sie kommen nach dem Abend, der alles änderte. Nach meinem Geheimnis.

Dad reißt mich aus meinen Gedanken, als er mit der Verkündung fortfährt. »Der männliche Kraftakrobat an Ashleys Seite wird sein …« In der Manege wird es totenstill. Erwartungsvolle Spannung webt sich über unsere Köpfe, so dick, dass man die Luft schneiden könnte. Ich halte den Atem an. »… Helix Winchester!«

Als ich sehe, welches arrogante Arschgesicht durch den Samtvorhang die Manege betritt, bleibt mein Herz stehen.

»Ach du Scheiße«, haucht Savvy.

Es ist der abgewrackte Typ von gestern.

Und jetzt steht er da, in Lederjacke, kaputter Hose und Bikerstiefeln und sieht aus wie die personifizierte Dunkelheit, während er mich fokussiert.

Das schummrige Licht erhellt seine funkelnden Augen.

Gestern habe ich noch gedacht, sie sehen aus wie flüssiges Gold. Jetzt glaube ich, der Bernstein in ihnen schlitzt mir die Kehle auf.

KAPITEL 8

Heaven

»Starr ihn nicht so an!«, raune ich Savvy ins Ohr, die gerade dabei ist, ihre Spitzenschuhe zu binden. »Ich will nicht, dass wir seine Aufmerksamkeit erregen.«

»Wir sind in der Trainingshalle. Als ob er nicht wüsste, dass wir hier sind. Ich meine …«, theatralisch sieht sie sich um, »… es gibt hier wirklich viel, das uns verstecken könnte. Vor allem dich.« Sie feixt. »Ein Mädchen, das in einem Ring von der Decke baumelt.«

Es stimmt. Auch wenn die drei Trainingshallen der Länge nach halb Sky Valley umfassen und *riesig* sind … auffälliger geht's nicht.

Im Grunde genommen ist das hier nichts anderes als eine große Sporthalle, nur dass sie in verschiedene Bereiche unterteilt ist. Strickleitern, Trapeze, Ringe und Stoffe hängen von der Decke, Seile spannen sich von einem Ende zum anderen, und überall liegen meterdicke Matten aus. Der hintere Teil ist für das Cardio- und Muskeltraining ausgestattet, während die andere Ecke neben dem Eingang durch die Holzpflöcke und Wurfscheiben aussieht wie ein Übungsort für Assassine. Dort trainiert Kujo und schleudert seine Messer mit tödlicher Präzision neben den Kopf des aufgestellten

Dummys, bevor er sich sein Schwert schnappt und in einem mörderischen Tanz in die Pfähle schneidet.

Immer wieder huscht mein Blick heimlich zu Helix, während er ausschließlich in kurzen Shorts gekleidet Übungen mit den Gewichten macht. Das, was ich bisher gesehen habe, kommt definitiv an Brandon ran. Wenn es ihn nicht sogar übertrifft.

Von den Muskeln brauche ich gar nicht erst anfangen.

Ich muss mich zwingen, ihn nicht anzustarren, und mir wieder ins Gedächtnis rufen, dass ich arrogante Mistkerle nicht ausstehen kann.

»Außerdem«, sagt Savvy, schnürt eine Schleife und richtet sich auf, »wirken wir nicht gerade interessant für ihn.«

Das ist noch untertrieben, denn der Kerl ignoriert uns geflissentlich. Was kein Problem für mich ist. Diesen kaputten Typen würde ich nicht mal mit Putzhandschuhen und einer Kneifzange anfassen. Im Gegensatz zu Craig hätte er meinen Besuch im The Hodge mit Sicherheit nicht gedeckt.

Als mir mein schlechtes Gewissen sauer die Kehle hochkriecht, schnappe ich mir schnell den Reifen, der neben mir über dem Boden hängt. Ich hänge mich mit einer Kniekehle rein und strecke den Körper nach unten durch. Im Gegensatz zu den anderen Reifen hängt dieser nur zwei Meter über dem Boden. Ich benutze ihn, wenn ich ohne Sicherheitsgurte trainieren will. »Wie zur Hölle kommen meine Eltern darauf, ihn als Gastartisten einzustellen?«

Savvy lehnt sich mit dem Ellbogen auf einen Barren »Ich habe seinen Namen gegoogelt.«

Anmutig strecke ich die Finger aus und drehe mich in meinem Reifen, wodurch meine Freundin immer wieder verschwindet und auftaucht. »Und?«

Sie zögert. »Er ist Stunt Double. Hat Blockbuster gedreht. Auch für Marvel.«

Das erklärt, warum er auf der Flucht vor den Cops mit mir mithalten konnte. Nicht aber, wieso ein erfolgreicher Stuntman mit Drogen dealt.

»Auf TikTok waren ein paar Videos, in denen es hieß, er hätte sich übel mit seinen Eltern gefetzt.«

Der Ring kommt zum Stehen. Ich greife an den oberen Rand, ziehe mich raus und mache einen Handstand. Nach wenigen Augenblicken brennen meine Arme vor Anstrengung. »Und was haben die mit Hollywood zu tun?«, schnaufe ich.

Savvy zieht sich auf den Barren und rutscht auf Knien bis zum Ende, um mir näher zu sein. Bedeutungsvoll sieht sie mir in die Augen, während mir das Blut in den Schädel sickert. »Sie sind wohl … reich.« Als ich nichts antworte, setzt sie nach. »Aber Helix hat nie offizielle Schlagzeilen gemacht. Online steht nicht viel über ihn.«

»Was machen seine Eltern denn?«, frage ich, während ich mich in einer fließenden Bewegung in den Ring gleiten lasse, sodass ich in ihm sitze.

»Keine Ahnung. Börse oder so. Sie wollten anscheinend, dass er Schauspieler wird, und er hatte eine Eliteausbildung, aber irgendwie hat er sich geweigert.«

»Und deshalb haben die sich gefetzt?«

Savvy schüttelt den Kopf. »Sie sollen die Kinder nicht gut behandelt haben, und dann sind sie beide abgehauen.«

Ich muss schlucken. »Also hat er auf der Straße gelebt?«

»Keine Ahnung. Glaube schon.« Bedauernd sieht sie zu Helix, und diesmal kann auch ich mich nicht bremsen. Ein scharfer Stich durchzieht meinen Körper, als ich sehe, wie er scheinbar mühelos Ashleys gestreckten Körper auf seinen bloßen Händen trägt. Nicht wegen *ihm*, sondern weil *sie* für den Hauptact trainiert. »Seine Schwester ist vor ein paar Monaten gestorben.«

Mir stellen sich die Nackenhaare auf. Betroffen reibe ich mir über die Brust. Mein Blick heftet sich auf seine scharf geschliffenen Gesichtszüge, die ihn immer ein bisschen wütend aussehen lassen. Erst dachte ich, es wäre einfach sein Wesen, aber jetzt frage ich mich, ob der Verlust seiner Schwester sich darin verewigt hat. »Weißt du, woran?«

Sie zögert. »Nein, keine Ahnung.«

»Der Arme.« Ich kann mich nicht von seinem angestrengten Ausdruck loseisen, während er Ashley durch die Luft wirbelt. Seine Mimik sieht aus wie ein zorniges Gewitter. Ein zorniges Gewitter auf Speed. »Tut mir leid für ihn.«

»Savannah!«, ruft Pawel von der anderen Seite der Halle, in dem sich die Tänzer aufhalten. Der meterlange Spiegel an der Wand reflektiert ihre Gruppe, und alle warten genervt auf meine Freundin. »Wenn du nicht willst, dass ich deine Frontbesetzung für die Tour anderweitig vergebe, bewegst du *jetzt* deinen hübschen Hintern hier rüber!«

Sie seufzt, murmelt ein »Bis später« und rutscht von dem Barren herunter.

Die nächste Stunde trainiere ich auf dem Trapez über den Köpfen der anderen, wobei ich mir die Luft mit Ashley teilen muss. Mehr als einmal drückt mir ein Schraubstock die Kehle zu, wenn ich sehe, wie ästhetisch und mühelos sie sich aus dem Seidenband von der Decke nach unten fallen lässt, wo Helix den Stoff genau dann spannt, wenn sie kurz davor ist, auf den Boden zu klatschen.

Das hättest du dich nie getraut, flüstert immer wieder eine verräterische Stimme in meinem Hinterkopf. *Du bist gut, aber ängstlich. Du bist gelenkig, aber vorsichtig. Eine solide Artistin, die nicht über ihre Grenzen geht. Und deshalb auf demselben Level stehen bleibt wie der schüchterne Teenager von vor fünf Jahren.*

Angst ist ein verdammt scharf geschliffenes Messer. Es tötet unsere größten Träume, indem sie jede Hoffnung mit der Präzision eines Skalpells schneidet und ausbluten lässt. Und wenn nichts mehr von ihr übrig ist, nimmt sie sich die nächste vor. Und jetzt bemerke ich die Angst überdeutlich. Sie klopft nicht nur an, sondern schmettert mir ihr brutales Werkzeug in den Schädel. Und sie ist der Grund, weshalb ich es nicht wage, Helix in die Augen zu sehen.

Ich will diesem widerlichen Triumph nicht begegnen, wenn er die Hämatome in meinem Gesicht sieht. Wie er mit Genugtuung feststellen würde, dass ich ein Schwächling wäre, weil er denkt, ich wäre aufs Gesicht gefallen. Ein Teil von mir wünscht, ich hätte gestern schon welche gehabt. Dann hätte ich die Demütigung hinter mir.

Oder, flüstert diese eisige Stimme erneut, *du willst nicht sehen, wie er genauso zusammenzuckt wie alle anderen, die dich für ein täglich wechselndes Monster halten.*

Es wäre mein Albtraum, wenn *er*, dieser verdorbene, missglückte Untergrundkerl, denkt, jemand Besseres zu sein, obwohl ich in meinem Leben noch kein einziges Mal etwas beichten musste.

Ich wette, der Beichtstuhl ist sein Zuhause.

Gott, wieso hat Mom überhaupt zugestimmt, dass er herkommt? Sie ist *die* Regelbefolgerin der Nation. Und jetzt holt sie diesen Teufel in meine Nähe und will auch noch eine Fake-Dating-PR-Aktion durchziehen?!

Savvy hat recht. Gut, dass ich nicht der Hauptgig bin.

»Fairchild!«, bellt eine Stimme, die mir nur allzu vertraut ist. Jessica Williams hat die Halle betreten, gemeinsam mit den anderen Trainern, die immer erst nach der freien Vorbereitung erscheinen. Unter ihnen Cassian Viero – Ashs und jetzt auch Helix' Trainer. Er ist heiß, kaum älter als zwanzig und war viele Jahre Olympiasieger im Turnen, bevor er schlimm gestürzt ist und den Profisport an den Nagel gehängt hat. Dass Ash jedes Mal stammelt, wenn er ihr im Training körperlich nahe kommt, ist kein Geheimnis.

»Wenn du weiterhin im Trapez schaukeln und den neuen Gastartisten anstarren willst, schlage ich dir vor, auf den Spielplatz zu wechseln.«

Ach. Du. Scheiße.

Mein Körper erstarrt, und meine Finger verkrampfen sich an den beiden Seilen. »Ich habe nicht …«

»Keine Lügen, Heaven.« Jess' langer blonder Zopf wippt über ihrer Trainingsjacke mit dem Emblem des Sky Circus. Es zeigt Himmel und Wolken, blau und weiß ineinander verschlungen, darüber die Silhouette einer Luftakrobatin, umrandet von einem Zirkuszelt. Eisern sieht Jess zu mir auf. »Ich habe fast fünf Minuten beobachtet, wie der neue Kraftakrobat interessanter war als dein Training, und fühle mich meiner Zeit beraubt.«

Hinter meiner Brust trommelt mein Herz wie während einer Aufführung. Dabei habe ich mich nicht einmal bewegt, denn, wie sie zurecht festgestellt hat, *habe* ich Helix angestarrt. Ein paar Artisten kichern, aber ansonsten ist es stiller geworden. Zwar sind die Geräusche der verschiedenen Übungen zu hören – Kujos Messertreffer und das Klirren, Kratzen und Rascheln der anderen Geräte –, aber bis auf

Pawels gleichmäßiges »und fünf, sechs, sieben, acht« ist jedes Gespräch im Keim erstickt.

»Ich will einen Twisting Double sehen«, ruft sie, »und zwar sofort.« Als meine Trainerin weiß sie ganz genau, dass ich ihn nicht kann. Aber wie gesagt: Jess ist erbarmungslos. Sie wäre nicht eine der bekanntesten Artisten unserer Zeit gewesen, wenn der Ehrgeiz nicht von ihr Besitz ergriffen hätte.

Mit den Fingern umklammere ich die Sitzstange und lasse meinen Körper in der Luft baumeln. Mein Puls rattert wie ein kaputter Blinker. Fast glaube ich, ihn auf meiner Zunge schmecken zu können, weil er mir aus der Kehle springen will. Schnell bringe ich mich in Schwung, bis ich eine gute Höhe erreicht habe. Ein letztes Mal atme ich tief durch, bevor ich loslasse und mich in der Luft drehe.

Eine Sekunde Schwerelosigkeit.

Zwei, drei.

Von der Geburt an ist unsere Seele in einen Käfig gesperrt, während wir sie mit Momenten füttern. Es gibt nur wenige Augenblicke, in denen wir uns erlauben, sie freizulassen.

Dad meinte einmal, einer davon ist die erste große Liebe. Das kurze Gefühl des Schwebens, wenn man sich unsterblich verliebt und in diesem Bruchteil der Sekunde spürt, dass die andere Person genauso fühlt.

Nichts dergleichen ist passiert, als Craig mich zum ersten Mal geküsst hat. Ich denke, dass die Leute die chemische Reaktion einer Partnerschaft zu wichtig nehmen. Nicht, dass es nicht schön wäre, aber … es gibt magischere Gefühle. Wie zum Beispiel jetzt. Der Flug von einem Trapez zum anderen. Diese Verbindung zum Universum. Kein Gefängnis der Schwerkraft, das dich auf den Boden zieht, sondern nur der Himmel, mit dem man verschmilzt.

Mom ist derselben Meinung. Vielleicht hat sie mich deshalb Heaven genannt. Auch sie war eine Trapezkünstlerin, bevor die unerwartete Schwangerschaft mit meinem Bruder ihrer Karriere ein Ende gesetzt hat.

Aber ich will nicht an Elliott denken.

Nicht nach dem, was passiert ist.

Nicht in meinem seltenen Moment der Seelenfreiheit.

Meine Hände kriegen das gegenüberliegende Trapez zu fassen, und ich erlaube mir eine Sekunde, erleichtert auszuatmen, bevor ich mit Schwung herumwirble, die Beine strecke und wieder loslasse. Mein Körper durchschneidet die Luft, als wäre ich eine Schraube, die ein Stück Holz durchbohren will. Ich strecke die Hände nach dem Trapez aus, und ...

Schmerz durchzuckt meinen Oberkörper, bevor ich den Knall höre. Ein scharfer Blitz zerrt mir die Haut von den Knochen, und da realisiere ich es.

Ich bin gestürzt.

O mein Gott.

Ich. Bin. Gestürzt.

Vor ihm!

»Aufstehen, Fairchild.« Jess klingt völlig unbeeindruckt. »Und noch mal.«

Ist sie *irre*?! Ich habe gerade einen verdammten Bauchklatscher auf die Matte gemacht! Wie ein Fisch, der aufs Trockene geworfen wird, schnappe ich noch nach Luft.

»Steh auf«, höre ich wieder, aber diesmal nicht von Jess. Allein der raue Klang dieser Stimme stülpt mein Inneres um. Ja, jetzt gibt es keinen Zweifel. Ich bin ein Fisch, und jetzt werde ich ausgeweidet. »Hast du nicht gehört?«, raunt er. Wo kommt der Kerl auf einmal her? »Aufstehen, Zirkusmädchen.« Aus irgendeinem Grund ist es dieser nervige Spitzname, der mich dazu bringt, zur Seite zu sehen. Ein Fehler, denn sofort schlägt ein weiterer Blitz in mir ein, als ich in diese außergewöhnlichen Augen sehe. Diesmal befinden sie sich genau vor meinem Gesicht. »Wenn du hinfällst, lachen sie.« Er reicht mir die Hand. »Wenn du wieder aufstehst, fürchten sie.«

Unentwegt sieht er mir in die Augen. Nicht ein Mal mustert er meine Hämatome. Als wären sie gar nicht existent. Dabei hätte ich gedacht, er würde sie sofort als Grundlage für einen dummen Spruch bringen.

»Helix«, ruft Cassian. »Herkommen! Sofort!«

»Ja«, knirscht Ash genervt. »Wir haben unser eigenes Training. Für den Hauptact, der wesentlich wichtiger ist als alles andere, verstanden?«

Statt zu ihnen zu gehen, besitzt er die Dreistigkeit und den Mut, sie zu ignorieren. »Steh auf.«

Langsam, als würde ich dem Tod die Hand reichen, lege ich meine in seine. Ein seltsamer Schauer rieselt mir die Wirbelsäule herunter, und auch er verengt für einen winzigen Moment die Augen – fast so, als könne er es nicht ertragen, mich zu berühren. Dann zieht er mich auf die Beine, lässt mich abrupt los und geht zu Ash zurück.

Kurz sehe ich ihm hinterher, bis ich Jessicas Blick wie ein brennendes Hufeisen auf mir spüre und mich rasch umdrehe.

Sie hebt eine Braue.

Ich balle die Fäuste.

»Weitermachen.«

Beim nächsten Mal falle ich nicht.

KAPITEL 9

Heaven

Nach der Aufhelfaktion vom Teufel sieht er kein einziges Mal mehr zu mir. Dafür ist er zu beschäftigt mit Ash.

»Was denkst du?«, fragt Savvy und reibt sich mit schmerzverzerrtem Gesicht die Fußspitzen. »Wie lange dauert es, bis aus ihrer Fake-Beziehung eine echte wird?«

Desinteressiert zucke ich die Achseln, während ich mir die mit Magnesia eingeriebenen Hände an der Hose abwische. Sofort bereue ich es, denn die Blasen brennen höllisch. Eine von ihnen geht sogar auf. Scharf ziehe ich die Luft ein. »Mir egal.«

»Gut zusammenpassen würden sie.« Abwesend leckt sie sich über die Lippen. »Beide sehen aus wie verdammte Götter.«

Ich will ihr nicht zustimmen, also sage ich nichts.

Mit einem Handtuch wische ich mir über das Gesicht, als Craig an meine Seite kommt. Kurz legt er eine Hand an meine Hüfte, achtet aber darauf, sie schnell wieder zurückzuziehen.

»Alles okay?«, fragt er mit gerunzelter Stirn. »Ich habe gesehen, dass du gestürzt bist.«

»Und trotzdem bist du nicht zu ihr gegangen«, knirscht Savvy.

Bedauernd sieht er mich an. »Du weißt, wie wütend Matthew wird, wenn ich das Training unterbreche.«

»Schon gut.« Ich schenke ihm ein kleines Lächeln und wackle mit meinen Gliedern. »Siehst du? Wie Spongebob.«

Er wirkt erleichtert.

Gerade als wir gehen wollen, weht Helix' Stimme durch die Halle. »Heute Abend Party im Showzelt. Die Fairchilds sind nicht da. Bist du dabei?«

Abrupt bleibe ich stehen. Craig will mich weiterschieben, aber ich stemme die nackten Füße ins Linoleum.

»Komm schon, Heaven«, drängt er. »Er ist es nicht wert.«

Doch ich schiebe meinen Freund beiseite und gehe mit gerecktem Kinn zu Helix, der über diese Party redet, als hätte er die volle Erlaubnis. Und das an seinem ersten Tag!

»Es wird *keine* Party im Showzelt geschmissen«, zische ich. Sein Lächeln wechselt zu einer gelangweilten Miene, als er von Kujo zu mir sieht. Alles in mir will unter seinem Blick einknicken, aber ich halte ihm stand. »Außerdem warst du gestern schon feiern.«

Er trinkt einen Schluck aus seiner Wasserflasche und wischt sich grinsend über die feuchten Lippen. »Bist du jetzt meine Babysitterin?«

Die anderen lachen. Ich strecke die Schultern durch. »Wir sind ein weltberühmter Zirkus und können es uns nicht leisten, einen Kraftakrobaten einzustellen, der nur säuft und feiert.«

»Moralapostel Fairchild.« Kujo wirbelt mit seinen Messern, als wollte er mich erdolchen. »Wie wär's, wenn ich dir die Zunge abschneide, um dich zum Schweigen zu bringen? Würde gut zu deinem lädierten Gesicht passen, meinst du …«

Helix hebt eine Hand, und augenblicklich schließt Kujo den Mund. Unfassbar, was er für eine Wirkung auf andere hat. Wie ein Raubtier schleicht er auf mich zu. »War klar, dass dir das zu krass ist. *Zwei* Partys in Folge?« Theatralisch legt er sich die Hand auf die verschwitzte Brust. Zwischen meinen Beinen pulsiert etwas, und ich verfluche mich für meinen verräterischen Körper. »Was für eine Sünde.«

»Lass uns hingehen«, sagt Sav mit demonstrativ verschränkten Armen. »Und diesem Arschloch zeigen, wem der Zirkus gehört.«

»Auf gar keinen Fall«, widerspricht Craig.

Helix' Blick huscht kurz zu ihm, und seine Lippen kräuseln sich spöttisch. »Lass gut sein, Arielle«, sagt er zu Savannah, lässt mich dabei aber nicht aus den Augen. »Die Kleine würde das Gesamtbild zerstören, weil sie in der Ecke sitzt, ihren toten King of Rock hört und sich vorstellt, er würde für sie singen.« Abschätzig mustert er mich. »Wahrscheinlich kann sie nicht mal tanzen.«

»Doch, kann sie«, verteidigt mich Craig.

»Sorry, aber ich gebe nichts auf das Wort einer Petze.«

Neben mir spannt Craig sich an. »Wie bitte?«

Helix grinst bittersüß auf mich hinab. »Willst du es ihm sagen oder soll ich?«

Wütend presse ich die Lippen zusammen. »Wehe.«

Craig dreht sich zu mir. »Was soll er mir sagen?«

»Nichts«, knurre ich. Er weiß nicht, dass es Helix war, der mit ihm im The Hodge telefoniert hat. Und ich hatte nicht vor, es ihm zu sagen. Es ist nichts passiert, und es wird niemals was passieren, Himmel noch mal. Ich spüre sowohl Ashleys als auch Savvys Blick auf mir, während ich den überdimensionalen Wunsch bekomme, diesem Teufel ins Gesicht zu schlagen. »Meine Eltern erlauben keine inoffiziellen Partys im Showzelt.«

»*Meine Eltern erlauben keine inoffiziellen Partys im Showzelt*«, äfft er mich nach und beugt sich zu mir. »Tust du immer, was Mommy und Daddy dir sagen?«

Mein Körper steht in zornigen Flammen.

»Das heißt dann wohl Ja.« Plötzlich hebt er die Hand, und ehe ich es mich versehe, streichen seine Fingerknöchel in einer brennenden Bewegung über meine Wange. Die Berührung hat nichts Liebevolles an sich. Eher, als wollte man den Puls eines Schweins ertasten, bevor man zusticht. »Süß, wie wütend du sein kannst. Und gefährlich, wie sehr du dich zurückhältst.« Im nächsten Moment legt er einen Arm um Ash und führt sie an uns vorbei. »Aber du kommst, oder?«

»Machst du Witze?« Sie kichert. »Zu einer heimlichen Abrissparty? Soweit ich weiß, habe ich mir noch nie das Hirn zertrümmert, denn nur *dann* wäre meine Antwort ein Nein.«

Er lacht leise. Dieser Ton bringt meinen Vulkan zum Ausbrechen.

Ich strecke die Schultern durch und sage mit fester Stimme: »Lass uns hingehen, Sav.«

Helix hält inne. Leider hebt es seine Muskeln noch deutlicher hervor, ehe er sich umdreht.

Standhaft sehe ich ihm in die Augen. »Jemand muss sichergehen, dass da drin nicht die Hölle ausbricht.«

Er starrt mich nieder. »Was kann ein sonnenklarer Himmel schon gegen ein Erdbeben ausrichten?« Sein böses Grinsen reißt den Boden unter mir in Stücke und vergräbt meinen Vulkan. »Versuch's doch, Fairchild. Aber Vorsicht.« Langsam kommt er auf mich zu, bis ich seinen heißen Atem auf meiner Haut spüre. »Verbrenn dich nicht.«

Ich schnaube. »An dir?«

In seinem Ausdruck blitzt etwas auf, aber es ist binnen Sekunden verschwunden. Zurück bleibt nur eine griesgrämige Härte, mit dessen Kieferlinien man Papier schneiden könnte. »An deinem Versuch, wer anders zu sein.«

Bevor ich etwas erwidern kann, dreht er sich um und geht.

KAPITEL 10

Heaven

»Nur, damit ich das richtig verstehe«, sagt Alexis, unsere Maskenbildnerin, und nimmt die Foundation-Flasche in die Hand, »dir ist *Helix Winchester* im The Hodge begegnet, und er hat dir *Kokain* in den BH gesteckt?«

Ich sitze auf dem Platz vor Savvys Frisiertisch, während ihre siebenjährigen Zwillingsbrüder, Plymouth und Jackson, Mario Kart auf der Switch zocken und ihre Großmutter, Baba Bubba, in einer düsteren Ecke sitzt und ihre Zauberkugel poliert.

Mein Spiegelbild sieht mir nicht begeistert entgegen. »Ja.«

»Er hat ihr nicht nur Koks reingesteckt.« Savvy liegt auf dem Sofa, ein Bein über das Knie gelegt, und wippt mit dem Fuß in der Luft, während sie ein Duckface-Snap macht. Dabei stößt ihr Zeh immer wieder gegen Baba Bubbas Feng-Shui-Tücher. »Danach ist er mit ihr vor den Cops geflohen.«

Alexis blinzelt. »Bitte?«

»Durch halb Los Angeles«, fügt Savvy hinzu.

»Verrückt«, murmelt Al und pustet sich eine bonbonrosafarbene Strähne aus der Stirn. Sie ist ein wahres Multitalent. Vor einigen Jahren hat sie einen Abschluss an der Cinema Make-up School in L.A. gemacht. Vor dem Zirkus sogar ein Praktikum bei Universal Cable Productions absolviert und Meghan Markle für Suits geschminkt. Davor hat sie auch noch eine Ausbildung für Physiotherapie im Sportbereich abgeschlossen. Deshalb lebt sie als einzige Maskenbildnerin im Sky Valley: Sie ist zeitgleich unsere Physiotherapeutin.

Alexis perfektioniert den Lidstrich und dreht meinen Kopf, um mich zu betrachten. »Was sagt Craig dazu?«

»Er weiß es nicht«, murmele ich.

»Obwohl Helix mit ihm *telefoniert* hat.« Savvy wirft das Handy beiseite, schiebt ihren Körper vom Barocksofa und stellt sich schräg hinter mich. »Er hat ihm gesagt, Heav hätte auf seinem Schoß gesessen.«

Alexis schnappt nach Luft. »Hast du?«

»Nein!«

Sie gibt ein paar Pumpstöße Foundation auf ihren Handrücken, tupft einen Schwamm hinein und verteilt das Makeup in meinem Gesicht.

»Er ist ätzend, herablassend und eingebildet. Außerdem steht er auf Frauen wie Ash.«

»Verdammt, Jackson!«, brüllt Ply und hämmert wie wild auf seinen Controller ein. »Du schummelst!«

»Das war bloß eine Bananenschale«, entgegnet sein Bruder.

»Wir wollten nur die Gegner bewerfen!«

»*Du* wolltest das, und ich habe nichts gesagt, also wenn du so blöd bist und darauf reinfällst, kann … autsch!«

Ply hat Jackson mit dem Controller gegen den Kopf gehauen.

»Jungs«, seufzt Savvy und tippt mit ihrem dicken Onkel gegen ihre Hinterköpfe, »hört auf, euch wegen einer Banane zu streiten. Das ist Sache der Frau, um die ihr euch irgendwann *wirklich* streiten könnt.«

»Hä?«, fragen Ply und Jack gleichzeitig.

»Ahhhh«, tönt plötzlich Baba Bubbas mystische Stimme durch den Wagen. Eigentlich heißt sie Burelle, aber sie ist süchtig nach Hubba Bubba. Sogar meine Eltern nennen sie so. Im Spiegel erkenne ich, wie sie die billigen Lichterketten vom Dollar-Store eingeschaltet hat, von denen sie glaubt, das bunte Zucken hätte etwas Inspirierendes. Als ich meinte, es wäre psychedelisch und ich hätte Angst vor einem Anfall, ist sie drei Tage mit gezischten Vorwürfen um mich herumgeschlichen. »Ich sehe es, liebe Heaven, ich sehe es.«

Mein Blick gleitet zu Savvy. »Will ich wissen, was?«

»Nö«, grunzt sie.

»Ahhh! Oh welch Schreck, ein Albtraum, ja!«

»Na gut, sag schon«, seufze ich.

Baba Bubba wirbelt mit ihren Händen über die Zauberkugel, in der ein mystischer Dunst wabert. Ihr Ruf ging damals durch die Decke, weil Brad Pitt sie um Rat bat und sie ihm seine Trennung mit Angelina Jolie prophezeite, als noch alles gut war. Am Ende ging die Beziehung tatsächlich in die Brüche, und unsere alte Hexe war eine Zeit lang so berühmt wie die Queen.

»Was ich sehe, erdrückt mich, es hämmert gegen meinen Schädel, will ausbrechen, ah, dieser *Schmerz*, dieses Drama!«

»Ply, du Arschloch!«, brüllt Jackson und springt auf.

Baba Bubbas Kopf wackelt. »Ich sehe, wie das reine Herzchen in Trümmern liegt, höre, wie es knirscht, als der schwere Stiefel jede Scherbe noch zerkleinert ... mhmmmm.«

»Das halte ich von deiner Banane, du schlechter Verlierer!« Ply kreischt, als Jackson ihm eine echte Banane im Gesicht zerdrückt.

»Jungs!«, brüllt Savvy.

»Ahh, mhmm, was für eine Täuschung«, murmelt Baba Bubba mit geschlossenen Lidern. Die Billo-Lichter reflektieren auf ihrem violetten Turban und der Samtrobe, in der ihr untersetzter Körper steckt. Ich fange nur vom Hinsehen schon an zu schwitzen. Für Anfang Mai ist es viel zu heiß, und die Klimaanlage im Trailer der Livingstons ist kaputt. Überall stehen Ventilatoren, die Baba Bubbas Feng-Shui-Tücher flattern lassen. »Du denkst, du bist glücklich mit dem Jungen, der mit Flaschen wirft, meine Süße, jaja, aber bald schon … Ich sehe es hier! Er wird zu einer von ihnen.«

»Craig wird zu einer Flasche?«, fragt Savvy, während sie Jackson Banane aus den Ohren pult.

»Oh ja, oh ja, zu Heavens Flasche.«

»Könnte man zweideutig verstehen«, murmelt Alexis.

»Al!« Lachend schlage ich ihr auf den Arm.

»Bis der Teufel kommt und dir zwischen die Beine kriecht, mh.«

»Ich wünschte, mir würde auch ein Teufel zwischen die Beine kriechen.« Seufzend nimmt Sav den Jungs die Controller weg und wirft sich wieder aufs Sofa. »Hades wäre heiß.«

Alexis grinst. Wenn sie nicht gerade dabei wäre, den Bereich um meine Lippen mit dem Schwamm zu bearbeiten, würde ich meiner Abneigung gegenüber Helix jetzt freien Lauf lassen. Zum Glück ist Baba Bubba endlich still. Dem Schnarchen nach zu urteilen, ist sie eingepennt. Das passiert häufiger. Sie sagt, ihre Weissagungen würden sie aussaugen.

Die Jungs kichern. Scheinbar haben sie ihren Bananenstreit bereits vergessen, denn jetzt vergnügen sie sich damit, Baba Bubbas Gesicht mit ihrer Glitzer-Lidcreme zu bemalen.

Im Spiegel beobachte ich, wie mich das Make-up in einen normalen Menschen verwandelt, und ein schmerzhafter Stich gräbt sich in mein Herz. *Wie erleichternd es wäre, immer so auszusehen? Wie schön, morgens aufzuwachen und keine Angst zu haben, auf welche Art das Gesicht heute verunstaltet ist?*

Als hätte Alexis meine Gedanken gelesen, stößt sie einen Seufzer aus. »Ich finde, du solltest deine Hämatome nicht verstecken.« Zaghaft streift sie mit dem Schwamm darüber. »Sie gehören zu dir. Schönheitsmale.«

»Sie sind eine Krankheit«, erwidere ich.

Hinter mir verzieht Savvy den Mund, sagt aber nichts. Sie weiß, dass ich keine andere Meinung zulasse, weil ich ihnen nicht glaube. Ich sehe mich jeden Tag. Ich weiß, wie schlimm das Gardner-Diamond-Syndrom mich aussehen lässt. Und ich bin überzeugt, alle, die was anderes behaupten, wollen nur, dass ich mich besser fühle. Craig meinte auch, er müsse sich jedes Mal aufs Neue dran gewöhnen.

Zum Glück macht Alexis aus mir einen neuen Menschen. Eyeliner-Katzenaugen, geschwungene Wimpern, Highlighter und Bronzer. Auf meinen Wangenknochen schimmert Rouge, und auf meine Lippen hat sie einen matten Lippenstift aufgetragen.

Am Ende stößt Savvy einen anerkennenden Pfiff aus. »Verdammt, Heaven, du siehst scharf aus!«

Nervös lache ich. »Danke.«

»Was zieht ihr an?«, fragt Alexis.

»Oh, ich habe zwei perfekte Outfits für Heav rausgesucht.« Savvy zwängt sich an der engen Sitzgruppe vorbei, wühlt in ihrem Schrank und hält einen Moment später zwei hauchdünne Stofffetzen in die Luft. »Das hier ist mein Favorit.« Sie hebt den Arm und präsentiert ein rotes Spitzenkorsett, das in einen transparenten Minirock übergeht. »Sexy, dominant, heiß.«

»Nie im Leben«, erwidere ich.

Ihr Lächeln fällt in sich zusammen. »Ja, ich dachte mir, dass du das sagen würdest. Deshalb die zweite Alternative.« Sie deutet auf ein Paillettenkleid, das genauso transparent ist wie das Femme-Fatale-Korsettding. Dazu hat es einen so großen Ausschnitt, dass meine Brüste abwechselnd herauspurzeln würden. »Voilà, mein Lieblingsstück. Und ja, ich bin so großzügig und leihe es dir. Aber wenn auch nur ein Fleck darauf landet, ist Kujo ein weiteres Messer los, weil ich dich dann leider einen Kopf kürzer machen müsste.«

»Ist das nicht das Kostümkleid eurer Tangoshow?«

Sie nickt begeistert. »Ein absolutes Unikat!«

»Nein danke.«

Bestürzt stemmt sie eine Hand in die Hüfte. »Aber es würde dir *so* gut stehen!«

Ich gehe zu meinem Beutel und ziehe mein liebstes braunes Cordkleid heraus, zusammen mit einem weißen Rüschenshirt. Als Savannahs Blick darauf fällt, sieht sie aus, als hätte sie in einen Regenwurm gebissen.

»Das ist doch kein Partykleid, Heav.«

»Mir gefällt es.« Schnell ziehe ich mich um, streife weiße Kniestrümpfe über die Beine und schlüpfe in schwarze Plateau-Loafers. »Und?«

»Süß«, sagt Al.

»Katastrophal«, schimpft Sav. Als ich eine Braue hebe, rudert sie zurück. »Also, klar, voll hübsch, aber eher Central-Library-niedlich statt Sunset-Strip-heiß.«

»Wir gehen aber nicht zum Sunset Strip, sondern ins Showzelt, um eine Party zu canceln.«

»Nein«, widerspricht Sav, »wir gehen ins Showzelt, um Helix zu beweisen, dass du eine Partymaus sein kannst.«

»Vielleicht ein bisschen von beidem«, murmele ich.

Als wir zwischen den Wohnwagen zum Zelt gehen, geht die Sonne gerade unter. Unter unseren Schuhen knirscht der Sand. Ein paarmal knackt es, wenn Sav mit ihren Pfennigabsätzen ein Körnchen tötet.

»Meine Güte«, haucht Al, als das Zelt in Sichtweise kommt und ein heftiger Bass bis zu uns dröhnt. »Der Kerl weiß, wie man Partys schmeißt.«

Mir hingegen dreht sich bei dem Anblick der Magen um. Wenn Mom und Dad hiervon erfahren, rasten sie aus.

»Also dann.« Savvy hakt sich bei mir unter. Auch sie wirkt wesentlich glücklicher als ich über diesen Abend. Meine beste Freundin *strahlt* geradezu. »Auf geht's.«

Hätte ich in diesem Moment gewusst, was heute Nacht passieren würde ... wäre ich niemals hineingegangen.

KAPITEL 11

Heaven

Im Zelt sieht es aus wie während einer Show. Jemand hat die Projektoren angeschmissen, wodurch bunte Lichter über die Manege zucken. In der kreisrunden Manege tanzen Artisten zu schlimmen Rap-Songs. Ich kann nicht fassen, was für obszöne, widerliche Sachen diese Sänger von sich geben und dass sogar Enola Adams, das gefühlt liebste Mädchen der Welt und unsere Seilkünstlerin, sich dazu bewegt!

»Er hat das hier in seine Hölle verwandelt«, sage ich.

»Sind das Alkoholfässer?« Savvy deutet auf die aufgereihten Dinger, die ich für Regentonnen gehalten habe. Unter einem von ihnen hängt Pawel und lässt die Flüssigkeit in seinen Mund laufen. Nein, definitiv kein Regenwasser.

Entweder Pisse oder Bier.

»Sieht so aus«, antwortet Al.

»O mein Gott, seht euch das an!« Schockiert deute ich auf den großen schwarzen Kasten, der neben den Bierfässern steht. Normalerweise ist er dafür da, die Zuschauer glauben zu lassen, dass Mikhail darin eine Frau durchschneidet. Jetzt stehen da haufenweise Becher drauf, während auf beiden Seiten Leute stehen und grölend jemanden anfeuern. »Spielen die Bierpong?«

»Yep«, sagt Sav.

»Auf Mikhails Zaubertisch?« Fassungslos sehe ich zu, wie Yasin, der Feuerkünstler, mit einem Tischtennisball in einen Becher trifft und Ash ihn sich schnappt, um das Bier zu exen. Jetzt entdecke ich auch Helix neben ihr. »Wenn Mik rausfindet, dass die das auf seinem Tisch machen, dreht er …«

»Mikhail ist dabei«, unterbricht mich Al.

»Wie bitte?«

Savannah deutet auf jemanden, der sich an Helix vorbeischiebt und mit seinem Ball auf die andere Seite zielt. Meine Augen weiten sich. Ich habe ihn immer als ernste und vernünftige Person eingeschätzt, aber jetzt ist er auf dieser Party und spielt auf seinem eigenen Zaubertisch Bierpong – sturzbetrunken, wenn ich seine wankenden Bewegungen richtig deute.

Himmel noch mal!

»Gehen wir tanzen?« Savvy will mich schon auf die Tanzfläche ziehen, aber ich schüttele den Kopf. Sie macht einen Schmollmund. »Komm schon, Heav. Du willst ihm doch zeigen, dass er dich mal kreuzweise kann.«

»Dass *wer* Heaven mal kreuzweise kann?« Grinsend taucht Hawk neben uns auf, jeweils ein Bier in den Händen.

Sav verdreht die Augen. »Rate mal, Skullhead.«

Hawk gluckst, wobei sein Bier über den Rand des Bechers läuft und auf den feinen Sandboden der Manege tropft. »Sorry, dich enttäuschen zu müssen, aber selbst wenn du in der Manege tanzt wie eine Göttin, wird Helix sich nicht für dich interessieren, Heav.«

»Autsch«, murmelt Al.

»Ich will nicht, dass er sich für mich interessiert.«

»Woher kennt ihr euch eigentlich?«, fragt Savvy.

»Aus Abgründen, die dir deine süßen Träume verderben würden, Arielle.« Hawk trinkt einen Schluck und bietet mir seinen zweiten Becher an.

Ich schüttele den Kopf. »Nein danke.«

Buntes Licht gleitet über seinen Totenkopfschädel. »Ist doch geil, dass hier endlich mal eine Party abgeht.«

»Wenn hier irgendetwas beschädigt wird, sind das horrende Kosten. Meine Eltern …«

»… sind nicht da, und es wird auch nichts beschädigt. Mach dich locker, Zuckerpuppe.«

»Ich kann mich nicht locker machen, wenn … o mein Gott, was machen die da?«

Die anderen folgen meinem Blick, und Hawk beginnt zu kichern.

»Sieht aus, als würde Dexter Shadow einen nach dem anderen in unseren Illusionsschrank zaubern.«

»Seven in Heaven umgeschrieben«, stellt Savvy mit einem Grinsen fest. »Diesmal ändern die Teilnehmer sich im Sekundentakt.«

»Mhm«, raunt Hawk, »ein Sekunden-Quickie?«

»Dieser Illusionsschrank kostet ein Vermögen.« Das Kabinett ist aus einem längst vergangenen Jahrhundert, aufwendig restauriert und instand gehalten, mit echten Goldelementen. »Ich muss das hier sofort beenden.« Entschlossen sehe ich zum Bierpongtisch, aber Helix ist nicht mehr da.

Verflucht!

»Sie werden dich hassen, wenn du das tust«, sagt Hawk.

»Tun sie eh.« Unbeeindruckt schaue ich mich um, als Hawk plötzlich mit dem Kinn in die andere Richtung nickt.

»Er ist da hinten.«

Ich folge seinem Blick und entdecke Helix auf einem Turnbock. Keine Ahnung, wer die Dinger hergeschafft hat, aber sie stehen in zwei Reihen, alle unterschiedlich groß, und dienen als Sitzgelegenheit. Breitbeinig auf seinem Schoß sitzt Ash und reibt sich mit einem verführerischen Grinsen an seinem Ding. Sie trägt genauso ein Paillettenkleid, wie Sav mir angeboten hat. Sogar aus dieser Entfernung kann ich ihren Tanga darunter aufblitzen sehen, während sie heftig mit ihm rummacht.

»Heav …«, murmelt Savvy. »Lass sie doch einfach feiern. Deine Eltern kommen erst morgen zurück. Bis dahin wird alles sauber sein, und niemand bemerkt was.«

Ich schüttele den Kopf. »Guck dir das an, Savvy.« Nacheinander deute ich auf den Illusionsschrank, den Zaubertisch, die Turnböcke, auf denen alle ihren Alkohol verschütten, und die Bierfässer, die den Boden mit ihrem klebrigen Inhalt besudeln. Nicht wenige von uns sind minderjährig und trinken hier wie Vollzeitstudenten. »Das Zelt wird seit Jahrhunderten von unserer Familie in Ehren gehalten. Ich lasse nicht zu, dass dieser Teufel hier auftaucht und alles beschmutzt, was er auch nur ansieht.«

Sav öffnet den Mund, aber Hawk schneidet ihr das Wort ab.

»Lass sie, Arielle.« Er trinkt einen großen Schluck Bier, zerdrückt den Becher und wirft ihn auf den Boden, was mir ein Knurren entlockt, ihm ein Grinsen. »Wenn sie sich mit Helix anlegen will, wird die Party unterhaltsamer.«

Ich verenge die Augen. »Sie wird beendet. Mehr nicht.«

»Viel Glück«, säuselt das Skelett.

Mit gerecktem Kinn schlängle ich mich durch die tanzenden Leute, bis ich Helix und Ash erreiche. Ich räuspere mich, woraufhin sie sich voneinander lösen.

Helix lehnt sich auf dem Bock zurück, als würde ihm der verdammte Zirkus gehören. »Falls du fragen willst, ob Ash mit dir tauscht, lautet die Antwort: Nein.«

Ash kichert.

»Meine Frage wäre eher, wie es Ash gelingt, dir nicht in den Mund zu kotzen, während du sie auffrisst.«

Ihr Kichern erstirbt. »Er frisst mich nicht auf!«

»Lass nur, Ash.« Sein Mundwinkel zuckt. »Die kleine Fairchild weiß nicht, wie man mit jemandem rummacht, weil ihr Clown sie nie ranlässt.«

Ich stocke.

Woher weiß er das?

»Craig ist Jongleur«, zische ich.

»Sag ich doch.« Gelangweilt betrachtet Helix seine Fingernägel, ehe er die Achseln zuckt. »Witzfigur.«

»Was ist los, Heaven?« Ash krabbelt von seinem Schoß und rutscht vom Bock. Sie baut sich vor mir auf, mustert mich aber auf keine feindselige Weise. Eher neugierig. »Du bist doch nicht gekommen, um mir das mit Helix zu sagen.«

Nein, bin ich nicht.

»Wir müssen diese Party beenden. Wenn meine Eltern das erfahren, sind wir dran.« Ganz besonders ich. Meine Mom wird mir den Kopf abreißen, wieso ich dieses Saufgelage nicht verhindert habe.

Ashley runzelt die Stirn. »Wie sollen sie es erfahren? Sie sind in Las Vegas, um die Rahmenbedingungen für die finale Show zu besprechen.«

»Aber wenn etwas kaputtgeht? Oder sich jemand verplappert?«

Erst runzelt sie die Stirn, dann verziehen sich ihre Lippen zu einem nachsichtigen Lächeln. »Heaven, hier geht nichts kaputt. Wir sind alle erwachsen und verantwortungsbewusst.«

»Ach ja?« Ungläubig deute ich auf Mikhail, der durch irgendeinen Trick mehrere Shotgläser über Felicia, die Balancekünstlerin, dem Feuerspucker Yasin und – und ich glaube, ich sterbe, als ich das sehe – Baba Bubba schweben lässt. Überraschend kippt er sie schließlich um. Das ganze Zeug landet in Felicias Gesicht, und Baba Bubba brüllt, weil ihr der beißende Alkohol in die Nasenlöcher läuft und ihr vermutlich jeden Popel wegbrennt. Nur Yasin öffnet schnell genug den Mund. »Und da!« Mein Finger zeigt auf Dexter Shadow, der bereits so betrunken ist, dass er seine Schattentücher zu langsam bewegt, bevor er eine nächste Person in das Kabinett befördert. Gerade wirbelt die brave Enola Adams mit geschwollenen Lippen heraus und hinein geht … »O mein Gott!«, stoße ich aus. »Alexis?!«

Ash lacht. »Sieht so aus, als würde deine Maskenbildnerin jetzt mit Stiff im Kabinett rummachen.«

Stiff ist unser Nagelbrettkünstler, hat einen narbenübersäten Körper und zögert nicht, ihn zu präsentieren.

»Und du willst nichts gegen diese Abrissparty unternehmen?«, frage ich Ash.

Ein raues Lachen weht an mir vorbei.

»Abrissparty«, wiederholt Helix, als wäre das der beste Witz, den er seit Langem gehört hat. Dabei blitzt das Licht in seinem Ohrring auf. »Was hast du in den letzten Jahren mit deiner Freizeit gemacht, Zirkusmädchen?« Herablassend mustert er mein Outfit. »Söckchen gestrickt?«

»Trainiert«, knurre ich.

»Mhm, und ich war auf *richtigen* Abrisspartys.« An seinem bescheuerten Grinsen erkenne ich, dass da noch was kommt. Und ich behalte recht. »Komisch, dass ich trotzdem besser bin als du, oder?«

Zorn leckt an meinen Eingeweiden. »Im Traum vielleicht.«

»Wetten?«

»Wie bitte?«

»Ob du dich traust, mit mir zu wetten. Oder bist du dafür zu brav?«

Meine Finger krallen sich in den Saum meines Cordkleids. »Um was?«

Triumph funkelt in seinen hellen Augen. »Salti über die Böcke. Bist du schneller am Ziel, beende ich die Party. Bin ich schneller, hältst du den Mund.«

Ich beiße mir auf die Unterlippe. Eigentlich habe ich nichts zu verlieren, denn ich *bin* schneller. Seit Jahren trainiere ich täglich.

»Deal.«

Helix strahlt, als hätte ich gerade verkündet, den Zirkus zu verlassen. Leichtfüßig hüpft er hinunter, steckt zwei Finger in den Mund und stößt einen lauten Pfiff aus. »Ihr da!« Er deutet auf die Leute auf den Böcken. »Runter.«

Augenblicklich gehorchen sie und stieben auseinander wie Insekten. Wie macht er das? Er ist erst seit einem Tag da, und alle kriechen ihm in den Arsch.

Er hat diesen Effekt, dem man sich nicht entziehen kann. Wie ein Anführer, der den Raum beherrscht. Das Alphatier.

Innerhalb weniger Minuten ist unser Wettkampf ein Spektakel. Alle versammeln sich zu beiden Seiten der Böcke und verfolgen mit gespannten Gesichtern, wie Helix und ich unsere Positionen einnehmen.

»Lass mich durch, du Idiot«, höre ich Savvys aufbrausende Stimme. Im nächsten Moment entdecke ich sie, wie sie vor Sam tobt, einem unserer Hochradkünstler. Der stemmt seine dünnen Arme in die Hüfte. »Ich mache die Absperrung.«

»Willst du mich verarschen? Was für eine Absperrung?«

»Kein Zutritt zu den Artisten.«

»Zu den …?« Entgeistert blinzelt sie ihn an. »Bist du bescheuert? Ich will mit Heaven reden!«

»Sorry.« Unbeeindruckt zuckt er die Achseln. »Interviews gibt es hinterher. Wenn du Fotos willst, musst du um …«

»Ach, fick dich, Sam.« Mühelos rempelt Savvy gegen ihn, woraufhin er zur Seite torkelt. Im Militärschritt eilt sie auf mich zu und packt mich an den Schultern. »Was. Wird. Das?«

»Ich trete gegen Helix an.«

»Ja, das sehe ich, Madame Ich-bin-lebensmüde.«

»Wieso lebensmüde?«

»Weil der Kerl niemand ist, der dir Frühstück ans Bett bringen und Blumen vor deine Wagentür legen wird.«

»Hä?«

Sie verdreht die Augen. »Wenn du gewinnst, lässt ihn das wie einen Loser aussehen.«

Ich grinse. »Klingt wie Musik in meinen Ohren.«

»Nein, klingt es nicht.« Ihre Finger graben sich fest in mein Fleisch. »Denkst du, er wird das auf sich sitzen lassen? Hast du ihn dir mal angesehen?«

»Leider ja.«

»Und sieht er so aus wie jemand, der dir herzlich gratulieren oder dich eher hinterher aufschlitzen wird?«

»Er wird mich wohl kaum *töten*«, entgegne ich spöttisch.

»Nein, aber zerstören. Dir das Leben zur Hölle machen.

Er mag dich nicht, und wenn du ihn jetzt auch noch blamierst …«

»Mir egal.« Ich löse mich aus ihrem Griff und beginne, mich zu dehnen. »Er muss wissen, dass er sich mit mir nicht anlegen kann.«

Savannah stöhnt.

»Bereit, Zirkusmädchen?«, ruft Helix.

Ich drehe mich zu ihm um und nicke.

Ein dämonisches Grinsen erscheint in seinem Gesicht, nachdem er sein ärmelloses Shirt ausgezogen hat. Das bunte Licht leckt über jeden definierten Muskel seines Oberkörpers. Zum Glück hat er seine Hose anbehalten. Zwar endet die abgerissene Jogger über seinen Knien und offenbart den Ansatz seiner Oberschenkelmuskeln, aber besser so, als dass ich ihn in enger Boxershorts sehen müsste. Wie ich ist er barfuß.

»Das ist die dümmste Idee, die du je hattest«, sagt Sav. »Dexter-Shadow-Ernst.« Mit den Worten tritt sie ein paar Schritte zurück und bleibt mit verschränkten Armen neben Hawk stehen. »Dümmer als deine Nacktschneckensammlung damals.«

Mir egal. Ich werde gewinnen.

Dexter Shadow positioniert sich mit seinen schwarzen Tüchern vor den Böcken. Ich habe mich schon immer gefragt, wie der Typ diese riesigen Stoffe durch die Luft wirbeln und damit Kunstwerke erschaffen kann. Bis vor einer Sekunde war ich nicht nervös, aber jetzt, wo Dexter seine Schattenshow abzieht, um seinen mystischen Schleierzauber über uns wirken zu lassen, poltert mein Herz gegen die Rippen.

Gleich geht's los.

»Angst, Fairchild?«, raunt Helix.

Ich schnaube. »In deinen Träumen vielleicht.«

»Wenn ich jemals von dir träume, erschieß ich mich.«

»Die Hölle wird froh sein, dich wiederzuhaben, *Hell.*«

Er lacht leise. »Netter Spitzname.«

»Drei«, ruft Dexter irgendwo im Nirgendwo zwischen seinen Tüchern, »zwei.«

Ich gehe in Position, genauso wie Helix neben mir, den Blick auf die unterschiedlich hohen Böcke gerichtet, die zwischen den Tüchern immer wieder hevorblitzen.

»EINS!«

Wie ein Vorhang fallen Dexters Stoffe zu Boden.

Meine Hände berühren den Boden, und ich schwinge meinen Körper in Bogengängen vorwärts, so schnell ich kann. Meter für Meter, bis ich den ersten Bock mit einem Salto hinter mir lasse. Der war klein, somit leicht zu überwinden. Das Jubeln der anderen verschwimmt zu einem undefinierbaren Rauschen in meinem Kopf, während das Blut in meinen Adern pulsiert und meine Atmung schwerer wird. Meine Arme brennen vor Anstrengung, den Schwung für die höheren Böcke zu erhöhen, doch bisher habe ich jeden überwinden können. Zwar bin ich klein, dafür kriege ich dadurch aber mehr Schwung. In den winzigen Sekunden, in denen ich mich aufrichte, sehe ich das vorletzte Hindernis – und damit das größte.

Ich hole tief Luft, stürze vor und nutze all meine Kraft, um mich mit den Händen vom Boden abzustoßen. Mein Körper fliegt durch die Luft, und ich ziehe die Beine an, bereit, auf dem Bock zu landen. Da zieht plötzlich ein stechender Schmerz durch mein Steißbein. Einen Atemzug später lande ich bäuchlings auf dem Boden. Mein Gesicht prallt auf den harten, feinkörnigen Sand. Das Zeug knirscht zwischen meinen Zähnen. Ich schmecke Blut, das mir von der Nase in den Mund läuft. Doch nichts davon interessiert mich, außer der Gedanke, dass ich wertvolle Zeit verliere.

Also ignoriere ich den Schmerz, der durch meinen Rücken zuckt, während ich mich aufrichte, und will schon neu ansetzen, als plötzlich grölender Jubel ausbricht. Mein Blick schnellt zu Helix, der am Ende seiner Reihe steht, die Arme ausbreitet und sich übertrieben verbeugt.

Die Wahrheit sickert durch meine Venen, und ich erstarre.

Er hat gewonnen.

KAPITEL 12

Heaven

Wütend wische ich mir das Blut aus dem Gesicht. Es bleibt an meinem nackten Arm kleben, aber es kümmert mich nicht. Helix zwinkert mir zu. Ich zeige ihm den Mittelfinger und wende mich ab.

Sofort ist Savannah an meiner Seite und reicht mir ein Taschentuch. »Hier. Verdammt, das sah übel aus.«

»Halb so wild.«

Sie verzieht das Gesicht. »Ehrlich gesagt bin ich froh, dass du verloren hast.« Als sie meinem Killerblick begegnet, hebt sie entwaffnend die Hände. »Versteh das nicht falsch, aber so bist du mit einer blutenden Nase davongekommen. Wenn du gewonnen hättest …«

»Er hätte mich nicht getötet, Sav!«

»Vielleicht nicht physisch.« Hawk hält schon wieder ein neues Bier in der Hand. Mit der anderen kratzt er sich an seinem kahlen Schädel. »Aber definitiv psychisch.«

Ich schnaube, bereue es aber sofort, als neues Blut nachfließt.

Hawks Blick gleitet über meine Schultern zum Zelteingang. »Mir scheint, da will dich jemand sprechen.«

Ich drehe mich um und erkenne Craig. Unbeholfen steht

er da, die Hände in den Hosentaschen. Fest drücke ich mir das Taschentuch an die Nase und gehe zu ihm.

Seine Augen weiten sich, als er mich sieht. »Heaven! Was ist passiert?«

»Nur gestürzt.«

»Komm, raus hier.« Behutsam legt er mir eine Hand auf den Rücken, genau auf die Stelle, mit der ich auf den Bock geflogen bin. Ich zucke zusammen.

Draußen weht eine laue Abendbrise. Seufzend lasse ich das Taschentuch sinken und genieße den Wind auf der Schwellung.

»Bist du sicher, dass alles okay ist?«, fragt Craig. Ich nicke, aber er wirkt skeptisch. »Wie ist das passiert?«

»Eine Wette gegen dieses Arschloch.«

»Was für eine Wette?«

Der Wind lässt die Zirkusflaggen an den Wohnwägen flattern. Die Eisenstäbe quietschen in der Stille.

»Salti über aufgestellte Böcke. Wenn ich gewonnen hätte, wäre die Party vorbei gewesen.«

»Und?«, fragt er. »Hast du?«

Missmutig schüttele ich den Kopf. »Bin gestürzt.«

»Oh, verdammt, Heaven.« Ich weiß nicht, ob seine Verärgerung meinem Sturz oder der Entscheidung gilt, mich überhaupt darauf eingelassen zu haben. Mitfühlend betrachtet er mich, bevor er den Kopf schüttelt. »Gehen wir ins Bett. Wenn das rauskommt, haben wir zumindest nichts damit zu tun.«

Fest beiße ich die Zähne zusammen und blicke zurück zum Zelt, in dem die Party bereits weitergeht. Wenn ich jetzt abhaue, wird der Höllenadonis vermutlich die Manege abfackeln oder eine Partyhöhle aus Granny Zoolas größtem Stolz machen. »Ich kann nicht.«

»Heaven …« Craig tritt von einem Bein aufs andere. »Ich habe kein gutes Gefühl dabei, dich hierzulassen.«

»Dann komm mit.«

»Was?«

»Komm mit rein. Wir bleiben zusammen.«

»Äh …« Er blinzelt. »Also, eigentlich will ich damit nicht in Verbindung gebracht werden.«

Ein Stich bohrt sich in meinen Magen. »Na gut.«

»Bist du sauer?«

»Nein, ich verstehe das.«

»Wirklich?«

»Ja.«

»Okay.« Erleichtert sacken seine Schultern hinab. Er überprüft kurz, ob wir allein sind, dann beugt er sich zu mir herunter und gibt mir einen schnellen Kuss auf die Lippen. »Pass auf dich auf, ja?«

»Sicher.«

Angestrengt lächle ich, und er geht. Einen Moment sehe ich ihm nach. Seine Haltung ist gerade, während Helix immer aussieht, als würde er jeden Moment jemanden aus dem Weg rammen.

Seufzend drehe ich mich um und gehe zurück in dieses pulsierende, nach Alkohol stinkende Zelt. Ich finde Savannah mit Alexis und Enola tanzend in der Manege. Alexis ist betrunken. Ihr rosafarbenes Haar flattert durch die Luft, und sie reibt ihren Hintern an jedem, der ihr zu nahe kommt.

»Was sagt der Goldjunge?«, fragt Sav.

»Nichts. Er geht wieder schlafen.«

»Idiot.« Savvy verzieht das Gesicht und hält mir ihr Bier vor die Nase. »Willst du?«

»Nein.«

»Komm schon, mach dich locker, und sei ein bisschen *heavy*, tanz zum Heavy Metal.«

Sie versucht, an meinen Armen herumzuwackeln, während mein Blick das Zelt absucht und an einem Paar goldener Augen hängen bleibt.

Plötzlich spüre ich einen kalten Luftzug an meiner Schulter. Ich schnappe nach Luft, als sich in der nächsten Sekunde die dünnen Träger lösen und mein Shirt durch den Rock auf den Boden fällt.

Ich wirble herum. Kujo steht neben mir, sein Messer in der Hand, im Gesicht ein böses Grinsen. »Hab gehört, du wolltest die Party abblasen, und dachte, das gehört bestraft.«

»Spinnst du?« Ich presse den oberen Teil meines Cordkleides fest an meine Brust, während Savvy schon dabei ist, die Schnallen enger zu ziehen. »Du hättest mich aufschlitzen können!«

Unbeeindruckt wirbelt er sein Messer durch die Luft. »Ich weiß, was ich tue. Wenn ich wollte, könnte ich dich mit einer schnellen Bewegung fertigmachen.«

Wütend schiebe ich den Kiefer vor und betrachte ihn provokant. »Du denkst wirklich, du wärst schneller als ich?« Sein hämisches Grinsen verrutscht keinen Millimeter. »Versuch, mich zu treffen, Arschloch.«

»Heaven«, zischt Sav, aber ich umkreise Kujo bereits wie ein Raubtier. »Hast du noch nicht genug?«

Habe ich nicht, wenn es darum geht, arroganten Arschlöchern ihre Grenzen aufzuweisen. Ja, die Niederlage hat mich gedemütigt, aber ich werde nicht zulassen, dass ausgerechnet Kujo das ausnutzt.

Mit einem diabolischen Grinsen im Gesicht lässt er seine Messer zwischen den Fingern hin und her wirbeln. »Auf einmal so mutig? Hast du vergessen, dass Elliott nicht mehr da ist, um dich zu retten?«

»Ich brauche niemanden, der mich rettet.«

In dem Moment sticht er wirklich zu, aber ich weiche aus.

Es entwickelt sich ein gefährlicher Tanz aus Stechen und Ausweichen, aber er trifft nicht ein einziges Mal. Und ich weiß, Kujo *würde* mich verletzen. Vielleicht nicht lebensgefährlich, aber definitiv so, dass es ihn zufriedenstellen würde.

Dieser Sadist hält sich nicht zurück.

»Übrigens«, ich weiche einem weiteren Schlag von ihm aus, »habe *ich* dein hässliches Holzmesser geklaut.«

Wie ein Raubtier fletscht er die Zähne. »Miststück!« Seine Stiche werden impulsiver, und es bereitet mir mehr Mühe, ihm auszuweichen. Vielleicht hätte ich ihn nicht provozieren sollen. Aber sein Ausdruck war es wert.

Irgendwann fängt er an zu schnauben. Ich habe mehr Ausdauer als er.

»Was?«, spotte ich. »Wirst du etwa schon müde?«

Sein Gesicht verzieht sich zu einer grimmigen Fratze. Er wirbelt herum und schwingt den Arm vor, aber ich ducke mich, rolle um ihn herum und trete ihm die Füße weg.

Jetzt ist er derjenige, der Sand frisst.

Nachdem ich wieder auf die Füße gesprungen bin, grinse ich triumphierend auf ihn hinab. »Wer hat jetzt *wem* das übergroße Maul gestopft?«

»Scheiß Fairchild«, zischt er, spuckt aus und schnellt hoch. Damit habe ich nicht gerechnet. Ich kann kaum einen Atemzug nehmen, da reißt er mich plötzlich an sich und drückt mir mit dem Bizeps die Kehle ab. »Du bist nur hier, weil deinen Eltern der Zirkus gehört. Du nimmst jemandem den Platz weg, der tausendmal besser wäre, während wir uns alles hart erarbeitet haben.« *Gott, ich kriege keine Luft. Ich kann nicht atmen!* »Du solltest dich *schämen*, Heaven.«

Sein anderer Arm schießt blitzschnell hervor, sodass ich nicht mitbekomme, was passiert. Erst als mein Kleid zu Boden fällt und die schweißgeschwängerte Luft sich wie ein Film auf meine nackte Haut legt, sickert Erkenntnis zu mir durch: Kujo hat die Träger meines Kleids durchgeschnitten.

Er stößt mich von sich, und ich stolpere, den Arm an die Brüste gedrückt. Ein paar lachen, andere ziehen scharf die Luft ein.

»Siehst du ihre Haut?«

»O mein Gott, verfärbt sich *jede* Stelle an ihrem Körper?«

Ein Schluchzer bahnt sich meine Kehle hinauf.

Nur im Slip stehe ich in der Mitte der Manege und werde begafft wie ein Affe im Zoo, weil die Hälfte meines Oberkörpers von violetten Hämatomen überzogen ist. Das Blut pulsiert mir im Kopf, der Puls dröhnt in meinen Ohren. Ich sehe mich nach Savvy um, aber die Menge ist zu einer lückenlosen, tuschelnden Einheit zusammengeschmolzen. Und da erkenne ich sie, festgehalten von Yasin, dem sie wütend auf die Füße tritt und Flüche an den Kopf wirft.

Nur einer sticht heraus: Wie zuvor sitzt Helix unbeeindruckt auf seinem Bock. Er redet mit niemandem, er lacht nicht, wirkt aber auch nicht schockiert. Er hockt einfach da, als wäre ihm unfassbar langweilig.

Plötzlich landet etwas Pisswarmes auf meinem Oberkörper. Mit offenem Mund starre ich an mir herunter und beobachte, wie eine dunkelrote Flüssigkeit an mir herabrinnt. Als ich den Kopf wieder hebe, begegne ich Felicias belustigtem Blick. Die Balancekünstlerin gehört zu Ashleys Clique und hasst mich, seit ich mit Craig ausgehe. »Frag deinen Freund, ob er es ableckt.«

Fassungslos starre ich sie an, kriege jedoch kein Wort heraus.

»Du Miststück!«, brüllt plötzlich Savvy, tritt Yasin von hinten in die Weichteile, woraufhin er sie loslässt, und reißt anschließend Felicia beiseite. Blitzschnell klaut sie jemanden einen roten Becher aus der Hand und schüttet ihr alles über das Haar. Felicia kreischt, und vermutlich wäre das absolute Chaos ausgebrochen, wäre in diesem Moment nicht die Musik ausgegangen.

Jessica sieht von der Empore, wo die Anlage steht, zu uns herunter. »Was zur Hölle ist hier los?!«

Mein Hirn schaltet auf Autopilot. Das Letzte, was ich will, ist, halb nackt vor meiner Trainerin zu stehen. Doch ich kann mich nicht rühren. In mir toben zu viele Gefühle.

Scham. Panik. Demütigung. Ungerechtigkeit. Wut.

Aber vor allem Enttäuschung. Über mich selbst. Ich hätte nie herkommen dürfen. Ich hätte besser entscheiden müssen. Es fühlt sich an, als hätte meine Mutter recht mit dem, was sie immer sagt. Ich bin unberechenbar, dem Erfolg nicht gewachsen und unreif. Ich enttäusche sie, und vor allem enttäusche ich Zoola Fairchild, die sich im Grab umdrehen würde, wenn sie wüsste, wie ich ihren Namen beschmutze.

Tränen brennen hinter meinen Lidern.

Morgen wird sie mich so ansehen, denke ich. *Morgen wird Mom mich ansehen, als hätte ich all ihre Befürchtungen über mich bestätigt, und ich muss einsehen, dass sie recht hatte.*

Wie konnte ich nur so dumm sein?

Wie konnte ich gegen Helix antreten?

Wie konnte ich mich auf diesen Scheiß mit Kujo einlassen?

»Heav, warte!«, höre ich Savvy irgendwo hinter mir rufen, aber ich drehe mich nicht um. Mit zitterndem Kinn presse ich mir das Kleid an die Brust und renne nach draußen.

Der heftige Platzregen, der mich empfängt, vermischt sich mit meinen Tränen.

KAPITEL 13

Helix

Ich hocke auf einem viel zu ordentlichen Bett und gehe die alte Plattensammlung in diesem zerfallenen Karton durch. »Langweilig«, murmele ich und tippe mit der Fingerkuppe zur nächsten, »langweilig, grauenvoll, o Gott, *Mariah Carey*?« Ich blättere weiter. »Langweilig, schrecklich, la…« Mitten im Wort halte ich inne und starre das Cover an: Tätowierte Wikinger auf einem Berg, zwei schwingen eine Axt, einer ein Schwert.

Ich kenne dieses blaue Vinyl aus den Siebzigern.

Hard Attack von Dust.

Mein Blick scannt die Songtitel auf der Rückseite.

»Pull away«, »Walk in the Soft Rain«, »Thusly Spoken« …

Beim vierten halte ich inne. »Learning to Die«

Ellas Stimme kitzelt mir im Ohr, als würde sie sich mit der Platte direkt neben mich in die Kissen werfen. Ich sehe ihr rabenschwarzes Haar vor mir, wie sie sich die Strähnen aus dem Gesicht pustet und wegen des Staubs in den Regalen niest.

»Schau dir das an.« Mit der Platte hat sie durch die Luft gewedelt. *»Ein Song heißt »Learning to Die«. Passend, oder?«*

»Ella, sag so einen Scheiß nicht.«

»Aber es stimmt. Hast du das von Meredith gehört? Mit ihrem Magenband?«

Ich erinnere mich genau, wie sich etwas in mir umgestülpt hat. *»So war das nicht.«*

»Bitte?«

»Mom meinte, die Leute reden Müll.«

»Ja, sicher.« Ella hat geschnaubt und die Vinyl aufgelegt. *»Ich schwöre es dir, Bruderherz, diese Platte sagt die Wahrheit. Sie bringen uns bei zu sterben.«*

Die Tür schwingt auf und zerrt mich zurück in die Gegenwart, gefolgt von einem kurzen, hohen Schrei.

»Was machst du in meinem Trailer, verdammt?«

Ich lächle träge. »Du meinst, in deinem Bett?«

Die kleine Fairchild wirft einen panischen Blick über die Schulter, dann schmeißt sie schnell die Tür hinter sich zu.

»Was. Machst. Du. Hier?«, zischt sie, den Arm erfolglos vor ihre Brüste gepresst.

Mein Mundwinkel zuckt. »Man kann deine Nippel sehen.«

»Na und?«, kreischt sie, versucht mich mit ihrer freien Hand an der Schulter zu packen und aus dem Bett zu ziehen.

Ich lache. »Denkst du, du kannst mich mit einer Hand *bewegen*? Dafür müsstest du schon was anderes tun.«

Ihr Kopf wird hochrot. »Raus hier!«

Doch ich rühre mich keinen Zentimeter. Stattdessen mustere ich sie eingehend. Ihren grau gepunkteten Pantie, die lila verfärbte Haut, ihre festen Bauchmuskeln, auf der eine ganze Menge roter Pusteln leuchten. Und so, wie sie das Gesicht verzieht, braucht es ihre ganze Willenskraft, die Hände nicht von den Brüsten zu nehmen und sich zu kratzen.

»Du solltest duschen«, sage ich.

Sie schnaubt. »Noch mehr dumme Ratschläge vom Teufel, der gelangweilt zugesehen hat, wie mich jemand aufschlitzen wollte?«

»Er hätte dich nicht aufgeschlitzt.«

»Oh, klar, sorry. Ganz vergessen, dass du Kujo schon *einen Tag* kennst.«

Ich lege die Platte beiseite. »Geh duschen.«

»Du hast mir gar nichts zu sagen. Wenn ich stinken will, stinke ich.«

»Unverändert stur.«

Bevor sie zu einer Antwort auch nur ansetzen kann, ziehe ich die Badtür auf, stoße sie in die kleine Dusche und schalte das Wasser ein.

Keuchend schnappt sie nach Luft. Der eiskalte Strahl klebt ihr das braune Haar ins Gesicht, und sie kneift die Lider zu.

»Ich habe dir nicht geholfen«, raune ich, »weil das dein verfluchtes Selbstmordkommando gewesen wäre.«

Überrascht reißt sie die Augen auf. »Was?«

»Was habe ich dir gesagt? Wenn du fällst, lachen sie. Stehst du auf, fürchten sie.« Mit Klamotten steige ich in die Dusche und kessele sie mit den Armen ein. Das Wasser rinnt mir über das Gesicht, tropft mir von den Wimpern. »Wäre ich eingeschritten, hätten sie dich in Ruhe gelassen, solange ich dabei bin. Aber sobald ich weg wäre …« Ich schnappe mir einen Waschlappen und kippe etwas von ihrer Naturscheiße drauf. »… hätten sie dich zerfleischt, Zirkusmädchen. Wenn du überleben willst, musst du retten, nicht gerettet werden. Und jetzt …« Langsam streiche ich mit dem Schwamm über ihren Bauch. Sie erschaudert. In kreisenden Bewegungen verteile ich den Schaum auf ihrer Haut. Mir entgeht nicht, wie sie den Atem anhält und verräterisch die Schenkel zusammenpresst. Grinsend drücke ich ihr den Schwamm in die

Hand, die sie immer noch vor ihre Brüste quetscht, »wasch das Zeug ab.«

Heaven blinzelt. Sie braucht einen Moment, um sich zu fassen. Schließlich sieht sie von mir zu den Pusteln und zurück. »Was …«

»Nesselsucht.«

»Rotwein erzeugt Nesselsucht?«

»In Rotwein stecken Histamine. Du bist offensichtlich histaminintolerant. Rätsel gelöst.«

»Woher weißt du das, verflucht noch mal?«

Mein Mundwinkel hebt sich zu einem grimmigen Lächeln. »Wie gesagt, ich weiß vieles, vor allem *über dich*, Fairchild.«

»Aber warum?«

»Wenn du es nicht selbst weißt, bist du es nicht wert, dass ich mit dir darüber spreche.« In meinen Fingern kribbelt der Zorn wie bei einer Insektenparty. »Es reicht, dass du weißt, dass ich dich *hasse*, Zirkusmädchen, und ich alles gegen dich in der Hand habe, was geht. Ist nicht schwer, etwas über jemanden in Erfahrung zu bringen, wenn man das Geld hat.«

Entsetzt sieht sie mich an. Langsam wäscht das Wasser die Schminke von ihrem Gesicht. Unter dem Make-up kommen ihre Verfärbungen zum Vorschein.

»Ich habe dich gewarnt«, raune ich.

»Vor was?«

»Verbrenn dich nicht. Und was machst du?« Sie starrt mich an, als ich meine Daumen unter ihre Augen lege und die Mascara so grob fortwische, dass sie zusammenzuckt. »Rennst los und versuchst, jemand anders zu sein.«

KAPITEL 14

Heaven

»Was ist das denn?« Savannah stemmt ihren Besen in den Boden und deutet entgeistert auf mich.

»Was?«

»Du siehst aus wie aus einem Modemagazin gesprungen! Und«, ihr Blick huscht zu meinen Haaren, »hast du dir *Locken* gemacht?«

»Nein. Ich habe sie über Nacht eingeflochten.«

»Und der Seiden-Zweiteiler?« Mit ausgestreckter Hand deutet sie von meinem Schlafhemd zu meiner Hose und zurück. »Du weißt schon, dass wir das Zelt aufräumen sollen und hier keine Show stattfindet?«

»Das ist mein normaler Schlafanzug.«

»Das sagen sie alle, und in Wahrheit hängen sie drei Stunden vor der Spiegelreflex irgendeines Starfotografen, nur um ihr *Woke-up-like-this*-Foto hochzuladen und unsere Komplexe bis zum Mars wachsen zu lassen.«

»Farfarout.«

»Was?«

»Farfarout ist ein Planetoid, das am weitesten entfernte beobachtete Objekt in unserem Sonnensystem, und damit 58-mal so weit von der Erde entfernt wie der Mars.«

Entgeistert starrt sie mich an. »Du bist so eine Streberin.«

Ich zucke mit den Schultern und nehme müde einen Müllsack von Jess entgegen, die mich so streng ansieht, dass ich den Blickkontakt nicht mal eine Sekunde halten kann. Dann fange ich an, den Mist von dem Boden aufzusammeln, mit dem ich nichts zu tun habe. »Schon gut, Sav.« Ich werfe einen roten Becher in den Beutel. »Du musst mir kein gutes Gefühl geben. Ich weiß, dass mein Gesicht aussieht, als wäre ich in einen Farbeimer gefallen.«

Heute ist es noch großflächiger verfärbt als gestern. Die genaue Ursache des Gardner-Diamonds-Syndroms ist nicht bekannt. Aber es konnte herausgefunden werden, dass die Blutergüsse eine Autoimmunreaktion sind, bei der die roten Blutkörperchen fälschlicherweise als fremd identifiziert und angegriffen werden. Außerdem wird es bei Stress schlimmer. Habe ich mehr Stress als sonst? Eindeutig.

Und der Grund lauert nur ein paar Meter von mir entfernt und schrubbt die verklebten Turnböcke – oben ohne.

Diesmal kann ich es ihm nicht verübeln. Es ist kurz nach sechs in der Früh. Meine Ohren piepen immer noch vom Gebrüll der Sicherheitsmänner, die uns aus dem Bett geschmissen haben. Hier im Zelt steht die Luft, und mir rinnt der Schweiß zwischen den Schulterblättern über den Rücken.

»Ich will Kaffee«, jammert Sav.

»Und ich einen Filmriss.« Stöhnend vergräbt Alexis ihr Gesicht in den Händen, obwohl sie den ekligen Lappen zwischen den Fingern hält. Den Moder kann ich selbst von meinem Platz aus riechen. Ihr Haar ist zerzaust, und wie Savannah trägt sie nur eine kurze Schlafanzughose und ein Schlabbershirt. »Habe ich gestern wirklich mit Stiff im Illusionskabinett rumgemacht?«

»Hast du«, sagen Savvy und ich gleichzeitig.

Ein weiteres entnervtes Stöhnen entfährt ihr. »So ein Mist.«

»Sei froh«, murmelt Enola. Die Seiltänzerin steckt in einem ähnlichen Pyjama wie ich, ihr Haar zu einem unordentlichen Dutt hochgebunden. »Ich war mit Pawel im Schrank, und *nichts* ist passiert.«

»Nichts?«, frage ich.

Sie schüttelt den Kopf. »Wir haben ein bisschen geredet, bis ich ihm fast auf die Füße gekotzt hätte. Zum Glück war die Zeit dann vorbei.«

»Oh Scheiße«, murmelt Sav.

»Mädels!« Inzwischen sitzt Jess auf dem Trapez über der Manege und behält uns schaukelnd im Blick. Mit zwei Fingern deutet sie auf ihre Augen, dann auf uns. »Wer feiern kann, kann auch arbeiten.«

Seufzend bücke ich mich nach einer Pappschüssel und stoße mit dem Hintern gegen jemanden. »Sorry, war keine … Oh.« Craig steht vor mir, in kurzer Superhelden-Schlafhose und weißem T-Shirt. »Du bist auch hier?«

Mein Freund wirkt nicht erfreut, mich zu sehen. Unter seinen Augen liegen dunkelviolette Schatten, sein blondes Haar ist durcheinander, und ich glaube, er hat seine Pflegecreme nicht aufgetragen, denn seine Lippen sind trocken und spröde.

»Alles okay?«, frage ich.

»Nein, Heaven, es ist *nicht* alles okay.« Wütend wirft er die Pappschüssel in seinen Müllbeutel und schnappt sich einen roten Becher. »Ich habe dir von Anfang an gesagt, dass ich mit dieser Party nichts zu tun haben will.«

»Wirfst du mir vor, *ich* hätte sie geschmissen?«

»Nein.«

»Aber?«

»*Aber* du hast sie auch nicht verhindert.« Fassungslos starre ich ihn an. Schnaubend sammelt er eine leere Energy-Dose auf. »Du hast dich amüsiert und vor allen anderen blankgezogen.«

Mir klappt der Mund auf. »Ist das dein Ernst?«

»Denkst du, ich bin taub?« Wütend fuchtelt er mit der Dose in der Luft herum. Ein letzter Rest spritzt durch die Luft, und ich trete angewidert einen Schritt beiseite. »Ich habe mitbekommen, worüber sich hier alle unterhalten.«

Ein eiskalter Schauer rieselt mir die Wirbelsäule hinab. Ich sehe mich um und tatsächlich … Er hat recht. Die meisten glotzen mich an wie eine hässliche Sehenswürdigkeit.

»Dann bist du *offensichtlich* doch taub«, zische ich und funkele Craig an. »Denn hättest du richtig zugehört, hättest du gewusst, dass dieser Scheißkerl mir mein Shirt und die Träger meines Kleides zerschnitten hat!« Wäre ich eine Superheldin wie die, die mir von Craigs Shorts entgegenlachen, würden in dieser Sekunde Funken aus meinem Finger sprühen, mit dem ich auf Kujo deute.

Craig blinzelt. »Er hat dein Kleid *zerschnitten*?«

»Ich fasse es nicht, dass du diese Sachen über mich hörst und sie glaubst, statt *mich* zu fragen, deine Freundin, Craig!«

»Tut mir leid. Das war dumm.«

Tränen verschleiern mir die Sicht, doch ich blinzle sie weg. *Wenn du fällst, lachen sie. Stehst du auf, fürchten sie.*

»Vergiss es«, brumme ich und will mich wegdrehen, aber er hält mich an der Schulter fest.

»Heaven …«

Weil ich ihn nicht ansehen will, trifft mein Blick auf Helix. Gerade wirft er seinen Lappen in den Wischeimer, neigt den Kopf und sieht ausdruckslos von mir zu Craig. In der nächsten Sekunde wendet er sich ab und widmet sich dem nächsten Turnbock.

»… müde, nichts gegessen und … hey, hörst du mir zu?«

Blinzelnd drehe ich mich ihm zu. »Was?«

Craig sieht von mir zu Helix und zurück. Er zieht die Brauen zusammen und öffnet den Mund, um etwas zu sagen, aber ich erfahre nie, was es gewesen wäre, weil mich in diesem Moment eine Hand an der Schulter fasst.

»Miss Fairchild?«

Irritiert wirble ich herum und muss den Kopf in den Nacken legen, um dem Security ins Gesicht zu sehen. Er ist noch nicht lange bei uns angestellt und war früher bei den Navy Seals.

Ich sage ja, unser Zirkustal ist wie die Area 51.

»Ja? »Äh …« Schnell zuckt mein Blick zu dem aufgenähten Schild auf seiner Brust. »Mr. Brady, Sir?«

Sein Gesicht ist eine hochattraktive Festung, und als er beiseite tritt, könnte ich schwören, dass der Boden unter seiner Masse vibriert. »Ihre Mutter möchte Sie sprechen.«

Überrascht blinzle ich. »Meine Eltern sind schon zurück?« Er nickt. »Und warum wollen sie mit mir sprechen?«

Mr. Blade antwortet nicht, stattdessen sieht er mich ausdruckslos an. Eine stumme Aufforderung, seinen Anweisungen zu folgen.

Seufzend ergebe ich mich, lege meinen Müllbeutel beiseite und verlasse hinter dieser Mauer an Typen das Showzelt. Dabei spüre ich alle Blicke auf mir brennen. Ich bin das kerosingetränkte Taschentuch, sie das Streichholz.

KAPITEL 15

Heaven

Dem Eierbecher fehlt ein Auge. Es ist mir nie aufgefallen. Und das obwohl ich diesen süßen Brontosaurus schon mein ganzes Leben kenne. Wie traurig. Für ihn bin ich sein Lebensinhalt. Er existiert, um meine Eier zu halten. Für mich ist er jemand, der ein Auge verliert, ohne dass ich es bemerke.

»Heaven, hast du mir zugehört?«

»Wann hat er sein Auge verloren?«

Mom stockt. »Wie bitte?«

Ich sehe auf. Das meiste habe ich von ihr: meine kleine Nase, die vollen Lippen und die blauen Augen. Aber meine dichten Augenbrauen habe ich von Dad, und die Haarfarbe ist ein Mix aus beidem.

Das Einzige, das allein mir gehört.

»Mein Eierbecher. Ihm fehlt ein Auge.«

»Darum geht es jetzt nicht«, zischt Mom, die Kaffeetasse umklammernd. »Du hast uns *enttäuscht*, Heaven. Wir mussten früher zurückkehren als geplant. Und warum?«

Schweigend bearbeite ich meine Eierschale.

»Beantworte meine Frage, Heaven.«

»Weil eine Party geschmissen wurde«, murmele ich.

Mom trinkt einen Schluck und verzieht das Gesicht. Wahrscheinlich nicht wegen des Kaffees, sondern wegen meiner Antwort. »Was habt ihr euch dabei gedacht?«

Mürrisch pule ich die restliche Schale ab und schneide das Ei in Scheiben. »Ich habe versucht, das zu beenden.«

»Siehst du, Dakota?« Dad beißt in seine Toastscheibe und wirkt zufrieden. »Unsere Heaven macht so was nicht.«

»Wer war's?« Bei ihrem harschen Tonfall zucke ich zusammen. »Wer hat diese Party geplant? Und jetzt komm mir nicht damit, dass du es nicht weißt. Ich war auch mal Artistin.« *Als könnte ich das vergessen, Mom.* Mit ihrem Frühstücksmesser deutet sie auf mich. »Gossip verbreitet sich schneller als die Windpocken.«

Der Großteil in mir drängt darauf, Helix zu verraten. Er meinte, er hasst mich, oder nicht? Er hätte *alles* gegen mich in der Hand. Warum sollte ich ihn in Schutz nehmen?

Weil da auch noch andere Erinnerungen sind.

Ich kontrolliere *mein Mädchen nicht, weil ich ihr vorher beibringe, wie meine Königin zu kämpfen hat.*

Wenn du fällst, lachen sie. Stehst du auf, fürchten sie.

Ich habe dir nicht geholfen, weil das dein verfluchtes Selbstmordkommando gewesen wäre.

Wenn du überleben willst, musst du retten, nicht gerettet werden.

Warum hilft er mir, wenn er mich hasst?

»Keine Ahnung«, lüge ich. Das Ei auf meinem Brot ist nur noch gelb-weißer Matsch. »Ich habe erst davon erfahren, als ich die Musik gehört habe.«

Es ist grauenvoll, meine Eltern anzulügen. Messerscharfe Krallen schleifen wie eine Warnung über meine Haut, bereit zuzustechen. Das letzte Mal habe ich meine Mutter belogen, als ich mit sieben Twinkies aus dem Walmart geklaut habe, weil sie mir keine Süßigkeiten kaufen wollten.

Mom wirkt nicht begeistert. Im Gegenteil. Sie kocht heißer als der Wasserkessel, der auf dem Herd gerade laut zu pfeifen beginnt. Schnaubend steht sie auf, wirft einen Teebeutel in Dads Tasse und gießt das Wasser ein.

»Heaven, Liebling, da ist noch was …« Mein Vater scheint sich sehr für das Prinzip des Salzstreuers zu interessieren, denn er beobachtet genau, wie die Körner auf sein Ei fallen. »Jess hat uns erzählt, dass du, na ja …«

Mein Herz stolpert. »Was hat sie erzählt?«

Bitte lass es das Training gewesen sein. Bitte lass sie ihnen von meinem Sturz erzählt haben. Bitte, bitte, *bitte* …

»Dass sie dich halb nackt in der Manege vorgefunden hat!«, brüllt Mom.

Oh Himmel.

Wie ein Hurrikan wirbelt meine Mutter herum und knallt meinem Vater die Teetasse auf den Tisch, sodass Wasser überschwappt. »Ich habe fast einen Infarkt bekommen, als ich das gehört habe. Nur in *Unterhose*, Heaven?«

Meine Wangen werden scharlachrot. Unruhig wische ich meine Finger an meinem Schlafanzug ab. »Das war nicht so, wie ihr jetzt denkt.«

»Oh, das hoffe ich für dich.« Mom setzt an, Marmelade auf ihr Brot zu schmieren, hält aber auf halbem Weg inne, schüttelt den Kopf und lehnt sich zurück. »Denn wenn es so war, wie ich denke, hat meine einzige Tochter sich entweder besinnungslos betrunken oder Drogen genommen.«

Ich schnappe nach Luft. »Mom!«

»So etwas würde sie nicht tun, Dakota.«

»Danke, Dad«, grummele ich.

»So etwas tut jeder irgendwann«, entgegnet meine Mutter unbeirrt. »Bei dem kleinen Macaulay Culkin hat auch niemand gedacht, er würde drogenabhängig werden.«

»Ich bin nicht Macaulay Culkin«, zische ich.

»Wir sind weltbekannt, unsere Shows innerhalb von wenigen Sekunden ausverkauft.« Wütend schiebt sie den Stuhl zurück und schreitet in dem schmalen Wohnwagen auf und ab. »Was denkst du denn, Heaven?« Mit einer ausladenden Geste deutet sie aus dem Fenster. »Was denkst du, was das für ein Licht auf mich wirft?«

Schmerz zuckt durch meine Adern.

»Beruhige dich, Dakota.« Das ist ungefähr genauso wirkungsvoll wie einem tollwütigen Hund zu sagen, er solle kurz durchatmen. Mit einer zitternden Hand wischt Mom sich über das Gesicht, bevor Dad meinen Blick sucht. »Hör zu, Schatz, wenn das gestern ein … ein Ausrutscher war, dann verstehen wir das.« Mom schnaubt. »Es ist nur eher suboptimal, weil so etwas schnell nach draußen gerät.«

»Ich weiß.«

»Scheinbar nicht!«, ruft meine Mutter, der es offensichtlich nicht gelungen ist, sich zu sammeln. Sie umklammert die Stuhllehne und beugt sich zu mir vor. Ich muss mich zwingen, nicht zurückzuweichen. »Stell dir vor, dein halb nackter Körper wäre heute in allen Klatschblättern auf der Titelseite zu sehen! Was würden die Leute von uns denken?«

Von uns. Nicht von mir, nein, von uns. Mein Körper war ihr Ruf. Schon immer. Er gehört ihr. Ich trainiere für ihr Gefühl, nie aufgegeben zu haben.

»Die berühmte Artistin Dakota Fairchild – hat ihre Karriere aufgegeben für einen Reinfall.«

Jetzt verliere ich ebenfalls die Beherrschung. »Ich habe

mich nicht *freiwillig* ausgezogen! Und ich habe weder getrunken noch Drogen genommen, was denkt ihr von mir?«

»Siehst du?«, sagt mein Vater und wirft Mom einen Seitenblick zu, aber die verengt nur die Augen, bis ihre Pupillen ganz kleine schwarze Stecknadelköpfe sind.

»Was ist passiert?« Ihre Stimme ist scharf wie eine Klinge, aber das Gute ist, dass der Ton jetzt nicht mehr mir gilt. Sie ist ein Adler, bereit, dem Jäger das Gesicht zu zerpflücken. »Es war dieser Vagabund, nicht wahr?«

»Was?«

»Der Gastartist.« Moms Fingerknöchel färben sich weiß, so fest klammert sie sich in die Stuhllehne. »Hat er dich zum Strip-Pokern aufgefordert?«

»Wa…?« Meine Verwirrung wechselt zu überdimensionaler Scham. »O Gott, nein!« Es wundert mich, dass ich diesen Satz aus meinem Mund höre, aber … »Hell hat nichts damit zu tun.«

Moms Augenwinkel zuckt. *»Hell?«*

»Helix«, murmele ich kleinlaut.

Ich könnte Kujo verpetzen. Dann würde er mindestens suspendiert werden. Seine Show wäre für die Tour gestrichen. Er ist zwar ein wichtiger Artist für den Zirkus, aber meine Eltern würden ihn zerfleischen. Aber, was dann?

Ich wäre ihn los, aber eine Petze. Vermutlich würde er bestraft werden, aber nicht rausgeschmissen. So einfach ist das nicht. Auch meine Eltern sind an Verträge gebunden. Wenn Kujo es mir vorher nicht leicht gemacht hat, würde er mir von da an das Leben zur Hölle machen.

Jemanden verraten kann jeder – das ist leicht. Es ist schwach. Jemanden zu verraten, indem man Machtverhältnisse ausnutzt, ist fallen und liegen bleiben. Man denkt nicht dran, dass der Feind wiederkommen könnte. Die Sache selbst zu regeln wäre aufstehen. Ihm mit gerecktem Kinn zu begegnen, ohne Angst, und ihn so fertigzumachen, dass er es nie wieder auch nur in deine Nähe wagt.

Wenn du fällst, lachen sie. Stehst du auf, fürchten sie.

»Es war dumm.« Meine Stimme klingt rau. »Ich wollte beweisen, dass ich genauso gut in anderen Bereichen wäre. Also habe ich mich auf das Nagelbrett gelegt, nur ist dabei meine Kleidung zerrissen.«

Mom klappt der Mund auf, während Dad aussieht, als müsste er sich das Lachen verkneifen.

»Du hast *was*?«, fragt Mom fassungslos.

»Ich sage ja, es war dumm. Kommt nicht wieder vor.«

Meine Mutter ist so entsetzt, dass sie die Augen schließt und die Stirn in die Hände legt, wo sie den Kopf schüttelt.

»Das ist gut.« Dad klatscht. »Alles andere hätte die neuen Pläne in eine brisante Lage gebracht.«

Alarmiert sehe ich auf. »Neue Pläne?«

Mein Vater zwirbelt seinen Schnurrbart. »Bedauerlicherweise gab es letzte Nacht einen Unfall.«

Ich keuche. »Was?«

»Ashley ist betrunken vom Trapez gestürzt.«

Mir fällt die Kinnlade runter. »Wie bitte?«

»Sie ist nach der Party in die Trainingshalle gegangen.« Moms Stimme klingt gedämpft in ihren Händen. Schließlich hebt sie den Kopf, wirkt erschöpft – und angepisst. Aber auf wen? Auf Ashley? »Sie ist noch im Krankenhaus. Ihr Bein ist gebrochen und muss operiert werden.« Meine Mutter presst ihre Lippen zu einer dünnen Linie. Mir gefällt nicht, wie Mom mich ansieht. »Für die nächsten Monate ist sie raus.«

»*Raus?*« Jeder Tropfen Spucke in meinem Mund vertrocknet. »Und was bedeutet das für die Tour?«

Dad lächelt breit, während Mom das Gesicht verzieht. Sie sieht mich an wie eine Kakerlake auf ihrem Fenstersims.

»Wir haben mit den Trainern und dem Vorstand gesprochen«, sagt Dad, »und einstimmig beschlossen, dass du einspringst.«

Bei dem Wort *einstimmig* zuckt meine Mutter zusammen.

Mein Herz vergisst, dass es existiert. Meine Lunge auch.

»Ich soll den Hauptact machen?«, krächze ich.

Mein Vater nickt begeistert. »Glückwunsch, Heaven.« Er boxt Mom in die Seite, die aussieht, als hätte sie in eine bittere Zitrone gebissen.

»Ja«, knirscht sie. »Glückwunsch.« Ihr Lächeln wirkt wie festgetackert, als sie mich ansieht. »Und bitte, *bitte* blamiere den Zirkus nicht, Heaven.«

Was sie eigentlich meint: blamiere *mich* nicht.

Ich weiß nicht, was ich sagen soll. Mein ganzes Leben habe ich auf diesen Moment gewartet und hart trainiert. Meine sehnlichsten Träume handelten hiervon, und jetzt?

Jetzt ist alles, woran ich denken kann, dass ich vor der ganzen Welt so tun soll, als wäre ich Hals über Kopf in Helix Winchester verknallt.

KAPITEL 16

Helix

Das Sky Snookers des Zirkus wirkt wie ein Teesalon des achtzehnten Jahrhunderts. Es gibt eine Bar, hinter der eine ausgeflippte Frau namens Leslie arbeitet. Schon ein paarmal bin ich für andere Zirkusse eingesprungen, aber das hier ist mit Abstand der krasseste. Ein High-Class-Celebrity-Verein. Kein Wunder, dass alles eingezäunt ist. Obwohl ich gerade eher wünschte, die ehemaligen Navy Seals würden Mr. Fairchild schütteln, denn offensichtlich stimmt etwas mit seinem Gehirn nicht.

Ich soll die Show mit Heaven Fairchild durchziehen. Das ist der schlimmste Albtraum, den ich mir hätte vorstellen können. Reicht schon, dass ich ihr ständig überall begegnen muss und immer daran erinnert werde, was in jenem Herbst passiert ist. Am liebsten würde ich ihre ganze Familie in Stücke reißen und dabei zusehen, wie sie leiden. Aber da dieser Zirkus meine letzte Chance ist, nicht in den Knast zu wandern, bleibt mir keine andere Wahl.

»… weiß nicht, Mann. Sie ist nicht schlecht. Ein Rohdiamant.« Hawk fläzt sich auf dem barocken Diwan, als wäre es sein samtbezogenes Grab, das dem Skelett Ehre gebührt. Entweder das oder er denkt, er sei ein rolliger Kater. So oft, wie sein Schwanz in einer anderen steckt, halte ich das für denkbar. Obwohl ich mir kein Urteil erlauben darf. Immerhin bin ich nicht besser.

Hawk schwenkt den Rotwein in seinem Glas. Der Anblick erinnert mich an die Pusteln auf Heavens Bauch.

Histaminintolerant, denke ich, wobei mir ein Schnauben entfährt. *Dieses Mädchen ist der Inbegriff von Schwäche.*

»Mit ein bisschen Arbeit, wenn du sie hier und da etwas schleifst …« Genüsslich trinkt er einen Schluck und leckt sich den roten Saft von den tätowierten Lippen, »… kommt darunter ein wahres Schmuckstück hervor.«

»Du verwechselst da etwas.« Gelangweilt hebe ich die Füße und lege sie auf einem der Tischchen ab. »Sie ist kein Diamant, sondern ein Fingernagel. Wenn ich sie schleife, kommt nur der Dreck hervor, den sie unter ihrer Oberfläche lagert.«

Hawk pfeift durch die Zähne. »Krasse Ansage.«

»Du weißt, warum ich hier bin.« Grimmig starre ich in das Root Beer. »Solange ich beobachtet werde, kann ich nichts tun. Aber sobald die Auflagen gelockert sind, räche ich mich.«

»Und ich finde es immer noch übertrieben.« Theatralisch rollt Hawk mit den Augen, lehnt den Kopf zurück auf die Lehne und hält das Weinglas ausgestreckt von sich. Jetzt sieht er aus, als hätte ihn jemand abgeknallt. »Sie kann …«

»Sie hatte die Idee mit dem Casting.«

Hawk winkt ab. »Wenn du meinst.«

Die Eingangsplane wird beiseitegeschoben, und Kujo und Pawel betreten das Gemeinschaftszelt. Sie gehen direkt zur Bar, da entdeckt mich Kujo und nickt mir zu. Kujo ist hager, hat eingefallene Wangenknochen und einen schwarzen Iro, so hoch und schmal gegelt, als wären seine Haare eine Rampe. Für die Rolle als Messerwerfer ist er perfekt. Er sieht aus wie ein schmieriger Typ, der Frauen in dunklen Gassen auflauert.

»Yo, Hell«, sagt Pawel, als sie sich mit ihren Getränken zu uns setzen. »Hab gehört, der Direktor hat dich zu sich gerufen. Kam raus, dass du die Party geschmissen hast?«

»Nein.« Keiner von denen würde mich verraten. Ich habe deutlich gemacht, was mit ihnen passiert, wenn sie es tun. »Ash hat sich das Bein gebrochen.«

Kujo reißt die dunklen Augen auf. »Wie jetzt?«

»Wann?«, fragt Pawel.

Im Hintergrund läuft leise Musik. Es ist die Zirkusplaylist der letzten Show. Gerade läuft »Alive« von Sia.

»Weil sie betrunken aufs Trapez ist«, erklärt Hawk.

»Gott, Ash.« Kujo schlägt auf die Lehne des Chesterfield-Sessels. »Was wird jetzt aus der Show?«

Zwischen uns kehrt Stille ein, bis Hawk plötzlich kichert. Ich werfe ihm einen bedrohlichen Blick zu, was ihn nur noch lauter lachen lässt.

»Was?« Pawel sieht von mir zu Hawk. »Was ist so lustig?«

Könnte ich jemanden mit meinen Blicken ermorden, wären in diesem Raum inzwischen alle tot. Ich umklammere mein Glas so fest, bis meine Knöchel weiß werden und ich nicht mehr garantieren kann, dass es nicht zerbricht.

»Ach du Scheiße«, wispert Kujo. Scheinbar hat er eins und eins zusammengezählt. Entgeistert sieht er mich an. »Bitte sag mir, dass das ein Scherz ist.«

Ich rege mich nicht.

Jetzt lacht auch Kujo, jedoch schüttelt er dabei fassungslos den Kopf.

»Schön, dass euer telepathisches Irgendwas funktioniert«, Pawel fuchtelt mit den Händen zwischen uns hin und her, »aber könnte mich vielleicht jemand aufklären?«

»Fairchild ist die einzige Luftakrobatin, die infrage käme«, murmelt Kujo. »Alle anderen sind erst in der Bronzegruppe.« Obwohl *ich* mit ihr zusammenarbeiten muss, ist Kujo derjenige, der aussieht, als hätte man ihm seine eigenen Messer in den Magen gerammt. »Sie ist die Tochter des Direktors und seit Jahren scharf auf den Hauptgig. Das ist ein offenes Geheimnis, aber neben Ash hatte sie keine Chance. Man hätte ihren Eltern vorgeworfen, emotional entschieden zu haben, und ihre Integrität gegenüber dem Zirkus angezweifelt. Aber wenn Ash ausfällt und kein anderer einspringen kann …« Langsam sieht er zu mir. »Bitte sag mir, dass ich falschliege.«

Ich schweige noch immer. Hawk hingegen …

»Du liegst goldrichtig, Messerjunge.« Er richtet sich in seiner Ottomane auf und kippt den Rest Rotwein herunter. »Und ich muss sagen, dass mir der neue Tourslogan gefällt.«

»Der neue Tourslogan?«, fragt Pawel.

Hawk hebt die Hände in die Luft, als wollte er ein Banner aufhängen. »*Heaven & Hell – Wo Engel fliegen und Teufel tanzen. Tauchen Sie ein in die spektakuläre Show, in der Himmel und Hölle aufeinandertreffen!*«

Zwischen uns wird es still. Ich starre in mein Bier und überlege, mich darin zu ertränken.

»Scheiße«, flucht Kujo schließlich. »Es wird mich ankotzen, beim Training in ihr zufriedenes Gesicht zu glotzen, weil sie denkt, sie würde tatsächlich irgendwas *können*, außer hässlich zu sein.«

»Sie ist nicht hässlich.«

Die Jungs starren mich an. Ich lehne mich zurück, schiebe den Kiefer vor und sehe Leslie hinter der Bar zu, wie sie ihren Leo-Rock zurechtzupft. »Glaubt mir, ich wäre der Letzte, der trauern würde, wenn statt Ash *sie* vom Trapez gefallen wäre. Aber Heaven ist nicht hässlich.«

»Gehe ich mit«, sagt Hawk.

»Seid ihr blind?« Vor Fassungslosigkeit beugt Kujo sich vor, die knochigen Ellbogen auf seine Knie gestützt. »Habt ihr mal in ihr Gesicht gesehen? Mindestens einmal die Woche sieht sie aus, als wäre sie heftig verprügelt worden.«

Ich balle die Hand zur Faust. »Das ist eine Krankheit«, sage ich. »Und es macht sie nicht hässlich.«

Sowohl Kujo als auch Pawel sehen mich überrascht an. Hawk interessiert sich sehr für sein leeres Glas, das er in allen Winkeln betrachtet. Er weiß, was in mir vorgeht. Auch er kannte Ella. Sie hatte zwar kein Gardner-Diamond-Syndrom, aber ihre Feuermale waren unübersehbar.

»Was ist los mit dir, Winchester?« Kujos Stimme klingt wie ein Umhang, der über gefrorenes Laub raschelt. »Interessierst du dich plötzlich für die kleine Fairchild?«

»Nein«, knurre ich.

Irgendetwas scheint Pawel zu belustigen, weshalb ich ihm ein angepisstes »Was ist?« entgegenschleudere.

»Ich dachte, zwischen dir und Ash geht was«, erklärt er.

»Zwischen Helix und *jeder* Frau geht was«, mischt sich Hawk wieder ein und lacht. Als er meinem Blick begegnet, verdreht er die Augen. »Schön, zwischen dir und jeder Frau … außer Heaven.«

»Er wird sich in sie verlieben«, beharrt Pawel. »Wetten?«

»Als ob«, schnaubt Kujo. »Du hast nicht vor, diese Show mit ihr durchzuziehen, oder?« Keine Antwort von mir. Ein weiteres Schnauben von ihm. »Es hat einen Grund, wieso die Klatschpresse noch nie irgendwas über sie gebracht hat. Weil sich keiner für sie interessiert. Das Mädchen hat nicht das Potenzial zu einem Star.«

»Ich könnte sie locker zum It-Girl machen«, entgegne ich. Mich stört, dass die beiden glauben, sie könnte meine Karriere beeinflussen. Als hätte irgendjemand die Macht, alles, was ich in meinem Leben erreicht habe, von jetzt auf gleich zu zerstören. Erst recht nicht Heaven Fairchild.

Ich hingegen könnte ihr ganzes Leben verändern.

Grimmig setze ich die Flasche an und trinke einen Schluck. »Ein paar Wochen mit mir, und die kleine Außenseiterin wäre begehrt wie noch nie. Sie hat die Grundvoraussetzungen. Wie Hawk gesagt hat, man muss sie nur ein bisschen schleifen. Und am Ende«, ich beuge mich mit einem diabolischen Grinsen vor, »wird *sie* es sein, die sich in mich verliebt, aber ich derjenige, der ihr das brave Herzchen fickt.«

Hawk lacht laut auf. Ich sehe ihn an, und sein Gelächter geht in ein belustigtes Kopfschütteln über. »Ich traue dir einiges zu, Bro, aber in dieser Sache hast du verloren.«

»Er hat recht«, sagt Kujo. »Sie ist zu gut, um Craig jemals zu verlassen. Du wärst ihr Albtraum.«

»Ja, Mann«, murmelt Pawel, »ich habe mitgekriegt, wie sie dich ansieht, und es sieht aus, als würde sie dir jedes Mal am liebsten die Augen auskratzen. Nichts für ungut.«

»Noch.« Plötzlich habe ich ein perfides Interesse daran, dieses Mädchen zu verarschen. Dadurch wird sie zwar nicht fühlen, was ich seit jenem Herbst fühle, aber es wäre ein Anfang. Ich war noch nie verliebt, aber so, wie die Frauen geheult haben, die ich abserviert habe, scheint es schmerzhaft zu sein. Gut so. Die kleine Fairchild soll leiden.

»Craig ist genau das, was sie will«, bestätigt Hawk. »Sie ist zu brav, um sich in den Teufel zu verlieben.«

»Auch Engel lassen sich verderben«, halte ich dagegen.

»Okay, pass auf.« In Kujos Augen blitzt der Ehrgeiz auf. »Mein Großvater hat mir Gold vererbt.«

»Und?«

»*Und* derjenige, der die Wette gewinnt, kriegt es.«

»Welche Wette?«, frage ich.

In seinen Augen blitzt etwas auf. »Wenn du es schaffst, dass sie sich in dich verliebt, kriegst du das Gold.«

Ich überlege. Geld ist das Letzte, was ich nötig habe. Aber die Wette reizt mich aus anderen Gründen: die kleine Fairchild am Boden zu sehen. Außerdem wäre es nicht schlecht, wenn so ein gewissenloser Wichser, der Heaven mindestens genauso hasst wie ich, mir etwas schuldet. Irgendwann könnte er mir nützlich sein. »Scheiß auf das Gold. Wetten wir stattdessen um einen Gefallen.«

»Ein Gefallen?«, wiederholt Kujo.

»Gewinne ich, stehst du in meiner Schuld, und andersrum.«

Er überlegt, aber scheint schnell zu dem Entschluss zu kommen, dass ein Gefallen von mir wertvoller als ein bisschen Geld ist. »Na gut. Also haben wir einen Deal?«

Die anderen lassen mich nicht aus den Augen, als wäre ich ein Skorpion, der jeden Moment zustechen könnte.

Ich lächle. »Wir haben einen Deal.«

KAPITEL 17

Heaven

In der Trainingshalle ist es bis auf Savannahs Tanzschritte auf dem Linoleum und Craigs geworfene Jonglierbälle still, während ich die neuste Kontorsionsbewegung übe. Mein Körper dreht und windet sich in komplexen Abläufen.

»Ich sage ja gar nicht, dass du *niemals* den Hauptgig kriegen solltest, Heav, nur …«

»Verdammt noch mal, Craig.« Savvy flucht, als sie den schwierigen Part ihres Burlesque-Solos schon wieder verkackt. Keuchend wischt sie sich mit dem Handtuch über die Stirn und wirft meinem Freund einen mörderischen Blick zu. »Kannst du dich nicht einfach für sie freuen?«

Über sein jungenhaftes Gesicht gleitet eine wütende Maske. »Es hat einen Grund, weshalb Mr. Fairchild der Meinung war, Ash den Hauptgig zu geben.«

»Tja, aber Ash hat sich das Bein gebrochen, also was?« Ich liege auf dem Bauch, die Beine über meinem Kopf, die Füße auf dem Boden zwischen meinen Händen. »Sollen wir die ganze Show absagen, nur weil du denkst, ich wäre nicht bereit?«

Wütend kickt er einen seiner Bälle weg. »Deine Mutter hätte dich machen lassen, hätte sie keine Angst, dass du dir den Hals brechen würdest.« *Ja, sicher. Es ist ihre mütterliche* Sorge *um mich.* Fast hätte ich laut aufgelacht. »Und jetzt, wo Ash wegfällt, sind sie so verzweifelt, dass sie das Showbiz über die Sicherheit ihrer Tochter stellen, was ich absolut nicht vertreten kann.«

Ich lasse meine Füße los. Sie schweben ein paar Zentimeter vor meinem Gesicht. »Also bist du überzeugt, ich sei zu schlecht für diesen Job, dass du meinen Eltern unterstellst, sie würden mich als letzten Ausweg nehmen, während sie nebenbei schon meine Sterbehilfe planen?«

»Heav ...«

»Nein, Craig, sie hat recht.« Wütend bindet Savvy ihre langen Haare zu einem Pferdeschwanz. »Als ob sie Heavens Leben aufs Spiel setzen würden. Was soll der Scheiß? Jedes Mal, wenn du bei ihr ankommst, versuchst du, sie zu kontrollieren.«

»Ich meine es doch nur gut.« Auf Knien kommt er zu mir herübergerutscht. »Ich mache mir Sorgen, Heaven.«

»Musst du nicht.« Etwas an seiner Nähe erweckt in mir den Drang, Distanz zwischen uns zu bringen. »Ich weiß, was ich kann, Jess weiß, was ich kann und ...« Kurz zögere ich. »Und meine Eltern wissen, was ich kann.«

»Ja, schon, aber das hier ist etwas anderes.«

Ich ziehe meine Beine zurück, stemme meine Arme auf den Boden und richte mich gen Decke. Dann hebe ich den Kopf, strecke ein Bein gerade zur Decke und lasse das andere langsam nach vorne herunter, bis der Fuß wieder vor meinem Gesicht schwebt. »Inwiefern?«

Sav schnaubt. »Er meint die Sache mit Helix.«

»Nein, nicht nur.« Craig beginnt, vor uns auf- und abzuschreiten, wobei er Savannah fokussiert. »Hast du darauf geachtet, was für Sachen Helix und Ash trainiert haben?«

»Für gewöhnlich konzentriere ich mich auf mein eigenes Training. Im Gegensatz zu dir, wie mir scheint.«

Sein Gesicht wird rot.

»Leute«, seufze ich. Langsam beginnen meine Arme unter meinem Gewicht zu zittern. »Es ist, wie es ist, okay? Ich ziehe diese Show durch, also lasst uns nicht deshalb streiten.«

»Aber Heaven, du *kannst* das noch nicht«, beteuert Craig.

»Sie kann, was auch immer sie können will.«

Meine Figur gerät ins Wanken. *Helix.* Nur mit größter Mühe gelingt es mir, nicht vornüberzukippen. Lässig lehnt er in der Tür, die Hände in seiner abgerissenen Jogginghose vergraben, das Shirt wieder ärmellos. Die oberen Haare sind wild zerzaust, als hätte er bis eben geschlafen oder ... andere Dinge getan, während die Kante zu seinem Undercut genauso präzise aussieht wie seine scharf geschliffenen Gesichtszüge. Ich schwöre, es sollte verboten sein, so auszusehen. Wie kann jemand ein so schönes Gesicht haben und dann ein solches Arschloch sein?

Oder, wie meine Mutter es ausgedrückt hat: *Vagabund.*

»Auf einmal tust du so, als würdest du sie mögen?«, schnaubt Craig. »Hier drin musst du nichts spielen. Eure *Beziehung*«, er spricht das Wort voller Abscheu aus, »findet in der Welt draußen statt.«

Seine Worte entlocken Helix ein spöttisches Lächeln. Wie ein Raubtier kommt er auf uns zu. »Oh, glaub mir, ich kann deine kleine Freundin nicht ausstehen, keine Sorge.«

»Gelogen«, säuselt Savvy, woraufhin sie einen bösen Blick von Craig und mir erntet.

»Wieso nimmst du sie dann in Schutz?«, fragt er.

Langsam ziehe ich mein gestrecktes Bein herunter und

stelle die Füße auf den Boden. Ich gebe mir größte Mühe, so zu tun, als ob mein zukünftiger Fake-Boyfriend nicht existiert.

»Nehme ich nicht.« Desinteressiert geht er an uns vorbei und gleitet mit dem Finger über Kujos Schwertklingen. »Ich spreche nur die Wahrheit aus.«

»Die Wahrheit ist, dass sie noch nicht so weit ist.«

»Weißt du …« Hell dreht die Klinge in der Hand und drückt zu. Als er die Finger wieder löst, sickern zwei winzige Rinnsale Blut aus seinem Handteller. Ausdruckslos ballt er sie zur Faust, legt das Schwert beiseite und dreht sich zu Craig. »Ich kann Menschen, die andere kleinmachen, nicht ausstehen.« Er öffnet die Faust und streckt die Finger. Beim Anblick des Bluts bekomme ich eine Gänsehaut.

»Ich mache sie nicht klein«, erwidert Craig nach einem irritierten Zögern. Schließlich dreht er sich zu mir. »Heav, der Kerl macht das *extra*, damit er dich fallen sieht.«

»Hör auf, Craig.« Müde wische ich mir über das Gesicht und gehe an ihm vorbei zu meiner Wasserflasche. »Ob es dir gefällt oder nicht, ich werde diese Show machen, und ich wünschte, du würdest mich unterstützen, statt nicht an mich zu glauben und … hey!«

In einer blitzschnellen Bewegung hat Helix den Arm nach mir ausgestreckt und mich auf die Matte gezogen. Ich kann kaum blinzeln, da wirbelt er mich schon hoch in die Luft. Erschrocken reiße ich die Augen auf. Er steht unter mir, die Hände nach mir ausgestreckt. Ich habe gesehen, wie er diese Übung mit Ash trainiert hat. Mir bleibt nur der Bruchteil einer Sekunde, um mich zu drehen, aber ich verfehle ihn und lande mit dem Rücken auf der Matte. Der Aufprall treibt mir den Sauerstoff aus den Lungen.

»Geht gleich wieder«, murmelt Hell. »Atme tief ein.«

»Siehst du?«, brüllt Craig. Er will zu uns rennen, aber Savannah hält ihn zurück.

Mehr kriege ich nicht mit, weil Helix sich auf mich setzt und zu mir herunterbeugt. Gerade dachte ich, ich könnte keine Luft holen, aber jetzt geht gar nichts mehr.

»Erwarte das Unerwartete«, raunt er, »und bewege dich so flink, als könnte dir jederzeit jemand ein Messer in den Rücken rammen.«

Noch während er das sagt, streckt er die Hand nach Kujos Messerblock aus und zieht einen Dolch heraus. Lässig dreht er ihn in den Fingern, betrachtet die Spitze, aber ich kann nur auf seine Augen achten. Dieses glänzende, unnatürliche Gold mit den honigbraunen Sprenkeln darin.

Wie zerflossene Sterne über dem Himmel.

»Heaven.« Craig ist es gelungen, Savvy abzuschütteln, und stürmt wütend auf uns zu. »Du *kannst* das nicht, und vielleicht hasst du mich dafür, dass ich es dir sage, aber einer muss es tun, bevor du am Ende gelähmt bist: Diese Show wird *miserabel* für dich enden.«

Der Dolch spiegelt sich in Hells Augen. Kurz sieht es aus, als würde der Teufel seine Waffe schärfen. Im nächsten Moment lässt Helix von mir ab, verlässt die Matte und dreht die Waffe gelangweilt zwischen den Fingern. »Ihre Männerwahl ist das einzig Miserable.«

Craig knurrt, aber Helix wirkt so unbeeindruckt, mein Freund könnte auch eine Maus sein. Immerhin ist es mir inzwischen gelungen, mich aufzurichten, während frischer Sauerstoff in meine Lungen zurückfindet.

Dann sieht Helix zu mir. »Trainiere deine Reflexe. Renn über einen rotierenden Balken. Laufe über ein Nagelbrett.

Wenn du nicht mehr stürzt und deine Füße nicht mehr bluten …« Blitzschnell wirft er den Dolch in meine Richtung, und ich zucke heftig zusammen. Die Spitze bohrt sich in einen von Kujos Holzpflöcken. Hätte er nur Millimeter danebengetroffen, wäre es mein Hals gewesen. »… trainiere ich mit dir.«

KAPITEL 18

Heaven

Seit einer halben Stunde hocke ich vor Stiffs Nagelbrett. Wie zur Hölle soll ich einen Fuß darauf setzen, ohne dass er blutet? Immer wieder versuche ich es, ziehe aber sofort zurück, als der Schmerz meine Nerven durchzieht.

Helix hat es ernst gemeint, als er sagte, er würde erst dann mit mir trainieren, wenn ich in seinen Augen bereit wäre. Wenn ich es bis zum Start der Tour nicht schaffe, Helix davon zu überzeugen, dass ich gut genug bin, bin ich am Arsch. Und langsam kriege ich eine verdammte Panik. Wenn Mom kapiert, dass ich den Act nicht antrete, weil ich es nicht einmal geschafft habe, meinen Showpartner zu überzeugen, wird das die größte Demütigung meines ganzen Lebens.

»Okay«, murmele ich, stehe auf und lasse einen nackten Fuß über dem Brett schweben. Die spitzen Enden der Nägel verhöhnen mich. »Los.«

Ich beiße die Zähne zusammen und denke nicht nach. Schnell stürze ich vor, aber irgendeine Angst in mir hemmt mich, und ich breche kurz vor dem Zusammentreffen ab. Automatisch werde ich langsamer und ertaste mit der Sohle vorsichtig die Nägel, bevor ich draufsteige und den anderen Fuß nachziehe.

Schmerz wallt durch mich hindurch. Alles in mir schreit danach, aufzuhören, als sich einzelne Spitzen in meine Haut bohren. Aber ich strecke die Arme aus und gehe weiter, bis ich vom Brett stürze.

Mit den Armen voran lande ich auf dem Boden. Wie Regen tropfen Tränen zwischen meine gespreizten Finger.

Doch ich probiere es weiter, bis ich nicht mehr laufen kann.

Die nächsten Tage humpele ich zum Training und weigere mich, Bodenarbeit zu machen. Mit pochenden Sohlen hänge ich am Trapez, führe meine Übungen aus und spüre, wie Helix' Ignoranz sich in meine Seele gräbt. Er interessiert sich kein Stück für meine Fortschritte.

In der nächsten Woche lasse ich das Nagelbrett aus. Ich habe mir eine Tennisballmaschine besorgt und verbringe ganze Nächte damit, mich von gelben Bällen beschießen zu lassen. Jeden Tag erscheine ich mit neuen blauen Flecken beim Training. Niemand käme auf die Idee, dass diesmal *nicht* mein eigener Körper schuld daran ist, also ist es allen egal.

Am Anfang stelle ich die Maschine auf die langsamste Stufe. Es gelingt mir, ein paar Bälle zu fangen, bevor die nächsten mich gegen Kopf und Brust treffen. Am zweiten Abend schaffe ich es immerhin, auszuweichen, wenn ich sie nicht schnappen kann. Am dritten erhöhe ich das Tempo, und am vierten sitzt Helix auf der Bank und beobachtet mich.

Wir reden kein Wort miteinander. Mit verschränkten Armen sieht er zu, wie ich von einer Tennisballmaschine auf Stufe zwei verprügelt werde. Tagsüber brennen meine Arme. Ich kann mich nicht erinnern, wann ich zuletzt so einen

Muskelkater hatte, während Jess durchdreht, weil ich bei einem einfachen Handstand zusammenbreche.

Am fünften Tag besiege ich Stufe zwei, und zum Ende der Woche kriege ich fast jeden Ball zu fassen oder kann ausweichen. Ich fühle mich wie ein Ninja. Helix sitzt weiterhin unbeeindruckt auf der Bank, aber nachts finde ich eine Karte und eine Kette mit einem einzigen bunten, glitzernden Stein in meinem Bett. Daneben liegt eine Karte.

Für jeden Erfolg eine Anerkennung
aus der Hölle für den Himmel.

In der darauffolgenden Woche überrede ich meinen Vater, einen rotierenden Balken aus einem JUMP House zu besorgen.

Das Ding ist fast drei Meter lang und dreht sich über einem Schaumkissenbecken. Als Helix am ersten Morgen dieser Woche um Mitternacht die Halle betritt und meine neuste Errungenschaft entdeckt, zucken seine Mundwinkel.

Seltsamerweise reicht diese minimale Regung, um einen Stromschlag durch mich hindurchzusenden. Er setzt sich, ich schüttele meine Arme aus und renne los.

Nach einem Meter lande ich im Würfelbecken.

Haben seine Mundwinkel gerade noch den Himmel geküsst, verzehren sie sich jetzt nach der Hölle. Ich versuche es stundenlang, aber mein größter Erfolg bleibt dieser eine Meter. Als ich um halb vier breitbeinig abrutsche, mit dem Gesicht voran auf das Ding knalle und mich anschließend wie ein Affe an diesem rotierenden Balken festklammere, schmecke ich Blut, das mir aus der Nase in den Mund sickert.

Wortlos steht Helix auf und geht.

Am Mittwoch schaffe ich es zum ersten Mal auf die andere Seite. Am Donnerstag ist es ein Kinderspiel. Am Freitag stelle ich gleichzeitig die Tennisballmaschine ein, und am Sonntag kann ich rennen, ausweichen, fangen und es auf die andere Seite schaffen, ohne zu fallen.

In dieser Nacht liegt ein neuer Turnanzug auf meinem Bett.

Er ist schwarz, glitzert und endet in zwei wunderschönen Schleifen an den hinteren Trägern, die Stoffe so lang, dass ich sie in ästhetische Elemente einbauen könnte.

Auf meinem Kissen liegt ein weiterer Opal.

Zu Beginn der dritten Woche weiß ich, dass ich dem Nagelbrett nicht länger aus dem Weg gehen kann. Mein Körper rebelliert, aber ich zwinge mich trotzdem über dieses mörderische Ding. Diesmal bohren sich die Spitzen so tief in mein Fleisch, dass ich kurz davor bin, unsere Ärztin aufzusuchen. Aber das würde bedeuten, dass sie mich aus dem Training genommen hätte, und das kann ich mir nicht erlauben. Ein paarmal habe ich Stiff um Hilfe gebeten, aber trotz seiner Tricks habe ich es nicht so mühelos gepackt wie er, was ihn wiederum jede Geduld geraubt hat.

Mittlerweile schlucke ich Schmerztabletten wie Smarties, drücke mir Knete an die Sohlen und bandagiere mir die Füße. Niemand soll denken, dass ich zu schlecht für diese Show wäre. Ich will es allen beweisen. Nicht nur Craig oder Helix – *allen.*

Aber das Nagelbrett bleibt mein Endgegner. Es scheint, als würde ich an einer Reihe großer, dicker Nägel scheitern. Donnerstag und Freitag muss ich aussetzen und liege mit jodbeschmierten, geschwollenen Füßen wach im Bett. Zum ersten Mal überlege ich, ob Craig recht hatte. Vielleicht bin ich noch nicht so weit. Vielleicht ist der Hauptgig eine Nummer zu groß für mich. Kurz habe ich auch darüber nachgedacht, ob Helix mich absichtlich durch diese Hölle schickt, weil er gar nicht will, dass ich es schaffe. Aber ich lebe lang genug im Zirkus, um zu wissen, dass diese Übungen helfen. Bis jetzt hatte ich nur nie den Druck, so weit zu gehen.

Vielleicht liegt es doch an mir. Vielleicht hat Mom recht. Ich habe in der Vergangenheit einfach nicht genug gegeben. Ich rolle mich auf die Seite. Etwas drückt in meine Wange. Ich schalte das Licht ein und entdecke einen weiteren Stein. Mit der Hand suche ich die Matratze ab, bis ich das kleine Kärtchen unter meinem Kissen ertaste.

Leoparden planen ihre Jagd sorgfältig, bevor sie zuschlagen. Disziplin macht sie zu exzellenten Gewinnern. Zielstrebigkeit soll belohnt werden. Aber bilde dir bloß nicht ein, dass ich dich mag, Fairchild.

In der nächsten Nacht entscheide ich, die Kette umzulegen. An ihr hängen nun drei Opale. Drei Abzeichen für harte, schmerzhafte Wochen. Heute trage ich den schwarzen Glitzerbody, aber zum ersten Mal fehlt Helix.

Ich fokussiere das Nagelbrett und atme tief durch. »Komm schon, Heaven.« Ich beiße die Zähne zusammen und verschlucke die Angst. »Komm schon, komm schon, *komm schon.*«

Vielleicht klappt es, wenn ich nicht hinsehe. Augen zu und durch. Irgendwoher muss das Sprichwort kommen. Mein Kinn zittert, als ich die Lider senke, drei polternde Herzschläge abwarte und über das Brett gehe. Aber nach drei Schritten bohren sich die Nägel so tief, dass ich es nicht aushalte. Fluchend knicke ich weg, hämmere frustriert mit den Fäusten auf den Boden und bebe, als ich wieder in Position gehe.

»Hierbei geht es um Physik«, murmelt plötzlich eine raue Stimme hinter mir. Gänsehaut kriecht über meinen Körper. In meiner Lunge vibriert mein Atem, nicht in der Lage, sich auszubreiten. Starke Hände berühren meine Oberschenkel, drücken zu, und die Vibration verlagert sich auf magische Weise zwischen meine Beine. »Verteilst du das Gewicht auf eine große Fläche, verringert sich der Druck«, raunt Helix mir ins Ohr. »Bist du flink, hast du eine kurze Kontaktzeit. Kurze Kontaktzeit gleich weniger Schmerzen.«

Flammen lodern in meinem Nacken, als mich sein Atem streift. Trotz der Hitze seiner Berührung erschaudere ich.

»Dein Körper ist deine beste Waffe. Setze sie ein.«

Jedes Wort, das seinen verflucht schönen Mund verlässt, brennt sich wie ein glühendes Eisen in meine Haut. Ein Inferno leckt an mir und wartet darauf, dass ich zu Asche zerfalle. Jetzt kann ich das verräterische Kribbeln zwischen meinen Beinen nicht mehr ignorieren. Wenn mein Körper meine beste Waffe ist, habe ich Angst vor ihm, denn ganz offensichtlich hintergeht er mich.

Helix packt meine Oberschenkel fester. »Entspann dich.«

»Geht nicht. Mein Körper weiß, dass er gleich über …«

»Dein Körper weiß nur das, was du ihn *wissen lässt.*« Urplötzlich wirbelt er mich herum, sein Gesicht so nah, dass seine Lippen sich nur wenige Zentimeter vor meinen befinden. Zum ersten Mal sehe ich die lange Narbe, die von seinem Ohr bis zu seinem linken Mundwinkel führt, gestochen scharf.

Ich wiederhole: Mein Körper hintergeht mich.

Anders kann ich mir nicht erklären, wieso ich die Hand hebe und in einer samtweichen Berührung die Narbe nachmale. Hells Atem stockt. Es vergeht ein pochender Schlag unserer Herzen, in dem er es geschehen lässt. Dann schnellt sein Arm hoch wie der Kopf einer Kobra, bereit, die Zähne in der Beute zu vergraben.

Er packt mein Handgelenk. Die Warnung seines Griffs brennt wie siedend heiße Glut. »Tu. Das. Nie. Wieder.«

Mein Mund wird trocken. Ich nicke, und er lässt mich los.

»Jetzt hör mir zu.« Sein Ton ist so düster, so drohend, dass es mir nicht im Traum einfallen würde zu widersprechen. »Je langsamer du bist, desto schmerzhafter wird es. Und das gilt nicht nur für das Nagelbrett. Eine zurückhaltende Bewegung zu viel – und du könntest dir das Genick brechen.« Ich schlucke, woraufhin sein Blick kurz zu meinem Hals zuckt. In seinen hellen Augen glüht das flüssige Gold, während es über die einzelnen Steine an meiner Kette leckt. »Du bist zu vorsichtig.«

»Du sagst das, als wäre es etwas Schlechtes.«

»Es *ist* etwas Schlechtes.«

Ich presse die Lippen zusammen. Seine Hände gleiten zu meinen Hüften, ohne mich aus den Augen zu lassen. »Dein Becken ist unfassbar wendig. Es ist deine größte Stärke. Hör auf, so verkopft zu sein, und lass deinen Körper machen. Balanciere dich aus. Steuere beide Körperhälften mit der Hüfte. Nutze das, was du dein Leben lang professionalisiert hast, anstatt wie ein Schwächling zusammenzubrechen, weil du nicht glaubst, was du kannst.«

»Und ich dachte, du könntest vielleicht nett sein.«

Über das Gold in seinen Augen wabert ein düsterer Schatten. »Die Hölle und der Himmel sind keine Freunde, Zirkusmädchen. Sie arbeiten in einem stillen Abkommen zusammen, um ihr Ziel zu erreichen. Und jetzt«, fest wirbelt er mich herum und gibt mir einen kräftigen Schubs, »*lauf.*«

Und ich tue, was er sagt. Ich bewege die Hüften. Ich balanciere mich aus, verlagere das Gewicht gleichmäßig und renne mit flachen Füßen über dieses scheiß Nagelbrett. Als ich es fast unbeschadet auf die andere Seite schaffe, entfährt mir ein heiserer Jubelschrei.

Ich wirble zu Helix herum. Er hat die Arme verschränkt, kein einziger Ausdruck liegt auf seinem Gesicht, die vollen Lippen zu einer unleserlichen Linie zusammengedrückt.

»Morgen, fünf Uhr. Vor dem Frühstück. Sei pünktlich.«

Euphorie jagt durch meine Venen.

Ich habe es geschafft, denke ich, als er ohne ein weiteres Wort kehrtmacht und die Halle verlässt. *Helix wird mit mir trainieren, und das bedeutet … Zum ersten Mal in meinem Leben werde ich der Star einer Show sein.*

In dieser Nacht wächst meine Kette um einen weiteren Opal.

KAPITEL 19

Helix

Am Himmel glitzern Sterne. Mein Handy wollte mich mit Metallicas »Nothing Else Matters« wecken, aber ich war längst wach. Seit zwei Stunden liege ich bewegungslos in meinen Kissen, starre aus dem Fenster über meinem Bett in der Wohnwagennische und frage mich, ob Ella von einer dieser brennenden Sonnen auf mich heruntersieht. Ich nehme mein iPhone in die Hand. 4:46. Mit angehaltenem Atem warte ich, dass die Minute umspringt.

4:47.

Ich schließe die Augen und schlucke, bevor ich wieder aus dem Fenster sehe. »Happy Birthday, Ella.«

Fast erwarte ich, dass die Tür aufspringt und meine quirlige Schwester mich aus dem Bett zerrt, weil sie Torte zum Frühstück essen will. Das war unser Ritual.

Die Enttäuschung frisst sich bis tief in meine Seele. Zornig trete ich die Bettdecke ans Fußende, putze mir die Zähne und halte meinen Kopf unter den Wasserstrahl im Waschbecken, in der Hoffnung, klarzukommen. Aber der neblige Schleier bleibt.

Gerade drehe ich den Hahn zu und rubble mir mit einem Handtuch über das Haar, als es zögerlich an meiner Tür klopft. Ich erstarre. Meine Kehle wird trocken. Entgeistert starre ich zum Ende des Wagens, das Herz hinter meiner Brust fragil wie eine flatternde Fahne während eines Sturms. Durch meine Beine sickert ein widerliches Gefühl, das mich an Ort und Stelle hält, während meine Finger sich in das Frotteehandtuch krallen.

Das habe ich mir eingebildet. Ich muss es mir eingebildet haben. Mein Kopf spielt mir Streiche, weil er so sehr betet, dass sie auftaucht.

Doch dann ...

Da! Ein weiteres Klopfen. Dieses Mal bestimmter.

Ich habe es mir *nicht* eingebildet.

Waren meine Beine eben noch gelähmt, können sie es jetzt nicht eilig genug haben, die Tür aufzureißen. Aber als ich erkenne, wer vor mir steht, knallt die irrationale Hoffnung in mir zu Boden und zerspringt in tausend Teile.

Ich starre Heaven an, als wäre sie ein Hund, der mir gerade ans Bein gepisst hat, bevor ich in seine von Würmern verseuchte Scheiße getreten bin.

»Guten Morgen«, sagt sie fröhlich und streckt ein Holztablett aus, auf dem ein Stück Kuchen liegt. Zwei angezündete Kerzenzahlen stecken darin, und neben dem Teller liegt ein Geschenk. Es ist so ordentlich verpackt, wie es nur die Angestellten in den Geschäften schaffen, aber ich würde schwören, dass diese kleine Perfektionistin es selbst eingewickelt hat. »Happy Birthday.«

Sie gibt sich Mühe, das Tablett und ihr Lächeln weiterhin aufrechtzuhalten, aber mit jeder Sekunde, die verstreicht, verrutschen ihre Mundwinkel. Sie schaut an mir hinab, mustert meine feuchten Haare, den nackten Oberkörper. Als sie meine Boxershorts erreicht, zuckt sie zusammen, und ihr Blick schießt zurück nach oben.

Sie schluckt. »Ich weiß, dass wir nicht den besten Start hatten, aber jetzt, da wir offiziell Showpartner sind, dachte ich, das wäre vielleicht, äh, nett?« Am Ende ihres letzten Halbsatzes wandert ihre Stimme mindestens drei Oktaven höher. Im Gegensatz zu mir trägt sie schon ihre Trainingssachen: ein petrolfarbener Body, der ab der Hüfte unter einer Jogginghose verschwindet. Sogar die sieht spießig aus. Elfenbeinfarben, gerade geschnitten, mit rosa Seidenschleife im Bündchen. Ihre Füße stecken in Converse Chucks.

»Woher weißt du das?«, frage ich.

»Jeder Geburtstag steht im Mitgliederkalender der Cloud.«

»Wer guckt denn in so was rein?«

»Ich?« Unsicher beißt sie sich auf die Unterlippe. »Hoffentlich stimmen die Daten, und du wirst heute dreiundzwanzig, sonst wäre das irgendwie peinlich und …«

»Dreiundzwanzig stimmt.« Ich nehme ihr das Tablett aus den Händen und stelle es auf den Tisch ab. »Danke.«

Auf ihrem Gesicht entsteht wieder ein zaghaftes Lächeln. »Willst du es nicht auspacken?«

»Jetzt nicht.«

»Ich weiß nicht, ob du es mögen wirst, also vielleicht packst du es doch schon aus, dann kann ich es umtauschen, wenn es dir nicht gefällt, weil, also, ja …«, redet sie sich um Kopf und Kragen, und irgendwie amüsiert mich das. Auf ihren Wangen breiten sich rote Flecken aus. »Ich dachte, vielleicht probierst du es mal aus. Mir hilft es sehr.«

»Du willst dabei sein, wenn ich es auspacke, oder?«

Die Flecken verdoppeln sich. »Nein, also … mir egal.«

Grinsend nehme ich das schmale Päckchen in die Hand und ziehe das Schleifenband ab. Danach kratze ich am Tesafilm, woraufhin Heaven immer unruhiger auf der Treppe rumwackelt.

»Reiß einfach auf«, platzt es aus ihr heraus.

»Ich lasse mir gern Zeit mit allem. Ein gutes Vorspiel bewirkt Wunder, weißt du?«

Jetzt wird ihr Gesicht tiefrot.

Ich ziehe das Papier ab, öffne die Schachtel und hebe überrascht die Brauen. »Ein Armband?«

Heaven befeuchtet ihre Lippen mit der Zungenspitze. »Du schenkst mir Opale, ich dir Mondstein. Weil wir jetzt Partner sind.« Sie wirkt ungeduldig. Oder nervös. Eins von beidem. »Mondstein symbolisiert emotionale Balance und, äh, innere Klarheit, und ich dachte … also, weil er auch schimmert, passen die Anhänger zum Opal. Und, naja, er steht auch für einen Neuanfang.«

»Und für die Stärkung der weiblichen Energie, oder?«, sage ich grinsend.

Sie wird rot. »Das weiß ich nicht.«

Ich drehe das Armband zwischen den Fingern, bevor ich es mir umbinde. »Danke.«

Grübchen bohren sich in ihre Wangen. »Gern.« Erwartungsvoll starrt sie mich an. Irritiert ziehe ich die Brauen zusammen. Sie wedelt mit der Hand in der Luft als Zeichen, dass ich weitermachen soll. »Was ist?«

»Die Kerzen! Du musst sie auspusten und dir was wünschen.«

»Im Ernst jetzt?«

»Ja, natürlich.«

Ich seufze. »Wenn ich es tue, sind wir dann fertig damit?«

»Versprochen.«

»Schön.« Ich verdrehe die Augen, wende mich aber zum

Kuchenstück und puste die Kerzen aus. Einen Moment halte ich inne, um zu überlegen, doch mir fällt nichts ein.

Mein einziger Wunsch wäre, Ella wiederzubekommen.

Aber das geht nicht.

»Hast du?«, fragt sie.

Als ihre Stimme meine Gedanken durchbricht, flimmert plötzlich ein weiterer Wunsch in mir auf. Ein grauenhafter, böser Gedanke. *Ich wünsche mir, dass Heaven Fairchild leidet. Und ich wünsche mir, dass ich derjenige bin, der dafür sorgt.*

»Ja.« Mein Blick verliert sich im Qualm der ausgeblasenen Kerzen, grau wie der Dreck in meiner Seele. »Habe ich.«

Sie strahlt dem Teufel ins Gesicht, der sich ausmalt, wie er sie auseinandernimmt. Das ist das Problem mit der Sonne: Sie leuchtet für jeden und blendet sich selbst.

»Könntest du dir, ähm, vielleicht etwas überziehen?«, fragt Heaven und reißt mich damit aus meinen Gedanken.

Ich grinse. »Gefällt dir nicht, was du siehst?«

»W...was?«

Ihre Unsicherheit belustigt mich. In wenigen Schritten bin ich bei ihr, lehne meinen Arm an die Zarge und lehne den Kopf an den Bizeps. Schluckend wandert ihr Blick von meinem Gesicht zu meinen Bauchmuskeln und über die v-förmige Linie, die im Bund meiner Boxershorts verschwindet. »Ich dachte, im Zirkus wäre man nackte Oberkörper gewöhnt.«

An ihren Oberschenkeln ballen sich ihre Hände zu Fäusten, bevor sie die Finger wieder lockert und an die Hose legt.

»Wirst du feucht?«

Sie reißt die Augen auf. »Bitte?«

Ich grinse. »Deine Handflächen. Du wischst sie an deiner Hose ab.«

Als sie die Luft ausstößt, höre ich, wie ihr Atem zittert.

Sie versucht, die Kontrolle zu wahren. Interessant.

»Wir haben Frühsommer. Es ist warm.«

»Es ist fünf Uhr morgens.«

»Und hat bereits achtzehn Grad.«

Meine Braue wandert die Stirn hoch. »Achtzehn Grad bringen dich ins Schwitzen?«

»Ja.«

»Aha. Wie ungewöhnlich. Vielleicht solltest du das untersuchen lassen. Und wenn du schon dabei bist«, beginne ich, als ich an ihrem Hals eine Ader entdecke, die in rasantem Tempo rattert. Als ich meinen Zeigefinger auf die flatternde Stelle lege, schnappt sie nach Luft. »Solltest du deinen Puls überprüfen lassen.«

Einen Moment verharre ich in der Berührung, während Heavens Atem stockend über meinen Arm streicht.

»Hast du«, krächzt sie und räuspert sich, »hast du schon gefrühstückt?«

Wortlos neige ich den Kopf, ersetze meinen Zeigefinger durch den Daumen und streiche hauchzart über die Stelle. Ein schneller Griff, und ich könnte ihren Puls zum Schweigen bringen. Ein feiner Messerschnitt, und ich könnte seinen Lauf stürzen.

So fragil, denke ich. *So einfach.*

Ein Leben für ein Leben.

»Sonst könnten wir auch erst …«

»Ich frühstücke nicht«, unterbreche ich sie und lasse meine Hand sinken.

»Oh.« Ihr Mund formt einen Kreis. »Aber wie kannst

du …« Nervös streicht sie sich zwei Strähnen hinter die Ohren. »Na ja, das Training überstehen.« Sie räuspert sich. »Und so aussehen.«

»Wie sehe ich denn aus?«

Jetzt ist sie diejenige, die die Augen verdreht. »Tu nicht so, Hell.«

Lachend stoße ich mich von der Zarge ab und öffne meinen Schrank. »Es gibt auch noch andere Mahlzeiten.«

Heaven lehnt sich mit dem Rücken gegen das Treppengeländer und verschränkt die Arme vor der Brust, während sie ihre Füße betrachtet, als ich eine Trainingshose überziehe. »Und wie überlebst du ohne Kaffee?«

Ich nehme mir eine Wasserflasche. »Stellst du immer so viele Fragen?«

»Eigentlich verfolge ich selbstsüchtige Ziele. Ich muss sichergehen, dass mein Showpartner nicht plötzlich tot umkippt und mich fallen lässt.«

Ich gehe zu ihr und schließe die Tür hinter uns. »Weil ich keinen Kaffee trinke?«

Sichtlich erleichtert, dass ich mir endlich etwas übergezogen habe, folgt sie mir die Treppe herunter. »Das ist ein sehr solider Grund. Statistisch gesehen lebt man länger, wenn man Kaffee trinkt.«

»Was hast du immer mit diesen verdammten Statistiken?«

»Sie sind beruhigend verlässlich.« Heaven hat Mühe, mit mir mitzuhalten. Während ich mit einem Schritt über die Deichseln zwischen den Wohnwagen steige, braucht sie drei. »Eine Studie hat Daten von einer halben Million Briten ausgewertet, und selbst die, die acht Tassen am Tag getrunken haben, hatten ein geringeres Risiko, in einem Zeitraum von zehn Jahren zu sterben.«

»Atmest du auch mal, wenn du redest?«

»Nicht bei wichtigen Dingen.« Wir lassen die Wohnwagensiedlung hinter uns und gehen am Showzelt vorbei. Über dem rot-weißen Spitzdach geht die Sonne hinter den Hollywood Hills auf und tränkt die Buchstaben des berühmten Signs in eine rotgoldene Farbe. »Wenn es dir nur um das Koffein geht, ist es wichtig zu erwähnen, dass die Studie interessanterweise auch für entkoffeinierten Kaffee galt.«

»Verstanden.«

»Wirklich?« Sie wirft mir einen Seitenblick zu. »Was nimmst du daraus mit?«

»Dass ich dir zum Geburtstag Kaffeebohnen schenke.«

»Du weißt nicht, wann ich Geburtstag habe.«

»Ich sehe in deinem geliebten Onlinekalender nach.«

Sie verzieht das Gesicht. »Ich muss dir etwas sagen.«

»Was?«

Unter unseren Schuhen knirscht der Sand, als wir das Showzelt hinter uns lassen und dem sanften Licht der Dreimastlaternen zur Trainingshalle folgen.

»In deinem Kuchen ist auch Kaffee.«

Mein Kopf ruckt zu ihr herum. »Wer kommt auf die Idee, Kaffee mit Kuchen zu mixen?«

»Die Italiener. Außerdem sahst du aus wie ein«, sie hebt die Hände, als würde sie jemanden nachmachen wollen, und röhrt in einem tiefen, röhrenden Ton: »*Kaffee-schwarz-wie-meine-Seele*-Typ.«

»Was war das für eine Stimme? Soll ich das gewesen sein?«

»Ja.«

»Du vergisst«, sage ich und ziehe die Tür der Halle auf, »dass ich gleich dein Leben in der Hand habe, Fairchild.«

KAPITEL 20

Helix

Mein zerrissenes Outfit beschmutzt das Antlitz der Villa. Etliche Bonzenkarren stehen im Vorgarten, von Bentley über Tesla bis G-Klassen. Ich lehne mich gegen die Rundsäule neben der Haustür, sauge den Qualm meiner Zigarette in die Lungen und asche in Moms Kalifornischen Mohn. Sie würde sterben für diese penetrant-orangene Blume. Meine Mutter besorgt Unkrautzeug, das teurer ist als das Schulgeld anderer Leute, und das sagt alles über ihre Persönlichkeit.

Neben mir öffnet sich die Haustür einen winzigen Spalt, gefolgt von Musik, die mir das Trommelfell vergiftet, und Moms gekünstelter Sorge.

»Ich weiß nicht, wo er steckt, Harold. Ich rufe ihn an.«

Harold ist mein ehemaliger Kommilitone und heute bekannter Filmproduzent, der glaubt, mein bester Freund zu sein, nur weil wir ein Projekt zusammen gedreht und manchmal danach im The Hodge abgehangen haben. Aber die Wahrheit ist, dass Harold ein schmieriger, geldgieriger Wichser ist, der seine Seele für den Ruhm verkaufen würde. Währenddessen befiehlt er seiner Freundin, zu Hause zu hocken, ihm Essen zu kochen und zu putzen, damit er seine Assistentinnen vögeln kann.

Kaum hat Mom die Tür hinter sich geschlossen, wirbelt sie zu mir herum. »Was fällt dir ein, hier rumzulungern, wo all deine Gäste da drin auf dich warten?«

Ein falsches Grinsen auf meinen Lippen. »Wenn du die ganze Zeit wusstest, dass ich hier bin, hättest du die Party ja nach draußen verlegen können.«

»Damit du weiter in meinen Mohn aschst?«

Ich hebe eine Braue. »Beschattest du mich?«

»Nein, Helix, ich war auf dem Balkon.«

Provokant asche ich noch einmal in ihr Pflanzenorgan. Mom presst die Kiefer zusammen.

Gerade will ich mir die Zigarette wieder zwischen die Lippen stecken, da schnappt sie sie mir aus der Hand und wirft sie weg. Mit der Hand vor meinem Mund verharre ich, während sie mich mit ihrem Blick zu pfählen versucht. Doch plötzlich zieht sie mich so fest an ihren taillierten Körper, dass mir die Luft wegbleibt.

»Happy Birthday, Helix.«

Haben wir unsere Schwierigkeiten? Ja.

Könnte ich behaupten, sie deshalb nicht zu lieben? Auf keinen Fall.

»Dreiundzwanzig schon.« Ihre Finger wühlen sich in mein Haar, wie sie es macht, seit ich klein bin. »Sicher, dass du nicht nach Hause kommen willst? Dieser ganze Zirkusmist …«

Entschieden löse ich mich von ihr. »Ich ziehe das durch.«

Mom verengt die Brauen. Ihre sind viel dünner als meine, aber ich habe ihre Augenfarbe. Dieses sonderbare helle Braun. »Die Leute reden, Hell«, flüstert sie, als hätte sie Angst, jemand könnte uns hören. »Sie sagen, du machst dich zur Lachnummer.«

»Weil ich im Himmelszirkus auftrete?« Ich gebe ein trockenes Lachen von mir. »Sie sind der berühmteste …«

»Zirkus«, unterbricht sie mich. »Richtig, Hell, sie sind ein *Zirkus*. Egal, wie berühmt sie sind. Weißt du, was das für eine Wirkung auf andere hat?«

»Glücklicherweise ist mir das egal.« Mein Lächeln erlischt. »Wenn du mich jetzt entschuldigen würdest«, ich gehe an ihr vorbei zur Tür, »meine Gäste warten.«

Mom gibt ein schweres Seufzen von sich, aber als sie neben mir das luxuriöse Foyer betritt, strahlt sie. Ihre Stilettos klackern auf dem weißen Marmor, während sie beide Arme ausstreckt und mich präsentiert wie ein ausgestorben geglaubtes Dinosaurierexemplar. »Hier ist er!« Okay, vielleicht doch kein Dino. Eher der heiß begehrte Cybertruck und Mom das Auto-Show-Model.

Das Foyer und dahinterliegende Wohnzimmer sind überfüllt mit Menschen, von denen ich die Hälfte noch nie gesehen habe. Einer mit Ziegenbart und Frack hebt mit stolzem Ausdruck seinen Champagner auf mich, als wäre ich sein Sohn, der es auf ein Elitecollege geschafft hat.

»Happy Birthday!«, rufen einige von ihnen, alle applaudieren, und dann bahnt sich Dad einen Weg durch die Menge zu mir durch.

»Alles Gute, mein Sohn.« Er schlägt mir seine Pranke auf die Schulter und strahlt, als hätten wir nie Stress gehabt. Als wäre ich nicht die letzten drei Jahre durch Los Angeles gestreunert und kaum zu Hause gewesen. Als hätte er mich nie verprügelt. Aber ich weiß, dass er vor all diesen Menschen einen auf heile Familie machen will.

Vor allem, weil sie eh schon reden.

Wegen Ella. Wegen mir. Wegen allem.

Ich erinnere mich an Moms Worte wie ein brennendes Eisen, das mir die Brust versenkt, bevor es mein Herz angreift.

»*Wir sind sowieso im Fokus wegen deiner Schwester. Mach es nicht schlimmer mit deinen kindischen Rebellenaktivitäten.*«

»*Du bist ein gestandener Mann in der Filmbranche*«, hat Dad gesagt. »*Wenn du den Leuten negativ auffällst, kriegst du bald keine Jobs mehr.*«

Vielleicht war das ihre Art zu trauern. Oder sie wollten an ihrer einzigen Hoffnung festhalten, die ihnen in der versnobten Nachbarschaft in Bel Air Anerkennung brachte. Mit Ella und mir waren sie die stolzen Eltern der aufstrebenden Hollywood-Zwillinge, der Schauspielerin und dem talentierten Stuntdouble. Mit Ellas Tod fiel eine Trophäe weg. Mit mir würde die zweite zerschmettern, und sie wären wieder nur die Winchesters.

James Winchester, der altes Geld von seinen steinreichen Broker-Eltern geerbt hat, und Caroline Hastings aus den schwierigen Verhältnissen, die sich auf eine Party in den Hollywood Hills geschlichen und sich von ihm hat schwängern lassen.

»Danke, Dad«, murmele ich, schüttele ihm kurz die Hand und schiebe mich an ihm vorbei. Ein Kellner kommt und bietet mir Champagner an. Ich nehme gleich zwei Gläser und will mich verkriechen, werde aber nach ein paar Schritten aufgehalten.

»Helix!« Harold grinst falsch, die roten Strähnen kleben ihm im Gesicht. Ich frage mich, wie es ihm überhaupt gelingt, seine ganzen Assistentinnen herumzukriegen. Aber dann erinnere ich mich, dass es Frauen wie meine Mutter gibt, und verwerfe die Zweifel. »Ich habe dich ein paarmal angerufen.«

»Wann?«

»Die letzten Wochen.«

Das erste Glas kippe ich auf Ex. »Hatte viel zu tun.«

»Ich hab gehört, du bist jetzt im Zirkus der Fairchilds?«

Wie er das sagt. So beiläufig. *Hab gehört.* Als wäre das nicht *der* Gossip der letzten Wochen.

»Mhm.« Ich sehe mich nach einem Fluchtweg um, was Harold nicht zu stören scheint.

Er klaubt sich gleich drei Törtchen von einer vorbeilaufenden Kellnerin und verschlingt das erste mit nur einem Bissen. »Weißt du«, schmatzt er, »ich bin ehrlich, wir fanden das alle richtig beschissen. Ich meine, was soll der Dreck? Helix, unser *Helix*, dieses begabte, berühmte Ausnahmetalent, vergeudet seine Zeit im Zirkus, wenn er Millionen mit den kommenden Produktionen verdienen könnte?«

Ich zucke die Achseln. »Hatte Bock auf was Neues.«

»Ach, Bullshit!«, ruft Harold so heftig, dass ihm Törtchenstücke aus dem Mund fliegen. Ich würde es eklig finden, wenn die Sabberdinger nicht gerade auf der perfekt gebügelten Versace-Bluse meiner Mutter gelandet wären.

»Da muss irgendwas im Busch sein, Helix. Was ist es?« Sensationsgeil beißt er in sein zweites Törtchen, ohne mich aus den Augen zu lassen. »Wir können dir helfen. Du musst nicht bei diesem Nomadenscheiß mitmachen.«

»Es war meine freie Entscheidung«, lüge ich und lasse ihn stehen, bevor er etwas erwidern kann.

Im Garten ziehe ich gierig die sonnengeschwängerte Abendluft ein.

Ein Kellner hält mir sein Tablett hin. »Kaviar, Helix?«

»Danke, Jeffrey, aber nein.« Unser Haushälter will schon weiterziehen, da strecke ich die Hand doch aus, stelle meine leeren Gläser ab und schnappe mir zwei neue Champagnerflöten. »Aber die nehme ich.«

»Kann ich Ihnen sonst noch etwas bringen?«

»Wenn Sie einen Ausweg wissen«, wieder kippe ich das ganze Glas in einem Zug, wische mir mit dem nackten Arm über die Lippen und stelle es wieder auf sein Tablett, »immer her damit.«

»Leider nein, Sir.«

»Und ich hatte auf Sie gezählt, Jeff.«

Jeffrey seufzt. »In Ihrem alten Zimmer steht die Terrassentür offen. Bertha hat vorhin gelüftet. Dann sind Sie zwar immer noch hier, aber …«

»… ich könnte diesen Aasgeiern entkommen. Danke, Jeff.«

»Gern, Helix, Sir.«

Ich habe lange versucht, ihm das »Sir« auszureden. Aber keine Chance. Er zieht weiter, und ich mache mich auf den Weg um das riesige Anwesen herum, als sich plötzlich eine zierliche Hand auf meinen Arm legt. Ich spüre die Spitzen ihrer künstlichen Fingernägel wie Krallen auf meiner Haut.

»Helix«, gurrt die dazugehörige Stimme, die ich nur zu gut kenne.

»Veronica.« Ich erstarre unter ihrer Berührung. »Was machst du hier?«

Ihre Mundwinkel fallen hinab. »Deine Mutter hat mich eingeladen.«

Ich fasse es nicht, dass sie das getan hat. Veronica war Ellas beste und meine damalige Freundin, bevor sie zu einem hinterhältigen Miststück wurde. Als sie auf ihrer Beerdigung geheult hat, hatte ich Gewaltfantasien. Angewidert entziehe ich ihr meinen Arm. »Verpiss dich.«

Sie schnappt nach Luft. »Helix, was …?«

»Du hast Ella gefilmt, wie sie auf einem Trip war, anstatt für sie da zu sein.« Mit geballten Fäusten nähere ich mich ihr, und Veronica weicht einen Schritt zurück, bis ihre Heels gegen den Whirlpool stoßen. »Du hast ihre schwachen Momente ausgenutzt, um ihr den Job wegzunehmen.«

»Das ist ewig her, Helix.«

»Mir scheißegal. Und wenn es in einem anderen Leben wäre. Für mich bist du *vor ihr* gestorben.«

Trotzig schiebt sie das Kinn vor. »Ella wollte nie Schauspielerin sein und …«

»Bullshit!« Meine Hände schnellen vor und knallen auf den Rand des Whirlpools. Veronica zuckt zusammen, aber ich denke nicht daran, von ihr abzurücken. Ihr Verrat hat meine Schwester noch tiefer in den Abgrund getrieben. »Es war Ellas verfickter Traum, Hollywood zu erobern!«

Veronica schnaubt. »Dafür hat sie wenig getan.«

»Sie hat *alles* dafür getan.«

»Du weißt, dass das nicht stimmt.« Der Zorn, der meine Hände beben lässt, spiegelt sich in ihren Augen. »Du weißt genau, was sie nicht tun wollte und wo andere ihr zuvorgekommen sind. Ihr tut alle so, als wäre das nicht wichtig, als wäre es so zweitrangig, aber ihr belügt euch selbst. Will man in Hollywood als Frau überleben, muss man …«

»Halt. Die. Verfickte. Fresse!«, zische ich.

»Weil ich die Wahrheit sage?« Sie stößt mir mit den Händen gegen die Brust. »Hätte Ella den Job gewollt, hätte sie mehr dafür getan, so wie ich. So ist das halt, wenn man für den Erfolg töten würde.«

Ihr letzter Satz ist so geschmacklos, dass das Gummiband reißt, das mich die ganze Zeit auf Spannung gehalten hat. Ungehalten trete ich gegen den Whirlpool und wende mich ab, weil ich sonst nicht wüsste, was ich tun würde.

»Helix!« Sie packt meinen Arm, und ich sehe schwarz. Wütend wirble ich herum und spucke ihr vor die Füße. »Nimm Ellas Namen nie wieder in den Mund, und *wage* es nicht, mich anzusprechen.«

Mit polterndem Herzen gehe ich um die Villa herum. Meine Glieder zittern vor Wut. In meinem Kopf tobt ein Gewitter, aus zerreißenden Wolken schüttet ein Monsun, so viele Stimmen, die auf mich einprügeln, so viele Gedanken.

Sie manipulieren mich, Helix.

Ich will nicht. Ich will, will, will nicht.

Sie bringen uns bei zu sterben.

Du willst wissen, wieso ich eine vercrackte Hure bin?

Bedank dich bei der kleinen Fairchild.

Der kleinen …

… Fairchild.

»Fuck!« Wieder hole ich aus und trete mit dem Fuß gegen die Struktursäule, die meinen Balkon trägt. Ein Zacken sticht gegen mein Schienbein, woraufhin ein berstender Schmerz durch mich jagt. Fluchend wische ich mir über das Gesicht und sehe an mir herunter. Mein Schienbein ist aufgeplatzt. Blut sickert über meinen Sneaker, als ich plötzlich ein heftiges Fauchen hinter mir höre. Auf einmal springt ein rollendes Bündel hervor.

Ein Kojote, der mit einer Katze kämpft.

Verzweifelt jault sie auf. Das Geräusch rüttelt mich wach. Gerade will der Kojote wieder zubeißen, da strecke ich die Arme hoch, mache mich so groß wie möglich, während ich das Tier anschreie. Als sein Kopf in meine Richtung zuckt, stelle ich verblüfft fest, dass wir die gleiche Augenfarbe haben.

Genauso mörderisch wie ich, das Tier.

Er senkt den Kopf und flieht. Die Katze dagegen rennt humpelnd an mir vorbei. Erst jetzt dringt der Schmerz in meinem Bein wieder durch, aber ich ignoriere ihn, steige auf den ersten Vorsprung der gezackten Säule und mache dasselbe, was ich als Teenager immer gemacht habe, wenn ich mich rausgeschlichen habe: Ich klettere meinen Balkon hinauf.

Mühelos schwinge ich mich über die Sandsteinbrüstung. Im nächsten Moment blinzle ich ein kleines orangenes Knäuel an, das auf seinem Hintern hockt und zu mir hochsieht.

»Du hast echt Pech«, sage ich und verziehe das Gesicht. »Dein knalliges Fell muss Kojoten magisch anziehen.« Als wollte die Katze mir zustimmen, hebt sie den Hintern und humpelt auf mich zu. Ich runzle die Stirn, bis mir das fehlende rechte Hinterbein auffällt. »Respekt«, murmle ich und halte meine Hand hin, damit sie schnüffeln kann. »Mit drei Beinen hier hochzuklettern, ist beeindruckend.«

Vermutlich ist sie eine Straßenkatze. So, wie ihr Fell aussieht, muss sie schon seit Ewigkeiten hier herumstreunen.

Schnurrend reibt sie den Kopf an meiner Hand, bevor sie ihren Körper an mein verletztes Bein presst.

»Das ist keine gute Idee.« Sanft schiebe ich sie weg. Als ich mein Blut an ihrem Fell sehe, verziehe ich das Gesicht. »Jetzt werden die Kojoten auf dich lauern wie ein Vampir auf ein Neugeborenes. Komm mit.«

Ich schiebe das Fenster mit der Schulter auf und betrete mein Zimmer. Die Katze folgt mir auf dem Fuß. Mein Blut tropft auf den Marmorboden, während ich ins Bad gehe. Ich mache ein Handtuch nass und wische damit das Blut von ihrem Fell. Zuerst sträubt sich die Katze, aber nach einem kurzen Moment lässt sie es zu. Dann säubere ich mein Bein.

In meinem Sideboard stehen ein paar Flaschen Alkohol. Ich öffne den Whiskey, den Harold mir zum Einundzwanzigsten geschenkt hat. Das Ding kostet mehrere tausend Dollar, aber ich kippe ihn auf mein Bein, als wäre es irgendein billiges Zeug aus Koreatown. Die Scheiße brennt. In meinem Kopf geht immer noch die Welt unter, während ich interessiert dabei zusehe, wie sich die bernsteinfarbene Flüssigkeit mit meinem Blut vermischt und erfolglos versucht, die Dunkelheit in mir aufzuhellen.

Vorwurfsvoll maunzt die Katze mich an.

»Was?«, frage ich.

Sie legt den Kopf schief.

»Du kannst mich nicht verurteilten. Ich habe dich gerettet.«

Wieder miaut sie.

»Scheiß drauf«, murmele ich, setze die Flasche an meine Lippen und kippe das Zeug herunter. Für einen Moment steht meine Kehle in Flammen, aber ich genieße das Gefühl, weil das Feuer meine Abgründe verzehrt.

Es steigt so hoch, dass der Monsun verdampft.

Ich stehe auf und humpele auf den Flur, die Katze hinterher. Die Tür zu Dads Arbeitszimmer steht offen. Ich gehe hinein und sehe diesen wuchtigen Chef-Schreibtisch vor mir, genau wie damals, wenn er dahinter saß und so getan hat, als würde er arbeiten, indem er seinem Vermögensverwalter irgendwelche Investments bestätigte oder unsere Termine regelte. Plötzlich fällt ein Eishagel an Wut auf mich nieder.

Wenn sie diesen verdammten Druck nicht auf uns ausgeübt hätten, wäre sie vielleicht noch da. Wenn sie uns nicht gezwungen hätten, perfekt zu sein, abzuliefern, die besten, beliebtesten, *begehrtesten* zu sein, wäre Ella niemals so tief gefallen.

Sie haben meine Schwester vielleicht nicht auf dem Gewissen, aber sie sind genauso schuldig wie die Drogen.

Tränen laufen mir über die Wangen, als ich aushole und die verfickte Whiskeyflasche an seinen Kirschholzregalen zerschmettere. Die Katze hockt im Flur und beobachtet, wie der Alkohol über die Einbände seiner teuren Bücher sickert. Ein Buch droht, aus dem Regal zu fallen. Es ist Dads Lieblingswerk. Er wäre am Boden, wenn es zerstört wäre. Ich mache einen Schritt vor. Unter meinen Schuhen knirscht Glas. Ich lege einen Finger auf das Buch und ziehe es heraus. Mit einem Scheppern landet es auf dem Boden. Das zufriedene Gefühl vertreibt den Eishagel. Ich will mich umdrehen und gehen, aber die Katze trottet durch die sichere Seite des Zimmers, hüpft auf den Schreibtisch und anschließend in das freie Regalstück, in dem eben noch das Buch gestanden hat.

Betrunken reibe ich mir über das Gesicht. »Komm da raus.«

Vorsichtig will ich die Katze auf den Arm nehmen, aber sie hebt nur unbeeindruckt die Pfote und leckt sich die Krallen.

»Du wirst dich verletzen. Der Boden ist voll mit Glas.«

Ich könnte schwören, sie hebt ihre verdammten Augenbrauen.

Ach, und wessen Schuld ist das, Idiot?

»Ja, schon klar«, grunze ich. »Jetzt komm.«

Die Katze lässt zu, dass ich sie heraushebe, da fällt mein

Blick auf etwas hinter ihr. Eine dünne schwarze Akte. Es ist zu geheimnisvoll, um ein achtlos weggelegtes Dokument zu sein. Zu clever versteckt, um nicht von Bedeutung zu sein. Ich setze die Katze auf dem Schreibtisch ab und nehme die Akte aus dem Regal.

Der Name auf der Mappe bringt meine Atmung ins Stocken.

ELLA WINCHESTER

KAPITEL 21

Helix

Ich werde in die Tiefe gezogen. In einen Abgrund, den ich noch nicht gekannt habe.

Die nächste halbe Stunde verbringe ich hinter dem Schreibtisch meines Vaters, versuche, den vor meinen Augen verschwimmenden Text der Dokumente zu identifizieren, und betrinke mich mit Dads Hennessy.

Die Akte ist voll mit medizinischen Aufnahmen meiner Schwester. In allen Posen, von allen Seiten, in Unterwäsche. Ich finde Arztrechnungen mit Namen, die ich noch nie gehört habe und nicht einmal im Internet finde. Berichte über ihren Gesundheitszustand, Untersuchungen von Thrombosen, Blutungsstörungen, alles Mögliche. Am Ende der Akte ertrinkt meine Seele in irgendeinem Drecksloch.

Was hat das zu bedeuten? War Ella krank? Wenn ja, wieso wusste ich nichts davon? Und wenn es sich hierbei um eine harmlose Gesundheitsakte handelt, wieso versteckt mein Vater sie hinter seinen Büchern?

Mir wird schlecht bei dem Gedanken, dass sie mir in den letzten Jahren etwas verschwiegen haben könnten. Wenn Ella krank gewesen wäre und alle es gewusst hätten, außer mir. Aber nein. Das kann nicht sein.

Ella ist an einer Überdosis gestorben. Ich habe den Obduktionsbericht gelesen. Die ganze Welt konnte ihn lesen.

Ich rufe Hawk an, aber er geht nicht ran.

Kurz überlege ich, ein Uber zu nehmen. Oder ein Taxi.

Oder …

Nein. Auf keinen Fall.

Andererseits muss ich anfangen, was für die Wette zu tun.

Eine Weile starre ich auf mein verwischtes Display und nestele an dem Armband an meinem Handgelenk, bevor mein Daumen auf Heavens Namen klickt.

»Hallo?« Ihre Stimme klingt heiser. Unsicher.

Ich lehne mich in dem Stuhl zurück, sehe zur Decke und zähle die Stuckmalereien. »Kannst du mich abholen?«

Es vergehen zwei Atemzüge, ehe sie antwortet. »Was?«

»Kannst du mich abholen?«, wiederhole ich.

Heavens Atem kommt stockend. »Äh, von wo?«

»Bel Air.«

Im Hintergrund raschelt etwas. Wahrscheinlich war sie schon im Bett und muss sich aufsetzen, weil der Schock sie sonst erdrückt. »Warum bist du in Bel Air?«

»Familie.«

Jeder Buchstabe dieses Wortes fühlt sich fremd auf meiner zu schweren Zunge an. Noch immer beobachtet mich die Katze.

»Ach, dein Geburtstag.« Ich höre, wie Heavens Füße auf dem Boden tapsen. »War es schön?«

»So schön, dass es dir Konkurrenz macht.«

»Dein Ton klingt nicht positiv.«

»Ich meinte es auch nicht positiv.«

Wieder Stille, dann: »Du willst, dass ich dich abhole, sagst aber im gleichen Atemzug, ich wäre hässlich?«

Ich stöhne und wische mir über das Gesicht. »Nein.«

»Was, nein?«

»Damit meine ich nicht dein Aussehen.«

»Aber meine Persönlichkeit?«

»Nein. Du verstehst das nicht.« Sie schweigt, und ich zögere. »Du bist schön, Heaven. Zufrieden?«

»Mir ist egal, ob du mich schön findest.«

»Ich weiß. Aber ich wollte, dass du es weißt.«

»Warum?«

»Weil Kujo ein Arschloch ist.«

Oh Mann. Bin ich so betrunken?

Nein, es ist für die Wette.

Der Gedanke beruhigt mich.

»Ist er, aber das ergibt trotzdem keinen Sinn.«

»Muss immer alles einen Sinn ergeben? Oder zu einer Studie gehören?« Ich nehme die Füße vom Tisch und lehne meine Ellenbogen auf die Arbeitsfläche. Die Katze streckt sich aus und reibt mit ihren Krallen über meinen Arm. »Du bist schön, Kujo ist ein Wichser, und jetzt bitte, *bitte* hol mich ab, bevor ich sterbe.«

»Bist du betrunken?«, fragt sie.

»Ja.«

»Helix ...«

»Was? Wir haben morgen frei.«

»Du solltest dich trotzdem nicht besaufen. Wir trainieren für eine *Tournee*. Da werden Leute aus aller Welt anreisen.«

»Darum frage ich, ob du mich abholen kannst. Ich finde das sehr verordnungsbus.«

»Was?«

»Verantwortungslust.«

Sie seufzt. »Adresse?«

»Ich schicke dir den Standort. Sag dem Pförtner, ich hätte dich zu meiner Party eingeladen.«

»Okay. Bis gleich.«

Ich will gerade auflegen, als mir der vorwurfsvolle Blick der Katze wieder begegnet. »Heaven?«

Zum Glück ist sie noch dran. »Ja?«

»Kannst du Katzenfutter mitbringen?«

Stille hüllt uns ein.

»*Katzenfutter?*«, wiederholt sie.

»Ja. Meine neue beste Freundin will verhöhnt werden.«

»Wie bitte?«

Ich kneife die Augen zusammen und wische mir abermals über das Gesicht. »Verwöhnt.«

»Okay«, entgegnet sie verwirrt, »ich halte bei Ralphs.« Damit beendet sie das Gespräch.

Ich hole eine alte Tasche aus meinem Zimmer, stopfe die Akte rein und humpele mit meiner dreibeinigen Freundin die Wendeltreppe hinunter. Sofort schauen alle zu mir.

»Helix!«, zischt Mom schockiert, woraufhin einige sie ansehen und sie schnell ein unsicheres Lächeln aufsetzt, bevor sie sich bei den Gästen entschuldigt und zu mir läuft. »Was ist mit deinem Bein?« Ihr Killerblick zuckt zu der Katze. »Und wieso zum Teufel läufst du mit diesem Vieh durchs Haus?«

Schwankend halte ich mich am Geländer fest.

»Was ist bloß los mit dir?«, fragt Mom.

Ich schiebe mich an ihr vorbei durch die Gäste. Mein Herz wirft sich so wütend gegen meine Rippen, dass ich mich kaum unter Kontrolle habe.

Was war mit Ella?

Wieso existiert diese Akte?

Warum hat sie mir nie etwas davon erzählt?

Wir waren Zwillinge. Wir wussten alles voneinander. Es gab keine Geheimnisse zwischen uns.

Oder?

Mein Blick bleibt an Veronica hängen, die sich lachend mit irgendeinem Geschäftspartner meines Vaters unterhält.

»Mom«, rufe ich und drehe mich zu meiner Mutter, die immer noch am Fuße der Treppe steht und entsetzt in meine Richtung sieht. Mit dem Finger deute ich auf Veronica. »Warum lässt du dieses Miststück in unser Haus?«

Man hätte eine Stecknadel auf dem Marmor fallen hören.

Entsetzt schaut Veronica zu mir. »Wie kannst du nur?«, heult sie.

Mein Kiefer verkrampft, und ich mustere mein Spiegelbild in einer türkisfarbenen Vase. »Jeder ist die Summe seiner Entscheidungen, Vee.«

»Ich habe deine Schwester geliebt!«

Klirr.

Die Leute schnappen nach Luft, als die Vase an der Wand zerspringt. Wasser läuft auf den Boden, und die Tulpen liegen trostlos zwischen den Füßen der Anwesenden.

»Sag das nie wieder«, drohe ich.

Veronica öffnet den Mund, aber Harold kommt ihr zuvor.

»Helix, du gehst zu weit.« Sein Gesicht ist so rot wie sein Haar. »Wie kannst du so mit einer Frau sprechen?«

Es dauert einen Moment, bis mein Hirn ihn scharf stellt, dann lache ich bitter auf. »Das sagst *du*, Harold?«

»Pass auf, wie du mit mir sprichst«, knurrt er und hebt den Finger. »Ich habe deine Zukunft in der Hand.«

»Ach, fick dich, Harold.«

»Helix!« Panisch sieht meine Mutter zu meinem Vater. »James, tu etwas!«

»Es reicht!«, brüllt Dad.

Ich übergehe sie und mache ein paar wankende Schritte in Harolds Richtung. »Übrigens: Weiß deine Frau, dass du mit Veronica geschlafen hast? Für welche Rolle war es noch mal? Ah, ja, *Huntington Beach.*«

Entsetztes Gemurmel schwillt an, weil die Verfilmung nur zwei Jahre zurückliegt, Harold aber seit fünf Jahren mit seiner Frau zusammen ist.

Aus seinem Gesicht ist nun alle Farbe gewichen. »Was ist in dich gefahren?«, flüstert er.

Ich schnappe ihm das Gebäck aus seiner Hand und beiße hinein. Alle starren mich an. Abwägend kaue ich, dann zucke ich die Schultern. »Zu trocken.« Damit drücke ich Harold das angebissene Törtchen zurück in die Hand und drehe mich um, gerade in dem Moment, in dem sich die Haustür öffnet.

Alle Anwesenden wenden die Köpfe. Es ist so still, als würde über unseren Köpfen eine tickende Zeitbombe schweben. Meine Worte von eben hängen zwischen uns, das Entsetzen ist in jedem Molekül zu spüren.

Und alle starren Heaven an.

Sie steht im Eingangsbereich, trägt ein weißes Kleid mit Sonnenblumen, die Füße in weißen Chucks. Das Haar hat sie zu einem unordentlichen Dutt gebunden. Fast die Hälfte ihres Gesichts ist übersät mit purpurnen Flecken. In einer Hand hält sie ihren Autoschlüssel, in der anderen eine Tüte Katzenfutter. Auf den ersten Blick passt sie perfekt in diese strahlende Villa. Als wäre sie in genau diesem Foyer geboren worden. Aber in Wahrheit beschmutzt dieser dreckige Ort ihre Zuckerwattenseele, als würden Ratten hässliche Löcher in ihren wolkenlosen Himmel fressen.

Die Blicke der vielen Menschen machen sie sichtlich nervös. Ihr eigener huscht im Raum umher, bis sie mich findet. Zum ersten Mal, seit ich sie kenne, wirkt sie erleichtert, mich zu sehen.

Sie hebt den rechten Arm. »Ich habe Katzenfutter.«

Ihre Worte lösen eine explosive Reaktion aus. Als hätte sie stattdessen eine Knarre gezückt. Empörtes Gemurmel schwillt an, und meine Mom brüllt: »Was hast du dir dabei gedacht, dieses Mädchen herzuholen?«

Heaven zuckt zusammen. Ich kann es ihr nicht verübeln. Sie hat keine Ahnung, was Mom in ihr sieht. Was *all* diese Leute in ihr sehen.

»Ausgerechnet an ihrem Geburtstag, Helix?«

»Und du sagst, *ich* wäre unverschämt«, schnaubt Veronica. »Unfassbar, wie geschmacklos du bist, Hell.«

Heavens Augen werden riesig. Sie atmet schnell und hektisch. Und verdammt, der Anblick macht etwas mit mir. Schlagartig fühle ich mich drei Gläser nüchterner. Ich setze mich in Bewegung, aber Mom kommt mir zuvor.

»Du bist ein widerliches, kleines Miststück und hier nicht willkommen!« Erschrocken lässt Heaven die Futtertüte fallen, als Mom sie an der Schulter packt und grob herumwirbelt. »Raus hier!«

»Fass sie nicht an!«, rufe ich und reiße ihre Hand von Heavens Schulter. Diese taumelt, und ich lege ihr stützend meinen Arm um die Taille. Moms schönes Gesicht ist zu einer zornigen Fratze verzogen. Ich funkele sie an. »Du hast kein Recht, so mit ihr zu sprechen!«

Mom gibt ein ungläubiges Lachen von sich. Mein Griff um Heaven wird fester, während ich einen Schritt vormache und sie halb hinter mich ziehe. Nur vage registriere ich, wie sie sich nach dem Katzenfutter bückt.

»Schaff dieses Mädchen aus meinem Haus«, bellt Dad. Sein Ton lässt keinen Widerspruch zu. »Und dann verschwinde, Helix!« Er macht eine schwere Pause. »Ich will dich erst wiedersehen, wenn du deinen Verstand zurückhast und dich bei all diesen Menschen für dein Verhalten entschuldigst.«

»Lieber würde ich Bel Airs Dreck fressen, den ihr aus der Hintertür kehrt.«

In Moms Augen schimmern Tränen. »Wie *kannst* du es wagen?«

Ich bücke mich, nehme die Katze auf den Arm und schiebe Heaven nach draußen. Die Tür fällt hinter uns ins Schloss und sperrt jedes Geräusch aus. Schweigend gehen wir ein paar Schritte, bis Heavens Schultern unter meiner Berührung zu beben beginnen. Sie weint.

»Hey.« Ich lasse die Katze runter und drehe mich zu ihr. »Sieh mich an.«

Kopfschüttelnd krallt sie die Finger in ihre Seiten.

»Sieh mich an, Heaven.« Jetzt hebt sie den Kopf. Es sieht aus, als würde ich in ein aufgewühltes Meer blicken. »Das geht gegen mich«, sage ich leise.

Tränen rollen über ihre violette Haut. Ich will sie fortwischen, aber ich weiß nicht, ob ihr die Berührung wehtun würde. Irritiert schüttelt sie den Kopf. »Was hatte das gerade zu bedeuten?«

Ich schlucke, während sie mich auffordernd anschaut. Ihre Lippen beben, und ich seufze. »Es ist, weil du im Zirkus bist.«

Eine Falte gräbt sich zwischen ihre Augenbrauen. »Was?«

»Sie mögen den Zirkus nicht. Sie halten ihn für lächerlich und machen dich dafür verantwortlich, dass ich mein Leben wegschmeiße«, lüge ich.

»Ist das ... ist das dein Ernst?« Mit einem zitternden

Finger zeigt sie auf die Haustür. »Deine Mutter hat mich *beschimpft*, weil ich vom Zirkus bin?« Als ich nicke, macht sie ein seltsames Geräusch – eine Mischung aus Schnauben und Keuchen. »Das ist unfassbar.«

»Nimm es dir nicht zu Herzen.« So ein dummer Satz. Es gibt kein sensibleres Mädchen als Heaven Fairchild. Sie würde es sich sogar zu Herzen nehmen, wenn die Katze sie nicht mögen würde. »Vergiss das einfach, okay?«

»Ich glaube nicht, dass ich das jemals vergessen kann.«

»Und ich glaube, dass ich dich niemals vergessen kann.«

Verwirrt sieht sie mich an. »Was?«

»Was?«

Sie blinzelt, als würde ihr die Erklärung dämmern. »Du bist wirklich betrunken.«

»Richtig. Und deshalb halte ich es für eine hervorragende Idee, jetzt an den Strand zu fahren.«

Entgeistert sieht sie mich an. »*Jetzt?*«

»Ja.«

»Es ist fast Mitternacht!«

Grinsend wackle ich mit den Fingern. »Geisterstunde.«

Sie schlägt mir auf die Hände. Dabei berührt sie das Armband, das sie mir geschenkt hat, und kurz durchzuckt mich ein merkwürdiges Gefühl. Als hätte der Mondschein geradewegs in mein Herz geleuchtet. »Du solltest nicht betrunken am Meer sein, Hell.«

»Und du solltest um diese Uhrzeit längst im Bett sein. Du bringst deinen wundervollen Schlafrhythmus durcheinander.« Die Grübchen meines Grinsens bohren sich fest in meine Wangen. »Wir sind so rebellisch.«

Ich will sie zu ihrem Auto ziehen, aber sie stemmt die Füße in den Boden. »Was ist mit der Katze?«

»Oh, Holzbein kommt mit.«

»Holzbein?«

»Hab sie gefunden. Und du kennst die Regel: gefunden, angeleckt, behalten.«

»Angeleckt?«

»Zählt es, wenn ich ihre Wunden gesäubert habe?«

Ihre Augen weiten sich. »Du musst sie bei den Tierärzten melden. Vielleicht ist sie gechipt und wird vermisst.«

»Ja, Chefin. Morgen.« Besorgt kräuselt sie die Nase, woraufhin ich grinse. »Versprochen.«

»Und dein Bein?«

»Was soll damit sein?«

Stirnrunzelnd mustert sie den Schnitt. »Du bist verletzt.«

»Halb so wild.«

»Hast du es desinfiziert?«

»Ja. Mit Whiskey.«

»*Whiskey?*« Entgeistert sieht sie mich an. »Du desinfizierst eine blutende Wunde mit *Trinkalkohol*?«

»Alkohol ist Alkohol.«

»Nein. Das Zeug muss mindestens siebzig Prozent haben, um zu desinfizieren. Eine Studie hat ergeben, dass …«

Ich stöhne. »Bitte nicht.«

Sie presst die Lippen zusammen. »Im Zirkus werden wir uns darum kümmern.«

»Meinetwegen«, nuschle ich, dann muss ich grinsen. »Süß, wie du dich sorgst.«

»Ich sorge mich um meine Tour, die ich nicht antreten kann, wenn du dein Bein verlierst.«

»Wenn du vorher mit mir zum Strand fährst, desinfiziere ich es.«

»Ich weiß nicht … Es ist schon spät.«

»Sei spontan, Baby.« Verschmitzt wackle ich mit den Schultern.

»Ich hasse dich«, mault sie. »Weißt du das?«

»Bestimmt. Deshalb trägst du auch meine Kette.«

Verlegen dreht sie an einem der Opale. »Wenn meine Mutter erfährt, dass ich mitten in der Nacht durch Los Angeles fahre, dreht sie durch.«

»Keine Sorge«, entgegne ich. »Diesmal weiß Craig nichts.«

»Was hat Craig damit zu tun?«

»Er ist die Petze.«

»Er hat nicht gepetzt.«

»Weißt du das?«

Nachdenklich knabbert sie an ihrer Unterlippe. »Ich weiß nicht, Hell ...«

»Komm schoooon.« Mit einem Schmollmund nehme ich ihre Hand in meine. »Ich flehe dich an, Fairchild, geh mit mir zum Strand.«

Die Sorge in ihrem Gesicht weicht vorsichtiger Belustigung. »Du bist gruselig, wenn du betrunken bist, weißt du das?«

»Nur wenn ich betrunken bin?«

Seufzend lässt sie die Schultern hängen. »Zu welchem?«

»Santa Monica Beach«, sage ich sofort, und sie knickt ein. Frauen lieben den Santa Monica Beach.

»Na gut.«

Triumphierend ziehe ich sie zum Auto, und wir steigen in ihren schwarzen Audi. Holzbein hüpft auf meinen Schoß.

»Jährlich sterben Tausende von Menschen im Pazifischen Ozean«, meint sie, als sie die Einstellung der Außenspiegel kontrolliert.

»Und?«

»*Und* wir könnten die Nächsten sein.«

Ich lehne den Kopf zurück und sehe sie an. »Kannst du damit aufhören?«

Sie zündet den Motor. »Womit?«

»Dir immer so viele Sorgen zu machen?«

»Ich bin einfach vorsichtig.«

»Du stirbst mehrfach.«

»Wie bitte?«

»Wenn du aufhörst, dir über alles den Kopf zu zerbrechen, wirst du irgendwann nur ein einziges Mal sterben. Aber wenn du dir jedes Mal irgendwelche Horrorszenarien vorstellst, musst du es tausendmal, und später, wenn du *richtig* stirbst, denkst du dir, scheiße, hätte ich mal mehr gelebt.«

Heaven beißt sich auf die Unterlippe und antwortet nicht mehr.

Aus den Boxen tönt »Jailhouse Rock«.

Heaven summt leise mit.

Einen Moment betrachte ich ihr Profil, wie sie vor sich hin lächelt. Dann nehme ich mein Handy und schieße ein Foto von ihr, ohne dass sie es merkt.

»Das ist grauenvolle Musik.«

»Sag das nicht, wenn du willst, dass ich dich mag.«

»Wer hat gesagt, dass ich das will?« Ohne eine Antwort zu geben, umklammert sie das Lenkrad. Ich schnapp mir ihr Handy, das in der Mittelkonsole liegt.

»Hey!«, ruft sie und versucht, mit einer Hand nach mir zu schlagen, aber sie ist zu pflichtbewusst, um den Blick von der Straße zu nehmen. »Es ist mein Auto, also meine Playlist!«

Ich muss mich nur zur Seite neigen, um ihrem blinden Getatsche zu entkommen, und tippe auf ihrem Display herum. Ein paar Sekunden später wird ihr geliebter Elvis durch »Boulevard of Broken Dreams« von Green Day ersetzt. Sie verzieht das Gesicht, fährt rechts ran und schnappt mir das Handy aus der Hand.

»Du *parkst*, um es dir zurückzuholen?«

»Man muss stehen bleiben, wenn man an sein Handy will.«

Ich unterdrücke ein Lachen.

»Normalerweise sitzt neben mir kein Idiot, der meine Playlist ändert.« Sie wirft das Handy in die Mittelkonsole zurück und fährt aus der Parklücke. Ich warte, bis sie wieder zufrieden summt, dann schnappe ich mir das Handy erneut.

»Helix!«, schreit sie und schlägt wieder nach mir, was mich nur noch mehr zum Lachen bringt. »Hör auf!«

»Komm, hol es dir«, ärgere ich sie, halte das Handy gestreckt von mir, während sie mit den Fingern meine Brust betatscht. »Kalt, kalt, wärmer ...«

Heaven starrt auf die Straße, als würde sie sie aufreißen wollen.

»Na los, fahr rechts ran, Miss Verkehrspolizei.«

Ihre Finger landen in meinem Gesicht.

»Ganz kalt, Arktis ...«

Plötzlich fällt ihre Hand in meinen Schoß. Genauer gesagt, auf meinen Schwanz.

»Heiß.«

Erschrocken zuckt sie zurück.

»Schätze, ich habe gewonnen, was?« Mit einem zufriedenen Grinsen lehne ich mich im Sitz zurück. »Was habe ich gesagt? Unser Körper ist die beste Waffe, die wir haben.«

KAPITEL 22

Heaven

Der Santa Monica Beach ist wie ausgestorben. Ich parke den Wagen auf einem Parkplatz, nachdem ich mir drei furchtbare Rocksongs anhören musste. Mein Trommelfell wird mir das hier nie verzeihen.

Helix steigt aus und streckt sich. Dabei rutscht sein T-Shirt hoch und offenbart ein Stück seiner Bauchmuskeln. Er sieht anders aus als die anderen Kerle im Sky Circus. Die meisten Artisten haben einen drahtigen Körperbau, aber Helix besitzt viel Masse und deutlich definierte Muskeln. Er dreht den Kopf und sieht durch das Fenster zu mir. Schnell wende ich mich ab und löse den Gurt, um auszusteigen.

»Was ist mit der Katze?«, frage ich.

Mit den Fingern fährt er sich durch das wuschelige Haar. Allein diese Geste lässt meine Wangen wieder brennen. Ich weiß nicht, was mit mir los ist. Dann öffnet er die Hintertür und geht auf die Knie. »Hey, Holzbein. Wir machen jetzt einen Ausflug, aber du musst nicht auf mich warten. Ich wollte nur nicht, dass du bei meiner verkorksten Familie bleibst, und hätte ich dich draußen gelassen, wäre der Kojote wiedergekommen.«

Ich lehne mit einer Schulter gegen den Kofferraum und

beobachte ihn. Ein leises Lachen rollt ihm über die Lippen, als die Katze ihren Kopf an seiner Wange reibt. Das Geräusch beschert mir eine Gänsehaut über den ganzen Rücken.

»Geh, wenn du willst, oder bleib. Deine Entscheidung.« Er hebt das Tier aus dem Wagen und setzt es auf den Boden. Dann schließt Helix die Wagentür und sieht mich an. »Was ist, kommst du?«

Schwungvoll stoße ich mich vom Auto ab. »Ich wusste nicht, dass du nett sein kannst.«

»Nett.« Er verzieht das Gesicht. »Was ist das?«

»Wie du gerade mit der Katze geredet hast?«

»Holzbein ist ein Tier«, entgegnet er.

»Und?«

»Ich hasse nur Menschen.«

»Alle Menschen?«

Er zuckt die Achseln. »Manche sind okay, aber das kann ich erst abschließend sagen, wenn ich im Sterben liege.«

Wir lassen den Parkplatz hinter uns und gehen die Promenade entlang zum Strand. Eine Brise zerzaust mir das Haar. Über den kilometerweiten Sandstreifen erstreckt sich eine fast schon spürbare Ruhe, nur durchbrochen von dem Rauschen der Wellen unter dem Sternenhimmel. Nicht weit von uns leuchtet das Riesenrad auf dem Pier in violetten Tönen.

»Warum erst dann?«, frage ich.

»Weil sie bis dahin Zeit hätten, mich zu hintergehen.«

Ich runzle die Stirn. »Nicht jeder tut so etwas, Hell.«

»Wie gesagt«, sagt er und kickt einen kleinen Stein weg, »das weiß ich erst, wenn ich tot bin.« Er sieht mich an. »Was ist mit dir? Vertraust du leicht?«

Einen Moment denke ich über seine Frage nach. Unsere Füße verlassen den Asphalt und sinken in Sand, während wir dem Meer entgegengehen. »Früher ja.«

Er wirft mir einen fragenden Seitenblick zu. »Früher?«

Ich öffne den Mund, entscheide mich aber anders und zucke die Achseln. »Jeder wird irgendwann eines Besseren belehrt.«

Plötzlich bleibt er stehen und greift meinen Arm. »Heaven.« Jetzt bleibt mir nichts anderes übrig, als ihn anzusehen. Sein hochattraktives Gesicht wird von dem violetten Licht des Riesenrads erhellt, als wollte es seine Narbe küssen. Die äußeren Spotlights des Piers spiegeln sich in seinen Augen wie glitzernde Sonnen. Als er seine Lippen mit seiner Zungenspitze befeuchtet, zuckt Verlangen zwischen meinen Beinen.

Verdammter. Mist.

Sein Blick huscht ebenfalls zu meinem Mund, bevor er mir wieder in die Augen sieht. »Wir sollten uns vertrauen.«

»Ich dachte, du vertraust niemandem?«

»Wir sind Showpartner. Für ein paar Monate könnte ich meine Prinzipien brechen.« Er schaut über meine Schulter hinweg zum Meer. »Danach sehen wir uns eh nie wieder.«

In meinem Bauch entsteht eine Welle der Enttäuschung, die ich nicht kommen gesehen habe. Eine laue Windbrise weht durch sein Haar und zerzaust es. Es wirkt seidig weich, und ich wünschte, ich könnte für einen kurzen Moment mit der Böe tauschen.

»Das macht es mir nicht gerade leichter«, murmele ich.

Wir spazieren über den Sand. Helix kratzt sich im Nacken und wirkt zögerlich, bevor er sich mir wieder zuwendet. »Was meinst du damit, früher konntest du vertrauen?«

Ich schlucke. »Es … es gab da eine Person, die mich belogen hat.«

In seinen Augen blitzt etwas auf. Neugier? Nein, dafür wirkte es zu gierig.

»Wer?« Sein Kiefer mahlt, und ich frage mich, weshalb er auf einmal so wütend aussieht. »Ein Ex-Freund?«

Er denkt, ich hatte vor Craig schon Beziehungen.

Ich schüttele den Kopf. »Nein.«

»Wer dann?« Seine Stimme klingt selbst für seine Verhältnisse ungewöhnlich hart. »Sag schon, Heaven.«

»Sorry, ich … ich kann nicht.«

Seine Schultern sacken hinab, fast als wäre er … *erleichtert?*

»Was ist dein Problem?«, frage ich.

Er sieht mich an. »Hm?«

»Du verhältst dich komisch.«

Hells Ausdruck wirkt nachdenklich. »Ich hab kein Problem.« Abwesend schiebt er sein Shirt hoch, kratzt sich über den Bauch. Drei lange Striemen erscheinen über dem Bund seiner kurzen Jogger. »Vertrau mir, wann immer du bereit bist.«

Damit dreht er sich weg und geht wortlos auf den Pier zu. Die beleuchteten Stände und Attraktionen stehen still, nur ihre bunten Lichter spiegeln sich darunter im dunklen Wasser. Tagsüber ist es hier brechend voll. Jetzt wirkt es verlassen. Als wäre alles in einen tiefen Schlaf gefallen. Irritiert sehe ich Helix nach, bis ich zu ihm aufschließe. Bei jedem Schritt sinken meine Chucks tief in den Sand, und immer wieder muss ich mir mein Kleid an die Beine drücken, damit der kalte Wind es nicht hoch pustet.

»Frag mich etwas Leichteres«, schlage ich vor.

»Was meinst du?«

Ich hätte eine Jacke überziehen sollen. Aber ich dachte, ich würde nur Katzenfutter kaufen und einen Betrunkenen einsammeln, der vermutlich mit einer Katze auf der Straße herumlungert.

»Keine Ahnung.« Ich überlege einen Moment. »Wärst du lieber Schauspieler geworden?«

»Nein«, sagt er sofort. »Nie.«

Wir erreichen die Seitentreppe zum Pier. Der Holzsteg wird von schweren Balken getragen, die im Wasser verschwinden.

»Warum nicht?«

Kurz sieht er zum Himmel, während unter unseren Schritten die Stufen knarren und der Sichelmond den Ring in Hells Ohr aufblitzen lässt. »Weil ich es bevorzuge, im Schatten zu lauern, bevor ich andere Seelen fresse.« Als er bemerkt, dass ich ihn anstarre, hebt er eine Braue. »Was?«

»Warum bist du so merkwürdig?«

»Ich bin nicht merkwürdig, Heaven. Ich bin böse.«

»Das glaube ich nicht.«

»Glaub, was du willst, aber besser nicht an mich.«

»Wenn du böse wärst, hättest du mir nicht geholfen.« Inzwischen haben wir den Steg erreicht und gehen an den geschlossenen Geschäften vorbei über den Pier. An der Fassade von einem surrt die Glühbirne eines Neonschildes. Die Lichterketten an den Holzbalken flattern in der nächtlichen Brise und zeichnen ein glitzerndes Muster in die Nacht. »Du hättest mich einfach scheitern lassen können.«

»Purer Eigennutz«, entgegnet er.

»Und wieso bist du dann mit mir hier?« Belustigt deute ich aufs Meer zu unseren Seiten. »Willst du mich ertränken?« Er lacht nicht, und das macht mir Angst. Mein Herz verpasst einen Schlag, und ich bleibe stehen. »Helix?«

»Ich bin hier, weil ich ans Meer wollte.« Er stellt sich an die Brüstung und schaut aufs Wasser. »Meine Schwester hat den Pier geliebt«, flüstert er.

Über unseren Köpfen kreischt eine Möwe.

Langsam gehe ich auf ihn zu. »Was ist mit ihr passiert?«

Ich habe noch nie gesehen, wie er die Haltung aufgibt, aber in dieser Sekunde hängen seine Schultern hoffnungslos herunter. »Sie ist gestorben.«

Vorsichtig trete ich an ihn heran. »Wie?«

Trotz der Sanftheit in meiner Stimme zuckt er zusammen, als hätte ich ihn angeschrien. Wie in Zeitlupe dreht er den Kopf zu mir. Ich halte den Atem an. Etwas unendlich Zorniges brodelt in diesen goldenen Tiefen. Ein unerträglicher Hass, und für den Bruchteil einer Sekunde bekomme ich Panik.

Ich bin nicht merkwürdig, Heaven. Ich bin böse.

Weil ich dich hasse, Zirkusmädchen.

Doch im nächsten Moment ist der Ausdruck verschwunden.

»Ich spreche nicht über sie.«

»Aber vielleicht würde es guttun, wenn du …«

»Ich spreche nicht über sie«, wiederholt er, wirbelt herum und sieht bedrohlich auf mich hinab, »*niemals*, verstanden?«

»Aber …«

»Heaven«, knurrt er.

»Okay. Tut mir leid.«

Zittrig atmet er aus, so schwer, dass seine Nasenflügel beben. Fest schluckt er, und sein Kiefer ist angespannter als die Saiten einer Violine kurz vor der Symphonie. Ich kann nur erahnen, was für ein Kraftakt es für ihn bedeutet, gerade nicht die Beherrschung zu verlieren.

»Tut mir leid«, flüstere ich erneut.

Abrupt wendet er sich ab und geht voran. »Komm mit.«

Eilig laufe ich ihm hinterher. Ich will nicht allein zwischen den leeren Geschäften stehen bleiben. Die dunklen Schaufenster und verlassenen Gondeln des Riesenrads jagen mir einen Schauer über den Rücken. Gruslig. »Wohin?«

»Du lernst jetzt, mir zu vertrauen.«

»Wie bitte?«

Wir erreichen das Ende des Piers. Zielstrebig steigt er die Stufen zur unteren Empore herunter, die noch weiter ins Meer hinausragt. Wieder küsst der Wind sein Haar. Sie sehen aus wie schwarze Wolken. Als wäre die wilde Jagd der Himmelsreiter hindurchgestürmt und hätte jedem Wölkchen eine tödliche Härte verpasst.

Lässig lehnt er den Unterarm auf das Geländer. »Wie sehr willst du der Star dieser Tour werden, Heaven?«

»Ich würde alles tun«, wispere ich.

»Und wieso hemmt dich dann allein der Gedanke, von mir hochgeworfen zu werden?«

Ich stocke. Helix spielt auf unser letztes Training an, das katastrophal gelaufen ist. Sowohl Jess als auch Cassian waren frustriert, und ich weiß, dass es an mir gelegen hat. Wir sollten eine Übung machen, in der ich auf Helix' Handflächen stehe und er mich über einen brennenden Ring wirft, durch den er springt, bevor er mich wieder auffängt. Nicht einmal in die Luft habe ich es geschafft, weil ich jedes Mal wie ein panisches Etwas herumgezappelt und heruntergehüpft bin.

Nervös knete ich meine Hände. »Ich muss mich nur daran gewöhnen, nicht mehr auf mich allein gestellt zu sein.«

»Nein«, raunt Helix und macht einen Schritt auf mich zu, »du musst dich daran gewöhnen, *mir* zu vertrauen. Ich werde dir nicht wehtun, Heaven.« Er legt einen Finger unter mein Kinn und drückt es hoch, damit ich ihn ansehe. Sein Blick bohrt sich tief in meinen. »Niemals, kapiert?«

»Und wie soll das gehen, wenn du mir ins Gesicht gesagt hast, dass du mich hasst?« Ich halte seinem Blick stand. »Dass du alles über mich weißt, um mich zu vernichten?«

In seinen Augen flackert es. »Das war ... eine andere Zeit.«

Ich schnaube. Mein Kinn brennt unter seiner Berührung. »Es war vor ein paar Wochen.«

»Vertrau mir«, flüstert er. »Bitte.«

Ich kann nicht einmal einatmen, da liegen seine Hände schon fest an meiner Hüfte.

»Hell, was ...«, beginne ich, komme aber nicht weit, weil meine Stimme in ein ersticktes Keuchen übergeht, als er mich über das Geländer schwingt. Unter mir nur das Meer.

Ich kreische, aber er hält mich fest, bis ich meine Füße zwischen die Streben schiebe, um festen Halt zu finden.

»Was hast du vor?«, frage ich, ohne den panischen Unterton in meiner Stimme verbergen zu können.

»Wie schon gesagt ...« Mit einem Sprung kauert er plötzlich auf der Brüstung und umfasst mein Gesicht mit seinen Händen. »... dir beibringen, mir zu vertrauen.«

»Ich soll jemandem vertrauen, der betrunken auf einem Geländer über dem Pazifik hockt?«

»Oh, Heaven.« Er schnalzt ein paarmal mit der Zunge, als wäre ich ein törichtes Kleinkind, und tätschelt meine Wange. »Denkst du, das hält mich auf zu *leben*?«

»Warum trinkst du überhaupt?«

»Weil es mir hilft zu vergessen.«

»Was vergessen?«

Er legt einen Finger auf meine Lippen. »Pscht.« Im nächsten Moment packt er mich unter den Achseln und hebt mich in die Luft. Mein Körper schwebt im Nichts, ein paar Meter unter mir rauscht das Meer.

Mit aufgerissenen Augen starre ich ihn an. »Helix«, stoße ich zittrig aus, »lass mich runter.«

»Vertrau mir«, flüstert er, richtet sich auf, bis er auf diesem schmalen Geländer steht, mich von sich gestreckt wie Rafiki den kleinen Simba. Vorsichtig lasse ich den Blick in die Tiefe gleiten, bereue es aber augenblicklich. »Konzentrier dich auf mich. Sieh mich an.«

Mit galoppierendem Herzen hebe ich den Kopf. Ich schaue ihm tief in die Augen und stelle fest, dass sie nichts anderes als das Meer sind.

In ihnen könnte ich genauso ertrinken.

»Sehr gut.« Plötzlich hebt er mich höher und setzt mich auf seinen Schultern ab. »Gib mir deine Hände.«

Meine Finger verschränken sich mit seinen. Mein ganzes Gewicht lastet jetzt auf seinen Schultern. »Ich will dir nicht wehtun.«

Sein leises Lachen weht an mir vorbei. Ich weiß nicht, ob es der kühle Wind ist, der mir eine Gänsehaut beschert, oder dieses Geräusch. »Keine Sorge. Du kannst mir nicht wehtun.«

Ich umklammere seine Finger so fest, dass ich fürchte, sie zu zerquetschen. Von seiner Arbeit als Kraftakrobat sind sie schwielig und rau.

»Stell dich hin«, sagt er.

Ich versuche es, doch die Angst gewinnt. »Ich kann nicht.«

»Tu, was ich dir sage.«

Meine Beine zittern unkontrolliert, während ich mich Stück für Stück aufrichte. Helix streckt die Arme höher, damit ich den Halt nicht verliere, bis ich gerade auf seinen Schultern stehe. An seinem Handgelenk spüre ich den regelmäßig schlagenden Puls unter meinen Fingern. »Jetzt lass los.«

Ich schnappe nach Luft. »Was?«

»Lass mich los«, wiederholt er.

»Nie im Leben.«

»Du kannst das.«

»Und wenn nicht?«

»Dann fange ich dich.« Helix drückt meine Finger. »Das ist der Moment, in dem du mir vertrauen musst, wenn du willst, dass das mit uns funktioniert.«

Das mit uns. Meint er die Show? Oder mehr?

Zitternd atme ich aus. Die Anspannung zerreißt mich. Ich will das Ganze so sehr, und trotzdem blockiert mich die Angst, ihm zu vertrauen. »Vielleicht hatte Craig recht«, sage ich verzweifelt. »Vielleicht ist das Ganze eine Nummer zu groß für mich.«

»Einen Scheiß hat er«, schnaubt Helix. »Du *kannst* das, Heaven. Dein Körper ist deine beste Waffe. Nutze sie.«

Ich schließe die Augen. Los Angeles' Frühsommernacht weht mir in die Nase, geht mir unter die Haut und schenkt mir einen seltenen Anflug von Mut. »Okay.« Langsam öffne ich die Lider. »Ich vertraue ...« Millimeter für Millimeter schiebe ich meine Finger aus seinen. Unsere Haut reibt aneinander, wodurch Funken durch mich hindurchschießen. »Meinem ...« Die letzte hauchzarte Berührung unserer Fingerkuppen ist wie eine Explosion in meinem Bauch. So etwas habe ich noch nie erlebt, aber es schenkt mir ungeahnte Energie, also denke ich nicht weiter drüber nach und strecke stattdessen die Arme von mir. »Körper.«

Wie ein Vogel stehe ich auf seinen Schultern, meine Haltung eine stabile Festung. Erst umfasst Helix meine Oberschenkel, aber als er merkt, dass ich nicht schwanke, lässt er mich los und streckt die Arme ebenfalls zur Seite.

»Siehst du?«, raunt er, sein rauer Ton untermalt von den sanften Wellen, die gegen den Pier schwappen, »du kannst das, Heaven.«

Meine Lippen verziehen sich. Plötzlich bricht ein erleichtertes Lachen aus mir heraus. Es weht glockenklar in den Himmel hinauf. »Ich kann das. Ich. Kann. Das.«

»Gib mir deine Hände.«

Ängstlich tue ich, was er sagt. Ein Fehler, denn im nächsten Moment verliere ich den Halt erneut. Mein Körper baumelt vom Geländer, während Helix mich an den Händen hält und zu mir heruntersieht. »Atme ruhig. Langsam, Heaven, langsam.«

Fast verschlucke ich mich an meiner Panik und kann nur ein ersticktes »Lass mich nicht fallen!« ausspucken.

»Werde ich nicht.«

»Versprochen?«

Hell runzelt die Stirn. »Versprochen, Zirkusmädchen.«

Der Wind zerrt an meinem Kleid, und ich widerstehe dem Drang, mit den Beinen in der Luft zu zappeln. »Was jetzt?«

»Richte dich auf.«

Ich starre ihn an. »Was?«

Ohne wegzusehen, geht er in die Hocke, um mehr Halt zu haben. »Wie eine Flagge. Eine waagerechte Linie.« Mein Gesicht muss mein Entsetzen spiegeln, denn er fügt hinzu: »Ich weiß, dass du es kannst. Du hast es beim Training gemacht. Am Trapez.«

»Das Trapez hängt nicht über dem Ozean!«, protestiere ich.

Er hebt einen Mundwinkel. »Das Schlimmste, was passieren kann, ist, dass du ins Wasser fällst.« Das Mondlicht bricht sich in seinem Ohrring. »Oder kannst du nicht schwimmen?«

»Natürlich kann ich schwimmen.«

»Dann sehe ich kein Problem.«

Ich öffne den Mund, schließe ihn aber wieder.

»Außerdem ...« Er drückt meine Finger. Seine Arme sind von sich gestreckt, jeder Muskel aufs Äußerste angespannt, während er mein ganzes Gewicht in seinen Händen hält. »Ich hab dich, schon vergessen?«

Drei Herzschläge lang ringe ich mit mir, bis meine Entscheidung gefallen ist. Wenn ich das hier nicht durchziehe, werde ich meiner Mutter niemals beweisen können, dass sie sich in mir getäuscht hat. Ich *bin* gut genug. Ich bin Zoola Fairchilds Ehre würdig. »Na schön.« Fest beiße ich die Zähne zusammen und spanne meinen Körper an.

Kurz glaube ich, etwas wie grimmigen Stolz in Hells Blick aufblitzen zu sehen. Doch in der nächsten Sekunde huscht ein Schatten über sein Gesicht und macht seinem Spitznamen alle Ehre. Er lehnt sich zurück auf die Fersen, um das Gleichgewicht zu halten, während ich Schwung hole. Dann schleudere ich meinen Körper in die Luft und stoppe ihn in einer perfekten, waagerechten Linie. Helix' Arme zittern, und auch meine Muskeln beben, als würde die Erde aufreißen. Ich kann es nicht fassen. Wie eine verlängerte Brücke des Piers schwebe ich über dem Pazifik, mein Leben in den Händen eines Teufels. Schlimmer: Ich *vertraue* diesem Teufel.

Der Wind streicht ihm das Haar aus der Stirn. Und dann lächelt er. Es ist das erste echte Lächeln, das ich je an ihm gesehen habe, und es leuchtet so schön, dass es mir körperliche Schmerzen bereitet.

Ohne dass ich es gemerkt habe, ziehen sich auch meine Mundwinkel hoch. Ich *strahle*, als würde in der Hölle die Sonne aufgehen.

Vorsichtig zieht er mich zurück auf das Geländer. Meine Beine landen zwischen seinen. Dann lässt er meine Hände los und presst mich an meinem Rücken gegen ihn, damit ich nicht zurückfallen kann. Mein Herz dreht völlig durch, aber ich schiebe es auf die Übung von gerade und nicht darauf, dass Helix und ich gerade in einer engen Umarmung auf diesem Geländer über dem Ozean stehen.

Ich spüre die Wölbung zwischen seinen Beinen an meinem Bauch. Plötzlich überkommt mich der Drang, mich nie wieder bewegen zu wollen.

Himmelherrgott.

Helix legt das Kinn auf meinen Scheitel, dabei atmet er genauso schwer wie ich. Schließlich lehnt er sich ein Stück zurück und sieht auf mich hinab. »Springen wir?«

Meine Augen weiten sich. »Was?«

Ein freches Grinsen umspielt seine Mundwinkel. »Jetzt, wo wir hier sind, sollten wir es tun.«

»Du machst Witze, oder?«

»Nein.«

»Bist du verrückt?« Entgeistert blinzle ich. »Das sind fast sieben Meter!«

»Noch nie vom Zehnmeterturm gesprungen?«

»Äh, nein?«

Er lacht. »Und du bist Luftakrobatin?«

Allein bei dem Gedanken, da reinzuspringen, erschauere ich. »Auf keinen Fall. Da könnten Haie lauern. Eine Statistik …«

Plötzlich nimmt er eine Hand von meinem Rücken und schiebt mir eine Strähne hinters Ohr. Er beugt sich vor, seine Lippen streifen meine Stirn, kaum wahrnehmbar, aber doch so intensiv, dass ich das Atmen vergesse. Und meine Statistik.

»Bitte, Heaven«, flüstert er. »Spring mit mir.«

Zittrig stoße die Luft aus und lege meine Arme fest um seinen Körper. »Aber nur zusammen.«

»Natürlich.« Er strahlt. »Wir sind doch ein Team, oder?«

Ich öffne den Mund, aber meine Antwort geht in einen Schrei über, als er uns einen Ruck gibt und ich den Halt unter den Füßen verliere.

KAPITEL 23

Heaven

Der Wind zerrt an meiner Haut, kriecht unter das Kleid, und mein hohes Kreischen zerschneidet die Luft, während Helix lacht.

Dann durchbrechen unsere verschlungenen Körper die Wasseroberfläche. Der Druck zerrt uns auseinander, und das kalte Wasser schält mir die Haut von den Knochen. Ein paar Herzschläge wirble ich herum, bevor ich nach oben rudere und auftauche. Laut schnappe ich nach Luft.

Keinen Moment später fällt Helix ein paar Meter neben mir ins Wasser. Das rabenschwarze Haar klebt ihm im Gesicht. Als er es mit der Hand zurückstreicht, die Augen geschlossen und ein wildes Grinsen im Gesicht, passiert etwas mit mir. Ein warmes Gefühl sickert in meinen Bauch.

»Siehst du?« Lachend sieht er mich an. »Wenn wir immer nur Angst hätten, würden wir niemals leben.«

Er ist so einnehmend. Ich kann ihn nur anstarren.

Sein Lächeln verrutscht. »Was?«

»Nichts.«

Mit kräftigen Zügen schwimmt er zu mir. Ein paar Zentimeter von meinem Gesicht entfernt stoppt er. Jetzt ist da nichts Belustigtes mehr in seinem Gesicht. Von seiner Lippe perlt Wasser.

Er atmet ein, aber nicht aus.

»Was?«, frage jetzt ich.

Sein Blick huscht über mein Gesicht. »Nichts.«

Im nächsten Moment schwimmt er an mir vorbei zum Strand. Ich folge ihm. Wir bleiben unter dem Pier, doch als das Wasser niedriger wird, stehen wir auf. Kurz sieht er zu mir. Plötzlich weiten sich seine Augen.

»Was ist?«, frage ich und wate zu ihm.

Das T-Shirt klebt ihm am Körper, genau wie die Jogger. Seine Lippen teilen sich, während sein Blick an meinem Körper hinabwandert.

Irritiert folge ich ihm – und erstarre.

Mein weißes Kleid ist durchsichtig. Man sieht *alles*. Wie eine zweite Haut klebt der Stoff an mir, und meine Brüste …

»Du trägst keinen BH?«, fragt er heiser.

Trotz des kalten Wassers wird mir heiß. »Ich dachte, ich sollte nur Katzenfutter besorgen.«

Er macht einen Schritt auf mich zu. Sein Adamsapfel hüpft. Auf einmal streckt er die Arme aus. Mit den Fingerkuppen streicht er hauchzart über meine Arme.

Ich erschauere.

»Du hast Gänsehaut.«

»Das Wasser ist kalt«, flüstere ich.

Er kommt noch einen Schritt näher und legt beide Finger an meinen Kiefer, hebt mein Gesicht an. Dann berührt seine Stirn meine. Seine Lider flackern. Ein rauer Ton verlässt seinen Mund, der mir unter die Haut geht und irgendwo in meiner Mitte ein Feuerwerk auslöst.

So darfst du nicht fühlen, denke ich. *Craig.*

Aber ich bin wie paralysiert. Seine Hände rutschen von meinen Wangen über meinen Hals, verteilen eine nasse Spur auf meinem Körper, bis sie an meinen Brüsten anhalten. Von seinen dichten Wimpern tropft das Wasser wie gefrorenes Kristall. Zwischen meinen Beinen pocht Verlangen. Ich presse sie zusammen, weil ich es unterdrücken will, aber es wird immer schlimmer, je näher er meinen Brustwarzen kommt. Seine Berührung brennt sich in meine Haut, und obwohl meine Glieder völlig unterkühlt sind, lecken Flammen an meinen Nerven.

»Du machst mich wahnsinnig«, knurrt er.

»Gut oder schlecht?«

Er schließt die Augen. Kapitulierend. »Ich weiß es nicht.«

Mein Herz sackt mir in die Kniekehlen.

»Scheiß drauf«, murmelt er, öffnet die Augen und dann ...

»O Gott!«, keuche ich, als seine Daumen meine Nippel streicheln. Jetzt ist es zu spät. Unmöglich, meiner Moral zu gehorchen, wenn sie in den Händen des Teufels liegt.

Sein Atem streift über meinen Hals. »Heaven.«

Ich reiße die Augen auf, öffne den Mund, aber es kommt nur ein abgehackter Laut heraus, der gegen seinen Hals prallt. Eine Welle der Lust sickert in meine Mitte und pulsiert zwischen meinen Beinen. Verlangend kralle ich die Finger in seine Seiten, weil ich es sonst nicht aushalten würde.

Ich sollte mich schuldig fühlen. Stattdessen knistern in mir euphorische Wellen. Das darf nicht sein. Es ist der größte Widerspruch. Aber ich kann dem Verlangen nicht widerstehen.

Inzwischen keuche ich, während Helix meine Brüste knetet. Das Wasser schwappt gegen unsere Beine. Plötzlich wandert er mit einer Hand an meinem Kleid hinab, schiebt sie unter den Rock. Nasse Finger gleiten über meinen Innenschenkel, und ich kann nicht anders, als meinen Kopf an seine Brust zu lehnen, weil ich fürchte, sonst den Halt zu verlieren.

»Soll ich aufhören?«, fragt er.

Alles in mir schreit Ja.

Mein Gewissen. Der Gedanke an Craig. Dass das hier Helix ist, der Untergrundtyp, der fragwürdige Rebell, vor dem ich vor ein paar Tagen noch weggerannt wäre, statt mit ihm allein in einem Raum zu sein. Aber mein Körper schickt andere Signale. Meine Vulva pocht so unerbittlich, dass ich nicht aufhören kann. Also schüttele ich den Kopf.

Hells Finger wandern in einer betörenden Bewegung meinen Schenkel hinauf. Ich ringe nach Atem, als er meinen Slip beiseiteschiebt und mit der Fingerkuppe über meine Schamlippe fährt. Ein rauer Laut entkommt ihm.

»Himmel«, stöhnt er. Ich weiß nicht, ob er damit meinen Namen oder seine Überraschung meint. »Hier *glühst* du.«

Das wundert mich nicht. Alles an diesem Moment ist so intensiv, dass ich das Gefühl habe, inmitten eines Brands zu stehen. Meine Nägel bohren sich in sein Fleisch, während er auch die andere Hand unter mein Kleid schiebt und meinen Nippel berührt. Mir entkommt ein leiser Laut, doch als Helix meine empfindlichste Stelle zwischen den Beinen erreicht und sanft mit dem Finger reibt, stöhne ich.

Ein leises Lachen entkommt ihm und kitzelt mein Ohr.

Dann dringt sein Finger in mich ein. Ich reiße Augen und Mund auf, der verlangende Laut blockiert meine Kehle.

Ach. Du. Scheiße.

Betörend gleitet er in mich und trifft zielsicher einen Punkt, der die Lust nur noch höhertreibt. Inzwischen kann ich die stöhnenden Laute nicht mehr unterdrücken. Ich schwebe in einer anderen Welt und will nicht, dass er aufhört. Mein Körper erzittert. Ich kann mich kaum auf den Beinen halten, während seine Stöße wie Blitze in meine Nerven einschlagen.

»Scheiße, bist du nass, verdammt«, keucht er und stöhnt ebenfalls. Das schmatzende Geräusch seines Fingers vermischt sich mit dem Plätschern des Meeres um uns herum.

Ich kann es nicht fassen.

Helix Winchester fingert mich unter dem Santa Monica Pier.

Als ein ekstatisches Gefühl in mir die Oberhand nimmt, klammere ich mich fester an sein Shirt. »H… Hell.«

»Mhm.« Er fingert mich schneller, berührt immer wieder diesen einen Punkt in mir, der mich in den Wahnsinn treibt.

Und dann explodiert der Druck zwischen meinen Beinen. Unkontrollierte Laute verlassen meinen Mund. Meine Muskeln schließen sich um seinen Finger, und er zieht ihn erst heraus, als ich schlaff an ihn gelehnt nach Luft ringe. Dann legt er die Arme um mich und lässt mich zu Atem kommen, bevor er mich von sich streckt und mir das Haar aus dem Gesicht streicht. Bei der Berührung rieche ich meinen salzigen Geschmack an seinem Finger.

»Gut?« Er grinst.

Ich kann nicht antworten, weil ich mich schrecklich fühle, denn … ja, verdammt, es war gut. Mehr als gut. Aber …

»Craig«, flüstere ich.

Das Lächeln auf Helix' Lippen erstirbt. Einen Augenblick sieht er mich an, bevor ein kalter Windhauch mich erzittern lässt und er zusammenzuckt. »Du frierst.«

Als wäre das gerade wichtig.

»Komm.« Plötzlich nimmt er meine Hand und zieht mich hinter sich her aus dem Wasser. »Gehen wir zum Auto.«

Noch immer kann ich keinen klaren Gedanken fassen. Wie gelähmt taumele ich hinter ihm her. Bei jedem Schritt quietschen meine nassen Schuhe. Als wir den Parkplatz erreichen, hockt die Katze nach wie vor neben dem Wagen.

»Dann bleibst du wohl bei mir«, murmelt Helix.

Ich kann nicht anders, als ihn anzustarren und an das zu denken, was gerade passiert ist, während er sich verhält, als wäre gar nichts gewesen.

Für mich hat es so vieles verändert. Aber für ihn? Ich glaube nicht. Wahrscheinlich gehört so was zu seinem regelmäßigen Abendprogramm. Eine Routine. Die Frauen wechseln, aber es bleibt nur Sex.

Er öffnet die Hintertür und setzt die Katze ins Auto, bevor er seine Lederjacke von den Sitzen nimmt. »Hier.« Auf einmal legt er sie mir über.

Ich atme seinen herben Duft ein und glaube kurz, ich ersticke. Was zur Hölle passiert mit mir? Er macht einen Schritt zurück und mustert mich von Kopf bis Fuß. Dann hebt er eine Hand und streicht mir mit dem Fingerknöchel sanft über meine Haut. Meine *verfärbte* Haut. »Nicht, dass du dich erkältest.«

Den Rückweg verbringen wir schweigend. Dann nimmt Helix schon wieder mein Handy, aber dieses Mal überrascht er mich.

»Elvis?«, frage ich.

Zufrieden grinsend lehnt er sich zurück und verschränkt die Arme hinter dem Kopf. »›In The Ghetto‹ ist okay.«

Ich lächle.

Zurück beim Sky Valley mustert uns die Security argwöhnisch, doch der ehemalige Navy Seal öffnet uns schweigend. Mittlerweile zittere ich am ganzen Körper. An der Gabelung, an der wir uns trennen müssen, will ich Helix' Jacke ausziehen, aber er hält mich auf.

»Nimm sie mit.« Schon wieder habe ich das Gefühl, dass er jeden Zentimeter meines Gesichts in sich aufnimmt, als würde er sonst verdursten. »Gute Nacht, Heaven.«

»Gute Nacht, Hell.«

Ein schwaches Lächeln zupft an seinen Lippen. »Unsere Namen sind zerstörerisch. So wie wir, wenn wir aufeinanderprallen.«

Dann dreht er sich um und geht.

KAPITEL 24

Heaven

Mir brennt die Sonne auf den Bauch. Zeitgleich wächst unter meiner Haut ein Geschwür in Größe der Rocky Mountains heran, weil Craig nicht da ist. Heute Morgen wollte ich sofort mit ihm reden, aber er ist zu seinen Eltern gefahren.

Es ist Sonntag, und wegen der brütenden Hitze hat es uns alle an den Pool im Sky Valley gezogen. Er befindet sich zwischen dem Showzelt und den Trainingshallen und damit abgeschirmt vor potenziellen Gaffern. Um uns herum wachsen unzählige Lavendelsträucher und Zitronengräser.

Dexter Shadow und Yasin haben jeder einen Grill angeschmissen und stehen mit nackten Oberkörpern in der flimmernden Luft, während sie die Würstchen wenden. Die Zwillinge Ply und Jacks springen immer wieder kreischend ins Wasser und spritzen alle nass. Helix liegt mit einem Drink in einem Ring, eine dunkle Sonnenbrille auf den Augen, und bewertet ihre Sprünge nach Punkten. Beim Frühstück saß er mit Hawk an einem Tisch und war bemerkenswert gut darin, mich zu ignorieren.

Wieder seufze ich, und Savannah verliert die Geduld.

»Okay, was ist los?« Sie schiebt sich ihre Sonnenbrille, deren Gläser aussehen wie riesige Insektenaugen, auf den

Kopf und stemmt sich auf den Ellbogen. Ihr rotes Haar glüht unter der Sonne. »Und jetzt sag bloß nicht, dass alles okay wäre. Beim Frühstück hast du statt Zucker Salz in deinen Kaffee gekippt.«

Träge wende ich den Kopf in ihre Richtung.

»Das erklärt, warum er so salzig war.«

Savvy greift zwischen uns, nimmt sich eine Traube und steckt sie sich in den Mund. Mit der zweiten bewirft sie mich, und sie kullert in meinen Bikini-Ausschnitt.

»Hey!«

»Letzte Woche habe ich dir erzählt, dass Baba Bubba in meinen Karten gesehen hat, ich würde mich bald an einer Orgie beteiligen, die Dexter Shadow mit seinen Schattentüchern zeremoniell begleitet.«

»Deine Grandma verarscht dich.«

»Nein, sie meinte es ernst.«

Unter meiner Sonnenbrille verdrehe ich die Augen, grinse aber. Savvy glaubt ihrer Großmutter vieles. Baba Bubba behauptet, sie sei eine entfernte Nachfahrin der berühmten Seherin Baba Vanga. Sie ist überzeugt, ihre Gabe hätte Generationen übersprungen, bis sie bei ihr angedockt war.

Meine beste Freundin verehrt sie. Was auch daran liegt, dass ihre Eltern bei einem Verkehrsunfall kurz nach der Geburt der Zwillinge ums Leben gekommen sind und Baba Bubba ihre einzige Bezugsperson war. Der überraschende Tod war für alle furchtbar. Die Livingstons waren herzensgute Menschen. Weltenbummler. Deshalb auch die Namen ihrer Kinder. Sie haben sie nach Städten benannt: Savannah, Plymouth und Jackson.

»Ich habe es dir anvertraut, und du lässt mich verdursten wie der ausgedörrte Spongebob in Sandys Kuppel.«

Ich schiebe die Brille die Nase hoch und blinzle gegen die Sonne. »Wieso denn verdursten?«

Die Weintraube gibt ein *Plopp* von sich, als Savvy sie zwischen die Lippen saugt. Sie zieht die Knie an, lehnt sich zurück und beobachtet Helix, der die Zwillinge auf den Händen balanciert und sie immer wieder ins Wasser fallen lässt. Vor Spaß kreischen sie sich die Seele aus dem Leib. Jedoch kann ich nur seinen durchtrainierten Oberkörper anstarren und beobachten, wie das Wasser an den Muskelsträngen herabrinnt und von seiner Badehose perlt. Genau wie gestern, als …

»Weil du mir den Tea verwehrst«, sagt Savannah, wirft theatralisch den Kopf in den Nacken, fasst sich an die Kehle und gibt trockene Würgegeräusche von sich, »lieber *Himmel*, bitte, lass mich nicht sterben, gib mir«, *würg*, »den Tea«, *würg*, »*bitte …*«

»Es war dumm.« Seufzend nehme ich die Sonnencreme und sprühe meine brennenden Arme ein. Der herrliche Duft nach Sommer weht in meine Nase, gemischt mit Würstchen, Bier und Lavendel. »So eine Jugendsünde, die ich auf das 3-Uhr-Nachts-Phänomen schiebe.« Ich verteile das Sonnenspray auf meinem Dekolleté, fische dabei die Weintraube heraus und werfe sie Savvy gegen den Kopf. Sie platzt an ihrem Ohr, und ich grunze lachend.

»Was ist denn ein 3-Uhr-Nachts-Phänomen?« Savannah pult sich die Reste aus dem Ohr. »Wenn du wach wirst und denkst, dass du von Geistern besessen bist und dir deshalb ein Exorzisten-Tattoo als Arschgeweih stechen lässt?«

»Nein.« Ich beobachte, wie Hell aus dem Becken steigt. Mühelos schwingt er sich auf die erhitzten Betonplatten, die den Pool umrahmen. Das Wasser tropft von seinem Körper und hinterlässt eine Spur hinter ihm.

Er geht zum Kühlschrank und holt sich ein Bier heraus. Als er sich umdreht, streift sein Blick für eine Millisekunde meinen. Er wirkt ausdruckslos. Als wäre ich irgendeine, die er vom Sehen kennt, und nicht seine Showpartnerin. Nicht das Mädchen, mit der er gestern Paarakrobatik auf dem Pier gemacht hat, und erst recht nicht das Mädchen, das er unter dem Steg gefingert hat. Gleichgültig schlendert er zu Hawk.

»Dinge, die man nachts erlebt, finden in einer Parallelwelt statt«, sage ich zu Sav, stelle das Sonnenspray beiseite, nehme mir mein Root Beer und pule am Etikett. »Die Welt steht still. Menschen fühlen sich verantwortungsloser. Man kann sich seine tiefsten Ängste erzählen, die geheimsten Träume, weil die Nacht Schutz bietet wie eine anonyme Blase. Man kann Fehler machen und Dinge tun, die man sich sonst nie erlauben würde. Wenn man aufwacht, platzt die Blase, und nichts davon ist je passiert.«

Savvy runzelt die Stirn. »Ich sehe das anders. Nur weil es nachts ist, passiert es doch trotzdem.« Sie schiebt ihre Brille wieder runter, macht es sich auf der Liege gemütlich und seufzt. »Nachts sind die Menschen unverfälscht und roh. Keine Fassaden, keine Masken, keine Rollen. Es ist viel echter als alles, was passiert, wenn wir uns beobachtet fühlen.« Geräuschvoll schlürft sie an ihrem Cocktail. »Wenn du mich fragst, kitzelt das 3-Uhr-Nachts-Phänomen nur unsere sehnlichsten Wünsche aus uns heraus.«

Meine Finger krampfen sich um die Flasche. »Ich bezweifle, dass es mein sehnlichster Wunsch war, mitten im Pazifik einen Orgasmus von Hell zu kriegen.«

Savannah verschluckt sich an ihrem Cocktail. Röchelnd atmet sie ein, bevor sie ein entgeistertes *»Ihr hattet Sex?!«* von sich schleudert.

Panisch presse ich ihr eine Hand auf den Mund. »Pschhht!« Ich sehe mich um, aber keiner scheint uns zu beachten. Kid Ink schallt laut aus der Boombox, und Pawel gibt eine Show zum Besten, in der er irgendwen nachmacht. Schwer zu sagen, ob es einen Porno darstellen soll oder doch eine rollige Katze, die Marihuana geschlabbert hat. Scheinbar macht er sich über Dexters Einlage auf der Party im Showzelt lustig, was die anderen grölend feiern. Sogar Dexter findet es so unterhaltsam, dass er seine Steaks vergisst.

»Hatten wir nicht«, zische ich. »Er hat mich nur gefingert.«

Ihre Kinnlade sackt nach unten. »*Nur* gefi...«

»Savvy!«

Ihr Mund bleibt offen stehen. »Baba Bubba hatte recht!«

»Hatte sie nicht.«

»Oh doch, hatte sie.« Mit einem anklagenden Finger deutet sie auf mich. »Ihre Prophezeiung im Wohnwagen, vor der Party. Sie hat gesagt ...«

»Ich *weiß*, was sie gesagt hat.« Frustriert lehne ich mich in die Liege zurück und trinke einen großen Schluck. Ich werde nicht vergessen, wie sie meinte, ich würde sehr glücklich mit der Flasche werden, bis mir die Hölle zwischen die Beine kriecht. »Ihre Aussage war eine vage Behauptung.«

»Das ...« Ihr Satz geht in einen spitzen Schrei über, als wir von einer Wassersalve attackiert werden. Schützend reißen wir die Hände vors Gesicht, was natürlich genauso viel bringt, wie mit einem löchrigen Regenschirm unter einem Hagelsturm zu spazieren. Wütend stellt Savvy ihren Cocktail ab und streicht sich das nasse Haar aus dem Gesicht. »Verdammte Scheiße, was soll das, Hawk?«

Dieser lacht gehässig. Er hat seine Skelettarme auf dem

Beton abgelegt und blinzelt gegen die Sonne, während das Wasser von seiner Haut perlt. »Wie lange wollt ihr da noch rumliegen und nichts tun?«

»Wir *sonnen* uns«, entgegne ich und schmiere mich an den Stellen, die er getroffen hat, schnell mit neuer Sonnencreme ein. Wenn meine Blutergüsse verbrennen, kann ich Entzündungen bekommen. »Das ist nicht Nichtstun.«

Hawk stemmt seinen Körper aus dem Pool. Das Wasser trieft an ihm herunter, als er zu uns kommt. Es dauert keine Minute, bis sein Rabe zurück auf seiner Schulter landet. »Ihr seid Zirkusartistinnen.«

»Na und?«, fragt Savvy.

»Ihr müsst euch bewegen, statt faul rumzuliegen.«

Ich stöhne auf. »Du verdeckst die Sonne, Vogelmann.«

Schockiert öffnet er den Mund. »Wie nennst du mich?«

»Vogelmann«, kichere ich.

»Okay, dafür machst du auf jeden Fall mit.«

»Wa… *Ah*!« Hawk hat sich auf mich gestürzt und über eine Schulter geworfen. Wütend hämmere ich dagegen. »Hawk!«

»Keine Chance, Zuckerpuppe. Wir tragen das in einem Kampf aus.«

»Was?« Warnend sehe ich zu Savvy und signalisiere ihr, dass sie mich gefälligst retten muss, aber sie ist keine große Hilfe, so wie sie sich vor Lachen krümmt. »Was denn für ein …«

Das Wasser verschluckt den Rest meines Satzes. Mit einem lauten *Platsch* lande ich im Pool. Ich konnte nicht mal meine Nase zuhalten. Mein Gehirn kriegt eine widerliche Säuberung, mindestens so angenehm wie eine Darmspülung. Keuchend tauche ich auf. Sexy wie eine Meerjungfrau, nur mit dem Unterschied, dass ich halb krepiere, weil aus meiner Nase Wasser läuft und mir das Haar wie in einem Horrorfilm im Gesicht klebt.

Ja, glaubt mir, das ist das neue *Baywatch*.

»Du brauchst nicht so zu lachen, Süße«, dringt Hawks Stimme in meine belegten Ohren. »Du bist meine Waffe.«

»Ich bin *was*?«, fragt Savvy.

Da höre ich einen spitzen Schrei, und keinen Moment später landet Savannah genauso im Wasser. Doch ihr Auftauchen ist wesentlich eleganter als meins.

»Wie machst du das?«, frage ich.

Sie wischt sich das Wasser aus den Augen. »Was?«

Ich wedele mit den Armen. »Hier auftauchen wie Arielle. Hast du kein Wasser im Gehirn?«

»Doch.«

»Wieso sieht man es dir nicht an?«

»Entschuldigung, ich versuche, hässlicher zu sein.« Theatralisch wirft sie den Kopf zur Seite, schnaubt und macht Blobfischgeräusche mit ihrem Mund. »Besser?«

»Ja, ein bisschen.«

Wir lachen, aber dann ruft Hawk vom Beckenrand »Arschbombe!« und springt in unsere Richtung. Uns bleibt kaum Zeit, auseinanderzuschwimmen, bevor er wie ein schwerer Klops im Wasser landet. Er taucht auf, wischt sich das Wasser von seiner Gehirnglatze und schüttelt den Kopf wie ein nasser Hund. »Komm rein, Hell, wir brauchen dich!«

Erschrocken sehe ich zu Helix. Er steht mit dem Rücken zu uns an einem der Kühlschränke und dreht sich zu uns. Sein gelangweilter Blick wandert von Hawk zu mir und zurück. »Nein danke.«

»Komm schon!« Hawk bespritzt seine Beine mit Wasser,

aber er könnte genauso gut ins Leere treffen. Helix macht keine Anstalten, überhaupt was gemerkt zu haben. »Willst du nicht mal wissen, wofür?«

»Nein.«

Hell lehnt sich an den Kühlschrank und setzt die Flasche an seine Lippen. Sein Adamsapfel hüpft, während er trinkt.

Auch ich muss schlucken, aber meine Kehle ist staubtrocken. Ich bemerke erst, dass ich ihn ungeniert anstarre, als er die Augen öffnet und mich unter trägen Lidern ansieht. Mein Herz stolpert.

»Ich mach's!« Unser Blickkontakt wird unterbrochen, als sich Brandon zwischen den anderen am Grill hindurchschiebt.

Jedoch kommt er nicht weit, weil ihn plötzlich eine Hand aufhält. »Sie hat schon einen Partner.«

Trotz der Hitze jagt Hells Stimme einen Schauer über meine Wirbelsäule.

Brandon starrt ihn an. »Du meintest doch gerade, du ...«

»Ich habe es mir anders überlegt.«

Mit einem kraftvollen Hechtsprung taucht er in den Pool.

In dem Moment quiekt Savannah, weil Hawk zwischen ihre Beine taucht und mit ihr auf seinen Schultern das Wasser durchbricht. Und da dämmert es mir.

»Hahnenkampf, Baby«, ruft Hawk.

Plötzlich spüre ich warme Hände an meinen Seiten. Für einen Moment vergesse ich zu atmen. Bilder von gestern Nacht jagen mir durch den Kopf. Seine Hände, die mich an genau dieser Stelle berührt haben, bevor sie tiefer gewandert sind. Sein Finger, der in mir verschwunden ist. Dieser herbe Geruch, der mir auch jetzt wieder in die Nase steigt. Im nächsten Moment hebt er mich hoch, und ich lande auf seinen Schultern. Vielleicht würde ich etwas sagen, wenn mir das Herz nicht gerade im Kehlkopf schlagen würde.

»Halt dich an mir fest«, raunt er.

Endlich bekomme ich die Möglichkeit, meine Finger in sein verführerisches Haar zu vergraben. Das, was ich mir schon unzählige Male vorgestellt habe. Aber jetzt, wo ich es könnte, bin ich plötzlich nervös. Meine Hände schweben über seinem Kopf, und ich starre auf sein halb nasses Haar herunter, als wäre es Stiffs Nagelbrett.

Hells Finger umfassen meine Beine. Dabei berührt der Mondstein an seinem Armband meine Haut, und tausend Blitze jagen durch meinen Körper. Er trägt es immer. Das muss etwas bedeuten, oder? »Mach schon, Heaven«, murmelt er, seine Stimme viel sanfter als sonst. »Tu es.«

Ich atme tief durch und vergrabe die Finger in seinen dunklen Strähnen. Himmel, sind die weich. Ein Impuls will, dass ich hindurchfahre und seine Kopfhaut kraule, aber das wäre völlig bescheuert. Wenn ich das tue, habe ich endgültig den Verstand verloren.

Endlich finde ich meine Stimme wieder. »Ich dachte, du hast keine Lust?«

»Jetzt schon.«

»Und warum?«

»Darum.«

»Weil du nicht ertragen konntest, dass jemand anderes an deiner Stelle ist?«

Er schnaubt. »Weil Brandon ein beschissenes Gleichgewicht hat.«

»Er ist Kraftakrobat.«

»Er muss an sich arbeiten.«

»Das bezweifle ich.« Ich ziehe leicht an Helix' Haaren,

damit er den Kopf neigt. Als die Sonne seine Augen trifft, glitzern mir zwei Stückchen Gold entgegen. Ich ignoriere das Ziehen in meinem Magen. »Dein Ego könnte es nicht ertragen, wenn jemand etwas besser kann als du.«

Belustigt hebt er eine Braue. »Du denkst, er ist besser?«

»Warum sonst wolltest du kneifen?«

Schweigend betrachtet er mich. Dann lässt er den Kopf plötzlich sinken und fixiert Hawk. »Änderung der Spielregeln. Wir spielen im Stehen.«

Savvy reißt die Augen auf. »Was?«

Hawk senkt den Kopf, schirmt die Augen vor der Sonne ab und grinst in unsere Richtung. »Du meinst, ein Level-Up?«

Hell nickt.

»Gefällt mir.« Hawk streckt ein Bein aus und bespritzt Savvy, die inzwischen in einem Luftring liegt, mit Wasser. »Hast du gehört, Süße? Aufstehen.«

»Ohne mich«, sagt Sav. »Sucht euch ein anderes Opfer. Gegen Heaven habe ich keine Chance. Die kann sich mit einem Bein auf einer meterhohen Schaukel halten.«

»Trapez«, korrigiere ich.

Sie verdreht die Augen. »Alles dasselbe.«

»Du vergisst mich, Süße.« Seine Finger krallen sich in Savvys Beine. Sie kreischt, als er sie zu sich zieht und auf seine Schultern hievt. Hawk genießt das hier viel zu sehr. »Ich lasse dich erst los, wenn du mir das Genick brichst.«

»Ist das ein Angebot?«

»Trete ihm mit dem Knie, wenn du fällst«, schlage ich vor, forme die Hände wie ein Sprachrohr um meinen Mund und flüstere: »Niemand kann dir den Mord nachweisen!«

»Ihr seid alle bescheuert.« Sie will von seinen Schultern springen, doch er hält sie fest.

»Angst?«

Sie schnaubt. »Ich habe vor *gar nichts* Angst.«

»Dann fehlt dir wohl ein Anreiz.«

»Bitte?«

»Wie wäre es, wenn wir das Ganze spannender gestalten?« Hawks diabolisches Grinsen verheißt nichts Gutes. »Wer gewinnt, wird geküsst.«

Mir klappt der Mund auf. »Wie bitte?«

Sein Grinsen wird breiter. »Von unseren Partnern.«

»Craig ist nicht hier«, entgegne ich.

Hawk verdreht die Augen, und Helix' Griff wird so fest, dass es kurz davor ist, wehzutun.

»Jetzt gerade gibt es nur Helix und mich«, sagt er.

Panisch sehe ich zu Savvy. Keine gute Idee. Scheinbar findet sie den Vorschlag grandios. Sie wackelt mit den Augenbrauen und denkt vermutlich an das, was ich ihr über mich und Helix am Pier erzählt habe.

»Okay, bin dabei!«, ruft sie.

Bevor ich aussteigen kann, entscheidet Hell: »Wir auch.«

Wie bitte?

»Perfekt.« Savvy legt ihre Hände an Hawks Schädel und stemmt die Füße auf seine Schultern. »Also los?«

Doch ich bin noch in meiner Starre gefangen, als Hell zu mir hochsieht. »Heaven.« Seine Finger streichen über meine Beine. Die Berührung ist so sanft, dass sie von einer Feder stammen könnte, und trotzdem fühlt es sich an, als hätte man stattdessen eine Bombe in mir entzündet. »Steh auf.« Er lehnt den Kopf in den Nacken. Blinzelnd sehe ich ihm in die Augen. Er lächelt. »Du kannst das. Wir haben das gestern geübt, schon vergessen?«

Nein, natürlich habe ich nicht vergessen, was wir gestern

geübt ... und sonst noch getan haben. Seit gestern Nacht habe ich das Gefühl, mein Körper ist hochsensibel gegenüber Berührungen. Kein Wunder. Er hat Blut geleckt und ist auf den Geschmack gekommen.

Herzlichen Glückwunsch, ich bin jetzt ein Vampir.

Familie Cullen, wenn ich nach Forks ziehe, nehmt ihr mich dann auf?

Ich kann auch auf Bäume klettern.

»Es geht mir nicht darum«, raune ich.

»Worum dann?«

»Echt jetzt?« Als er mich weiterhin fragend ansieht, schüttele ich den Kopf. »Wir sollen uns küssen, Hell.«

Grinsend verdreht er die Augen. »Wir haben schon ganz andere Dinge getan. Oder soll ich dich daran erinnern, wie du gestöhnt hast, als ...«

»Nicht so laut!« Panisch presse ich ihm die Hand auf den Mund und sehe mich um, aber Hawk albert mit Savvy rum und kriegt nichts mit. »Rede nie wieder darüber, verstanden?«

Das scheint ihn nur noch mehr zu amüsieren. »Willst du vergessen, wie sehr du es genossen hast?«

Hitze schießt mir in die Wangen. In diesem Moment will ich ihn nur zum Schweigen bringen, aber Hawk und Savvy drängeln, dass es losgehen soll, und ich habe keine Wahl mehr. Eilig richte ich mich auf, finde die Balance und lasse seinen Kopf los. Seine Hände umfassen meine Knöchel. Gott sei Dank ist der Pool riesig. Sonst hätte ich Schiss, dass ich mir den Kopf aufschlage.

»Los!«, ruft Hell, und die Jungs gehen aufeinander zu.

Sofort strecke ich die Arme aus und stoße Savvy an den Schultern. Taumelnd krallt sie sich an Hawks Schädel fest.

»Autsch!«, ruft er. »Du sollst *sie* mit deinen Nägeln attackieren, nicht mich!«

Savannah lacht, und es gelingt ihr, mit den Füßen meine Knie zu treffen. Ich reiße Savvy zur Seite, wobei sie gefährlich von Hawks Schultern rutscht, sich in letzter Sekunde aber an seinen Ohren festhält.

»Savannah, Süße«, raunt er mit verzerrtem Gesicht, »ich bin ein Skelett, nicht Dumbo. Lass meine Ohren los!«

Sie verschluckt sich an ihrem Lachen, dann stößt sie mir gegen die Schultern. Ich rudere zurück, aber Helix hält mich, und ich fange mich schnell wieder. Mein nächster Schlag trifft sie am Kopf, wobei sie wieder gefährlich wackelt. Inzwischen hat sich die halbe Zirkusbelegschaft um den Pool versammelt und feuert uns an.

Das lenkt Savvy ab, was mir zugutekommt. Helix stürmt vor, ich packe ihre Hüfte und reiße sie zur Seite. Sie kreischt, und alle halten den Atem an. Es wird mucksmäuschenstill, bis sie ins Wasser platscht. Ein paar jubeln, andere buhen.

Savvy taucht auf, wischt sich das Haar aus dem Gesicht und schubst Hawk gegen die Brust. »Von wegen, du lässt mich nicht fallen!«

»Ich wusste ja nicht, dass du mir die Ohren lang ziehst!«

Euphorisch recke ich die Faust, bis mir dämmert, um was es ging.

Helix geht in die Hocke und taucht unter, um mich herunterzulassen. Im Wasser pocht mein Herz fünfmal so laut. Dann durchbricht er das Wasser und packt mich an den Hüften. Erschrocken sehe ich zu ihm auf. Von seinen Wimpern perlen Wassertropfen. Kurz huscht sein Blick an mir vorbei, und er verengt die Augen.

»Ich …«, krächze ich.

Weiter komme ich nicht, denn Helix umfasst meine Wangen und küsst mich. Seine Lippen sind feucht, und es gibt eine Explosion – ein physikalisches Gesetz, wenn Elektrizität auf Wasser trifft. Alle Geräusche geraten in den Hintergrund. Ich spüre nur seinen Mund, der meinen in Beschlag nimmt, seine Finger an meinem Gesicht und den Ballon in meinem Unterleib, der platzend seinen heißen Inhalt in mir ergießt.

Mir entfährt ein seltsamer Laut, während ich nicht weiß, wohin mit meinen Händen. Ich sollte ihn von mir stoßen, doch stattdessen hängen sie einfach nutzlos herunter.

Seine wiederum wandern an meinen Hinterkopf und verstärken den Druck, während er den Kuss intensiviert. Für einen winzigen Moment erobert er meine Zunge, und *alles* an ihm ist machtergriffen. Helix ist nicht vorsichtig. Er holt sich, was er will. Ohne zu zögern. Ich bin ihm ausgeliefert wie eine kleine Antilope dem König des Dschungels.

Dann löst er sich von mir. Mir schwirrt der Kopf. Das Pulsieren zwischen meinen Beinen ist fast schmerzhaft, und es dauert einige Sekunden, bis die Realität zurück in mein Hirn sickert.

Da registriere ich Hells zufriedenes, böses Grinsen. Doch er sieht nicht mich an, sondern wieder über meine Schulter hinweg.

Ich wirble herum und habe das Gefühl, jemand hätte einen Eimer mit Eiswasser über mir ausgekippt. »Craig«, flüstere ich panisch.

»Wie konntest du?« Seine Stimme zittert. »Wie konntest du mir das antun?«

»Es war ein Wetteinsatz«, sagt Savvy schnell.

Wahrscheinlich hätte ich ihm dasselbe gesagt, aber ich

fühle mich zu schuldig, denn das, was gestern Nacht passiert ist, war definitiv keine Wette. Ich muss das beenden.

Aber nicht hier vor allen.

Hektische Flecken erscheinen auf Craigs Gesicht. Dann schüttelt er den Kopf und eilt davon. Ich will ihm hinterher, aber Helix hält mich fest. Zornig wirble ich herum und stoße ihn gegen die Brust.

»Du wusstest, dass er zusieht!«

»Es war nicht echt.« Sein Mundwinkel zuckt. »Ein Spieleinsatz, wie Savannah sagt.«

Mein Herz pumpt immer noch viel zu schnell, aber diesmal vor Wut. »Es hat ihm trotzdem wehgetan!«

»Und das gestern war egal, nur weil er nicht dabei war?«

»Darüber wollte ich mit ihm noch sprechen«, presse ich zwischen zusammengebissenen Zähnen hervor. »Allein.« Wieder will ich aus dem Wasser waten, aber er hält mich immer noch fest. Ich versuche, mich loszureißen, aber er verstärkt den Druck. »Lass mich los!«

»Wo ist deine Kette?«

Weil ich gerade eine trage, brauche ich einen Moment, um zu verstehen, dass er seine Opale meint. »Das kann dir egal sein, Arschloch.«

»Was ist das?« Stirnrunzelnd streckt er die Hand aus und dreht den Herzanhänger an meinem Hals zwischen den Fingern. Hinten ist ein Datum eingraviert. »Ist das von dem Weichei?«

»Er ist kein Weichei«, zische ich. »Sondern mein Freund.«

»Ach, echt?« Er lässt die Hand sinken. »Warum streitest du dann lieber mit mir, als ihm hinterherzugehen?«

»Weil du mich festhältst!«, brülle ich ihn an.

Gleichgültig hebt er eine Braue. »Wirklich?«

Erst da merke ich, dass er mich längst losgelassen hat.

Ich zeige ihm den Mittelfinger. Kujo und Yasin kichern, während andere ihnen sagen, sie sollen die Fresse halten. Darunter Hawk, Pawel und Mikhail.

Als ich es endlich vom Pool weggeschafft habe und der heiße Sand an meinen nackten Fußsohlen schmerzt, höre ich eilige Schritte hinter mir.

»Verpiss dich, Hell«, sage ich erstickt.

»Ich bin's.« Savvy berührt meinen Rücken. Sofort wirble ich herum und falle ihr in die Arme. Sie streicht mir über das nasse Haar. »Schon gut. Ich bin hier.«

»Ich hasse ihn.«

Sie seufzt. »Ach, Heaven.«

»Ich hasse ihn wirklich«, wiederhole ich schluchzend.

»Okay«, murmelt sie nur.

Ich habe das seltsame Gefühl, dass sie mir nicht glaubt.

KAPITEL 25

Heaven

Als ich am nächsten Morgen die Augen aufschlage, habe ich das Gefühl, sie waren nie geschlossen. Die halbe Nacht habe ich mich in meinem Bett herumgewälzt und versucht, Craig zu erreichen, aber nach der Sache gestern ist er aus Sky Valley verschwunden und hat sein Handy ausgeschaltet. Ich muss unbedingt mit ihm reden, bevor er von anderen erfährt, was Helix und ich am Santa Monica Pier getan haben.

Es klopft laut an der Tür. Träge schiebe ich mich aus dem Bett, aber die Person scheint nicht warten zu wollen, denn wie ein Wirbelwind aus seidenen Stoffböen stürmt sie herein.

Ich sollte anfangen, meinen Wohnwagen abzuschließen.

»Mom«, krächze ich, »ist alles in Ordnung?«

»Was war gestern los?«

Blinzelnd öffne ich den Schrank, »Was meinst du?«

»Am Pool?«

Mein Herz macht einen Satz. Natürlich war es nur eine Frage der Zeit, bis das ein offenes Geheimnis wird. Ich hätte damit rechnen müssen, dass Mom eine der Ersten ist, die sich darauf stürzen würde wie eine Elster auf Alupapier.

»Was genau hast du gehört?«, frage ich bemüht gleichgültig, während ich in mein winziges Bad verschwinde.

»Du sollst dich vor versammelter Mannschaft wie eine Hure benommen haben.«

What the fuck …?

Ich erstarre mitten in der Bewegung, ein Bein halb im Body, während mir das Blut in den Adern gefriert. Vor meinem inneren Auge kann ich förmlich sehen, wie sie sich ungeduldig gegen die Tür lehnt, obwohl sie das Stück Holz am liebsten herausreißen und an mir zerschmettern würde.

»Hallo?« Mom klopft gegen die Badezimmertür. »Was hast du dazu zu sagen, Heaven?«

Ich könnte ihr sagen, dass an Sexarbeiterinnen heutzutage nichts Verwerfliches ist und ihre veraltete Beleidigung keinen Wert für mich hat. Aber darum geht es ihr nicht. Meine Glieder sind betäubt. Es kostet mich jede Kraft, mir einen Ruck zu geben und mich in den Body zu zwängen. Mit polterndem Herzen fahre ich mit den zittrigen Fingern über das schmale Regal und suche meine Bürste.

»Reicht es dir nicht, dass Elliott unseren Ruf beschmutzt hat? Musst du unbedingt einen draufsetzen? Gott, Heaven. Ich hätte mehr von dir erwartet. Was haben wir getan, um das zu verdienen?«

Ich schweige und balle die Hände zu Fäusten, während im Spiegel die kreisrunden Hämatome in meinem Gesicht verschwimmen.

»Komm raus und …«

Wütend schwinge ich die Tür auf und trampele an ihr vorbei. »Warum rennst du nicht los und erzählst es gleich der Klatschpresse?«

Sie schnaubt. »Das ist lächerlich. Tu nicht so, als hätte *ich* etwas verbrochen, wenn …«

»… ich die Hure bin?« Endlich finde ich meine Bürste. Ich

wirble zu meiner Mutter herum und kämme mir aggressiv durch das Haar. »Ihr wolltet, dass ich öffentlich so tue, als wäre ich mit diesem Arschloch zusammen, und jetzt sorgst du dich um meinen keuschen Ruf?«

Mom presst die Lippen zusammen. Sie lässt ihren Seidenmantel los, wodurch die Stoffseiten zu beiden Seiten offen herabhängen und durch den Ventilator flattern. Wie eine Kriegerin, die durch den Sturm zieht. »Ich sorge mich darum, dass ein einziges, testosterongesteuertes Wesen ausreicht, damit du aus den Augen verlierst, was zählt.«

»Oh, wow.« Mein Ton klingt genauso bitter wie der Beigeschmack, der durch ihre Worte auf meiner Zunge verteilt wird. »Du denkst, für einen Typen schmeiße ich meine Karriere hin?«

»*Unsere* Karriere«, korrigiert sie. Ich mache mir nicht die Mühe, sie zu verbessern. Nicht, wenn da schon diese bedrohliche Ader an ihrer Schläfe pulsiert. »Heaven, du bist jetzt der *Star*.«

Ich grunze. »Zu deiner Enttäuschung, oder?«

»Du kannst nicht so impulsiv sein. Das gefährdet deinen Fokus und damit uns alle. Weißt du, was los sein wird, wenn eure Show nicht absolut perfekt läuft?«

Als ich mir mein Haargummi vom Nachttisch nehme, zittert meine Hand vor Wut. »Ich bin nicht impulsiv.«

»Anscheinend schon, wenn du auf den erstbesten Schwanz springst, der dir näher kommt.«

Mir wird eiskalt, und es dauert einen Moment, bis ich meine Sprache wiederfinde. »Du tust, als wäre ich noch nie einem Typen begegnet!«

»Das ist der nächste Punkt«, fährt sie fort, und ich stapfe stöhnend an ihr vorbei. »Nicht einmal Craig konnte dich davon abhalten, dich diesem Rowdy an den Hals zu werfen. Und du willst mir vorhalten, dass ich mir Gedanken darüber mache, ob dein Fokus für die Tour gewährleistet ist, wenn du dich nicht unter Kontrolle hast?«

»Es war nur dieser verdammte Hahnenkampf«, zische ich und schlüpfe in meine Chucks. »Außerdem hat *er* mich geküsst, und überhaupt«, ich schnappe mir meine Sporttasche, werfe meine Trainingsflasche und ein frisches Handtuch hinein und wirble zu meiner Mutter herum, »was regst du dich so auf? Ich verstehe dein Problem nicht. Ihr wolltet diesen ganzen Scheiß mit der Fake-Beziehung, und jetzt ärgert es dich, was passiert ist?«

»Es ärgert mich«, antwortet sie in einem bedrohlichen Ton, »dass es in unserem geschützten Raum passiert ist, statt in der Öffentlichkeit. Denn das bedeutet, dass es nicht gespielt war, und *das* wiederum bedeutet, dass du nicht in der Lage sein wirst, meine Show gewissenhaft auszuführen.«

Meine Show. Ich führe sie aus, doch es ist immer noch sie, die sich in der Manege glaubt.

Kopfschüttelnd wende ich mich ab, aber an der Tür halte ich inne. »Ich trainiere jeden Tag hart für diese Tour. Ich würde meinen Erfolg nicht für einen Mann aufs Spiel setzen.«

»Das hoffe ich für dich«, wispert meine Mutter. »Denn ich habe es getan. Und es hat mir das Genick gebrochen.«

»Ich weiß, Mom.« Wie könnte ich auch nicht, wenn sie mich ihren Schmerz seit Jahren spüren lässt? »Ich weiß.«

Als ich sie hinter mir aussperre und der Sand unter meinen Schuhen knirscht, pocht mein Herz fast schmerzhaft gegen meine Rippen. Ich versuche, mich zu beruhigen, und betrete zwischen den zusammengebundenen Planen das Speisezelt.

Was ich dann sehe, lässt mich stocken.

KAPITEL 26

Heaven

Die Hälfte der Holztische ist von den Artisten besetzt, und sie alle stecken die Nase in irgendeine Zeitschrift. Die Art, wie sie zu mir sehen und miteinander tuscheln, gräbt eine Schlucht in meinen Magen. Sogar Dexter Shadow und Mikhail, den sonst nichts interessiert außer seine Zaubertricks, lugen über eine Ausgabe.

Kujo und Yasin feixen zufrieden.

Craig kann ich nicht entdecken, aber Helix sitzt an einem hinteren Tisch mit den anderen Jungs. Er trägt eine Cap, den Schirm falsch herum, kippelt gefährlich auf seiner Stuhlkante und beißt in einen Apfel.

»Die gaffen ja widerlich.« Savvys Profil erscheint in meinem Augenwinkel. »Haben die alle kein Schamgefühl?«

»Sag mir, dass in dieser Zeitschrift nichts über mich steht.«

»In dieser Zeitschrift steht nichts über dich.«

Erleichtert fahre ich herum. »Wirklich?«

»Keine Ahnung. Du wolltest, dass ich das sage.«

Stöhnend folge ich ihr zur Frühstückstheke. Wir reihen uns in der kleinen Schlange ein. Als ich den rosa Haarschopf vor mir erkenne, tippe ich Alexis auf die Schulter. Meine

Maskenbildnerin dreht den Kopf. »Es ist zu früh für ein Gespräch darüber, warum ich aussehe wie eine Leiche.«

»Du siehst nicht aus wie eine Leiche.«

Seufzend winkt sie ab und rückt in der Schlange auf. »Leugne es nicht. Meine Augenringe gehen mir fast bis zu den Nasenflügeln, aber was soll ich machen, wenn diese Sadisten meinen, ausgerechnet um Mitternacht die neue Staffel von *Midgard* zu releasen.«

»Die ist schon raus?«, frage ich.

»Ja. Aber guck sie nicht. Sie wird dir das Herz zerrupfen, und anschließend befindest du dich selbst auf einem Boot, um die einzelnen Organfetzen im Sinne einer Opfergabe zu verteilen, damit Odin dich in Walhalla aufnimmt.«

»Äh …«

»Fuck, jetzt rede ich ja doch drüber.«

»Weißt du, warum alle über diesen Zeitungen hängen?«

Wir erreichen die Essenstheke. Alexis nimmt einen Kaffee entgegen und wirft einen Blick über die Schulter. »Keine Ahnung. Wahrscheinlich ist die erste Werbemaßnahme gedruckt. Eure PR-Beziehung sollte doch bald losgehen.«

Ich verziehe das Gesicht, als ich an die gestellten Fotos von Hell und mir denke, und nehme mir Bananen-Pancakes.

Alexis rümpft die Nase, als Savannah ihr das letzte Croissant wegschnappt, und schiebt sich stattdessen eine belegte Stulle auf ihren Teller.

»Ich dachte, die wollten den ersten Hint erst nächste Woche bringen«, murmele ich.

Savvy schnaubt belustigt. »Süße, seit wann hält sich die Klatschpresse an Abmachungen?«

»Na toll.« Als wir an einen freien Tisch schlendern, muss ich mir Mühe geben, den Blicken der anderen auszuweichen.

»Craig muss mich für ein grausames, herzloses Miststück halten.«

»Er weiß doch, dass das gestellt war«, sagt Savvy, setzt sich auf den Stuhl und zeigt mit ihrem Croissant auf mich. »Wenn du mich fragst, hätte er dich gestern einfach anhören sollen.«

»Er ist verletzt. Und das zu Recht.« Niedergeschlagen pike ich in meinem Pancake rum. »Wahrscheinlich hat meine Mutter recht. Ich bin eine Hure.«

Alexis hustet in ihren Kaffee, und Savvy verschluckt sich an ihrem Croissant. Japsend ringt meine beste Freundin um Atem, bevor sie mit tränenden Augen ein kratziges *»Wie bitte?«* ausstößt.

Statt zu antworten, schiebe ich mir eine volle Gabel in den Mund. Normalerweise fiebere ich die ganze Woche auf die Pancake-Montage hin, aber heute schmeckt alles trocken, und ich werde diesen fetten Kloß in meinem Magen nicht los.

»Oh ja, das bist du.« Mit einem Mal erscheint Felicia an unserem Tisch. Ihre braunen Augen glühen förmlich, als sie sich verschwörerisch vorbeugt und die *tmz* auf den Tisch knallt. »Hier. Das ist der Grund, warum Ash dich jetzt hasst.« Kurz hält sie inne. »Okay, nein, sie hasst dich auch, weil du ihre Show bekommen hast.«

»Sie ist betrunken vom Trapez gefallen«, erwidert Alexis.

Felicia funkelt sie nur an und verschwindet.

Mein Blick huscht zu Ashley, die ihre Açai-Bowl zerhackt, statt sie zu löffeln. Als sie aufsieht, treffen sich unsere Blicke, und sie verengt hasserfüllt die Augen.

»O mein Gott!« Savvys entsetztes Keuchen lenkt mich von ihr ab. Meine Freundin sieht mich mit riesigen Augen und herabgefallener Kinnlade an. »Scheiße, Heaven, das tut mir so leid!«

»Was tut dir leid?«, frage ich vorsichtig, während sich der Knoten in meinem Magen enger zieht.

Alexis wirkt genauso erschüttert. Eindringlich tippt sie mit ihrem Zeigefinger auf die aufgeschlagene Seite zwischen uns. Ich lasse den Kopf sinken und werde von blankem Entsetzen gepackt.

Das muss ein Scherz sein. Das kann niemals echt sein. Auf keinen Fall.

In meinen Ohren piept ein Tinnitus, mein Sichtfeld verschwimmt, und trotzdem hat sich dieses grauenvolle Bild eingebrannt, das sich über die ganze Doppelseite zieht.

Die Zeitschrift zittert in meinen Händen, genauso wie meine Beine, als ich aufstehe. Weit entfernt dringt Savannahs Stimme zu mir, aber ich verstehe nicht, was sie sagt. Der Geräuschpegel schiebt sich über den Tinnitus. Eine Mischung aus höhnischem Gelächter und schockiertem Gemurmel. Jetzt spüre ich die Blicke der anderen wie Brenneisen auf meiner Haut. Sie rösten mein Fleisch, bis sie mir direkt in die Seele treten. Der Puls donnert in meinen Ohren. Es bleibt mir ein Rätsel, wie ich es in diesem Zustand zwischen den Tischen hindurchschaffe. Als ich mein Ziel erreiche, verliere ich fast das Gleichgewicht.

Plötzlich spüre ich eine Hand an meiner Hüfte. Die Berührung bringt mich zur Besinnung. Ich blinzle, mein Sichtfeld schärft sich, und ich blicke in zwei große goldbraune Augen.

»Alles in Ordnung?«

Ein höhnisches Schnauben ertönt. Langsam, wie in Zeitlupe, drehe ich den Kopf und sehe zu Kujo. Er lehnt lässig in seinem Stuhl und dreht einen Pfirsich zwischen zwei Fingern. »Wie fühlt es sich an, Fairchild?« Gehässig beugt er sich vor. Sein fettiges Gesicht glänzt im Schein der Wandleuchten. »Von der grauen Maus zur Nutte?«

»Kujo«, warnt Pawel. »Du gehst zu weit.«

Ein verräterischer Druck pocht gegen meine Lider. Erwartungsvoll sieht Helix mich an, aber ich habe keine Ahnung, was er von mir will. Ich bin erschüttert, erschlagen und am Boden. Und jetzt muss ich mich von diesem Widerling beleidigen lassen, während er nichts tut, außer mich anzusehen. Meine Finger krallen sich in die Zeitschrift. Ich bin mir sicher, meine Nägel reißen Löcher hinein.

»Können wir reden?«, frage ich.

Helix nickt, schiebt den Stuhl zurück, legt einen Arm um mich und führt mich an den Tischen nach draußen. Jedes Augenpaar klebt an uns wie Kaugummi. Trotzdem lockert er seinen Griff nicht. Im Gegenteil. Er hält mich, als befürchte er, ich könnte auseinanderbrechen. Offensichtlich ist es ihm egal, was die anderen über uns denken. Aber mir nicht. Mit letzter Kraft fasse ich seinen Arm und schiebe ihn ein Stück von mir weg.

Es vergehen zwei Sekunden, in denen er es akzeptiert. Bis er stattdessen meine Hand nimmt. Sein fester Griff ist unmissverständlich: Lass sie los, und wir haben ein Problem.

KAPITEL 27

Heaven

Er zieht mich hinter das Zelt. »Wie geht es dir?«

»Wie es mir *geht*?« Wütend schmettere ich ihm die Zeitschrift gegen die Brust. »Ist das dein *Ernst*, Hell?«

Bevor sie zu Boden fällt, schnappt er sich die *tmz* und wirft einen kurzen Blick darauf. In seinen Augen blitzt Enttäuschung. »Du denkst, ich hätte davon gewusst?«

»Schon ein merkwürdiger Zufall, dass *mitten in der Nacht* Paparazzi am Pier rumlaufen, findest du nicht?«

»Ich hatte Geburtstag.« Seine Stimme klingt viel zu ruhig. »Diese Menschen sind abgebrüht. Sie könnten bereits an meinem Haus gewartet haben und uns gefolgt sein. Oder es war irgendein Passant, der es an die Presse verkauft hat. Hey«, murmelt er, als mir die Tränen über die Wangen rollen. Achtlos wirft er die Zeitschrift auf den Boden, nimmt mein Gesicht in die Hände und wischt die Tränen mit den Daumen fort. »Vergiss das, Heaven. Wir können nichts daran ändern. Je schneller du weitermachst, desto weniger Macht gibst du der Situation.«

Mein Kinn zittert. Als ich spreche, bricht meine Stimme. »Wie soll ich vergessen, dass die ganze Welt jetzt weiß, sogar *sieht*, wie du mich … wie deine Hand zwischen …«

Sein Mundwinkel zuckt. »Sprich es aus.«

»Was?«

»Sag es.«

»Nein.«

»Wie ich dich *gefingert* habe?«, fragt er, und mir ist schleierhaft, wie er in dieser Situation so ein freches Grinsen aufsetzen kann.

Ich schluchze. »Helix, *bitte.*«

»Okay, tut mir leid.« Er seufzt, und plötzlich nimmt er mich in den Arm. Meine Wange landet an seiner Brust, und ich kann sein Herz schlagen hören. Es ist viel langsamer als meins. Behutsam streicht er mir über den Rücken. »Morgen kommt irgendwas Neues, auf das sie sich stürzen. Das wird nicht lange halten, okay?«

»Meine Mutter hält mich für eine Hure«, weine ich.

Er stockt. »Deine Mutter weiß nicht, wer du bist.«

Ich halte den Atem an. Kurz erlaube ich mir, mich schwach an seine Brust zu lehnen und die Realität auszublenden, bis mir wieder einfällt, dass ich wütend auf ihn bin.

Ruckartig löse ich mich von ihm. »Wieso hast du das getan?«

»Da musst du schon genauer werden, Zirkusmädchen. Ich habe in meinem Leben so *einiges* getan.« Glucksend deutet er auf die Zeitschrift am Boden. »Und zwei Drittel davon waren verwerflicher als dieser Artikel.«

Ich balle die Hände zu Fäusten und nicke ins Zelt. »Eben, am Tisch. Kujo war ein Arsch, und du hast den Mund gehalten.«

Nachdenklich legt er die Finger ans Kinn. »Ich frage mich, wann du es verstehst.«

»Wann ich *was* verstehe?«

Er mustert mich mit einer Intensität, als würde er unser Trainingsband um mich schlingen und an ihn fesseln. »Wenn du hinfällst, lachen sie. Stehst du auf …«

»… fürchten sie, schon klar. Aber weißt du, was ich glaube?« Ich trete einen Schritt auf ihn zu. Mein Lächeln ist verbissen. »Der Spruch ist deine willkommene Ausrede, nicht zu mir stehen zu müssen. Weil du mich sowieso hasst.«

»Erinnerst du dich an nichts, was ich dir sage?«

»Doch. Deine Worte waren, dass du etwas gegen mich in der Hand hast.«

»Meine Worte …« Kurz fällt sein Blick auf meine Lippen, bevor er die dunklen Brauen zusammenzieht. »Ich bringe meiner Königin vorher bei, wie sie zu kämpfen hat, wenn es drauf ankommt.« In seinen Augen blitzt ein Funke. »*Das* waren meine Worte, Fairchild.«

»Ich bin aber nicht deine Königin.«

»In der Show schon.«

»Aber nicht in Echt. Und ich finde es beschissen von dir, wenn mich dieses Arschloch beleidigt und du einfach schweigst, als würdest du das witzig finden.«

»In keinem Leben würde ich ihm zustimmen.«

»Was hält dich dann zurück, ihm zu sagen, dass er seine verdammte Fresse halten soll und …«

»*Du*«, stößt er aus, packt meine Arme und zieht mich an sich, »du hältst mich zurück, weil ich darauf warte, dass *du* ihm endlich sagst, dass er seine verdammte Fresse halten soll!« Überrumpelt starre ich ihn an, während sich seine Nasenflügel aufblähen. »Scheiße, Fairchild. Wie lange willst du dich noch wie ein Spielball herumtreten lassen? Ich bin nicht deine Rettung. Das bist nur du selbst, verstanden?

Und, glaub mir, sobald ich weiß, dass du das kapiert hast, bringe ich jeden um, der es wagt, meine Partnerin eine Nutte zu nennen«, seine Finger bohren sich in mein Fleisch, »ihr zu nahe zu kommen«, sein Kopf beugt sich zu mir herunter, und ein leises Knurren rollt von seinen Lippen, »oder auch nur mit dem kleinen Finger anfasst, was mir gehört.«

»Was ... dir gehört?«

Ein Muskel in seinem Gesicht zuckt. »Ich meine«, seine Pupillen huschen hin und her, als müsste er sich neu sortieren, »wenn ich mit jemandem zusammenarbeite, erlaube ich niemandem, sich einzumischen.«

Ein verräterisches Ding in meiner Brust fällt gedemütigt zu Boden.

»Deine psychische Gesundheit ist wichtig bei den Sachen, die wir machen. Wenn du versagst, versage ich auch, und das kann ich mir nicht leisten. Nicht bei den ganzen Hollywood-Aasgeiern, die mich nicht aus den Augen lassen.«

Ich will nicht, dass es mich stört, aber das tut es. Dieses komische Ding, das jetzt kaputt zwischen meinen Organen herumlungert, scheint ein pinkes Flauschknäuel zu sein, das sich magnetisch von ihm angezogen fühlt.

Mit der Zunge fahre ich über meine Unterlippe. »Verstehe.«

Ein erstickter Laut entkommt seiner Kehle. Er verengt die Augen, in denen ich eine Art Hunger erkenne, der ganze Weltmeere verschlingen könnte. Im nächsten Moment beugt er den Kopf noch tiefer. Mein Herz hängt irgendwo zwischen meinen Rippenbogen fest und rattert wie ein kaputter Wecker.

Abrupt lässt er meine Arme los und weicht von mir ab. Er

legt den Kopf in den Nacken und fährt sich durch das Haar. So bleibt er einige Sekunden stehen.

»Helix?«, frage ich leise.

Er dreht den Kopf halb über seine Schulter, sieht mich aber nicht an. »In fünf Minuten beim Training.«

KAPITEL 28

Heaven

Helix wird mich töten. Ich weiß nicht, ob ich masochistisch bin oder Angst habe. Eins von beidem muss es sein. Ansonsten würde ich jetzt nicht mit einem Iced Latte in der Cafeteria der Trainingshalle sitzen und seelenruhig am Strohhalm schlürfen. Immerhin war er deutlich mit seiner grimmigen »In fünf Minuten beim Training«-Sache.

»Ich liebe diese Halle«, seufzt Savvy. Sie sitzt neben mir, wippt mit ihrem Spitzenschuh in der Luft und beobachtet den halb nackten Hawk, dessen Rabe von seiner Schulter zu einem oberen Stützpunkt fliegt. Bei uns treten keine Tiere auf, aber Raven wollte das nie akzeptieren. Hat er sich einmal an Hawk geheftet, weigert er sich, ihm von der Stelle zu weichen. Ob beim Training oder in den Shows. Hawk bewegt den Kopf zum Beat der Musik, das Intro seiner Show, und Savvy stößt erneut ein Seufzen aus. »Diese Aussicht ist fantastisch.«

Die Seilkünstlerin Enola sitzt bei uns und rümpft die Nase. »Nicht mein Typ. Zu … knöchrig?« Erfolglos versucht sie, ihr kinnlanges Haar zu einem winzigen Zopf zu binden. Die aschblonden Strähnen fallen immer wieder zurück. Seufzend gibt sie auf. »Ich steh auf die Tänzer.«

»Zum Beispiel Pawel?«, frage ich, und sie errötet.

Savvy winkt ab. »Kein Grund, beschämt zu sein. Jeder steht auf ihn. Habt ihr seine Oberschenkel gesehen?«

»Ich stehe nicht auf ihn«, sage ich.

»Du bist komisch«, entgegnet Savvy. »Du stehst auf Tote.«

Enola quiekt. »Wie bitte?«

»Ja, wirklich.« Verschwörerisch beugt Savvy sich vor. »Unsere süße Heaven ist eine Nekromantin. Es liegt an ihrem Namen. Sie hat einen Kink für das, was in den Himmel kommt.«

»Aber das passt nicht mit Helix zusammen«, überlegt Enola.

»Stimmt.« Savannah neigt den Kopf und schlürft ihren Frappuccino. »Der Kerl ist ganz klar Team Hölle. Aber vielleicht ist das so ein Bad-Boy-Ding?«

Enola kichert. »Der Himmel verfällt der Hölle?«

Ich verdrehe die Augen. »Sehr witzig. Zwischen uns läuft nichts, okay? Das ist alles Show.«

Savvy salutiert. »Alles klar, Showgirl.«

»Ich muss los«, seufze ich.

»Die Hölle wartet«, säuselt sie.

Als Dank schenke ich ihr einen Killerblick, stehe auf und werfe meinen Becher in den Müll. Dann gehe ich an Hawk und Dexter Shadow vorbei in die andere Halle. Gerade macht Helix einen Handstand auf der Spitze eines gigantischen Ziffernblatts, eines unserer Showstücke. Dann löst er eine Hand. Nun stemmt er sein ganzes Gewicht mit nur einem Arm. Den anderen streckt er von sich, bevor er ihn eng anlegt. Dann bewegt sich sein Körper schräg zur Seite, parallel zu einem *Tick-Tack*-Remix, der aus der Boombox schallt. Bei jedem *Tick* fällt er ein Stück zur Seite, bei dem *Tack* wieder etwas zurück. Der Beat wird schneller, genau wie seine Bewegungen, und als es sich anhört, als würde die Uhr explodieren, stößt Helix sich mit der Hand ab und fliegt in einer seitlichen Spirale durch die Luft. Ich halte den Atem an. Mit einem dumpfen Geräusch landet er im perfekten Stand auf der Matte.

Das ist doch nicht normal.

Im nächsten Moment schlägt er die Lider auf. Sein Blick bohrt sich in meinen. Das Feuer ist nicht zu übersehen.

Verflucht! Er ist sauer.

»Was genau verstehst du an fünf Minuten nicht?«, ruft er.

Unbeeindruckt schwinge ich das Haar zurück und binde mir einen Zopf. »Die Welt dreht sich nicht nur um dich, Hell.«

»Es geht nicht um mich. Soll ich dir die Uhr erklären?«

»Nicht nötig.« Ich sehe zu meinem Trapez hoch, als müsste ich mich vergewissern, dass es auch wirklich da ist. Könnte ja sein, dass es nach fünfzehn Jahren einfach mal nicht dort hängt. »Immerhin habe ich sie gerade ausgiebig präsentiert bekommen. Beeindruckend, diese Tick-Tack-Sache, aber eine unnötige *Zeit*verschwendung, wenn du mich fragst.«

»Ich habe dich aber nicht gefragt.«

Seufzend lasse ich den Kopf weiter in den Nacken sinken. »Du solltest dir lieber überlegen, wie du mich auffangen willst, wenn ich vom Trapez springe und …«

Plötzlich spüre ich Finger an meinem Kiefer. Sie schieben meinen Kopf zur Seite, bis ich in zwei goldene Tupfer sehe.

»Wir passen die Choreografie an«, sagt er.

Ich starre ihn an – und lache. »Nein, machen wir nicht.«

»Doch.«

»Nein.«

Sein Mundwinkel wandert höher. »*Doch,* Heaven.«

»Das hätte man mir gesagt. Unsere Choreo steht.«

»Jess und Cassian *hätten* es dir gesagt, wenn du pünktlich hier gewesen wärst.«

Ich winde meinen Kopf aus seinem Griff. »Warum sollten sie mit einem Mal die Choreo ändern? Das ergibt keinen Sinn.«

»Wir waren nicht besonders genug.«

Ich verschränke die Arme vor der Brust. »Es war Ashleys Choreo und …«

»Ashley kennen die Fans«, entgegnet Hell. Etwas an seinen Worten schneidet mir ins Fleisch. »Sie muss sich nicht beweisen. Eine solide Show reicht, um zu überzeugen.«

Langsam sickert zu mir durch, was er damit sagen will. »Aber wenn eine Bäuerin die Rolle der Königin übernimmt, muss sie sich beweisen?« Er verzieht keine Miene, und langsam macht mich sein Schweigen nervös. »Was ist?«, frage ich leise. »Sag's mir.« Noch immer zögert er. »Hell.«

»Sie wollen dich testen.«

»Wer?«

»Der Vorstand.«

Da fällt die Erkenntnis wie ein zerschmetternder Fels. »Du meinst, sie wollen sich vergewissern, dass ich gut genug bin?« Er nickt. »Und wenn ihnen nicht gefällt, was sie sehen, werden sie …«

»… mich die Show allein machen lassen.«

Meine Augen weiten sich, und der Atem bleibt irgendwo in der Kehle hängen. Es ist so unfair, dass ich kotzen möchte.

»Ich habe Jess und Cassian gesagt, dass die Choreo nicht

ausreicht«, sagt er. »Sie ist zu gewöhnlich. Wir brauchen mehr, und sie waren einverstanden.«

»Was bedeutet *mehr*?« Plötzlich kommt mir in den Sinn, wieso meine Mutter heute Morgen so nervös war. Und sie hat mir kein Wort gesagt. Ich fasse es nicht. Bevor Helix antworten kann, werfe ich schnaubend die Arme in die Luft. »Ich habe dieser öffentlichen Scheißbeziehung mit dir zugestimmt und trainiere wie eine Verrückte, aber wen interessiert das schon? Oh, und ganz nebenbei amüsiert sich die halbe Welt jetzt noch über meine Pussy, in die du deine verdammten Finger ...«

»Heaven.« Er umfasst mein Handgelenk. Sofort schießt ein Stromschlag durch meine Venen, und ich lasse die Arme sinken. »Mir kam die Idee mit der Uhr. Es ist nur eine neue Choreo, und die Elemente darin kannst du. Wir machen alles wie vorher, aber dieses Mal erzählen wir eine Geschichte.«

»Und was für eine?«

»Wie uns die Zeit wegläuft, während wir glauben zu leben.«

Ich runzle die Stirn. »Wie bitte?«

»Wir leben zu schnell. Wir nehmen kaum wahr. Wir lassen alles an uns vorbeiziehen, ohne jemals anzuhalten und den Moment zu fühlen. Und am Ende?« Ein Schatten huscht über sein Gesicht. »Da werden wir sterben und schauen auf nichts zurück.« Er atmet schneller, aufgebrachter. Irgendetwas wühlt ihn auf.

Müde wische ich mir über das Gesicht und sehe mich um. »Wo ist Jess?«

»Hat ein Termin mit dem Vorstand. Cassian auch.«

»Wann kommen sie wieder?«

»Keine Ahnung.«

Langsam werde ich panisch und drücke mir die Hände fester gegen die Augen, bis Sterne in der Dunkelheit zu tanzen anfangen. »Jess weiß, dass meine Rolle in der Show wacklig ist, und lässt mich einfach allein damit?«

»Sie lässt dich bei mir«, sagt er, als würde es irgendetwas besser machen.

Zittrig stoße ich den Atem durch meine Finger aus, lasse die Hände aber sinken. »Keine Ahnung, ob das schlimmer ist.«

»Ich habe mir ein paar Sachen überlegt. Das mit der Uhr finden beide gut. Wir üben erst mal das.«

»Wie lange habe ich Zeit, bis der Vorstand uns«, ich beiße mir auf die Wange, »... *mich* testet?«

»Im Juli.«

Ungläubig lache ich auf. »Im Juli beginnt die Tour!«

Er nickt. »Es wird die Generalprobe.«

Entgeistert blinzle ich. »Sie wollen mich bis zur Generalprobe zappeln lassen?«

»Jess wollte dir so mehr Zeit zum Trainieren verschaffen.«

Mir entfährt ein hysterisches Lachen. »Wie sadistisch ist es, jemanden einen Tag vor der großen Tour aus seiner eigenen Show zu schmeißen?«

»Dann lass dich nicht aus der Show schmeißen.«

Meine Hände zittern. Ich schüttele sie aus, aber es bringt nichts, also beginne ich, auf und ab zu laufen. »Du weißt, dass ich nicht so gut bin wie Ash. Ich habe viel trainiert und bin besser geworden, aber was sie kann ...« Frustriert schüttele ich den Kopf. »Es hat mich verletzt, dass sie jedes Jahr den Hauptact bekommen hat, aber ich konnte es verstehen. Sie ist einfach besser. Sie ...«

»Du kannst alles, was sie kann.« Helix packt meine Oberarme und dreht mich fest in seine Richtung. »Hörst du, Heaven? *Du kannst das alles.*«

»Wenn ich es könnte, wäre ich längst …«

»Du hast nicht richtig trainiert. Oder hattest nicht den richtigen Coach.«

»Jess ist eine verdammt gute Trainerin, Helix.«

»Technisch, ja. Aber hat sie dich je über deine Grenzen geschickt?« Er entlässt mich aus seinem Griff.

Mit verengten Augen knabbere ich an meinen Nägeln.

»Dachte ich mir. Sie lässt dich machen, was du kannst. Und das kombiniert ihr mit anderen Elementen. Wieso hat sie nie die Sachen probiert, die Ashley macht?«

»Weil sie wusste, dass ich sie nicht kann«, flüstere ich.

»Niemand kann irgendwas, ohne zu üben, Heaven.«

Von meinen Fingern sehe ich zu ihm. »Ich könnte stürzen. Mir das Genick brechen. *Sterben.*«

»Nicht, wenn wir uns langsam vortasten. Du musst etwas wagen, um Erfolg zu haben. Wenn du immer nur auf einer Stelle tanzt, kommst du nie an. *Und* du musst mir vertrauen.« So wie er das sagt, klingt es ganz leicht. Verzweifelt stoße ich die Luft aus. Er verschränkt seine Finger mit meinen. »Du schaffst das, okay? Ich helfe dir.«

»Und wenn ich die Generalprobe wirklich vermiese?« Nervös knabbere ich auf meiner Unterlippe. »Das ertrage ich nicht.«

»Willst du lieber jetzt sofort aufgeben?« Es ist eine rhetorische Frage, und das weiß er. »Du hast nur diese eine Chance. Dir bleibt sowieso nichts übrig. Also trainieren wir, und du beweist dich. Wenn es nichts wird, trainierst du weiter, bis du da oben stehst.« Er legt einen Finger an mein Kinn und schiebt meinen Kopf in den Nacken. Weit über mir schwebt das Trapez. »Wer kämpft, gewinnt. Vielleicht nicht sofort, aber irgendwann. Du kannst nur verlieren, wenn du aufgibst, Zirkusmädchen.«

Nachdenklich schlinge ich die Arme um meinen Oberkörper. »Weißt du, an was ich die ganze Zeit denke?«

»Hm?«

»Die Show in New York. Davon träume ich, seit ich klein bin. Erst der Auftritt und dann einen unvergesslichen Abend haben. Irgendetwas Bemerkenswertes, das mich diese Stadt aus anderen Augen sehen lässt. Nicht wie eine Touristin. Eher für mich allein. Als würde sie mir gehören.«

Sanft krault er mich. »Das wirst du.«

»Vielleicht«, murmle ich und drehe mich zu ihm. »Also, was ist meine Aufgabe bei der Uhrennummer?«

Er lächelt. »Mithilfe einer Wippe machst du einen hohen Sprung mit Salti. Dann stehe ich schon bereit, wenn du …«

»Nein«, unterbreche ich ihn sofort.

Er hebt eine Braue. »Nein?«

»Du willst mich auffangen.«

»Und was ist daran schlimm?«

»Wie soll das gehen?« Ich deute von ihm zu der aufgestellten Wippe. »Wenn du auf der Matte landest, bleiben nur ein paar Sekunden, bis ich auf den Boden klatsche oder dich wegschmettere.«

»Autsch.« Helix verzieht das Gesicht. »Wird das dein heimlicher Plan, mich umzubringen?«

»Im Ernst. Wie willst du mich so schnell fangen?«

»So, wie ich auch Ash in den letzten Wochen gefangen habe. Indem ich das tue, was ich gelernt habe. Vertrau mir, okay?«

Nervös knabbere ich auf der Innenseite meiner Wange herum und mustere ihn. Schließlich knicke ich ein. »Okay.«

»Mir kommt da eine Idee.« Er zieht mich zur Boulderwand. »Klettere hoch.«

»Wozu?«

»Damit du runterspringen kannst.« Ich will gerade protestieren, da gibt er mir schon einen Schubs nach vorne. »Nicht denken. Machen.«

»Na gut.« Auf dem Weg zur Kletterwand wische ich mir immer wieder die schwitzigen Finger an meinem Body ab. »Wie hoch?«

»Bis nach oben!«

Ich ergreife den ersten Stein und tue, was er sagt. »Und jetzt?«

»Lass dich fallen!«

Ich stocke. Zwar habe ich keine Höhenangst, immerhin sind das hier nur ein paar Meter. Vier höchstens. Und ich bin Luftakrobatin. Aber der Gedanke, blind irgendwo herunterzuspringen, treibt mir eine Faust in den Magen. »Sicher, dass du nicht *mich* umbringen willst?«

Ein raues Lachen weht zu mir herauf. »Probier's aus.«

Zögernd sehe ich nach unten. Seine Lektion ist mir klar. Trotzdem kostet es mich Überwindung, loszulassen. Alles andere wäre entweder lebensmüde, oder ich wäre von einem mutierten Gummibaum gebissen worden, der mir flexible Knochen geschenkt hat.

»Suchst du da oben deinen Heiligenschein?«, ruft er.

»Sehr witzig!«

»Wenn du willst, mache ich es dir vor.«

Damit er mir noch einen Grund gibt, ihn für Gott statt den Teufel zu halten? Nein danke. Kurz schließe ich die Augen, atme tief durch und lasse los. Der freie Fall zerrt an meinem Magen. Mein Körper durchschneidet die Luft. Sie saust an meinen Ohren. Der kurze Moment fühlt sich endlos an. Tödlich. Aber dann …

»Hab dich.«

Keuchend lande ich in zwei starken Armen. Ich schlage die Augen auf und fluche ein paar Schimpfwörter gen Decke. Helix blickt auf mich hinab. Er ist locker dreißig Zentimeter größer als ich, wahrscheinlich fünfzig Kilo schwerer, und hält mich wie ein Elefant eine Maus.

Er hebt die Braue. »Was war das denn für ein Sprung?«

Ich funkele ihn an. »Dein Ernst?«

Sein Mundwinkel zuckt. »Sah aus wie ein Flughörnchen.«

Ich winde mich, und er lässt mich hinunter. Inzwischen ist die Halle gefüllt. Die Tänzer üben auf ihrer Position, und Enola balanciert auf einem Seil, während die Trainer Anweisungen durch die Gegend brüllen.

In seinen hellen Augen tanzen die Sprenkel. »Bereit?«

»Wofür?«, frage ich zögerlich. Sein Grinsen macht mich nervös. »Helix, wofür …«

Aber im nächsten Augenblick fliege ich durch die Luft. Automatisch spanne ich jeden Muskel an. Blöderweise kratze ich über Helix' Gesicht, bevor ich auf die Matte falle.

Seine Braue wandert noch weiter in die Stirn als eben, während er jetzt auf mich heruntersieht. »Nicht schlecht«, sagt er lächelnd, packt mich an den Fußknöcheln und wirbelt mich auf den Bauch. »Wenigstens weißt du, wie du dich abfängst.«

Die Matte schluckt das meiste von meinem gemurmelten »Arschloch«. Ich will mich aufrappeln, doch plötzlich landen seine Hände auf meinen, und im nächsten Moment …

»O mein Gott, was machst du da?«, frage ich, als sein Gesicht verkehrt herum vor meinem schwebt.

»Einen Handstand«, sagt er, als wäre es das Selbstverständlichste auf der Welt.

»Auf meinen Händen?!«

»Wenn du willst, dass ich aufhöre, komm hoch.«

»Wie denn, verdammt?«

Plötzlich ballt er meine Hände zu Fäusten, während er sich an ihnen festhält. »Hast du keine Kraft in deinem Rumpf?«

Seine Wimpern sind unverschämt dicht. Das ist nicht fair. Benutzt er heimlich Lash-Serum, oder was?

»Richte dich auf«, wiederholt er.

»Kann ich nicht.«

»Klar kannst du. Du machst jeden Tag nichts anderes am Trapez. Du hältst deinen Körper gerade in der Luft. Erzähl mir nicht, dass du keinen Handstand kannst.«

»Aber du hältst mich fest!«

»Dein Körper«, erinnert er mich. »Eine Waffe, Heaven.«

Schnaubend beuge ich den Rücken wie eine Brücke, aber plötzlich lässt Hell sich auf mich fallen. Wie ein gestrandetes Walross falle ich zurück auf die Matte. Nur, dass diesmal sein Körper auf meinem liegt. Und ich sein bestes Stück an meinem Po spüre.

»Wenn du dich bei der Generalprobe wie eine Krabbe bewegst, bevor du einen Handstand machen willst«, raunt er in mein Ohr, »dann bist du schneller raus, als die Lichter angehen.«

Ich winde mich unter seinem Gewicht, was keine gute Idee war. Dadurch reibt sein Ding nur intensiver an meinem Arsch.

»Krabbeln ist nicht ästhetisch, Heaven. Noch mal.« Von

jetzt auf gleich stemmt er sich hoch. Als wäre er eine verdammte Flagge, die sich mühelos aufhissen lässt.

Diesmal *krabble* ich nicht. Stattdessen gebe ich mir einen Ruck, hüpfe auf die Füße und bilde ein solides Dreieck. Ich gehe in die Knie und will mich hochstemmen, als …

Meine Oberschenkel landen flach auf der kühlen Matte. Diesmal liegt Hell nicht auf mir, sondern er sitzt auf meinem Hintern. Auch nicht gerade vorteilhaft, wenn seine Knie meine Arschbacken um seinen Schwanz zusammendrücken.

»Aufrichten«, sagt er.

»Was?«, nuschle ich in die Matte.

Er umfasst meine Schultern. »Komm hoch.«

»Wie, wenn du mich reitest?«

Ein Lachen geht durch seinen Körper. »Glaub mir, du wüsstest, wie es sich anfühlt, wenn ich dich *reite*. Jetzt komm hoch.«

»Wie?«

»Bist du Akrobatin oder nicht?«

Verdammt. Er hat recht. Also stemme ich meine Handflächen auf die Matte und richte mich auf. Wie eine Schlange beuge ich meinen Oberkörper nach hinten, bis Hell plötzlich einen Arm um mich legt. Besser gesagt, um meine Kehle. Er beugt sich vor. Sein Atem streift mein Ohr. Gänsehaut rennt über meine Arme. Langsam zieht er den Arm zurück und streift mit den Fingern über den empfindlichen Kehlkopf.

»Muss ich dir erst dreimal sagen, was der Vorstand nicht sehen will?«, raunt er. »Keine.« Seine Finger wandern über mein Schlüsselbein. »Unbeholfenen.« Seine Hand streift über meine Brust. Ein ungewollter Laut rollt mir über die Lippen, woraufhin er seinen Schwanz fester gegen mich presst. Zwischen meinen Beinen prickelt es. Na super. Der Kerl schafft es innerhalb von Sekunden, mich feucht werden zu lassen. »Ertrinkenden.« Seine Hand rutscht über meinen Hüftknochen, streift die Innenseite meines Oberschenkels. Ich erzittere. »Krabben.«

»Ich ertrinke nicht«, keuche ich.

»Du ertrinkst, wenn du nicht weißt, was du tust.«

Bevor ich auch nur atmen kann, stößt er mit dem Knie gegen meinen Hintern, und ich lande mit dem Gesicht voran auf der Matte. Es vergeht keine Sekunde, da schwebt er schon wieder kopfüber vor mir. »Letzte Chance, Fairchild. Hoffentlich lernst du aus deinen Fehlern.«

Ich sammle all meine Kräfte in den Armen. Doch nichts passiert.

»Was wird das?«, fragt er. »Eine halb tote Krabbe?«

Arsch.

»Wenn du deinen unteren Körper nicht benutzt und dich immer nur auf deine Arme verlässt, brichst du dir irgendwann das Genick.«

»Ich *wollte* meinen unteren Körper benutzen«, zische ich, »aber du sagst, das wäre unästhetisch.«

»Es ist unästhetisch, wenn du über den Boden kriechst. Bist du wieder vier und übst einen Handstand, Heaven?«

Er. ist. So. Ein. Arschloch!

»Warum bist du so scheiße?«

»Damit du lernst.«

Leider funktioniert seine Herangehensweise, denn die Wut in mir feuert mich an. Ich stemme die Fäuste in die Matte und konzentriere mich auf den Rest meines Körpers. Meine Muskeln reagieren. Zitternd richte ich mich auf. Erst wenige Zentimeter, und als ich merke, dass es funktioniert, setze ich euphorisch nach. Es ist nicht so schwer, wie ich dachte. Helix hatte recht: Mein Körper ist trainiert. Meine Muskeln *können* das. Sie wussten nur nicht wie.

Zwei Atemzüge später stehe ich kopfüber und spüre seinen Atem in meinem Nacken.

»Sieh einer an.« Ich höre das Grinsen aus seiner Stimme heraus. »Sie kann, wenn sie will.«

»Sieh einer an«, entgegne ich, »sie wollte nur nicht, dass er ein drittes Mal auf ihr liegt.«

Das Problem, wenn man denkt, es wäre eine sichere Sache, im Handstand zu diskutieren? Man vergisst, dass der Kraftakrobat mühelos auf seinen Händen laufen kann. Urplötzlich schwebt sein Gesicht vor meinem, und er drängt mich zurück, bis mein Rücken gegen die Boulderwand stößt. Ein Stein drückt mir in den Rücken, und Helix kommt immer näher. Mein Herz donnert wie Hufgetrappel. Auf einmal ist er so dicht, dass seine Nasenspitze meine berührt. Sein Atem streift über meine Lippen. Selbst wenn ich wollte, könnte ich ihn nicht wegdrücken. Keinen Kraftakrobaten, und sicher nicht in dieser Position. Ich kann jede Maserung seiner Augen erkennen, jedes Härchen seiner Brauen, jede wütende Linie seiner Narbe.

»Dein Körper ist verräterisch«, raunt er. »Und dein Body zu dünn, um zu lügen, Heaven.« Ich vergesse zu atmen. Er befeuchtet seine Lippen mit der Zungenspitze, und schon pocht es schmerzhaft zwischen meinen Beinen. »Ich sehe, wie hart deine Nippel sind und *wie sehr* du willst, dass ich ein drittes Mal auf dir liege.«

Protestierend öffne ich den Mund, als seine Lippen in einer seidigen Bewegung über meine streichen, hauchzart, und dennoch steht mein Körper in Flammen.

»Leugne es nicht«, raunt er. »Lügen steht dir nicht.«

Meine Arme fangen an zu brennen. Ich wette, er könnte hier noch Stunden so herumstehen.

»Aber, um dich zu beruhigen, ich hätte es sowieso nicht wiederholt.«

»Weil du wusstest, ich würde es schaffen?«

»So optimistisch, Zirkusmädchen?«

»Du hast gesagt, ich soll an mich glauben.«

»Ah, sie hört endlich zu.« Ein leises Lachen, während ich ihn anfunkele. »Nein, ich hätte es nicht wiederholt ...« Er lässt sich zu Boden sinken und zieht dabei meine Hand mit, sodass wir uns gleichzeitig aufrichten. Mir ist schwindlig, aber er hält meinen Arm und zieht mich ruckartig zu sich heran, »... weil ich keine Menschen trete, die schon am Boden liegen.«

»Wie bitte?«

»Du hast sein armes Herzchen gebrochen.« Hells Atem an meinem Ohr treibt mich in den Wahnsinn. »Wäre grausam, dich stöhnen zu lassen, während *er* zusieht, oder?«

KAPITEL 29

Heaven

Abrupt zucke ich zurück und wirble herum. Ein paar Meter neben der Matte steht Craig und versucht, wütend seine Bälle zu sortieren. Er spürt meinen Blick und sieht auf. Dann schüttelt er den Kopf und will sich wieder abwenden, entscheidet sich aber in letzter Sekunde anders. Entschlossen stapft er auf mich zu. Er pulsiert vor Zorn. »Es war deine Idee, nicht wahr?«

»W… Was?«

»Es war von Anfang an deine Idee, und ich war so dumm, dir die Nummer mit der Fake-Beziehung zu glauben.«

Irritiert blinzle ich. »Du denkst, *ich* hätte die PR-Masche eingefädelt?«

»Korrekt.« Seine Wangen färben sich rot. »Um mich zu betrügen, ohne mich zu verlieren.«

Mir klappt die Kinnlade herunter. »Craig, nein. Ich weiß, es muss für dich so aussehen, aber …«

»Denkst du, ich bin blind, Heaven?« Als ich nicht reagiere, streckt er die Hand in Helix' Richtung aus. »Du stehst auf ihn!«

»*Wa…?*« Entgeistert reiße ich die Augen auf. »Er ist mein Showpartner, Craig!«

»Du reagierst auf seine Berührungen, als wärst du kurz vor einem Orgasmus.« Er verzieht das Gesicht. »Das ist widerlich, weißt du das?«

Ich bin so perplex, dass ich nichts sagen kann. Aber dann wird mir bewusst, dass er recht hat.

O mein Gott.

Ich stehe auf Helix. Noch nie habe ich bei Craig auch nur ansatzweise dasselbe gespürt. Die ganze Zeit über habe ich mich an etwas geklammert, von dem ich wollte, dass andere mich so wahrnehmen.

Gut. Vorbildlich. Anständig.

Ich dachte, ich will Craig nicht verlieren. Stattdessen wollte ich die Version von mir nicht verlieren, von der ich dachte, sie wäre die richtige.

Hells Stimme reißt mich aus meinen Gedanken. »Kannst du es ihr verübeln, wenn du ihr nicht gibst, was sie braucht?«

Craig verengt die Augen und fixiert ihn. »Willst du mich verarschen?«

»Jeder Mensch hat Bedürfnisse.«

»Helix«, zische ich. »Halt dich hier raus.«

»Oh nein, lass ihn.« Craig klingt so gruselig fröhlich, dass es mir Angst macht. »Er hat recht. *Alle* haben recht. Ich habe nicht kommen sehen, dass meine Ex-Freundin sich von einem wildfremden Drecksfinger vögeln lassen würde.« Mir gefriert das Blut in den Adern, woraufhin Craig in einer hässlichen Zufriedenheit grinst. »Was? Dachtest du, ich wäre der einzige Mensch auf dem Planeten, der diesen Artikel nicht zu sehen bekommen würde?«

Meine Augen füllen sich mit Tränen. »Ich wollte es dir sagen, aber du warst nicht da. Ich habe dich angerufen, aber dein Handy war aus. Und als du zum Pool kamst, das mit dem Kuss, das war Hawks dumme Idee. Was hätte ich tun sollen? Dir alles bei WhatsApp schreiben?«

Mittlerweile haben die anderen Artisten in ihrem Training innegehalten und beobachten uns.

»Es tut mir leid, Craig. Wirklich. Dass ich dich verletzt habe. Alles. Aber …« Jetzt kann ich die Tränen nicht mehr zurückhalten. Ungehindert laufen sie über meine Wangen, weil ich nicht glauben kann, was hier passiert. Ausgerechnet vor allen anderen. »Du hast recht. Wir sollten die Sache mit uns beenden.«

Die ganze Halle scheint den Atem anzuhalten.

Craig sieht aus, als hätte ich ihm ein Organ entrissen.

»Es tut mir leid«, wiederhole ich. »Du hast das nicht verdient. Und ich *wollte* früher mit dir reden, aber du hast mich nicht gelassen! Es stimmt, dass ich …«

»Es interessiert mich nicht«, zischt er. »Es ist mir egal, hörst du?« Wie ein Raubtier schleicht er auf mich zu. Seine Lippen zucken gehässig. »Du bist eine dreckige, ehrlose Nutte und …«

BAM.

»Helix!«, kreische ich.

Obwohl Craig taumelt, holt Helix ein weiteres Mal aus. Dieses Mal landet seine Faust nicht in seinem Gesicht, sondern im Solarplexus. Craig hustet und fällt hintenüber. Helix beugt sich zu ihm hinunter und packt ihn am Kragen. »Beleidige sie noch ein einziges Mal«, knurrt er, »und ich reiße dir die Haut von den Knochen, verstanden?«

Panisch zerrt sich Craig los. Jetzt ist er derjenige, der über den Boden krabbelt, bevor er sich aufrichtet. Taumelnd sucht er meinen Blick, spuckt Blut und brüllt: »Damit das klar ist, Heaven: für mich bist du gestorben.«

Oh ja, denke ich. *Das war klar.*

Mir war nur nicht klar, dass es in mir so wenig anrichten würde. Ja, ich fühle mich schuldig, dreckig und mies.

Aber ich bin nicht traurig.

Als Craig die Halle verlässt, schwillt sensationsgieriges Gemurmel an. Helix taucht vor mir auf. Sein Brustkorb hebt sich hektisch.

»Nimm seine Kette ab«, sagt er.

»Was?«

»Er hat dich eine Nutte genannt. Nimm sie ab.«

Abwesend lege ich einen Finger an die Kette mit dem eingravierten Datum. Durch meine Erinnerungen jagen so viele gemeinsame Momente, aber keins dieser prickelnden Empfindungen der letzten Wochen.

»Er hat nie etwas in dir gesehen.« Der Zorn in Hells Augen sprudelt über. »Er hat dich kleingemacht. In seinen Augen warst du hier.« Mit der Hand streift er meine Taille. »Aber du bist hier.« Seine Hand wandert höher. Mit den Kuppen streift er meinen Arm. Eine Gänsehaut rennt darüber. Er stoppt sie an meiner Wange. Mit den Fingern schiebt er eine Strähne hinter das Ohr und hebt mein Kinn an, bis ich zur Decke sehe. »Hier, Heaven. Ganz oben.«

Ich keuche.

»Nimm die Kette ab«, knurrt er wieder.

Ich tue es. Der silberne Anhänger glitzert zwischen uns.

Er senkt den Blick darauf, bevor er mich ansieht. »Hängst du an ihr?« Ich schüttele den Kopf. »Gut.« Helix nimmt mir die Kette aus der Hand und läuft zu Kujos Messerwand.

Dieser reckt bei seinem Schwertbereich missbilligend den Kopf, sagt aber nichts. Hell nimmt zwei Messer heraus, geht zu der menschlichen Zielscheibe und steckt eins mitten in die linke Brust. Dann hängt er die Kette daran und entfernt sich. Alle schauen gebannt zu.

Helix zielt, wirft – und trifft.

Der Anhänger zerspringt.

Wortlos steuert er den Ausgang an.

»Nach dem Mittagessen geht's weiter«, ruft er noch, bevor er durch die Tür verschwindet.

Es kommt mir wie Stunden vor, in denen keiner was sagt.

Schließlich ist es Savvy, die die Stille bricht. »Ihr könnt darüber sagen, was ihr wollt«, sagt sie, »aber das war *heiß*.«

KAPITEL 30

Helix

Hinter den Hollywood Hills geht die Sonne unter. Ich sitze auf der Deichsel von Hawks Wohnwagen, mein iPhone in der Hand, und warte auf einen Rückruf. Aus dem Gemeinschaftszelt weht Musik zu mir rüber. Neben mir reibt Holzbein schnurrend seinen Kopf an meinem Knie.

»Du bist verfressen«, sage ich und hole trotzdem ein Rinderleckerli aus der Tasche. »Du musst dich mehr bewegen.« Er schnappt sich den Snack, leckt sich die Schnauze und sieht mich aus seinen großen Augen an. »Komm mir jetzt nicht wieder mit der Drei-Bein-Ausrede. Ich habe gesehen, wie du meinen verdammten Balkon hochgeklettert bist. Du bist nur faul.«

Ich habe mich überall gemeldet, wo man anrufen würde, wenn man seine Katze vermisst. Jedoch hat er keinen Mikrochip. Bei allen Anlaufstellen habe ich gesagt, sie sollen sich beim Zirkus melden, falls jemand seinen Kater vermisst. Was hoffentlich nicht passiert. Ich habe keinen Bock, den Scheißer wieder abzugeben. Der faule Arsch ist mir ans Herz gewachsen.

Mein Handy klingelt. »Ja?«

»Yooo, Stoney hier, kein Plan wer du bist, aber du hast vorhin angerufen?«

»Ja.« Gerade kommen Kujo, Yasin und Sam, der blonde

Hochradkünstler, aus dem Gemeinschaftszelt. Ich umklammere das Handy fester. »Hier ist Helix.«

Sie zögert. »Helix wer?«

Ich verdrehe die Augen. »Winchester.«

Irgendetwas klirrt im Hintergrund, und sie brüllt: »Verfickte Scheiße, mach dir dein Crack woanders fertig, klar?«

»Hallo?«, frage ich.

Ein entnervtes Seufzen ist zu hören. »Jaja, bin dran.«

Holzbein krabbelt auf meinen Schoß und reibt seinen Kopf an meinem Bauch. Ich lehne mich gegen die Wohnwagenwand, und er streckt sich auf mir aus. Seine Krallen bohren sich in meine Brust, aber es ist nicht annähernd so schmerzhaft wie dieses Gespräch. »Können wir uns treffen?«

»Hä?«

»Es gibt da ein paar Sachen, die ich dich fragen wollte.«

»Jesus, Helix. Ich habe es dir damals gesagt, und ich sag's dir heute: Ich habe mit der ganzen Scheiße nichts zu tun. Hör auf, mich vollzulabern, okay?«

Ich beobachte, wie Kujo seine Zigarette auf dem Sandboden austritt. In dem Moment tauchen Heaven und Enola auf. Sie unterhalten sich, aber als Heavens Blick auf Kujo trifft, verdüstert sich ihr Ausdruck.

»Hallo?«, fragt Stoney am Telefon.

Heaven und Enola verschwinden im Zelt. Widerstrebend wende ich mich ab und schabe mit der Sneakerspitze an der Deichsel. »Weiß ich. Es geht um etwas anderes.«

Stoney schnaubt. »Ich habe dir gesagt, du sollst dich nie wieder bei mir melden.«

»Hör zu, das mit damals war scheiße, aber können wir …«

»Scheiße?« Ihre Stimme wandert drei Oktaven höher. »Du hast mir wochenlang die große Liebe vorgespielt, bis ich herausgefunden habe, dass du nur zu mir kommst, um regelmäßig meine Sachen zu durchschnüffeln!«

Bei der Erinnerung daran presse ich die Lippen zusammen. »Ich war in einer beschissenen Phase, Stoney. Ella …«

»… war meine Freundin. Danke, ich weiß, was für eine Phase das war, weil es mir genauso beschissen ging.« Nach einer kurzen Pause fügt sie hinzu: »Und im Gegensatz zu dir musste ich mich danach mit einem gebrochenen Herzen herumschlagen.«

»Ich weiß«, murmele ich.

»Du hast dich nicht mal entschuldigt.«

In der Ferne verschwindet die Sonne langsam hinter den Bergen. »Es tut mir leid, Estefania.«

Freudlos lacht sie auf. »Was willst du?«

»Irgendetwas stimmt nicht.«

»Mit dir? Glaub mir, das weiß ich schon lange.«

»Mit Ella.«

Einen Moment sagt sie nichts, dann fragt sie mit leiser Stimme: »Was?«

Schnell vergewissere ich mich, dass niemand in der Nähe ist, und raune: »Ich war bei meinen Eltern.«

»Mein Beileid«, grunzt sie.

»Und da habe ich Arztrechnungen gefunden.«

Im Hintergrund klickt etwas. Danach zieht sie an einer Zigarette. »Sterben deine Eltern endlich?«

»Stoney«, warne ich sie.

»Sorry, aber ich heuchle dir nichts vor.«

»Nein«, murmele ich, »sie gehören in die Hölle. Trotzdem …«

»Ella hat sie gehasst, und sie haben Ella gehasst … Ich wünsche denen die Krätze an den Hals.«

»Darüber wollte ich mit dir reden.«

»Wie wir sie mit Krätze infizieren können?«

Ich fahre mir durchs Haar. »Über damals.«

Sie grunzt. »Damals umfasst einiges, du Genie.«

»Von den Arztrechnungen wusste niemand etwas. Oder?«

Sie zieht an ihrer Zigarette, bevor sie antwortet. »Ich nicht.«

»Ich meine, sie war doch nicht krank? Also außer die Sucht?«

»Nö. Zumindest nicht, dass ich wüsste. Was sind denn das für Ärzte?«

»Und da kommen wir zum Knackpunkt«, spotte ich. »Es gibt sie nicht.«

Am anderen Ende wird es still. Dann … »Hä?«

»Ich habe sie gegoogelt, habe die Telefonnummern angerufen. Kein einziger Eintrag, und die Nummern sind nicht verfügbar.«

»Willst du mich verarschen, Helix?«

»Nein.«

»Sicher? Wäre ja nicht das erste Mal.«

»Es juckt mich vielleicht nicht, wenn ich irgendeiner das Herz breche, aber glaubst du, ich denke mir so eine Scheiße aus, wenn es um meine Schwester geht?«

»Nein«, murmelt sie. »Nicht wirklich.«

»Also, können wir uns treffen?«

Wieder zögert sie.

»Für Ella, Stoney. Nicht für mich. Für sie.«

Sie flucht. »Also schön. Aber damit das klar ist: Mir ist egal, dass sie deine Schwester war. Ich hasse dich, und daran wird sich nichts ändern. Kapiert?«

»Glaub mir«, entgegne ich und hebe einen Mundwinkel, »es ist mir absolut egal, was du von mir hältst.«

»Gut. Dann komm morgen her.«

»Wann?«

»Mittags. Ich muss morgens erst kotzen und klarkommen.«

»Geht nicht, ich trainiere den ganzen Tag.«

»Dann abends?«

»Alles klar. Bis dann.«

»Bis dann, Scheißkerl.«

Ich lege auf und hebe den Kater von meinem Schoß, als mir ein kleiner Junge auffällt. Mit hängenden Schultern hockt er am Sicherheitszaun und rüttelt daran herum. Ich gehe in seine Richtung und erkenne, dass er ein Messer in der Hand hält. Verbissen versucht er, in die Eisenstrebe zu schneiden. Es ist einer der Zwillinge. Ply.

»Zwecklos, Kleiner.« Ich lehne mich mit der Schulter an den Zaun. Erschrocken sieht er zu mir. »Wenn das ein Loch werden soll, brauchst du eine Flex.«

Wie eine Säge hält er das Messer mit beiden Händen. »Und woher kriege ich eine?«

Ich lache. »Alter, denkst du, ich werde jetzt dein Komplize?«

»Warum sagst du mir das dann?«

Ich zucke mit den Schultern. »Tipp von Rebell zu Rebell. Abhauen musst du allein. Aber wenn du nicht mal weißt wie, wirst du da draußen nicht weit kommen.«

Missmutig lässt er das Messer sinken. »Ich bin sieben. Ich kann nicht mal eine Flex halten.« Er wirft das Messer beiseite.

»Ärgerlich.« Seufzend hocke ich mich neben ihn. »Was ist los, Ply?« Ich kann die beiden kaum auseinanderhalten, deshalb hoffe ich, dass ich richtigliege. Scheinbar schon, denn er korrigiert mich nicht.

Stattdessen funkelt er mich an, als sei ich das Problem. »Ich hasse diese Schule hier im Zirkus. Ich will auf eine richtige. Ich will andere Freunde und nicht nur in diesem Gefängnis hängen.«

Die Zwillinge werden von angestellten Lehrern im Sky Valley unterrichtet, weil sie parallel zu Akrobaten ausgebildet werden. Bei dem Trainingspensum wäre der Besuch einer normalen Schule gar nicht möglich. »Kann ich verstehen.«

Überrascht sieht er mich an. »Wirklich?«

»Klar.« Nachdenklich lasse ich den Blick über die vielen Wohnwagen schweifen. »Muss beschissen sein, immer beobachtet zu werden.«

»Warst du auf einer richtigen Schule?«

»War ich.«

»Und du bist trotzdem Kraftakrobat geworden?«

Ich zucke die Achseln. »Eigentlich Stuntdouble, aber ja.«

»Und wie?«

»Mein Training war nach der Schule.«

Seine Mundwinkel fallen hinab. »Das würde Gramps nie erlauben.«

»Sie vermutlich schon. Aber der Zirkus ist eine eigene Welt, Kleiner. Die bezahlen einen Haufen exklusiver Trainer, die genau wissen, wie sie ausbilden müssen. Da draußen lernst du nur den Scheiß, den alle lernen. Hier drin wirst du gedrillt, bis du ein verdammter Star wirst.«

»Gramps hätte dich mit ihrem Zauberstab geschlagen, wenn du das vor ihr gesagt hättest.«

»Was? Dass sie dich hier zum Star machen wollen?«

»Nein. Verdammt. Und Scheiß.«

Ich grinse. »Soll sie versuchen. Ich bin schnell.«

Ply kichert. »Wetten, sie ist schneller?«

»Ist doch gar nicht so übel hier, Ply.« Ich wuschle ihm durchs Haar. »Sogar ein paar Mädels in deinem Alter. Die Töchter von Dexter Shadow und dem Clown. John?«

»Joseph.«

»Genau. Die werden mit euch unterrichtet, oder?«

Ply rümpft die Nase. »Igitt, Mädchen.«

»Wir wiederholen dieses Gespräch in sechs Jahren.«

Er sieht mich offen an. »Bist du dann noch hier?«

»Nein.« Abwesend klopfe ich Ply auf die Schulter. »Aber ich komme her, wenn du willst, und dann reden wir.«

»Ich werde genau dasselbe denken. Mädchen nerven.«

»Sehen wir dann.« Ich stoße ihn mit dem Ellbogen an. »Vor allem, wenn du ein aufstrebender Kraftakrobat bist und sie eine süße Seiltänzerin oder«, kurz zögere ich, »Luftakrobatin.«

»Bist du in Heaven verknallt?«

»Nein«, entgegne ich, gefolgt von einem hysterischen Lachen, »nein, definitiv nicht.«

»Aber Savvy hat zu Gramps gesagt, ihr steht beide aufeinander, und Gramps meinte, die Karten wären gnädig, was Himmel und Hölle betrifft.«

»Ich halte nichts von Karten.«

»Aber …«

»Ply!« Savannah taucht hinter Hawks Wohnwagen auf und stapft zu uns. »Was zur Hölle machst du hier?«

Er rappelt sich auf. »Ich habe keinen Bock auf Schach.«

»Mein Gott, Gramps sucht dich überall!« Ihr Blick fällt auf das Messer am Boden, dann auf den Zaun. »Oh, Ply.«

»Es hätte sowieso nicht geklappt«, grummelt er und rappelt sich auf. »Helix meinte, ich bräuchte eine Flex.«

Ups.

Savannahs Killerblick schießt zu mir. »Glanzleistung.«

Ich zucke die Achseln. »Er kann nicht mal eine halten.«

»In ein paar Jahren erinnert er sich an deine Worte.«

»Vielleicht solltet ihr ihn in ein Sommercamp schicken.«

Sie runzelt die Stirn. »Was?«

»Der Junge muss mal raus.«

Einen Moment mustert sie mich. Dann scheint ihr wieder einzufallen, dass Ply noch immer zwischen uns steht. Sie legt ihm eine Hand auf den Rücken und schiebt ihn vorwärts. »Geh zurück, Ply. Ich komme gleich.«

Der Kleine nickt und trottet mit hängendem Kopf in Richtung Wohnwagen. Er tut mir leid. Irgendwie erinnert er mich an Ella, als sie keine Rollen bekommen hat.

»So, und jetzt zu dir.« Savannah verschränkt die Arme vor ihrer üppigen Oberweite und macht zwei drohende Schritte auf mich zu. »Was hast du vor?«

»Bitte?«

»Tu nicht so, du mieser Teufel. Ich weiß ganz genau, dass du was im Schilde führst.«

Kühl sehe ich auf sie hinab. »Ich habe keine Ahnung, wovon du redest.«

»Wieso bist du hier?«

»Weil ich *angefragt* wurde.«

»Komischer Zufall«, speit sie. »Bei eurer Verbindung, meinst du nicht?«

Ich verenge die Augen. »Sie weiß es?«

»Nein, Idiot«, zischt sie. »Aber ich. Bisher habe ich es nur nicht für wichtig gehalten.«

»Aber jetzt schon?«

Sie funkelt mich an, als überlege sie, mich auszuweiden.

»Ich habe mitbekommen, wie Pawel und Kujo über eure verdammte Wette gesprochen haben.«

Fuck.

»Die hat sich erledigt«, murmele ich.

»Hoffen wir es für dich.« Im nächsten Moment bohrt sie mir einen Finger in die Brust. »Du stehst unter Beobachtung, Winchester. Nur eine falsche Bewegung, und ich schwöre dir, du bekommst es mit mir zu tun, verstanden?«

Mein Mundwinkel zuckt. »Wie angsteinflößend.«

Für zwei weitere Sekunden hält sie unseren Blickkontakt. »Heaven ist zu gut für dich. Verarsch sie, und wir haben ein Problem.« Dann wendet sie sich schnaubend ab und stapft davon.

»Sie ist nicht ansatzweise so gut, wie ihr alle denkt«, rufe ich ihr hinterher. Savvy bleibt stehen und dreht den Kopf halb zu mir. »Und das weißt du, nicht wahr, Savannah?«

Sie verharrt in ihrer Position. Ihre Lider senken sich. Ein winziges Zeichen der Resignation, bevor sie ruckartig den Kopf abwendet und verschwindet. Ich lausche ihren Schritten auf dem festen Sandboden. Erst als sie nicht mehr zu hören sind, stoße ich mich von diesem verdammten Zaun ab und steuere auf das Gemeinschaftszelt zu.

Die Gespräche mit Stoney und Savannah haben gereicht, um das verkümmerte Wesen in mir zurück in die Hölle zu stoßen.

KAPITEL 31

Heaven

»Ihr wart drei Jahre zusammen.« Enola schiebt die kinnlangen Strähnen hinter die Ohren und beäugt mich kritisch. »Ich dachte, ihr würdet heiraten.«

»Damit es endlich mal zur Sache gehen kann«, hüstelt Al.

Seit unserer Ankunft im Sky Snookers behandeln die beiden mich, als müsste ich unter die Hochradkünstler gehen.

Ich öffne den Mund, doch bevor ich antworten kann, wirft sich Savvy neben mich in einen Sessel. »Gott, die Zwillinge machen mich fertig. Was habe ich verpasst?«

»Al dachte, Heaven würde Craig heiraten, um endlich Sex zu haben«, sagt Enola.

»O Gott.« Savvy verdreht die Augen. »Der Sex wäre grausam gewesen, und sie hätte sich scheiden lassen müssen.«

»Sav!«, schimpfe ich.

»Was denn?« Sie schnappt sich Alexis' Cocktail, nippt daran und verzieht anschließend das Gesicht. »Der Kerl hat einen Stock im Arsch. *Und* er war beschissen zu dir.«

»Er war nett«, erwidere ich.

»Nett ist der kleine Bruder von Scheiße«, murmelt Al.

»Er konnte dich nicht mal angucken, ohne zusammenzuzucken, wenn sich deine Haut verändert hat.«

Mein Blick huscht zu Ash, die mit Felicia, Kujo und Yasin in einer Sitzgruppe neben der Bar hockt. Als hätte sie gespürt, dass ich zu ihr sehe, zucken ihre Pupillen in meine Richtung. Sie verengt die Lider, bevor sie sich mit einer kühlen Gleichgültigkeit wieder abwendet.

»Sie hat keinen Grund, sauer zu sein«, sagt Savvy, die gerade dabei ist, ihren arschbackenkurzen Lederminirock zurechtzurücken. In ihren Ohren funkeln große Kreolen.

Leslie, die Barkeeperin, kommt an unseren Tisch. Sie hat pinke Haare, Tattoos im Gesicht und steht wie Savvy auf hauchdünne Kleiderfetzen in Leo-Optik. »Okay, ihr scharfen Chilis!« Ihre Stimme ist tief und rau. Vermutlich, weil sie seit Jahren täglich eine Schachtel Zigaretten raucht. »Ein Sex on the Beach, ein Mojito und ein Cosmopolitan.«

Leslie stellt die Getränke ab, beugt sich verschwörerisch vor und wirft räuspernd ihr Zuckerwattenhaar zurück. »Mal unter uns … Was ist zwischen dir und dem Jongleur passiert?«

»*Der* da ist passiert«, sagt Alexis und deutet zum Eingang.

Schnüre ziehen meinen Magen zusammen, als Helix aus dem Schatten tritt und zur Bar trottet. Er sieht zu mir, und meine Wangen werden heiß. Fast sofort wendet er sich wieder ab und schiebt sich auf einen Hocker an die Bar.

In dem Moment stellt sich Hawk hinter Savvys Sessel. Sie zuckt zusammen, als er ihr die Haare vor das Gesicht hält.

»Hawk!«, kreischt sie und versucht, seine Hände wegzuschlagen. Er lacht nur und knotet die beiden Strähnen zu einem Schleifchen.

»Jetzt bist du mein Geschenk«, sagt er und lässt sich neben sie fallen.

»Mach das wieder auf!«, knurrt sie.

»Nope.«

»Hawk!«

»Hey, Brandon!« Das Skelett streckt den Arm aus und hält ihn am Ellbogen fest. »Was ist das?«

Brandon bleibt stehen, während er über das ganze Gesicht strahlt. »Ihr werdet es nicht glauben.« Er schüttelt den Karton in seinen Händen. Darin scheppert es. Ich will einen verwirrten Blick mit Savvy wechseln, aber sie ist dabei, die Haarschleife zu lösen. »Eigentlich sollte ich lernen. Aber ohne Scheiß, mein Kopf ist voll mit Paragrafen. Letzte Nacht habe ich geträumt, ich *selbst* wäre ein Paragraf mit diesen Bastelklebeaugen, bis mir ein Schnurrbarttamarin in den Arsch getreten hat und …«

»Was ist ein Schnurrbarttamarin?«, fragt Enola.

»… es sich herausgestellt hat, dass er Dexter Shadows Gesicht hatte und meinte, es wäre sein neuer Schattentrick.«

Fassungslos starren wir ihn an.

»Wow.« Hawk fängt sich als Erster. »Zum Glück bin ich ein Skelett.«

»Damit du keine Flöhe kriegst?«, frage ich.

»Was sind denn Schnurrbarttamarine?«, fragt Enola.

»Affen«, entgegnet Savvy, der es endlich gelungen ist, die Haare zu lösen. Sie funkelt Hawk an. »Aaskäfer ernähren sich von Knochen. Ich werde dir welche ins Bett legen und genüsslich zusehen, wie sie dich auffressen.«

»Solange du dich mit zu mir ins Bett legst.« Hawk lacht, als Savvy nach ihm schlägt. Dann wendet er sich wieder Brandon zu. »Also, du brauchtest eine Ablenkung. Und deshalb rennst du jetzt mit einem Karton rum, falls Dexter Shadow Monkey Version wiederauftaucht und du dich wehren willst?«

»Nein.« Brandons Augen funkeln, als er den Deckel anhebt. »Ich will mich so richtig besaufen, Mann.«

»In deiner Examensphase?«, frage ich.

Beinahe verzweifelt sieht er mich an. »Ich kann nicht mehr. Wenn ich mein Hirn nicht resette, drehe ich durch.«

»Und deshalb willst du«, Al linst in die Box, »Jenga spielen?«

Er grinst. »Nicht Jenga. Saufturm.«

»Ooooh«, macht Hawk. »Du hast die Jengasteine beschriftet?«

Stolz zeigt Brandon uns die Holzklötze, auf die er alle möglichen Sachen gemalt und geschrieben hat.

»Ich bin beeindruckt von deiner Kreativität«, sagt Enola. »Ich hätte gedacht, Juristen verstaubt irgendwann das Hirn.«

»Also«, sagt Brandon und setzt sich, »wer ist dabei?«

»Ist das so was wie Wahrheit oder Pflicht?«, überlege ich.

Brandon nickt, während er schon dabei ist, den Turm aufzubauen. Savvy hilft ihm. In ihren Augen erkenne ich ein gieriges Feuer. Sie *liebt* Trinkspiele.

»Jeder zieht der Reihe nach einen Stein. Was draufsteht, muss getan werden.«

Mein Magen schlingert, als ich sehe, in wie vielen Variationen da irgendwas mit *Trinken* und *Shot kippen* steht. »Ich weiß nicht …«

»Komm schon, Heav«, drängt Alexis. »Das macht Spaß!«

»Ja, voll.« Enola nickt enthusiastisch. »Du kannst ja auch mit deinem Root Beer mitmachen.«

Ich überlege. »Na gut.«

Pawel kommt an unserer Sitzgruppe vorbei. Als er den Turm sieht, hält er inne. »Was macht ihr?«

»Saufjenga«, erklärt Hawk.

Pawels Augen blitzen auf. »Geil, bin dabei.« Er setzt sich neben Enola, die verdächtig rot wird, und beugt sich plötzlich zur Seite. »Yo, Hell!«

Oh nein.

Helix neigt den Kopf in unsere Richtung.

»Wir spielen Saufturm!«, ruft Pawel. »Bist du dabei?«

Hells Blick huscht zu dem Jenga-Ding, dann zu mir. »Nein.«

Die Narbe an seiner Kinnlinie spannt, als er den Kiefer verhärtet. *Er wirkt angepisst*, denke ich. Okay, das wirkt er immer, aber heute besonders. So, wie er die Flasche an seine Lippen setzt und das Bier in harten, schnellen Schlucken trinkt, könnte man meinen, er wolle etwas in sich ertränken.

»Oh, oh!« Enola stupst mich mit ihrem Ellbogen in die Seite. »Wenn man vom Teufel spricht.«

Alle drehen die Köpfe zum Eingang, wo Craig gerade das Zelt betritt. Er hat die Hände in die Hosentaschen geschoben, die genauso tief hängen wie seine Mundwinkel, und schlurft vorwärts.

»Er tut mir leid«, sage ich. »Die Sache war mies und …« Ich unterbreche mich, als er sich Helix nähert.

»Das sollte er besser nicht tun«, murmelt Savvy. In ihren Augen erkenne ich jedoch, dass sie mit sensationsgeiler Gier hofft, dass er genau das tut.

»Oh, Junge, sei kein Idiot«, sagt Pawel. »Geh nicht hin. Dreh einfach um und … ah, das wird böse.«

Doch Craig scheint seinen Entschluss gefasst zu haben, denn er reckt das Kinn und durchquert das Gemeinschaftszelt.

Mein Herz galoppiert in meiner Brust.

»Mut hat er ja.« Hawk hebt seinen Drink, lehnt sich in

dem Sessel zurück und prostet ihm zu. »Wie Ikarus. Lobenswert.«

Ich sehe ihn an. »Ikarus ist gestorben.«

»Sein Hochmut hat ihm die Flügel verbrannt. *Aber* er war mutig.«

Na toll.

Mit einem schummrigen Gefühl im Magen sehe ich zu, wie Craig hinter Helix stehen bleibt und ihm auf die Schulter tippt. Dieser reagiert nicht. Craig wiederholt es, und Hell knallt sein Bier auf die Theke. Wenn Blicke töten könnten, wäre Craig jetzt nur noch Staub auf diesen Perserteppichen.

»Was?«, motzt Helix.

»Ich habe nachgedacht, und ich akzeptiere es nicht, dass du mit dieser beschissenen Aktion einfach so durchkommst.«

Hell hebt eine Braue. »Du akzeptierst es nicht?«

»Nein.«

Jetzt schiebt Helix die Ellbogen nach hinten und stützt sich auf der Bar auf. Das Ganze scheint ihn zu belustigen. »Was genau akzeptierst du nicht?«

»Du hast mir meine Freundin weggenommen.«

»Ich habe dir niemanden weggenommen.«

Mittlerweile ist Craig feuerrot im Gesicht. »Doch, hast du. Sonst wären Heaven und ich noch zusammen.«

»Meinst du, ja?«

»Natürlich!«

Helix lässt sich Zeit mit seiner Antwort. Er dreht sich zum Tresen, nimmt sein Bier, trinkt einen Schluck. »Ich habe eine andere Theorie«, sagt er in einem Plauderton, als würde es hier um das unerklärliche Verschwinden von Socken in der Waschmaschine gehen. »Willst du wissen, was passiert ist?«

Craig schweigt, und Helix beugt sich vor. »Sie ist weggelaufen. Vor dir.«

»Ach du Scheiße«, flüstert Enola. »Er macht ihn fertig.«

Ich umklammere mein Root Beer. »Er soll das lassen.«

»Ja«, knurrt Savvy zu meiner Verwunderung. »Soll er.«

Hawk grunzt. »Hell ist zu allem fähig, außer, etwas zu *lassen*, Zuckerpuppe.«

»Sie ist nicht weggelaufen«, zischt Craig. »Es ist wegen dir.«

»Ach ja?« In gespieltem Staunen breitet Helix die Arme aus. »Wo ist sie denn? In meinen Armen? Nein? Hm, merkwürdig. Sollte sie sein, wenn es wegen *mir* wäre, oder?«

Craig ballt die Hände zu Fäusten. »Ihr seid heimlich zusammen.«

Plötzlich verspannt Helix. »Wir sind nicht zusammen.«

»Doch, seid ihr, und …«

»Ich würde den Teufel tun und mit Heaven zusammenkommen, und jetzt verpiss dich.«

»Autsch«, murmelt Enola.

»Sie steht auf dich und du auf sie, das ist …«

»Ich sagte, *verpiss dich*, Craig.«

Tut er nicht. Wieso ist er so dumm? Stattdessen atmet Craig hektisch, holt plötzlich aus und zielt auf Helix' Gesicht. Aber der ist schneller. Sofort packt er sein Handgelenk und zwingt Craig, innezuhalten. Der Blick, mit dem er ihn niederstarrt, jagt mir einen Schauer über den Körper.

»Wenn ich etwas einmal sage, ist es eine Warnung«, knurrt Helix und dreht seinen Arm. Craig versucht, sich loszureißen, aber erfolglos. »Wenn ich etwas zweimal sage, ist es eine Drohung.« Langsam dreht er weiter, bis Craig wimmert. »Aber wenn ich etwas zum dritten Mal sagen muss, wird es unschön.« Er biegt sein Handgelenk in einen unnatürlichen Winkel, und Craig schreit auf. »Ich könnte es brechen«, raunt Hell. »Und dein geliebter Auftritt wäre geplatzt. Kein süßes Bällewerfen dieses Jahr. Willst du weiternerven?«

»Du bist … ein verdammter … Bastard!«

Er dreht noch ein Stück, und Craig heult auf. »Entscheide gut. Willst du mich weiternerven?«

Craig flucht. Hell verzieht den Mund, bewegt die Hand …

»Stopp!« Hektisch springe ich auf, stolpere zur Bar und lege Helix eine Hand auf den Arm. Allein diese Berührung fühlt sich an, als würde er meine Haut versengen. »Lass ihn los.«

Das Gewitter in seinen Augen zerstört das fließende Gold. »Du verteidigst dieses Arschloch?«

»Er ist *verletzt*, Helix. Lass ihn los.«

»Ich bin nicht verletzt«, zischt Craig. »Als ob ich um dich trauere. Weißt du, was meine Familie gesagt hat? Sie hätten von Anfang an geahnt, dass du eine dieser billigen Huren bist, die sich von dreckigen Typen durchnehmen …«

Knack.

»Helix!«

Heulend presst sich Craig den Arm an die Brust.

»Nicht gebrochen«, sagt Hell mit angewidertem Gesichtsausdruck auf meinen wimmernden Ex-Freund. »Verstaucht, höchstens. Dank ihr, nicht mir. Und jetzt verpiss dich, bevor ich es mir anders überlege.«

Craig gibt keine Widerworte und rennt aus dem Zelt.

Ich funkele Helix an. »War das nötig?«

»Er hat sich einen äußerst schlechten Tag ausgesucht.«

»Ich habe gesagt, du sollst ihn lassen.«

»Und er hat dich beleidigt.«

Skeptisch hebe ich eine Braue. »Seit wann kümmert es dich?«

»Ich meinte mal zu dir, dass niemand meine Showpartnerin beleidigen darf.« Lange sieht er mich an. »Sei froh, dass ich ihn am Leben gelassen habe.«

Ohne meine Antwort abzuwarten, geht er an mir vorbei zur Sitzgruppe und setzt sich auf den Sessel zwischen meinem und Hawks. »Lasst uns spielen.«

KAPITEL 32

Heaven

Ich schreibe Craig eine Nachricht, ob alles in Ordnung ist, und auch, dass es mir leidtut.

»Er wird dir nicht antworten«, sagt Helix neben mir. »Er hat dich blockiert.«

Unbeirrt drehe ich mich weg und beantworte eine andere Nachricht, die meine Finger zittern lässt. Helix zündet sich eine Zigarette an, lehnt sich im Sessel zurück und qualmt in die Luft. »Nur ein Haken und kein Profilbild.«

»Man darf hier drin nicht rauchen.«

Demonstrativ nimmt er einen tiefen Zug. »Sehe ich so aus, als würde ich Regeln befolgen, Zirkusmädchen?« Ich starre ihn an, bis er eine Braue in die Stirn zieht und den Rauch in die Luft stößt. »Soll ich dir ein Foto von mir geben?«

»Was?«

»Wenn du mich den ganzen Abend anstarren willst.«

Ich verenge die Augen. »Das ist …«

»Du bist dran.«

»Wie bitte?«

Er nickt zum Saufturm. »Du musst ziehen.«

Ich drehe den Kopf und merke, dass er recht hat. Alle folgen unserem Schlagabtausch mit gespitzten Ohren. Nur

Savannah sieht aus, als würde sie überlegen, ob sie Helix lieber zerfleischen oder einsperren sollte. Was mich wundert. Sie war nie ein Fan von Craig, dafür aber fasziniert von Helix.

»Wieso muss ich zuerst?«, frage ich.

»Weil du die Jüngste bist«, antwortet Brandon.

»Kleines, süßes Mäuschen«, säuselt Helix.

Ich funkele ihn an und ziehe einen Stein. »Zeige deine letzte versendete Nachricht«, lese ich vor. Ein Schraubstock legt sich um mein Herz und drückt zu. Mit zitternden Fingern öffne ich mein WhatsApp, aber das Display verschwimmt. »Ich …«

Meine letzte Nachricht ging an die Person, die als Einzige mein allerschlimmstes Geheimnis kennt. Das Handy wackelt bedrohlich in meiner Hand. Vielleicht ersticke ich. Vielleicht ist es auch nur Hells Qualm, der mir die Lungen verpestet. Oder es sind meine eigenen Worte, die unleserlich vor mir tanzen, als würde das Meer sie jeden Augenblick verschlingen. Als wollten sie von mir gerettet werden.

Elliott:
Können wir bitte reden?
Nicht wegen der einen Sache.
Es geht um etwas anderes.
Bitte, Heaven. Du musst mir glauben.

Heaven:
Hör auf, mir zu schreiben. Du darfst im Knast nicht mal ein Handy haben. Das ist illegal. Lass mich einfach in Ruhe.

»Sie war an Craig«, höre ich Helix sagen. Erschrocken sehe ich auf und realisiere, dass er freie Sicht auf mein Display hat und *ganz genau* weiß, dass meine letzte Nachricht nicht an Craig ging. »Sie bemitleidet ihn.«

Pawel schnaubt. »Heaven, er hat dich eine Hure genannt.«

Mein Puls hämmert mir in den Ohren. Ich schiebe das Handy in meine Rocktasche. »Ja, aber, na ja, er ist verletzt.«

»Er ist ein Wichser«, sagt Hawk.

Die anderen spielen weiter. Enola ist an der Reihe und muss einen Shot exen. Alle feuern sie an.

Ich sehe zu Helix. »Danke«, forme ich mit den Lippen.

Nachdenklich spielt er mit der Zigarette in seinem Mundwinkel. Dann nickt er knapp.

Alexis befeuchtet ihre Wangen mit Tequila, und Brandon leckt sie ab. Die anderen grölen. Ich kann kaum hinsehen.

»Oh, das ist nicht euer Ernst«, ruft Savannah, als sie ihren Jengastein zieht. Entgeistert starrt sie Brandon an. »Wie langweilig ist dein Studium, dass du so verzweifelt bist, dir so etwas auszudenken?«

Abwehrend hebt er die Arme. »Weißt du, wie das ist, ständig in seinen eigenen vier Wänden eingesperrt zu sein?«

»Heath Ledger hat das gemacht«, meint Pawel. »Für seine Rolle als Joker.«

»Brandon ist aber nicht der Joker«, sage ich.

»Noch nicht«, murmelt Alexis.

»Was hast du bekommen?«, fragt Hawk. »Zeig her.«

Savannah dreht den Stein. »Alle einmal oben blankziehen.«

»Oh, Brandon.« Anerkennend schlägt Hawk ihm auf die Schulter. »Ab jetzt bist du mein Mann.«

»Was ist, wenn man nicht mitmachen will?«, frage ich.

»Die müssen trinken«, erklärt Brandon.

Da ich sowieso nur Root Beer trinke, kann ich damit leben. Pawel scheint das anders zu sehen, denn er schüttelt den Kopf. »Das Spiel zählt nur mit Alkohol.«

»Lass sie«, verteidigt Savvy mich.

»Nein, er hat recht«, sagt Brandon. »Nur Root Beer geht nicht. Dann musst du aussteigen, Heaven.«

Ich will antworten, dass ich das liebend gern mache, aber Helix kommt mir zuvor. »Sie spielt mit.«

»Aber …«, beginnt Pawel.

»Sie spielt mit, und sie trinkt, was sie trinken will.«

»Bist du jetzt ihr Babysitter?«, kommt es von einer Zeltsäule neben unserer Sitzgruppe. Kujo lehnt dagegen und nippt an seinem Drink. Neben ihm lacht Yasin und spielt mit Streichhölzern zwischen seinen Fingern. »Die kleine Fairchild braucht Personenschutz, weil sie nicht trinkt.«

Helix lächelt herablassend. »Sie ist der Star der Show und scheinbar die Einzige von uns, die diese Tour ernst nimmt.«

»Rede es schön, wie du willst, Hell.« Kujo deutet mit einem Finger auf mich. »Sie war schon immer langweilig, und daran kannst auch du nichts ändern, nur weil du sagst, dass du sie …«

»Kujo«, warnt Pawel.

Yasin fährt mit dem Finger durch eine Flamme seines Streichholzes und gackert.

Nur weil er sagt, dass er mich … *was*?

»Was meint er?«, frage ich Helix.

»Ja, los, sag's ihr«, spottet Kujo. In seinen Augen glitzert dieser bestimmte Hunger, der immer dann auftaucht, wenn er andere leiden sieht. »Sag der kleinen Spaßbremse, dass sie nur dann jemand sein kann, wenn …«

»Halt die Fresse«, zischt Hawk.

»Ich bin nicht langweilig«, kontere ich wütend.

»Na klar.« Kujo lacht abfällig. »Du hörst Musik von irgendeinem toten Penner, weil du es dich niemals trauen würdest, deine Sexfantasien mit jemandem auszuleben, der real ist, und …«

»Du erzählst verdammte Scheiße!«, rufe ich und springe auf.

Savannah reißt erschrocken den Kopf in meine Richtung. Alle sind still. Zornig gehe ich um den Tisch herum, bis ich genau vor Kujo stehe. Er ist fast zwei Köpfe größer als ich, aber ich schaue zu ihm hoch und habe keine Angst mehr vor ihm.

»Verzeihung, dass ich nicht so bin wie du und darauf stehe, meinen Sexpartnern mit Messern in die Haut zu ritzen.«

Die anderen fangen an zu tuscheln.

»Sexpartnern?«, wiederholt er abfällig. »Mehrzahl? Sicher, dass du überhaupt in der Einzahl davon sprechen kannst?«

Ich balle die Hände zu Fäusten. »Jedenfalls bin ich mir sicher, dass du diese Machtspielchen nötig hast, weil du ein trauriges, verkümmertes Ding bist.« Ich schiebe den Kiefer vor. »Und hast.«

»Du kleine …«, zischt er, aber ich wende mich erhobenen Hauptes ab und stolziere zur Bar.

»Root Beer?«, fragt Leslie.

Ich schüttele den Kopf. »Was Hartes.«

Sie beugt sich vor. Dabei flutscht ihr überdimensionaler

Busen fast aus ihrem Leo-Fetzen. »Tequila? Wodka? Whiskey?«

Mein Herz verkrümelt sich irgendwo in meine Kniekehlen. »Ich dachte eher an, äh …«, ich neige mich ebenfalls vor und senke die Stimme, »ein Bier?«

Ein paarmal blinzelt sie, dann bricht ein Lachen aus ihr hervor. »Ich zaubere dir was.«

Ein paar Minuten später gehe ich mit einem hübschen Drink zurück. Am Glas steckt eine Ananas, und er duftet süß, was mich irgendwie beruhigt. Ich hoffe, dass mein Körper einen Piña Colada überlebt.

Ich setze mich in meinen Sessel. Die anderen haben eine Runde ohne mich weitergespielt. Helix' maskuliner Duft dringt in meine Nase, bevor ich seinen Atem an meiner Halsbeuge spüre. Ich zucke zusammen, wodurch ein wenig Cocktail über meine Finger auf meinen Rock schwappt.

»Du musst nicht trinken, wenn du nicht willst«, sagt er.

»Schon gut«, entgegne ich. »Ich will.«

»Sicher?«

Jedes Wort trägt seinen heißen Atem über meine Haut, und mein verfluchter Körper reagiert sofort darauf. Ich presse die Schenkel zusammen.

»Ja, sicher.«

»Okay.« Helix nimmt eine Serviette und wischt mir über die Finger. Ich halte den Atem an.

»Was ist jetzt?«, fragt Hawk, »ziehen wir blank?«

Alle außer mir und Enola ziehen ihre Oberteile hoch. Helix sieht mir belustigt dabei zu, wie ich ein paar Schlucke von meinem Piña Colada trinke. Plötzlich bin ich froh über meinen süßen Cocktail. Er leckt sich die Lippen, und ich verschlucke mich. Helix grinst zufrieden.

Als er an der Reihe ist und einen Stein zieht, ist mein halber Cocktail leer, und mein Kopf fühlt sich an wie Watte. Ich lese die lila Filzstiftworte und überlege, ob mein benebelter Verstand mir einen Streich spielt.

Dein linker Nachbar setzt sich für eine Runde auf deinen Schoß – mit Handschellen.

»*Uuuhh.*« Alexis grinst. »Heav ist sein linker Nachbar.«

Meine beste Freundin legt mir eine Hand auf den Oberschenkel. »Du musst nicht …«

»Es ist nur ein Schoß«, unterbreche ich sie. Wo kommt dieser Mut auf einmal her? Ist das diese berühmt-berüchtigte Wirkung von Alkohol? Wahrscheinlich. »Nicht sein Schwanz.«

Enola und Savvy schnappen zeitgleich nach Luft.

Hawk reißt die Augen auf. »Hast du gerade wirklich *Schwanz* gesagt, Zuckerpuppe?«

Grinsend verdrehe ich die Augen und klettere auf Hells Schoß. Er legt einen Arm um meine Hüfte, während Hawk die Handschellen aus Brandons Spielkarton schnappt. Als ich sehe, was für Sachen da sonst noch drin sind, schlingert mein Magen.

»Alter«, sagt Hawk, der ebenfalls hineingelinst hat. »Das sieht aus wie ein BDSM-Starterpack.«

Brandon antwortet nicht. Mit säuerlicher Miene beobachtet er, wie Hawk uns aneinanderkettet.

Bei jedem Einatmen drückt sich Helix' Bauch gegen meinen Rücken. An einer Stelle ist meine Bluse aus meinem Rock gerutscht, weshalb ich aus irgendeinem Grund seine heiße Haut an meiner spüre. Seine freien Finger liegen locker auf meinem Bauch.

»Du bist«, raunt er.

Ich versteife mich. Allein der kurze Atemzug an meinem Ohr bewirkt, dass es zwischen meinen Beinen verlangend pulsiert. »W… was?«

»Der Turm.« Er lacht leise. »Du musst einen Stein ziehen.«

»Oh. Klar.« Ich beuge mich vor. Es erweist sich als schwierig, mich darauf zu konzentrieren, dass der Turm nicht umkippt, wenn gleichzeitig mein Hintern gegen seinen Schritt drückt und mein Handgelenk an seines gekettet ist. Seine freie Hand fällt auf meinen Oberschenkel, und weil mein Rock hochrutscht, liegt sie gefährlich nahe an der pulsierenden Hitze. Schnell entscheide ich mich für einen mittleren Stein, da registriere ich überdeutlich, wie sich etwas unter mir aufrichtet und zwischen meine Beine drückt. Ich stocke.

»Mach schon, Heaven«, sagt Alexis. »Schieb ihn raus.«

Hinter mir lacht Helix rau. Und dann foltert der Scheißkerl mich, indem er seine Erektion an mir reibt. Innerhalb von Sekunden ist mein Slip durchnässt.

Ach. Du. Scheiße.

Schluckend nehme ich den Stein. Es gleicht an ein Wunder, dass ich den Turm nicht versehentlich umgestoßen habe.

Savvy reckt den Hals. »Was steht drauf?«

Neben mir quiekt Enola. »O mein Gott!«

Ich weiß nicht, was genau mein Herz gerade in den Galopp treibt. Es gibt drei Möglichkeiten:

a. Helix, der mit seiner Härte immer wieder gegen mich drückt.
b. Mein Puls reagiert auf den Alkohol.
c. Die Worte auf dem Jengastein, die sagen, dass mein rechter Nachbar mir eine Mund-zu-Mund-Beatmung mit einem Shot geben soll.

»Äh«, ich zeige den Stein den anderen, »wie soll das gehen?«

Savannahs Augen weiten sich, Hawk lacht laut auf, und Pawel grinst. Brandon wirkt angepisst. Er sieht von mir zu Hell, der nur leise lachen musste, als er über meine Schulter gelinst hat, und presst die Lippen zusammen.

»Eigentlich zählt es nicht«, sagt Brandon. »Weil du auf seinem Schoß sitzt. Pawel ist dein rechter Nachbar.«

»Ich saß neben ihr«, entgegnet Helix.

»Ja, aber jetzt sitzt sie *auf* dir«, sagt Savvy und nickt Brandon bekräftigend zu, »das zählt nicht mehr.«

Was ist los mit ihr?

Pawel hebt die Hände. »Also, ich kann's tun, aber ich habe keinen Bock, dass du mir danach eine reinhaust, Mann.«

»Wieso sollte er dir eine reinhauen?«, frage ich.

Pawel bläst Luft in die Wangen und stößt sie langsam aus.

Hell greift an mir vorbei nach seinem Shot. »Ich mach's.«

»Aber das sind nicht die Regeln«, kontert Brandon.

»Scheiß auf die Regeln«, knurrt Hell.

Ich bin immer noch verwirrt. »Aber was ist denn Mund-zu-Mund-Beatmung mit einem Shot …«

Bevor ich den Satz beenden kann, küsst Helix mich.

Ich schnappe nach Luft. Dabei öffne ich die Lippen, und er nutzt es, um mir seinen Shot in meinen Mund laufen zu lassen. Überrascht reiße ich die Augen auf und kralle die Finger in seinen Arm. Seine Zungenspitze streift meine. Tausend kleine Blitze schlagen in mich ein. Mir entkommt ein stöhnendes Wimmern. Der Tequila brennt in meiner Kehle, während sich Helix von mir löst. Atemlos starre ich ihn an. Mit dem Daumen streicht er über meine nassen Lippen. Dann leckt er den Rest Tequila von seinem Finger. Zwischen meinen Beinen glüht ein Inferno. Genau wie am Pier. Verdammt, wie schafft er das?

»Ich glaube, ich, äh, gehe schlafen«, stammele ich.

Mit einem schiefen Grinsen hebt er den Arm. »Wir sind aneinandergekettet, Zirkusmädchen.«

»Ach ja.« Ich sehe zu Hawk. »Schlüssel?«

Breitbeinig sitzt er zurückgelehnt im Sessel und grinst, als wäre er bekifft und höchst zufrieden mit sich selbst. »Ist mir wohl abhandengekommen.«

Meine Augen weiten sich. »Hawk.«

Gespielt unschuldig hebt er die Arme. »Echt keine Ahnung.«

Neben ihm knirscht Brandon mit den Zähnen. »Gib ihr den verdammten Schlüssel, Mann.«

»Ah, würde ich, würde ich, aber wo ist er nur?«

Mein Puls beschleunigt sich.

»In meinem Trailer habe ich Werkzeug, mit dem ich die öffnen kann«, sagt Helix, und ich sehe zu ihm.

Wieso kann ich ihm nur noch auf die Lippen starren?

Wieso sind die überhaupt so voll und rot?

Wieso will ich, dass er das mit diesem Shot wiederholt?

»Okay, lasst uns weiterspielen«, bellt Brandon. Wieso ist er so wütend? »Enola, du bist dran.«

Helix schiebt mich von seinem Schoß. »Wir gehen.«

Savvy grunzt. »Das kommt ja unerwartet.«

»Na ja, nach so einer Nummer könnte ich auch nicht aufhören.« Alexis stößt ihren Ellenbogen gegen Sav und kichert.

»Wir wollen nur die Handschellen loswerden«, sage ich schnell. »Und dann schlafen.«

»Zusammen?« Hawk grinst.

»Nein.« Bei dem Ton in Helix' Stimme fällt Hawks Grinsen in sich zusammen.

Gemeinsam stehen wir auf. Im Vorbeigehen wirft Savannah mir einen besorgten Blick zu. Ich gebe ihr ebenfalls wortlos zu verstehen, dass alles okay ist, und nicke, als sie auf ihr Handy deutet. *Wenn was ist, schreib mir.*

Hätte ich gewusst, *wie* der Abend endet, hätte ich die Handschellen wahrscheinlich lieber mit Kujos Schädel zerhämmern sollen.

KAPITEL 33

Heaven

Draußen zirpen die Grillen, und die Sonne ist bereits untergegangen. Trotzdem drückt die Hitze mich nieder wie eine dicke Decke.

Schweigend gehen Helix und ich durch Sky Valley. Unter unseren Schuhen knirscht der Sand, und bei jedem Schritt klirren die Handschellen.

»Woran denkst du?«, fragt er, als wir umständlich über eine Deichsel steigen.

»Daran, dass mein Mund immer noch nach Tequila schmeckt.«

Er lacht leise. »Dein erstes Mal?«

»Was?«

»Habe ich dich tequilajungfert?«, fragt er und wackelt mit den Augenbrauen.

Ich verziehe das Gesicht. »Igitt.«

»Habe ich?«

»Ja.«

»Dann ist es ein Wunder, dass du nicht gekotzt hast.«

»Wegen dir oder wegen des Tequilas?«

Er feixt. »Ich *bitte* dich.«

Wir erreichen seinen Trailer. Normalerweise bekommen

Gastartisten keine von den guten. Die luxuriöseren Wagen sind nur den Stars, größeren Familien und uns Fairchilds vorbehalten. Innerlich ergötze ich mich seit Jahren daran, dass Kujo in einem Standardanhänger lebt.

Vor seiner Treppe sitzt Holzbein.

»Sie ist immer noch hier?«, frage ich.

»*Er* will nicht gehen.« Helix geht in die Hocke, zieht mich dabei unweigerlich mit, und krault sein Köpfchen. »Und ihn hasse ich wenigstens nicht.«

»Das ist es also?« Ich grunze. »Wenn du jemanden magst, sagst du, du *hasst* ihn nicht?«

Er zuckt die Achseln. »Mögen ist ein starkes Wort.«

Ich muss lachen. »Was sagst du dann zu lieben?«

Schlagartig wünschte ich, nicht gefragt zu haben. Eine pulsierende Mauer errichtet sich zwischen uns, so dick, dass man die Luft schneiden könnte.

»Liebe tötet«, entgegnet er knapp.

Ich bleibe an der Narbe an seinem Kiefer hängen, mustere seine Augen, und da fällt mir zum ersten Mal auf, was ihn so schmerzlich schön aussehen lässt: seine Traurigkeit.

Helix wirkt wie ein verbrannter Wald, den niemand erkunden will, um nicht herauszufinden, wie sehr er gelitten hat.

»Ich glaube, Liebe rettet«, flüstere ich.

In der Bewegung, seinen Kater zu streicheln, hält er inne. »Dann wird die Hoffnung dir das Herz töten.«

»Das glaube ich nicht.«

»Niemand glaubt es, bevor es passiert.« Er erhebt sich und ich mich mit ihm. »Am Ende überleben nur die Herzlosen.«

Ich stocke, was ihn zum Stehen zwingt. Fragend dreht er sich um, und ich erkenne in seinen goldenen Tiefen etwas, das viel zu hoffnungsvoll für seinen Schmerz ist.

»Dann möchte ich nicht überleben«, sage ich leise, »denn was wäre schon ein Leben ohne Liebe?«

»Ein sicheres.«

»Bist du nicht derjenige, der mir gesagt hat, wer immer sicher bleiben will, wird niemals weiterkommen?«, frage ich, und seine Augen weiten sich minimal. »Bist du nicht derjenige, der mich animiert hat, über meine Grenzen zu gehen?«

»Das ist etwas anderes, Heaven.«

»Das ist genau dasselbe, Hell.«

Er hebt seine Hand, und im ersten Moment denke ich, er will nach meiner greifen. Doch plötzlich lässt er sie wieder sinken, wendet sich ab und schließt seinen Wohnwagen auf. Ich trete hinter ihm ins Dunkle, und er betätigt den Lichtschalter.

»Oh«, entfährt es mir. »So ordentlich.«

»Was hast du erwartet?« Er wirft mir einen amüsierten Blick über die Schulter zu. Die Spannung von gerade ist vorüber. »Einen Messie?«

»Irgendwie schon«, murmele ich und fahre mit dem Finger über die blitzblanke Spüle in der Küchentheke. »Ich dachte, hier hängen Poster von Rockstars, die für ihr Cover so tun, als würden sie jemanden abstechen.«

Er zieht eine Schublade auf und wühlt darin herum. »Nur weil ich aussehe wie jemand, dem du nachts nicht begegnen willst, heißt das nicht, dass ich dreckig bin.« Sein Mundwinkel zuckt. »Nicht dreckig im … Ordnungssinne.«

Meine Wangen glühen. »Eigentlich heißt es genau das.«

»Killer sind meistens ordentlich.« Er mustert eine Zange, wirft sie aber wieder zurück. »Sie haben ein ausgeprägtes Kontrollbedürfnis und wollen nicht auffallen.«

»Stimmt nicht. Das ist der typische Stereotyp eurer Hollywoodstreifen. *Spoiler Alert:* nur weil etwas in Medien so dargestellt wird, muss es nicht stimmen. Eine systematische Untersuchung hat vielmehr ergeben, dass kriminelle Persönlichkeitsmerkmale eine geringe Selbstkontrolle umfassen und …«

»Sie tut es schon wieder. Reden, statt atmen.« Grinsend nimmt er einen Dietrich heraus. »Deine heiligen Studien sagen auch, kaputte Typen wollen geliebt werden, und das Gegenteil steht vor dir. Sorry, dir deine Illusionen zu nehmen, Süße.«

Er zieht mich zu seiner Bettnische. Überrascht stelle ich fest, dass es das einzig Unordentliche in seinem Wohnwagen ist. Die Laken sind durcheinander, das Bettzeug ein wirres Knäuel. Es sieht aus, als hätte er sich die ganze Nacht darin gewälzt. Oder Sex gehabt.

Ich setze mich neben ihn und beobachte schweigend, wie er mit dem Dietrich in dem Schlüsselloch herumfummelt.

Irgendwann schweift mein Blick ab, und ich erwische mich dabei, wie ich stattdessen sein konzentriertes Gesicht mustere. Eine Seite liegt im Schatten, die andere im warmen Licht der Wandleuchter. An der Wange hat er ein dunkles Muttermal, das mir jetzt zum ersten Mal auffällt.

»Passt nicht«, murmelt er und sieht auf. Ich fühle mich ertappt dabei, ihn angestarrt zu haben. Er streckt die Hand aus. »Gib mir deine Haarspange.«

»Was?«

Wortlos zieht er die dünne Spange aus meiner Frisur, und die lose Strähne fällt mir ins Gesicht. Er steckt sie in das Schlüsselloch, dreht und wendet sie, und es klickt.

»Will ich wissen, warum du das kannst?«

Er löst die Schellen. »Ich bin mir sicher, du kannst es dir denken.«

Seufzend reibe ich mir das Handgelenk. Das wäre eigentlich der Moment, in dem ich gehen sollte. Doch plötzlich wird mir bewusst, dass ich auf seinem Bett sitze, nachdem er seine Erektion vorhin an mir gerieben hat. Noch immer bin ich feucht. Und angetrunken. Nervös rutsche ich auf seiner Matratze herum und schiebe unauffällig meine Hand in seine Richtung. Ich höre, wie er einatmet, aber nicht aus.

»Heaven«, raunt er.

Schluckend halte ich seinen Blick. »Du hast recht gehabt. Ich bin nicht traurig wegen Craig. Er war ...« Kurz halte ich inne, überdenke meine nächsten Worte. »Ich dachte, ich wäre verliebt in ihn, aber jetzt wird mir klar, dass es das nie gewesen sein kann.«

»Warum?«

»Weil er ...« Wieder halte ich inne. Mein Blick rutscht hinab zu meiner Hand, die sich seiner nähert. »Weil ich mit ihm nie dieses Gefühl hatte, das ich bekomme, wenn du ...«

Meine Fingerspitzen berühren seine, und auf einmal springt er auf. Irritiert sehe ich ihm hinterher und beobachte, wie er einen Teller aus dem Kühlschrank hervorholt.

»Kuchen?«

»Was?«

Er kickt die Tür mit dem Knie zu, nimmt eine Gabel aus der Schublade und setzt sich wieder neben mich. »Das ist dein Geburtstagskuchen. Dieses Kaffeezeug.«

Verwirrt sehe ich zu, wie er den Kuchen isst.

»Warum machst du das?«

»Weiß ich nicht.« Bei jedem Bissen verzieht er das Gesicht. »Wie können Menschen diese bittere Plörre freiwillig trinken?«

»Nein, ich meine …« Ich ziehe ein Bein an und lege mein Kinn auf dem Knie ab. »Wieso trinkst du so oft?«

Mit der Gabel im Mund stockt er und sieht mich an, als hätte ich ihn bei etwas erwischt.

»Du bist Hochleistungssportler«, fahre ich fort. »Du musst für das Training topfit sein, Helix.«

»War ich jemals unkonzentriert?«

»Nein, aber …« Ich ziehe die Brauen zusammen. »Du musst einen klaren Kopf bewahren. Irgendwann wird es dir sonst zum Verhängnis. *Uns.* Und ich muss diese Generalprobe bestehen.«

»Dir geht es also nur um die Generalprobe?«

Ich schüttele den Kopf. »Auch. Aber vor allem um dich.«

Etwas in seinen harten Zügen erweicht.

»Dir könnte etwas passieren, Hell.«

»Mir ist noch nie etwas passiert.« Die übliche Härte vertreibt die Sanftheit. »Nicht körperlich.«

»Weil du mit Sicherheit noch nicht lange so viel trinkst.«

»Du weißt gar nichts.«

»Ich weiß, dass du niemals so weit gekommen wärst, wenn das schon länger so gehen würde. Also, *was* ist …«

Weiter komme ich nicht, weil er mir Kuchen in den Mund drückt. Das Stück ist viel zu groß für mich. Bevor die Hälfte wieder herauskrümelt, presst er mir eine Hand auf die Lippen. »Schlucken«, sagt er grinsend.

Ich funkele ihn an. »Du weichst aus. Was ist los?«

Durch seine Hand klingen meine Worte genuschelt.

»Hell …« Ich ziehe seinen Arm herunter.

»Wer die Antwort auf eine Frage nicht ertragen kann, sollte nicht fragen.«

»Wer sagt, dass ich es nicht ertragen könnte?«

Die Art, mit der er mich ansieht, schreit vor Schmerz. »Ich.«

Verwirrt sehe ich ihn an. Dann mustere ich wieder sein zerwühltes Bett, und der alkoholische Meister in mir fuchtelt erneut mit seiner Mistgabel, um mich anzustacheln. Dieses böse, böse Biest.

»Wie schläfst du nachts, Hell?«

Er hält den Blick. »Wie ein Baby.«

»Das glaube ich dir nicht«, flüstere ich.

Er verengt die Augen. Zwei Herzschläge, ratternde Flügel, die verzweifelt versuchen, nicht zu ertrinken. Wie Ikarus, der nach den Millionen Sternen über sich greifen will, bevor das Meer ihn verschlingt.

»Gar nicht«, murmelt er.

»Oh, Helix.« In diesem Moment wirkt er so gebrochen, so absolut kaputt, dass ich nicht nachdenke. Nur handle. Plötzlich liegen meine Hände an seinem Gesicht. Mit dem Daumen fahre ich über seine markanten Wangenknochen. Er schließt die Augen und erschaudert. Als er sie wieder öffnet, sieht er zu meinem Mund.

»Heaven«, raunt er. »Du bist betrunken.«

»Ich war nie klarer.«

Ich befeuchte meine Unterlippe, und ihm entkommt ein kehliger Laut. Die Vibration dieses Geräusch fährt auf direktem Wege in meinen Unterleib und lässt ihn prickeln. Himmelherrgott.

»Was würdest du sagen, wenn ich dich jetzt küsse?«

Unter gesenkten Lidern sieht er mich an. »Ich würde sagen, dass du keine Ausrede mehr hättest.«

»Was meinst du?«

»Kein Hahnenkampf. Keine PR.« Er hebt die Hand und

schiebt eine lose Strähne wieder hinter mein Ohr. »Von da an könntest du nicht mehr leugnen, mich zu wollen.«

»Wir sind nur Showpartner«, sage ich erstickt.

Er lacht. Ein leiser und rauer Ton. »Wir sind schon lange nicht mehr *nur Showpartner*, Heaven.«

Wie ein Presslufthammer reißen seine Worte meine Mauer ein, die ich vor der Wahrheit errichtet habe. Vor wenigen Wochen war Helix noch alles, wovor ich weggerannt wäre, aber irgendein seltsames Phänomen ist eingetroffen. Obwohl ich weiß, dass ich vor ihm flüchten müsste, treibt mich eine viel stärkere Kraft immer wieder in seine Arme.

»Du hast recht«, sage ich schließlich und sehe ihm in diese außergewöhnlichen goldenen Augen. »Ich könnte es nicht mehr leugnen. Aber es wäre egal.«

»Warum?«

Gott. Die Art, wie er dieses einzelne Wort ausspricht, klingt so verzweifelt, so hart und doch zerbrechlich, dass ich ihn noch fester halten will.

»Weil ich keine Kraft mehr dafür habe, zu tun, als würde ich dich hassen.« Ich hole tief Luft. »Du wühlst mich auf. Du machst etwas mit mir, ohne etwas zu machen. Wenn du mich ansiehst, brennt alles in mir lichterloh, und wenn du mich nicht ansiehst, protestiert mein ganzer Körper, als könnte er es nicht aushalten. Ich verstehe nicht, was hier passiert, aber«, ich verschlucke mich an meiner verletzlichen Ehrlichkeit, »irgendetwas an dir zieht mich immer wieder an.«

»Wie Ikarus«, flüstert er.

»Ja«, behutsam streiche ich über seine Wangenknochen, »wie Ikarus.«

Er mustert mich. »Du bist lebensmüde, Heaven.«

»Ich weiß.«

»Du wirst dir deine Flügel verbrennen.«

»Vielleicht nicht«, sage ich heiser.

»Oder ertrinken.«

»Vielleicht ... schaffe ich es.«

Langsam zieht er die Zunge zurück und schüttelt den Kopf. »So hoffnungsvoll«, er streicht über mein Schlüsselbein unter dem Blusenkragen, »eine gefährliche Eigenschaft.«

Ich rutsche langsam vor, ohne die Finger von seinem Gesicht zu nehmen. Zögernd hebe ich ein Bein über seine. Im nächsten Moment sitze ich rittlings auf ihm, und er legt seine Hände an meinen Rücken.

»Lieber gefährlich als langweilig.«

Durch seinen dichten Wimpernkranz sieht er auf mich hinab. »Morgen wirst du das hier bereuen.«

»Denkst du, es wäre ein Fehler?«

Seine Lippen sind nur noch wenige Millimeter von meinen entfernt. Er ist so wahnsinnig sexy, dass ich glaube, sein Anblick tötet mich. Schleift mich hinunter in die Hölle und foltert mich dafür, dass ich mich der süßen Versuchung hingegeben habe. Als sein Atem über meinen Mund streicht, erzittert mein Körper.

Fest packt er meine Hüfte. »Ja.«

Seine Antwort steht im starken Gegensatz zu dem verlangenden Hunger in seinem Blick, mit dem er jeden Zentimeter meines Gesichts mustert. Und zu der Härte, die sich drängend gegen mich drückt.

»Ich glaube dir kein Wort«, murmele ich.

Ein Knurren entkommt ihm. Eine letzte Warnung. Aber sie ist nichts wert, denn im nächsten Moment liegen seine Lippen auf meinen.

Sie sind weich und warm – und holen sich, was sie wollen.

Seine Hände drücken unnachgiebig in meine Hüften, pressen meinen Unterleib auf seine Erektion, an der ich beginne, mich gierig zu reiben. Ein heißes Prickeln durchzuckt mich, und mein Herz rast, wahrscheinlich die letzte Warnung des Himmels, mich nicht mit der Hölle einzulassen.

Aber ich hintergehe mein eigenes Königreich.

Statt ihm den Rücken zu kehren, reite ich den Teufel.

Ich keuche, als er mit mir aufsteht. In der nächsten Sekunde setzt er mich auf die Küchentheke. Ein paar Sachen fliegen zu Boden, aber es interessiert mich nicht. Ich schlinge meine Beine um seinen Rücken, und er schiebt die Finger in meine Strähnen. Ich bin dankbar, dass er die Führung übernimmt. Seine Zunge gleitet zwischen meine Lippen, und ich reibe mich an seiner Erektion. Mein Stöhnen verschluckt er mit stürmischen Küssen. Ich vergrabe die Finger in sein Haar. So weich und seidig, dabei schmeckt er verboten herb. Nach Rauch und Wodka, aber auch nach Begierde. Eine von der Art, vor der man gewarnt wird.

Aber, bei den Göttern, es ist alles, was ich will.

Mein Keuchen wird immer lauter. Jedes Mal, wenn seine Härte über meine geschwollene Mitte streicht, vibrieren meine Nervenenden.

»Fuck, Heav«, stöhnt er. Das Geräusch treibt mich in den Wahnsinn. Es ist wie eine Explosion, vor der man sich fürchtet, sie aber auch freudig erwartet.

Ich schlinge meine Beine fester um ihn und drücke ihn mit aller Kraft an mich, zerre an seinem Haar und wünsche mir, unsere Kleidung würde auf magische Weise verschwinden. Seine Küsse werden härter, einnehmender. Seine Zunge ist überall in meinem Mund. Er küsst mich nicht nur – er erobert meinen Körper.

»Scheiß drauf«, knurrt er und hebt mich erneut hoch. Dabei liegen seine Finger so nah an der Spalte meines Hinterns, dass ich nicht anders kann, als mich willig an ihm zu reiben.

Ohne den Kuss zu unterbrechen, wirft er mich aufs Bett. Ich nutze den Positionswechsel, um jetzt meine Hände auf seinen Hintern zu legen. Er ist genauso fest und prall, wie ich es mir vorgestellt habe. Meine Zunge pirscht vor und schmiegt sich an seine und entlockt ihm ein überraschtes Stöhnen.

O Götter, schickt mich auf direktem Wege in die Hölle.

Ich fasse es nicht, was ich hier tue. Ich. Vor ein paar Wochen habe ich noch gedacht, ich bräuchte so etwas nicht. Es wäre überbewertet. Ich dachte, ich wäre glücklich mit Craig, und jetzt liege ich unter Helix und lasse mich von dem Teufel verführen. Und genieße es auch noch.

Helix beginnt, seinen Unterleib gegen meinen zu stoßen. Die Lust ist beinahe schmerzhaft. Sie zieht sich in pulsierenden Wellen zusammen und verlangt etwas, von dem ich keine Ahnung habe. Sie will mehr.

Draußen kracht es. Keinen Moment später beginnt ein heftiger Sommerregen und prasselt gegen die Fensterscheiben. Ich gleite mit den Fingern unter sein Shirt und kratze über die erhitzte Haut.

»Heaven, verdammt«, stöhnt er und beißt mir in die Unterlippe. »Du machst mich wahnsinnig.«

»Gut«, keuche ich und genieße den Geschmack von Blut auf meiner Zunge.

Der Regen poltert gegen den Wohnwagen. Helix schiebt seine Knie gegen meine Schenkel, um sie zu spreizen. Augenblicklich intensiviert sich die Reibung, und ich stöhne auf, als seine Zunge meine neckt.

Dann halte ich es nicht mehr aus. Meine Finger wandern von seinem Rücken zu seinem Jeansbund. Ich nestele an dem Knopf, da schiebt er meine Hände beiseite und unterbricht den Kuss.

»Warte.« Unter schweren Lidern sieht er auf mich hinab. »Nicht so.«

»W... Was?«

Er schüttelt den Kopf. In seinen Augen blitzt etwas auf, das ich in meinem eigenen Körper spüre: ein beinahe zerstörerisches Verlangen.

»Aber ... Hell«, keuche ich. »Ich brauche ... Ich muss ...«

Mein Satz erstirbt auf meiner Zunge, als er meine Bluse nach oben schiebt und heiße Küsse auf meinem Bauch verteilt. Als er meinen Rock herunterzieht und ich seine Lippen auf meinen Hüftknochen spüre, biege ich stöhnend den Rücken durch. Seine Finger streichen über die Nähte meines Slips. Mit dem Knöchel gleitet er über den nassen Stoff. Ich krümme die Zehen vor Lust, drücke den Kopf in die Matratze und habe das Gefühl, die Kontrolle zu verlieren.

Er hat mich absolut in der Hand.

Plötzlich umschließt er mit den Zähnen den Slip genau an meiner Klit. Sanft zupft er daran. Ich kralle die Hände in die Laken und kümmere mich nicht mehr darum, ob es peinlich sein könnte, was ich für Geräusche von mir gebe.

Ich könnte es sowieso nicht mehr zurückhalten.

»O mein Gott«, keuche ich, »Helix, das ist ... das ...«

Sein Atem weht gegen meine Feuchtigkeit, als er leise lacht. Im nächsten Moment harkt er die Finger in meinen Slip und entblößt mich. Das plötzliche Fehlen seiner Berührungen entlockt mir ein Wimmern, das in der nächsten Sekunde in einen spitzen Schrei übergeht, als seine Lippen auf einmal an meiner nassen Scham saugen. Ich löse die Finger aus den Laken und vergrabe sie stattdessen in sein Haar. Er schiebt die Unterlippe über meine Lust, als wollte er sie in sich aufnehmen, neckt damit jeden einzelnen Nerv in meiner Vulva und lässt mich laut stöhnen.

Zum Glück geht draußen die Welt unter, denn ansonsten hätte man mich sicher im ganzen Zirkustal gehört. Das hier ist nicht von dieser Welt.

»Gut so, Süße«, raunt Helix. »Schrei meinen Namen.«

Oh, verdammt. Habe ich?

Wieder und wieder küsst er die empfindlichste Stelle, bedeckt meine pulsierenden Nerven mit seinem heißen Atem und treibt mich in ungeahnte Höhen. Jedes Mal, wenn er meine Scham zwischen seine Lippen zieht und an ihr saugt, zuckt der Blitz nicht draußen zwischen den Wolken, sondern direkt in mein Inneres. Als er mit seiner Zunge meine Öffnung neckt und mit der Spitze immer wieder eindringt, kann ich nicht mehr aufhören zu keuchen. Ungehemmt läuft die Lust aus mir heraus in seinen Mund.

»Oh, verflucht, Babe.« Stöhnend nimmt er alles in sich auf. Alles glüht, und jeder seiner Küsse fühlt sich an wie ein Inferno, mit dem er mich versengen will. »Du machst mich so heiß.« Noch einmal gleitet er mit seiner Zunge in mich. Ich bin so benebelt, dass ich das Becken hebe und mich ihm entgegenrecke. Mit jedem Schlag seiner Zunge baut sich eine immer größer werdende Welle in mir auf. Meine Sicht verschwimmt, während sich meine Beine anspannen. Als Helix das bemerkt, zieht er die Zunge aus mir heraus und umschließt meine Schamlippen wieder mit seinem Mund. Er saugt an ihnen, küsst sie, treibt seinen heißen Atem über die Nerven. Das schmatzende Geräusch meiner Nässe zwischen seinen Lippen gibt mir den Rest. Die Wellen in mir branden in dem Moment über, als hinter dem Fenster ein greller Blitz zuckt.

Fest ziehe ich an seinem Haar, während der Orgasmus mich ins Delirium befördert.

»Das hier war das Heißeste und Verdorbenste, das ich je getan habe«, keuche ich.

Scheiße, der Kerl hat mich auf einen anderen Planeten katapultiert. Schnell atmend liege ich in seinem Bett. Meine Arme und Beine sind schwer wie Blei. Ich bin müde, aber er hat es verdient, dass ich mich genauso um ihn kümmere. Als er sich neben mich fallen lässt, richte ich mich auf und nestele an seiner Hose herum.

Helix hebt leicht den Kopf und zieht eine Braue hoch. »Was wird das?«

»Ich, ähm …« Meine Wangen glühen noch von dem, was wir gerade getan haben. Ich fühle mich fiebrig. Nicht ganz bei mir. »Ich will, dass du auch …«

In einem Moment blinzelt er, in dem anderen packt er plötzlich mein Handgelenk und hält mich auf. Er wirbelt mich so kräftig zur Seite, dass ich keuchend wieder in seinen Kissen lande. Dann liegt er plötzlich halb auf mir und schiebt mir mit dem Daumen die wirren Strähnen aus dem Gesicht. »Du bist erschöpft. Ich will, dass du das Gefühl von gerade genießt. Dass du bei dem Gedanken daran einschläfst.«

»Aber …« Meine Stimme klingt heiser. »Du willst doch …«

»Meine Befriedigung für heute war, dich zu befriedigen.« Ein heißer Ausdruck flammt in seinen Augen auf.

Langsam hebe ich die Hand und lege sie an seine Wange. »Du hast mich verzaubert.«

Etwas regt sich in ihm. Ist es Schock? Trauer? Oder Reue?

Doch dann küsst er mich auf den Mundwinkel. »Schlaf.«

Müde blinzle ich. »Soll ich gehen?«

Er zögert, stützt sich auf seine Schulter und streicht hauchzart über mein Schlüsselbein. »Nein.«

Träge betrachte ich ihn. Den dichten Wimpernkranz, der winzige Schatten auf seine gebräunte Haut malt, die erhitzten Wangen und den Ring in seinem Ohr. Im The Hodge damals hätte ich nie gedacht, dass es möglich wäre, aber alles an ihm kommt mir plötzlich wie das Schönste auf der Welt vor. »Was, wenn ich's nicht schaffe?«

»Wenn du was nicht schaffst?«

Ich schiebe einen Arm unter das Kissen und drehe mich ebenfalls auf die Seite. »Diese Generalprobe.«

»Glaub dran, und du schaffst es.«

»Niemand will mich in der Show sehen.«

Helix runzelt die Stirn. »Wie kommst du darauf?«

»Die Welt liebt Ash. Das Publikum will *sie*.«

»Und jetzt bekommen sie dich«, entgegnet er und hebt den rechten Mundwinkel, »was für ein Glück sie alle haben.«

Mit einem schwachen Lächeln senke ich die Lider. »Das glaube ich nicht.«

»Hey«, sagt Helix heiser, und legt die Hand an meine Wange, »sieh mich an.« Als ich nur die Lippen zusammenpresse und den Kopf schüttele, wiederholt er: »Sieh mich an, Heaven.«

Ich öffne die Augen und begegne seinem sanften Blick. Sein Daumen streicht über meine erhitzte Haut. »Du bist wunderschön.«

»Sie lachen über meine Krankheit«, flüstere ich und spüre den verräterischen Druck hinter meinen Lidern aufsteigen.

Meine Sicht verschwimmt. »Online schreiben sie, sie wären gespannt, ob Veilchen fliegen können.«

Ein Schatten huscht über sein Gesicht und hüllt die goldenen Iriden in tiefe Dunkelheit. Im nächsten Moment liegt auch seine andere Hand an meinem Gesicht. Seine Daumen wischen die Tränen fort.

»Deine Krankheit macht dich nicht hässlich«, entgegnet er fest. »Sie macht dich einzigartig, Heaven. An jedem neuen Tag weiß ich nie, welcher Heaven ich heute begegne, aber weißt du, was ich weiß?«

Ich schüttele den Kopf. Mein Kinn zittert.

Doch Hell lächelt mich an. »Jeden Tag weiß ich, dass die neue Version genauso schön sein wird wie die letzte. Anders, aber schön.« Mit dem Zeigefinger fährt er vorsichtig die Ränder meiner Blutergüsse im Gesicht nach. »Du bist wie ein Opal.«

Ich halte den Atem an.

»Er hat ein faszinierendes Farbspiel. Je nachdem, wie das Licht auf ihn fällt, verändert sich sein Aussehen. Ich liebe das. Diese Schönheit in der Veränderung.«

Mein Herz springt, nur um den nächsten Schlag zu verpassen.

»Gute Nacht, Heaven«, murmelt er.

»Gute Nacht, Hell.«

KAPITEL 34

Heaven

In der Nacht werde ich wach. Oder sehr früh am Morgen, denn draußen färbt der Sonnenaufgang bereits die Welt in zarten Farben. Mit der Hand taste ich neben mich, aber Helix ist nicht da. Seine Seite ist kalt. Als hätte er nie dort gelegen. Dann erst dringt das Rauschen zu mir durch, und mein träger Verstand kapiert, dass er unter der Dusche steht.

Ich greife zur Seite nach meinem Handy, reibe mir die Augen und blicke aufs Display. Kurz vor sechs. Blinzelnd versuche ich, mich an das Licht zu gewöhnen, bis ich schließlich kapiere, dass ich nicht mein Handy in der Hand halte. Stattdessen blicke ich auf ein Foto von Helix bei einem Stunt. Mein Blick klebt an seinen heißen Muskeln, und sofort erinnere ich mich an gestern Nacht. Der Gedanke wird jedoch fortgeschwemmt, als er eine WhatsApp bekommt. Die Push-Benachrichtigung heftet sich auf das Display. Ich kann nicht anders, als mit hämmerndem Herzen auf die Worte zu starren.

Stoney:
Warst du eig mal bei dem Typen im Knast wegen der Sache mit Ells?

Dem Typen im Knast. Ells. Ist das ein Spitzname?

Das muss ein Zufall sein … Oder könnte er sie kennen?

Spinnt sich mein panisches Hirn hier etwas zusammen?

Werde ich langsam paranoid?

Dem Typen. Das könnte irgendwer sein. Und Ells … es ist zwar nicht weit von Ella entfernt, aber doch etwas anderes.

Der Duschstrahl stoppt. Panisch sperre ich sein iPhone, werfe es auf die Anrichte und schließe die Augen. Die Badezimmertür öffnet sich, und schwere Schritte stapfen durch den Wohnwagen. Mein Herz hämmert so heftig, dass ich mir sicher bin, dass er es hören muss. Plötzlich spüre ich seine Hand an meinem Arm. Ich zucke minimal zusammen. Keine Ahnung, ob er es gemerkt hat. Er zieht nur die Bettdecke wieder höher über mich, bis ich ganz zugedeckt bin.

Ich höre, wie er das Handy nimmt. Einen Moment passiert nichts, dann verlässt er den Wohnwagen. Eine beängstigende Stille drückt mich nieder.

Als die Tür des Trailers ins Schloss fällt, reiße ich die Augen auf und starre an die Decke.

Es könnte sein, dass er sie kennt.

Elliott.

Und Ella.

Ich glaube, ich ersticke.

KAPITEL 35

Helix

Estefania Esteban lebt in einer dicken Villa in West Hollywood, die ihr Daddy ihr zum Achtzehnten geschenkt hat. Mit den Händen in den Hosentaschen marschiere ich darauf zu. Es ist nur eine Doppelflügeltür, aber für mich ist sie der Eingang in ein anderes Leben, das ich vergessen will.

Stoney öffnet die Tür, mustert mich von oben bis unten und verzieht angewidert den Mund. »Kein Stück verändert.«

»Gleichfalls.«

Es ist lange her, dass wir uns zuletzt gesehen haben, und jetzt starren wir uns nieder, als wollten wir einander aussaugen wie giftige Blutegel. Wer zuerst stirbt, hat Pech.

»Jesus«, seufzend öffnet sie mir, »hätte nicht gedacht, dass ich das je wieder sagen würde, aber komm rein.«

Im Haus herrscht das totale Chaos. Überall liegen halb leere Pizzakartons und Asia-Pappschachteln herum. Klamotten häufen sich wie Berge.

»Scheiße, David!«, flucht Stoney, als sie gegen einen Eimer am Boden stößt. Das Ding rutscht über den Marmor. Darin schwappt eine orangebraune Plörre umher. »Ich sage dir jedes verfickte Mal, dass nur im Badezimmer gekotzt wird!«

Fragend sehe ich sie an. »Ihr habt wieder Kontakt?«

»Im Gegensatz zu *dir* ist er geblieben.«

»Er ist geblieben, weil er mit dir Drogen nehmen kann.«

»Scheiße, Helix, echt. Wenn du mich nerven willst, verpiss dich.« Sie bückt sich, um den Eimer aufzuheben, muss aber würgen und presst sich den Arm auf den Mund.

»Gib, ich mach das.«

»Ich brauche deine Hilfe nicht.« Doch sie würgt ein zweites Mal. Wortlos nehme ich ihr den Eimer aus der Hand und entsorge das Zeug im Bad. Danach finde ich Stoney im Wohnzimmer. Mir wird schwindlig, als ich sie auf der Wohnlandschaft vor dem Panoramafenster sehe. Ein unwillkommener Schmerz reißt an meinem Herzen. Erinnerungen, die ich längst zu Asche verbrennen wollte. Das Lachen meiner Schwester unter der Wolldecke, die jetzt Stoneys Körper verschluckt. Ellas trockenen Sprüche, mit denen sie Jimmys Tonight Show kommentiert hat. *»Oh, boy. Lou fucking Handerson bringt sie zum Kreischen, aber nur weil seine Indie-Band klingt wie 'ne Katze auf einem Xylofon.«*

»Was ist?«, krächzt Stoney. »Wieso stehst du da und starrst mich an, als wäre ich ein Aasgeier mit Arschgesicht?«

»Nichts.«

Sie verdreht die Augen. »Gib mir mal eine Whiskey-Cola.«

»Jetzt?«

»Nein, in zwei Stunden, Idiot.« Schweiß glänzt auf ihrer Stirn, obwohl sie zittert. »Natürlich jetzt.«

Die Küche befindet sich am anderen Ende des Wohnzimmers, eine spiegelglatte Schrankwand hinter der Kochinsel. Im Kühlschrank sieht es aus, als würde heute eine Party steigen: fast ausschließlich alkoholische Dosen zwischen ein paar Ginger Ales. Ich kralle die Finger in den Kühlschrankgriff, bis es in den Spitzen kribbelt. Hier zu sein ist die Hölle.

Es wäre leichter, wenn ich mich betrinken würde. Aber eine gedämpfte Stimme, die verdächtig nach Heaven klingt, spukt in meinem Kopf und will mich davon abhalten.

Du musst für das Training topfit sein, Helix.

Ich muss diese Generalprobe bestehen.

Bewahre einen klaren Kopf.

»Wird's bald was?«, ruft Stoney.

Ich nehme ihre Jack-Daniels-Coladose und ein Ginger Ale heraus, werfe ihr die Dose in den Schoß und setze mich ans andere Ende, um das Zeug nicht zu riechen.

»Also.« Gierig trinkt Stoney. »Du bist jetzt Teil des Himmelszirkus?«

»Nur für eine Saison.«

»Das ist so lächerlich.« Abfällig lacht sie. »Ich meine, *du* im Himmelszirkus? Alles an dir schreit nach Hölle.«

Mein Mundwinkel zuckt. »Deshalb der Tourslogan.«

»Hab's gesehen.« Stoney schnappt sich ihre Zigarettenschachtel von der Sofalehne und zündet sich eine an. »*Heaven & Hell – wo Engel fliegen und Teufel tanzen.*« Grunzend wirft sie mir Schachtel und Feuerzeug in den Schoß. »Und die ganzen Gerüchte über dich und dieses Mädchen?«

Ich stecke mir eine Zigarette an. »Was denkst du denn?«

»Gelogen, natürlich.« Sie pafft den Qualm in den Raum. Die Worte schweben einen Moment zwischen uns, bevor sie lauthals zu lachen anfängt und sich auf den Oberschenkel schlägt. »Wie geil. Du und die Fairchild. Wer glaubt das schon?«

Grimmig ziehe ich an der Zigarette und zucke die Achseln.

Sie nimmt noch einen großen Schluck Jacky. »Wann tötest du sie?«

»Ich töte sie nicht«, entgegne ich. Ungläubig hebt sie eine

Braue, während ich in einen halb leeren Pizzakarton asche. Der Käse sieht aus wie Davids Kotze. »Ihr Vater hat mich aus dem Knast geholt. Ich zieh die Saison durch.«

»Scheiße, was?« Sie drückt ihren Zigarettenstummel in die Dose. Die Glut zischt, als sie in dem letzten Rest Whiskey ertrinkt. »Denkt der Wichser, ihr wärt quitt, weil er dich für sich arbeiten lässt?«

»Ich hänge lieber im Zirkus als im Knast.«

Stoney stößt die Luft aus. In dem Moment schlurft ein Typ mit fahlem Gesicht, strähnigen Haaren und Baggy-Klamotten in die Küche. Sein Blick ist leer. Er sieht aus wie ein Geist.

»Yo«, krächzt David, ohne uns anzusehen.

»Sag unserem Ehrengast Hallo.«

David nimmt sich eine Jacky aus dem Kühlschrank, bevor er sich umdreht. Seine halb toten Augen weiten sich. »Helix?«

»Hi, Dave.«

Unsicher sieht er zu Stoney, als müsste er sich vergewissern, dass das hier echt ist und keine halluzinogene Folge seiner Drogen. »Was machst du hier?«

»Witzig«, gelangweilt trinke ich mein Ale, »das wollte ich dich auch gerade fragen.«

»Hä?«

»Mein letzter Stand war, dass meine Schwester dich rausgeschmissen hat, nachdem du fast an einer Überdosis verreckt bist.«

Er schiebt den Kiefer vor. Seine Gedanken schreien mich förmlich an. *Deine Schwester ist aber nicht mehr hier.*

David öffnet den Mund, aber Stoney scheint seinen Untergang genau wie ich vorherzusehen.

»Geh wieder pennen, Dave.«

Er funkelt sie an. »Wie kannst du ihn hier reinlassen?«

»Für Ells.«

Schnaubend schlurft er davon.

»Und?«, fragt sie mich.

»Was und?«

»Hast du mal mit ihm geredet?«

Ich weiß, dass sie nicht David meint. Der rote *Canada-Dry*-Schriftzug auf der Ginger-Ale-Dose verschwimmt vor meinen Augen. »Ich würde ihn umbringen, bevor ich auch nur ein Wort mit ihm wechseln könnte.«

»Tja, dein Fehler.« Sie streckt sich auf der Couch. »Guck nicht so. Wenn du die Person auslässt, die am meisten weiß, nur weil du sie töten willst, ist das dein Scheiß-Problem.«

»Könntest du ihm nach allem noch in die Augen sehen?«

»Wenn es darum geht, etwas herauszufinden, das größer als das alles ist, dann ja«, sagt sie, und ich will protestieren. Doch Stoney kommt mir zuvor. »Nein, Hell, spar dir den Scheiß. Ja, ich war bei ihm. Gestern. Nachdem du mir den ganzen Mist mit diesen Arztrechnungen erzählt hast, wollte ich mehr erfahren. Und die einzige Person, die alles über Ells wusste, war …«

»Sprich seinen Namen nicht aus«, knurre ich.

»Vielleicht willst du ihn nicht mehr *ganz* so dringend töten, wenn du hörst, was er zu sagen hatte.«

Ich spanne den Kiefer an, bis es knirscht. Heiße Glut brennt mir offene Wunden in die Seele, aber es stimmt.

Wenn es um Ells geht, will ich es wissen.

»Dachte ich mir.« Zum ersten Mal wirkt sie fast wie die alte Estefania auf mich. Die, die in der Teenie-Serie *How To Survive High* mit meiner Schwester Vlogs darüber gedreht hat, die Highschool zu überstehen. Niemand hätte geahnt, dass der Serientitel schon bald eine andere Bedeutung für die beiden bekommen würde. »Er meinte, Ella hatte Angst.«

»Wovor?«

»Vor euren Eltern.«

Ich runzle die Stirn. »Wieso?«

»Sie haben ihr die Schuld für fehlende Angebote gegeben.«

»Unsere Eltern sind *immer* ausgerastet, wenn es nicht so lief, wie sie wollten. Deshalb ist Ella doch abgehauen.«

»Hast du gewusst, dass Ells ein Magenband hatte?«

Augenblicklich wird mein Mund staubtrocken. »Was?«

»Ich auch nicht. Aber der Typ meinte, sie hätte sich von deiner Mom belabern lassen, als sie zugenommen hat.«

»Ella war nie übergewichtig.«

»Ich weiß. Das ist es ja. Und danach soll ihr das Fett an den Knien abgesaugt worden sein.«

»Welches *Fett*, verdammt?«

»Vielleicht waren das die Arztrechnungen. Von ihren OPs.«

»Aber es gab diese Ärzte nicht!« Vor Wut springe ich auf und tigere im Raum umher. »Fuck, das waren Alibi-Firmen!« Ich schlage eine Vase von einem Beistelltisch auf den Boden. Sie zerschellt in tausend Einzelteile, und die toten Blumen landen in den Scherben. Stoney zuckt nicht einmal mit der Wimper.

»Dann ist die Sache klar, oder?«

Mit schnell pumpendem Herzen bleibe ich stehen. »Was?«

»Entweder deine Eltern oder die Ärzte wollten nicht, dass jemals wer von diesen Operationen erfährt.« Sie macht eine dramatische Pause. »Oder beide.«

»Aber das ergibt keinen Sinn.« Stirnrunzelnd laufe ich wieder auf und ab. Irgendwann bleibe ich stehen, lege eine

Hand an die Fensterscheibe und starre nach draußen. »Warum hat sie mir nicht davon erzählt?«

»Warum sollte sie?« Stoney schält sich aus der Decke. Einen Moment wühlt sie in den Küchenschränken und greift dann fluchend nach ihrem Telefon. »Eure Gespräche bestanden aus Vorwürfen, Diskussionen und Erpressungen.«

»Ich wollte meiner Schwester aus der Drogensucht helfen.«

»Aus der sie nicht raus*wollte.*« Sie bestellt eine Pizza und wirkt unruhig, als sie sich eine neue Jacky-Dose aus dem Kühlschrank nimmt. »Deine Eltern haben sie kaputtgemacht.«

»Nicht meine Eltern«, raune ich. *»Er.«*

»Er war einfach nur da.« Zischend öffnet sie die Dose. »Aber ich erinnere mich ganz genau, wie es angefangen hat. Mit dieser Verkehrskontrolle. Als sie die Mollys und das Koks in ihrer Tasche gefunden haben und sie nur auf Kaution aus dem Knast kam. Danach kamen keine Jobs mehr. Ihre Rolle bei *Teen High* wurde gecancelt. Und deine Eltern …«

»Hör auf.« Meine Hände zittern. Aber Stoney hat recht. Alles fing mit dieser beschissenen Verkehrskontrolle an. Mom hat Ella danach eingesperrt, bis sie abgehauen ist. Ich habe sie erst gefunden, als ich jedes Haus ihrer Freunde durchkämmt hatte. Ich dachte noch, wie passend das war.

Stoned bei Stoney.

Irgendwann hing auch *er* hier ab. Und er hat David mitgebracht. Die vier waren ein unzertrennliches, verjunktes Team, und ich habe es *gehasst.*

»Da kann was nicht stimmen.« Ich setze mich in einen Ohrensessel. »Ella ist unseren Eltern nicht mehr begegnet, nachdem sie abgehauen ist. Sie ist nie zurückgekommen, dafür war sie ständig hier.«

Stoney kuschelt sich mit der Dose zurück in ihre Decke und nimmt einen Schluck. »War sie nicht.«

Ich starre sie an. »Was?«

»Denkst du, ich war ihre Babysitterin? Sie hat hier gepennt und so, aber sie war doch nicht immer hier.«

»Sie war weg?«

»Klar. Oft. Ich bin nicht eure Mom und sperre sie ein.«

»Wohin ist sie gegangen?«

»Keine Ahnung.«

»Verarsch mich nicht.« Ich springe auf. »Sie muss es dir erzählt haben. Sie hat dir *alles* erzählt.«

Aus ihrem Mund kommt ein beinahe hysterisches Lachen. »Oh, Schätzchen, auf welchem Mond lebst du?«

An meiner Jeans balle ich die Hände zu Fäusten. In mir entfacht die Glut eine Feuerböe, bereit, alles niederzubrennen, was mir in den Weg kommt.

Stoney setzt eine gleichgültige Miene auf, aber ich erkenne die unbändige Trauer in ihren trostlosen Augen. »Ella war ein Geheimnis auf zwei Beinen. Sie hat mir *nie* auch nur irgendetwas erzählt, Hell.«

»Ist sie mit ihm weggegangen?«

»Manchmal.« Sie starrt in ihre Dose, obwohl sie darin nur Dunkelheit erkennen kann. Vielleicht ist es das, was sie gewohnt ist. »Aber manchmal auch nicht. Es gab Zeiten, da blieb sie mehrere Tage weg, und er war hier mit Dave.«

Ich verschlucke mich fast an meinem verreckenden Puls. »Sie muss doch etwas gesagt haben, wenn sie wiederkam.« Der Boden unter meinen Füßen beginnt zu schwanken. »Was meinte sie, wo sie war?«

Sie zuckt die Achseln. »Nichts.«

»*Nichts?*«

»Nicht unsere Angelegenheit, hat sie gesagt. Der Kerl war zu verknallt in sie und wusste, wenn er ihr auf die Nerven geht, gibt's Streit. Also hat er den Mund gehalten und sie lieber gevögelt, statt zu befragen. Und ich habe aufgegeben, als ich gemerkt habe, dass sie nichts sagen wird.«

Der Zorn steigt mir bis in den Kopf. Mir ist heiß, aber gleichzeitig zittere ich wie ein nackter Typ im Winter. Unruhig sehe ich mich um. Ich will wieder etwas zerstören.

»Vielleicht war sie da«, durchbricht Stoney meine Gewaltfantasien.

»Wo?«

»Bei den Ärzten.«

»Aber wieso sollte sie das machen? Vor allem mit unseren Eltern?« Ich schlage die Faust in meine Handfläche, gehe zur Kochinsel und lege die Ellbogen darauf ab. Dann vergrabe ich meine Finger in meinem Haar und kratze mir über die Kopfhaut, bis es brennt. »Das ergibt keinen Sinn.«

»Na ja, es gab eine Sache, für die sie alles getan hätte«, sagt Stoney, und ich lausche mit geschlossenen Augen meinen unregelmäßigen Atemzügen, während ich darauf warte, dass sie weiterspricht. »Du weißt, was ich meine.«

»Sie hätte sich für keine Rolle operieren lassen.«

»Ella hatte Seiten, die niemand von uns kannte.«

Das ist das Streichholz in meinem benzingetränkten Körper. »Ich kannte meine Schwester *auswendig*!«

Stoney hebt nur trocken eine Braue. »Bist du sicher?«

»Willst du mich verarschen?«

»Ich meine ja nur«, sie kippt das Whiskey-Zeug in drei großen Schlucken herunter und drückt dabei so fest zu, dass

Dellen in der Dose entstehen, »*dir* hat sie nicht von den Operationen erzählt, aber *ihm* schon.«

»Er hat sie umgebracht!«, brülle ich, greife wahllos nach einer Kristallkaraffe und schleudere sie gegen die Wand. »Was?«, setze ich hinterher, als sie nicht aufhört, mich anzugucken. »Was, *verfickt* noch mal, kommt jetzt?«

Stoney hat zwei Whiskeydosen intus. Statt betrunken zu wirken, scheint sie erst normal zu werden. Als sie mir die Tür aufgemacht hat, sah sie wie eine halbe Leiche aus. Jetzt kehrt langsam Leben in ihre Augen zurück.

War Ella auch so? Nur ein Schatten ihrer selbst, wenn sie nichts zu sich genommen hatte? Kehrte sie erst in ihren Körper zurück, wenn sie sich was in die Venen jagen konnte?

Bei dem Gedanken hole ich erstickt Luft. Genau in dem Moment, in dem Stoney den Mund öffnet und etwas sagt, das mir die Lunge zerstückelt.

»Er behauptet, er war's nicht.« Sie sieht mir fest in die Augen. »Er sagt, er hätte sie nicht getötet, Helix.«

KAPITEL 36

Heaven

»Ich hatte das Gefühl, ihr wart beim Training heute nicht ganz bei der Sache«, nuschelt Enola neben mir in ihre Liege.

»Wieso?«, fragt Alexis, während sie mir ihre Daumen in die Muskeln meines unteren Rückens drückt. Ich seufze wohlig. Diese Frau ist ein Segen. »Haben sie wieder rumgemacht?«

»Wir haben nie beim Training rumgemacht!«

Auf meiner anderen Seite grunzt Savvy. »Ist noch jemandem außer mir aufgefallen, wie sie *beim Training* betont hat?«

Enola kichert.

Alexis tröpfelt neues Öl auf meinen Rücken und verreibt die warme Flüssigkeit mit gezieltem Druck unter meinen Schulterblättern. »Ash soll Baba Bubba nach einer Voodoo-Puppe gefragt haben, weil du ihr den Freund geklaut hast.«

»Was?« Savvy richtet sich auf ihrer Liege auf. »Niemals. Das wüsste ich.«

»Ich habe ihr nicht den Freund geklaut«, nuschle ich. »Erstens waren sie nie zusammen, und zweitens sind wir das auch nicht.«

»Habt ihr nicht darüber geredet?«, fragt Alexis.

Ich bin froh, dass die anderen beiden Physiotherapeuten nicht interessiert an Tratsch sind. Schweigend kneten sie meine Freundinnen durch.

Ich zögere. »Nein.«

Seit unserer Nacht schwirrt mir nur ein Gedanke im Kopf herum: *Der Typ im Knast und Ells. Der Typ im Knast und Ells. Der Typ im Knast und Ells.*

Es ist eine Woche her, und seitdem läuft unser Training schleppend. Ich bin unkonzentriert, weil mir die Sache mit der WhatsApp-Nachricht nicht aus dem Kopf geht, und Helix wirkt schweigsam und angepisst. Jedes Mal, wenn ich ihn drauf anspreche, sagt er dasselbe.

»Das hier ist Training und keine Teestunde, Heaven. Weitermachen.«

Ein paarmal wollte ich ihn auf die Nachricht ansprechen, nur habe ich jedes Mal kurz davor Panik bekommen.

Was, wenn ich mir etwas völlig Dummes zusammenreime?

Was, wenn er dadurch von Elliott erfährt?

Was, wenn er dann schnüffelt?

Was, wenn er herausfindet, was ich wirklich getan habe?

Und am schlimmsten: Was, wenn ich ihn verliere?

»Ihr habt nicht darüber geredet, spielt aber weiterhin in der Öffentlichkeit das verliebte Paar?«, stößt Enola ungläubig aus. »In der letzten Woche hattet ihr drei öffentliche Dates.« In denen wir ungefähr so viel geredet haben wie zwei Käfer. Ob Händchen haltend am Rodeo Drive, im Eiscafé am Malibu Beach oder Sunset Strip – die ganze Romantik, die die Presse eingefangen hat, war Show. »Wie macht ihr das?«

»Indem Helix ein kalter Stein ist«, ächzt Savvy, weil Paul ihr gerade mächtig den Rücken durchknetet. »Wenn der mit seinem Schau-mich-nur-an-und-ich-tötet-dich-Blick neben dir herläuft, kommen bei niemandem Emotionen auf.«

Fast hätte ich gelacht, denn dann bin ich wohl niemand.

»Wenn wir der *Page Six* glauben, seid ihr das süßeste Newcomer-Pärchen des Jahres«, sagt Alexis.

Ich grunze. »Und wenn wir der *In Touch* glauben, bin ich das hässlichste Mädchen, das er je gedatet hat.«

»Mach dir nichts draus«, sagt Sav. »Inzwischen sind fast überwiegend positive Sachen über euch zu finden. Konzentriere dich auf die wichtigen News.«

»Ja«, kichert Enola, »zum Beispiel, dass du die Show abbrechen müsstest, weil Helix dich geschwängert habe.«

»Würde mich nicht wundern, wenn Craig dieses Gerücht in die Welt gesetzt hat«, murmele ich.

»Apropos Craig«, hakt Savvy ein. »Enola, hat der dich neulich *echt* angebaggert?«

»Was?«, stoße ich aus und reiße meinen Kopf hoch, doch Alexis drückt ihn bestimmt zurück.

»Ja, hat er«, seufzt sie. »Felicia auch. Mich lässt er jetzt in Ruhe, nachdem Pawel so wütend geworden ist.«

Ich lege die Stirn in Falten. »Wieso?«

»Er hat ihn angeschnauzt, er soll mich trainieren lassen.«

»Du verschweigst etwas«, säuselt Savvy.

»Nö«, entgegnet Enola.

»Ich weiß alles, meine süße Seiltänzerin. Von Hawk.«

»Erzähl!«, fordere ich.

In ihrer Stimme höre ich, wie sehr dieses Gespräch meine beste Freundin zufriedenstellt. »Pawel meinte, wenn Craig mit seiner verletzten Hand unbedingt in der Trainingshalle rumhängen will, soll er etwas tun, das allen Freude bereitet, und die Fresse halten. Was übersetzt bedeutet: Baggerst du sie noch einmal an, verlierst du nicht nur deine Hand, sondern auch deinen Kopf.«

Enola entgegnet nichts. Seit Ewigkeiten steht sie auf den Fronttänzer aka die junge Version von Channing Tatum. Sie sieht ihn genauso an wie ich Helix: wie eine sabbernde Bulldogge einen saftigen Hühnerschenkel.

Als wir nach der Massage über den Sandplatz zu unseren Wohnwagen gehen, sieht Savvy sehnsüchtig zum Speisezelt. »Heute ist Mac-and-Cheese-Tag und mein Magen kurz davor, sich selbst aufzufressen, wenn ich ihn nicht füttre.«

»Ich will noch kurz duschen«, sage ich.

Savvy stöhnt. »Mac and Cheese, Heaven! Die Makkaroni interessiert es nicht, ob du stinkst. Sie wollen dich verwöhnen.«

In dem Moment kommt Pawel aus seinem Wohnwagen. Seine Jogginghose sitzt ihm tief auf den Hüften, und seine Haare sind noch feucht.

»Ich gehe mit dir«, sagt Enola sofort. »Wenn mein Magen Mac and Cheese hört, übernimmt er die Führung über mein Hirn.«

Savvy und ich wechseln einen amüsierten Blick, bevor meine beste Freundin sie zum Speisezelt zieht und zu plappern beginnt. »Also, letzte Nacht habe ich geträumt, mich in einen Hot Tub mit Käsemakkaroni zu setzen. Während die Nudeln mich liebkost haben und …«

Grinsend wende ich mich ab. Gerade als ich über die Deichsel von Pawels Wohnwagen steige, springen die Laternen an. Unter meinen Schuhen knirscht der Sand, während ich zu meinem Wohnwagen trotte. Im Lavendel und den Zitronengräsern zirpen die Grillen. Ich hole meinen Schlüssel aus meiner Sporttasche und gehe um meinen Wohnwagen herum, da halte ich abrupt inne.

Vor mir, auf den Stufen meines Trailers, sitzt ein Mädchen, das ich kenne. Das *jeder* kennt. Zumindest jeder, der wie ich die Abende als Jugendliche damit verbracht hat, erst *Girls Stuff* und danach *Teen High* zu gucken und sich zu wünschen, sie zu sein. Ihre Serien waren beliebter als die *Zauberer vom Waverly Place*, *iCarly* oder *Sam & Cat.*

Estefania Esteban war meine Heldin.

Bis sie Teil meiner Albträume wurde.

Ich starre sie an. »Was machst du vor meinem Wohnwagen?«

»Oh, hallo.« Sie neigt den Kopf. »Das ist deiner?«

Zwar ist ihr Gesicht immer noch so schön wie früher, aber ihr Glanz fehlt. Die Haare sind fettig, die Wangen eingefallen und ihre Augen stumpf. Jeder weiß von ihren Drogenabstürzen. Und jeder weiß, dass sie sie zusammen mit Ella hatte. Sie haben sich gemeinsam in die Tiefe gezogen.

Sie oder …

Ich deute an die Tür. »Mein Name steht dran.«

Sie dreht den Kopf, ohne wirklich hinzusehen. Gleichgültig zuckt sie die Achseln. »Wohl ein Versehen.«

»Wie bist du ins Zirkusdorf reingekommen?«

Estefania seufzt theatralisch. »Es ist von Vorteil, einen Ex-Freund zu haben, der noch immer alles für mich tun würde und jetzt als Security arbeitet.«

Ich mache mir eine innere Notiz, herauszufinden, wen sie meint, und ihn feuern zu lassen. Niemand darf das Sky Valley betreten, wenn er keine ausdrückliche Berechtigung hat. »Und was willst du?«

Sie mustert mich. »Ich kann ihn verstehen.«

»Wie bitte?«

»Es ist noch mal was anderes, wenn du vor einem stehst. Es verstärkt den Drang, dich leiden zu sehen.«

Panik kriecht wie eine Spinne über meinen Rücken. »Ich schlage vor, du gehst jetzt besser.«

»Naw, Süße.« Ihre perfekten Lippen heben sich zu einem schiefen Lächeln. »Versuchst du, mir zu drohen? *Mir?*« Sie erhebt sich. Jeder Schritt zieht eine bedrohliche Warnung mit sich, und als ich ihre Lippen dicht an meinem Ohr spüre, wird mir übel vor Angst. »*Mir*, die weiß, was du getan hast?«

Ich halte den Atem an.

»Stoney.«

Seine Stimme bricht mir alle Knochen. Sie ist Erfüllung und Untergang zugleich. Sie zu hören, wiegt mich in Schutz. Auf der anderen Seite reißt sie mich nieder, denn es fällt mir wie Schuppen von den Augen.

Stoney. O Gott. *Sie* ist Stoney! Die beiden kennen sich. Und die Nachricht auf seinem Handy ... sie war von ihr. Aber ... aber das ergibt keinen Sinn.

Es sei denn, Hell kannte Ella.

Estefania geht einen Schritt zurück und sieht mir in die aufgerissenen Augen. Ihre Zufriedenheit tritt mir in den Magen. Erst dann dreht sie sich zu Helix um, ein falsches Grinsen auf ihren Lippen. »Ich wollte zu dir.«

»Was hast du ihr gesagt?«, fragt er.

»Nichts.« Ihre Stimme klingt unschuldig. *Zu* unschuldig. »Ich wollte mich nur davon überzeugen, was du über sie erzählt hast.«

Mein Kopf fährt herum. »Was meint sie?«

»Nichts«, sagt diesmal Helix und nähert sich Estefania. »Du wolltest zu mir? Dann komm.«

Aber sie bewegt sich keinen Zentimeter. Stattdessen mustert sie mich aus schmalen Augen und streicht mit ihren Fingern über ihr Kinn. »Weißt du, es wundert mich, dass du mit ihm trainieren kannst, nachdem …«

»Stoney.« In Hells Augen funkelt es bedrohlich.

Meine Kehle wird staubtrocken. »Nachdem *was*?«

Estefania wirkt überrascht. Plötzlich lacht sie. »Oh Scheiße, das ist nicht dein Ernst, oder?« Sie sieht Helix an, der sie nur mit einem teuflischen Blick niederstarrt, und schüttelt den Kopf. »Das Mädchen hat keine Ahnung von allem? Und du hast ihr nicht gesagt, dass es vielleicht …«

Helix knurrt, und sie unterbricht sich.

»Gott, du willst sie wirklich leiden sehen.« Ihr Kichern drückt mir die Kehle zu.

»Helix«, flüstere ich unsicher, »was …?«

Sein Killerblick knickt ein, als er mich ansieht. Augenblicklich werden seine Züge sanfter. »Später«, sagt er und geht zu seinem Wohnwagen.

Kurz schaut mich Estefania noch an, dann folgt sie ihm. Ich warte ein paar Minuten, bevor ich meine Tasche auf die Wagenstufe werfe und ihnen hinterherschleiche. Jeder Schritt klingt wie ein Donner in meinen Ohren, jeder Atemzug könnte mich verraten. Ich will mir gar nicht ausmalen, was Helix mit mir anstellen würde, wenn er herausfände, dass ich ihn belauschen will. Wahrscheinlich würde er bis zum Training warten und meinen Tod wie einen Unfall aussehen lassen. Das Gruselige daran ist, dass es sogar funktionieren würde. Er *könnte* mich beseitigen und müsste niemals die Konsequenzen dafür tragen, weil es mein eigenes Vertrauen in den Teufel war, das mich ins Grab gebracht hätte. Wahrscheinlich würde er lächelnd an meinem Grab stehen und flüstern, dass er mich gewarnt hätte.

Ich zucke zusammen, als ich die Barkeeperin Leslie zwischen dem Vorratswagen und dem Gemeinschaftszelt sehe, eine Kiste Bier in den Händen. Sie flucht, als die Tür ihren Knöchel einklemmt, und tritt mit ihrem Cowboystiefel dagegen. Ich verstecke mich hinter einem defekten Heißluftballon-Waggon, der für das alte Karussell repariert werden muss, und warte mit klopfendem Herzen, bis ihr wackelnder Hintern im Zelt verschwindet. Dann fokussiere ich Hells marineblauen Trailer. Ich erkenne zwei Schemen, die miteinander diskutieren. Was für ein Glück, dass ich schon mein Leben lang in Sky Valley lebe und weiß, wie man am besten lauscht.

»Sorry«, murmele ich meinem Selbsterhaltungstrieb zu, als ich hinter dem Heißluftballon hervorkomme und geduckt auf den Wagen zusteuere, »aber das muss sein.«

Der Sand schürft über meine Knie, während ich mich in den schmalen Spalt unter dem Anhänger schiebe. Mit den Chucks drücke ich mich vom Boden ab, um in die Mitte zu kriechen. Dann rolle ich mich umständlich auf den Rücken und starre auf den schmutzigen Wagen nur wenige Zentimeter über mir. Ich muss aufpassen. Wenn ich nur eine falsche Bewegung mache, mich erschrecke, irgendwas, könnten sie es von drinnen hören.

»… kapiere nur nicht, wie du sie ansehen kannst, als wäre sie deine gottgegebene Vergebung, ein fucking Geschenk des Himmels, wenn du weißt, dass dieses Casting damals …«

»Ich habe es dir gerade gesagt, und ich wiederhole mich nur ungern, Stoney.« Helix' Stimme klingt scharf, als wäre er jederzeit bereit, mit einer Klinge eine Kehle zu durchtrennen. »Heaven ist jetzt kein Thema.«

Ein hysterisches Lachen kommt von Estefania. »Sie ist *das* Thema, Helix. Mit ihr hat alles angefangen, und du willst sie einfach ausklammern? Scheiße, ich dachte, du hasst sie!«

Wahrscheinlich sollte ich mich fragen, was zur Hölle mit mir angefangen hat, aber ich bin zu sehr damit beschäftigt, mein verletztes Herz zu streicheln. *Ich dachte, du hasst sie.* Das schmerzt mehr, als ich dachte.

»Tu ich auch«, entgegnet er.

Ich schnappe nach Luft. Im nächsten Moment verfluche ich mich dafür und presse mir die Hand auf den Mund. Mit angehaltenem Atem lausche ich, ob ich mich verraten habe. Aber das Einzige, was ich höre, sind unruhige Schritte über mir und mein eigenes Herz, das mir fast aus dem Brustkorb springt.

»Trotzdem müssen wir diese Show hinter uns bringen. Ich muss das durchziehen, ansonsten wandere ich in den Knast.«

Wie bitte?

»Ah, ich vergaß. Deine süßen Sozialstündlein.«

Der Zirkus ist für ihn eine Strafmaßnahme? O mein Gott! Mom hat einen Straftäter eingestellt? Die Vorstellung ist so absurd, dass ich fast laut aufgelacht hätte. Nie im Leben weiß sie davon. Nicht meine überkorrekte Mutter, der es das Wichtigste ist, was andere von ihr denken. Dad muss es über meinen Onkel eingefädelt haben. Der ist beim LAPD. Aber wieso sollte er?

»Also, was wolltest du mir so Dringendes sagen?«, fragt Hell.

»Ich habe mit David über die ganze Sache gesprochen.«

Stille. Dann … »Du hast *was*?« Seine Stimme ist gedämpft, aber die Drohung darin könnte nicht intensiver sein.

Shit. Ich will nicht, dass mich seine Autorität anmacht, vor allem nicht in dieser Situation, wenn er gerade zugegeben hat, dass er mich hasst, und doch tut es das.

»Dieser Penner ist auf allem möglichen Scheiß und eine tickende Zeitbombe. Er könnte morgen losgehen und der halben Welt davon erzählen, einfach nur, weil er Bock drauf hat, und …«

»Nicht, wenn es um sie geht.«

»Ach, und das weißt du so genau, weil du ihm inzwischen in sein verballertes Hirn gucken kannst?«

Sie schweigt.

Plötzlich knallt etwas. Es hört sich an wie eine Faust, die auf einen Tisch schlägt. Mühevoll unterdrücke ich einen erschrockenen Laut.

»Stoney, ich *schwöre* dir, wenn du …«

»Er war in sie verliebt«, sagt sie so leise, dass ich im ersten Moment glaube, mich verhört zu haben. Helix scheinbar auch, denn es kommt keine Antwort. »Dave war abgöttisch in sie verliebt, aber er hat nie ein Wort zu ihr gesagt. Er wusste, dass sein bester Kumpel zu glücklich mit ihr war.«

Helix schnaubt. »So glücklich, dass er sie …«

»Wir wissen es nicht, Helix.«

»Ist das dein Ernst?« Spöttisch lacht er auf. »Wenn du alles glaubst, was man dir erzählt, wundert es mich, dass du bis heute überlebt hast.«

»Nur weil du ein armseliges einsames Schwein bist, das niemandem vertrauen kann, gilt das nicht auch für mich.« In ihrem Tonfall kann ich förmlich hören, wie sie die Augen verdreht. »Willst du jetzt wissen, was er zu sagen hatte, oder soll ich lieber gehen? Mir ist das scheißegal. *Du* bist mir scheißegal. Es geht mir nur um sie.«

Ich wage kaum zu atmen, aus Angst, an meiner eigenen Hysterie zu ersticken.

»Was hat er gesagt?«, brummt Helix schließlich.

Über mir knarrt etwas. Einer von beiden hat sich auf die Sitzbank gesetzt. »Dave meinte, eure Eltern waren bei uns.«

Er zögert. »Du lügst.«

»Sehe ich so aus, als würde ich hier meine Zeit verschwenden wollen?«

»Dann lügt er.«

»Möglich. Aber er sah nicht so aus.«

»Was soll das heißen?«

»Heulen Menschen, während sie lügen? Dann wäre er ein bemerkenswerter Schauspieler, und wir alle wissen, der Typ kann singen, mehr aber auch nicht.«

»Und wo warst du, als sie bei euch waren?«

»Keine Ahnung. Auf jeden Fall nicht zu Hause. Dave meinte, es gab einen riesigen Streit, den man durch die Wände hören konnte. Die Jungs haben Xbox gezockt und laut aufgedreht, aber es war nicht zu überhören.«

»Scheiße, Stoney, wenn ich dir weiter alles aus der Nase ziehen muss, stelle ich dich an Kujos beschissene Wand und werfe mit seinen Messern nach dir, verstanden?«

»Dankbarkeit für mein Wissen sieht anders aus.«

»Stoney …«

»Sie haben über irgendeine Operation gestritten. Ells wollte sie nicht machen. Sie meinte, es ginge zu weit, aber deine Mom hat immer wieder geschrien, sie wäre minderjährig, sie müsse tun, was sie will. Es wäre nur zu ihrem Besten und ob sie sich denn gar nicht um ihre Karriere sorgen würde, nach allem, was passiert sei, bla bla bla.«

Ich glaube, mein Herz hat aufgehört zu schlagen.

Ells.

Das kann alles nicht wahr sein. Ich muss in einem Traum festhängen. In einem beschissenen Albtraum. Ich wusste, dass Ella und Estefania eng befreundet waren, aber was *zur Hölle* hat Helix mit ihr zu tun?

»Und dann?« Seine Stimme klingt diesmal so leise, dass sie wie ein hoffnungsloser Tropfen auf einem heißen Stein zerrinnt. »Wie ging es aus?«

»Sie hat zugestimmt«, entgegnet Stoney bitter, »und ist ein paar Tage später verschwunden.«

»Und als sie wiederkam?«, fragt er. »Was hat sie gesagt?«

Stille.

»Hallo?«

»Sie kam nie wieder, Helix.«

Sein ersticktes Keuchen bricht sogar mir die Seele. »Was meinst du damit?«

»Dave sagte, es wäre das letzte Mal gewesen, dass er sie gesehen hätte. Beide hätten sich Sorgen gemacht. Irgendwann hat El nach ihr gesucht. Er war ein paar Tage weg. Und die nächste Schlagzeile kennst du.«

Über mir schwankt der Boden. Ein merkwürdiges Paradoxon. Wie kann der Boden *über* mir sein? Auf grausame Weise spiegelt es mein Inneres perfekt wider.

Etwas, das nicht sein kann.

Ells und El.

Nein, nein, nein. Das muss ein dummer Zufall sein.

Die Stille schwillt immer mehr an. Nur die Grillen haben keine Ahnung, dass hier gerade die Welt untergeht.

Wäre schön, wenn ihr Zirpen meine Panik übertönen könnte.

»Und?«, durchbricht Stoney das lange Schweigen. »Was denkst du jetzt über die kleine Fairchild? Du könntest sie leicht beseitigen, Helix.«

Mein Blut gefriert in meinen Adern.

»Was hat sie damit zu tun, was meine Eltern getan haben?«

»Sie war der Anstoß, und das weißt du«, entgegnet sie, ihre Stimme zischend wie eine giftige Schlange. »Der Grund für alles, was danach kam. Dieser Streit wäre nicht passiert, wenn sie nicht gewesen wäre. Deine Eltern wären an diesem Abend nicht aufgetaucht, hätten sie nicht zu irgendwelchen Operationen gezwungen, weil ihre Karriere nicht zu Ende gewesen wäre. Und du *hasst* sie dafür, willst es aber nicht mehr wahrhaben, weil dieses lächerliche Zirkusding es tatsächlich geschafft hat, dir den Kopf zu verdrehen.«

»Schwachsinn«, murmelt er wenig überzeugend.

»Es ist die Wahrheit!«, speit sie, und fügt dann, nach einer grausamen Pause, hinzu: »Wenn du es nicht tust, kümmere ich mich um sie.«

»Sie gehört mir!«, knurrt Hell.

Ich unterdrücke ein panisches Wimmern. Der Trailerboden knarrt, und ich sehe Helix vor mir, wie er mit seinem Raubtierblick auf sie zuschlendert, bereit, jedem den Kopf abzureißen, der sich seinen Plänen in den Weg stellt. In einem Winkel meiner Erinnerung höre ich Craigs Handgelenk knacken.

»Du rührst Heaven nicht an, und du wirst auch niemanden beauftragen, es zu tun, verstanden, Stoney?«

Sie schnaubt. »Ich weiß nicht, was du in ihr siehst, Helix.

Niemand kauft euch diese verliebte Show ab. Sie ist nicht auf deinem Level. Hast du sie dir mal angesehen? Sie wirkt wie ein Mauerblümchen. Nur mit dem Unterschied, dass sie ein Monster ist.«

»Es macht sie nicht zu einem Monster.«

»Für mich schon. Sie ist schuld. Punkt.«

Wenn mein Herz gerade noch um sein Leben gekämpft hat, gibt es jetzt definitiv auf.

Estefania spricht meine schlimmsten Gedanken aus.

»Ich kümmere mich um sie«, knurrt er. »Nur ich, kapiert?«

»Dann hoffe ich, du tust es auf die richtige Weise.« Keinen Augenblick später schwingt die Trailertür auf, und sie stampft die Treppe hinunter. Ich wage es nicht zu atmen.

Mein Selbsterhaltungstrieb hatte recht. Ich hätte nie herkommen dürfen.

Die Tür knallt ins Schloss. Trotzdem rege ich mich keinen Millimeter. Angespannt warte ich auf die Schritte in seinem Wohnwagen. Erst als ich es über mir knarren höre, stoße ich lautlos den angehaltenen Atem aus. Ich höre sein Bett quietschen und entscheide, noch ein paar Minuten zu warten. Als ich es schließlich nicht mehr aushalte und mir ein kleiner Stein schmerzhaft zwischen die Schulterblätter drückt, rolle ich mich auf den Bauch und ziehe mich vorwärts. Die Panik wegen dem, was ich gerade mit angehört habe, vernebelt mir das Hirn. Ich zwinge mich, kurz ein- und länger auszuatmen, um nicht zu hyperventilieren.

Mit den Händen ziehe ich mich vorwärts.

Er wird dich nicht finden, denke ich. *Er liegt über dir in seinem Bett. Er wird niemals herausfinden, dass du hier gewesen bist. Du ziehst diese Tour mit ihm durch, ignorierst dein zerstörtes Herz und wirst ihn nach dem Showdown in Las Vegas nie wiedersehen. Es ist alles gut. Es …*

Ein breiter Vogel fliegt vom Himmel auf die Erde. Ich reiße Mund und Augen auf, nicht imstande, einen Laut von mir zu geben. Denn der Vogel besitzt eine Faust, mit der sie sich am Boden abstützt, und Beine, die neben dem Wagen knien, und vor allem ein so schmerzlich schönes Gesicht.

»Denkst du, du kannst mich verarschen, Zirkusmädchen?«

KAPITEL 37

Heaven

Helix' Hände packen meine und ziehen meinen Körper mühelos über den Boden unter dem Wohnwagen heraus. Der Sand schürft meine nackten Beine auf, aber ich kann nicht weiter drüber nachdenken, weil er mich im nächsten Moment herumwirbelt und mit dem Rücken gegen seinen Trailer drückt. Mit den Armen kesselt er mich ein. Seine rabenschwarzen Strähnen fallen ihm in die Stirn. »Irgendeinen Wunsch, wie schmerzhaft ich dich bestrafen soll?«

»Ihr habt über mich geredet.« Meine Stimme klingt mutiger, als ich mich fühle. Trotzdem gelingt es mir, das Kinn zu recken. »Und du warst derjenige, der mir gesagt hat, seine Feinde im Auge zu behalten.«

Er hebt eine Braue. »Ich bin also dein Feind?«

»Du hast gesagt, du würdest mich hassen«, zische ich. Auch wenn ich mir größte Mühe gegeben habe, gelingt es mir nicht, den Schmerz in meiner Stimme zu unterdrücken.

Verfluchte. Scheiße.

»Nach allem, was du gerade gehört hast, ist es das, worüber du sprechen willst?«, fragt er und verengt die Augen.

Ich schnaube verächtlich. Gleichzeitig verfluche ich seine verdammte Macht über mich und die Gefühle, die er in mir auslöst. Nur deshalb steckt jetzt dieser Kloß in meiner Kehle und treibt mir Tränen in die Augen, die ihn wie ein melancholisch-schönes Mosaik wirken lassen.

»Ich habe keine Ahnung, wer du bist oder was hinter eurem geheimnisvollen Treffen steckt, aber ich weiß, dass ich es dir nicht leicht machen werde.«

»Wie bitte?«

»Wenn du dich um mich kümmern willst, wie ihr besprochen habt, werde ich dich zuerst vernichten.«

Seine sündhaft schönen Lippen formen sich zu einem amüsierten Lächeln. »Ja, sicher. Wahrscheinlich muss ich Angst haben, dass du mich«, er zwickt mich in den Arm, »mit deinen außergewöhnlichen Kräften überwältigst.«

Ich funkele ihn an.

Sein Grinsen erlischt in verzweifelt schönen Stufenabschnitten. »Du kennst mich, Heaven.«

»Was?«

Er kommt näher. Jetzt lehnt er nicht mehr mit den Fäusten am Trailer, sondern mit den Unterarmen. Ich halte die Luft an, als ich seinen Atem auf meinen Lippen spüre. »Du sagst, du wüsstest nicht, wer ich bin. Aber du kennst mich.«

Wütend grunze ich. »Kennen ist ein großes Wort für die paar Wochen, in denen du mir auf die Nerven gehst.«

Seine Zungenspitze befeuchtet seine Lippen, und bei dem Anblick sterbe ich ein bisschen.

Du. Verräterischer. Östrogengesteuerter. Notgeiler. Körper!

Mein Selbsterhaltungstrieb ist wieder da, und er befiehlt mir, sofort wegzusehen. Also senke ich die Lider. Seine wohlgeformte Brust ist zwar nicht besser, aber nicht so zerstörerisch wie sein Gesicht.

»Sieh mich an.«

Widerwillig hebe ich den Blick. Durch das Laternenlicht sind seine Pupillen winzig klein und das Gold seiner Iriden so hell, dass es aussieht, als wäre unser glühender Stern direkt in ihn hineingekrochen.

»Sieh mich ganz genau an, Heaven«, flüstert er. »Und sag mir, was du siehst.«

Blinzelnd mustere ich ihn. Seine Worte verwirren mich. Will er, dass ich ihm Honig ums Maul schmiere, indem ich ihm sage, wie gottverdammt schön er ist? Oder will er …

Plötzlich krampft sich mein Herz zusammen. Von jetzt auf gleich krachen Berge aneinander, die die ganze Zeit schon versucht haben, magnetisch zueinanderzufinden.

Aber das kann nicht sein … Das ist nicht …

Himmel.

»Die Augen«, krächze ich. »Das Haar. Und der … der Schwung in …« Wie hypnotisiert strecke ich die Hand aus. Helix zuckt zusammen, als ich über seine Oberlippe streiche. Ich male sie nach wie ein Pinsel das schönste Aquarellbild der wilden Highlands. »Du kennst sie nicht nur. Du …«

Der Schock lähmt meine Stimme. Helix packt mein Handgelenk. »Sag es.«

»Du bist ihr Bruder«, flüstere ich.

Schmerz kriecht über jeden seiner düster gemeißelten Züge. Seine Augen gehen in Flammen auf und brennen alles nieder.

»Ihr Zwillingsbruder«, korrigiert er leise.

Mein Herz zerbröselt in tausend Teile.

Ich hätte es wissen müssen. Von Anfang an.

Er hat seine Schwester verloren.

Elliotts demolierter Trailer damals. Das muss er gewesen

sein. In der Nacht war mein Onkel hier. Er hätte ihn einbuchten lassen können, aber wahrscheinlich hat mein Vater …

»*Deshalb* hat Dad dich hergeholt«, krächze ich. »Um sein schlechtes Gewissen zu bereinigen.«

»Herzlichen Glückwunsch«, knurrt Hell. »Jetzt kennst du die Wahrheit.«

Tränen verschleiern meine Sicht. »Mein Bruder hat deine Schwester ermordet«, flüstere ich. Sein Schmerz ist so sichtbar, dass ich keine Luft mehr kriege.

»Und ich bin wie er.« Ich kann die Tränen nicht mehr zurückhalten. »Ich bin ein Monster.«

Er verengt die Augen. »Am Anfang wollte ich dich dafür töten, dass du ihn zu diesem Casting geschickt hast.«

Dort, wo alles begann. Wo er Ella kennengelernt hat.

»O Gott, Helix. Es tut mir so leid.«

»Es muss dir nichts leidtun. Du hast nichts getan.« Seine Mimik verzieht sich, als koste es ihn größte Mühe, das auszusprechen. »Du warst der Anfang, aber nicht der Ausgang. Ich kann dich nicht dafür verantwortlich machen.«

Scheiße, er denkt, nur *das* habe ich getan?

Elliott zum Casting geschickt?

Mein Mund öffnet sich, bevor er sich wieder schließt und die Wahrheit verschluckt. Ich kann es ihm nicht sagen. Ich kann ihm niemals beichten, was passiert ist. Er würde mich nie wieder auf die Weise ansehen, auf die er es jetzt gerade tut. Und das macht mich noch mehr zu einem Monster.

»Es … Ich kann es jetzt verstehen«, wimmere ich.

Ein schwerer Blick durch seine dichten Wimpern trifft mich. »Was verstehen?«

»Dass du mich hasst.«

Er lacht leise. Ein verzweifelter Ton, so zerrissen, dass er mir die Haut von den Knochen zerrt. »Ich hasse dich nicht, Heaven.«

»Aber das hast du gesagt. Eben gerade. Du …«

»Ich hasse das, was du mit mir machst.«

Aus großen Augen heraus starre ich ihn an. Er lehnt sich vor, wischt mir die Strähnen aus dem Gesicht und mustert mich mit etwas, das mir vorkommt wie … Sehnsucht?

Aber das ist nicht möglich.

»Ich sehe was, was du nicht siehst«, raunt er.

Verwirrt blinzle ich. An meinen Wimpern kleben feuchte Tropfen. »Du … du musst noch eine Farbe nennen.«

»Welche Farbe hat Glück?«, fragt er.

»Was?«

»Dich, Heaven.« Seine raue Stimme brennt sich auf direktem Weg in mein Herz, gejagt von dem Inferno, das mich in Flammen setzt. »Ich sehe *dich*.«

Mein Atem stockt. Halt suchend fahre ich mit den Händen über den Wohnwagen. Helix nimmt sie in seine.

»Was denkst du?«

Was ich denke? Vielleicht, dass ich gleich sterbe. Wenn seine Lippen noch einen Zentimeter näher kommen, sterbe ich definitiv. Das ist, als würde dich ein Stern berühren.

Was für eine schöne Vorstellung.

Was für ein vernichtendes Ende.

»Du bist ein Spiel mit dem Teufel, Hell«, flüstere ich, den Blick auf seine vollen Lippen gerichtet.

Sein linker Mundwinkel hebt sich für einen Millimeter.

»Auch der Teufel war einst dem Himmel verfallen, Heaven.«

Dann implodiert der Stern, denn er küsst mich. Sein Gewicht drückt mich fest gegen den Trailer, während sein Herz gegen meine Brust schlägt und seine Lippen meine erkunden. Erst zaghaft, bis mir ein zufriedener Laut entkommt und er den Kuss intensiviert. Er drückt meine Finger mit seinen. Ich rieche seinen unverkennbaren Duft nach Minze und etwas, das ich nicht einordnen kann. Rauchig. Gefährlich schön. Anders.

Seine Zungenspitze streicht an meinen Lippen entlang und fordert Eingang. Seufzend gewähre ich ihn ihm.

»Heaven«, raunt er, bevor seine Zunge meine neckt.

Zwischen meinen Beinen erwacht ein Feuer. Es ist direkt von ihm auf mich übergesprungen. Ich löse meine Finger, lege die Arme um seinen Hals und streiche mit der Handfläche über den geschorenen Haaransatz. Das raue Gefühl betört meine Nerven. Unter flackernden Lidern gebe ich mich diesem Kuss hemmungslos hin. Ich öffne den Mund etwas weiter, und Helix nimmt sich, was er braucht. Er neigt den Kopf, seine Küsse schneller, verlangender, leidenschaftlicher. Mit den Nägeln kratze ich über seine Kopfhaut.

»Gott, Babe«, stöhnt er. Im nächsten Moment packt er meine Oberschenkel, hebt mich hoch und schließt die letzte Distanz, die zwischen uns noch war. Ich keuche, als ich die feste Beule zwischen meinen Beinen spüre. Er drückt sie genau dort, wo es verlangend pocht, und ich kann nicht anders, als mich willig an ihm zu reiben.

»Helix«, murmle ich und schlinge die Beine um seinen Körper, vergrabe die Hände in sein Haar. Ich nehme seinen heißen Atem in mich auf und reibe meine pulsierende Mitte an seiner Erektion.

»Wenn du wüsstest, wie oft ich davon fantasiere, in dich zu stoßen«, sagt er. Ich lege den Kopf in den Nacken und schließe die Augen, weil die Lust mich überrennt. Seine Lippen fahren über meinen Hals. »Beim Training«, keucht er und küsst mich an einer sensiblen Stelle unter dem Ohr, »beim Essen«, ein Kuss auf meine pulsierende Schlagader, »nachts.«

»Tu's jetzt«, verlange ich, angetrieben von der Lust, die die Führung über mein Hirn übernommen hat.

Sein leises Lachen gleitet heiß über meinen feucht geküssten Hals. Gänsehaut kriecht über meinen Nacken.

»Wenn ich dich zum ersten Mal nehme, Heaven«, raunt er und küsst eine betörende Linie entlang meines Kiefers, von dort aus, wo die Hämatome sich heute herzförmig über meine Wange ausbreiten, »werde ich es richtig machen, und nicht an einer Wohnwagenwand.« Mit seinen Lippen fährt er den Rand der Hämatome nach. Fast erschrecke ich darüber, wie liebevoll er mich berührt. »Nicht, dass wir uns falsch verstehen, ich werde dich definitiv an allen Orten nehmen, und mit Sicherheit werde ich dich auch noch an meinen Trailer pressen und von hinten ficken. Aber nicht heute, Zirkusmädchen.«

Ein wimmerndes Stöhnen entfährt mir. »Aber ich will dich so unbedingt.«

Lachend lässt er mich hinunter. Ich frage mich noch, ob das eine gute Idee war, so wacklig, wie meine Beine sind, als er die Finger in mein Haar schiebt und mich grob und leidenschaftlich küsst.

Das ist besitzergreifend und so verflucht sexy.

Plötzlich löst er sich von mir, geht auf die Knie und zieht mir Radlerhose und Slip in einer schnellen Bewegung herunter. Ich keuche, als der Stoff auf meinen Knöcheln landet und stattdessen sein Mund an seiner Stelle liegt.

»O … o mein Gott«, stottere ich, während seine Lippen

meine Schamlippen umschließen und die Hitze seines Atems über die elektrisierten Nerven gleitet. Zittrig schiebe ich die Beine weiter auseinander und vergrabe Halt suchend die Finger in seinem Haar. Seine feuchten Küsse benetzen meine Klit, und zu dem Gesang der Grillen gesellt sich sein Schmatzen, das mir alle Sinne raubt. Stöhnend drücke ich seinen Kopf fester gegen meine Mitte. Er lässt die Zunge vorschnellen und leckt mich nur noch schneller.

»Himmel«, wimmere ich, schließe die Augen und lehne den Kopf in den Nacken. Mit der Zungenspitze umspielt er meine empfindliche Perle, neckt sie in kreisenden Bewegungen und küsst meine Nässe. »Ja, Helix … Gott, ist das … gut.«

Seine vollen Lippen lecken meine Lust. Ungeduldig reibe ich meine Scham an seinem Mund, und er spielt mit mir. Amüsiert neckt seine Zungenspitze meine Öffnung, umkreist sie, gleitet aber nicht in mich. Keuchend übe ich Druck auf seinem Hinterkopf aus und recke die Hüfte vor, aber er schnellt immer wieder nur kurz über meine Öffnung, bevor er sinnlich an meinen Schamlippen leckt.

»Helixxxx«, fluche ich.

»Flehe mich an«, raunt er.

Frustriert stöhne ich.

»Bettele drum, Heaven.«

Wieder bewege ich die Hüften, in der Hoffnung auf Erlösung, aber er gewährt mir nicht mehr als winzige Berührungen seiner Zungenspitze.

»Bitte«, keuche ich schließlich, »gib mir mehr.«

»Was genau, Süße?«

Ich presse die Lippen zusammen und vergehe fast vor unerfüllter Lust.

»Sag es«, murmelt er und nimmt meine Klit zwischen seine Lippen, was sich so gut anfühlt, dass mir ein spitzer Schrei entfährt. »Sag mir, was du brauchst.«

»Deine Zunge«, murmele ich.

»Wo?«

»I… in mir.«

»Betteln, Heaven.«

Mit einem frustrierten Laut grabe ich meine Fingernägel in seinen Hinterkopf und kratze heftig über seinen Hals. Er zieht scharf die Luft ein, gefolgt von einem intensiven Stöhnen. »Los, bettele«, wiederholt er.

Dieses. Verdammte. Arschloch.

»Bitte, Helix«, wimmere ich, wiege die Hüften, »ich flehe dich an, m… mach es mir mit … deiner Zunge.«

»Braves Mädchen«, sagt er und schiebt sie dann endlich in mich.

Die Hitze seiner Zunge in mir raubt mir alle Sinne. Ich lehne den Kopf wieder zurück und halte mich an seinem Haar fest, während er sie immer wieder in mich schnellen lässt. Wenn sich das hier schon so überirdisch gut anfühlt, kann ich mir kaum ausmalen, wie es ist, wenn *er* mich ausfüllt. Stöhnend bewege ich mich in seinem Rhythmus, setze mich immer wieder auf sein Gesicht und erhebe mich ein Stück, wenn er aus mir herausgleitet. Dazwischen küsst er meine Klit, leckt über meine nasse Scham und wartet, bis ich ihn wieder anbetteln muss, weiterzumachen. So wie jetzt.

»Helix, bitte«, stöhne ich, und er löst die Lippen mit einem Schmatzen von meinen Schamlippen.

»Alles, was du willst, Süße«, murmelt er und versenkt seine ganze Zunge in mir. Ein lauteres Stöhnen als gewollt entfährt mir, aber es interessiert mich nicht. Ich habe längst jeden Bezug zur Realität verloren.

Er bewegt die Zunge und drückt gegen einen verborgenen Punkt, der mich in den Wahnsinn treibt.

»Helixxx«, schreie ich, gefolgt von einem Stöhnen, während die Lust in mir weiter anschwillt.

In meiner Mitte braut sich ein Gewitter zusammen.

»Komm für mich«, keucht er, schnellt immer wieder über diesen verdammten Punkt, und schließlich explodiere ich.

»Ja, verdammt, Hell«, schreie ich, grabe die Nägel in seinen Nacken und gebe mich dem Orgasmus in vollen Zügen hin. Er spült über mich hinweg, als wollte er ein ganzes Dorf auslöschen.

Helix saugt jeden einzelnen Tropfen meiner Lust in sich auf, während sich meine Muskeln immer wieder zusammenziehen. Als die Wellen schließlich abebben, sacke ich zusammen. Helix steht im letzten Moment auf und hält mich. Erschöpft lasse ich meine Wange gegen seine Brust senken, als …

O mein Gott!

Nein, bitte nicht!

Aber noch während ich Mund und Augen aufreiße, weiß ich, dass das, was ich sehe, kein Traum ist. Auch kein Albtraum.

Es ist die bittere Realität, die sich nicht zurückspulen lässt.

KAPITEL 38

Heaven

Jess stößt einen tiefen Seufzer aus. »Das soll das Zusammentreffen von Himmel und Hölle symbolisieren, Heaven, aber bisher wirkt es …«

»Wie ein Reh auf dem Eis. Ich weiß.«

»Kurze Pause!«

Frustriert wische ich mir den Schweiß vom Gesicht, weil ich diese Ticktack-Sache mit der Wippe nicht hinkriege. Nach meinem Sprung finde ich keinen Halt auf seinen Schultern. Dass Helix beim Training nie ein Oberteil trägt, hilft definitiv nicht. Hinter ihm teilt sich das Licht, als er sich über mich beugt und mir eine Hand reicht. Zum gefühlt tausendsten Mal lasse ich mich von ihm hochziehen. Das elektrisierende Gefühl, das meine Adern entlangrast, ebbt nie ab. Manchmal frage ich mich, ob er in Wahrheit ein stromgeladener Alien ist.

»Alles okay?«, fragt er und zieht mich hoch.

»Er lacht mich die ganze Zeit aus.« Ich vermeide den Blick in die Hallenecke, genau wie Hell.

Heute ist Craigs erstes Training, nachdem Hell ihm die Hand verstaucht hat. Unglücklicherweise auch das erste, nachdem …

»Vergiss nicht, was ich dir gesagt habe.« Seine hauchzarte Berührung mit dem Fingerknöchel an meiner Wange lässt mich zusammenzucken. »Verlierer lachen, um zu überspielen, wie armselig sie sich fühlen. Und genau das tut er.«

»Ich weiß nicht …«

»Glaub mir. Der Kerl heult sich jede Nacht die Augen aus.«

»Sei nicht so fies.«

Die Sonnen in seinen Augen werden eine Nuance dunkler. »Ich habe keinen Respekt, wenn Männer ihre Ex-Freundin eine Hure nennen.«

Unruhig reibe ich mir über den Arm. Plötzlich legt Helix seine Finger um mein Handgelenk und stoppt mich in der Bewegung. Mit der anderen hebt er mein Kinn an.

»Denk. Gar. Nicht. Erst. Dran«, knurrt er.

Ich grabe die nackten Fußsohlen in die Matte. »Er hat uns dabei erwischt, wie du mich …« Der Gedanke daran, wie Craig mich angesehen hat, als ich ihn neben dem Trailer entdeckt habe, lässt mich frösteln.

Helix grinst.

Ich schlage ihm gegen die Schulter. »Hör auf, so zufrieden dabei auszusehen!«

»Was denn?« Unschuldig hebt er die muskelbepackten Arme. »Ich wette, wir haben ihm einen Gefallen getan. Mit Sicherheit denkt er noch öfter daran zurück als du. Obwohl«, murmelt er, »so, wie du meinen Namen gestöhnt hast …«

»Helix!«, rufe ich und schlage ihn wieder.

Lachend fängt er meine Hand ab und zieht mich stattdessen in eine Umarmung. »Du bist eine selbstbestimmte Frau«, raunt er an meinem Kopf. »Ich werde dich erst dann verurteilen, wenn du aufhörst, dir zu nehmen, was du willst, und anfängst, nach den Vorstellungen anderer zu leben.«

In meinem Magen zieht sich etwas zusammen. Es fühlt sich an wie Hunderte Schmetterlinge, die in warmen Wolken der Zufriedenheit flattern. Als ich den Kopf neige, begegne ich Kujos feindseligem Blick. Er sieht von mir zu Hell und wirkt beinahe angewidert. Unwillkürlich spanne ich die Muskeln an, was Helix nicht entgeht. Er dreht den Kopf auf meinem Scheitel. Kurz verengt Kujo die Augen, bevor er einknickt und sich schnaubend abwendet. Die nächsten Messer wirft er mit einer mörderischen Präzision. Sie landen alle in der Kehle seines Dummys.

»Würde mich nicht wundern, wenn er sich vorstellt, das wäre ich«, kommt es mir über die Lippen.

Helix zieht mich noch enger an sich. Es ist merkwürdig, dass diese Geste vor ein paar Wochen mein schlimmster Albtraum gewesen wäre und sich jetzt anfühlt wie der sicherste Hafen, während Poseidon seinen Zorn über das Ungleichgewicht von Himmel und Hölle über all seine Meere sendet. »Achte nicht auf ihn«, raunt er. »Das geht gegen mich.«

Diese Vorstellung ist so absurd, dass ich lachen muss. Nur leider klingt es nicht ansatzweise fröhlich. »Die anderen hassen mich seit Jahren, weil sie der Meinung sind, ich hätte meinen Platz im Zirkus nicht verdient. Dich haben sie seit deiner ersten Sekunde hier vergöttert, und jetzt, wo du deine Zeit mit mir verbringst, sehen sie dich an, als hättest du irgendeine Krankheit. Natürlich geht das gegen mich. Ich bin für sie die Aussätzige.«

»Aber für mich nicht.«

Meine Lippen verziehen sich zu einem stummen Grinsen. Sein Herzschlag hüpft wie ein entferntes Echo in meinem

Ohr. Ich liebe es, dem leisen Klopfen zu lauschen. So wunderschön. So *echt*. Als ich diesem kalten Mann mit dem rabenschwarzen Haar und der Festung aus Stahl zum ersten Mal begegnet bin, hätte ich schwören können, dass hinter seiner Brust kein Herz schlägt. Und wenn doch, dann so verborgen, dass er es niemals jemandem offenbaren würde. Es kommt mir wie ein Privileg vor, das er mir gestattet, und es interessiert mich nicht mal, dass er so verschwitzt ist. Im Gegenteil. Irgendwie macht es mich … an?

»Was wird das, Heaven?«

»Hm?«

An meinem Kopf spüre ich, wie sich seine Mundwinkel verziehen. »Beweg deine Hände noch ein bisschen, und du streichelst meinen Schwanz. Nicht, dass es mich stören würde, ich wäre nur überrascht, dass du auf Sex beim öffentlichen Training stehst. Aber wenn du willst …« Er beginnt, an der Schleife seiner Trainingshose zu nesteln.

Erschrocken lasse ich ihn los und mache einen Satz zurück.

Genau in dem Moment wendet sich Jess von Cassian ab und klatscht in die Hände. »Okay, weiter geht's!« Ihre Resignation tropft aus jeder Silbe und mir direkt in die Seele.

Sie glaubt nicht an mich. Sie denkt, ich werde versagen.

Mit hängenden Schultern will ich auf Position gehen, als Jess seufzend hinzufügt: »Nein, Heaven, das lassen wir für heute.« *Weil du es eh nicht kannst. Weil du eine Enttäuschung auf ganzer Linie bist. Für deine Mutter. Für Helix. Für den ganzen Himmelszirkus, der auf dich zählt, und vor allem für dich selbst.* »Geht ans Trapez und macht noch einmal den Swing To Catch.«

Mir entgeht nicht, wie Helix das Gesicht verzieht. Er hasst das Trapez.

»Keine Sorge«, ich drücke ihm die Hand, »am Trapez bin ich gut genug für uns beide.«

Ein winziger Hauch von Belustigung schleicht über seine düsteren Züge. »Willst du, dass ich dir den Hintern versohle, Fairchild?«

»Nee«, gelangweilt wedele ich durch die Luft, »ich bezweifle, dass du mich zu fassen kriegst.«

In seinem Ausdruck blitzt ein Jagdtrieb auf. »Fordere mich nicht heraus.«

Grinsend verdrehe ich die Augen und gehe voraus, als sein Arm sich plötzlich um meine Mitte schlingt und er mich über seine Schulter wirft. »Hey!«, protestiere ich.

Er gibt mir einen Klaps auf den Hintern, bevor er mich auf meiner Trapezseite herunterlässt. Lust sickert in meinen Unterleib. »Glaub mir, Süße«, raunt er, »ich würde dich *immer* kriegen.«

Dieses. Selbstverliebte. Arschloch.

Helix geht auf seine Seite, und ich klettere das Trapez hoch. Sobald ich den Boden unter den Füßen verliere, fühle ich mich frei. Dann habe ich das Gefühl zu schweben, und nichts und niemand kann mir etwas anhaben. Ich liebe diese Schwerelosigkeit. Sie macht alles so leicht.

Himmelwolkenleicht.

Hier oben könnte ich Welten bewegen. Planeten verschieben. Das Sonnensystem neu konstruieren. Ich könnte die Fäden all derer halten, die unter mir trainieren und glauben, über mir zu stehen. Ich fühle mich so groß und mächtig. Wie ein Komet, der über den Himmel fliegt. Aus der Entfernung wunderschön, aber kommt man ihm zu nah, wird er tödlich. Das bin ich am Trapez. Ein wunderschöner Todesstern.

Jess bläst in ihre Pfeife. »Erst ein Layout, zurück ein Twist!«

Auf der anderen Seite hält Helix sich mit den Kniekehlen am Trapez. Schnell werfe ich mich nach hinten, bis ich genauso von der Stange baumele wie er. Die Geräusche der anderen dringen in den Hintergrund. Ein kühler Luftzug zieht an mir vorbei. Ruhig atme ich ein. Meine Meditationsstille. Der Moment, bevor ich fliege. Ich kann ihn nicht sehen, aber ich weiß, dass Helix wartet.

Der Schatten wartet auf sein Licht.

Ich atme die Stille ein.

Ein Schwung, kraftvoll, entschlossen. Meine Knie lassen los. Der Moment dehnt sich. Zeit wird zu einer Melodie, die mich durch die Luft trägt. Moleküle bilden eine Kette aus Sekunden. Unter mir das vertraute Netz. Über mir nur Freiheit. Arme und Beine von mir gestreckt, wirbelt mein Körper in geraden Salti durch die Luft. Mit angehaltenem Atem zähle ich.

Eins.

Zwei.

Drei.

Flügelschlag über Flügelschlag über Flügelschlag.

Flattre, flattre, zartes Wesen, aber pass auf dein Herz auf.

Seine schwieligen Finger packen meine. Hells Griff ist so kräftig, dass es sich im ersten Moment so anfühlt, als würde er mir die Finger brechen.

Der Kolibri, der die Freiheit suchte und sie in den Fängen der Krähe fand.

»Hab dich«, haucht er in die Stille. Und ich verstehe. Die Anspannung, mich nicht halten zu können, den kleinen Vogel nicht retten zu können, war der Grund seiner Anspannung. Meine Geschwindigkeit lässt uns einige Male vor- und zurückschwingen.

Gott, denke ich, *er zerquetscht mir gleich jeden einzelnen Knochen.* Aber sein Griff ist keine Drohung. Es ist ein Versprechen. Ein stummer Schwur, mich niemals loszulassen. Nur ein weiterer Augenaufschlag, dann schleudert er mich von sich. Die plötzliche Leere brennt in meinen Handinnenflächen. Sofort überkreuze ich die Arme vor der Brust, die Knöchel übereinander, und fliege in einem rasanten Twist auf die andere Seite. Die Luft schneidet meine Wangen. Dieses Mal sind es mehr Drehungen. So schnell, dass ich sie nicht zählen kann. Der winzige Kolibri mit den abertausenden Flügelschlägen, aus Angst, nicht vorwärtszukommen, weil das Gefieder der Krähe magnetisch wirkt. Doch dann löse ich die Arme von meiner Brust und greife nach dem Trapez. Keuchend wirbelt mein Körper einige Male um die Stange, bis die Geschwindigkeit nachlässt und ich meinen angespannten Bauch darauf ablege, die Beine gestreckt. In dieser Position lasse ich die Sekunden verstreichen. Meine ratternden Atemzüge gehen dreifach so schnell. Und dann erreicht es mich. Das langsame Klatschen von Hand in Hand.

»Sehr schön«, ruft Jess, gefolgt von ihrem einsamen Applaus. »Das war so gefühlvoll, dass sogar ich eine Gänsehaut bekommen habe, und ich habe nicht mal bei *Wie ein einziger Tag* geheult.« Ich schließe die Augen und lächle in mich hinein. »Okay, Feierabend. Heaven, geh in die Sauna, sonst hast du morgen das Gefühl, deine Beine sind Betonklötze.«

Ich schwinge zur Plattform zurück und klettere hinunter. Als meine Beine perfekt auf der Matte landen, tritt Helix neben mich. »Hallo, kleiner Vogel«, sagt er, legt einen Arm um meine Hüfte und zieht mich an seine Seite. Er wischt mir die verschwitzten Strähnen aus dem Gesicht und nähert sich meinem Ohr. »Wir haben eine Aufgabe.«

»Lautet sie, dass du mit mir in die Sauna willst?«

Er lacht rau. »Auch, aber wir müssen eine andere vorziehen.«

»Und welche?«

Gemeinsam gehen wir von der Matte herunter. »Wir gehen shoppen.«

Ich sehe ihn an. *»Jetzt?«*

Er zuckt die Achseln. »Deine Eltern meinten, wir müssten eine neue PR-Sache starten, so kurz vor der Tour. Und da du mich angefleht hast, dir sexy hautenge Lederfetzen zu empfehlen, dachte ich …«

»Sehr witzig. Wenn du mir hautenge Lederfetzen raussuchst, zwinge ich *dich*, sie zu tragen.«

»Ich hätte dich mit zwei Handgriffen unter mir, Süße.«

»Das werden wir ja sehen.«

Gerade will er etwas erwidern, da schiebe ich mein Bein vor seines. Aber leider reagiert dieser Mistkerl sofort. Blitzschnell macht er eine Bewegung zur Seite, drückt mir in die Kniekehlen und fängt mich in letzter Sekunde ab, bevor ich auf den Boden knallen würde. Die Sanftheit, mit der er mich ablegt, passt nicht zu dem Feuer in seinen Augen.

»Ich bin wesentlich größer als du, kleines Vögelchen.« Er grinst schief, während ich ihn anfunkele. »Wenn du mich überwältigen willst, finde meine Schwachstellen.«

Plötzlich erscheint ein weiterer Kopf über mir. Savvys rotes Haar schwingt in einem hohen Pferdeschwanz über ihre Schulter. »Ich frage gar nicht erst, wieso du auf dem Boden liegst. Also, gehen wir shoppen?«

Bevor ich antworten kann, erscheint ein drittes Gesicht.

Oder, besser gesagt, ein Skelett. Es schwebt über mir, als wollte es mich in den Wahnsinn begleiten, ein Ort, der aus Knochen und Raben besteht. »Schon gehört?«, fragt Hawk mit einem irren Grinsen seines detailliert gestochenen Gebisses, »wir machen einen *Familienausflug*!«

»Falsch.« Savvy verdreht die Augen. »*Ich* begleite sie, um sicherzustellen, dass Helix sie in kein transparentes Korsett mit weißen Heels steckt. Das darf nur ich.«

»Und ich begleite *dich*, um sicherzustellen, dass du Helix nicht davon abhältst, sie in ein transparentes Korsett mit weißen Heels zu stecken«, erwidert Hawk.

»Es waren einmal die Schöne, das Biest, der Engel und der Teufel.« Seine Augen blitzen, während seine Lippen ein freches Grinsen formen. »Sie gingen in die Mall und kehrten nie wieder zurück, weil das Biest die Schöne fraß und der Teufel den Engel verbrannte.«

Hawk gackert. »Modern Family nach meinem Geschmack.«

»Und wenn sie nicht gestorben sind, dann leben sie noch heute.«

»Wenn du mich verbrannt hast?«, frage ich.

Er reicht mir eine Hand, um mir aufzuhelfen. Zögernd ergreife ich sie. Er zieht mich hoch und flüstert in mein Ohr: »Es gibt Engel mit brennenden Flügeln. Man nennt sie Seraphim. Sie sind die reine und wahre Liebe, und sie bringen alles Schöne hervor.«

»Du hast gesagt, Liebe tötet«, erinnere ich ihn.

»Ich habe nie behauptet«, entgegnet er, legt mir eine Hand auf den Rücken und führt mich hinter den beiden Streitenden her, »dass brennende Engel nicht gefährlich wären, Heaven.«

KAPITEL 39

Helix

»Ganz locker, okay?« Am anderen Ende pafft Stoney Qualm aus. »Du gehst rein, spielst den gebrochenen Sohn und fragst dann, wer ihre Obduktion durchgeführt hat, verstanden?«

»Als ob die mir das einfach so sagen werden. Fuck!« Ich kicke einen der weißen Dekosteine durch den Vorgarten. »Hätte ich mir damals bloß diesen beschissenen Namen gemerkt.«

»Du meintest, du hast ihn schon mal gehört. Dass er was in dir wachrüttelt.« Im Hintergrund zischt eine Dose. »Streng dich an, Helix. Denk nach.«

Ich presse mir Daumen und Zeigefinger auf die Nasenwurzel und überlege. Da ist dieses gewohnte Gefühl, wenn ich darüber nachdenke. Eine Mischung aus Überraschung und Erkenntnis. »Ein langer Name.«

Als ein paar Meter entfernt die Haustür aufschwingt und sich meine Mom nach draußen schiebt, halte ich inne.

»Muss auflegen«, entgegne ich knapp.

Mom mustert meine abgeschnittene Levi's. Doch plötzlich nimmt sie mich in den Arm. »Ich habe dich angerufen.«

»Hatte zu tun.«

Meine Mutter quittiert meine Antwort mit einem Zungenschnalzen. »Schon klar, du warst angepisst, aber wir auch, Junge, *wir auch.*« Sie löst die Umarmung und mustert mich. »Was du dir auf deiner Party geleistet hast, war demütigend. Bis auf die Knochen hast du uns blamiert.«

»Die Hälfte der Gäste kanntet ihr nicht mal«, murmele ich, aber als ihr Blick noch strenger wird, seufze ich. »Tut mir leid.«

Ihr Ausdruck wird weicher. »Ich vergebe dir, so wie Gott es von uns will.«

Ein Schnauben kann ich mir nicht verkneifen.

Sie verengt die Augen. »Was?«

»Nichts.«

Eine ihrer dünn gezupften Augenbrauen wandert hoch. »Helix James Winchester.« Ich zucke zusammen. »Wenn du etwas zu sagen hast, sprich. Aber wenn du denjenigen verhöhnen willst, der dir das Leben geschenkt hat, dann …«

»Was ist mit ›selig sind die Sanftmütigen‹ und ›richtet nicht, damit ihr nicht gerichtet werdet‹?« Mein Lächeln verkrampft sich in meinem Gesicht. »Ihr habt seine Regeln nicht befolgt, als ihr uns verprügelt habt.«

Mom presst die Lippen zusammen und zischt: »Uns ist *die Hand* ausgerutscht, Helix. Ihr wart ungezogene Kinder, die keine Ahnung hatten, wie wichtig die Zukunft für euch …«

»Für *euch*«, korrigiere ich sie und kann mich nicht mehr zurückhalten. »Wie wichtig sie *für euch* war.« Wie ein Vulkan bricht die Wut aus und versengt jeden vernünftigen Gedanken. »Ihr konntet nicht damit leben, dass wir andere Interessen als unsere Karrieren hatten, obwohl wir *Kinder* waren. Ihr habt gerichtet, aus Angst, gerichtet zu werden. Ihr habt Ella eingesperrt …«

»Weil sie mit Drogen in den Taschen erwischt worden

ist!«, kreischt Mom. Sofort huscht panisch ihr Blick hin und her, um sich zu vergewissern, dass niemand ihren Ausbruch mitbekommen hat, und sie fügt leiser hinzu: »Sie musste clean werden.«

»Damals war sie noch nicht abhängig«, knurre ich. »Das war nicht ihr Zeug.«

Mom verdreht nur die Augen. »Wir wollten euer Bestes, und ich sage nicht, dass wir immer richtig gehandelt haben, Helix, aber Gott verzeiht Fehler, und das solltest du auch.«

Zwischen uns breitet sich eine gefährliche Stille aus.

Dann erscheint Dad in der Tür. »Caroline.« Er legt meiner Mutter eine Hand auf die Schulter. »Alles in Ordnung?«

»Ja.« Seufzend reibt sie sich die Augen. Dann lächelt sie mich müde an. »Wir wollten gerade zu Abend essen. Ich gebe Jeffrey Bescheid, dass er für dich aufdecken soll.«

Es vergehen einige Sekunden, in denen mein Vater mich mustert wie Ratten auf seinem Grundstück. Ich erwidere den Blick, mit der Ausnahme, dass ich mich für die Kakerlaken entscheide. Ich hasse es, dass er mir so ähnlichsieht.

Niemals. Ich werde nie wie er sein.

Wenn ich meine Tochter an den Haaren durch das Haus schleifen sollte, werde ich mir im Anschluss den Arm abhacken. Und wenn ich meinen Sohn windelweich prügle, weil er ein Casting geschwänzt hat, werde ich Hawks Raben bitten, mir die Haut von den Knochen zu zerren und ein paar Aasgeier zu rufen.

Sein goldbrauner Blick bohrt sich in meinen.

Die Leute haben gelogen. Wir haben nicht dieselben Augen.

Meine leuchten. Seine sind stumpf.

Was verheimlichst du mir? Was hast du ihr angetan?

Hinter allen Iriden steckt eine Geschichte. Wir sind die Summe unserer Entscheidungen, und das Meer all dieser Handlungen sammelt sich in den winzigen Spektren.

Die meisten übersehen das Wesentliche und geben sich mit Oberflächlichkeiten zufrieden. Für sie sind Farben nur Farben.

Für mich sind Farben ein ganzes Leben.

In Heavens Gesicht erkenne ich zweimal den Himmel ohne Abgrund. Und ich habe keine Ahnung, wann das passiert ist.

»Komm rein«, knurrt mein Vater und tritt beiseite.

Gemeinsam gehen wir ins Esszimmer. Jeffrey trägt gerade das Hähnchen auf den Tisch.

»Ah, Helix.« Er lächelt »Wie schön, Sie zu sehen, Sir.«

»Freut mich auch«, sage ich ehrlich und ziehe eine Baseballkarte aus der Jeanstasche. »Ich habe etwas für dich.«

»Du meine Güte!« Langsam streift er sich die karierten Ofenhandschuhe von den Händen. »Ist das …?«

»Ty Cobb aus der Crackerjack-Serie. Original 1914.«

Jeffrey fällt die Kinnlade herunter. Ehrfürchtig blickt er auf die Karte. »Aber wie …?«

»Ich habe meine Kontakte.«

Mein Vater schiebt den Stuhl zurück und schnalzt mit der Zunge. »Beendet den Unsinn und setz dich, Helix.«

»Entweder du nimmst sie, oder ich werfe sie weg«, sage ich zu Jeffrey und grinse, weil ich weiß, dass er es niemals zulassen würde.

»Aber …«

»Um Gottes willen, Jeffrey«, seufzt meine Mutter und hebt den Porzellandeckel des Kartoffelpürees an. »Nehmen Sie dieses lächerliche Kinderspielzeug und holen Sie den Wein.«

»Meine Güte, Helix«, stößt Jeff aus und nimmt mir die Karte mit zittrigen Fingern aus der Hand. »Sie sind ja verrückt. Von allen guten Geistern verlassen.«

Seine Art, Danke zu sagen.

»Erzähl mir etwas, das ich noch nicht weiß«, entgegne ich.

Meine Art, Bitte zu sagen.

Jeffrey nickt mir noch einmal zu und geht dann den Wein holen. Als er mir eingießen will, hebe ich lächelnd die Hand. »Für mich nicht, danke.«

Sowohl meine Mutter als auch mein Vater starren mich an.

Ich häufe einen Löffel grüne Bohnen auf meinen Teller. »Verzeihung für das auf der Party.«

Vielleicht hatte Mom in einer Sache recht: Ich wäre ein hervorragender Schauspieler geworden.

»Danke, dass du das einsiehst, Helix.« Mom nickt, als müsste sie sich, Gott oder wem auch immer bestätigen, dass sie mich wieder guten Gewissens ansehen darf. »Es wäre angebracht, wenn du dich auch bei Veronica entschuldigen würdest.«

Da ist er wieder. Der brennende Strudel in meinem Magen.

Mein Vater zeigt mit der Gabel auf mich. »Wir wissen von dem Streit zwischen Ella und Veronica. Wir sind auch nicht gut auf sie zu sprechen, aber …«

»Nicht gut auf sie zu sprechen?«, wiederhole ich, als wäre das ein Witz. »Sie hat Ella in den Abgrund getrieben.«

»Elliott Fairchild hat Ella in den Abgrund getrieben«, zischt Dad. »Und deine Wut auf Veronica ist noch lange kein Grund, ihre Karriere zu sabotieren. Jesus, werde erwachsen.«

Entgeistert starre ich ihn an. »Ihr glaubt, ich lüge?«

Mom verzieht das Gesicht. »Wir verstehen, dass du trauerst, mein Junge, aber …«

Mein freudloses Lachen unterbricht sie. Es klingt verzweifelt und fassungslos, so wie ich mich fühle. Im nächsten Moment schnappe ich mir die Weinflasche und fülle mir mein Glas fast bis zum Rand.

»Hell«, knurrt Dad.

»Was?« Der Wein stillt einen gierigen Durst in mir. *Tut mir leid, Heaven. Ich bin nicht so gut wie du. Ich bin der Teufel.* »Ihr denkt, ich wäre gescheitert, weil ich im Sky Circus auftrete. Ihr redet mit anderen über mich, als müsstet ihr euch für mich entschuldigen. Ihr sagt, ich wäre ein Lügner, und glaubt lieber der Frau, die meine Schwester wahrscheinlich mehr auf dem Gewissen hat als Ellio…«

»Wie kannst du es wagen?« Dad springt auf. »Wie kannst du behaupten, irgendjemand außer dieser widerliche Zirkusjunge hätte Ella getötet?«

»James«, versucht Mom, ihn zu beruhigen, »lass …«

»Nein, ich lasse nicht!« Er tritt seinen Stuhl beiseite. Sein Gesicht ist feuerrot, und an seiner Schläfe pocht eine Ader in bedrohlichem Tempo. Unbeeindruckt trinke ich in wenigen Zügen das Glas aus. »Du bist undankbar! Wir haben dir alles ermöglicht, und du trittst es mit Füßen, seit Jahren schon. Und jetzt erdreistest du es dir, den Tod deiner Schwester ihrer besten Freundin anzuhängen?«

»Ich hänge niemandem etwas an«, entgegne ich seelenruhig, während ich mir mehr Wein eingieße. »Ich sage nur, was ich denke. Aber das hat dir noch nie gepasst, nicht wahr, Dad?« Über den Rand des Glases zwinkere ich ihm zu. »Nur mit dem Unterschied, dass du mich früher verprügeln konntest und jetzt keine Chance mehr gegen mich hättest.«

Dad schlägt mir das Glas aus der Hand. »Scheißkerl!«

»James!«, ruft Mom schrill und springt auf. Mit den Servietten rennt sie zum Teppich und versucht, die rote Flüssigkeit aus den weißen Fasern zu saugen.

Achselzuckend schnappe ich mir die Weinflasche und trinke aus der Flasche. »Sorry, dass ich nicht mehr klein und zerbrechlich bin, damit du mich stumm prügeln kannst.«

Ich springe auf, bevor er mir die Flasche aus der Hand zerren kann. »Wenn du das noch tun könntest, würde ich mich jetzt nicht erdreisten, dir zu sagen, dass Elliott Fairchild behauptet, Ella nicht getötet zu haben.«

Mom bricht über dem Weinfleck zusammen. Ich weiß nicht, ob wegen des Teppichs oder dem, was ich gesagt habe. In dem Moment reißt Dad mir die Flasche aus der Hand und schwingt sie wie einen Baseballschläger. Der Wein sprenkelt den ganzen Raum. Das Zeug ist überall.

»Netter Versuch«, schnaufe ich, als ich mich wegducke.

»Du bist wahnsinnig«, zischt Dad. »Deine Schwester wurde von ihm grün und blau geschlagen, und an der Spritze, die neben ihr lag, waren ausschließlich *seine* Fingerabdrücke!«

»Er hat ihr das Heroin gespritzt, an dem sie gestorben ist, Helix«, schluchzt meine Mutter. Etwas in mir bricht, weil es wie mein eigener Schmerz klingt. »Das hat die Autopsie ergeben. Die Schläge waren von ihm. Da war Elliotts DNA in offenen Kratzern und …«

»Woher weiß ich, ob das stimmt?«, unterbreche ich sie.

»Es steht im Obduktionsbericht!«

Sehr gut, Dad. Weiter so, weiter.

»Könnte gelogen sein«, überlege ich. »Immerhin habe ich diesen Bericht nie gelesen …«

Urplötzlich prescht Dad vor, presst mich an die Wand und drückt mir die Hand auf die Kehle. »Hast du den Verstand verloren?«, knurrt er. »Du warst im Gericht. Du warst dabei, als Cholmondeley seinen Bericht vorgelesen hat und …«

Den Rest höre ich nicht mehr. Ich habe, was ich wollte. *Cholmondeley.* Und da fällt es mir wie Schuppen von den Augen. Jetzt weiß ich wieder, wieso der Name mir so bekannt vorkam. Was für eine glückliche Fügung, ausgerechnet einen Gefallen von einem Cholmondeley zu bekommen, wenn ich die Wette gewinne. Heavens Herz gegen Kujos Schuld.

Kujo Cholmondeley.

»Du bist ein widerlicher, undankbarer Scheißjunge«, brüllt mein Vater weiter, aber es interessiert mich schon gar nicht mehr. Ich befreie mich aus seinem Griff und taumele durch den Raum, im Kopf nur diesen einen Namen. *Cholmondeley.* »Ich wünschte, *du* wärst an ihrer Stelle tot!«

»JAMES!«, kreischt Mom, während ihr ungehemmt die Tränen über die Wangen laufen. »Wie kannst du so etwas sagen?«

Als ihre Stimme bricht, rüttelt mich das wach. Halb drehe ich mich zu meiner Mutter und lege ihr eine Hand auf die Schulter. »Schon gut, Mom. Hör auf zu weinen. Nicht wegen mir. Ich bin es nicht wert.«

»Endlich sagst du mal was Wahres«, spottet Dad.

Meine Mutter weint nur noch lauter.

»Tut mir leid«, flüstere ich in ihre Richtung.

Vielleicht ist das hier alles Bullshit.

Vielleicht wollte Ella mir einfach nichts erzählen.

Wie Stoney schon sagte: Ich war nicht ihr Lebensmittelpunkt. Doch diese Wahrheit durchfährt mich wie eine

Klinge in jedes lebenswichtige Organ. Ich kannte meine Zwillingsschwester nicht so, wie ich dachte.

Aber was, wenn die winzige Möglichkeit besteht, dass Heavens Bruder die Wahrheit sagt? Was, wenn …

»Verschwinde«, schluchzt Mom und dreht sich weg. Ihre Schultern beben. »Geh, Helix. Geh, und komm nicht wieder.«

Langsam nicke ich. Meine Schritte verhallen an den Wänden, bis die Haustür hinter mir ins Schloss fällt. Eine winzige Brise streicht über die strapazierte Haut an meiner Kehle.

»Ich finde die Wahrheit heraus«, murmele ich und fahre mir mit dem Finger über die wunde Stelle. »Für dich, Ella.«

Dann gehe ich über den Kiesweg zu meinem Motorrad. Eine winzige Sekunde überlege ich, das Richtige zu tun, während ich meinen Helm in den Händen halte. Zwei himmelblaue Augen toben in meinem Inneren und flehen mich gnadenlos an.

Augen, die ich hassen wollte, bevor sich alles änderte.

Aber dann zucke ich die Achseln, setze den Helm auf und fahre los.

Wenn mir etwas passiert, sehe ich Ella wieder.

Und wenn nicht, überlebe ich.

Ich akzeptiere beide Optionen.

KAPITEL 40

Helix

Mit den Händen in den Hosentaschen schlendere ich zum Einlasstor vom Sky Valley. Der Navy-Seals-Security stiert mich an wie den Feind. Aber das hat nichts zu heißen. So sieht er sogar die Zwillinge an.

Ich zünde mir eine Zigarette an und bleibe vor ihm stehen. »Lässt du mich rein?«

»Ausweis«, entgegnet er.

»Komm schon, du siehst mich jeden Tag.«

Stumm reckt er das Kinn. Seufzend krame ich in meiner Tasche und halte ihm die Karte hin, dann öffnet er das Tor. Es dauert keine drei Schritte, bis Holzbein mir auf den Fersen ist. Ich strecke die Zigarette in eine andere Richtung, gehe in die Knie und kraule seinen Kopf. Der Kater schnurrt.

»Verrate es mir«, murmele ich, »es sind die Zwillinge, oder? Nein, warte. Dexter Shadow?« Unschuldig sieht Holzbein mich an. »Versuch nicht, mich um den Finger zu wickeln. Du wirst zu fett. Wer stopft dich hinter meinem Rücken mit Leckerchen voll?«

Die Grillen zirpen, und aus dem Sky Snookers dringt entferntes Gelächter und Musik zu uns.

»Klar, dass du es mir nicht sagst. Es wäre dein schlemmerischer Untergang.«

Als ich schon fast bei meinem Wohnwagen bin, überlege ich es mir anders und biege nach rechts ab. Holzbein gibt ein unzufriedenes Geräusch von sich.

»Ja, ich weiß«, raune ich, »keine gute Idee.«

Trotzdem gehe ich weiter, bis ich vor Heavens Tür stehe. Mein Kater hockt neben meinen Knöcheln und erdolcht mich mit seinem Blick. Ich verdrehe die Augen und klopfe, aber nichts passiert. Ungeduldig trete ich von einem Bein aufs andere. Es sind gerade erst ein paar Sekunden vergangen, und doch hebe ich wieder die Hand. In dem Moment schwingt die Tür auf.

Heaven reibt sich die Augen, als könnte sie noch träumen. »Helix?« Ihr Haar ist zerzaust, die Augen gerötet, und sie trägt einen kurzen Seidenpyjama. Das Oberteil hat Puffärmel.

Puffärmel.

Mein Mundwinkel zuckt. »Wir haben vergessen, neue Schlafsachen zu kaufen.«

Eine Falte gräbt sich zwischen ihre Brauen. »Wie bitte?«

»In der Mall. Wir haben Schlafklamotten vergessen.«

Sie gibt einen undeutlichen Laut von sich und lässt sich mit der Schulter gegen die Zarge fallen. »Es wird mich kein Paparazzi im Bett bewerten.«

»Das hoffe ich«, entgegne ich amüsiert. »Sonst muss er sich von seinem besten Stück verabschieden.«

»Bist du gekommen, um mir das zu sagen?«

»Nein.«

»Warum dann?«

Ich zögere. »Weil ich dich sehen wollte.«

Langsam mustert sie mich. »Es ist fast Mitternacht.«

»Das eine schließt das andere nicht aus.« Ich ziehe an der Zigarette, drehe den Kopf und puste graue Wolken in die Luft.

Sie beobachtet das Ganze ausdruckslos. »Das ist ungesund.«

»Alles ist ungesund«, entgegne ich, auch wenn Heaven nicht überzeugt aussieht. »Wetten, ich muss nur einen Blick in deinen Wagen werfen und finde etwas, das genauso schädlich ist?«

Sie verschränkt die Arme. »Viel Glück dabei.«

Ich sehe an ihr vorbei. Der Wagen ist penibel aufgeräumt, was das Ganze schwerer macht, aber dann ... »Da.«

Skeptisch dreht sie sich um. »Das ist Olivenöl.«

»Ja.«

»Denkst du, ich glaube dir das?«

»Google doch«, fordere ich sie heraus. Unsere Blicke könnten ein Duell sein. Heaven rümpft die Nase, während ich den Rauch in die Nacht entlasse und über das Geländer asche. »Zu stark erhitzt ist das Zeug krebserregend.«

Sie wägt einen Moment ab, ob sie meine Aussage so stehen lassen kann, ohne zu protestieren. Ich grinse, weil ich weiß, dass sie es nicht schafft, und lache schließlich, als sie ihre Hand ausstreckt. »Gib dein Handy.«

»Nur zu.« Ich entsperre es und reiche es ihr.

Als sie auf das Display blickt, stockt sie. »Was ist das?«

»Was?«

Sie dreht es in meine Richtung.

»Mhm«, mache ich. »Sieht aus wie du.«

»Schon klar, aber ... *warum* bin ich dein Hintergrundbild?«

Es ist das Foto von ihr im Auto, als wir auf dem Weg zum Santa Monica Pier waren.

»Du bist meine Freundin, oder nicht?«

Ihr klappt die Kinnlade herunter, und sie starrt mich an wie einen Alien. »Wie bitte?«

In mir macht sich ein Gefühl breit, das ich nicht kenne. Es fühlt sich an wie Resignation. Oder Traurigkeit. Bin ich traurig, weil Heaven nicht zustimmt?

Fuck, ja.

Irgendein ferngesteuerter, fremder Teil in mir möchte anscheinend, dass sie mit mir zusammen sein will.

Ach. Du. Scheiße.

Ich bin am Arsch.

»Fake-Freundin«, korrigiere ich leise und reibe mir über die Brust, um das merkwürdige Stechen loszuwerden. »Aber es muss authentisch bleiben, also ... los jetzt, google.«

Zögernd gibt sie etwas ins Handy ein. Das Licht des Browsers erhellt ihr Gesicht, und als sie merkt, dass ich recht habe, verändern sich ihre feinen Züge. Es macht sie *rasend*, und ich liebe es. Frustriert drückt sie mir das Handy zurück in die Hand. Gott, wie ich das liebe.

»Gewonnen«, säusele ich.

Sie verdreht die Augen. »Wenn du mich sehen wolltest, um mir Olivenöl schlechtzumachen, hättest du bis morgen beim Training warten können.«

»Aber ich habe dich *jetzt* vermisst.« Ich spreche schneller, als ich denke. Mein Geständnis schwebt zwischen uns. Heavens Augen werden größer.

Dann lässt sie die Arme sinken und sieht mich an. »Was?«

»Ich habe dich vermisst«, wiederhole ich leise.

Sie runzelt die Stirn. »Bist du betrunken?«

»Wenn ich jetzt Ja sage«, murmele ich, »schickst du mich dann weg?«

Langsam schüttelt sie den Kopf.

»Dann ja. Ich bin betrunken.«

Mit der Zungenspitze befeuchtet Heaven ihre Lippen. Mein Schwanz zuckt in meiner Hose. *Mein Gott. Kannst du nicht einmal stillhalten, wenn mein Hirn benebelt ist?*

Zögernd tritt Heaven beiseite. »Willst du reinkommen?«

»Wenn ich darf?«

»Klar.«

»Sicher?« Ich wische mir über das Gesicht. »Scheiße, ich will deinen Kopf nicht nerven oder so.«

Sie kichert. »Meinen Kopf nerven?«

»Du bist zu einhundert Prozent so ein Mädchen, das sich über alles und jeden Sorgen macht.«

»Aha?«, fragt sie und hebt eine Braue.

»Ja. Nein, warte. Zu zweihundert ... und *ein* Prozent. Und ich bin niemand, um den du dich jemals sorgen solltest.« Ich mache eine kurze Pause und drücke die Zigarette am Geländer aus. »Das wäre verschwendete Lebenszeit.«

Argwöhnisch mustert sie mich. »Wo warst du eigentlich?«

»Bei meinen Eltern.«

»In Bel Air?«

Ich nicke.

Sie lehnt sich an mir vorbei, als erwarte sie, dass jemand aus dem Busch springt und »Überraschung!« ruft. »Hat Hawk dich gefahren?«

»Nein.«

»Wer dann?«

»Ich selbst.«

Fassungslos starrt sie mich an. Ihr Blick ist der einzige,

dem ich nicht standhalten kann, und das macht mich wahnsinnig. Ich senke den Kopf und beobachte Holzbein dabei, wie er mit der Pfote über einen Fleck kratzt, bis …

»Helix.«

»Ja?«

»Sieh mich an.«

Als ich den Kopf hebe, fühle ich mich noch grausamer. Sie hat etwas an sich, das mir direkt ins Gewissen krabbelt. »Du bist betrunken Auto gefahren?«

»Motorrad«, murmele ich.

Ihr fallen fast die Augen raus. »Ist das dein Ernst?«

»Ich bin nicht *so* betrunken.«

»Das ist gefährlich!« Plötzlich ist sie hellwach, stößt sich von der Zarge ab und macht einen Schritt auf mich zu. Weil ich zwei Stufen unter ihr stehe, sind wir auf Augenhöhe, und sie zögert nicht, jede Distanz auszulöschen. Wahrscheinlich reicht ihr mein Gewissen nicht. Der gute Engel will meine verdorbene Seele. »Auch für andere!«

»Es tut mir leid«, nuschele ich. In einem merkwürdigen Anflug von Verzweiflung nehme ich ihre Hände. »Du hast recht. Es war dumm, verantwortungslos, und ich schwöre, ich werde es nicht wieder tun.« Ihr Duft bringt mich halb um, und trotzdem will ich sie näher bei mir haben. Ich bin ein masochistischer Wichser, und ich kann nichts dagegen tun. Abrupt ziehe ich sie an meine Brust und vergrabe meine Nase in ihr Haar. »Verzeih mir, Seraphim.«

Ihr Körper ist angespannt, aber als sie meinen Spitznamen für sie hört, entspannen sich ihre Muskeln, und sie seufzt. »Ausnahmsweise. Für die zwei neuen Opale.«

Ich lächle. »Für das letzte Training und den Pier.«

Errötend sieht sie zu mir auf. »Den Pier?«

»Nicht, was unter dem Pier passiert ist. Aber wenn du dafür auch einen Orden willst …«

Grinsend schlägt sie mir auf den Arm. Dabei gleitet ihr Blick zu dem Armband, das sie mir geschenkt hat. Plötzlich wird sie wieder ernst. »Du musst an diesen Dingen arbeiten, Hell.«

»Mhm«, mache ich nur, weil mich ihre Finger zu sehr ablenken, die unter mein Shirt geglitten sind und meinen Rücken kraulen.

»Im Ernst.« Jetzt erkenne ich die Angst in ihren Zügen und will jede Sorge wegküssen. »Du bist Extremsportler. Dein Job ist gefährlich, und du brauchst deinen Körper. Du musst dich zu einhundert Prozent auf ihn verlassen können.«

Ich hebe einen Mundwinkel. »Zu zweihundert und … *ein* Prozent.« Sie versucht, ernst zu bleiben, aber ich pike ihr in die Wange. »Das war lustig. Komm schon. Ich sehe, dass du lachen willst.«

Schließlich entfährt ihr ein leises Kichern. Gleich darauf schüttelt sie den Kopf und lehnt seufzend die Stirn an meine Brust. Sie zieht die Hände unter mein Shirt hervor und gräbt sie stattdessen in den Stoff. »Helix, bitte.«

»Versprochen«, sage ich schließlich und streiche ihr durchs Haar. »Ich arbeite daran.«

Sie lächelt traurig. Dann dreht sie sich um und führt mich hinter sich in den Trailer. Holzbein trottet uns hinterher, hüpft auf das barocke Sofa, und Heav gibt ihm ein Leckerli.

»Aha!« Ich zeige auf sie. »Du bist es!«

Sie blinzelt. »Wie bitte?«

»Du mästest meinen Kater.«

Grinsend geht sie zur winzigen Küchentheke. »*Jeder* gibt ihm was, Hell.« Sie dreht den Wasserhahn auf und wäscht sich die Hände. Wegen eines *Leckerlis*. Das ist so typisch Heaven, dass ich früher mit den Augen gerollt hätte. Jetzt liebe ich es. Ich liebe *alles*, was sie macht. Ich finde sogar diesen Pyjama mit den Puffärmeln heiß.

Aber als ich mich auf ihrer Bettkante niederlasse, überwältigt mich eine brennende Verzweiflung. Diese ganze Ungewissheit rammt sich wie ein Schürhaken in meinen Magen. Ich lasse den Kopf in die Hände fallen und vergrabe die Finger in meinen Haaren.

»Was ist los?« Sie setzt sich neben mich.

Gute Frage, Heaven. Hat dein Bruder meine Schwester ermordet? Müsste ich dir jetzt schon sagen, dass dein Bruder eventuell unschuldig im Knast sitzt? Könnte ich das überhaupt? Würdest du das Ganze öffentlich machen und einen riesigen Prozess gegen meine Eltern anzetteln? Wie finde ich stichhaltige Beweise? Und was, wenn sich am Ende herausstellen würde, dass alles ein riesengroßes Missverständnis war? Wären ihre Herzen dann ein drittes Mal gebrochen? Geht das überhaupt? Sterben diese Dinger nicht irgendwann? Und wie kann ich dich mögen, wenn ich nicht weiß, was passiert ist? *Dich*, die den potenziellen Mörder meiner Schwester zu dem Casting geschickt hat, wo Ella Elliott kennengelernt und alles angefangen hat.

Ella und Elliott. Eine fast schon ironische Alliteration.

Schmerzhaft schön.

Ich öffne den Mund und …

KAPITEL 41

Helix

… kann es ihr nicht sagen.

»Schon gut«, krächze ich.

Sie legt ihren Finger an meine Wange und zwingt mich, sie anzusehen. In diese himmelreinen Augen ohne Abgrund.

»Du siehst aus, als hättest du Angst«, flüstert sie.

Ich presse die Lippen zusammen. »Ich habe niemals Angst.«

»Jeder hat etwas, das einen in den Schlaf verfolgt, Hell.«

»Nur du nicht, oder, Heaven?«

Mit einem traurigen Ausdruck beugt sie sich vor und küsst mich. Sie schmeckt nach salzigen Tränen, und ich will sie fortwischen, doch ihre Wangen sind weich und trocken. Erst als sie den Kuss intensiviert und ich ein Kitzeln auf *meinen* Wangen spüre, wird mir klar, dass ich es bin.

Ich weine.

Erschrocken will ich zurückzucken, doch Heaven hält mein Gesicht in ihren Händen.

»Schsch«, flüstert sie, »schon gut. Alles wird gut.«

Ich halte inne und bewege mich nicht. Als ihre Lippen wieder auf meinen landen und sie sanft liebkosen, ertränke ich meine Verzweiflung darin. Ich küsse sie so innig, als würde ich in den Ozean springen und nie wiederauftauchen, damit mich die Wellen in ihren Himmel tragen.

Salz auf meinen Lippen.

Salz in meinem Herzen.

Trotzdem lebt es noch.

Langsam lässt Heaven sich auf den Rücken sinken und zieht mich mit sich. Ich stemme beide Unterarme neben ihrem Kopf in die Kissen, während sie die Beine für mich spreizt.

Meine Wangen unter ihren Fingern.

Meine Welt in ihren Händen.

Heaven küsst mich leidenschaftlich, reibt ihre Mitte an meiner Erektion und stöhnt an meinen Lippen. »Bitte«, keucht sie. »Ich brauche dich jetzt.«

»Ich bin betrunken«, raune ich.

»Egal.« Sie küsst mich, als würde sie sonst ersticken. »Ich will dich so sehr.«

Mein Kopf sagt Nein. Mein Schwanz sagt Ja.

Mein Mund erstickt ihr Stöhnen, als meine Zunge zwischen ihre Lippen gleitet. Sie schlingt die Beine um meinen Körper, um mich fester an sich zu pressen, und neckt meine Zunge mit ihrer. Oh, verdammt, ist das …

Blut schießt in meinen Schwanz, der mich anfleht, von ihrer feuchten Hitze umschlossen zu werden.

»Ich weiß nicht«, murmele ich zwischen zwei Küssen. *Was?* Wenn mein Schwanz könnte, würde er mir jetzt eine herunterhauen. »Ich will, dass es was Besonderes wird.«

Und jetzt würde Hawk mir eine herunterhauen.

Seit wann will ich, dass Sex besonders ist?

»Es ist«, keucht sie, »doch«, ihre Zunge leckt über meinen Hals, »besonders. *Ah!*«

Gott, dieses Stöhnen bringt mich noch um!

Meine Finger verschwinden in ihrem Slip.

»Fuck, bist du nass«, sage ich.

Wimmernd drängt sie sich meiner Hand entgegen. »Helix!«, schreit sie, als ich einen Finger in ihre heiße Pussy schiebe. Ich presse meine Lippen auf ihre und mach's ihr mit der Hand.

»Hmm«, raune ich, »du bist so verdammt nass.«

Ihre Feuchtigkeit rinnt an meinen Fingern hinab. Sie bewegt ihr Becken im selben Rhythmus wie meine Stöße, während unsere Zungen nicht genug voneinander kriegen. Plötzlich spannt Heaven ihren Beckenboden an und öffnet den Mund zu einem stummen Schrei.

»Ja, Babe.« Ich wandere zu ihrem Ohr und lecke mit der Zunge darüber, verteile meinen heißen Atem über ihre empfindlichen Nerven und stöhne, während mein Finger ihre Pussy in rasantem Tempo und mit schmatzenden Stößen fickt.

»Helix!« Heaven krallt die Hände in meine Arme und legt den Kopf in den Nacken. »Ah, Gott, ja!«

»Scheiße«, fluche ich, während ich ihr dabei zusehe, wie sie kommt, »du bist *so* schön, Süße.«

Diese dichten Wimpern an den flatternden Lidern, der volle Rosenknospenmund, die geröteten Wangen.

Wie ein verdammter Engel, der mich in den Abgrund stürzt.

Obwohl ich dachte, dass ich da längst wäre.

Ich sauge diesen Anblick für immer in mich auf, während ihre Öffnung sich mehrmals um meinen Finger schließt und der Orgasmus in feuchten Wellen aus ihr herausrinnt. Dann entspannt sie sich und sieht träge zu mir hoch.

»Heaven«, flüstere ich.

Mit einem verruchten Grinsen führt sie meine Hand an meinen Mund. Ihre Lust benetzt meine Lippen, bevor sie den Finger hineinschiebt und ich ihre Feuchtigkeit auf meiner Zunge schmecke. Ich stöhne auf. Plötzlich zieht sie mich zu sich herunter und küsst mich. Ein erregter Laut huscht ihr über die Lippen, als sie sich selbst kostet.

»Fuck«, flüstere ich, »okay, *jetzt* will ich dich ganz.«

Sie lächelt, aber es wirkt unsicher.

»Was ist?«, frage ich und küsse ihre Mundwinkel.

»Könnte sein, dass es für dich nichts, also ... ich, ähm ...«

»Ja?«

Sie seufzt. »Dass es für dich nichts Besonderes wird.«

»Wieso sollte das passieren?« Sanft streiche ich ihr das Haar aus dem Gesicht und küsse ihre Wangen. »Mit dir ist *alles* besonders, Heaven.«

Unter meiner Berührung erschauert sie. »Es ist nur, weil ...«

Stirnrunzelnd sehe ich sie an. Doch als sie sich nur weiter nervös auf der Unterlippe herumkaut, dämmert es mir. »Du bist noch Jungfrau?«

Schließlich nickt sie.

Ich stocke. »Vor Craig hast du nie mit wem anders ...«

Sie schüttelt den Kopf.

Ich starre sie an. So lange, dass die Unsicherheit ihre schönen Züge verzerrt. »Was denn?«

Das ändert alles. Nicht, weil sie Jungfrau ist, sondern weil ich nicht mit ihr schlafen kann, ohne es ihr zu sagen. Die Sache mit der verdammten Wette.

Ich kann nicht mit ihr schlafen, wenn das zwischen uns steht. Für mich war diese Scheiße längst nicht mehr aktuell.

Und vor diesem Abend wäre ich, ohne zu zögern, zu Kujo gegangen und hätte ihm gesagt, dass diese beschissene Wette geplatzt ist. Fuck, ich hätte es längst tun sollen.

Aber jetzt, nach heute Abend, brauche ich Kujo.

Ich *brauche* den verdammten Wetteinsatz.

Ich schließe die Augen und rolle von ihr herunter.

Besorgt sieht sie mich an. »Ist das … Ist das schlimm für dich?«

Fuck, ihre Stimme. Wie sie bricht. Ich sterbe.

»Gott, Babe, nein.« Zärtlich lege ich eine Hand an ihre Wange. Unsere Nasenspitzen berühren sich fast. »Niemals.«

Sie schluckt schwer. »Aber warum …?«

Ich schließe die Augen, weil es so wehtut. »Dein erstes Mal wird etwas Einzigartiges. Ich will, dass es anders wird.« Langsam öffne ich die Augen und blicke in ihre schimmernden Himmelfleckchen. »Das hier bedeutet mir zu viel, und jetzt wäre nicht der richtige Zeitpunkt dafür.« Ich beuge mich vor und küsse sie auf die Stirn. »Okay?«

Ein Teil ihrer Unsicherheit schwindet, aber ich erkenne einen Rest davon in ihrem vorsichtigen Lächeln. »Okay.«

»Komm her.« Ich hebe die Bettdecke über uns und strecke den Arm aus. Heaven kuschelt sich an mich und reibt ihre Nase an meinem Hals. »Eine Woche«, wechsele ich das Thema und genieße es, wie sie ihr Bein auf meines schiebt.

Sie stöhnt. »Erinnere mich nicht.«

»Bist du nervös?«

»Du meinst, ob ich fast sterbe vor Angst? Ja.«

»Mach dir keine Sorgen. Die Generalprobe wird gut.«

»Nach *dem* Training?«, fragt sie misstrauisch.

»Deine Figuren am Trapez sind der Wahnsinn, Heaven.«

Mit ihren Fingern malt sie irgendwelche Symbole auf

meine Brust. »Aber dieser Uhrensprung vom Himmel in die Hölle …«

»Wir kriegen das hin. Wenn der Vorstand dich diese Tour nicht machen lässt, wären sie dumm.«

»Wir werden sehen«, seufzt sie.

»Wie lief das Einzeltraining heute Abend mit Jess?«

Sie antwortet nicht.

»Heaven?«

»Meine Mutter hat zugesehen.«

»Oh. Und?«

»Die Elemente am Seidenband liefen gut. Ich habe es endlich geschafft, in dieser Schraubendrehung zu fallen und mich dann mit dem Bein ins Band zu klammern.«

»Ohne auf die Matte zu fallen?«

Sie kichert. »Ja. Mein Gesicht dankt es mir.«

»Schade. Ich dachte, du kriegst ein süßes Mopsgesicht.«

Lachend schlägt sie mir auf die Brust. »Danach wollte Mom den Feuersalto sehen.«

Ich runzle die Stirn. »Ohne mich?«

»Jess fand es auch nicht gut, aber Mom hat drauf bestanden.« Sie zögert. »Brandon ist eingesprungen.«

Ich verenge die Augen. »Und das sagst du mir erst jetzt?«

»Es lief nicht gut.«

»Natürlich lief es nicht gut«, knurre ich. »Der Kerl hat keine Ahnung von unserer Choreografie.«

»Abgesehen davon mussten wir abbrechen, nachdem ich ihm beim hundertsten fehlgeschlagenen Versuch aus Versehen ins Gesicht getreten habe und er mit seiner blutenden Nase in die Notaufnahme musste.«

»*Was?*« Vielleicht sollte ich nicht so belustigt klingen. »Verdammt. Was meinte Jess?«

»Sie kam nicht dazu, irgendwas zu sagen.«

»Warum nicht?«

Heaven rollt sich auf den Rücken und starrt an die Decke. »Weil meine Mutter die ganze Halle zusammengeschrien hat.«

Bei der Vorstellung daran, was das mit ihr gemacht haben muss, schnürt sich etwas um meine Brust. »Tut mir leid.«

»Sie meinte«, Heavens Stimme zittert, »es wäre eine Schande, dass ich, ihre Tochter, den Traum mit Füßen trete, den sie wegen mir aufgeben musste.«

»Fuck, Heaven.« Ich drehe mich auf die Seite. Sie hat die Augen zusammengekniffen, aber ich erkenne im fahlen Mondlicht, wie ihr Kinn zittert. »Du kannst nichts für den Schmerz deiner Mutter.« Vorsichtig streiche ich ihr eine Strähne aus dem Gesicht, als sich die ersten Tränen aus ihren Augenwinkeln lösen. »Bitte glaub mir, Seraphim. Für manche Blockbuster habe ich mit den besten Artistinnen der Welt gearbeitet, und ich schwöre, dass du eine von ihnen bist.«

»Ich bin nicht so gut wie Ash.«

»Ash ist großartig«, stimme ich ihr zu, »aber ihr fehlt etwas, das ich bei dir sehen kann.« Ich stecke die Decke an den Seiten unter ihren Körper, weil sie schaudert. Sanft stoppe ich die Tränen mit dem Daumenknöchel. »Und zwar diesen brennenden Willen. Weißt du, wie heiß das ist? Diese kriegerische Anmut, dein Ehrgeiz, den jeder in deinen Sprüngen sehen kann. Ash weiß, was sie kann, und ruht sich darauf aus. Mir hat ihre Show immer gefallen, aber es wirkte gefühllos. Du *kämpfst*, und das zieht mich in den Bann. Wenn ich dich fliegen sehe, bin ich wie hypnotisiert. Und *das* ist, was ein Zirkus braucht. Diese fesselnde Magie.«

»Danke«, stößt sie flüsternd aus. »Wenn Mom ausrastest, sagt sie die schlimmsten Dinge. Sobald ich dann in ihren Augen wieder etwas r…richtig gemacht habe, tut sie, als wäre ich ihr Liebling. Schenkt mir Dinge, die ich mir gewünscht habe.«

Ich zögere. »Genau so hat meine Mutter es mit uns gemacht. Wenn mein Vater mich geschlagen hat, ging sie mit mir ins Kino. Wenn sie Ella eine Verschwendung genannt hat, gab es eine Louis.«

Bei dem Namen meiner Schwester zuckt Heaven zusammen. »Dein … dein Vater hat dich geschlagen?«

Grimmig nicke ich. »Bis ich mich gewehrt habe.«

»Helix«, flüstert sie. »Das tut mir so leid.«

»Mir auch.« Abwesend kraule ich ihren Kopf. »Deine Mutter wird nie verstehen, dass materielle Dinge keine Narben heilen, wenn du ihr nicht die Stirn bietest.«

Ganz sanft berührt sie meinen Kiefer. »Narben wie diese?«

Ich schließe die Augen. »Da war ich dreizehn. Mein Vater hat mich mit seiner Bierflasche geschlagen, nachdem ich eine Schauspielrolle abgelehnt habe.«

»Gott«, ihre Stimme bricht, »Helix …«

Langsam öffne ich die Augen und begegne ihrem Blick. »Aber diese hier sind schlimmer.« Ich lege meine Hand an die Stelle, unter der ihr wertvolles Herz schlägt. »Die inneren. Und es werden immer mehr, wenn du zulässt, dass deine Mutter durch dich ein Leben wiederholen will, gegen das sie sich entschieden hat.«

Noch immer laufen ihr Tränen über die Wangen. »Aber ich fühle mich so schuldig.«

»Fühle dich niemals schuldig für Entscheidungen eines anderen, Heaven.« Auch wenn sie nicht antwortet, kann ich sehen, wie alles in ihr zusammenbricht. »Versprichst du mir das?«

Langsam nickt sie. Vom vielen Weinen sind ihre Lider schwer geworden. Heaven blinzelt immer wieder und ist kurz davor wegzudämmern.

»Okay«, flüstere ich und küsse sie auf die tränennassen Lippen, »und jetzt träum was Schönes, Seraphim.«

»Pass auf, dass meine Flügel dich nicht verbrennen«, nuschelt sie.

Ich schließe die Augen und lächle. »Du könntest mein Herz zu Asche verglühen, und es wäre mir egal.«

Ihre tiefen Atemzüge streifen meine Haut, und ich bin mir sicher, dass sie mich nicht mehr gehört hat. Vielleicht ist es besser so. In die Hölle sollte man sich nicht verlieben. Das ging noch nie gut aus.

Persephone ist das beste Beispiel.

Liebe den Teufel, und die Welt geht zugrunde.

KAPITEL 42

Heaven

»Wenn du so weitermachst, hast du gleich keine Fingernägel mehr.« Savvy legt mir eine Hand auf den Arm und zwingt mich, ihn zu senken. »Es wird alles gut gehen, Heaven.«

Wir stehen im Sky Valley und beobachten die Arbeiter dabei, wie sie unsere Wohnwagen auf Rampen zu unserem angrenzenden Schienennetz befördern und aneinanderreihen. Die Räder unserer Trailer werden für Touren an jeder Achse durch Eisenbahnräder ersetzt. Durch ein besonderes Kupplungssystem ist es möglich, die Deichseln aneinanderzustecken und alle als einen Zug zu bewegen.

Der berühmte Sky Express.

Ich liebe unsere Touren. Durch die schmalen, überdachten Terrassen an unseren Wohnwagen werden die Trailer so miteinander verbunden, dass wir während der Zugfahrt von Wagen zu Wagen gehen können. Meistens hängen wir dann in den Bistrowaggons ab.

»Wenn die Generalprobe gleich schiefläuft«, sage ich und beobachte Craig, der fluchend gegen die Deichsel tritt, weil er seine Hand eingeklemmt hat. Seit ein paar Jahren hilft er freiwillig beim Auf- und Abbau und beim Einladen des Equipments, »werde ich diese ganze Tour im Sky Express mitfahren und während der Auftritte im Showzelt nutzlos hinter der Bühne sitzen. Ich werde euch viel Glück wünschen, nach euren Performances drücken, und das alles mit dem Wissen, dass ich gescheitert bin.«

»Heaven …«

»Dass all diese Klatschblätter recht hatten. Ich werde gedemütigt sein, weil ich an einer Tour teilnehme, der ich nichts zu bieten habe. Nichts, was ich gegeben habe, reicht.«

»Heav, das ist …«

»Ich müsste mein ganzes Leben hinterfragen. Einen neuen Sinn finden. Meine Existenz wäre …«

»Okay, das reicht.« Bestimmt stellt Savvy sich vor mich. Ihre Lakers-Cap wirft einen Schatten auf ihr Gesicht. »Wenn du dir weiterhin den Katastrophenfall vorstellst, bevor du überhaupt aufgetreten bist, verspreche ich dir, dass du gar nicht auftreten kannst, weil ich dir dermaßen in den Arsch trete.«

»Aber …«

»Du. Bist. Gut!« Savvy packt meine Schultern und sieht mir tief in die Augen. »Du kannst *jede* Übung! Scheiße, du stehst sogar diesen Feuersalto, bei dem du von einer Wippe durch die Luft geschleudert wirst und auf Hells Schultern landest!«

»Aber erst seit zwei Tagen«, erinnere ich sie.

Sie seufzt. »Ist es die Generalprobe, die dir Angst macht, oder alles, was danach kommt?«

Ich knabbere auf meiner Unterlippe. »Die Generalprobe.«

»Wirklich?« Misstrauisch hebt sie eine Braue. »Mir kommt es nämlich so vor, als würde dir diese ganze Aufmerksamkeit Panik einjagen.« Sie deutet auf unseren Area-51-Zaun in der Ferne. Immer wenn die Tour kurz bevorsteht, sammeln sich dort etliche Fans und versuchen, Autogramme von den Artisten zu bekommen. Manchmal gehen wir für ein paar Minuten hin, dabei hält Helix immer meine Hand, wie die PR-Abteilung es vorschreibt, aber seine kreischenden Fans treiben meinen Puls in die Höhe.

Von Beleidigungen über Drohungen ist alles dabei.

»Ich will das hier«, murmle ich und lasse den Blick über das leerer werdende Zirkusdorf schweifen. Sky Food und Sky Snooker bleiben hier, aber das Zirkuszelt und Karussell sind schon verladen. »Es ist alles, was ich bin.«

»Früher hast du immer gesagt, du willst das, was Ash hat«, sagt Sav. »Du willst, dass jeder dich kennt. Dass sie Fotos von dir machen und deinen Namen rufen, dass du auf den großen Plakaten zu sehen bist. Aber jetzt, wo du es hast, Heaven, wirkt es auf mich, als würdest du dich am liebsten in deinem Wohnwagen verkriechen und nie wieder rauskommen. Und ich glaube, *das* ist das Problem.«

»Es ist anstrengend, ständig irgendwelche neuen Gerüchte über sich selbst im Internet zu lesen«, gebe ich zu. »*Heaven und Craig haben sich getrennt, weil sie Sex mit seinem Vater gehabt haben soll! Helix allein auf dem Anwesen von Estefania Esteban gesichtet – ob Heaven diesen Betrug verkraftet?* Oh, und nicht zu vergessen«, füge ich mit theatralischer Euphorie hinzu und strecke den Arm, als würde ich einen Banner präsentieren, »*Heaven, Schwester eines Mörders, und Hell, Bruder des Opfers – ist diese Beziehung der Anfang seines Racheplans?*«

Savvy verzieht das Gesicht. »Hat Elliott noch mal versucht, dich zu kontaktieren?«

»Ständig.«

»Und was will er dir sagen?«

»Keine Ahnung. Ist mir auch egal«, presse ich hervor. »Er hat Ella getötet. Ich will nichts mit ihm zu tun haben. Es würde mich nicht wundern, wenn Helix sich wirklich nur an mir rächen will. Wahrscheinlich könnte ich es ihm nicht einmal verübeln.«

Nachdenklich sieht Savvy in die Ferne. »Ich glaube, du solltest aufpassen, was ihn betrifft.«

Ein ungutes Gefühl zerrt an meinem Magen. »Warum?«

Sie dreht den Kopf und betrachtet Holzbein, der auf dem Dach von Leslies Getränkewagen neben dem Sky Snookers liegt und sich die Sonne auf den Bauch scheinen lässt. »Ich glaube nur, dass er Geheimnisse hat.«

Die habe ich auch, denke ich. *Und wenn er sie erfährt, wird er mein Herz nicht mehr in den Händen halten wollen. Er wird es zerquetschen.*

Ich atme tief durch. »Okay, ich gehe rein.«

»Jetzt schon?« Savvy sieht auf ihre Uhr. »Wir haben noch über eine Stunde, bis wir uns in der Halle treffen sollen.«

Nervös schüttele ich die Hände aus. »Ich muss mich mental vorbereiten.«

»Das hast du die halbe Nacht gemacht, während alle anderen im Sky Snookers gepokert haben.« Verurteilend sieht sie mich an. »Weshalb ich übrigens verloren habe.«

»Du hast verloren, weil ich nicht da war?«

»Ja. Sonst werde ich mindestens Vorletzte, weil du zuerst verkackst.«

Grinsend ziehe ich einen Vierteldollar aus der Hosentasche. »Hier, dein Verlust. Bis später.«

»*Hasta luego*. Und mach dich nicht verrückt. Sonst verliere ich *den* Platz auch noch.«

Savvy tänzelt zum Sky Snookers, und ich mache mich auf

den Weg in die Halle. Der vertraute Geruch nach Gummi, Holz und Schmiermittel von den Sportgeräten weht mir in die Nase.

Genau wie gestern Abend stockt mir der Atem. Das hier ist nicht mehr die Trainingshalle, in der ich jeden einzelnen Tag in den letzten Monaten trainiert habe. Diese krasse Deko! Links lodert die Hölle, rechts der Himmel, ein friedliches Blau-Weiß, Wolken hängen wie Zuckerwatte in der Luft und umspielen mein Trapez, während das von Helix im Dunkeln liegt. Später wird echtes Feuer unter ihm entflammt.

Und da, genau in der Mitte, ist das Uhrenziffernblatt. Das Scheinwerferlicht bricht sich in den römischen Messingziffern.

»Nur wegen dir, Hell«, seufze ich, während ich wünschte, dieses Ding würde explodieren, »diese Uhr könnte mir die Show kosten.«

Plötzlich höre ich ein Geräusch hinter dem Ziffernblatt.

»Hallo?«, rufe ich, aber niemand antwortet. Hinter meiner Brust hämmert mein Puls. »Ist da jemand?«

Angestrengt lausche ich. Wie festgenagelt stehe ich da und wage es nicht, mich zu bewegen. In der Vergangenheit ist es bereits vorgekommen, dass Fans einen Weg ins Sky Valley gefunden haben und durchgedreht sind. Was, wenn eine von Helix' Anbeterinnen es auf mich abgesehen hat? Schluckend sehe ich über die Schulter, um die Entfernung zur Tür abzuschätzen. Wenn ich renne, könnte ich …

Im Augenwinkel erkenne ich eine Bewegung. Alarmiert wirble ich herum und entdecke eine zierliche Person hinter der Uhr.

»Ash?« Perplex starre ich sie an, während sie humpelnd die Augen verdreht. »Was machst du hier?«

»Eigentlich warten, bis du wieder abhaust, aber da du das scheinbar nicht vorhast, verschwinde ich.«

Ich blinzle. »Warum warst du hier?«

Ihre Krücken klackern auf dem Linoleum. »Warum nicht?«, entgegnet sie genervt. »Erst klaust du mir meinen Job, und jetzt lässt du mich nicht mal in Ruhe trauern?«

»Du wolltest …?« Ich sehe von ihr zum Bühnenbild, und da wird mir klar, dass das hier jahrelang ihr Zuhause war. »Oh.« Sie muss sich genauso fühlen, wie ich es befürchte, sollte ich diese Prüfung nicht bestehen. »Tut mir leid.«

»Ja«, schnaubt sie und trottet an mir vorbei. »Klar.«

KAPITEL 43

Heaven

Ich sitze vor dem beleuchteten Spiegel, sehe aus wie eine Königin, doch fühle mich wie das absolute Gegenteil davon. Frustriert lässt Alexis ihren Pinsel sinken.

»Gott, Heaven. Wenn du weiter so zitterst, werde ich dir den Lidstrich versauen.«

»Dann lass ihn weg?«

Sie wirft mir einen Killerblick zu. »Wir haben strenge Regeln, was die Vorlagen betrifft. Du bist ein Schwan und brauchst den Lidstrich samt blauen Glitzer. Ansonsten bringt deine Mutter mich um.«

Zum tausendsten Mal huscht mein Blick über den Spiegel zu Helix, und sofort reagiert mein Herz mit rasenden Schlägen. Mit den schwarzen Federn, die sich über seine breiten Schultern und die Brust ziehen, soll er eine Krähe darstellen. Seine Beine stecken in einer schwarzen Hose, so eng, dass mir das Blut in den Unterleib schießt, und seine Füße sind nackt. Vermutlich würde ich ihn bespringen, wenn er nicht seit einer Viertelstunde neben dem Vorhang stehen und mit Kujo diskutieren würde.

»Über was reden die denn so lange?«, frage ich.

»Keine Ahnung. Dich?« Al kichert, verstummt aber sofort, als sie meinem Blick begegnet. »Als ich neues Fix-Spray geholt habe, habe ich etwas mit Kujos Vater aufgeschnappt.« Sie zuckt mit den Achseln. Dabei wippen ihre rosa Haarspitzen. »Denk jetzt nicht an Helix, sondern an deinen Auftritt. Augen zu.« Ich tue, was sie sagt, und spüre den feuchten Eyeliner auf meinen Lidern. Dann tupft sie den Glitzer darüber. »Et voilà, Augen auf.«

»O mein Gott«, hauche ich.

Entzückt klatscht sie in die Hände. »Danke, danke.«

Ich erkenne mich nicht wieder. Das Haar hat sie mir zu einer Krone geflochten, in meinem Gesicht sind keine Hämatome zu sehen, und da erst wird mir bewusst, wofür ich all das mache.

»Es passiert wirklich.« Vorsichtig streiche ich über die weißen Federn an meinem Body. An den Schultern stehen sie ab wie ein Gefieder. »Ich werde für den Hauptact rausgehen.«

»Yes, Baby«, entgegnet Savvy, die Pirouetten drehend an meiner Seite erscheint, »so will ich dich hören! Wasser?«

»Unbedingt. Ich verdurste.«

Lächelnd reicht sie mir das Glas. »Frisch aus dem Service. Ich liebe es, mich wie ein Star zu fühlen und ... verdammt, Ply, lass den Scheiß!«

Der kleine Junge flitzt in einem Affentempo mit seiner neuen Kinderkamera durch den Backstage-Bereich und fotografiert alles, was ihm in den Weg kommt. Gerade hängt er über Stiff, der auf dem Sofa pennt, weil er seinen Auftritt schon hatte, und positioniert die Kameralinse vor seinem gewaltigen Nasenloch. »Sav, komm, sieh dir das an!«, ruft er, statt aufzuhören. »Dieser Popel ist gewaltig!«

»Und du kriegst gewaltig Anschiss, wenn Baba Bubba ...

Igitt, Ply, fass den Popel nicht … ah, mach doch was du willst.«

Augenrollend wendet sie sich ab. Ihr Kostüm quetscht ihr üppiges Dekolleté hoch. Das rote Haar ist toupiert und zu einem hohen Zopf gebunden, und ihre Füße stecken in roten Heels.

»Du siehst umwerfend aus«, sage ich, nachdem ich das Glas geleert habe.

»Sexy«, korrigiert sie, »ich sehe absolut scharf aus. *Davon* sollte Ply Fotos schießen.«

Ich öffne den Mund, aber jemand kommt mir zuvor.

»Da kann ich nur zustimmen.« Hawk erscheint mit einem breiten Grinsen neben ihr, gehüllt in einen schweren Goth-Mantel. Darunter liegt sein tätowierter Skelettoberkörper frei. Die Lederhose wird von einem Gürtel auf seinen Hüften gehalten, auf seiner Schnalle ein Pentagramm, und die Füße stecken in schweren Stiefeln. Auf der Schulter sitzt sein Rabe. »Ich habe da draußen gerade Objekte bewegen lassen, ohne sie anzufassen, und dabei das Gefühl, dass deine Schönheit stattdessen *mich* durch den Vorhang manipuliert.«

Savvy verdreht die Augen. »Deine Sprüche sind lahm, Hawk.«

»Aber du liebst sie«, schmollt er.

»Nein. Das ist gruselig. Sogar dein Rabe hackt dir ins Ohr.«

»Das hat damit nichts zu tun«, erwidert Hawk. »Er steht auf Ohrenschmalz.«

Ich verziehe das Gesicht. »Hat dir schon mal jemand gesagt, dass du seltsam bist, Hawk?«

Seine Augen funkeln belustigt. »Ich bin Okkultist, Zuckerpuppe. Es ist mein Job, seltsam zu sein.«

»Aber nicht eklig«, murmelt Savvy und betrachtet den nach Ohrenschmalz pikenden Raben mit gerümpfter Nase.

Joseph kommt rückwärts aus der improvisierten Manege. Mit dem weißen Make-up im Gesicht, der roten Nase, den Krauslocken und *vor allem* dem aufgemalten Grinsen ist ihm der Stress der letzten Wochen kein bisschen anzusehen. Der Vorhang schließt sich, und Joseph dreht sich mit einem schweren Seufzen um.

»Und?« Es gelingt mir nicht, das Zittern in meiner Stimme zu verbergen. »Haben sie sich totgelacht?«

»Ich habe mein Bestes gegeben«, antwortet er und tätschelt meinen Federrücken. »Aber leider haben sie überlebt.«

Ich knuffe ihm in die Seite. »Joseph!«

»Wenn du die Jury tot sehen willst«, sagt Hawk und hebt eine Braue, »*ich* bin der schwarze Magier, schon vergessen?«

»Sie sollen nur in guter Stimmung sein, wenn ich auftrete. Vielleicht verzeihen sie mir dann den vermasselten Feuersalto.«

»Du vermasselst ihn nicht«, beharrt Savvy.

»Genau. Und wenn du sie doch umbringen willst«, murmelt Hawk, »fragst du nicht noch einmal den Clown, verstanden?« Ich verdrehe die Augen. »Im Ernst. Ich bin dein Freund, Zuckerpuppe.« Er schaut über meine Schulter. »Oder du fragst ihn. Er ist genauso tödlich.«

Ich weiß, wen er meint, bevor ich mich umdrehe. Seine Anwesenheit löst jedes Mal ein merkwürdiges Kribbeln in meinem Nacken aus. Im nächsten Moment liegt seine Hand auf meinem Rücken.

»Hey, Seraphim.«

»Hi.« Seine Berührung löst etwas in mir aus, und unter meinem Body … Oh, scheiße! Meine Nippel werden hart.

Hawks Lippen kräuseln sich, während Savvy entnervt stöhnt.

»Komm mit, du Creep«, sagt sie und zieht ihn mit.

Hell lässt seinen Blick über mich gleiten. Dabei lässt er keinen Zentimeter aus. In seinen Augen erkenne ich grenzenlosen Hunger. »Bereit?«

»Geht so.« Nervös reibe ich mir ein paarmal über die nackten Arme.

»Du kannst das. Und wenn das hier geschafft ist«, in einer hauchzarten Berührung streichen seine Lippen über meine Schläfe, »bekommst du den hier.« Er öffnet seine Hand und offenbart einen funkelnden Stein.

»Ein Opal«, flüstere ich und fahre mit der Fingerkuppe über den bunten Edelstein. »Es wäre der siebte.«

»Sieben Mal gekämpft. Sieben Mal über dich hinausgewachsen. Sieben Mal an dich geglaubt. Sieben Mal gewonnen. Mein *Herz* gewonnen.« Er schließt die Finger fest um den Opal und betrachtet dabei das Mondsteinarmband an seinem Handgelenk, bevor er den winzigen Stein in der Schublade des Schminktischs verschwinden lässt, und lächelt. »Glückszahl.«

»Helix«, sage ich heiser und will nach seiner Hand greifen, als ich im Augenwinkel meinen Vater erkenne und die Hand zurückziehe. »Hi, Dad.«

»Hey, Schatz. Ihr seid die Nächsten. Seid ihr soweit?«

»Nein«, stoße ich zittrig hervor.

»Ja, Sir«, antwortet Helix.

Dad nickt und legt mir eine Hand auf die Schulter. »Deine Mutter ist sehr stolz auf dich. Sie sitzt draußen und sieht von dort zu, weil sie keine Sekunde verpassen will.«

Ich erstarre. »Was?«

»Sie sieht von draußen zu«, wiederholt Dad glücklich.

»Oh.« Wie ein Fisch öffne ich mehrmals den Mund, aber es kommt nichts Sinnvolles heraus. »Das ist …«

Dad runzelt die Stirn. »Alles okay?«

»Ich … Es ist nur …«

»Die Nervosität«, entgegnet Hell. Jetzt ist er derjenige, der nach meiner Hand greift und sie drückt.

Dads Lippen verziehen sich wieder zu einem Strahlen. Unfassbar, wie wenig er mich kennt. Er glaubt dem Mann, den er aus dem Gefängnis geholt hat, ohne zu zögern, anstatt zu sehen, was für ein Wirbelsturm in mir tobt. Ich dachte immer, durch dieses Leben wären meine Eltern mir näher als bei anderen Familien. Aber jetzt wird mir klar, dass uns eine Schlucht trennt. Ein ganzes Meer.

Sieben Meere.

»Dann los!« Freudig schiebt Dad uns durch die Halle zu unserem Bühnenbild. Später wird es Pausen zwischen den Auftritten geben, in denen die Arbeiter das Bühnenbild anpassen. In der Halle haben wir mehr Platz. »Dein Moment, Heaven.«

Nicht für Mom. Es ist ihr *Moment.*

Mein Herz klopft mir bis zum Hals. Ich kann kaum atmen und befürchte, dass ich kotzen muss, wenn ich den Mund öffne.

Helix und ich warten hinter dem Vorhang, bis sich die Samtstoffe öffnen. Er drückt meine Hand, und wir trennen uns, um unsere Positionen einzunehmen. Wir starten mit der Kür am Seidenband, das von der Decke baumelt. Ich klettere daran hinauf, er steht unten. In diesen Positionen verharren wir. Mein Puls durchbricht die Stille wie Donnerschläge, die den Himmel teilen. In meinem Kopf zähle ich herunter.

Drei. Zwei. Eins. *Feuer.*

Zeitgleich mit den Scheinwerfern entzünden sich überall Flammen. Sie brennen um uns herum, züngeln sich um das Zifferblatt, lecken an dem Fass, auf das Helix später springen wird, damit ich auf seinen Schultern landen kann.

Aus den Boxen schallt epische Musik. Der Bass dröhnt in meiner Brust, und mein Körper reagiert sofort. Er kennt das hier. Er hat so lang dafür trainiert.

Luft umhüllt mich, weich wie Seide, während ich meinen Körper im Stoffband rekele. Ein schwereloser Tanz. Meine Füße kennen ihre Flugbahn und wissen, was sie zu tun haben. Genau wie meine Hände, mit denen ich meinen Körper an dem Band herunterwirbele. Immer wieder hüllt es mich ein, fängt meinen Bauch ab, gibt mir Halt zwischen den Beinen, aber ich gestatte ihm nur Sekunden, bevor ich weiterfliege. Aus dem Augenwinkel erkenne ich, wie Helix seine Stunts auf dem Boden in meine Richtung macht. Sein Körper nähert sich meinem, während meine Drehungen zunehmen und ich schneller werde. Dieses Crescendo kennen nur wir beide.

Das Ende des Seidenbands naht. Kein Halt, nichts zwischen mir und dem Boden – außer Helix.

Nur ein Fehler, und mein Kopf würde auf dem Boden aufschlagen.

Ich könnte mir das Genick brechen.

Jetzt gerade ist mein Vertrauen in Helix das einzige Netz.

Ich fliege, stürze, falle, schwebe. Bei diesem Element gehen mir immer dieselben Gedanken durch den Kopf: Er könnte das hier geplant haben. Er könnte mich fallen lassen. Er könnte gewollt haben, dass ich ihm vertraue, um mich dann zu brechen, wenn ich es am wenigsten erwarte.

Er könnte es tun, weil mein Bruder seine Schwester auf dem Gewissen hat.

Doch dann greifen seine Hände um meine Taille, die Finger an meinem offenen Rücken. Haut trifft auf Haut. Ich klemme meine Beine um seine Hüften, beuge den Oberkörper nach hinten, während er mit einer Sprunghilfe zum Band springt. Er hält uns nur mit den Füßen und einer Hand, die andere ist ausgestreckt.

Es ist unfassbar, was Helix für eine Kraft hat.

Unsere Bewegungen sind ein ästhetischer Dialog. Seine Muskeln heben mich, meine Anmut antwortet. Zug und Gegenzug, Himmel und Hölle, Wolken und Feuer. Mit den Händen kriege ich seine Schultern zu fassen und stemme mich in einen Handstand, während er uns rasant über die Flammen wirbelt.

Er sieht zu mir hoch, und da verliere ich mein Herz. Diese großen Augen, dieses warme Gold, diese stumme Verbindung.

Jetzt habe ich keine Zweifel mehr, das hier zu schaffen. Helix hatte recht. Ich *kann* das alles.

Meine Figuren im Ring laufen einwandfrei, aber während der Kontorsion am Boden merke ich, dass etwas nicht stimmt. Mir wird schwindlig. Helix ist schon auf dem Weg zum Trapez und bemerkt meine verzögerten Schritte nicht. *Komm schon, Heaven. Reiß dich zusammen. Nur noch das Trapez und der brennende Salto auf der Wippe. Dann hast du es geschafft.*

Als ich auf der Stange über dem Boden schwebe, werden meine Glieder schwerer. Irgendetwas läuft hier schief.

Ganz entsetzlich schief.

Panisch sehe ich zu Helix auf die andere Seite, aber ich erkenne ihn nicht, weil zwischen uns die Nebelmaschine angelassen worden ist. Wir werden durch den Himmel getrennt, indem ich durch die Wolken auf die andere Seite wechsle. Das ist der Gedanke dahinter. Es war sogar meine Idee. Aber jetzt verfluche ich mein kreatives Hirn mehr denn je.

Ich schließe die Augen und atme tief durch. Die Stange drückt mir in den Hintern, aber ich spüre sie kaum.

Meine Haut wird taub.

O Gott. O Gott, o Gott, o Gott.

Die verantwortungsbewusste Entscheidung wäre, das hier *jetzt* abzubrechen. Aber das würde mein Ende bedeuten. Es läuft so gut. Ich könnte es schaffen. Nur noch ein bisschen.

Das ist die Nervosität, denke ich. *Du hast eine Panikattacke, weil deine Mutter zusieht und du nicht versagen willst. Los jetzt, Heaven, los.*

Wachse über dich hinaus, höre ich Hells Stimme in meinem Kopf. *Gehe über Grenzen.*

Im nächsten Moment habe ich meine Entscheidung getroffen. Ohne noch länger darüber nachzudenken, schwinge ich meinen Körper. Die Stange drückt in meinen Kniekehlen. Ich wirble vor und zurück und mache den Layout-Salto mit gestreckten Armen und Beinen.

Noch in der Rauchwolke weiß ich, dass ich am Arsch bin. Meine Zunge wird schwer, mein Hirn träge. Fast so, als würde der Nebel sich durch meine Poren in meinen Kopf fressen und das Licht ausschalten.

Helix fängt mich. Er umklammert meine Finger, während wir über den Flammen fliegen. Keine Ahnung, ob er merkt, wie wenig Spannung ich in meinem Körper habe. Ich kann nicht länger darüber nachdenken, weil er mich schon zurückschleudert.

Das Muskelgedächtnis meines Körpers übernimmt und

fliegt den Twist. Wie eine Schraube drehe ich mich durch die Luft. Vor mir verschwimmt jede Sicht. Doch meine Arme erinnern sich, wann sie sich ausstrecken müssen, damit ich das Trapez wieder zu fassen kriege.

Es ist das jahrelange Training, das mich rettet.

Eigentlich würde jetzt ein Passing Leap kommen – wir würden durch einen gleichzeitigen Salto die Seiten wechseln.

Die Hölle in den Himmel, der Himmel in die Hölle.

Er würde dort auf mich warten, während ich aus dem Untergrund vertrieben werde. In einem Straddle, einem Sprung mit gestreckten Beinen, würde ich über den Nebel zurück zu ihm flüchten, unsere gemeinsamen Bewegungen am Trapez schnell und hart werden, weil Himmel und Hölle nicht harmonieren, und schließlich würden wir uns in einem eng umschlungenen Twist ins Netz werfen.

Weil niemand gewinnt, wenn man jemanden verstoßen will.

Aber zu alldem kommt es nicht.

Ich höre ein Knacken, bevor ich es spüre. Der fehlende Halt. Plötzlich besteht die Stange aus zwei Teilen. Panik wallt durch mein Blut, während meine Arme auseinandergerissen werden. Ein heftiges Stechen fährt durch meine Schulterblätter, und ich muss loslassen.

Die Trapezstange ist entzweigebrochen.

Freier Fall.

Ungeplant.

Unkontrolliert.

Und Helix kann es hinter der Wolke nicht sehen.

Wie ein Stein fällt mein Körper nach unten. Ich will ihn warnen, aber ich kann nicht. Meine Augen sind schockgeweitet.

Er darf nicht springen. Er *darf* nicht.

Irgendjemand ruft etwas. Vermutlich die Jury, um ihn zurückzuhalten. *Das Netz*, denke ich im letzten Moment, *es wird mich auffangen.* Aber als mein Rücken die geflochtenen Seile berührt, streift das Netz nur für einen lächerlichen Augenblick meinen Körper. Nur Millisekunden, bevor ich durch eine Öffnung falle.

Ein Riss.

Dann, in den letzten Augenblicken, die ich noch habe, bevor mir schwarz vor Augen wird und der Schwindel mich mit sich zieht, wird es mir klar.

Eine Manipulation.

Ein Racheakt.

KAPITEL 44

Heaven

Das Erste, was ich wahrnehme, ist der Geruch. Kein Linoleum. Keine Gummimatten. Keine Nebelmaschine und auch kein Feuer. Stattdessen rieche ich Minze und eine Note, die mir seit unserer ersten Begegnung bekannt vorgekommen ist. In diesem seltsamen Moment zwischen Delirium und Bewusstsein schießt das Wort wie ein Blitz in meinen Kopf: Vetivergras.

Erdig und tief mit einem rauchigen Unterton.

Vorsichtig öffne ich die Augen. Nur ein schwaches Licht aus dem Kerzenmaster erhellt den Wohnwagen, aber das reicht, um zu erkennen, dass ich nicht in meinem bin. Schwarze Seidenbettwäsche schmiegt sich an meine Haut.

Mein Kopf dröhnt. Schwerfällig setze ich mich auf. Ich öffne das Fenster am Bett und lasse frische Luft herein. Aus dem Snookers weht Musik zu mir. Ich finde mein Handy auf dem Nachttisch und werfe einen Blick aufs Display. Es ist elf Uhr abends.

O mein Gott! Habe ich den ganzen Tag geschlafen?

Neben meinem Handy steht eine Wasserflasche. Gierig trinke ich sie aus. Meine Kehle fühlt sich an wie ausgedörrt. Dann schiebe ich mich aus dem Bett. Stutzend realisiere ich, dass meine Beine in einer Joggingshorts von Helix stecken. Ihm gehen sie bis knapp über die Knie, mir fast bis zu den Knöcheln. An meinem Oberkörper trage ich eines seiner ärmellosen T-Shirts. Ich sehe aus wie eine Rockerin, die ihre Nächte in Clubs verbringt und auf dreckigen Toiletten weißes Pulver schnieft. Es wäre das perfekte Outfit für The Hodge.

Wann ist das passiert? Wieso bin ich nicht im Krankenhaus?

Vorsichtig betaste ich meinen Kopf, aber da ist nichts.

Nicht einmal eine Beule.

Irritiert nehme ich noch einmal mein Handy. Zuerst rufe ich Helix an, aber er geht nicht dran. Danach versuche ich es bei Savvy. Auch kein Glück. Verdammt!

Ich werfe das Handy zurück aufs Bett und stehe auf, als ein Schnurren mich innehalten lässt. Holzbein sitzt auf der kleinen Küchentheke und mustert mich aus seinen grünen Augen.

»Hey, Kleiner«, sage ich leise und streichle ihm den wuscheligen Kopf, »kannst du mir sagen, was hier los ist?«

Wenn ich geglaubt habe, er würde mir antworten, hat mein Kopf vielleicht doch etwas abbekommen. Neben der Tür entdecke ich meine Sandalen. Die Kombi aus Gangster-Sachen und Plateausandalen sieht zwar furchtbar aus, aber was soll's.

Ich stoße die Tür auf, und die warme Juniluft schlägt mir entgegen. Die Grillen sind lauter denn je. Vielleicht ist es aber auch mein empfindlicher Schädel.

Die Trailer stehen bereits aufgereiht auf den Schienen, weshalb der einzige Weg ins Zirkusdorf über den gekoppelten Flur unserer Terrassen führt. Aus der Ferne sehe ich Pawel, Mikhail und Dexter Shadow auf das Sky Snookers zugehen. Das Holz knarrt unter meinen Schritten, während ich den langen Terrassenflur entlanggehe. Am Ende stoße ich die schmale Tür auf, kaum breiter als ich selbst, und hüpfe raus.

Als ich an dem Getränkewagen hinter dem Sky Snookers vorbeilaufe, kommt Leslie gerade mit einer Bierkiste die Treppenstufen herunter. Als sie mich sieht, stutzt sie und stemmt ihre Kiste gegen den Wagen, um innezuhalten. Dabei blitzt ihr Slip auf, weil ihr Leopardenrock so kurz ist. Ihr pinker Lippenstift ist rechts verschmiert, aber bei ihr weiß man nie, ob das Absicht ist.

»Hi, Leslie.«

Mit offenem Mund kaut sie Kaugummi und starrt mich an. Ihr Blick wandert von meinem Gesicht zu Hells Shirt, seiner Hose, den Sandalen und wieder zurück. »Oh, Süße.«

»Was?«

»Hast du eine Ahnung, was in den letzten Stunden hier los war?« Bevor ich antworten kann, spricht sie weiter. »Nein, natürlich nicht.«

»Verrat's mir.«

»Gibt nicht viel zu erzählen.« Sie verzieht den Mund. »Dein Freund hat nur allen gedroht, die auf die Idee kommen sollten, dich anzufassen, einen Kopf kürzer zu machen.«

»Er ist nicht mein Freund«, murmele ich.

Darüber lacht Leslie nur. »Ja, sicher.« Sie stößt sich vom Wagen ab und will ins Zelt verschwinden.

»Leslie!« Ich beiße mir auf die Unterlippe. »Warum hat er allen gedroht?«

Mit gerunzelter Stirn hält sie inne. »Du weißt es noch nicht?«

»Was denn?«

»Süße«, murmelt sie und hievt die Kiste höher, »nach deinem Sturz meinte Helix, er hätte gemerkt, wie weggetreten du warst.« Mein Herz macht einen Satz. Er hat es doch gespürt. »Der Junge ist vom Trapez runter und konnte dich in letzter Sekunde auffangen. Danach kamen die Ärzte und haben dich untersucht.«

»Er … er hat mich aufgefangen?«

»Es war knapp. Nur eine Sekunde später und du wärst auf den Boden gekracht.«

What the …

»Diese beschissene Panikattacke«, fluche ich. »Das war der Druck mit der Prüfung, und meine Mom, ich …«

»Whoow, warte mal, Heav.« Ihr ungewohnt ernster Ton lässt mich innehalten. »Du denkst, das war Panik?«

»Was sonst?«

Entgeistert sieht sie mich an. »Du hattest GHB im Blut!«

Ich reiße die Augen auf. »Wie bitte?«

»K.-o.-Tropfen. Die Ärzte haben dir Blut abgenommen, deine Atemwege sichergestellt, waren den halben Tag hier, und du warst einfach weg. Sie sind erst gegangen, als sie bestätigen konnten, dass du nur noch Ruhe brauchst. Und, glaub mir, dafür hat Helix gesorgt.«

Mein Mund ist staubtrocken. »Aber …« Blinzelnd starre ich auf Leslies verschmierten Lippenstift. »Aber wer sollte mir so etwas antun?«

Sie grunzt. »*Das* fragt sich unser Lieblingsdraufgänger auch.« Vorsichtig sieht Leslie sich um, bevor sie einen Schritt auf mich zumacht und leise hinzufügt: »Er hat sich sogar mit deinen Eltern angelegt.«

»*Was?*«

Mitfühlend verzieht sie das Gesicht. »Ich weiß nicht, ob ich diejenige sein sollte, die …«

»Leslie, *bitte.*«

Sie seufzt. »Deine Mutter war schockiert. Aber es ging ihr in erster Linie, um, na ja …«

Ihre Worte rufen einen dumpfen Schmerz in meiner Brust hervor. »Die Show«, sage ich bitter, und Leslie nickt.

Das ist das Schlimmste an der Sache. Nicht die Tatsache, dass meine Mutter nur an ihren Erfolg durch mich denkt, sondern dass mein Körper damit rechnet.

»Tut mir leid, Süße«, sagt Leslie.

Ich schlucke den Kloß herunter. »Schon gut.«

Als aus dem Sky Snookers plötzlich ein Tumult zu uns herüberweht, presst Leslie die Zähne zusammen und schließt kurz die Augen. »Nicht schon wieder.«

»Was?«, frage ich.

»Wie ich bereits sagte, verspricht dein Freund jedem, der deinen Namen auch nur falsch ausspricht, einen Freifahrtschein in die Hölle. Oh, verflucht!«, zischt sie, als die Stimmen im Zelt lauter werden. Sie setzt sich in Bewegung und wirft mir einen schnellen Blick zu. »Besser, du gehst wieder ins Bett, Kleine.«

Ich nicke, aber ich denke gar nicht dran. Sobald Leslie im Snookers verschwunden ist, eile ich ihr hinterher. Obwohl Musik aus den Boxen schallt, übertönt die hitzige Diskussion den Song. Ich kann nur nicht erkennen, was los ist, weil der halbe Zirkus hier herumhängt. Unauffällig schiebe ich mich in den Schatten und recke den Hals. Da sind Felicia und Ash, Yasin, Mikhail und Dexter Shadow. Ein paar der Hochradkünstler und Pawel. Neben ihm erkenne ich einen roten Haarschopf. *Savvy!* Sie wechselt einen besorgten Blick mit einem Mädchen, und da sehe ich Alexis' bonbonfarbene Strähnen und ihre Hamsterbäckchen.

»Okay, ich finde, dafür verdienst du einen Orden, Zuckerpuppe.«

Vor Schreck zucke ich zusammen und presse mir eine Hand auf die Brust, während ich in Hawks dunkle Augen sehe.

»Ich fühle mich zwar geschmeichelt, dass mein Anblick wie ein Defibrillator auf dich wirkt, aber bitte kriege keinen Herzinfarkt. Hell würde ganz Sky Valley abfackeln.«

»Er würde uns *alle* in ein Häufchen Asche verwandeln«, murmelt Brandon, der dicht hinter ihm steht. Mich beunruhigt, wie ernst er das sagt. »Ehrlich, der Kerl hat direkt von Hades gelernt. Er muss sein Handlanger gewesen sein.«

»Er *ist* Hades«, korrigiert Hawk.

»Ist das Helix dahinten?«, nicke ich fragend hinter die Menge.

»Wer sonst?«, grunzt Brandon. »Craig?«

Hawk kichert. »Wundert mich, dass der noch lebt.«

»Streitet er sich mit ihm?«, frage ich erschrocken.

»Nein«, sagt Brandon. »Ich glaube, die beiden hatten noch nicht das Vergnügen.«

Mein Herz poltert und bleibt irgendwo zwischen meinen Rippen hängen. »Mit wem dann?«

»Die Frage ist eher: mit wem nicht?« Hawk lehnt sich gegen die Stützstange und verschränkt die Arme vor der Brust. »Helix hat geschworen, dass derjenige, der dir dieses Zeug ins Glas gekippt hat, nie wieder glücklich wird.«

»Weil die Person nie wieder etwas sehen können wird«, ergänzt Brandon.

»Und nie wieder etwas hören.«

»Nichts schmecken.«

»Riechen.«

Entgeistert starre ich die beiden an. »Hat er echt gedroht, die umzubringen?«

»Nö«, antwortet Hawk. »Nur alles abzuschneiden, was das Leben lebenswert macht.«

»Samt Eier und Schwanz, wenn es ein Kerl gewesen sein sollte. Ehrlich, der Typ ist *krank.*« Brandon sieht mich ernst an. »Du musst dich von ihm fernhalten, Heav.«

Verdammt, Helix.

»Hör auf mich. *Bitte.*« Brandons Blick erdrückt mich wie ein mit Nägeln besetzter Schraubstock, der sich um mein Herz legt. Mit jeder Bewegung seiner Augen, aus denen er mich so mitleidig begutachtet, schlägt es schwächer. »Scheiße, der ganze Dreck hat dir übel zugesetzt.«

Der Schraubstock wird enger. Mein Herz blutet, blutet und blutet. Während ich mich langsam zum Spiegel neben der Bar drehe, höre ich, wie es in meine Seele tröpfelt. Als ich mir selbst in die Augen sehe, ist mein Herz ausgewrungen und leer. Ich erschrecke vor mir selbst. Der einzige Grund, weshalb ich nicht stolpere, ist, weil Brandon seine Hand auf meinen Rücken legt.

Deshalb pocht mein ganzer Körper. Nicht wegen der Nachwirkungen, sondern weil das Gardner-Diamond-Syndrom jeden Zentimeter meiner Haut befallen hat. Mein Gesicht ist ein einziger Bluterguss. Grün, violett, rot. Der Hals genauso. Und ich dachte, die spiralförmigen Ergüsse auf meinen Armen wären der einzige Tribut, den der Stress gefordert hat. Langsam bücke ich mich, um die Hose hochzuschieben, und ziehe scharf die Luft ein bei dem Anblick meiner Beine. Ich sehe aus, als hätte man mich eine Treppe heruntergetreten. Schlimmer noch. Als hätte der Sturz mir alle Knochen gebrochen. Aber vielleicht hat er das auch? Vielleicht …

Nein. Dann könnte ich nicht laufen. Es ist die Krankheit.

Der Stress. Es wird immer schlimmer bei Stress.

Wer weiß, was dieses Gift für eine Wirkung auf mich hatte.

»Krieg dich wieder ein, verdammt!«, brüllt eine Stimme, die ich nur zu gut kenne. Kujos Ton klingt wie Fingernägel auf einer Tafel. »Im Ernst, was ist in dich gefahren? Alle sind der Meinung, dass du diese Scheiße langsam übertreibst, Hell!«

Ruckartig wende ich mich von dem Spiegel ab und stolpere vorwärts.

»Heaven!«, zischt Hawk, aber ich schüttele seine Hand ab.

Ich *muss* wissen, was hier vor sich geht.

Vielleicht liegt es an den Klamotten von Helix, dass niemand mich bemerkt. Vielleicht aber auch daran, dass sie alle wie gebannt auf die Szenerie glotzen, die sich zwischen den barocken Sitzgruppen abspielt.

Unauffällig schiebe ich mich zwischen zwei Tänzern hindurch. Ich schaudere, als ich die Abgründe in Helix' Augen erkenne, aus denen er Kujo niederstarrt. Aber sogar diese mörderische Aura verleiht ihm eine düstere Attraktivität. Brandon hatte recht: Er *ist* Hades.

»Nenne mir einen Grund, warum ich dir mit deinen Messern nicht die Kehle aufschlitzen sollte«, knurrt Hell.

Ach. Du. Scheiße!

Er drängt Kujo in die Ecke. Das ist einer der seltenen Momente, in denen ich einen Hauch von Panik in Kujos hasserfüllten dunklen Iriden erkenne. Sein schmieriger Iro glänzt, als er mit dem Rücken gegen einen Balken stößt und die angebrachte Laterne ihn in ein schummriges Licht hüllt.

Das Höllenfeuer, in das Helix ihn gestoßen hat.

»Weil du etwas von mir willst«, zischt Kujo. »Und ich der Einzige bin, der dir das geben kann.«

»Ich habe längst gewonnen«, entgegnet Hell kühl.

»Na und?« Seine Panik wechselt zu Überlegenheit. »Denkst du, ich spiele fair?«

Die Art, wie Hell seinen Kiefer vorschiebt, jagt mir einen Scherbenregen über die Wirbelsäule. »Willst du mir drohen?«

»Ich?« Kujo lacht trocken auf. »Du bist derjenige, der auf mich losgeht, nur weil ich behauptet habe, Fairchild hätte selbst schuld, wenn sie nicht aufpasst. Es ist ein verdammter Anfängerfehler, nicht mit so was zu rechnen. Die Konkurrenz schläft nicht, und im Sky Valley leben sieben Luftakrobatinnen, die davon träumen, das zu haben, was sie bekommen hat, weil sie die beschissene Tochter …«

»Ihre Eltern haben nichts mit ihrem Erfolg zu tun!« Hells Stimme klingt, als würde sie einen trockenen Felsen zerschmettern.

»Jaa, klar«, lacht er dreckig.

Mir wird schlecht.

»Du willst also spielen?«, fragt Hell. Mein Herz rutscht in die Kniekehlen, als sein Blick über die vielen Messerscheiden wandert, die Kujo immer mit sich trägt. »Also gut, spielen wir. Du hast drei Würfe. Egal, wohin. Such dir aus, was immer dich am meisten an mich stört.« Seine sündhaft schönen Lippen verziehen sich zu einem breiten Grinsen, doch es steckt keine Fröhlichkeit darin. Es erinnert mich an einen

Serienkiller. »Mein Gesicht, von dem du wünschtest, es wäre deins.« *O mein Gott.* »Mein Körper.« So, wie er Kujos dürre Gestalt mustert, verhöhnt er ihn mit jeder Faser. »Oder«, fügt er hinzu, und sein zuckender Mundwinkel lässt Ungutes erahnen, »doch meinen Schwanz?«

Das war zu viel. Kujo bleckt die Zähne und zieht eine groteske Fratze. »*Fick dich*, Hell!«

»Wie gesagt, du hast freie Wahl. Wenn du triffst, hast du gewonnen. Dann kannst du machen, was du willst. Aber wenn nicht, gibst du mir, was ich will. Und du lässt sie in Ruhe. Kein Wort.«

Kein Wort worüber?

Kujos Augen werden schmal. »Weil du derjenige sein willst, der sie vernichtet?« Ein Anflug von Angst schüttelt mein Herz. »Du weißt, was sie alle reden«, fügt er hinzu. »Dass du eine verdammt gute Schauspielausbildung hattest, bevor du gewechselt bist. Dass dein Verhalten hier nur Show ist, um den Verdacht von dir zu lenken. Weil sie dein Racheakt sein soll.« Er macht eine dramatische Pause. »Die Vergeltung für Ella Winchester, nicht wahr, Hell?«

Bäm.

Die Menge schnappt nach Luft.

Ich kann nur mit schockgeweitetem Mund dastehen und beobachten, wie Kujos Kopf zur Seite fliegt und ihm nach einem widerlichen Knacken das Blut aus der Nase spritzt. Artisten lösen sich aus der Menge und preschen vor, aber Kujo stoppt sie mit erhobener Hand. Dann wischt er sich über das Gesicht und spuckt Blut aus.

»Du kleiner Wichser«, murmelt Kujo in einem irren Singsang. Er rümpft die blutige Nase. »An die Wand.«

O mein Gott. Das tut er nicht wirklich, oder? Kujo ist der

beste Messerwerfer, den ich kenne. Das kann doch nicht Hells … Okay, es ist sein Ernst.

Um uns herum ist es totenstill, während Helix auf die Wand zugeht. Niemand tuschelt. Alle sind zu entsetzt. Nur Kujo nicht. Zufrieden dreht er sein Messer zwischen den Fingern.

Ich stoße einen leisen Fluch aus und ducke mich zur Seite, um mich unbemerkt zu Savannah und Alexis durchzukämpfen. Mit verschränkten Armen steht Savvy da und beobachtet jeden von Helix' Schritten, während Alexis auf ihre Unterlippe beißt und eine Strähne um ihren Finger wickelt.

»Pst!«, wispere ich.

Die beiden drehen den Kopf und bekommen große Augen.

»Heav!«, flüstert Savvy überrascht. Mein Magen schrumpft zu einem erbärmlichen Ding, als auch sie meine Blessuren mit einer Mischung aus Überraschung, Schock und Mitleid mustert. Zum Glück fängt sie sich schnell, wirft einen Blick zu Hell, der sich gerade vor der Holzwand positioniert, und beugt sich zu mir. »Seit wann bist du wach?«

»Lang genug, um zu wissen, dass irgendjemand mir was ins Glas gekippt hat und Helix daraufhin zum Söldner geworden ist«, entgegne ich bitter.

Alexis reibt sich über die nackten Arme, obwohl es unerträglich stickig hier drin ist. Grimmig starrt sie geradeaus. »Und er verdächtigt ganz besonders mich.«

»Dich? Ich muss mit ihm reden«, murmele ich und will mich an den anderen vorbeischieben, aber Savvy hält mich zurück.

»Nicht.« Ihre Augen funkeln besorgt. »Wenn du da jetzt dazwischengehst, wird Kujo dich treffen. Absichtlich. Und er wird es *dir* in die Schuhe schieben.«

Zähneknirschend bleibe ich stehen. Helix steht da, das Kinn trotzig gereckt, seine Miene beinahe gelangweilt. Wie kann er so ruhig bleiben, wenn mir fast das Herz zerspringt?

»Er wird ihn treffen«, hauche ich. »Er könnte ihn ernsthaft verletzen!«

»Hell weiß, was er tut«, entgegnet eine Stimme hinter mir.

Ich drehe mich um und sehe in ein Totenkopfschädelgesicht. »Hawk«, zische ich und deute auf diese verrückte Scheiße vor uns, »du musst das beenden.«

»Bedaure«, sagt er, während er Helix fokussiert, »doch das liegt nicht in meiner Macht.«

»Aber …«

Mein restlicher Satz bleibt mir im Hals stecken, als die Artisten um uns herum kollektiv nach Luft schnappen. Mit stechendem Puls wirble ich herum und beobachte mit Entsetzen, wie Kujo den Arm hebt.

Das Messer surrt durch die Luft. Zwei unerträgliche, qualvolle Sekunden, dann landet es mit einem dumpfen Geräusch in der Holztafel. Fassungslos starre ich Helix an, dessen Oberkörper sich so schnell zur Seite gedreht hat, dass ich es kaum mitbekommen habe. Nur eine Millisekunde später, und die Klinge hätte seine Hüfte getroffen.

Helix wirkt als Einziger unbeeindruckt. »Wie enttäuschend.«

Hinter mir lacht Hawk. »Hell, du verdammtes Sackgesicht.«

Kujo zieht eine hässliche Fratze. Seine Wut jagt mir eine Scheißangst ein. Blitzschnell zieht er ein neues Messer, und dieses Mal wartet er nicht. Ohne Vorwarnung schleudert er es durch das Zelt. Ich klammere mich an Savvys Arm fest.

Der vernünftige Teil in mir befiehlt mir, nicht hinzusehen, aber ich kann nicht.

Es wird seinen Arm treffen, denke ich. *Die verdammte Klinge wird seinen Bizeps an die Holzwand heften.* Ich öffne den Mund zu einem stummen Schrei, bohre Savannah die Nägel ins Fleisch und höre, wie ein Tinnitus in meinen Ohren anschwillt, als ...

Bäm.

Blinzelnd starre ich auf die Klinge, die wundersamerweise wieder im Holz steckt, ohne Fleisch durchbohrt zu haben.

»Wieso ist er so schnell?«, haucht Al, teils fasziniert, teils verstört. »Das ist doch nicht normal.«

»Er ist so heiß«, höre ich Felicia seufzen. »Und das alles für Heaven.«

»Immerhin ist sie hübsch«, entgegnet Sam, der Hochradkünstler.

»Hübsch?« Jemand schnaubt. Ich drehe den Kopf und erkenne Ash. »Wenn sie am ganzen Körper so bunt leuchtet wie im Gesicht, wundert es mich nicht, dass er vor ein paar Tagen mit Estefania Esteban rumgemacht hat.«

Der Satz trifft mich eiskalt. Entsetzt wirble ich herum. »Du lügst!«

Und erst da wird mir bewusst, dass meine panische Stimme wie ein Donnerschlag in der Nacht wirkt.

Helix reißt den Kopf herum und starrt mich an.

»Hell«, sage ich stumm.

Seine Augenbrauen bewegen sich. Eine minimale Regung, der Hauch eines Gefühls. Dann höre ich es. Das Surren. Hinter mir verschluckt Hawk seinen Atem. Savvy keucht. Ich reiße die Augen auf. Ein blitzartiger Moment, in dem sich mein Schock in Hells Blick spiegelt.

»Pass auf!«, kreische ich.

Eine Pikosekunde. Ich frage mich, was man in dieser Billionstel einer Sekunde tun kann.

Sich verlieben. Sich verabschieden. Verstehen, sich verliebt zu haben. Verstehen, sich verabschieden zu müssen. Akzeptieren, dass Grausamkeit ein Dieb ist, der dir nur das Herz stehlen will.

Die Übertragungsgeschwindigkeit unserer Nervenfasern ist rasant. Bis unser Gehirn ein Signal an unsere Muskeln weitergeleitet hat, vergehen nur wenige Millisekunden. Und in diesem Herzstillstandmoment kann ich nur daran denken, dass Alexis recht hat: Das hier ist nicht normal, denn …

Die Klinge steckt im Holz. Direkt neben seinem Ohr. Noch immer sieht er zu mir, und ich starre mit offenem Mund zurück. Der Puls schlägt mir auf der Zunge, und in meinen Ohren dröhnt ein Rauschen, als wäre ich tief unter der Meeresoberfläche gefangen.

»Drei«, sagt Helix laut, ohne den Blick von mir zu wenden.

In meinem Kopf ist nur Watte, und trotzdem fühlt er sich bleischwer an.

Kujo reißt seinen Kopf herum und macht einen Schritt auf mich zu. »Du hältst *mich* für das Arschloch?« Als Helix knurrt, hält er grimmig inne. »Ich bin offensichtlich scheiße, Fairchild, aber Hell?« Ein freudloses Lachen entkommt ihm. »Der tötet lieber, indem er manipuliert, bis er dich innerlich zerfetzt hat.«

»Nur ein Wort«, raunt Hell, »und ich schwöre, das war's.«

»Was meinst du damit?«, frage ich Kujo.

»Das reicht!« Savvy packt mich am Arm. Die Art, wie sie Helix taxiert, geht weit über Wut hinaus. »Gehen wir.«

Seine Augen weiten sich, er streckt die Hand aus, als könnte er mich damit erreichen. »Nein. Heav, warte.«

In dem Moment sehe ich es. Den winzigen blutroten Tropfen, der über sein Ohr läuft, bevor er ihn fortwischt.

Er hat ihn doch getroffen, denke ich schockiert.

KAPITEL 45

Heaven

Ich liebe das ratternde Geräusch der alten Wagen auf den Gleisen. Heute Nacht sind wir losgefahren. Savvy kam gestern spätabends noch in meinen Wagen, um nach mir zu sehen, und hat mir mehrere Dinge gesagt:

a. Ich habe bestanden, und die Jury war beeindruckt, wie ich trotz der Wirkung des Gifts den Auftritt gemeistert habe.
b. Meine Mutter ist ausgerastet, wollte die Jury umstimmen und hat vehement behauptet, ich wäre zu flatterhaft für den Hauptgig.
c. Ich bin nicht tot, weil Helix mich aufgefangen hat (wusste ich schon).

»Aber das geht nicht«, höre ich Dexter Shadows Stimme zwei Sitzreihen weiter. Ein paar der Artisten hängen im Gemeinschaftsabteil rum, so wie Savannah und ich. »Ich kann die Twizzlers abends nicht weglassen, Baba Bubba!«

Savvys Großmutter sitzt ausdruckslos vor ihm, ihren lila Turban auf dem weißen Haar, gehüllt in eine Samtrobe. »Dann wird der Tag kommen«, sagt sie ernst. »Die Twizzlers werden dich erdrosseln.«

Seufzend lehnt Dexter sich in die Bank zurück und tupft sich die verschwitzte Stirn ab. »Meinst du wirklich?«

»So sagen es die Karten.«

Er schnieft. »Was schlagen die denn vor?«

Savannahs Großmutter schaut einige Zeit auf den Tisch. »Du sollst dich von drei deiner Packungen trennen.«

»Drei?!«

»Verzeihung – ich meine vier.«

»Was?«, bellt Dexter schockiert. »Wegwerfen?«

»Nein.« Ihre Antwort kommt etwas zu schnell. »Du solltest sie deiner Schicksalseröffnerin geben.«

»Ich fasse es nicht«, raunt Savvy. »Die alte Sau will ihm die Twizzlers klauen!«

Ich kichere.

»Als Opfergabe«, fährt sie fort, »und das Schicksal wird dir gnä… Ply, nimm die klebrige Scheiße von seinem Schädel!«

Savvy und ich wirbeln herum und sehen Ply, der in der Bank hinter dem schlafenden Hawk sitzt und sich einen Spaß daraus macht, einen Kaugummiturm auf seiner Glatze zu bauen.

Der Kleine gackert wie eine Hyäne und denkt gar nicht daran, aufzuhören. Schnell zieht er ein weiteres Kaugummi aus dem Mund und patscht es auf den pinken Turm. Erst als Baba Bubba Anstalten macht, sich aus ihrer Nische zu schieben, hüpft der Junge von seinem Platz und rennt lachend aus dem Abteil. Baba Bubba setzt sich wieder, die Augen zu schmalen Schlitzen verengt. »Wo war ich?«

»Die Opfergabe«, sagt Dex.

»Ah, richtig. Also, wenn du mir diese Packungen gibst, Dexter, sind die Chancen hoch, dass die Mäßigkeit«, sie nimmt eine Karte hoch, »das sieht und … oh, ich fasse es nicht, Jackson!« Die alte Frau schleudert ihre heilige Mäßigkeit auf den Tisch wie einen Zwangsvollstreckungsbrief. »Ich schwöre dir, du Rotzbengel, dafür kriegst du *keinen einzigen* Twizzler ab.«

»Was?«, fragt Dexter verwirrt, aber Baba Bubba ist schon aus ihrer Nische geschlüpft und hockt sich wie ein großer Wäscheberg in ihrer Samtrobe auf dem schmalen Gang. Dort zieht sie Plymouths Zwillingsbruder unter dem Tisch hervor, wo dieser gerade dabei war, die Schnürsenkel von dem ebenfalls schnarchenden Yasin zusammenzuknoten. Ich höre Jacksons irres Lachen noch, als sie längst im nächsten Waggon mit ihm verschwunden ist.

»Manchmal frage ich mich, ob die beiden wirklich meine Brüder sind«, seufzt Savvy.

»Ich frage mich eher, wie gravierend Ähnlichkeiten zwischen Geschwistern sein können«, entgegne ich.

»Ich bin doch nicht wie meine Brüder!«, protestiert sie, was ich nur mit einem Blick quittiere, der klarmacht, dass sie *ganz genau* so ist.

»Apropos Bruder«, murmelt sie und deutet auf meinen Vater am Ende des Gemeinschaftsabteils, »ich glaube, er telefoniert mit Elliott.«

Ein Stich durchzieht meinen Magen. »Wie kommst du darauf?«

»Ist so ein Gefühl. Er wirkt ernst und sieht immer zu dir.«

Ich schnaube. »Dann könnte es auch meine Mutter sein, die im Wohnwagen schmollt und ihn anfleht, mich bei voller Fahrt aus dem Fenster zu werfen.«

»Heaven, das …«

Weiter kommt sie nicht, weil plötzlich mein Vater aufsteht und in unsere Richtung geht. Schützend verschränke ich die

Arme vor der Brust und ziehe die Klatschzeitschrift heran, die Enola vorhin hier liegen gelassen hat. Wahllos schlage ich sie auf.

»Hey, Sonnenschein«, höre ich da meinen Vater neben uns. »Dein Bruder ist am Telefon, und er fragt, ob du …«

»Nein.«

Dad seufzt. »Er würde nur gern mit dir über etwas sprechen. Nur kurz. Also …«

»Nein«, wiederhole ich und blättere auf die nächste Seite. Sofort wünschte ich, es nicht getan zu haben, denn ein riesiges Bild von Helix und mir, Hand in Hand im Rodeo Drive, leuchtet mir entgegen.

DIE SPEKTAKULÄRE SHOW BEGINNT!
ABER NUR DIE DES SKY CIRCUS –
ODER AUCH ZWISCHEN HEAVEN & HELL?

Darunter lese ich einige Zitate von angeblichen Insidern, die darauf schwören, unsere Beziehung wäre nur gespielt, und in Wirklichkeit würden wir uns hassen.

»Heaven«, meint Dad wieder.

»Ich werde nicht mit ihm reden«, sage ich laut, schiebe mich aus der Bank und funkele meinen Vater an, »er ist ein Mörder, Dad, kapiert? Er hat ein Mädchen getötet – Helix' Schwester! Er hat sie kaltblütig umgebracht!«

Dads Gesicht wird kalkweiß. Eilig versucht er, den Anruf stumm zu schalten, damit Elliott nichts davon hört, aber das soll er ruhig. »Ich will nie wieder ein Wort von ihm hören oder ihn wiedersehen. Es ist mir egal, was früher war, es ist mir egal, dass er mein bester Freund war, okay?« Inzwischen kleben alle Blicke auf mir. Neben Mikhail, Hawk und Dexter ist Brandon mit Pawel da. Aber es ist mir egal. Ich halte das alles nicht mehr aus.

Wenn ich nur in Helix' Gesicht sehe, überschwemmen mich die Schuldgefühle. Ich hasse Elliott dafür. Auch für das, was ich getan habe. Natürlich ist es nicht fair. Aber leichter. Und wir Menschen suchen immer den leichtesten Weg, nicht wahr? »Du kannst ihm sagen, dass er für mich gestorben ist. Oder, nein, sag, ich hoffe, er verreckt nach endlosen Jahren im Knast, damit er ewig etwas von dem spürt, was er Ella angetan hat.«

Meinem Vater ist es inzwischen gelungen, den Anruf zu beenden. »Heaven«, sagt er erstickt, »das sind Worte, die ich von dir ...«

»Dein Sohn ist ein Mörder«, unterbreche ich ihn. »Übrigens kannst du Mom sagen, dass ihre Bemühungen umsonst sind. Ich will nicht mit ihr reden. Ich will sie nicht einmal mehr *sehen*. Dafür, dass sie mir diese Chance nehmen wollte. Ich werde. Nicht. Mit. Ihr. Reden.«

»Heav, Liebling, das ist Unsinn. Sie sorgt sich um deine ...«

»Sie kann mich mal.« Dann krame ich in meiner Jeans, die Helix ausgesucht hat, als wir shoppen waren. Im nächsten Moment drücke ich ihm eine viereckige Schachtel in die Hand. Darin befinden sich die schönsten Ohrringe, die ich seit Langem gesehen habe.

»Hier. Hat diese Heuchlerin mir heute Morgen bringen lassen. Eigentlich wollte ich sie aus dem Fenster werfen, damit der Zug drüberfährt, aber ich glaube, wenn sie sie selbst trägt, befriedigt es mich mehr.« Plötzlich ist da in meinem Hals ein großer Kloß, der sich nicht herunterschlucken lässt. »Damit ich mich immer daran erinnere, wie *falsch* sie ist. Wie falsch diese ganze Familie ist.«

»Heaven Fairchild!« Jetzt hat mein Vater die Stimme erhoben, besinnt sich aber eines Besseren, als ihm klar wird, wo wir uns befinden. Mit schmalen Augen sieht er sich um, bevor er mit gesenkter Stimme hinzufügt: »Du musst deinen Bruder nicht anhören, wenn du nicht willst. Aber ich erwarte im Laufe des Tages eine Entschuldigung für alles andere von dir.« Damit schiebt er sich an mir vorbei und geht.

»Puh«, unterbricht Dex als Erster die aufgekommene Stille und reibt sich über den stoppeligen Bart, »also jetzt könnte ich einen Twizzler gut vertragen.«

»Schnauze, Dexter«, speit Hawk. Er schenkt mir ein halbes Lächeln, nur kann ich es nicht ernst nehmen, wenn ihm ein Kaugummiturm auf der Glatze klebt.

»Heav.« Savvy will meine Hand nehmen, aber ich schüttele nur den Kopf und stürme blind in den entgegengesetzten Waggon.

Was dumm ist, weil das nicht die Richtung zu meinem Trailer ist. *Und* mich direkt zu Helix bringt.

Bis auf ihn ist dieser letzte Gemeinschaftswagen leer. Mit Kopfhörern auf den Ohren sieht er aus dem Fenster. Die vorbeiziehenden Ebenen spiegeln sich in seinen außergewöhnlichen Augen. Er wirkt nachdenklich. Mit Daumen und Zeigefinger spielt er an seiner vollen Unterlippe herum. Als ich durch die Tür gehe, schaut er zu mir. Dabei fällt das Licht auf die Narbe an seinem Kinn.

Mein Vater hat mich mit seiner Bierflasche geschlagen.

Bis ich mich gewehrt habe.

Wahrscheinlich der einzige Mensch auf dem Planeten, der einen guten Grund dafür hat, mich abgrundtief zu hassen, aber stattdessen weiß er genau, wie ich mich fühle.

Er zieht seine Kopfhörer herunter. »Hey.«

»Hi.« Zögerlich gehe ich auf ihn zu. Nach gestern ist alles komisch. Der logische, vorsichtige Teil in mir will Abstand nehmen und sich von ihm fernhalten. Aber ein anderer Teil, der von Vetivergras benebelt ist, kann nicht.

»Was hörst du?«, frage ich und deute auf die Kopfhörer.

Sein rechter Mundwinkel hebt sich. »Hör's dir an.«

»Ich weiß nicht.« Amüsiert neige ich den Kopf. »Ich meine, wäre das gemeingefährlich? Muss ich danach zu einem Schamanen, um meine Seele reinigen zu lassen?«

»Nur zu Baba Bubba, wenn du die Bedeutung wissen willst.«

Ich grinse. »Sie wollte Dex abzocken.«

»Um Geld?«

»Um Twizzlers.«

»Also schlimmer als Geld.« Seine Fingerspitzen ertasten meine. Diese Berührung wirkt wie ein heftiges Gewitter auf mich. Er zieht mich neben sich. Im nächsten Moment schiebt er mir die Kopfhörer auf die Ohren. »Hier.«

Als ich den Song erkenne, runzle ich die Stirn. Ich ziehe die Kopfhörer herunter. »Du sitzt allein in diesem Waggon und hörst »Breaking Free« aus *High School Musical*?«

»Sieht so aus.«

Kopfschüttelnd klicke ich an den Kopfhörern einen Song zurück und schiebe sie mir wieder auf den Kopf. Mit ziemlicher Sicherheit wird da jetzt irgendein Heavy-Metal-Song kommen, den ich mir wesentlich besser bei ihm vorstellen kann.

Überzeugt warte ich und –

Die erste Strophe von »You Are the Music in Me« weht mir in die Ohren.

Mir fällt die Kinnlade herunter. »Du stehst echt auf *High*

School Musical?« Ich nehme die Kopfhörer ab und starre ihn an. »*Du?*«

Er zuckt die Achseln. Dann verschränkt er seine Finger ineinander und sieht angespannt aus dem Fenster. »Ella hat mich ständig angefleht, die Filme mit ihr anzusehen.«

Meine Belustigung zerfällt zu Staub. »Oh.«

»Das war ihr Lieblingslied«, murmelt er und deutet aufs Handy. »›You Are the Music in Me‹. Wenn ich es höre, sehe ich ihr Gesicht vor mir, wie sie mit einer Haarbürste aufs Bett gesprungen ist und mich aufgefordert hat mitzumachen.«

»Und?«, lächle ich, »hast du?«

»Klar.« Ein abwesendes Lächeln tritt auf sein Gesicht. »Für Ella habe ich alles getan.«

Seine Worte legen sich wie ein Schraubstock um meinen Hals und drücken zu. Ich stelle mir einen anderen Helix vor. Einer, der noch lachen kann. Einer, der mit einer Haarbürste als Mikrofon auf dem Bett steht und singt. Einer, der nicht wie der lebendige Tod durchs Leben geht.

Mit leeren Augen starrt er auf die Tischfläche. »Wenn ich das Gefühl habe, sie entgleitet mir, höre ich diese Playlist.« Mit dem Finger kratzt er über eine Kerbe im Holz. »Ella hat sie für uns beide zusammengestellt.«

»Es tut mir so leid, Hell«, flüstere ich, während sich ein glänzender Schimmer über meine Sicht legt. »Es tut mir so leid, was mein Bruder getan hat.«

Endlich dreht er den Kopf. Seine Augen sind so hell. Ich frage mich, wie das möglich ist, wenn so viel Dunkelheit in ihm wohnt. Helix öffnet den Mund, schließt ihn dann jedoch wieder.

»Was denn?«, frage ich leise.

Er senkt die Lider und schüttelt den Kopf. »Nichts.« Dann gibt er mir die Kopfhörer zurück. »Hier. Hör das.«

Skeptisch setze ich sie mir auf. Es läuft »Can't Help Falling in Love With You«. Lächelnd schließe ich die Augen, lehne mich zurück und höre mir das ganze Lied an. Ich versuche, nichts in Hells Songauswahl hineinzuinterpretieren. Savvy meinte mal, ich solle aufhören, mir irgendwelche Disney-Vorstellungen über Liebe zu machen. Als der Song endet und ich die Kopfhörer auf den Tisch lege, sieht Helix mich mit einer seltsamen Mischung aus Sanftheit und Schmerz an.

»Was denn?«, frage ich.

»Warum magst du ihn so sehr?«

»Wen? Elvis?«, frage ich, und er nickt. »Na ja, er sah aus wie ein Gott.«

»Das denkst du?« Seine dichten Brauen wandern bis in die wilden Spitzen seines Haaransatzes. »Scheiße, dann musst du mich ja für einen Titan halten.«

»Ich halte dich für den Teufel«, entgegne ich.

Er zuckt die Achseln. »Auch gut.«

»Außerdem hatte er dieses bestimmte Charisma. Trotz seines Ruhms blieb er immer bodenständig und hat keine Unterschiede zwischen Menschen gemacht. Leute aus den unteren Schichten waren eher seine Freunde als aus der Upperclass. Er hat den Blick für das Wesentliche nicht verloren, und ...«

»Und?«

Blinzelnd sehe ich zu ihm auf, als mir etwas bewusst wird. »Du erinnerst mich an ihn.«

»Ich erinnere dich an Elvis Presley?«

Schockiert über diese Erkenntnis nicke ich. »Ja. Ich glaube schon.«

Er lacht leise. »Dann magst du mich also wieder?«

»Wer hat gesagt, dass ich dich nicht mehr mag?«

»Nach gestern hatte ich das Gefühl, du wolltest Abstand.«

»Meine Freunde halten dich für gefährlich.«

»Vielleicht haben deine Freunde recht.«

»Vielleicht«, stimme ich zu. »Aber ich habe schon mein ganzes Leben damit verbracht, Erfahrungen für meine Mutter zu sammeln. Ich möchte meine eigenen machen und sehen, wohin mich das bringt.« Nachdenklich fahre ich mit dem Finger über die Kopfhörer. »Du hast mir das Leben gerettet. Ich vertraue dir, Hell.«

Seine attraktiven Züge verzerren sich auf groteske Weise. »Es ist nie gut, jemandem zu vertrauen, Heaven.« Seine Stimme klingt vernichtend wie harte Schritte über totes Laub. »So etwas endet nur in Schmerz und Enttäuschungen.«

»Liebe tötet, Vertrauen enttäuscht, am Ende überleben nur die Herzlosen«, wiederhole ich all seine Worte und runzle die Stirn. »Wieso ist alles hier drin«, ich hebe die Hand und streiche sanft über seine Schläfe, woraufhin er erschauert, »nur so verdammt düster?«

Sein Kiefer verkrampft. Einen Herzschlag lang sieht er mich aus zerbrochenem Bernstein an. »Weil jedes Licht darin mit Ellas Tod erloschen ist.«

Ich will meine Hand zurückziehen, aber er hält sie fest. Seine Haut an meiner fühlt sich an wie Sonnenstrahlen, die mein Gesicht küssen. »Du bist nicht er, Heaven.«

Mein Kinn zittert. »Du hast keine Ahnung.«

»Du bist ein eigener Mensch. Mit einem eigenen Herzen. Eigenen Entscheidungen.« Die zarten Spitzen seiner Nachtfalterflügel streifen mein Herz. »Du könntest mir niemals wehtun.«

Ich will einatmen, aber kein Sauerstoff kommt in meiner Lunge an. Seine Worte schnüren mir die Luft ab. *Du könntest mir niemals wehtun.* Wenn er wüsste, was ich getan habe. Wenn er wüsste, wie weit ich in diese Sache mit Ella involviert bin.

In meinen Fingerspitzen kribbelt eine intensive Panik.

»Sieh mich an«, flüstert er. Der Ton seiner Stimme fährt in beruhigenden Vibrationen über meinen Rücken, und ich hebe meinen Kopf. »Du bist so schön. Von innen«, mit dem Daumen streicht er sanft über die Blessuren auf meiner linken Wange, »und außen.«

Aus dem leicht geöffneten Fenster dringt warmer Wind herein und lässt sein Haar wie das Gefieder einer Krähe durcheinandertanzen.

»Ich will mit dir zusammen sein, Seraphim.« Plötzlich umfasst er mein Gesicht. Die Mondsteine an seinem Armband berühren meinen Kiefer. »Ich möchte, dass du das erste Licht bist, das in mir wieder leuchtet.«

»Zu…zusammen?«, stottere ich.

»Sei meine Freundin. Meine *echte* Freundin.« Er neigt den Kopf und legt seine Lippen auf meine. Ein sanfter, hauchzarter Kuss, der eine flüssige Hitze in meinem Herzen auslöst. Dann löst er sich von mir und lehnt seine Stirn an meine. »Werde meine Königin.«

Ich sehe ihm in die Augen. »Nur wenn du mich in dein Herz lässt.«

»In mein Herz?«, wiederholt er, ein Lachen auf den Lippen wie zarte Flügelschläge. »Ich werde dir meine Seele schenken, Heaven.«

KAPITEL 46

Helix

Zwischen Phoenix und Roosevelt hat der Zug in einem abgegrenzten Gebiet von Arizona gehalten, ganz in der Nähe des Salt Rivers. Die erste Show war gestern – und sie lief einwandfrei.

»Also«, höre ich Stoney aus der Freisprechanlage des Mietautos, »ich verstehe immer noch nicht, wieso der Kerl in Phoenix ist, wenn Ella in Los An…«

»Weil er sich die Show angesehen hat.« Ich parke den Wagen in einer Seitenstraße des Hyatt Regency Hotels.

»Und sein Sohn ist dieser Messerwerfer?«

»Ja. Kujo.«

»Das ist alles ganz schön verrückt«, murmelt Stoney. »Wieso hängt der ganze Zirkus in dieser Sache mit drin? Nicht nur Elliott und sein Vater, der dich vorm Knast bewahrt hat, nachdem ausgerechnet sein Bruder, der Bulle beim LAPD ist, dich nach deinem Ausraster an Elliotts Trailer geschnappt hat. Jetzt hat auch noch der Vater von diesem Kujo Ellas Leiche obduziert?«

»Der Bulle hat mich nur geschnappt, weil er an dem Abend bei den Fairchilds zu Besuch war.«

»Jaa, trotzdem.«

»Zufälle, Stoney.«

»Zufälle, die dir sehr zugutekommen.«

Ich hebe einen Mundwinkel. »Was meinst du, warum ich so heiß auf diese Zirkussaison war, nachdem der alte Fairchild sein schlechtes Gewissen bereinigen wollte?«

Sie zögert. »Was ist mit Heaven?«

»Was soll mit ihr sein?«

»Du vergisst, wer sie ist.«

»Ich weiß, wer sie ist.« Meine Finger krampfen sich um das Lenkrad. »Und zwar nicht Elliott, Stoney.«

»Schon klar, aber …«

»Ich muss jetzt los. Er ist da.«

»Und du meinst, er sagt dir, was du wissen willst?«

Ich schalte den Motor aus und wechsle aufs Handy. »Du vergisst, dass ich eine hervorragende Schauspielausbildung bekommen habe.«

Damit beende ich den Anruf und steige aus dem Auto. Ein hochgewachsener, schlaksiger Mann, der dem Messerwerfer verdammt ähnlich sieht, ist eben in die Straße eingebogen. Jetzt steht er neben einer Straßenlaterne und wirft ungeduldige Blicke in beide Richtungen.

»Mr. Cholmondeley?«

Er versteift. »Ja.« Der Pathologe will mir die Hand reichen, aber ich lasse meine tief in den Taschen. Auf keinen Fall werde ich die Hand berühren, die Ellas Leiche untersucht hat. »Kujo sagte, Sie hätten ein paar Fragen?«

»Eigentlich nur eine.« Ich sehe die Unsicherheit in seinen dunklen Augen, als ich ihn mit meinem Blick festnagele. »Warum haben Sie das getan?«

Ich habe keine Ahnung, was oder ob er irgendetwas anderes getan hat, als meine Schwester zu obduzieren. Aber ich habe nur diesen Moment und muss ihn bestmöglich nutzen.

»Wie bitte?« Cholmondeley wirkt irritiert, doch mir entgeht der Hauch des Schocks nicht, der über seine fahlen Züge gleitet. »Wovon sprechen Sie, Mr. Winchester?«

»Über Ella.« Scheiße, ich bete zu Gott, dass ich irgendeinen Treffer lande. »Meine Eltern haben mir erzählt, was Sie getan haben.«

Entsetzt starrt er mich an. »Was ... was haben sie Ihnen erzählt?«

Das ist der Knackpunkt. Was könnten meine Eltern ihrem verhassten Sohn bereitwillig ausgeplaudert haben?

Ich habe folgende Fakten:

a. Elliott behauptet, Ella nicht getötet zu haben (wie wahrscheinlich neunzig Prozent aller Mörder).
b. Laut David haben meine Eltern Ella regelmäßig getroffen und wollten sie zu Schönheitsoperationen überreden, obwohl Ella zu mir meinte, sie hätte Mom und Dad nie wiedergesehen.
c. Nachdem Ella nicht mehr zu Stoney zurückkehrte, soll Elliott losgezogen sein, um Ella zu suchen – und wurde kurz darauf als Mörder angeklagt.

»Die Wahrheit.« Ich tränke meine Stimme in besonders viel Abscheu und Schmerz. Scheiße, wenn hier nichts bei herauskommt, mache ich mich zum größten Deppen des Planeten. Das wird in Hollywood präsenter sein als der Spinnenregen in Australien. »Warum haben Sie das getan?«

Wenn Elliott recht behält und nicht an ihrem Tod schuld ist, *muss* dieser Typ daran beteiligt sein. Er war derjenige, der ihre Todesursache eindeutig festgestellt hat.

Wut flackert in seinen Augen auf. »Ich habe keine Ahnung, wovon Sie reden! Ich habe nichts getan. Ihre Schwester …«

»Bitte, Mr. Cholmondeley.« Ich täusche eine erschöpfte Stimme vor. »Sparen Sie mir das. Ich kenne die Wahrheit. Und, glauben Sie mir, ich werde den Mund halten. Denken Sie, ich würde meine eigenen Eltern der Welt zum Fraß vorwerfen?«

Als ich den unsicheren Zug um seinen Mund erkenne, stockt mein Herz für einen endlosen Augenblick.

Er verheimlicht etwas. Außerdem hat es mit meinen Eltern zu tun. Stoney hatte recht.

»Wenn Sie mir sagen warum, dann *schwöre* ich Ihnen, dass ich meine Fresse halten werde«, dringe ich weiter in sein Gewissen. »Aber wenn Sie so tun, als wäre nichts gewesen, liefere ich Sie ans Messer. Für Ella. Und für mich. Wir wollen unseren Frieden.«

Bis er antwortet, vergeht eine Ewigkeit, in der das Leben an uns vorbeizieht. Aus den Nachbarstraßen grölen Stimmen zu uns. Irgendwo knallt ein Feuerwerk. Schließlich …

»Kujo hatte ein Meningeom«, flüstert er zittrig. »Einen Tumor. Zwar gutartig, jedoch hat er auf sein Rückenmark gedrückt und die Nervenbahnen beeinträchtigt. Seine Reflexe wurden nachlässiger. Er hatte Angst um seine Karriere.« Der alte Mann schluckt und blickt über meine Schulter ins Leere. »Die Operation hat fast einhunderttausend Dollar gekostet. Geld, das ich nicht hatte. Und deine Eltern wussten davon, weil wir uns einige Monate zuvor auf einem Abendessen kennengelernt hatten. An dem Abend habe ich etwas zu viel getrunken und, na ja …«

»Geredet.«

»Sie meinten, ich müsse nur einen Bericht fälschen.«

»Was ist mit den Bildern im Obduktionsbericht? Ich habe sie gesehen. Während des Prozesses. Was …«

»Die waren auch gefälscht«, flüstert er.

Unter mir reißt der Boden auf. »Ihr habt meiner Schwester blaue Flecken geschminkt und Einstichstellen verpasst, um die Todesursache zu fälschen?«

Mr. Cholmondeley presst die Lippen zusammen. »Nicht ich. Das waren andere. Von mir war nur der Bericht.«

»Wer war das? Wer hat sie fotografiert?«

»Ich weiß es nicht.« Er muss die explosionsartige Aura um mich herum spüren, denn er macht einen Schritt zurück. »Ich verstehe Sie, Mr. Winchester. Wirklich. Aber das, was Ella für Sie war, ist Kujo für mich. Ich *musste* es tun.«

Freudlos lache ich auf. »Nein, mussten Sie nicht. Sie hätten einen Kredit aufnehmen können. Eine Hypothek auf Ihr Haus. Scheiße, Sie hätten mich fragen können. Ich hätte es Ihnen *freiwillig* gegeben, wenn Sie dafür meine Schwester in Frieden hätten gehen lassen.«

An seinem Mund zuckt ein Muskel.

»Woran ist sie wirklich gestorben?«

»Ich weiß es nicht.«

Entgeistert starre ich ihn an. »Was?«

»Ich habe sie nicht untersucht.«

Mir klappt die Kinnlade herunter. »Warum nicht?«

»Es war nur meine Aufgabe, den Bericht zu fälschen.«

Mein Mund ist staubtrocken. Ein piepender Ton legt sich über meine Ohren. Ich schwanke. Vielleicht besitzt der alte Mann einen verkümmerten Rest von Menschlichkeit, denn er bewegt sich unruhig auf der Stelle und wirkt hin- und hergerissen, bevor er sagt: »Suchen Sie nach Dr. Fitchbolton.

Dort werden Sie mehr Glück haben. Ich wünsche Ihnen alles Gute, Mr. Winchester.« Damit dreht der Rechtsmediziner sich um und geht.

Wie gelähmt sehe ich ihm hinterher. Meine Zunge fühlt sich pelzig an, meine Haut brennt. Als würden mir wütende Katzen das Gesicht zerkratzen.

Mordlust an Mr. Cholmondeley flammt in mir auf, aber er ist längst verschwunden. Ich könnte ihm hinterherfahren und ihn in einer der Gassen büßen lassen, was er getan hat, aber möglicherweise hat Heaven recht. In mir schlägt noch ein funktionierendes Herz. Er war verzweifelt und wollte seinem Sohn helfen. Es war leicht verdientes Geld, und er ist nicht an ihrem Tod beteiligt. Wahrscheinlich hätte ich schlimmere Dinge getan, um ihr zu helfen.

Die wahren Monster in dieser Geschichte sind meine Eltern.

Denn jetzt weiß ich zwei Dinge mit Gewissheit: Sie müssen etwas mit Ellas Tod zu tun haben – und Elliott ist tatsächlich unschuldig.

Den ganzen Weg zurück ins Zirkuslager kann ich keinen anderen Gedanken mehr fassen. Als ich zu dem Platz hinter dem Showzelt am Salt River laufe, geht die Sonne gerade über der Wüstenlandschaft unter. Vor dem glitzernden See tummeln sich die Artisten, die meisten mit einem Getränk in der Hand. Dexter Shadow wendet Steaks am Grill. Zwischen den Gerüchen von gebratenem Fleisch und Mais mischen sich Salbei und andere Wüstenkräuter.

Ich entdecke Heaven neben einem Kaktus. In ihrem mintfarbenen Schleifen-Bikini lacht sie über etwas, das Hawk zu Savannah gesagt hat. Ihr Glück schlitzt mir beinahe die Kehle auf. Weil ich weiß, dass es nicht vollkommen ist. Ich weiß, was für Dämonen in ihr kämpfen. Ich muss es ihr erzählen. Schließlich habe ich ihr gesagt, ich schenke ihr meine Seele und dass sie meine Königin ist. Aber wenn sie die Wahrheit kennt, wird sie damit an die Öffentlichkeit gehen. Sie wird den ganzen Prozess aufrollen, und meine Eltern werden höchstwahrscheinlich ins Gefängnis wandern. Ich weiß, dass es das Richtige wäre. Und nach allem, was Ella und ich durchgemacht haben, sollte es mir egal sein. Aber sie sind immer noch meine Eltern. Es gab auch gute Momente. Auch glückliche Erinnerungen.

Außerdem habe ich noch keine Beweise. Wenn ich das nicht gegen die Wand fahren will, brauche ich mehr. Viel mehr.

Heaven entdeckt mich, winkt und kommt mit einem strahlenden Grinsen zu mir getänzelt.

»Wo warst du?« Schnurrend schmiegt sie sich an mich. Ihre Haut ist erhitzt, und sie riecht nach Sonnencreme. Seit der gelungenen Show gestern ist sie ein wandelndes Glücksbärchi. »Ich habe dich vermisst.«

Der Zwiespalt lässt seine Klingen über mich gleiten.

»Nur kurz unterwegs.« Ich küsse sie auf das warme Haar und gebe ein leises Stöhnen von mir, als ich mit der Hand über ihren Hintern gleite. »Willst du mich foltern, Fairchild?«

Kichernd schiebt sie ihre süße Zunge zwischen die Zähne. »Lässt du dich denn foltern?«

Ich knurre. »Wenn du in diesem Bikini rumrennst, mit Sicherheit.«

»Ich kann ihn auch ausziehen«, gurrt sie, stellt sich auf die Zehenspitzen und benetzt mein Ohr mit ihrem Atem. »Später.«

Mein Schwanz zuckt gierig. »Nach dem Feuerwerk gehörst du mir.«

Es gibt Momente, in denen man spürt, wie das Leben dich in eine Abwärtsspirale in den heißen Erdkern ziehen will, um dich zu verbrennen. Das passiert jetzt, denn sie darf die Wahrheit nicht erfahren. Ich bin am Arsch. Es würde herauskommen, dass Elliott unschuldig ist. Und ich würde ihr alles beantworten, weil ich sie nicht belügen will.

Was für eine beschissene Ironie, dass die erste Entscheidung, die ich in unserer Beziehung treffe, ist, sie zu belügen, um nicht zu lügen.

KAPITEL 47

Heaven

»Online schreiben sie, es war die beste Auftaktshow seit Zoola Fairchilds spektakulärer Engelsshow«, liest Enola von ihrem Handy vor.

Savvy und ich sitzen neben ihr am See, während Alexis von Mikhail eingelullt wird. Der Zauberer versucht, sie seit einer Viertelstunde zu überreden, sie in seinen Zwangsjacken-Trick einzuführen, damit alle eine kleine Fourth-of-July-Show bekommen, in der Alexis sich unter Wasser aus dieser Jacke befreit.

»Oh, Heaven«, fügt Enola hinzu, »die Kritik sagt, du und Hell hätten perfekt harmoniert, und, ich zitiere«, sie wackelt mit den Brauen, *»die knisternde Anspannung zwischen dem Artisten-Pärchen war bis in die letzte Reihe spürbar. Eine Gänsehaut-Performance – Chapeau!«*

Neben mir stochert Savannah missmutig in ihrem Salat herum. Das lange Haar hat sie zu einem Dutt gebunden. Einzelne rote Strähnen kräuseln sich noch vom Seewasser. Ihr gefällt nicht, dass Hell und ich jetzt fest zusammen sind. Auch wenn ich ihre Sorge verstehen kann, weiß ich einfach, dass er mich nie verletzen wollen würde.

Enola sieht sich um. »Wo ist er eigentlich?«

»Die Zwillinge haben ihn in Beschlag genommen.« Grinsend beiße ich in meinen gebutterten Maiskolben. Mit dem Kinn nicke ich nach links, wo Helix im Wasser kniet. Gerade klettert Ply auf seinen Rücken und stellt sich auf seine Schultern. Danach macht Helix eine Räuberleiter für Jacks, damit er auf Plys Schultern stehen kann.

»Erinnert mich an eure Figur«, sagt Enola. »Nur mit dem Unterschied, dass sie nicht von einer brennenden Wippe durch die Luft geschleudert werden. Das war krass. Nicht einmal Ash hat diese Figur je gemacht.«

Ich lächle. »Danke.«

»Apropos Ash«, ergänzt Savvy und lässt den Blick an uns vorbei zum Feuer gleiten, an dem Ashley neben Felicia sitzt und ein Marshmallow röstet. »Hawk meinte, sie wäre in absoluter Killerstimmung.«

Als Felicia über etwas lacht, das Pawel gesagt hat, und er anschließend eine Hand auf ihr nacktes Bein legt, versteift sich Enola.

»Man kann es ihr nicht übelnehmen«, murmelt sie. »Immerhin wurde sie vom Thron gestoßen und muss jetzt frustriert jede Show ansehen, die eigentlich sie hätte führen sollen.«

»Normalerweise würde ich euch recht geben, aber …«

»Aber?«, fragt Savvy.

Verbissen sehe ich Ash dabei zu, wie sie ihr Marshmallow dreht. Aber als dieser schmelzend vom Stock fällt und sie das nicht registriert, glaube ich, dass ihre Gedanken ganz woanders sind.

Hat sie ein schlechtes Gewissen, weil sie mich vielleicht fast umgebracht hätte? Oder ist sie angepisst, weil Helix mich aufgefangen hat? Auf jeden Fall sind wegen des Vorfalls Ermittlungen eingeleitet worden. Mein Onkel meinte, die Polizei wertet es als versuchten Mord. Würde ich wollen, dass Ash ins Gefängnis wandert, nur weil sie so verzweifelt ist? Andererseits hätte ich draufgehen können.

Enola stupst mich an. »Heaven?«

Kopfschüttelnd wende ich mich von Ash ab. »Schon gut.«

»O mein Gott, ich glaub's nicht.« Savvy deutet mit ihrer Gabel hinter uns. Dort schlurft Baba Bubba in einer metallisch schimmernden nachtblauen Samtrobe plus Turban über den Platz. Durch ihren Stoffschleier zieht sie andauernd leere Becher oder Pappteller vom Boden mit. Genüsslich vergräbt sie ihre Zähne in einen Twizzler und reißt Stückchen davon ab wie ein T-Rex. »Die hat den armen Dex echt um seine Süßigkeiten gebracht!«

Baba Bubba entdeckt Kujo und wechselt die Richtung. Wie ein Dementor schleicht sie über den erhitzten Platz. Er steht mit Yasin in der Nähe des Grills und zuckt zusammen, als Baba Bubba mit ihrem Twizzler über seinen Nacken streicht.

Ich kichere in meinen Maiskolben.

»Ah, Kujo, mein Junge«, weht ihre rauchige Stimme zu uns, »ich habe eine Idee für deine Messerwurf-Nummer.«

Theatralisch hält sie inne, die runzligen Lippen zu einer todernsten Linie verzogen, bevor sie plötzlich einen weiteren Twizzler aus ihrem Ärmel zieht und ihn schwingt wie einen Zauberstab. »Warum wirfst du deine Messer nicht in Süßigkeiten, die von der Decke rieseln, und jedes, das du erwischt, schenkst du mir.« Ihr eben noch verkniffener Mund verzieht sich zu einem Grinsen, das ihre fleckigen Zähne entblößt. »Wie niedlich die Schlagzeile wäre: *Junger Messerwerfer kümmert sich um Wohlergehen einer gebrechlichen Dame.*

Und wenn du daneben wirfst«, Baba Bubba wirft den Twizzler in die Luft und fängt ihn mit einer dramatischen Pose wieder auf, »hat niemand ein blutendes Ohr.«

Sie zwinkert, aber es gilt nicht ihm, sondern …

Mir. Und Hell. Mein Atem stockt.

Kichernd schiebt Baba Bubba sich zu Mikhail und Alexis.

»Wie kann sie das wissen?«, keuche ich.

»Was?«, fragt Enola.

»Mit seinem Ohr.«

Sie schiebt sich die restliche Wurst in den Mund. »Keine Ahnung, wovon du redest.«

Schnell vergewissere ich mich, dass niemand zuhört, dann erzähle ich ihnen im Flüsterton von Hells Ohr.

»Aber ihr dürft es niemandem erzählen!«, warne ich.

»Also hat Kujo gewonnen?« Savvys nachdenklicher Ton ruft ein ungutes Gefühl in mir hervor, das ich aber schnell verdränge. Sav ist meine beste Freundin. Sie hält dicht.

»Theoretisch schon, oder?« Aufgeregt sieht Enola zu Hell, der den Zwillingen inzwischen zeigt, wie man einen High Dive mit Twist korrekt ausführt, um anschließend sauber ins Wasser einzutauchen. »Also dürfte Kujo jetzt machen, was er will, ohne dass Hell ihn dafür belangt?«

»Wie gesagt, das darf niemand erfahren, okay?«

»Klar.« Savvy tut, als würde sie sich den Mund verschließen und den Schlüssel ins Wasser werfen. »Denkst du, wir wollen, dass Kujo dich zerstört?«

»Danke. Aber woher weiß Baba Bubba …«

»Sie weiß *alles*, Heav.« Seufzend lässt Savannah sich ins Gras sinken und blinzelt gegen die untergehende Sonne an. »Baba Bubba tut so, als würden die Karten mit ihr sprechen, aber in Wahrheit ist sie die größte Tratschtante dieses Planeten. Es kriegt nur keiner mit, weil sie so verdammt gut ist, ich sag's euch.«

»Trotzdem gruselig. Oh, seht mal!« Enola deutet auf Yasin und Joseph. Die beiden verteilen Wunderkerzen. Doch als Enola hört, wie Felicia amüsiert quietscht und Pawels Namen kichert, weil er seine Finger in ihren Bikiniausschnitt stecken will, erlischt ihre Aufregung. »Schätze, das Feuerwerk geht gleich los.«

Ich stehe auf und werfe meinen abgeknabberten Maiskolben in die Mülltüte neben uns, da umarmen mich plötzlich zwei muskulöse, nasse Arme von hinten.

»Helix!«, kreische ich, als er sein feuchtes Haar an meinen erwärmten Rücken drückt. »Hör auf, du bist nass!«

»Mhm. Ein Satz, den *du* niemals von mir hören wirst.«

Seine Hand wandert über meinen nackten Bauch. Ein wohliger Schauer durchfährt mich, und ich presse die Schenkel zusammen. Dem Himmel sei Dank, dass meine Eltern an solchen Abenden nie teilnehmen. Unter mir sollte sich der Boden auftun, würde meine Mutter mich jetzt beobachten.

Meine Mutter, die alles darangesetzt hat, mir den Hauptgig zu verweigern. Ausgerechnet sie. Hätten Baba Bubba und Cassian, die beide im Vorstand sind, sich nicht so vehement für mich eingesetzt, wäre mein Traum jetzt geplatzt.

Zerstört von meiner eigenen Mutter.

Meine Gedanken lösen sich auf, als Helix mich herumwirbelt. Er neigt meinen Kopf zurück und drückt seine Lippen auf meine. Wasser perlt von ihm auf mich. Ich schmecke den See, das Vetivergras und seine Lust, die jedes Mal auf mich übergeht, wenn seine Zunge gegen meine stößt. Zwischen meinen Beinen prickelt heißes Verlangen. Als er mich näher an sich zieht, spüre ich an seiner Badehose, dass es ihm nicht anders geht.

»Du machst mich wahnsinnig«, raunt er und kratzt leicht mit seinen Nägeln über meinen Rücken. Das scharfe Brennen schießt elektrisierend in meinen Unterleib. Grinsend lege ich meine Arme um seinen Hals und reibe mich an ihm. Zum Glück steht er mit dem Rücken zu den anderen. Helix ist breit wie ein Mammutbaum, hinter dem ich nicht auffalle.

»Um dich daran zu erinnern«, murmele ich und genieße den rauen Laut, der aus seiner Kehle kommt, »*du* wolltest warten, Mister Ich-will-dass-es-etwas-besonderes-wird.«

»Ich muss verrückt gewesen sein.« Er beugt sich vor und fährt mit der Zungenspitze über meine Lippen, während sein Daumen über meinen harten Nippel streicht. Die pulsierende Lust zwischen meinen Beinen verlangt nach mehr, aber er belässt es dabei. Er will mich foltern. »Glaub mir, Seraph«, flüstert er, »dieser Fehler wird mir kein zweites Mal passieren.«

»Ist das eine Warnung?«, schnurre ich an seinem Hals.

Er neigt den Kopf und sieht mich an. In der untergehenden Sonne glüht die Narbe an seinem Kinn wie eine frische Wunde.

»Nein«, knurrt er. »Das ist ein Versprechen.«

Mit nur einem Wort hat er es geschafft, dass mein ganzer Körper in Flammen steht, als über uns die Feuerwerkskörper explodieren. In seine Armen geschmiegt, schaue ich nach oben. Der Himmel über der Wüstenlandschaft Arizonas wird in bunten Farben ertränkt. Jeder Knall zeichnet ein neues Bild in den Himmel.

»Das ist so schön«, flüstere ich.

»Ja.« Zärtlich fährt er über die sensiblen Stellen auf meinem Gesicht, von denen ich weiß, dass sie verfärbt sind. »Wie du. Der Himmel, der in Farben leuchtet«, er küsst meine Stirn, »und mich nicht mehr an die Hölle denken lässt.«

»Hell«, flüstere ich. Die nächste Explosion dauert einen Herzschlag. »Ich bin in dich verliebt.«

Seine Augen werden riesig. Von jetzt auf gleich erwacht eine Sonnenfinsternis in seinen Pupillen, gejagt von grünen, gelben, roten Farben.

»Heaven«, krächzt er. Im nächsten Moment zieht er mich an sich und küsst mich so leidenschaftlich, dass sein Name auf meinen Lippen im Keim erstickt wird.

Eine Lawine an Trauer begräbt mein Herz. *Er sagt nichts*, denke ich. *Er erwidert es nicht.*

KAPITEL 48

Heaven

Nachdem das Feuerwerk vorbei ist, sind alle so berauscht von der Stimmung, dass sie nackt in den See rennen. Ich behalte meinen Bikini an. Die Vorstellung, entblößt schwimmen zu gehen, während Baba Bubba wie ein violettes Michelin-Männchen in der Dunkelheit des Ufers sitzt und uns zusieht, jagt mir einen Schauer über den Rücken. Außerdem weiß ich genau, dass Craig mich beobachtet. Jetzt, da Felicia im Wasser mit Pawel rumalbert, hat er wieder üblere Laune.

»O mein Gott, ich kann nicht hinsehen«, sagt Alexis neben mir und hält sich die Finger vor das Gesicht. »Bitte sag, dass Mikhail nicht herschwimmt, und wenn, sag, dass er eine Badehose trägt.«

»Er kommt definitiv her«, entgegne ich und plätschere auf der Stelle, »aber ich weiß nicht, ob er … Oh, okay, er ist nackt«, korrigiere ich mich, als Dexter Shadow und Joseph sich wie zwei Killerwale auf Mikhail stürzen und ihn durch die Luft werfen. Ich verziehe das Gesicht. »Das Bild werde ich nicht mehr los, wie seine Fleischkeule durch die Luft segelt wie ein unschlüssiges Würstchen.«

»Komm, lass uns schnell abhauen.« Alexis zieht mich in eine andere Richtung zu Savannah, Enola, Hawk, Pawel und

Hell. Savvy sieht aus wie eine Mondanbeterin. Sie schwimmt auf dem Rücken, ihre prallen Brüste brechen aus der Wasseroberfläche hervor, und ihre Nippel küssen den Sternenhimmel. Hawk betrachtet sie wie ein saftiges Steak.

Als es schon weit nach Mitternacht ist und die letzten vom Lagerfeuer verschwinden, zieht Helix mich zurück ins Wasser. Mein Herz rattert hinter meiner Brust.

Jetzt sind nur noch wir hier. Unter den Sternen.

»Keine Ahnung, wie ich es finden soll, dass meine beste Freundin mit ihren perfekten Brüsten den halben Abend um meinen Freund herumgeschwommen ist«, witzele ich und schlinge die Beine um Helix.

»Ich habe nicht einmal hingesehen«, entgegnet er.

»Dafür habe *ich* andere Vorzüge«, grinse ich.

In seinen Augen blitzt Hunger auf. »Oh, ganz sicher.«

»Ja, ich zeige sie dir.«

Ich krabbele mit den Beinen hoch zu seiner Brust und verschränke die Füße hinter seinem Nacken. Dann lasse ich meine Hände los. Im nächsten Moment beuge ich meinen Rücken nach hinten, als wäre er aus Gummi. Ich bin mir der Tatsache, dass mein Schritt unter dem Höschen jetzt direkt vor Hells Mund schwebt, nur zu bewusst. Dann halte ich die Luft an, tauche rückwärts mit dem Kopf unter Wasser und dehne meinen Rücken noch weiter, bis mein Gesicht seine Mitte berührt. Verdammt, ich habe mich fast zu einem kompletten Kreis verdreht, und das unter Wasser. Das finde sogar ich sexy.

Mit den Händen ziehe ich seine Badehose herunter. Ich schiebe meine Lippen an seine Eichel und lasse sie langsam in meinen Mund gleiten, um kein Wasser zu schlucken. Im vergangenen Jahr musste ich für eine Show Kontorsionen in einem wassergefüllten Glaskasten vollführen. Dafür habe ich stundenlang trainiert, um meine Lungenkapazität zu erhöhen. Seitdem kann ich minutenlang unter Wasser bleiben, wenn ich will.

Und das kommt mir jetzt zugute.

Meine Lippen gleiten über seinen Schaft. Hell spannt sich an. Gierig sauge ich an seiner Erektion. Ich nehme die Hand dazu und fahre seine Härte entlang, während ich den vorderen Teil mit meinem Mund liebkose. Mit der Zunge necke ich seine Eichel. Dann zucke ich zusammen, als er über dem Wasser plötzlich meinen Bikini beiseiteschiebt und seinen Mund auf meine pulsierenden Nerven legt.

Ach. Du. Heilige. Scheiße!

Fast hätte ich gestöhnt. Stattdessen sauge ich fester an seinem Schwanz und klammere meine zittrigen Beine um seinen Hals. Er leckt mich ohne Erbarmen. Seine heiße Zunge gleitet zwischen die Schamlippen und stoppt an meiner pochenden Klit. Er umschließt sie mit dem Mund, saugt und küsst sie. Das werde ich nicht lange durchhalten. Nicht, wenn mein Kopf unter Wasser ist. Scheiße, der Kerl macht mich fertig.

Ich verstärke den Druck um seinen Schaft und bewege meine Hand schneller. Tief nehme ich ihn in den Mund, während Helix mit der Unterlippe über meine nasse Lust gleitet. Dann gleitet seine Zunge in mich und stößt mit schnellen Schlägen zu. Dabei penetriert er meine elektrisierten Nerven, die so sehr pochen, dass ich glaube, jeden Moment zu explodieren. Mit Zungenschlägen leckt er meine Schamlippen, bevor er sie in meine Öffnung schiebt und mich in schnellen Stößen ausfüllt. Salzige Lusttropfen landen auf meiner Zunge. An meinen Lippen pumpt sein Schwanz, und plötzlich weiß ich, dass er kurz davor ist zu kommen.

Ich lecke an seiner Eichel und gleite mit der Hand weiterhin über seine Härte, während ich ihm meine Hüfte im Rhythmus seiner Zungenstöße entgegenrecke. Mit dem Daumen fährt er über meine Feuchtigkeit, bevor er sie auf meiner empfindlichsten Stelle verteilt und den Finger in hauchzarten Bewegungen darüberstreicht. Dieses Gefühl ist so betörend, dass vor meinen geschlossenen Augen Sterne tanzen. Als seine Zunge gegen einen Punkt in mir drückt und zeitgleich seine Kuppe über meine nasse Klit schnippt, jagt ein Strudel aus Elektronen durch meinen Unterleib. Ein heftiger Orgasmus überrollt mich, lähmt alle Glieder, genau in dem Moment, in dem Helix sich in meinem Mund ergießt. Der salzige Geschmack seiner Lust benetzt meine Zunge, meine Wange. Meine Lunge protestiert, aber ich bin zu benebelt, um mich zu bewegen. Gierig schlucke ich alles, was er in mich spritzt, und weiß in derselben Sekunde, dass ich niemals genug von seinem Geschmack bekommen werde.

Helix Winchester ist meine verdammte Droge.

Seine Hände packen meinen Rücken, und er zieht mich zu sich hoch. Keuchend sauge ich frischen Sauerstoff in meine Lungen, während ich die Beine von seinem Hals löse und stattdessen die Arme um seinen Hals schlinge und ihn ansehe.

»Das«, keucht er, seine Lippen glänzend von meiner Lust, »war nicht von dieser Welt, Seraph.«

Noch nicht fähig, etwas zu sagen, nicke ich. In der Stille der Nacht schwappt das Wasser gegen unsere Körper.

»Ich will dich«, raunt er atemlos, »Gott, ich will dich ganz, Babe.«

»Dann nimm mich.« Ich kralle die Finger in seinen Nacken und reibe mich schon wieder an ihm, weil das Verlangen nicht abflaut, »bitte, Hell, nimm mich, wie du mich brauchst. Ich will dir gehören.« Gierig senke ich die Lippen auf seinen Hals. »Ganz und gar dir gehören.«

»Glaub mir«, murmelt er, während er mich aus dem Wasser trägt, »das tust du längst.«

Er bettet mich in den weichen Sand. Um uns herum ist alles still. Nur die Grillen zirpen in den umliegenden Sträuchern, während sich die Hochsommerhitze wie ein Mantel um mich legt. Helix zieht seine Badehose aus und kniet vor mir – und zum ersten Mal sehe ich seine pralle Erektion. Vom Wasser glänzt sie, und die Eichel ist rosa geschwollen vor Lust. Allein der Anblick erregt mich.

Helix schiebt seine Finger in mich. »Du bist wunderschön, Heaven.«

Ich gebe einen überraschten Schrei von mir, schlinge Halt suchend ein Bein um seinen Oberkörper und strecke die Hand aus, um seinen Schwanz zu streicheln.

Er stöhnt. »Und du willst das hier wirklich?«

»Ja«, keuche ich. »Ja, unbedingt.«

Betörend langsam zieht er an dem Band meines Bikinis. Der Stoff reibt an meiner erhitzten Haut. Im nächsten Moment wirft er ihn in den Sand. Unter trägen Lidern sieht er auf mich hinab. Sein Blick wandert gierig über meinen Körper, meine Brüste, meinen Bauch. Ich lasse seine Erektion los, als er sich über mich beugt und mit seinen Lippen an meinem Nippel saugt. Mit der anderen Hand malt er zärtliche Kreise um den zweiten, während seine Finger noch immer betörend in mich hinein- und wieder hinausgleiten. Ich stöhne, als er in mein Ohrläppchen beißt.

»Hell«, flehe ich, als meine Mitte wieder zu pochen beginnt, »ich … bitte.«

Langsam, wie eine bittersüße Folter, zieht er die Finger aus mir heraus. Das Geräusch, das dabei entsteht, wirkt wie eine Explosion in meinem Unterleib. Dann beugt er sich vor und zupft mit den Zähnen an meinem Bikinislip. Dabei berührt er meine geschwollenen Schamlippen, und ich habe das Gefühl, jeden Moment in Flammen aufzugehen. Mit dem Mund zieht er das Höschen herunter, berührt in kurzen, intensiven Zungenstößen meine Klit, wobei sein heißer Atem über meine Nerven reizt.

Ich winde mich unter dieser bittersüßen Qual, während Hell sich weiter zwischen mich schiebt. Seine Knie spreizen meine zittrigen Beine. Erst zerdrücke ich den Sand unter meinen Händen, dann kralle ich mich an seinen Hüften fest und zerkratze sie.

Er wirft einen amüsiert-betörten Blick darauf und raunt: »Interessant.«

»W...was?«

»Als du meinen Arm im The Hodge gekratzt hast. Ich hatte recht.« Seine Augen funkeln in der Dunkelheit. »Du *machst* es auch beim Sex.«

Ich fasse es nicht, dass er jetzt daran denkt. Ungeduldig hebe ich die Beine und zerre an seinem Körper, um ihn auf mich zu ziehen. Aber Hell bleibt, wo er ist, packt meine Oberschenkel und hebt sie hoch. In einer schnellen Bewegung zieht er meinen Körper näher an sich heran. Ich schreie auf, als ich seine Eichel an meiner Feuchtigkeit spüre. Mit der Spitze malt er Kreise an meiner Klit, bis ich Sterne sehe.

»Du riechst so gut«, stöhnt Hell, »fuck, ich will, dass du meinen Namen schreist, wenn ich in dir bin, verstanden?«

»Ja«, keuche ich.

»Und wenn ich dich ausgefüllt habe«, murmelt er, »wird

es nie wieder einen anderen geben, den du in dich lässt. Ich werde der Einzige sein.«

Ich stöhne auf, als er mich plötzlich noch höher zieht und statt seiner Eichel seinen Mund auf mich presst. Er leckt mich leidenschaftlich und einnehmend, und ich weiß, dass es nie wieder einen anderen geben wird, weil ich hiervon niemals genug bekommen werde. Meine Glieder sind bis aufs Äußerste gespannt, und über mich legt sich ein benebelter Schleier. Noch einmal umschließt er meine Schamlippen und saugt fest an ihnen, was mir einen erregten Schrei entlockt, bevor er mich sanft in den Sand legt und mich küsst. Ich schmecke meine Lust auf seiner Zunge.

Aber plötzlich hält er inne und stößt einen schweren Atemzug aus. »Hör zu«, flüstert er an meinen Lippen, »wir können das hier nicht …«

»Scheiße, Helix, nein.« Fest schlinge ich ein Bein um seinen Rumpf. »Sag nicht, es muss noch besonderer sein.«

»Nein, aber …« Er stockt. »Es ist nur …«

Erschrocken öffne ich die Augen. »Willst du mich nicht?«

»Was?« Entgeistert sieht er mich an. »Fuck, Heaven, natürlich. Gott, ich will dich *so sehr*. Es ist nur …«

»Dann bitte, nimm mich.« Ich ersticke seine Bedenken in einem wilden Kuss, der seinen harten Schwanz an meiner Hüfte zucken lässt. Ich reibe ihn und streichle seine Eichel. »Du hast gesagt, du begehst denselben Fehler nicht noch einmal.«

»Gott, Heaven«, stöhnt er. »Was machst du mit mir?«

Im nächsten Moment schnappt er sich seine Badehose aus dem Sand und wühlt in der Tasche herum. Als die Verpackung im Mondlicht aufleuchtet, muss ich zugeben, dass ich beeindruckt bin. Er hat sogar Kondome *in seiner Badehose*.

Er reißt das Plastik auf und schiebt sich das Kondom über die Erektion. Dann beugt er sich über mich und sieht mich mit einer Mischung aus Verlangen und Unsicherheit an. »Versprich mir, dass du mich niemals hassen wirst, Heaven.«

»Was?«, kichere ich. »Warum sollte ich?«

Seine Finger bohren sich in meine Schenkel. »Bitte. Versprich es einfach.«

»Na gut«, entgegne ich ungeduldig. »Versprochen.«

Langsam wandern seine Hände hinab. Jetzt, wo es so weit ist, kribbelt eine hauchzarte Note der Nervosität durch meine Knochen.

»Keine Angst«, flüstert er. »Es wird kurz wehtun, okay? Aber nicht so sehr. Ich mache langsam, versprochen.« Zärtlich küsst er jeden Winkel meines Gesichts, während seine Finger wieder in mich gleiten, und ich spüre, wie er mich sanft dehnt. »Und du willst das auch wirklich?«

»Helixxx«, wimmere ich ungeduldig.

»Beantworte die Frage.«

»Ja, ich will es. *Wirklich.*«

Er nimmt einen zweiten Finger dazu und spreizt meine Öffnung. »Wirklich, wirklich?«

»Wirklich, wirklich.«

»Danach gibt es kein zurück, Heaven.«

Ich sehe ihn fest an. »Ich weiß.«

Er hält meinen Blick, und dann spüre ich seine Spitze. Ich kralle die Finger in seinen festen Bizeps und stelle die Beine auf. Ganz vorsichtig dringt er tiefer ein, und ich zucke zusammen. Sofort hält er inne.

»Alles in Ordnung?«, fragt er.

Ich nicke. »Ja. Ja, nur … ungewohnt.«

»Soll ich aufhören?«

»Nein«, entgegne ich sofort und ziehe ihn an den Armen näher zu mir. Sein Penis gleitet langsam in mich. Ein scharfer Schmerz sticht durch meinen Unterleib. Wieder hält Helix inne.

»Scheiße, bist du ... Ist das krass«, keucht er atemlos, obwohl er sich kein Stück bewegt. Ich atme in den Bauch und versuche, den Schmerz zu vertreiben. »Ich kann aufhören«, murmelt er und küsst meine Mundwinkel. »Sag mir, wenn es zu viel wird.«

»Nein«, keuche ich. »Ich will es. Nur ... langsam.«

»Alles, was du willst, mein Engel«, raunt er, und ich kriege eine Gänsehaut. Vorsichtig schiebt er seine pralle Härte tiefer in mich, und der schmerzvolle Druck der Dehnung nimmt wieder zu. Aber Hell küsst mich liebevoll, hält mein Gesicht in seinen Händen und schiebt sich nur Millimeter für Millimeter vorwärts. Einzelne Tränen lösen sich aus meinen Augenwinkeln, aber er küsst sie zärtlich fort.

»Es wird besser«, flüstert er, »mit jedem Mal wird es besser. Versprochen, Babe.«

»Tut mir leid«, entgegne ich leise und halte die Augen geschlossen, »das kann für dich niemals schön sein.«

»Gott, Heaven, nein, was sagst du?« Er streicht mein Haar zurück und küsst meine Stirn. »Glaub mir, es ist das Schönste, das ich je erlebt habe.« Noch ein winziges Stück schiebt er sich in mich, und da merke ich, dass sein Schaft bis zum Ende in mir steckt. Er füllt mich komplett aus. »*Du* bist das Schönste, das ich je erlebt habe.«

Ganz langsam zieht er sich aus mir heraus, nur um genauso vorsichtig wieder vorwärtszugleiten. Es tut immer noch weh, aber nicht mehr so sehr wie am Anfang. Mit jedem hauchzarten Stoß wird es weniger. Als er seine Schläfe an meine bettet und die Hüften schneller bewegt, ohne dass der Schmerz anschwillt, öffne ich die Augen. Über mir leuchten die Sterne. Ich vergrabe meine Finger in seinem Haar und genieße diesen sanften Rhythmus, in dem sich unsere Körper wiegen. Auch wenn der Schmerz nicht ganz abflaut, ist es schön. Diese Verbindung. Und plötzlich bin ich so unendlich dankbar, das hier nie mit Craig erlebt zu haben.

Zaghaft drehe ich Hells Kopf zu mir. Seine Züge wirken angespannt, weil er sich so anstrengen muss, vorsichtig zu sein. In seinen Augen flackert grenzenlose Lust. Er schiebt seine Finger in mein Haar und hält sich daran fest. Dann lehnt er seine Stirn an meine, während sich sein nackter Körper auf meinem bewegt. Ein feiner Schweißfilm liegt auf unserer Haut. Sein Atem kommt stoßweise, und er senkt die flatternden Lider. Bei dem Anblick schwillt die Lust in meiner Mitte wieder an.

»Ist das in Ordnung so?«, keucht er.

»Ja«, stöhne ich. »Ja, Hell, ja.«

Jedes Mal, wenn sein Penis über den empfindlichen Punkt in mir gleitet, durchzuckt mich eine erneute Welle des Verlangens. Mit einer Hand hält er noch immer mein Haar, mit der anderen umfasst er meinen Oberschenkel. Er spreizt mich ein bisschen weiter und hebt mein Becken an, sodass seine Spitze in einem anderen Winkel in mich stößt.

»Hell!«, schreie ich seinen Namen. »Helix, das ist …«

»Ja«, stöhnt er und bedeckt meinen Mund mit Küssen, »ich weiß, Baby, ich weiß.«

Er wird schneller, und ich weiß, er ist kurz davor zu kommen. Die abgehackten Bewegungen lassen den Schmerz erneut aufflammen, aber ich beuge mich vor und sauge an seinem Hals, versuche, mich von dem Stechen abzulenken. Mit der Zunge lecke ich über sein Ohr. Er gräbt seine Finger in meinen Hintern und strengt seinen Körper mehr an, als ich es je beim Training erlebt habe, um seinen Trieben nicht nachzugeben und schnell und hart in mich zu stoßen.

»Ich meine das hier ernst«, flüstert er rau und sieht mir fest in die Augen, »vergiss nie, dass ich das hier so verdammt ernst meine wie nichts auf der Welt, okay, Heaven?«

»Okay«, entgegne ich leise. Ich kralle die Hände in seinen Bizeps, während Helix' dichter Wimpernkranz sich auf seine Wangenknochen senkt und sein ganzer Körper erzittert.

»Du gehörst jetzt mir«, stöhnt er, und seine Stöße werden unkontrollierter, »nur *mir*, Heaven. Ich werde in dir kommen, als Erster und Letzter, okay?«

»Okay«, keuche ich.

Dann teilen sich seine Lippen, und ein erstickter Laut entkommt ihm, als er meine Hüften fest packt und sich mit einem stockenden Stoß in mir ergießt. »Oh, fuck«, raunt er, als eine zweite, dritte, vierte Welle ihn erschüttert. Mit geschlossenen Augen zieht er scharf die Luft ein, sein Körper zum Zerreißen gespannt. Ein letzter, vorsichtiger Stoß, dann sinkt er auf mich hinab und küsst mich zärtlich auf die Lippen. »Ich habe noch nie in meinem Leben so viel dabei gefühlt.«

Lächelnd lausche ich dem Rattern seines Herzens auf meiner Brust. »Wirklich?«

»Wirklich.«

»Wirklich, wirklich?«

Grinsend küsst er mich wieder. »Wirklich, wirklich.« Er entsorgt das Kondom, legt sich wieder neben mich und zieht mich auf seine Brust. Langsam krault er mein Haar. »Ich glaube, ich habe noch nie *irgendetwas* dabei gefühlt.«

»Also habe ich dich gefühljungfert?«

Er lacht. Die Vibration, die dabei durch seinen Brustkorb geht, wandert in einem angenehmen Kribbeln über meine Wirbelsäule. »Ja.« Er dreht den Kopf zu mir. »Tut mir leid.«

»Was denn?«

»Dass du nicht gekommen bist. Die ersten Male sind ... schwierig. Aber ich schwöre, es wird besser, okay?«

Zufrieden umschlinge ich ihn mit meinem Arm und Bein. »Es war schön. Dieses Gefühl von ...«

»... Verbundenheit«, murmelt er. »Wie Magie. Ja. Verrückt.« Er hält inne, bevor er plötzlich den Kopf neigt und seine Zunge über meinen Arm schnellen lässt.

Ich quieke auf. »Was war das denn?«

»Die Regel, schon vergessen?« Er lacht. »Gefunden, angeleckt, behalten.«

»Gott, Helix«, murmle ich, bette meine Wange auf seine Brust und lächle glückselig.

KAPITEL 49

Heaven

Die Hitze der Flammen glüht auf meiner Haut, während ich durch die Luft fliege. Vielleicht hat Helix recht. Ich *bin* der brennende Vogel.

Wir haben Arizona hinter uns gelassen und treten heute vor einem doppelt so großen Publikum wie in Phoenix auf. Seit klar war, dass ich den Hauptgig bekomme, war der Gedanke an New York eines meiner Highlights. Die Menschen im Big Apple vergöttern uns, vor allem Helix und mich.

Deshalb darf ich das auf keinen Fall versauen.

Noch zwei Twists, noch einer – und meine Finger schließen sich um die Trapezstange. Das Publikum auf den Rängen bricht in Applaus aus, und eine Welle der Euphorie erfasst mich. Ich kann immer noch nicht fassen, dass das hier wirklich passiert. Dass mir dieser Hauptact gehört und die Leute es lieben, mir zuzusehen! Mein Körper wirbelt einige Male um das Trapez, und jedes Mal durchzieht ein Kribbeln meinen Magen. Schweiß rinnt mir die Stirn herunter, den Nacken, sickert in den weißen Federbody. Bei der letzten Drehung halte ich inne, als mein Körper vertikal zur Decke zeigt. Wie eine gerade Kerze warte ich und dann …

Helix wirbelt in einem Stunt durch die Nebelwolke.

Wie eine aufgebrachte Krähe, die um ihr Leben kämpft.

Diese Verzweiflung, die sein Körper ausstrahlt, ist so schön, dass mein Herz sich in seinen schwarzen Federn wiegen und von ihnen gestreichelt werden will. Im nächsten Moment kriegt er die Stange zu fassen. Seine Finger liegen nur Millimeter neben meinen. Ich lasse meinen Körper ein wenig fallen, sodass mein Handstand diagonal steht. Zeitgleich stemmt Helix sich nach oben. Unsere Körper bilden ein V zur Decke. Sein Gesicht schwebt vor meinem. Ich liebe diesen Anblick. Wenn seine schwarzen Strähnen ihm in die Stirn fallen und seine Wangen vor Anstrengung diese süßen Flecken zeigen. Wir sehen uns fest in die Augen. Der Song schlägt drei harte, hämmernde Beats, dann schwingen wir gleichzeitig nach unten und wieder hoch, wieder und wieder, so schnell, dass die Farben unserer Kostüme verschwimmen und das Publikum uns als ein Ganzes wahrnimmt. Zwei Welten, die zu einer werden.

Rasender Jubel donnert durch das Zelt. Im Kopf zähle ich die Drehungen mit: sechs, neun, dreizehn. Bei der letzten schwinge ich mich herum, aber dieses Mal stoppe ich nicht. Vor dieser Übung hatte ich wochenlang Schiss, und nie hat sie geklappt, weil ich Hell nicht vertraut habe. Meine Muskeln haben mich jedes Mal gezwungen, bei der Hälfte anzuhalten, keine ganze Drehung um das Trapez zu machen, weil ich befürchtet habe, Helix würde vergessen zu zählen, und sich nach dem dreizehnten Wirbel nicht nach vorne, sondern nach hinten fallen lassen. Ich dachte, wir würden zusammenknallen. Das erste Mal, dass ich mich überwinden konnte, war nach der Sache am Pier. Es war die erste komplette Drehung um das Trapez, und wir sind nicht gegeneinandergeprallt. Er ist genau hinter mir herumgewirbelt. Jess hat uns einmal aufgenommen. Es sah aus wie diese Art von magischen Schönheiten, die man nur selten sieht.

Wie das Kaleidoskop des Great Barrier Riffs.

Die Nordlichter über den schneebedeckten Weiten Islands.

Die Sonnenaufgänge hinter dem Mount Everest.

Und wir. Helix und ich. Der weiße und der schwarze Vogel.

Der Schwan und die Krähe.

Himmel und Hölle.

Gut und Böse.

Und wenn sie sich verbinden, kommt das Schönste heraus, das das Leben zu bieten hat: echte, unperfekte Seelen.

Noch eine letzte Drehung. Der musikalische Moment setzt ein, ein hartes, dramatisches Crescendo, zeitgleich lassen wir los. Ich schlinge die Arme um seinen Körper, er seine um mich, und in einem rasanten Twist fallen wir gemeinsam ins Sicherheitsnetz. Das Publikum kann das nicht sehen, weil zeitgleich Fontänen vom Boden in die Luft schießen und eine Feuerwand uns verdeckt.

Eilig rollen wir zur Abseilstelle. Der rasende Applaus der Zuschauer jagt wie Hufgetrappel durch mich hindurch. Ich stehe völlig unter Adrenalin. Wenn mir jemand das hier wieder wegnehmen würde, könnte ich nicht mehr atmen. Und wenn ich dann noch zusehen müsste, wie mein Glück vor meinen Augen davonfliegt, würde ich vermutlich innerlich sterben.

Hell verschwindet hinter dem riesigen Zifferblatt, und ich stelle mich auf die von winzigen Flammen umrandete Wippe. Neidvoll sehe ich zu den klimatisierten Zuschauerränge hoch. Für sie muss die Show und das Bühnenbild atemberaubend wirken. Nicht von dieser Welt. Ich hingegen fühle mich, als wäre ich wortwörtlich in der Hölle gefangen.

Nur, dass es sich zu gut für die Hölle anfühlt. Aber vielleicht wurde über Tausenden von Jahren auch das falsche Bild der Unterwelt vermittelt. Vielleicht ist die Hölle nicht schlecht. Vielleicht holt sie sich nicht die toten Seelen, sondern will das Glück in ihnen neu entfachen.

Hell ist das beste Beispiel dafür.

Hinter mir positioniert sich Brandon. Es ist das einzige Mal, dass er in der Show zu sehen ist, und zwar nur, um mich von dieser Wippe zu katapultieren. Dad wollte unbedingt, dass er trotz seiner Auszeit seinen Moment bekommt. Für die Zuschauer, seine Fans und ihn. Außerdem ist er der einzige andere Kraftakrobat, bei dem ein Sprung auf die Wippe eine so große Wirkung hat, dass ich hoch genug für meine Salti fliege. Aber er *hasst* es. Das merke ich.

»Bereit?«, raunt er hinter mir.

Ich hechele nach Luft und fixiere Helix. Mit seinen Händen klammert er sich an der Uhr fest und bewegt seinen Körper zum Takt der tickenden Uhr. Ein Stück herunter, wieder hoch, herunter, hoch. Als der Takt schneller wird, passt er sich dem Tempo an, und kurz bevor die Zeit explodiert, ist mein ganzer Körper auf Hochspannung.

»Bereit«, sage ich, das Feuer erlischt, der rasende Uhrensound geht in einen Knall über, und Helix springt in einem spektakulären Stunt von der Uhr auf das von Flammen umzüngelte Fass. Noch während er in der Luft ist, springt Brandon hinter mir auf die Wippe, und ich verliere den Halt unter den Füßen. Mein Körper segelt durch die Luft, und ich rolle mich für die Salti zusammen.

Einer, zwei, drei.

Hier geht es um Sekundengenauigkeit.

Helix' Füße schlagen auf das Fass auf, und nur den Bruchteil eines Nanomoments später landen meine nackten Füße auf seinen festen Schultern.

Das Publikum rastet völlig aus.

Erleichterung wallt in Schüben durch meinen Körper. Strahlend strecke ich die Arme über mich, die Finger anmutig wie ein Vogel gespreizt, den Kopf in den Nacken gelehnt, und genieße den polternden Applaus.

Als würden hinter meiner Brust Wolken aneinanderkrachen.

Plötzlich packen Helix' Hände meine Waden und heben mich herunter. Überrascht lande ich vor ihm. Das hier ist neu. Mit einer Hand stützt er meinen Rücken, damit ich nicht taumele und in die Flammen falle.

»Helix«, forme ich stumm mit den Lippen, »was …?«

Mein nächster Atemzug versinkt in seinem, als er mein Kinn mit dem Finger hochschiebt und mich küsst.

Vor. All. Diesen. Menschen. In. New. York!

Es wird überall in der Presse sein. Alle werden über diesen Moment reden. Hell küsst mich leidenschaftlich. Sein keuchender Atem stößt aus seiner Nase über meine Haut. Seine Wangen glühen. Es ist so heiß hier, aber jetzt, wo er mich verschlingt, fühle ich mich fiebrig. Als würde ich innerlich verbrennen.

Abrupt löst er sich von mir, mein Kinn noch immer zwischen seinen Fingern, während das Publikum nicht aufhört, zu kreischen und zu klatschen. »Um halb zehn hinter dem Zelt«, flüstert er.

Zwei Stunden später klemme ich meinen Arm in der Duschwand ein, weil ich so hastig herausspringen will. Eilig rubble ich meinen Körper trocken und schlüpfe in die weite Jeans, von der Savvy schwört, J-Lo würde mich für den knackigen Arsch darin in ihren Göttinnen-Olymp aufnehmen. Dann ziehe ich eins der hautengen Crop-Tops über, die Auswahl während unserer Shoppingjagd waren.

In Rekordzeit schminke ich mich, föhne mir das Haar und drehe es zu ein paar süßen Korkenziehern ein, bevor ich mir einen Zopf binde. Der Pony, den der Friseur in der Mall mir verpasst hat, fällt locker in mein Gesicht.

»Okay«, murmele ich, während ich ein bisschen Rouge auf meine hellen Wangen gebe, »was auch immer du mit mir vorhast, Winchester«, ich klappe das Döschen zu, schnappe mir ein lockeres Jeanshemd und meine Tasche, »das hier muss für heute genügen.«

KAPITEL 50

Heaven

Helix wartet schon auf mich, als ich auf den schattierten Platz hinter dem alten Karussell zugehe. Im Licht der untergehenden Sonne wirken die Gesichter der Rehe gruselig, und die alten Ponys mit den riesigen Augen und winzigen Pupillen gewinnen den Psycho-Contest. Zum Glück weiß ich, dass die Sicherheitsvorkehrungen in den abgetrennten Zirkusbereichen auf Tour noch höher sind als im Sky Valley, sonst hätte ich Sorge, hinter dem Horror-Hasen könnte ein Serienkiller lauern.

»Du bist zu spät«, grinst Helix, als ich an einem Heißluftballon herumgehe und vor ihm stehe.

»Nur fünf Minuten.«

»Na, na. Die pflichtbewusste, brave, engelsgleiche Ordnungsfanatikerin hält sich nicht an die Regeln.« Amüsiert zieht er mich an sich, und ich kriege eine wohlige Gänsehaut, als seine Hand über meinen Hintern gleitet.

Ich kichere. »Helix.«

»Mhm?«, raunt er, das Gesicht in meiner Halsbeuge vergraben, an der er inzwischen ausgiebig knabbert. Heiße Lust schießt zwischen meine Beine. Obwohl ich nach unserem ersten Mal am nächsten Tag wund gewesen bin, bekomme ich jetzt ein intensives Verlangen. Am liebsten will ich ihn in diese alte Messingrakete auf dem Karussell ziehen und hören, wie aus seinem Mund wieder diese schmutzigen Worte kommen, während er mich leckt.

»Wenn du mich *dafür* hergeholt hast, hättest du auch eine halbe Stunde später ansetzen können«, murmele ich mit belegter Stimme. »Halb zehn war sehr optimistisch.«

Dieser Typ macht mich wahnsinnig. Vermutlich könnte er alles mit mir tun, was er sich je erträumt hat, wenn er noch einmal so an meinem Hals …

Verdammt, okay, er *könnte* alles tun.

»Sosehr ich es bedaure«, nuschelt er, während er an meiner empfindlichen Haut abwechselnd saugt, beißt und leckt, bis der süße Schmerz abflaut und zu flüssiger Hitze in meinem Bauch wird, »habe ich heute andere Pläne mit dir, Babe.«

»Hm … okay, aber dann lass uns in die Rake… Warte, was?« Ich halte inne, als seine Worte langsam zu mir durchsickern, und strecke ihn mit beiden Armen von mir. »Wieso machst du mich dann scharf wie ein rolliger Pfau, verdammt?«

Sein Mundwinkel zuckt. »Rolliger Pfau?«

»Ja! Sie liefern eine Show. Genau wie du. Du … Showman.«

»Soweit ich weiß«, sagt er, fährt mit der Hand über meinen nackten Rücken und schiebt sie in meine Jeans, wo er betörend über meinen Hintern kratzt und ich die Luft einziehe, »fächern diese Vögel mit ihrem bunten Arschgefieder, tanzen und stampfen mit den Füßen. Aber als ich das letzte Mal in den Spiegel gesehen habe«, mein Atem stockt, als er seinen Finger in meinen Slip schiebt und über meine Feuchtigkeit gleitet, »war mein Name nicht Pawel Sutherland.«

»Er hat keinen bunten Arsch«, stoße ich zittrig hervor.

»Er hat ein Tattoo«, raunt er, und ich wimmere, als er zwei Finger in mich schiebt, »und es hat viele Farben.«

»Hör auf über Pawel zu reden, während du das hier tust.«

»Während ich *was* tue, Zirkusmädchen?«

»Das ... hier.«

Plötzlich zieht er seine Finger aus mir heraus, und ich entlasse einen frustrierten Laut. »Helixxx!«

»Sag es, und ich mache, was du willst.«

»Bitte ...« Ich wackle mit dem Hintern an seiner Hand, aber er foltert mich nur, indem er hauchzart über meine nasse Klit streicht. »Bitte, Hell, ich brauche ...«

»Was brauchst du?«, kichert er.

Am liebsten hätte ich ihm meine Nägel in den Arm gerammt. Dieses Arschloch! »Deine Finger. I...in mir.«

Urplötzlich legt er mich übers Knie. Überrascht schnappe ich nach Luft und greife Halt suchend nach der Messingstange eines dieser Horrorpferde. Ein lang gezogenes Stöhnen entfährt mir, als er meine Hose nach unten zieht und seine Finger wieder in mich schiebt. Aber es geht in ein frustriertes Schnauben über, weil er sie nicht bewegt.

»Helix, du verdammter ...«

»Du hast nicht gesagt, *was* ich mit den Fingern tun soll.«

»Scheiße, ist das dein Ernst?«

»Mhm«, macht er und fährt mit der anderen Hand über meinen blanken Arsch. Seine Daumenkuppe streichelt meine nassen Schamlippen, bevor er ... »Wusstest du, dass ich eine absolute Schwäche für Ärsche habe? Und ganz besonders für deinen.«

O. Mein. Gott!

Sein Daumen reibt über meine Rosette. Ein heißes Prickeln

sickert in meine Mitte, und meine Lust läuft warm an meinem Oberschenkel hinab. Hell fängt es mit seinem Zeigefinger ab. Im nächsten Moment höre ich, wie er sie ableckt. »Fuck, schmeckst du *gut*, Heaven.«

»Helix«, keuche ich, »bitte, du …«

»Ach«, murmelt er und krümmt die Finger in mir, woraufhin ich laut stöhne und mich an der Messingstange festkralle, »du wolltest was von mir. Hm. Wenn ich nur wüsste, was …«

Er ist so ein Idiot.

»M… mach's mir«, stoße ich zwischen den Zähnen hervor, während ich versuche, mich an seinen Fingern zu wiegen, »vögle mich mit der Hand.«

»Vögeln«, wiederholt Hell, und ich höre die Belustigung in seiner Stimme, »Himmel, du bist so süß, Babe.«

Ich weiß zwar nicht, was daran süß gewesen ist, aber es ist mir auch egal, denn endlich stößt er in mich. Mir entfährt ein leiser Schrei. Die Reibung ist so glitschig, dass alles um uns herum nach Sex riecht.

»Gut so, Heaven. Stöhne für mich, Babe, nur für mich.«

Durch meine Adern jagt extreme Lust, während er weiterhin schmutzige Dinge murmelt. Ich werde immer nasser, während Helix das Tempo anpasst. Mal gleitet er langsam in mich und krümmt die Finger, wenn er über diesen empfindlichen Punkt in mir streicht, dann beugt er mich tiefer über sein Knie und stößt in rasanten Bewegungen in mich.

»Ja!«, schreie ich. »Ah, weiter! Das fühlt sich so …«

»Gott, Babe, du bist so wunderschön.« Seine Stimme ist belegt, und ich spüre seine Latte an meiner Hüfte. »Diese Hände werden nie wieder eine andere Frau berühren, das schwöre ich.«

Meine Lider flattern im Delirium. Ich zerbreche, als er auch noch mit der anderen Hand zwischen meine Beine gleitet und mich mit dem Daumen zusätzlich stimuliert. Ein heftiges Kribbeln jagt durch meine Nerven. Automatisch spreize ich die Beine weiter für ihn. Frustriert wimmere ich, als er den Daumen von meiner Klit nimmt. Aber als ich sie im nächsten Moment wieder an meiner Rosette spüre, zucke ich zusammen.

»Ist das okay?«, fragt er.

»I… ich denke, schon.«

»Sicher?« Sein Finger umkreist die sensiblen Nerven. »Wenn es dir zu viel wird, sag's, okay?«

»Okay.«

»Versprochen?«

»Ja.«

»Gut, Babe.«

Jedes Mal, wenn er über die empfindliche Stelle gleitet, rieselt ein angenehmer Schauer durch mich direkt in meine Mitte. An dem intensiven Schmatzen seiner Finger höre ich, dass ich nasser werde, und stöhne laut.

Ich konzentriere mich auf die betörenden Stöße in mir, auf den angenehmen Druck des Verlangens, der in mir anschwillt, und entspanne mich. Mir entfährt ein leiser Schrei, als er seine Daumenkuppe in meinen Hintern schiebt. Nur ein winziges Stück, dann hält er inne. Mit weit aufgerissenen Augen und Mund klammere ich mich an dem Horrorpferd fest, während alles in mir nach mehr drängt.

»Okay?«, fragt Helix leise. »Kann ich weitermachen?«

»Ja«, überrasche ich mich selbst.

Helix entlässt ein langes Stöhnen und bewegt seinen Daumen vorsichtig vor und zurück, während mich seine anderen

Finger in dreifachem Tempo befriedigen. »Fuck, Heaven, das hier ist so … Gott, du törnst mich so an.«

»Schneller«, keuche ich, »schneller, Hell, ich will … ich kann …«

»Verdammt!«, knurrt er und zieht seinen Daumen plötzlich aus mir heraus. Plötzlich höre ich, wie er seinen Reißverschluss aufzieht, gefolgt von schnellen Bewegungen seines Arms an meiner Hüfte. Er holt sich einen runter!

Unsere stockenden Atemzüge erfüllen die Luft, während er mich fingert und gleichzeitig sich selbst befriedigt. Ich muss meine Stirn an die Messingstange lehnen, weil ich meinen Körper nicht mehr tragen kann. Alles ist zu schwer, zu intensiv, während meine Glieder sich dem Verlangen hingeben.

»Ich … ich komme jetzt, ich«, presse ich hervor, aber dann bin ich nicht mehr imstande, irgendwas zu sagen.

Er vögelt mich so dreckig mit seinen Fingern, und auf einmal erfüllt mein lautes Stöhnen die trockene Sommerluft. Ich habe meine Schreie nicht unter Kontrolle, während der Orgasmus mich mitreißt und Sterne sehen lässt. Auch Helix' Atem kommt stockend, und ich spüre seine warme Lust auf meinem Rücken. Er schlägt seinen prallen Penis darauf ab.

»Heav«, stöhnt er rau, jedes Mal, wenn eine weitere Ladung auf meiner erhitzten Haut landet, »Heav, Hea…« Sein Oberkörper sackt auf meinen, und seine Hand packt meinen Nacken, während meine erregten Muskeln noch immer unkontrolliert zucken und meine Beine sich wie Butter anfühlen. »Fuck«, flüstert er, während ich meine Lust an seiner Hand rieche, mein Salz an seinen Fingern. »Was zur Hölle machst du mit mir?«

»Ich dachte«, murmele ich nach einer Weile, als mein Hirn wieder imstande ist, andere Gedanken zu fassen als Neandertalerbedürfnisse, »du hattest andere Pläne?«

»Habe ich auch.« Keuchend richtet er sich auf. Kurz danach wischt Helix mich mit einem Taschentuch sauber, bevor er meine Hose hochzieht und mich zu sich dreht. Noch immer bin ich wacklig auf den Beinen. »Wir haben jetzt ein Date.«

»Ein Date?« Ich hebe die Augenbrauen. »Jetzt?«

»Ja.«

»Und was für eins?«

»Ein richtiges.«

Skeptisch sehe ich mich um. »Willst du Karussell fahren?«

»Vielleicht sollte ich deinen Hintern versohlen, wenn ich dich nächstes Mal übers Knie lege …«

Kichernd schlage ich ihn gegen die Schulter. »Okay, erzähl schon. Was für ein Date?«

Er nimmt meine Hand, lächelt und führt mich gezielt Richtung Ausgang. »Ich dachte mir, weil wir jetzt richtig zusammen sind und du meine feste Freundin bist«, mein Bauch kribbelt wie eine Ameisenstraße, als er das sagt, »haben wir die traditionelle Kennenlernphase irgendwie übersprungen. Also sollten wir das nachholen.«

»Ich bezweifle, dass irgendetwas an uns jemals traditionell war, Hell.«

»Das Traditionellste an uns warst du, Heaven.«

»Wie bitte?«

»Mit deinen Kleidchen und deiner Ich-bin-so-brav-rettet-mich-vor-diesem-Rebell-Ausstrahlung waren wir das traditionellste Klischee seit *Eine wie Keine.*«

Beeindruckt sehe ich ihn an. »Du kennst den Film?«

»Ich habe eine Schwester«, entgegnet er nur, doch fügt dann heiser hinzu: »Hatte.«

»Tut mir leid«, flüstere ich.

Grimmig blickt er geradeaus. Wieder frage ich mich, wie Trauer, Hoffnungslosigkeit und Verzweiflung so schön sein können. Wie ist es möglich, dass sie seine göttlichen Züge noch echter, noch attraktiver, noch unwiderstehlicher machen? Seine Aura ist so düster, und ich will ihn trotzdem. Mit allem, was ich bin, und mit jeder Faser meiner Seele. Und ich will, dass er mich genauso will. Dass ich die Einzige für ihn bin. Obwohl alles an Helix nach Zerstörung schreit, will ich diejenige sein, die er mit sich in den Abgrund reißt. Ich will, dass er mich niemals mehr loslässt.

Plötzlich jagt eine schürende Angst durch meine Adern. Die Schmetterlingsflügel, die mein Herz mit ihren samtweichen Spitzen streichen, gehen in Flammen auf.

Ich muss ihm die Wahrheit sagen, denke ich. *Ich kann ihn nicht weiter belügen. Er muss wissen, was ich getan habe, bevor das hier weitergeht.*

Allein der Gedanke daran ruft einen grausamen Schwindel in mir hervor. Den ganzen Weg im Wagen der Securities, die uns zu Helix' Überraschung fahren, bin ich in meinen panischen Gedanken gefangen.

Was, wenn er mich nicht mehr will? Was, wenn er mich hasst? Wenn er nicht einmal mehr mit mir auftreten will?

Aber du kannst es nicht für immer für dich behalten, mahnt mich eine andere Stimme. *Du musst ehrlich mit ihm sein. Er wird es verstehen. Er hat auch verstanden, dass du nichts dafürkannst, was Elliott getan hat.*

»Alles okay?«, fragt er, als das Auto anhält, und drückt meine Hand. »Du bist so schweigsam.«

»Nur ein bisschen müde«, murmele ich.

Helix malt beruhigende Kreise auf meiner Hand und schenkt mir ein Lächeln, für das ich töten würde. Der Gedanke, es könnte das letzte Mal gewesen sein, dass er mich so ansieht, zerreißt mir den Magen. »Wenn du siehst, was wir vorhaben, bist du hellwach, versprochen.«

Als wir wenige Minuten später auf einer privaten Fähre über den Hudson River fahren, staune ich mit weit aufgerissenem Mund. Meeresluft küsst meine Haut.

»Wow«, hauche ich, während Hell mich an den Bug führt. Vor den Lichtern der Wolkenkratzer erhebt sich die Freiheitsstatue in die Nacht. Überrascht registriere ich, dass in ihrer Krone Licht glitzert. »Sie hat noch geöffnet?«

»Für uns«, entgegnet Hell.

Fragend sehe ich ihn an. »Was?«

»Du hast mir einmal gesagt, es wäre dein größter Wunsch, die Magie New Yorks auf dich wirken zu lassen ohne hunderte Touristen, die dir den Moment zerstören.«

Ich runzle die Stirn. »Aber das ist nicht möglich.«

Er legt den Arm um mich und drückt mich an seine Seite. Der Wind lässt seine Haare tanzen wie rabenschwarze Federn. »Mit Geld und Einfluss ist vieles möglich, Heaven.«

Ich beobachte ihn von der Seite. Seine Schönheit schmerzt wie eine blutige Wunde, weil ich daran denke, was ich tun muss. Jetzt erst recht. Bei dem Gedanken legt mein Herz eine Bruchlandung hin. Mir wird übel. Erst schiebe ich es auf die Fährüberfahrt, aber als wir in der Freiheitsstatue angekommen sind und von den Securities ins Restaurant geführt werden, wird es nur noch schlimmer.

Ich bin nicht einmal imstande, die Schönheit dieses Moments zu genießen, und hasse mich dafür. Ich hasse, dass ich so ein Monster bin. Ich hasse, was ich getan habe, und ich hasse, dass es mir jetzt das Genick brechen wird.

»Ist wirklich alles okay?«, fragt Helix, während die Kellnerin uns zu einem Tisch direkt am Fenster führt.

»Ja.« Das gezwungene Lächeln schmerzt. »Das alles hier ist ... Es ist wunderschön, Helix.« Ich schlucke einen fetten Kloß herunter. »Du bist wunderschön.«

Er zieht mir den Stuhl zurück und mustert mich besorgt. Zittrig nehme ich Platz, klammere mich an der Karte fest und versuche, die Schrift zu entziffern, die vor meinen Augen verschwimmt. Schließlich bestelle ich einfach dasselbe wie Helix.

Ich könnte es ihm erst nach dem Date sagen, denke ich. *Ich könnte es nach hinten schieben und verdrängen.* Aber ich kenne mich. Keine Sekunde dieses Abends könnte ich genießen und würde mich noch elendiger fühlen.

Helix nimmt meine Hand. »Faszinierend, oder?«

»Hm?«

Er nickt nach draußen. »Wie sich die Lichter der Wolkenkratzer im Wasser spiegeln.«

»Oh. Ja.«

»Irgendetwas ist mit dir, Heaven«, sagt er mit gerunzelter Stirn. Als ich ihn nur anstarre und kein Wort herausbekomme, teilen sich seine sündhaft schönen Lippen. »Erzähle es mir. Ich bin für dich da, egal was es ist.«

Wieso muss er so perfekt sein? Damit rammt er mir das Messer nur noch tiefer in alle lebenswichtigen Organe.

»Helix«, murmele ich und hole tief Luft, als ...

»Zweimal Trüffelrisotto mit gebratenem Seeteufel und Safranschaum.«

Schnell ziehe ich die Hand zurück und knete sie in meinem

Schoß. Die Kellnerin stellt das herrlich duftende Essen vor uns ab und will uns Wein eingießen, aber Helix stoppt sie mit einer höflichen Geste.

»Für mich nicht«, sagt er lächelnd. »Danke.«

Er hat sein Wort gehalten. Er arbeitet an sich. Ich weiß nicht, ob es das alles schlimmer oder besser macht.

Die Kellnerin nickt und geht zu meinem Glas über. Mit Argusaugen beobachte ich, wie die Flüssigkeit ins Glas läuft, und sobald die Frau uns den Rücken zukehrt, kippe ich das Zeug wie eine Verdurstende herunter.

Helix schneidet ein Stück von dem Seeteufel und mustert mich argwöhnisch. »Muss ich mir Sorgen machen?«

Ja, Hell. Ich fürchte, das musst du.

»Alles okay«, presse ich zwischen zwei Schlucken hervor. Das Zeug brennt mir so widerlich in der Kehle, dass ich das Gefühl habe, meine Speiseröhre wird verätzt, aber ich kann nicht aufhören. Wenn ich das Glas sinken lasse, muss ich ihm sagen, was los ist. Wenn ich das Glas sinken lasse, wird alles anders.

Helix kaut eine Weile schweigend und blickt nachdenklich auf seinen Teller, bis er das Besteck plötzlich weglegt und schwer seufzt. »Hör zu, Heaven, ich muss dir etwas sagen. Es ist wichtig, dass du es weißt.«

O mein Gott. Meine Hand klammert sich panisch um das Weinglas. Wenn er mir jetzt sagen will, dass er sich auch in mich verliebt hat, bin ich am Ende. Das kann ich mir nicht anhören. Danach könnte ich es nicht mehr tun. Das *weiß* ich einfach. Ich könnte es nicht ertragen, wie er mich mit anderen Augen sieht.

»Ich …«, beginnt er, und ich knalle das Glas so abrupt auf den Tisch, dass er irritiert innehält.

»Ich zuerst.«

Er runzelt die Stirn. »Was?«

»Ich muss dir zuerst etwas sagen.« Der Puls dröhnt mir in den Ohren, und in der Ferne verschwimmt New Jersey zu einem bunten Kaleidoskop. *Er wird dich nicht hassen*, versuche ich mich zu beruhigen. *Er wird es nicht. Helix wird es verstehen. Es wird alles gut, Heaven. Er ist dein fester Freund. Er ist für dich da.* Ich atme hektisch und unkontrolliert. Besorgt legt Helix seine Hand auf meine. Kurz schließe ich die Augen und schlucke die aufkeimende Panik herunter, bevor ich sie wieder öffne und voller Bedauern in dieses goldene Meer blicke. »Vor einigen Jahren«, sage ich erstickt, »war deine Schwester bei uns zu Besuch. Sie war in Elliotts Trailer und blieb über Nacht. Am nächsten Morgen hat sie ihm in der Halle beim Training zugesehen. Es war ein Sonntag, und eigentlich wollte er am Vormittag zu einem Casting.«

»Worauf willst du hinaus?«, fragt er.

Tief atme ich durch und verschlucke mein Herz. »Mom und Dad wollten gemeinsam mit uns frühstücken, um Ella kennenzulernen.« Bei diesen Worten versteift Helix sichtlich, und ich spreche schnell weiter, bevor ich es mir anders überlege: »Sie haben mich gebeten, die beiden zu holen, weil Elliott und ich …« Nervös fahre ich mir über den Arm. »Wir waren ganz eng, und sie wussten, dass es ihm bei mir egal gewesen wäre, wenn ich ihn mit Ella störe, also …«

»… bist du hingegangen, und sie waren nicht da?«

Ich nicke. »Die Tür war nur angelehnt, also bin ich rein. Als sie nicht da waren, wollte ich wieder gehen, aber Elliott hat mich am Abend vorher geärgert und mir mein Elvis-Amulett geklaut.«

»Du hattest ein Elvis-Amulett?«

Ich schließe die Augen und kann nicht einmal über seinen belustigten Ton erleichtert sein, weil ich weiß, dass gleich alles in den Abgrund stürzen wird. Mein nächster Atemzug bringt mich beinahe um. »Es war ein Glücksbringer für mich. Ist auch egal.« Ich öffne die Lider, und in meiner Kehle schwillt ein Kloß an, und mein Kinn beginnt zu zittern. »Ich wusste, Elliott hat es in seine Jackentasche gesteckt. Also habe ich darin rumgewühlt und …«

»Ja?«, hakt er nach, als ich nicht weiterspreche.

»I… ich habe darin rumgewühlt«, wiederhole ich, während sich die ersten Tränen aus meinen Augenwinkeln lösen und über die Wangen laufen, »und Drogen gefunden. Ganz viele Päckchen mit Marihuana und weißes Pulver, kleine Pillen … Ich wusste, dass es Drogen sind, weil er ständig deswegen Streit mit Hawk hatte. Elliott meinte zu mir, Hawk würde Scheiße erzählen, und dass er kein Dealer wäre, was ich ihm geglaubt habe, bis …«

»… du das Zeug gefunden hast«, beendet er meinen Satz.

Ich nicke. Inzwischen laufen die Tränen unkontrolliert über mein Gesicht, und ich kann nur stockend Luft holen.

»Hey«, sagt Helix und drückt meine Hand, »Heaven, ist schon gut. Du hast Drogen bei ihm gefunden. Na und?«

Oh, wenn es nur das wäre, Hell.

Heftig schüttele ich den Kopf. »An … an diesem Tag waren so viele Verkehrskontrollen auf den Straßen. Sie haben es im Radio durchgesagt. Dad meinte, sein Bruder, Onkel A…Andrew, hätte ihm davon erzählt, dass das LAPD in dieser Woche hart d… durchgreifen wolle. Eigentlich wollte ich die Drogen in den Müll werfen! Aber plötzlich habe ich ihre Stimmen gehört, von Elliott und Ella, und ich bin in eine …

eine Schockstarre gefallen. Im nächsten Moment waren sie schon auf den Treppen, und ich habe in Panik gehandelt, Helix, ich habe nicht nachgedacht, ich wollte Elliott nur schützen und wusste nicht …«

»Was hast du getan?«, fragt er ganz langsam. Die Art, wie er seine Augen zusammenkneift, wie er die Nasenflügel bläht, wie sein Atem zittert … in dieser Sekunde weiß ich, dass es vorbei ist. Wir hatten nie eine Chance. Nicht der Bruder des toten Mädchens und die Schwester ihres Mörders. Er spannt den Kiefer an. »Was hast du getan, Heaven?«, wiederholt er zwischen zusammengebissenen Zähnen.

Es ist eine rhetorische Frage. Er weiß genau, was ich getan habe. Er weiß, was der Anfang des Abgrunds von Ella Winchester war.

»Ich habe die Drogen in ihre Jackentasche gesteckt«, flüstere ich, als könnte ich die Bombe damit entschärfen. Was für ein lächerlicher Gedanke. Sie explodiert. Nicht nur eine, nein. Zwischen uns geht ein ganzes, verdammtes Minenfeld in die Luft.

»Verfickte Scheiße!«, schreit er und springt auf. Ich zucke zusammen, genauso wie die Kellnerin, die gerade nach uns sehen wollte und auf halbem Weg wieder kehrtmacht. Helix *bebt* vor Zorn. »Meine Eltern haben Ella eingesperrt, nachdem diese Drogen bei ihr gefunden worden sind, Heaven! Sie musste ins Gefängnis, alle haben darüber gesprochen, ihre Rollen wurden gecancelt. Meine Mutter hat sie hungern lassen, bis sie abgehauen ist und wegen dieser dreckigen Scheiße *wirklich* abhängig geworden ist. Ist dir das klar?«

»J… ja«, weinend schlinge ich die Arme um meinen Oberkörper und fühle mich zu viel, zu existent, zu schuldig. Ich will mich auflösen. »Es tut mir so leid, ich wusste nicht, was …«

»Natürlich wusstest du, was passieren könnte!« Mit einer wahnwitzig schnellen Bewegung fegt er sein leeres Weinglas vom Tisch. Es zerschellt am Boden. Irgendwo höre ich die Kellnerin nach Luft schnappen. »Willst du mir ins Gesicht lügen, du hättest es nicht geahnt, nachdem du mir gerade gesagt hast, du *wusstest* von den vermehrten Kontrollen? Nachdem du deinen Bruder vor ihnen schützen wolltest? Willst du dich feige rausreden, weil *du* es noch kannst, während meine Schwester tot ist?«

Ich gebe einen wimmernden Klagelaut von mir. »Das habe ich nicht gewollt. Ich habe nie gewollt, dass es passiert, Helix, ich schwöre, ich …«

»Aber du hast es akzeptiert«, speit er, während sein gesamter Körper bebt. »Du hast in Kauf genommen, was passieren könnte, weil sie für dich wertlos war.«

»Helix, bitte«, schluchze ich, stehe mit wackligen Beinen auf und klammere mich Halt suchend an den Tisch, während ich zu ihm stolpere, »ich bin in Panik geraten und w… wollte nicht, dass Elliott mich damit erwischt, ich wollte es w… wegwerfen, aber sie waren schon da, und ihre Jacke war direkt daneben, es war … Ich habe nicht nachgedacht, ich …« Verzweifelt greife ich nach seiner Hand, aber er entzieht sie mir und weicht mit panisch verzerrten Zügen vor mir zurück.

Er sieht aus, als wäre er dem Tod begegnet. »Fass mich nie wieder an, Fairchild«, zischt er, seine Stimme bedrohlich und kalt, und das goldene Meer in seinen Augen zerbricht in tödliche Scherben. »Nie wieder, oder ich *schwöre* dir, das war dein Ende.«

Schluchzend presse ich mir die Faust auf den Mund. »H… Helix, b… bitte nicht. I… ich dachte, wir könnten drüber reden. Ich d… dachte, du würdest verstehen, u… und«, erstickt hole ich Luft, »ich dachte, du wärst auch in mich verliebt.«

»Verliebt?«, wiederholt er entsetzt, während er mich mustert, wie das grauenvollste Monster, dem er je begegnet ist, »du hast meine Schwester getötet, Heaven.« Angewidert schüttelt er den Kopf. »Wie könnte ich dich jemals *lieben?*«

Etwas in mir bricht, und ich schluchze auf. Im nächsten Moment läuft er an mir vorbei. Ich will nach ihm fassen, aber er ist zu schnell. Im Vorbeigehen bellt er die Security an, woraufhin einer von ihnen ihm eilig folgt. Mr. Brady kommt zu mir.

»Hier, nehmen Sie.« Er reicht mir ein Taschentuch und fügt die nächsten Worte schnell und tonlos hinzu, als hätte er in seiner Ausbildung gelernt, schlimme Nachrichten wie einen Wetterbericht zu überbringen. »Mr. Winchester wünscht, getrennt zurückzufahren.«

KAPITEL 51

Helix

Vier Shows. Washington D.C., Chicago, Atlanta, Miami. Viermal die Hölle, wortwörtlich *die Hölle*, in der ich Heaven nicht ausblenden konnte. Der Sky Express hat das alte Eisenbahnnetz der Florida East Coast Railway entlang der Ostküste genutzt, um in die Nähe von Homestead zu gelangen. Neben dem Finale in Las Vegas sollte Miami für alle ein Highlight werden. Der einwöchige Urlaub. Ich hingegen habe das Gefühl, mit jeder weiteren Show ein bisschen mehr zu sterben.

Heaven war der Anfang, und Heaven war das Ende.

»Hey, Mann.« Ein Schatten schiebt sich vor das Sonnenlicht, das sich bis gerade noch größte Mühe gegeben hat, mir die Haut zu küssen. »Wir spielen Volleyball. Machst du mit?«

»Geh aus der Sonne«, murmele ich.

»Erst wenn du mir antwortest.«

Genervt öffne ich die Augen und sehe zu Hawk hoch. Beinahe ironisch, wie die Sonne ihn von hinten bestrahlt und ihm einen gleißenden Umriss verleiht. Als wäre dieses lebendige Skelett mit den aberhundert tätowierten Knochen und Muskeln ein heiliger Erzengel. »Nein danke.«

»Komm schon«, drängt er und stößt mit dem Knie gegen meine Hängematte. Der Beach Club hat ein paar von den Dingern für die private Strandparty des Himmelszirkus zwischen die Palmen gehängt. »In den letzten Wochen hatte ich das Gefühl, dass endlich wieder der Helix von früher wieder da war. Der Helix, der sogar lachen konnte. Aber seit New York bist du anders, Alter. Als wäre Ella …«

Er stockt, aber ich weiß auch so, was er sagen wollte.

Als wäre Ella ein zweites Mal gestorben.

»Scheiße«, flucht er, »tut mir leid.«

Mein Blick gleitet an ihm vorbei zu den anderen. Musik schallt über den abgesperrten Strandabschnitt. Ash und Felicia liegen nicht weit von mir in Liegestühlen mit Sonnenbrillen auf und bräunen sich. Inzwischen trägt Ashley keinen Gips mehr, geht aber noch auf Krücken.

Pawel, Mikhail, die kleine Seilartistin, ein paar Tänzer und sogar Dexter Shadow stehen am Volleyballnetz und unterhalten sich lachend. Wobei Dex als Einziger wie immer keine Miene verzieht. Enola kreischt, als Pawel sie packt, über seinen Kopf hebt und schwört, er könne sie übers Netz werfen. Und dann, als hätte mein Kopf es geahnt, zuckt mein Blick zur Seite, und ich sehe sie.

Savannah schiebt sich mit einer Hand ein paar störrische Strähnen zurück in den Dutt und mit der anderen zieht sie sie hinter sich her. In ihrem mintfarbenen Bikini stolpert sie durch den Sand.

»Savvy, wirklich, Dexter-Shadow-Ernst«, höre ich sie sagen, »ich habe keine …«

Ihre beste Freundin wirbelt herum. »Du igelst dich seit ein paar Tagen nur noch in deinem Trailer ein, Heaven. Das muss aufhören. Wir spielen jetzt Volleyball, kapiert?«

»Jesus«, seufzt Hawk, der meinem Blick gefolgt ist, »was ist zwischen euch passiert?«

Nachdem Heaven skeptisch zur Sonne hochschaut, zieht sie sich die Cap tiefer ins Gesicht und geht zu ihrem Beutel am Spielfeld. Sie schmiert sich eine dicke Schicht Sonnencreme auf jedes freie Körperteil, bis sie aussieht wie einbalsamiert.

»Heav!«, brüllt Savvy. »Los, du bist in meinem Team!«

»Komme schon.« Sie wirft die Creme in den Beutel und erhebt sich. Als sie sich umdreht, sieht sie mich und stockt.

Ich verfluche mein Herz dafür, dass es noch schlägt. Die letzten Jahre habe ich geglaubt, es wäre tot und ich könnte mit diesem schwarzen, verkümmerten Ding hoffnungslos und leer überleben. Jetzt, wo sie mir in die Augen sieht, mit dieser kleinen Nase, den perfekten Lippen und meiner Cap auf ihren gewellten Haaren, hämmert es so hart, dass es nie lebendiger gewesen sein kann.

»Hallo?« Hawk wedelt mit seiner Hand vor meinem Gesicht herum. »Erde an die Hölle?«

Ich schlage seine Hand weg und senke die Lider. »Er hat sie nicht getötet.«

»Was?«

»Elliott.« Ich öffne ein Auge und begegne Hawks entgleisten Gesichtszügen. »Heavens Bruder hat meine Schwester nicht getötet.«

»Aber …« Irritiert sieht er von mir zum Volleyballfeld und zurück. »Aber es gab doch Beweise. Fotos. Einen Obduktionsbericht, der …«

»Gefälscht war.«

»Äh.« Er macht eine lange Pause, in der er mich mit offenem Mund anstarrt und vermutlich abwägt, ob ich jetzt völlig den Verstand verloren habe. »Wovon redest du da?«

»Hawk!«, brüllt Savannah über den halben Strandabschnitt. »Was ist jetzt, kommst du?«

Er hebt eine Hand. »Macht eine Runde ohne mich!« Dann dreht er sich wieder zu mir, beugt sich vor und zischt: »Verdammt, Hell, woher weißt du das?«

»Kujos Vater.« Mit zusammengepressten Zähnen sehe ich an Hawk vorbei zum Wasser. Seit einer halben Stunde geht der Messerwerfer schon am Strandabschnitt spazieren. Mit hängendem Kopf, den Händen in den Badehosentaschen und einem Kiefer, so angespannt, dass er jeden Moment durchbrechen könnte. »Sein Sohn hat mir einen Gefallen geschuldet.«

»Die Wette«, murmelt Hawk, und ich nicke. »Aber warum?«

»Kujo hat eine teure OP benötigt, und meine Eltern haben das ausgenutzt.«

»Deine Eltern stecken mit drin?«

»Sieht ganz danach aus.«

»Scheiße, Helix, was zur …« Aufgebracht wischt er sich über das Gesicht. »Woran ist sie wirklich gestorben?«

Träge schiebe ich meine Beine aus der Hängematte und vergrabe die Zehen im Sand. Einen Moment beobachte ich, wie die feinen Körner über meine Füße rieseln. »Keine Ahnung. Er meinte, ich sollte Dr. Fitchbolton suchen.«

»Wer ist das?«

»Keine Ahnung«, wiederhole ich.

»Und hast du es ihr gesagt?«, fragt Hawk mit gesenkter Stimme, »Heav?«

Ich schüttele den Kopf.

Hawk stößt pfeifend die Luft aus. »Alter, du musst.«

»Damit würde ich meine eigenen Eltern ins Gefängnis bringen.«

»Eltern, die euch misshandelt haben, verfickte …«

»Und selbst wenn«, unterbreche ich ihn, »brauche ich Beweise. Kujos Dad würde vor Gericht nie zugeben, den Bericht gefälscht zu haben. Das alles muss todsicher sein, bevor das jemand anderes erfahren darf. Ich habe nur eine Chance.«

»Meinst du, Kujo weiß davon?«

»Keine Ahnung«, sage ich zum dritten Mal.

»Und wann sagst du es Heaven?«

Ein eisiger Schatten gleitet durch mich hindurch. »Nie.«

»Was?«

»Sie wird es irgendwann durch die Presse erfahren.«

Fassungslos stößt Hawk die Luft aus, wendet sich ab und fährt mit der Hand über seinen kahlen Schädel. Einen Moment blinzelt er in die Ferne, bevor er sich wieder zu mir dreht. »Kein Plan, was zwischen dir und Heaven passiert ist, aber du bist mein bester Freund, und ich sage dir eins: Dieses Mädchen hat verdient zu wissen, dass ihr Bruder, der ihr *ein und alles* war, kein beschissener Mörder ist, kapiert?« Ich antworte nicht, woraufhin er einen Schritt auf mich zumacht. »Er war auch *mein* Freund, Hell. Elliott war auch mein Freund, und ich kann nicht länger zusehen, wie ein Mensch, der mir viel bedeutet hat, unschuldig im Knast sitzt, verdammt.«

Seine Worte prügeln wie zwei Presslufthammer auf meine Schläfen ein. Alles dröhnt. Meine Hände werden kalt.

»Hey!«, ruft Hawk, als ich aufspringe, gegen seine Schulter stoße und an ihm vorbeilaufe. »Wo willst du hin?«

Ich hebe nur die Hand als Zeichen, dass er mich in Ruhe lassen soll, und gehe zur Strandbar. Grimmig schiebe ich mich auf den Barhocker.

»Oje, du siehst fertig aus«, sagt die Barkeeperin. »Muss anstrengend sein so eine Tour, nicht wahr?«

»Gin Tonic«, entgegne ich.

Nickend gießt sie den Alkohol ins Glas. Die Eiswürfel knacken. Sie sind wie mein Herz. Gesplittert, aber noch da.

Vielleicht schmilzt es, je mehr ich es ertrinke.

Ich leere das Glas in einem Zug. »Noch einen.«

Zwar hebt die Barkeeperin skeptisch eine Braue, dreht sich aber um und schenkt mir einen zweiten aus. Der Alkohol legt sich wie ein schwerer Mantel über diese schreienden Monster in meinem Schädel. Wie lange habe ich nicht mehr getrunken? Das letzte Mal bei meinen Eltern. Bevor ich Heaven versprochen habe, an mir zu arbeiten. Aber wen interessiert das?

Mit dem dritten Glas stehe ich auf und gehe.

»Hi, Hell«, sagt Felicia, als ich an ihr und Ash vorbeigehe, und schiebt sich die schwarze Prada-Sonnenbrille in die Haare. »Weißt du, wir langweilen uns, und als wir dich gesehen haben, hat Ash sich gefragt, ob du eigentlich schon mal einen Dreier hattest?«

»Felicia!«, zischt Ash. »Spinnst du?«

»Was denn?« Ihre Freundin kichert. »Stimmt doch.«

Schnaubend richtet Ash sich auf und will den Sonnenschirm bewegen, aber ihr Bein macht Probleme.

»Warte.« Ich lege meine Hand auf Ashs Finger, die vergeblich versuchen, den Schirm zu drehen.

Mit angehaltenem Atem sieht sie zu, wie ich den Schirm aus dem Sand ziehe und neu einstecke. »Danke.«

»Kein Problem.«

Ich will gehen, aber sie greift nach meinem Handgelenk. Skeptisch sehe ich erst auf ihre Hand, dann zu ihr.

»Hast du Lust auf ein Partyspiel?«, fragt sie.

Ich runzle die Stirn. »Zu dritt?«

»Nein, warte.« Sie lässt mich los, steckt zwei Finger in den Mund und pfeift. Das Volleyballspiel ist gerade vorbei, und alle sehen zu ihr. »Holt euch was zu trinken und kommt her!«, ruft Ash. »Wir spielen Bomb It!«

KAPITEL 52

Helix

»Okay!« Ash holt eine Plastikgranate aus ihrem Beutel, die sie von der einen in die andere Hand wirft. »Die Regeln sind leicht: Wir geben das Ding rum, solange es tickt. Wenn es explodiert, muss derjenige Wahrheit oder Pflicht wählen.«

Ich schwenke meinen Gin im Glas. »Wer stellt die Fragen?«

»Jeweils im Uhrzeigersinn«, erklärt Felicia. »Ash fängt an.«

Ein paar Meter neben uns sieht Heaven aus, als nähere sie sich den Everglades. »Savvy, im Ernst, mach das ohne mich.«

»Wir sind in Miami, Heav«, entgegnet diese. »Wir haben eine ganze Woche Urlaub. Ich werde nicht zulassen, dass du diesen Abend allein in deinem Trailer vergammelst.«

Frustriert setzt sich Heaven neben sie in den Sand. Sie meidet meinen Blick.

Pawel gibt Savvy ein Bier aus der Kühltruhe und sieht fragend zu Heaven. »Willst du auch?«

Felicia schnaubt. »Als ob unsere Wannabe-Mutter-Theresa trinkt.«

Craig lacht. Ich sehe ihn an, woraufhin er verstummt.

»Halt den Mund, Feli«, schnaubt Savvy.

»Oh, warte mal, Ash, riechst du das?« Demonstrativ schiebt Felicia ihre Prada-Brille hoch. »Hat da gerade eine Verräterin den Mund aufgemacht, oder wieso stinkt es so?«

»Wieso Verräterin?«, murmelt Heaven.

»Ach, die spinnen«, zischt Sav.

»Lehn dich nicht zu weit aus dem Fenster, Savannah.« Ash rückt näher an mich heran, bis ihre Finger meinen nackten Oberschenkel berühren. Als Heaven das bemerkt, färben sich ihre Wangen rot, und sie spannt die Kiefer an.

»Weißt du was, Pawel?« Mit einem getackerten Grinsen fährt sie zu ihm herum. »Ich nehme eins.«

Er will ihr ein Bier reichen, aber sie schüttelt den Kopf. »Nein, gib mir das da.«

Als ich sehe, dass sie auf eine Jacky-Cola-Dose deutet, verkrampft sich mein Magen. »Das wirst du nicht trinken«, knurre ich.

Ihr Blick schießt zu mir. »Wieso? Bist du die Spaßpolizei?«

»Die Spaßpolizei«, schnaubt Felicia und verdreht die Augen. »Bist du zwölf oder was?«

Ihr Gesicht wird noch röter. »Gib es mir bitte, Pawel.«

Unschlüssig sieht er zu mir, und ich schüttele den Kopf.

»Echt jetzt, Hell?« Heaven schnaubt. »Du willst es mir verbieten?«

Ich verenge die Augen. »So bist du nicht.«

»Tja, neuerdings schon«, spottet sie und schnappt Pawel die Whiskeydose aus der Hand. »Herzlichen Glückwunsch.«

Kühl sehe ich sie an. »Du bist noch keine einundzwanzig.«

»Oh, komm schon, Helix.« Sie lacht, aber es klingt nicht fröhlich. »Du bist noch keine einundzwanzig«, äfft sie meine tiefe Stimme nach und öffnet mit einem lauten Zischen die Dose, »wenn du mich daran hindern willst, nimm sie mir weg.« Sie trinkt einen Schluck und verdreht die Augen. »Ach, nein, ganz vergessen. Ich bin ja neuerdings die Pest.«

»Heaven«, knurre ich, als sie schon wieder ansetzt und trinkt. Dabei verzieht sie das Gesicht, aber sie überspielt es mit einem bösen Funkeln in ihren Augen.

»Helix hat recht«, murmelt Savvy. »Das ist hartes Zeug.«

»Nimm lieber ein Bier«, schlägt Enola vor.

Trotzig schiebt Heaven das Kinn vor und umklammert diese verdammte Dose wie einen Rettungsring. »Spielen wir?«

Ash dreht den Kopf zu mir, hebt die Hand und streicht eine Strähne zurück, die mir in der Stirn hängt. »Wenn ihr fertig seid mit eurem Kindergarten?«

Heaven grinst störrisch. »Das sind wir seit New York.«

Ich öffne den Mund, aber Brandon geht dazwischen. »Lass sie, Helix. Wenn Heaven trinken will, soll sie trinken.«

»*Danke*, Brandon«, betont Heaven.

Mein Blick schießt zu ihm. Er begegnet ihm genauso feindselig. Schließlich ist er aber der Erste, der nachgibt und sich schnaubend abwendet.

»Also«, Ash reicht mir die Granate, »los geht's.«

Das Ding wandert durch den Kreis. Hawk macht sich einen Spaß daraus, sie in den Schoß zu legen, damit Savannah das Ding ihm aus dem Schritt klauen muss, woraufhin sie ihm gegen die Schulter boxt.

Schließlich explodiert sie bei Craig. »Wahrheit.«

»Konnte Heaven gut küssen?«, fragt Ash.

Heavens Finger drücken sich in die Dose.

»Stimmt«, murmelt Felicia, »irgendeinen Grund muss es gegeben haben, dass sie Helix um den Finger wickeln konnte.«

»Hat sie nicht«, zischt Ash. »Das war Promo.«

»Kein Kommentar«, sagt Craig, woraufhin Heaven ihm ein leichtes Lächeln schenkt.

»Na gut.« Ash zuckt die Achseln. »Wenn du dich weigerst, müssen wir es bewerten.«

Er starrt sie an. »Was?«

»Küss sie«, wiederholt Ash.

»Er hat Wahrheit gewählt«, knurre ich.

»Und wollte nicht antworten«, antwortet Ash. »Pech gehabt.«

»Okay, okay, schon gut«, murmelt Craig. »Reicht es, wenn ich sage, dass Felicia besser war?«

Lachend klatscht diese in die Hände, zeitgleich zuckt Heaven zusammen. Das Lächeln auf ihren Lippen erstirbt. Ich malme mit dem Kiefer, und Craig gibt die Granate weiter. Dieses Mal explodiert sie bei Savvy.

»Hmm«, überlegt sie und neigt den Kopf, wobei einzelne rote Strähnen ihre Schulter streifen, »Pflicht.«

»Gib Hawk einen Burlesque-Lapdance.«

Sie verzieht das Gesicht. Hawks Augen hingegen glitzern. »Also, du bist zwar krass im Minus, aber du hast gerade Pluspunkte bei mir gesammelt, Jongleurjunge.«

»Wartet.« Pawel zückt sein Handy. »Ich mach den Song an.«

Im nächsten Moment ertönt Christina Aguileras »Burlesque« aus seinem iPhone, und Savvy rekelt sich widerwillig auf Hawks Schoß. Niemandem entgeht die riesige Latte, die sich innerhalb von Sekunden in seiner Badehose aufstellt. Als sie mit ihren Arschbacken vor seinem Gesicht herumwackelt, erwische ich Heaven dabei, wie sie mich beobachtet. Schnell hebt sie die Dose und trinkt. Danach glitzern ihre Lippen feucht.

Ich verenge die Augen, und sie grinst diabolisch.

»Gott, ich bin zu betrunken für diesen anstrengenden Mist«, stöhnt Savvy, lässt sich wieder in den Sand fallen und gibt die Granate weiter.

Pawel küsst Enola, woraufhin die Seiltänzerin hektische Flecken am ganzen Körper bekommt. Mikhail muss verraten, wen im Zirkus er am schönsten findet, und nennt Alexis.

Danach ist Hawk an der Reihe. »Pflicht.«

»Knabbere für zehn Sekunden an Heavens Ohr.«

Alle starren Mikhail an, als wäre er verrückt geworden. Zwischen uns hätte man eine Stecknadel in den Sand fallen hören, würde mein wummerndes Herz nicht alles übertönen.

»Scheiße, Mikhail.« Hawk lacht. »Bist du lebensmüde?«

»Wieso? So geht das Spiel.«

»Er wird das nicht tun«, raune ich.

»Ganz sicher werde ich das nicht tun.« Fassungslos gackert Hawk in sich hinein. »Ich will auf keinem Scheiterhaufen brennen, Mann.«

»Warum?« Dieses Mal ist es Brandon, der sich einmischt. »Wenn seit New York alles vorbei ist, was spricht dagegen?«

»Er. Wird. Das. Nicht. Tun«, knurre ich.

»Brandon hat recht«, entgegnet Heaven plötzlich und hebt das Kinn. »Es ist ein Spiel, und die Spaßpolizei hat gar nichts zu sagen.« Ihr Kopf dreht sich zu Hawk. »Los, komm her.«

Unschlüssig sieht er von ihr zu mir und zurück. »Ähm …«

»Wenn du es nicht machst«, ruft Ash, »musst du stattdessen Mikhails Ohr lecken.«

Hawk verzieht das Gesicht, dann sieht er mich entschuldigend an. »Sorry, Alter.«

In mir lodert heiße Wut, als ich beobachte, wie er die Hand an ihren Nacken legt und ihr Ohrläppchen zwischen die Zähne zieht.

Heaven hält die Augen geschlossen, während Mikhail von zehn runterzählt. Als sie die Lider wieder öffnet, blickt sie direkt zu mir. Ihr Dekolleté ist gerötet, was immer dann passiert, wenn sie etwas erregt hat.

Ich knirsche mit den Zähnen. In meiner Brust breitet sich ein Stechen aus, als würde mir ein heißer Schürhaken die Haut von den Knochen ziehen.

Als die Granate bei Felicia explodiert und sie Pflicht wählt, grinst Hawk. »Alles klar, Süße. Jetzt erfahren wir endlich, wer dein Höschen feuchter macht: Craig oder Pawel?«

Sie verengt die Brauen. »Ich habe Pflicht gewählt.«

Mit blitzenden Augen beugt er sich vor. »Küss einen von ihnen.«

Felicias Blick schießt zwischen Craig und Pawel hin und her. Dann legt sie seufzend ihre Sonnenbrille beiseite, steht auf und setzt sich breitbeinig auf Pawels Schoß. Im nächsten Moment vergräbt sie die Finger in sein Haar, neigt seinen Kopf und küsst ihn heftig.

Von irgendwoher kommt ein Keuchen. Enola starrt in den Sand, während Heaven ihre Hand drückt. Sie scheint meinen Blick zu spüren, denn sie sieht mich warnend an. Ihre Worte sind unmissverständlich.

Wehe, du sagst ihm etwas.

Felicia klettert auf ihren Platz zurück und gibt die Granate weiter. Dieses Mal explodiert sie bei Ash. »Wahrheit oder Pflicht?«

»Pflicht.«

Zufrieden nimmt Feli ihren Cocktail und schlürft am

Strohhalm. »French Kiss mit demjenigen, an den du am ehesten denken würdest, wenn du es dir selbst machst.«

Heavens Kopf fährt hoch, als wüsste sie genau, was als Nächstes passiert: Ash dreht mein Gesicht zu ihr und legt ihre Lippen auf meine. Sie küsst mich mit Zunge, und mein Körper ist so schockiert, dass es nicht Heavens Lippen sind, nicht Heavens Zunge, dass ich in eine Art Starre verfalle. Erst in der nächsten Sekunde kann ich reagieren und drücke sie zurück. Ash lächelt mich süß an.

»Verdammt, Helix«, zischt Sav, »du bist ein Scheißkerl.«

Sie funkelt mich zornig an, während Heaven mich anstarrt. Ihre blauen Augen sind aufgerissen, und darin glitzert dieses sonnige Meer, in dem ich schon so oft ertrunken bin.

»Heaven«, sage ich leise.

Sie zuckt zusammen, als hätte ich sie geschlagen. Aber dann verdunkelt sich das Meer, als sei ein Sturm aufgezogen. »Weißt du was?« Wütend rappelt sie sich auf und zerdrückt die leere Whiskeydose. »Was du kannst, kann ich auch.«

Ihre Worte jagen eine bitterböse Vorahnung durch meine Adern. »Heaven, ich *warne* dich, wenn du …«

Zornig fährt sie herum. »Du hast mir gar nichts zu sagen, Arschloch!« Dann stellt sie sich neben Brandon, lehnt seinen Kopf zurück und … küsst ihn.

»Ach. Du. Scheiße«, entfährt es Hawk. »Gleich geht die Welt unter.«

Entsetzt sehe ich zu, wie Brandon seine Hand an ihre nackte Taille legt. Als sie zu ihrem Hintern wandert und Heaven in seinen Mund seufzt, brennt etwas in mir durch.

»Helix, nicht!«, ruft Hawk, aber ich bin schon auf den Beinen. Der Geruch von Sonnencreme und Blumen weht mir in die Nase. Unbewusst frage ich mich, wie ich sie so sanft von ihm wegschieben kann, während in mir gerade ein Krieg tobt, als ich Brandon an den Haaren von ihr wegreiße und ihm in die Rippen trete.

»Fuck, du Wichser!«, brüllt er, weicht meinem nächsten Tritt aus und springt auf die Beine. Sein Schlag trifft mich unvorbereitet ins Gesicht. Sofort schmecke ich Blut und taumele rückwärts. »Für wen hältst du dich?« Ein weiterer Fausthieb, dieses Mal in den Magen. »Nur weil du einmal meine Show übernimmst, denkst du, du wärst Gott?«

»Brandon!«, kreischt Heaven. »Hör auf!«

»Keine Sorge, Zuckerpuppe«, höre ich Hawk. »Glückstreffer.«

Und er hat recht. Dem nächsten Schlag kann ich ausweichen und tauche mit einem Seitwärtshaken wieder auf. Ein ungesundes Knirschen ertönt, als ich ihn am Kinn treffe. Brandons Körper landet hart im Sand. Ich setze mich auf ihn.

»Du wirst«, zische ich und treffe mit der Faust seine Nase, »sie nie wieder«, noch ein Hieb, dieses Mal in die Rippen, »anrühren, verstanden?«

»Hell!« Wieder Heaven. »Geh runter von ihm, geh runter!«

Aber selbst ihre Stimme hat keine Wirkung mehr auf mich. Mit einem Mal sehe ich meinen Vater unter mir, und ich räche mich für alles, was er getan hat. Für alles, was er tun wird.

»Hast du gehört, Dad?«

»Dad?«, höre ich ein paar im Hintergrund murmeln.

»Hat er ihn gerade *Dad* genannt?«

»Scheiße, der ist ja völlig durchgeknallt!«

»Helix, stopp!« Plötzlich spüre ich ihren warmen Körper an meinem Rücken. Mit aller Kraft klammert sie ihre Arme um meinen Bizeps und versucht, ihn zurückzuhalten. »Hör auf«, wimmert sie in mein Ohr, »du machst mir Angst.« Schnaufend halte ich inne, und dann spüre ich ihre warmen Tränen auf meiner Schulter. »Bitte, hör auf damit. Das bist nicht du.«

»Du hast keine Ahnung, wer ich bin, Heaven«, knurre ich.

»Doch.« Ihr Herz klopft in schnellen Schlägen an meinem Rücken. »Du bist besser als das hier.« Sie schluchzt. »Du bist nicht die Hölle.«

Meine Anspannung lässt nach. »Heaven …«

»Du verdammtes Arschloch!«, brüllt Savannah und zerrt Heaven von mir weg. Ich rolle mich von Brandon herunter, bringe genug Abstand zwischen uns und wische mir über das blutende Gesicht.

»Sav …«, beginnt Heaven, aber Savannah schiebt sie hinter sich und kommt mit ausgestrecktem Zeigefinger und schmalen Augen auf mich zu. Ihre nächsten Worte sind so leise, dass nur ich sie verstehe. »Wenn du willst, dass ich die Fresse halte, dann lässt du sie von jetzt an in Ruhe!«

Ich verenge die Augen. »Du steckst genauso mit drin.«

»Ich habe den Mund über eure beschissene Wette gehalten, weil ich dachte, du würdest es ernst meinen. *Und* weil ich wusste, es hätte sie zerstört. Das würde es immer noch, aber ich *schwöre*, ich packe aus, wenn du dich nicht endlich von ihr fernhältst.«

Damit wirbelt sie herum, packt Heaven am Arm und zieht sie hinter sich her. Ich sehe den beiden nach, bis Brandon sich aufrappelt und schnaubend verschwindet.

»Du musst es ihr sagen.« Hawk mustert mich. »Beides.«

Mit angespanntem Kiefer nicke ich. »Ich weiß.«

Nach dem Showdown in Las Vegas. Ich will ihr nicht auch noch das nehmen, was ihr am meisten auf der Welt bedeutet.

KAPITEL 53

Heaven

Elliott:
Bitte, Heaven. Ich bin unschuldig. Ich schwöre dir, dass ich Ella nicht angerührt habe. Gib mir die Chance und rede mit mir.

Je länger ich den Text ansehe, desto mehr verschwimmt er vor meinen Augen. Das Ruckeln des Sky Express wiegt mich in einen Zustand zwischen Wachen und Schlafen. Eventuell auch die Gedanken an Helix. Und Elliott. Seufzend lasse ich das Handy sinken und drehe mich auf die Seite. Ich strecke eine Hand aus und schiebe die kurzen Vorhänge zurück. Draußen ist der Himmel schwarz, und die Nacht hüllt alles in Schweigen, abgesehen vom gleichmäßigen Rhythmus der ratternden Räder.

Ich kann nicht fassen, wie weit Elliott geht, um mich zu manipulieren. Diese Lügen, mit denen er Ellas Andenken beschmutzt, nur um mich wieder für sich zu gewinnen. Wie schlimm haben ihm die Drogen das Hirn vernebelt, dass ich ihn nicht mehr wiedererkenne?

Ein plötzliches Klopfen reißt mich aus meinen Gedanken. Alarmiert richte ich mich auf. Es ist halb drei in der Nacht. Wer zur Hölle will jetzt etwas von mir?

Vielleicht ist es Kujo, der mich endlich umbringen will. Oder Ash. Oder Craig. Möglicherweise auch alle zusammen und …

»Heaven.« Ich erkenne Helix' Stimme sofort. »Können wir reden?«

Stocksteif sitze ich in meiner Bettnische, die Decke bis ans Kinn gezogen, während mein Herz sich überschlägt. Wir haben seit Miami kaum ein Wort miteinander gewechselt.

»Heaven.« Seine raue Stimme kriecht mir wie eine seidige Decke über die nackten Arme. »Ich weiß, dass du wach bist.«

Mist! Ich wusste, ich hätte bis morgen damit warten sollen, das Foto, das der Starfotograf von mir am Trapez gemacht hat, auf Instagram hochzuladen.

Nervös schiebe ich die Bettdecke beiseite, die Beine über die Bettkante und tapse mit nackten Füßen zur Tür. Ich trage nur mein Elvis-T-Shirt, und meine Haare müssen aussehen wie ein Vogelnest, aber egal.

Vorsichtig öffne ich die Tür. Helix steht vor mir wie ein Racheengel. Seinen Ellbogen an die Trailerwand gelehnt, den Kopf in der Hand, sieht er in einer Mischung aus Trauer und Verzweiflung aus seinem dichten Wimpernkranz zu mir herunter. Wie so oft fallen ihm die schwarzen Strähnen in die Stirn. Zum ersten Mal überkommt mich nicht der Drang, sie fortzuwischen, denn mein Blick fixiert etwas anderes. Dort, kurz unter der Stelle, an der sein längeres Haar in einen Undercut übergeht, klafft ein tiefer Cut. Er ist bereits geklebt, leuchtet aber immer noch tiefrot.

»Helix!« Keuchend strecke ich die Hand nach ihm aus, halte in letzter Sekunde inne und starre ihn entsetzt an. »Was …«

»Es ist nichts«, sagt er, nimmt meine Hand und lässt sie sanft sinken. Ein Schauder rieselt über meinen Rücken.

»Hast du dich wieder geprügelt?«, flüstere ich. »Mit Brandon? Oder Craig? Hast du …«

»Nein.«

Ich fokussiere den Schnitt. »Aber was …«

»Mein Vater.«

Mir klappt die Kinnlade herunter. »Wie bitte?«

»Ich bin zu ihm gefahren.«

Langsam geht mir ein Licht auf. Nach unserer letzten Show in Albuquerque hatten wir ein paar Tage Pause, in denen ich Helix kaum gesehen habe.

»Ich dachte, du gehst mir extra aus dem Weg«, murmele ich, woraufhin er ein leises Lachen ausstößt, das eher nach einem verzweifelten Schnauben klingt. »Du hast gesagt, ich wäre …«

»Mir ist klar, was ich gesagt habe, und es tut mir leid, Heaven.« Auf einmal nimmt er mein Gesicht in seine Hände und sieht mich an. Mein Herz poltert, als ich einen schimmernden Glanz über seinen Bernsteinaugen erkenne. »Es tut mir *so leid*, dass ich mich zerfetzen möchte, nur um den Schmerz in mir nicht mehr zu spüren, den ich dir angetan habe. Ich würde lieber *ausbluten*, als dir noch einmal wehzutun.«

Mit offenem Mund starre ich ihn an.

»Bitte lass mich rein«, flüstert er. »Es gibt etwas, das ich dir sagen muss.«

Eine Weile verharren wir in dieser Position, bis ich zögerlich einen Schritt zur Seite mache. Seine Schultern sacken erleichtert hinab. Als er an mir vorbeigeht, sehe ich erst, wie tief die schwarzen Ringe unter seinen Augen sind. Er ist wahrscheinlich der einzige Mensch dieses Planeten, dem auch das eine traurige Schönheit verleiht.

Ich schließe die Tür und setze mich im Schneidersitz zu ihm aufs Bett. Helix wirkt so erschöpft, wie ich es noch nie erlebt habe. Auch wenn die Schwellung um sein Auge von dem Schlag, den Brandon ihm verpasst hat, langsam besser wird und auch die grünblaue Verfärbung um seine Nase abnimmt.

Tief durchatmend fährt er sich über das Gesicht und nimmt meine Hände in seine. »Wie ich dich behandelt habe, war nicht in Ordnung.« Er sieht auf unsere Hände, während er mit den Daumen über meine Knöchel fährt. »Alles, was meine Schwester betrifft, ist immer noch eine klaffende Wunde, Heaven, und in dem Moment hat es sich angefühlt, als würdest du deinen Finger hineinlegen und sie skrupellos aufreißen.«

Schmerz zuckt durch meine Brust. »Ich weiß.«

»Aber meine Reaktion war nicht fair.« Gequält sieht er auf. »Die Presse wollte Ellas Absturz. Niemand wollte ihr glauben, nicht mal ihre eigenen Eltern. Du bist in Panik geraten und hast die Drogen in ihre Jacke gesteckt, aber Elliott hat versucht, die Sache richtigzustellen. Das hat uns zumindest damals der leitende Detective erzählt. Elliott hat den Polizisten gesagt, es wäre seins. Er hat es der Presse gesagt. Unseren Eltern. Allen, von denen er dachte, sie müssten es wissen, aber niemand wollte ihm glauben. Und *du*«, betont er und schaut mich an, »bist nicht für ihren Tod verantwortlich, Heaven, hörst du?«

»Ja«, flüstere ich, »weil es mein Bruder war.«

Bei diesen Worten presst er die Lippen fest zusammen, sein Kiefer spannt sich an, und über sein Gesicht huscht eine Welle unbeschreiblichen Schmerzes. »Nein. War er nicht.«

Seine Worte klingen wie ein entferntes Echo.

War er nicht. War er nicht. War er nicht.

Ich muss mich verhört haben.

»Was hast du gesagt?«

»Dein Bruder hat Ella nicht getötet, Heaven.«

Ich starre ihn an, sehe, wie sein Mund sich bewegt, aber kann nicht glauben, was ich da höre. Das können nicht die richtigen Worte sein. Mein Hirn muss etwas komplett verdrehen.

»Es ist die Wahrheit. Elliott ist unschuldig.«

Mein Blick zuckt zu meinem Handy.

Ich bin unschuldig. Ich schwöre dir, dass ich Ella nicht angerührt habe. Gib mir die Chance und rede mit mir.

»Das«, krächze ich kopfschüttelnd, »das kann nicht sein.«

»Hör zu, Heaven.« Er rutscht näher an mich heran und legt seine großen Hände auf meine Schultern. »Ich habe es auch nicht geglaubt. Sie haben alle zusammen bei Stoney gelebt, und sein bester Freund war der Erste, der behauptet hat, Elliott hätte es nicht getan. Aber fuck«, er lacht freudlos auf, »wer glaubt schon einem Junkie, vor allem, wenn er der beste Freund des Mörders ist? Aber ich war beunruhigt, weil es Dinge gab, die nicht zusammengepasst haben.«

»Was für Dinge?«, frage ich.

»Ella soll sich regelmäßig mit meinen Eltern getroffen haben, obwohl sie mir erzählt hat, sie hätte die beiden nie wiedergesehen.« Ein Zittern geht durch seinen Körper. »Anscheinend ging es bei den Treffen um Operationen, und sie hätten ständig gestritten. Irgendwann sei Ella wieder mit ihnen gegangen«, er senkt den Blick und schluckt, »und nie wiedergekommen.«

Entsetzt sehe ich ihn an. »Aber … aber vielleicht ist Elliott ihr hinterher und hat sie dann verprügelt und … die Überdosis in ihren Arm …«

Helix schüttelt den Kopf. »Ich habe mit Kujos Vater gesprochen.«

Jetzt bin ich komplett verwirrt. »Kujos Dad?« Er nickt. »Was hat er damit zu tun?«

»Er war der Rechtsmediziner, der sie obduziert hat, und er hat zugegeben, dass er den Bericht gefälscht hat.«

»Was?!«, rufe ich und springe auf.

Helix zieht mich sanft zurück auf die Matratze. »Kujo brauchte eine OP, und er hatte das Geld nicht. Meine Eltern schon.«

»Sie haben ihn *erpresst*?« Sein grimmiges Schweigen ist meine Bestätigung. Gott. In meiner Kehle wird alles rau und kratzig. Ich habe das Gefühl, innerlich auszudörren. »Deshalb der Cut«, flüstere ich, hebe die Hand und streiche gedankenverloren über seine geschorene Kopfseite. »Du hast deine Eltern konfrontiert.«

Er öffnet den Mund, schließt ihn aber wieder. Schließlich flüstert er: »Ich hätte es dir früher sagen müssen, Heaven. Es tut mir leid.« Er nimmt meine Finger in seine und küsst die Knöchel. Jede Berührung hat etwas Verzweifeltes an sich. »Es tut mir so leid, aber trotz allem, was passiert ist, sind sie …«

»Immer noch deine Eltern«, beende ich seinen Satz.

Er nickt gequält. »Aber sie verschweigen etwas, und ich werde herausfinden was.«

»Wir müssen ihn da rausholen«, wispere ich. »Er ist unschuldig. Er sitzt schon so lange an diesem grauenvollen Ort fest, ohne etwas getan zu haben und …« Meine Stimme zittert. »Und ich … habe ihn im Stich gelassen, meinen Bruder, besten Freund. O Gott, Helix, wir müssen etwas tun.«

»Werden wir. Das verspreche ich, Heaven.« Seine Lippen formen sich zu einer grimmigen Linie. »Mir ist klar, dass meine Eltern dafür büßen müssen, was auch immer sie getan haben, nur brauche ich Beweise. Wir müssen das bedacht angehen, bevor sie uns im Prozess vernichten. Und du«, er beugt sich vor, und ich halte den Atem an, als er mir zwei zarte Küsse auf die Mundwinkel haucht, »bist mein Engel, Heaven.«

Ich habe versucht, sie zurückzuhalten, aber ich schaffe es nicht mehr. Tränen laufen mir aus den Augenwinkeln. Es ist alles zu viel. Elliott ist unschuldig. Hells Eltern stecken tief in dieser Sache. *Elliott ist unschuldig!*

Helix nimmt meine Wangen in seine Hände und wischt die Tränen mit seinen Daumen fort. Seine Augen verschwimmen zu einem goldenen Meer.

»Ich bin auch verliebt in dich«, sagt er heiser und küsst mich vorsichtig. »Gott, ich bin so unendlich verliebt in dich, dass mir mein Herz nicht mehr gehört.«

Ein ersticktes Lachen bricht aus mir hervor, ein Geräusch voll Trauer, Glück und Hoffnung. Helix nimmt die einzelnen Gefühle mit jedem Kuss in sich auf. »Bitte verzeih mir«, flüstert er an meinen Lippen, »verzeih mir, dass ich so ein Arschloch war, Seraphim.«

Unter Tränen nicke ich. »Ich verzeihe dir.«

Seine Schultern sacken hinab. »Gott sei Dank«, raunt er. Dann drückt er meinen Körper zurück in die Kissen, streicht mir das Haar aus dem Gesicht und mustert mich mit einem Hunger in den Augen, als müsste er jeden Millimeter von mir aufsaugen. »Womit habe ich dich verdient?« Er küsst meine Halsbeuge, die Kette mit seinen sieben Opalen für mich, mein Schlüsselbein. Danach zieht er mir das Shirt über den Kopf. Seine Lippen fahren eine heiße Spur über meine nackte Haut. Ich erschaudere. »Du bist so schön, Heaven.« Er küsst meinen Nippel. »So göttlich.« Hauchzart streichen seine Lippen über den Rand meiner neuen Blessuren, die seit heute Morgen meine Rippen zieren. »So *perfekt.*«

Ich beuge den Rücken durch vor Lust, die in meine Mitte schießt. Meine Finger fahren unter sein Shirt, und ich schlinge ein Bein um ihn, kratze über seinen Rücken.

»Babe«, stöhnt er. »Willst du …?«

»Ja«, keuche ich.

Seit Tagen habe ich von nichts anderem fantasiert. Unter der Dusche. Im Bett. Verdammt, sogar während der Show, wenn seine hitzigen Berührungen meinen Körper betört haben.

Helix küsst eine Spur über meinen Bauch zu meinem Slip. Er nimmt ihn zwischen die Zähne und zieht ihn herunter. Heiße Feuchtigkeit pulsiert zwischen meinen Beinen, als sein Atem darübergleitet. Es pulsiert, prickelt und foltert mich, weil ich mehr brauche.

Mehr von ihm. Von seinen Berührungen. Von diesem Gefühl, das von einem anderen Stern sein muss.

Ich vergrabe die Hände in sein Haar und werfe den Kopf in den Nacken, als er sich leidenschaftlich um meine Klit kümmert. Immer wieder nimmt er sie zwischen die Lippen, leckt und saugt, während seine Hände zu meinen Brüsten wandern. Er nimmt meine steifen Nippel zwischen seine Finger und zieht an ihnen. Bittersüßer Schmerz durchzuckt mich. Gierig leckt Helix alles von der Nässe auf, die er mir verschafft.

Als er sich intensiv um meine Schamlippen kümmert, schießt ein explosives Ziehen durch meinen Unterleib.

»Helix«, keuche ich, »ich will dich. *In mir.*«

Seine Wangen sind rosig vor Erregung, und seine Lippen glänzen. »Ich habe kein Kondom.«

»Ich aber.« Als ich auf die Nachttischschublade deute, zieht er überrascht eine Braue hoch. »Nach unserem ersten Mal wollte ich vorbereitet sein, falls …«

»Mein organisiertes Mädchen«, raunt er, beißt mir in den Nippel und zieht zeitgleich den Nachttisch auf. Stöhnend recke ich die Hüften vor, während er an mir saugt und knabbert. Im nächsten Moment höre ich, wie er die Verpackung aufreißt. Eilig entledigt er sich seiner Boxershorts und sieht mich mit hochgezogener Braue an. »Willst du?«

Ich beiße mir auf die Unterlippe, dann nehme ich ihm nickend das Kondom aus den Fingern. Es ist glitschig und wäre mir fast aus der Hand gerutscht, als ich es auf seine Eichel setze. Leise lachend umschließt er meine Finger mit seinen und rollt das Kondom auf seinen harten Schwanz ab. Zwischen meinen Beinen pocht es verlangend. Je länger ich seine glänzende Spitze ansehe, desto mehr sehne ich mich danach, sie in mir zu spüren. Doch das Gefühl seiner Erektion in meiner Hand fühlt sich *so gut* an.

Dann beginnt er, seine Hand auf meiner zu bewegen. Er schiebt sie hoch und runter, erst langsam, dann schneller. Dabei legt er den Kopf in den Nacken. Seine gesenkten Lider flattern, während ich zusehe, wie unsere Hände ihm gemeinsam einen herunterholen.

»Oh, fuck, ist das gut«, stöhnt er, »ja, Babe, schneller.«

Das Geräusch des Kondoms, während ich ihn reibe, hat eine intensive Wirkung auf mich. Meine geschwollene Klit pulsiert, meine Öffnung schmerzt förmlich vor Erregung, und in meinem Unterleib brennt das Verlangen.

Plötzlich gleitet Helix mit der anderen Hand zwischen meine Beine. Immer wieder fährt er zwischen meine Schamlippen, betört die Nerven, bevor er mit dem Finger in mich eindringt.

»Ah, Gott, ja!«, keuche ich. »Ja, ja, ja!«

Ich schwebe im Delirium. Das schmatzende Geräusch erfüllt den Wohnwagen, gemischt mit dem Geruch von Sex, der sich auf unsere Haut legt wie ein angenehmer Sommerregen. Ich wippe mit den Hüften im Takt seines Fingers, während sein steifer Schwanz durch meine Hand gleitet.

Plötzlich zieht er den Finger aus mir heraus und nagelt meine Arme neben meinem Kopf in die Kissen. Er ist so schnell über mir, dass ich nicht einmal blinzeln kann. »Wenn du so weitermachst, komme ich gleich.« Dann schiebt er mir seinen Finger zwischen die Lippen. »Koste dich, Babe. Du schmeckst so geil. Ich könnte nur davon einen Orgasmus kriegen.«

Seine Worte jagen das Verlangen wie ein knisterndes Feuer durch meinen Körper. Ich lecke meinen Geschmack von seinem Finger und stöhne laut, als er mit seiner Eichel um meine Öffnung kreist. »Ich will dich so sehr, Heaven. Du hast keine Ahnung, wie sehr du mir gefehlt hast.« Mit den Knien spreizt er meine Beine noch weiter. Dann dringt er einen winzigen Zentimeter in mich, und mir entfährt ein lustvoller Schrei.

»Heav«, raunt er, hält inne und schließt kurz die Augen. »O Gott, ist das … intensiv. Fuck.« Er atmet durch, dann nimmt er den Finger aus meinem Mund und vergräbt die Hand in meinem Haar. »Ich mache jetzt weiter, okay?«

»Ja«, keuche ich. »Bitte. Weiter. Du … ah!«

Langsam schiebt er sich vorwärts, ohne mich aus den Augen zu lassen, bis mich seine volle Erektion ausfüllt. Seine Eichel stößt gegen mich. Ich schließe die Lider und brauche einen Moment, um mich an das Gefühl zu gewöhnen.

»Okay?«, fragt er.

Nach ein paar Sekunden nicke ich. »Ja.«

An seinen angespannten Gesichtszügen merke ich, wie er sich konzentriert, um nicht schneller in mich zu stoßen. Er ist so vorsichtig, so sanft, dass mir Tränen in die Augen schießen vor Glück. Das Gefühl zwischen uns, diese Art der Verbindung, ist so wertvoll und kostbar und nicht von dieser Welt, dass ich die Emotionen kaum ertragen kann. Erregt schlinge ich die Beine um seinen Körper und übe Druck aus, damit er das Tempo erhöht.

»Sicher?«, raunt er unter schweren Atemstößen.

»Ja, sicher. Bitte, mach … schneller.«

»Fuck, Heav«, murmelt er und tut, was ich sage. Seine Hüften bewegen sich. Jedes Mal, wenn seine Eichel über diesen empfindlichen Punkt in mir streicht, stöhne ich laut. »Warte«, sagt er plötzlich, nimmt ein Kissen und schiebt es unter meinen unteren Rücken. »So ist es noch besser.«

Er hat recht. Ich reiße die Augen auf, als sein Schwanz in einem anderen Winkel über meine penetrierten Nerven gleitet. Meine Feuchtigkeit glitscht an ihm hinab, aber er stößt sie mit jeder Bewegung wieder in mich.

»Scheiße, bist du nass. Das ist perfekt. O mein Gott. Du bist perfekt.« Er küsst jeden Millimeter meines Gesichts, bevor er die Lippen auf meine senkt und mit der Zunge in mich fährt. Der Kuss ist grob und wild. Zähne, die gegeneinanderschlagen. Chaotisch und süchtig machend. Seine Zunge neckt meine, erkundet sie in vollen Zügen, während er seinen Schwanz in mich stößt. In mir braut sich das knisternde Verlangen zusammen. Plötzlich senkt er seine Lippen an meinen Hals. Er saugt daran, beißt mich, leckt – alles auf einmal –, bis jede Stelle pocht.

»Verdammt, Helix!«, stöhne ich, als er mit dem Daumen über meine Scham gleitet und mit der Feuchtigkeit meine Klit reibt. Das schmatzende Geräusch seiner Stöße gesellt sich zu dem heißen Knistern an meiner empfindlichen Stelle. Seine Stöße schieben meinen Körper über das Bett, ich kralle meine Finger in seinen Bizeps, dann halte ich es nicht mehr aus.

»Komm für mich, Heaven«, keucht er und sieht mir tief in die Augen. »Sieh mich dabei an und komm für mich.«

Noch drei weitere Stöße und ein bittersüßes Zupfen an meinen gereizten Nerven, dann komme ich schreiend.

»Ah, Helix, ja!« Mein Griff wird ihm blaue Flecken verschaffen. Ganz sicher. »O Gott, o Gott, o …« Mein Mund formt ein riesiges O.

Meine Muskeln saugen an seinem Schwanz, jedes Mal, wenn eine erneute Welle über mich hinwegbricht. Und dann kommt auch er.

»Heaven!«, stöhnt Helix rau in mein Ohr. Sein ganzer Körper spannt sich an. Seine Stöße werden ruckartig, abgehackt, unkontrolliert, und dann gibt er einen langen, rauen Ton von sich, als er abspritzt. »Oh, fuck, heilige …« Er sackt auf mich hinab, und wir keuchen um die Wette. Nach einer Weile werden unsere Atemzüge ruhiger. Langsam zieht er sich aus mir heraus, entsorgt das Kondom und legt sich neben mich.

Erschöpft streicht er mir durchs Haar. »Heaven?«, nuschelt er nach einer Weile.

»Mhm?«

»Damals, im The Hodge. Das Kokain.«

Irritiert blinzle ich. »Was?«

»Erinnerst du dich?«

»Natürlich. Was ist damit?«

Seine Hand bleibt schwer auf meiner Stirn liegen, seine Lippen kleben müde an meiner Wange. »Das war nicht meins. Ich hab's nicht gekauft. Und auch nicht verkauft.«

»Was?«

»Ich habe es der Person weggenommen, die es verkaufen wollte.« Jetzt rutscht seine Hand ab. Mit gerunzelter Stirn hebe ich den Arm und nehme seine Finger zwischen meine. »Ich wollte nicht, dass irgendjemand endet wie meine Schwester.« Mein Herz zieht sich schmerzhaft zusammen.

»Oh, Helix«, flüstere ich.

»Deine Statistik damals, mit den sterbenden Drogensüchtigen …« Seine Stimme klingt weit entfernt, als wäre er längst in einer anderen Welt. »Damit hattest du mich, Zirkusmädchen.«

KAPITEL 54

Heaven

»Vegas, Baby!« Savvy streckt die Arme in den wolkenlosen Himmel und tänzelt die Straße herunter, die vor Hitze flimmert. »O mein Gott, Heaven, da ist es!« Mit ausgestrecktem Finger zeigt sie auf ein riesiges weißes Gebäude mit gigantischen Säulen im Vordergrund. »Das Caesars Palace!« Sie hüpft zu mir und rüttelt an meinem Arm. »Gehst du mit mir ins Casino?«

»Du weißt, dass es nicht geht«, entgegne ich und tippe auf den Schirm der Cappy, die wir uns tief ins Gesicht gezogen haben. »Erstens bezweifle ich, dass sie uns mit den Inkognito-Caps und Brillen reinlassen, zweitens sind wir nicht volljährig und drittens …« Vielsagend deute ich mit dem Daumen über meine Schulter, wo uns im Abstand von zwei Metern Mr. Brady folgt.

Savvy zwinkert. »Das kriege ich hin.«

Amüsiert beobachte ich, wie sie an mir vorbei zum Security läuft und sich an seinen Arm hängt. »Mr. Brady, hätten Sie Lust, uns ins Casino zu begleiten?«

Sein Blick sagt alles. Ich unterdrücke ein Lachen.

»Kommen Sie, Mr. Brady. Sie könnten eine Menge Geld verdienen. Wir verraten Sie auch nicht. Oder, wenn Sie wollen«, wieder zwinkert Savvy, »könnten Sie zu den Stripperinnen verschwinden, während wir zocken.«

»Savvy!«, keuche ich.

Mr. Brady verzieht nicht eine Miene. »Stripperinnen sind nicht mein Metier.«

»Was ist dann Ihr Metier?« In einer nachdenklichen Pose legt Savvy Daumen und Zeigefinger an das Kinn und neigt den Kopf. »Nein, lassen Sie mich raten. Sexy, trainierte Scharfschützinnen aus der Army?«

Ich vergrabe das Gesicht in den Händen.

»Nicht? Okay, warten Sie. Dann das Gegenteil: Brave Mädchen, die Sie beschützen können? Oder abgebrühte, smarte Kartenzählerinnen, denen Sie sich anschließen und danach in die Karibik fliegen können? Verdammt, wenn wir doch nur an einem Ort wären, an dem wir genau so eine Frau finden könnten, und … Oh, wow, seht mal, das Caesars Palace!« Savvy macht ein gespielt überraschtes Gesicht. »Was für ein Zufall. Na also, dann sollten wir doch …«

Entschuldigend sehe ich zu Mr. Brady. »Sie ist nur so aufgedreht, weil der Showdown sie nervös macht.«

»Stimmt nicht. Ich bin immer so«, versichert sie ihm.

Wie ein gelangweilter Stein sieht er die Straße herunter.

»Wir sollten zurück zum Platz gehen«, sage ich. »Ich will alles angucken, bevor der Zutritt für die Besucher startet.«

Savvy wirft die Hände in die Luft. »Mir schleierhaft, was die Leute daran so interessant finden, eine leere Manege zu besichtigen oder ihre Kinder auf dieses Gruselkarussell steigen zu lassen.«

Ich ziehe sie mit mir. »Es ist dreihundert Jahre alt.«

Sehnsüchtig sieht Savvy zum Caesars Palace zurück. »Irgendwann werde ich ein Badass-*Ocean's-Eleven*-Chick sein.«

»Du willst ins Casino einbrechen?«

»Klingt nach einem Kick. Und ich wette, Sie wären mein Komplize, nicht wahr, Mr. Brady, Sir?« Als er schweigt, boxt Savvy mir in die Seite. »Jetzt tut er so, aber ich schwöre, wenn es so weit ist, macht er einen auf Brad Pitt und rettet mich, wenn das Casino explodiert.«

»Warum sollte es explodieren?«, frage ich.

Sie zuckt die Achseln. »Lass mir mein Drama.«

Der Sky Circus hat auf den Las Vegas Festival Grounds aufgeschlagen. Es dauert eine Weile, bis die Security uns durch die vielen Fans, die sich schon versammelt haben und von denen wahrscheinlich die Hälfte scharf auf Helix ist, geschoben hat. Ein paar der anderen Artisten stehen am Zaun und geben Autogramme.

»Da wären wir«, murmelt Savvy, als wir drin sind. »Laaaangweilig. Wir hätten ins Casino gehen sollen und ...«

Ihr Satz wird von einem lauthalsen Kreischen der Fans unterbrochen, als Helix aus dem Zirkuszelt kommt. Savannah verzieht sofort das Gesicht, und es wird noch schlimmer, als er auf uns zukommt. Mein Magen schlingert.

»Was will der?«, stöhnt sie.

Shit. Sie weiß nichts von gestern Nacht. »Sav ...«

Weiter komme ich nicht, denn Helix hat uns erreicht, einen Finger an mein Kinn gelegt und küsst mich. Unter seiner Berührung werde ich weich wie zerlaufene Butter. Dreimal gleiten seine Lippen über meine, und bei jedem Mal wird das Prickeln zwischen meinen Beinen stärker.

Hinter uns kreischt die Menge weiter, aber ich höre auch ein paar, die mich beleidigen.

Als Helix sich von mir löst, starrt Savvy mich wie eine Außerirdische an. »Bitte sag mir, dass das PR war.«

Mein Gesichtsausdruck scheint Antwort genug, denn meine beste Freundin verdreht die Augen und wendet den Kopf ab, als hätte ich sie geohrfeigt. Dann sieht sie Helix an. Die beiden liefern sich ein stures Blickduell. Er hat seinen Kiefer vorgeschoben, während sie ihn anfunkelt.

»Es ist alles gut. Wir haben geredet.« Ich lege ihr eine Hand auf den Arm. »Hell würde mich nie verletzen.«

Bei den Worten schnauft sie. »Ja«, murmelt sie bitter, »sicher.« Sie schüttelt meine Hand ab und trottet in die Manege.

»Savvy!«, rufe ich, aber sie dreht sich nicht um. Meine Schultern sacken hinab. Helix verschränkt die Finger mit meinen.

»Ich rede mit ihr. Sie kriegt sich wieder ein.«

»Hoffentlich«, seufze ich. »Manchmal ist sie so überbehütend.«

Nachdenklich sieht Helix über meine Schulter. Etwas in seiner Miene wirkt grimmig. Er knabbert an seiner Unterlippe.

»Alles okay?«, frage ich.

Er sieht zu mir und nickt. »Ja. Sicher.« Lächelnd beugt er sich vor und küsst meine Wange. »Ich habe dich gesucht.«

»Warum?«

»Es gibt da etwas, das ich dir unbedingt zeigen will.«

Eine halbe Stunde später ist es ihm gelungen, dass uns vier Securitys in einem schwarzen Kastenwagen durch Las Vegas fahren. Bevor sie uns aus dem Auto lassen, kontrollieren sie, ob uns Fans gefolgt sind.

»Hell«, kichere ich, als er mich aufgeregt durch die Straße zieht. »Was ist denn los?«

»Warte, noch ein bisschen … Hier.«

Verwirrt sehe ich mich um. Es ist nur eine Straße, aber Hell strahlt wie ein Honigkuchenpferd über beide Wangen.

»Was soll hier sein?«

Er hebt mein Kinn an. »Sieh nach oben.«

Im nächsten Moment entdecke ich es. Über uns schwebt ein grünes Straßenschild, und darauf steht in weißer Schrift: *Elvis Presley BLVD*.

»Jetzt bist du ihm näher als je zuvor.« Seine Stimme ist sanft, als er mich an der Schulter dreht und zu einem Gebäude am Ende der Straße zeigt. »Da ist er dauerhaft aufgetreten. Sieben Jahre.« Er nimmt meine Hand, senkt den Blick und reibt mit seinem Sneaker über den trockenen Asphalt. »Genau hier, wo du jetzt stehst, hat er vielleicht auch einmal gestanden.«

Meine Lippen teilen sich. Ich trete auf die Stelle, an der gerade Hells Fuß war, und mit einem Mal fühlt es sich an, als würde ich zwischen zwei Welten schweben. Die schwarzweißen Siebziger und die explosiven Einundzwanziger. Eine Welle von Emotionen überflutet mich. Helix hat etwas so Simples in etwas Magisches verwandelt, nur für mich.

»Oh, Hell«, flüstere ich.

»Es ist nichts Besonderes, aber ich dachte …«

»Es ist perfekt.« In der nächsten Sekunde umschlinge ich ihn mit meinen Armen, kuschle mein Gesicht an seine Brust, die so verdammt göttlich nach Vetivergras riecht. »Danke.«

Er erwidert meine Berührung, hebt mich hoch und wirbelt mich herum. Um uns herum verschwimmen die leuchtenden Farben. Es ist, als würden wir die ganze Welt umarmen.

»Komm«, sagt er dann, lässt mich runter und zieht sein iPhone aus der Hosentasche. »Ich mache ein Foto.«

Lachend strecke ich die Arme in die Luft und die Zunge

raus. Ich hebe ein Bein zur Seite, und Helix schießt das Foto. Wir machen noch zwei Selfies. Auf dem einen lachen wir in die Kamera, auf dem anderen küsst er mich auf die Wange.

Mit einem Blick auf sein Handy nimmt er meine Hand. »Wir müssen zum Platz zurück. Die Vorbereitungen beginnen.«

Ich nicke, wir steigen ins Auto und fahren zurück.

Im Backstagebereich ist die Hölle los. Alle wuseln durcheinander, Kostüme werden herumgetragen, Josephs Frau versucht das schreiende Baby zu beruhigen, und jedem ist eine Anspannung anzumerken, die in den vorigen Shows nicht da war. Kein Wunder. Das hier ist der Showdown in Las Vegas. Alle, die keine Plätze mehr im Zelt bekommen konnten, sehen sich die Performances draußen auf Übertragungen an. Selbst das Public Viewing ist heiß begehrt.

Helix zieht mich an der Hand zu sich, streicht mir das Haar zurück und küsst mich. »Wir sehen uns später. Keine Sorge. Alles wird gut laufen.«

Nervös nicke ich, aber mein zittriger Atem verrät mich. Fest drücke ich mich an ihn und genieße für einen Moment seinen gleichmäßigen, festen Herzschlag. »Danach ist es vorbei.«

»Was denn?«

»Die Saison. Unsere Show.« Ich schlucke. »Wir.«

Er versteift sich. »Wir werden *niemals* vorbei sein, Heaven.«

Ich bette das Kinn auf seiner Brust und sehe zu ihm auf. »Nach seinem Examen wird Brandon wieder mitmachen wollen.«

»Irgendwann muss er auch arbeiten, oder? Außerdem«,

er hebt einen Mundwinkel, »sehe ich aus wie jemand, der kampflos aufgibt?«

Ich muss lächeln. »Nein.«

»Schlaues Mädchen.« Er küsst mich auf die Stirn. »Und jetzt geh.« Grinsend entfernt er sich rückwärts. »Werde zum brennenden Schwan.«

Alexis wartet bereits in der Maske auf mich. Sie plappert unaufhörlich, wahrscheinlich, um mich abzulenken, aber ich höre ihr kaum zu. Die ganze Zeit beobachte ich Ashley durch den Spiegel. Meine Konkurrentin sitzt in einer Ecke, hängt am Handy und wirft immer wieder gelangweilte Blicke durch den Raum. Sie tut so, als wäre ihr das alles hier egal, aber ich erkenne den brennenden Schmerz, der ihre attraktiven Züge verzerrt.

Als ich fertig bin, gehe ich zu ihr. »Hi, Ash.«

Ihr Kopf zuckt hoch. »Was willst du denn?«

Okay, durchhalten, Heaven. Einfach durchhalten.

»Weißt du, ich verstehe, was dir all das hier bedeutet«, mit einer Handbewegung fasse ich den Raum ein, »aber ich würde niemals ein Menschenleben dafür aufs Spiel setzen. Hast du keine Angst vor den Ermittlungen?«

Auf Ashleys Stirn bilden sich Fältchen. »Wie bitte?«

»Tu nicht so«, seufze ich und verschränke die Arme. »Das Trapez und das Sicherheitsnetz bei der Generalprobe?«

»Wa…« Ihre Augen weiten sich. »Du denkst, *ich* war das?«

»Wer sonst? Du warst die Letzte, die ich vor dem Auftritt allein dort getroffen habe.«

»Aber nicht, um die Geräte zu sabotieren!« Sie macht Anstalten aufzuspringen, erinnert sich aber in letzter Sekunde an ihr kaputtes Bein und bleibt sitzen. »Mein Gott, ja, ich habe dich verabscheut dafür, dass du alles bekommen hast, was *ich* haben sollte. Diese ganze spektakuläre Show, Helix, einfach alles, nur weil ich mir das verdammte Bein gebrochen habe. Aber ich würde dir doch niemals diesen Moment nehmen.«

Irritiert blinzle ich. »Nicht?«

»Okay, doch, vielleicht. Aber *umbringen?* Gott, ich bin doch kein Monster! Ich weiß, wie viel diese Show dir bedeutet, weil es mir genauso geht. Und ich weiß auch, wie hart du für alles trainiert hast. Ja, ich war angepisst und eifersüchtig, aber wieso sollte ich es dir deshalb verderben? Ich war in der verdammten Halle, weil ...« Sie zögert, wischt sich über das Gesicht und flucht. »Ich war da, weil ich sentimental geworden bin. Ich wollte dort sitzen, ganz allein, und mir vorstellen, wie ich es bin, die über dieses krasse Bühnenbild fliegt. Und als du reingekommen bist, habe ich mich versteckt, weil«, sie beißt sich auf die Unterlippe, »weil es mir peinlich war.«

»Oh, Ash«, hauche ich.

Sie wirft die Arme in die Luft. »Na los, lach mich aus.«

»Das würde ich nie.« Ich setze mich neben sie. Erst zögere ich, aber dann lege ich einen Arm um sie. Ash versteift, doch im nächsten Moment lässt sie die Schultern hängen und sieht auf ihre Hände, die sie im Schoß knetet. »Es tut mir leid, dass du das alles ertragen musst.«

Sie nickt. Einen Moment schweigen wir, dann öffnet sie den Mund. Schließt ihn. Und öffnet ihn wieder.

»Was ist?«

»Die Sache mit den K.-o.-Tropfen.« Sie zögert. »Ich weiß, ich sollte es dir sagen, aber ...« Frustriert schließt sie die Augen. »Scheiße, Heaven. Es könnte mich meinen Platz im Zirkus kosten.«

Wovon spricht sie?

»Bitte.« Fahrig reibe ich mir über die Brust. »Ich lebe mit diesen Menschen zusammen. Also muss ich wissen, wer es auf mich abgesehen hat.« Nervös sehe ich sie an. »Ich habe *Angst*, Ashley. Was ist das für eine Konkurrenz?«

»Es war keine Konkurrenz.« Sie senkt die Lider. »Ich habe gesehen, wer es war.«

Meine Augen weiten sich. »Wieso hast du nie etwas gesagt?«

»Weil du mir alles genommen hast, Heaven, und ich wusste, ich ...« Sie vergräbt das Gesicht in den Händen und schüttelt den Kopf. Hinter meiner Brust rattert mein Herz in ungesundem Tempo. Ash atmet ein paarmal tief durch. »Ich wusste, ich wäre am Arsch, wenn ich den Mund aufmache. Wenn rauskommt, dass *ich* es erzählt habe, könnte ich meine Karriere begraben.«

»Ash«, dränge ich. »Sag es mir. Savvy? Sie hat mir das Wasser gebracht. Aber sie meinte, sie hätte es vom Service, und da wurden alle befragt und untersucht und ...«

Sie dreht den Kopf in ihren Händen und sieht mich verzweifelt an. »Es war deine Mom, Heaven.«

Drei lange Sekunden. Mindestens zehn Herzschläge. Vielleicht mehr. Und dann der tosende Ozean, der sich über mich wirft und mich gnadenlos unter Wasser drückt. Alles rauscht. Ich werde nie wieder atmen können.

»Was?«, krächze ich. »Aber w... warum sollte sie?«

»Ist das nicht offensichtlich?« Ash lehnt sich in dem Sofa zurück, zieht die Beine an und dreht sich ganz zu mir. »Sie hat den Vorstand zu dieser Prüfung *überredet*, Heaven. Sie wollte nicht, dass du antrittst. Nach deinem Sturz hat sie der Jury ins Gewissen geredet, du wärst zu flatterhaft. Komm schon, zähl eins und eins zusammen.«

»Sie wollte, dass ich ausfalle«, realisiere ich.

Ash nickt. »Bestimmt wollte sie dich nie in Gefahr bringen und hat die verzögerte Wirkung unterschätzt. Die meisten Menschen denken, K.-o.-Tropfen wirken sofort. Ich kapiere nur nicht, wieso sie das wollte.«

»Weil sie nicht an mich geglaubt hat«, murmele ich, während die Sicht vor mir verschwimmt. »Weil ihr der Ruf des Zirkus wichtiger war und sie mich nicht überzeugen konnte, die Sache zu lassen.« Ich balle die Hände zu Fäusten, während Tränen in meine Augen treten. Krampfhaft halte ich sie zurück. Das hier ist der letzte Auftritt, und ich werde ihn wie eine Königin meistern. »Die Shows sind ihr immer noch wichtiger als ich.«

Ash schaudert. »Das ist grausam. Tut mir leid.«

»Ja«, flüstere ich, »mir auch.«

Wie schnell sich das Blatt wenden kann. Plötzlich ist mein Bruder unschuldig und meine Mutter das Monster. Sie haben die Rollen getauscht. Ich will ihn zurück in meinem Leben haben – und sie nie wiedersehen.

»Wirst du mit ihr reden?«, fragt Ash.

Ich knirsche mit den Zähnen. »Ja. Aber erst nach der Show.« Als ich merke, wie sich Ash anspannt, lege ich ihr beruhigend eine Hand auf das Knie. »Keine Sorge. Ich werde sagen, dass ich sie dabei gesehen habe.«

»Danke. Oh, und Heaven?«

»Ja?«

Zum ersten Mal lächelt Ashley mich wahrhaftig an. »Die Tour war großartig. Du bist talentiert. Glaub an dich, ja?«

Gerade will ich antworten, als ein Schatten vor mich tritt.

»Heaven«, sagt Kujo in einem für ihn ungewöhnlich fröhlichen Singsang. »Weißt du, mir ist da etwas zu Ohren gekommen.« Er kichert. »Zu *Ohren.* Was für eine perfekte Ironie. Wie auch immer.« Mit dem Daumen pult er an seinem viel zu kurz geschnittenen Ringfingernagel. »Ein Vögelchen hat mir gezwitschert, du und Helix hättet euch versöhnt?«

Mir ist klar, dass er mich auf irgendeine Weise provozieren will, und da gleich die Show beginnt, will ich nicht darauf eingehen. »Bye, Kujo.« Augenrollend will ich mich an ihm vorbeischieben, aber er hält mich an der Schulter zurück. »Nicht so schnell.«

Hinter ihm entdecke ich Savannah in ihrem sexy Burlesque-Outfit, aber sie wirkt nicht ansatzweise so euphorisch wie sonst. Im Gegenteil. Sie hat das Gesicht verzogen, und hinter ihren blauen Augen erkenne ich einen Kampf. Unruhig huscht ihr Blick umher, als würde sie irgendjemanden suchen.

»Es ist lustig, weil«, Kujo gibt ein dreckiges Gackern von sich, »er denkt, er wäre Gott, muss aber lügen, um sein Prinzesschen vor dem bösen Kujo zu beschützen.«

»Ich habe keine Ahnung, was du meinst, und ich will es auch nicht wissen. Jetzt lass mich vorbei.«

»Ich habe sein Ohr getroffen!« Kujo stellt sich mir in den Weg. »Ich habe den Scheißkerl getroffen, der sich für so unbesiegbar hält.«

Mein Blick schießt zu Savannah.

Panik glitzert in ihren Augen. »Tut mir leid.«

In meinen Ohren klingelt die Erinnerung an dem Abend am See in Nevada. Savannah, die sich den Mund verschließt und einen unsichtbaren Schlüssel wegwirft.

Denkst du, wir wollen, dass Kujo dich zerstört?

»Du hast es ihm *erzählt?*«, frage ich entsetzt.

»Ich musste.« Sie sieht zu Ash, als könnte die ihr irgendwie helfen, aber sie greift nicht ein. Sie sieht von mir zu den anderen, teils argwöhnisch, teils erschrocken. Eine ungute Vorahnung krabbelt mir über den Nacken. »Was ist hier los?«

»Du kommst nicht von ihm los«, fügt Savvy hinzu, »und ich kann mir nicht länger ansehen, wie er dich verarscht.«

»Womit verarscht?« Ich sehe von Savvy zu Kujo und will ihm sein süffisantes Grinsen aus dem Gesicht schlagen. »*Womit verarscht?*«

»Meint ihr nicht, das sollte bis nach der Show warten?«, fragt Ash.

»Das habe ich auch gesagt«, murmelt Sav. »Aber Kujo …«

»Nein, nichts wartet.« Mein Puls rast und pulsiert bis in meine Fingerspitzen. Ein taubes Gefühl sickert in meine Beine. »Warum sagt ihr, dass er mich verarscht?«

»Da ich sein Ohr getroffen und offiziell gewonnen habe«, säuselt Kujo, »breche ich keinen Kodex, wenn ich es dir erzähle. Und es ist nur zu deinem Besten, oder nicht?« So böswillig, wie er grinst, weiß ich, dass das, was jetzt kommt, mir das Genick brechen wird.

»Leute, lasst gut sein«, murmelt Ash. »Nicht *jetzt.*«

»Doch, jetzt!«, schreie ich.

Ein Fehler, denn plötzlich sieht das halbe Ensemble her. Hawk, Pawel, Helix. *Helix.* Er steht weit weg, aber ich sehe trotzdem, wie er mit aufgerissenen Augen zu uns eilt.

Erneut kichert Kujo. Das Geräusch erinnert mich an eines seiner Messer, das er früher immer zum Spaß über die Teller im Sky Food gezogen hat.

Hawk erreicht uns zuerst und stößt Kujo an der Schulter zur Seite. »Lass den Scheiß, Alter. Helix redet nach der Show mit ihr.«

Mir wird schwindlig. Punkte tanzen vor meinen Augen. Immer wieder muss ich die Hände zur Faust ballen, um sie zu durchbluten. Alles rauscht mir in den Kopf.

»Ah, nein, das Vergnügen lasse ich mir nicht nehmen. Glaub mir, ich ahne, was er vorhat. Und bevor er meine Familie in den Dreck zieht, sollte er lernen, mit wem er sich anlegt. Und dass ich nicht zögere, sein verdammtes Leben zu zerstören.« Kujo sieht aus, als wäre ihm erlaubt worden, mich mit seinen Messern zu filetieren. »Außerdem sollte unsere Zirkusprinzessin wissen, wem sie da draußen ihr Leben anvertraut, oder nicht? Jetzt ist der beste Zeitpunkt.«

»Kujo«, mahnt Sav.

»Oh, verflucht«, murmelt Ash und legt mir eine Hand auf die Schulter. »Heaven, hör zu. Am besten, du gehst. Das ist nichts, was du gerade hören willst, glaub mir, und …«

»Nein«, krächze ich, während um mich herum die Erde bebt, »ich will es wissen. Bitte. Ich muss … ich …« Flehend sehe ich zu Savannah, aber die hat nur die Arme vor der Brust verschränkt und schaut Kujo an.

Plötzlich dreht sie mir den Kopf zu und verzieht mitleidig die Brauen. »Es wird wehtun, Süße, aber es ist nur zu deinem Besten. Du weißt, ich liebe dich, oder?«

Etwas in mir explodiert.

»Sagt es mir endlich!«, brülle ich.

»Dein angebeteter Helix«, säuselt Kujo, als hätte er noch nie so viel Spaß bei etwas gehabt, »hat gewettet, dass er dich zum It-Girl machen kann und du dich in ihn verliebst.« Er macht einen Schritt vor, neigt den Kopf und legt die Fingerspitzen aneinander, bevor er sie wie eine Bombe auseinandergehen lässt. »Alles, was er getan hat, um dich für sich zu gewinnen, war nichts als eine gute Show. *Boom.*«

»Ich war eine Wette?«, ächze ich, genau in dem Moment, in dem Helix uns erreicht. Sein Gesicht spiegelt blankes Entsetzen, jegliche Farbe war aus ihm gewichen. Starr sehe ich ihn an. »Ist das wahr?« Ich kann die Tränen kaum zurückdrängen. »Ich war nichts weiter als eine verdammte Wette?«

»Der genaue Wortlaut war, wenn ich mich recht erinnere«, murmelt Kujo, »›Und am Ende wird *sie* es sein, die sich in mich verliebt, aber ich derjenige, der ihr das brave Herzchen fickt.‹«

Ich gebe einen erstickten Laut von mir.

»Heaven …«, beginnt Helix. Verzweiflung tobt in seinen Augen.

»Tja, tja, tja«, sagt Kujo in einem grässlichen Singsang, als er zufrieden an Helix vorbeischleicht, »gewonnen ist gewonnen, nicht wahr?«

Wäre Helix gerade nicht so verzweifelt auf mich fixiert, würde er ihn windelweich prügeln. »Ich schwöre dir, dass ich es dir sagen wollte. Nach der Show. Es tut mir so leid, Heav. Das war, bevor ich mich in dich verliebt habe.« Er streckt einen Arm nach mir aus, aber ich taumele zurück.

»Nein.« Meine Kniekehlen sacken gegen das Sofa, und ich lande in den Polstern. Ash legt eine Hand auf meinen Arm, aber ich schüttele sie ab. »Ihr habt es gewusst. Ihr …« Einen nach dem anderen sehe ich sie an und bleibe bei Savvy hängen. »… ihr alle?«

»Ich konnte es dir nicht sagen«, flüstert Savannah. »Du warst so glücklich, und ich wusste, du würdest mir niemals glauben. Ich war genauso verzweifelt, Heav, ich meine, was hätte ich tun sollen?« Hysterisch lacht sie auf. »Meiner zum ersten Mal richtig verknallte Freundin das Herz rausreißen?«

»Ja, verdammt!«, schreie ich und springe auf. »Ja, das hättest du!«

Ich kann nicht glauben, was hier passiert.

Es war alles gelogen. Jeder Blick, jeder Kuss, jede Berührung. Die ganzen Wochen. Mein erstes Mal. Unsere Beziehung. Es war alles ein beschissener Reinfall, eine dumme Wette unter Jungs, die mich verarschen wollten.

Tränen rinnen mir über die Wangen. Jetzt ist mir auch egal, dass sie mein Make-up ruinieren. In mir lodert ein vernichtendes Inferno, das nicht mehr aufzuhalten ist.

»*Das* meintet ihr die ganze Zeit, wenn ihr über mich geredet habt«, sage ich erstickt. »Du, Savvy, wenn du ihm gedroht hast. Oder bei eurem Messerkampf.« Mit dem Handrücken stoppe ich meine Tränen, aber es kommen immer neue. »Und ich habe mich die ganze Zeit wie einen Spielball herumtreten lassen. Während du es wusstest!«

»Heaven, es tut mir so leid.« Hells Stimme klingt brüchig. »Ich hätte nie eingewilligt, wenn ich den Gefallen nicht wirklich gebraucht hätte und …«

»Ein Gefallen, der mehr wert war als ich?«, brülle ich.

Inzwischen haben wir die Aufmerksamkeit aller Artisten auf uns gelenkt.

»Du hättest wissen müssen«, raunt Kujo bedrohlich in Hells Richtung, »dass ich nicht kampflos zusehe, wie du meine Familie in den Abgrund ziehen willst, Winchester.« Hasserfüllt funkelt er ihn an. »Wenn du mir nehmen willst, was mir am meisten bedeutet, vergelte ich Gleiches mit Gleichem.«

Hell sieht ihn nicht einmal an. Sein Blick liegt unverwandt auf mir, und sein Kinn zittert. »Heaven«, krächzt er flüsternd, »bitte. Ich *liebe* dich.«

Hysterisch lacht Kujo auf. »Oh, wie widerlich rührend.«

Es kommt mir vor, als hätte jemand jegliche Luft aus dem Zelt gesaugt. Panisch beginne ich zu hecheln. Sterne tanzen vor meinen Augen. Von draußen schallt Jubelgebrüll der Zuschauer herein, während Enola ihren Seiltanz vorführt. Es kommt mir vor wie in einem Paralleluniversum. Die strahlenden Gesichter auf der anderen Seite, während mir hier gerade das Herz abgefackelt wird.

»Ich schwöre, das war, als ich dich noch nicht ausstehen konnte«, sagt Hell. »Ich hätte nie geahnt, dass wir …«

»Aber als du es wusstest, hast du weiterhin den Mund gehalten.« Halt suchend kralle ich mich an der Sofalehne fest. »Bis heute hast du kein einziges Wort darüber verloren.«

»Ja, aber nur, weil ich den Gefallen …«

»Ich scheiß auf den verfickten Gefallen!«, schreie ich und stoße ihm gegen die Brust. Doch er bewegt sich nicht einen Millimeter, und das macht mich noch rasender. »Du hast mich gedemütigt, mit mir gespielt und emotional manipuliert, während alle hier«, ich fasse das Ensemble mit der Hand ein, »davon gewusst haben, *alle*, Helix, außer mir!«

In seinen Augen schimmern Tränen. Ein goldenes Meer, das den Bach runtergeht und in einer Schlucht zerläuft. »Es tut mir leid, Seraphim. Ich …«

»Nenn mich nicht so!«, schluchze ich. »Obwohl, weißt du was? Doch. Doch, nenn mich so. Von jetzt an bin ich wirklich dein brennender Vogel, weil ich dich abfackeln werde, wenn du mir noch einmal zu nahe kommst, hast du das verstanden?«

»Hea…«

Ich kann es nicht mehr ertragen, meinen rauen Namen aus seinem Mund zu hören. Irgendetwas in mir reißt. Ich schlage mit den Händen nach vorne und kratze über sein Gesicht. Puder und Hautfetzen bleiben unter meinen Nägeln hängen, und sein verzerrter Mund verrät mir, dass es ihn nicht gänzlich kaltlässt. Aber es tut ihm nicht weh. Nicht wirklich. Was könnte einen emotionslosen Stein, der Liebe für eine Krankheit hält, je verletzen? Wenn ich es wüsste, würde ich keine Sekunde zögern, es zu tun. Ich wünschte, ich könnte seine Welt aus den Angeln heben, so, wie er mich gerade zerfleischt hat. Stattdessen will ich ihm das Armband vom Handgelenk reißen, weil es nicht mehr passt. Wir sind kein Mondstein und Opal, wir sind nicht schön zusammen, wir sind ein grausames, höllisches Monster. Ich zerre daran, aber er packt meine Hand und stoppt mich. »Ich hasse dich«, zische ich. »Hast du gehört, Helix Winchester? Ich *hasse* dich, und das wird sich nie wieder ändern!«

Bestürzung zerfrisst seine wunderschönen Züge. Zittrig holt er Luft, als plötzlich mein Vater hinter ihm auftaucht, einen panischen Ausdruck im Gesicht.

»Mein Gott, ich suche euch überall. Verdammt, los, ihr müsst raus!«

Ein Tinnitus klingelt in meinen Ohren.

Ihr müsst raus.

In all dieser entsetzlichen, unfassbaren Situation habe ich vergessen, wo wir sind, was wir tun müssen. Es kommt mir lachhaft vor, jetzt auf die Bühne zu gehen und so zu tun, als wäre nie etwas passiert.

Panisch schüttele ich den Kopf. »Ich kann nicht.«

»Wie bitte?« Mein Vater sieht mich an, als hätte ich den Verstand verloren. »Heaven, Schatz, es ist normal, dass du nervös bist. Der Showdown ist eine große Nummer. Ich verstehe das. Aber Enola ist fast fertig, und du …«

»Nein, Dad, wirklich. Du verstehst nicht. Ich …«

Das Publikum donnert mit den Füßen auf den Boden. Die Erde bebt. Kurz frage ich mich, ob ich es mir einbilde, weil ich mich immer noch fühle, als würde der Erdkern mich verschlingen wollen.

»Oh, verflucht!«, zischt Dad, packt mich an der Hand und zieht mich vorwärts. Ein Blick auf Hell genügt, um Dads Panik in Entsetzen zu verwandeln. »Was zur Hölle ist mit deinem Gesicht passiert?«

Er antwortet nicht. Starr geht Helix neben uns her. Es ist die pure Folter. Ich kann die Tränen kaum zurückhalten. Immer wieder trockne ich sie mit dem Handballen ab, während die Blicke der anderen Artisten uns neugierig hinterhersehen. Plötzlich tritt meine Mutter in mein Sichtfeld. Ihr absurd strahlendes Gesicht wird von meinem Tränenschleier verzerrt.

»Es ist so weit!«, sagt sie und legt ihre Hände auf meine Schultern. Die Berührung bohrt sich wie tausend rostige Nägel in mein Fleisch. *Es war deine Mom, Heaven.*

»Wie konntest du nur?«, zische ich.

Sie blinzelt. »Wie bitte?«

Ich drücke die Schultern durch. Ihre Hände rutschen ab. »Das warst du. Wegen dir wäre ich fast draufgegangen.«

Helix keucht. »Was?«

Ich ignoriere ihn, während Moms Verwirrung zu Entsetzen wechselt.

»Wovon zur Hölle sprecht ihr?«, fragt jetzt auch Dad.

»Damit eins klar ist«, raune ich und gehe in meiner blinden Wut einen Schritt vor. »Du bist für mich gestorben.«

»Heaven«, krächzt Mom. »Woher …«

»Es ist egal, woher ich das weiß!«, rufe ich, und Dad zuckt

zusammen. Panisch sieht er von mir zum Vorhang. »Dein beschissener Ruf war dir wichtiger als mein Leben!«

»Heaven, ich wollte nie … ich …« Plötzlich wandert ihr Blick über meine Schulter, und sie verengt die Augen. »Ashley«, flüstert sie. »Sie hat gesehen, wie ich …«

Ihr Satz erstirbt, als Enola von der Manege durch den Vorhang zu uns tänzelt. Sie sieht zu mir – und ihr Strahlen erstirbt.

»Heav«, stößt sie entsetzt aus, »was …?«

»Keine Zeit«, drängt mein Vater, legt mir eine Hand aufs Kreuz und schiebt mich vorwärts, »los, raus da, *raus*!«

Auf tauben Beinen stolpere ich in die Manege. Das abnormale Licht blendet mich, die Hitze der Flammen frisst sich in meine eiskalten Glieder, und die Menschen auf den übervollen Zuschauerrängen brüllen sich die Seele aus dem Leib.

Okay, Heaven. Nur das hier zählt. Nicht deine Mom. Nicht Helix. Er wird nach dieser Show verschwinden. Du nicht. Das hier ist dein Leben. Deine Karriere. Konzentriere dich auf das, was du kannst, und vergiss den Arsch.

Nur noch ein letztes Mal.

Und das tue ich. Zu meiner größten Verwunderung läuft alles reibungslos. Bis auf die Tatsache, dass ich jedes Mal das Gefühl habe, zu Asche zu werden, wenn Helix mich berührt. Es hilft, als ich mir vorstelle, er wäre Elvis Presley. Es macht das Ganze nicht weniger schmerzhaft, doch immerhin lässt es mich das hier ertragen.

Als ich schließlich auf der brennenden Wippe stehe, durchflutet Erleichterung meinen Körper. *In zehn Sekunden ist es vorbei.* Dann muss ich ihn nie wieder ansehen. Ihn nie wieder berühren. Trotzdem weiß ich, dass es damit nicht getan ist. Es war eine schmerzhafte, herzzerreißende, erniedrigende erste Liebe, die Narben hinterlassen wird.

»Bereit?«, raunt Brandon.

Ich atme tief durch und nicke. »Bereit.«

Mit aller Kraft springt er auf die Wippe, genau in dem Moment, in dem Helix seinen Twist von dem Zifferblatt macht. Ich fliege in befreienden Salti durch die Luft. *Diese Schwerelosigkeit*, denke ich. *Das ist es, was mir Flügel verleiht.* Ich werde höher fliegen, höher als er, bis er irgendwann nur noch ein kleiner Punkt am Boden ist, den ich einst von Nahem gesehen habe. Wie ein Schmetterling, dem der brennende Vogel die Flügelspitzen versengt, damit das schöne Tier für den Rest seines Lebens bemitleidenswert über den Boden kriechen muss.

Ein Salto. Zwei. Ich verliere den Fokus, so sehr genieße ich das Gefühl der Leichtigkeit.

Der dritte Salto. Ich muss landen, aber mein Körper handelt auf eigene Faust. Er schlägt einen vierten, als wollte er eine Barriere durchbrechen, die mich auf eine andere Seite bringt. In eine Welt, in der das alles heute nicht passiert ist. Vielleicht träume ich, und wenn ich diese eine Grenze überfliege, diese Wand aus Nebel und Hitze, wache ich auf. Aber nein. Nichts davon passiert. Das hier ist kein Märchen. Und wenn doch, dann nur eines, in dem der Wolf das naive Mädchen frisst.

Panik steigt in mir auf, als ich mich wieder strecke. Ich bin zu weit geflogen. Viel zu weit. Die brennende Tonne steht mindestens zwei Meter entfernt. Nur vage nehme ich wahr, wie Helix herunterspringt und meine Position einschätzt.

Ich muss mich abrollen. Ich muss eine Sicherheitsrolle machen. Ich weiß, wie das geht. Ich werde mich nicht verletzen.

Ich brauche ihn nicht, um zu performen. Ich bin auch ohne ihn ein It-Girl. Nicht *er* hat mich zum Star des Sky Circus gemacht, sondern mein Talent.

Doch im letzten Augenblick richtet er sich genau unter mir auf und streckt die Arme. Kaum eine Nanosekunde später landen meine nackten Fußsohlen mit einem harten Geräusch auf seinen Schultern. Aber irgendetwas stimmt nicht.

Mein Stand ist nicht perfekt. Mir fehlt die Balance. Der Schwung war zu stark, und meine Hacken rutschen ab. Ich spüre, wie Helix versucht, mit einem erstickten Laut nach mir zu greifen, aber meine Beine sind verschwitzt und gleiten ihm aus den Fingern. Keuchend rudere ich mit den Armen. Ein letzter, funktionierender Teil in meinem Gehirn denkt an die Sicherheitsrolle, also reiße ich die Arme hoch, um meinen Kopf zu schützen, aber zu spät.

Das Letzte, das ich sehe, ist ein brennendes Ziffernblatt, bevor sich die messerscharfe, römische Mitternachtszahl in meinen Schädel rammt.

EPILOG

Helix

Schwarz, schwarz, schwarz.

Mehr sehe ich nicht.

Seit Wochen nicht. Das einzige Licht, das die Risse meines Herzens füllt wie flüssiger Kleber, ist ihres.

An jedem Tag, den ich an ihrem Bett sitze. Den ich diesem grausamen Piepen lausche. Es bohrt sich wie eine Klinge in meine Brust und filetiert meine Seele, weil ich sie nicht gefangen habe. Nur ihr Herz hält mich zusammen.

Es ist deine Schuld, flüstern die Monster. *Alles deine Schuld. Du bist ihr Unglück.*

Wenn Heaven jemals aufwacht, wird sie mich schlagen. Sie wird mich weiterhin hassen und verurteilen und alles, was ich von jetzt an in ihren Augen sehen werde, wird Abscheu sein. Aber ich kann mich dennoch nicht fernhalten.

Ich senke den Blick auf ihre zerbrechlichen Finger. Schwach liegen sie in meinen. Vielleicht sind diese Momente die letzten, in denen ich sie je wieder berühren kann. Alles in mir fühlt sich schwer an. Wie Blei, das meine Adern durchzieht. Oder Teer. Ich bin vergiftet, ein verseuchter Sumpf, und ich sollte nicht hier sein.

Heiße Tränen laufen mir über die Wange und verschwimmen die Sicht auf die vielen Schläuche, die ihr aus dem Arm hängen. Die salzigen Tropfen landen auf ihrer Bettdecke. Mit dem Ärmel wische ich mir unter die Nase.

Heavens haselnussbraune Haare breiten sich wie ein düsterer Heiligenschein auf dem reinweißen Kissen aus. Ich bin derjenige, der sie aus dem Engelsreich in meine Hölle gezerrt hat. Ich bin derjenige, der ihr perfektes Leben in eine brennende Unterwelt verwandelt hat.

Ich sollte, sollte, sollte nicht hier sein.

Es sind immer dieselben Gedanken, die mich plagen. Seit Wochen. Die Ärzte haben gesagt, dass es keine Garantie gibt, wann sie wach wird. Und dennoch will ich den Moment nicht verpassen, wenn er kommen sollte. Ich will bei ihr sein.

»Der Gedanke, dich hiermit allein zu lassen«, flüstere ich heiser und male sanfte Kreise auf ihren Handrücken, »der Gedanke zerstört mich, Heav.«

Nichts passiert. Natürlich nicht. Nur dieses ständige Piepen.

Piep, piep, piep.

»Ich habe nicht gelogen, als ich sagte, dass ich dir meine Seele schenke.« Ein Schleier von Trauer beherrscht seit Wochen meinen Kopf. »Sie ist bei dir, Heaven. Jetzt gerade. Sie spürt den gleichen Schmerz. Ich wünschte nur, ich könnte deinen auch noch nehmen. Es für uns beide ertragen.«

Piep, piep, piep.

»Und wenn ich mein Leben lang hier sitzen muss, dann …«

Ein hauchzartes Zucken an meiner Hand lässt mich scharf die Luft einziehen. Von jetzt auf gleich galoppiert mein Herz, und ich reiße die Augen auf. Starr sitze ich da und wage es nicht, mich zu bewegen, falls …

Da! Schon wieder.

Ich habe es mir nicht eingebildet. Heavens Fingerspitzen *bewegen* sich!

Vor Nervosität und Adrenalin brennt Säure in meiner Kehle, und mein Puls verdreifacht sich.

»O mein Gott«, krächze ich, rutsche unruhig auf meinem Stuhl herum und lasse sie keine Sekunde aus den Augen, »Heaven, kannst du mich hören?«

Keine Antwort.

Ich muss einen Arzt rufen. Ich muss jemanden informieren!

Aber ich will auch auf keinen Fall den Moment verpassen, wenn sie die Augen aufschlägt.

»Heaven«, krächze ich, »ich bin's. Ich bin hier. Bei dir. Ich …«

Wieder bewegen sich ihre Finger. Dieses Mal zuckt die ganze Hand in meiner, und plötzlich heben sich ihre schweren Lider einen winzigen, schwachen Spalt. Ein nervöses, ungläubiges, raues Lachen entringt sich mir. Wie gebannt starre ich sie an. Ein fremdes Kribbeln wandert über mein Gesicht, betäubt meine Nerven.

»Hey«, flüstere ich, doch sie reagiert nicht. »Kannst du mich hören?«

Träge öffnet sie die Augen. Zum ersten Mal seit einer gefühlten Ewigkeit wird mir der ersehnte Blick auf das wunderschönste Meer gewährt. Ihre Pupillen sind riesig wie zwei Sonnenfinsternisse, umspielt von den eisigen Wellen, mit denen sie mich zuletzt fixiert hat. Unsicher huschen sie umher und registrieren ihre Umgebung.

»Du bist im Krankenhaus«, sage ich leise. »Dein Sturz. Es war schlimm.«

Und ich war schuld.

Es vergehen einige stumme Minuten, in der sie ihre Umgebung betrachtet. Sie regt sich nicht. Weder den Kopf, um den ein dicker Verband geschlungen ist, noch die Hand, die ich in meiner halte.

Ich kann nicht aufhören, sie anzusehen. Sie ist wach. Sie ist wirklich wach! Nach all den Stunden, die ich neben ihr in diesem trostlosen Zimmer verbracht habe, kommt mir das wie ein Weltwunder vor.

»Heav«, flüstere ich unter Tränen, wische mir mit der freien Hand über den zitternden Mund, »mein Engel, du starke, tapfere Kämpferin.«

Endlich sieht sie mich an. Ich suche nach einer Regung, nach Wut, Hass, vielleicht auch Schmerz, aber da ist nichts. Außer der zerstörerische Moment, als sie vorsichtig ihre Hand aus meiner zurückzieht.

»Entschuldigung«, krächzt sie heiser, »aber wer sind Sie?«

Und das ist der Moment, in dem Ozean und Himmel aufeinandertreffen und mich mit geballter Macht in die Tiefe ziehen.

DANKSAGUNG

Unfassbar, dass der erste Band jetzt fertig geschrieben ist. Und ihr ihn schon gelesen haben werdet, wenn ihr das hier lest. Unfassbar, dass ich echt über zwanzigtausend Wörter gelöscht habe, um die Story knackiger zu machen, und noch unfassbarer, dass der kleine Funke, der nur ein Gedanke war, dann ein Notizbuch, jetzt ein ganzes Buch ist. Und am unfassbarsten ist, dass ich zufrieden bin – was ich einigen Menschen zu verdanken habe, die an diesem Prozess auf irgendeine Weise mitgewirkt haben.

Zuerst: Kathrin Nehm von der Agentur Schlück. Danke, dass du sofort begeistert warst von der Idee, New Adult mit dem Setting Zirkus zu verbinden. Du stellst dich nie gegen meine Visionen, egal, wie markttauglich etwas scheint, und glaubst an mich – dafür danke ich dir sehr.

Laura – du weißt, wie viel mir unsere Zusammenarbeit an all unseren Projekten bedeutet hat und immer bedeuten wird; auch, wenn das hier irgendwie auch ein traurig-schönes gemeinsames Projekt war – du weißt, warum. Deshalb ist das eine kleine Liebeserklärung: Durch dich hat sich mein ganzes Leben verändert. Ich wäre niemals da, wo ich heute stehe, ohne dich. Ich wäre ein anderer Mensch und würde vielleicht immer noch von alldem träumen. Du hast mir so vieles ermöglicht, und ich möchte, dass du weißt, dass ich dir auf ewig dankbar sein werde.

Janina – wow, was für ein krasses Lektorat! Keine Ahnung, wie oft ich zu Hause gesagt habe: Dieses Lektorat macht mich fertig, haha. Du hast echt alles gegeben und so viel aus dem Text rausgeholt. Was ich am Anfang noch liebevoll als »Rotz« bezeichnet habe, ist jetzt eine richtig geile Geschichte – und dazu hast du zu großen Teilen beigetragen. Danke für all die inhaltlichen Gedanken, aber genauso für deine harte stilistische Arbeit. Glaubt mir alle, wenn ich sage: Ohne diese Frau wären sehr viele Sätze sehr hässlich gewesen! :D

Meinen (Autoren-)Freunden Toni, Jenny, Hannah, Antonio, Lilly, Maren, Lars und meiner ganzen Familie für eure liebevolle Unterstützung.

Christin und Hannah – danke für eure Hilfe beim Korrekturlesen! Manchmal verschwindet nach 4 795 308 503-mal lesen des eigenen Textes jedes Wort, und ich bin nicht mehr in der Lage dazu, Fehler zu finden. Eure objektive Sicht hat mir den Hintern gerettet!

Danke an das gesamte Penguin-Team für euren Glauben an mich, euren Einsatz, sei es im Marketing, Vertrieb oder sonst wo. Was ihr leistet, um meine Bücher groß zu machen, bedeutet mir die Welt.

Und vor allem danke ich euch Lesern und Leserinnen: für jede Nachricht, jedes Video, jeden Beitrag, für unseren Austausch auf Lesungen oder Messen, einfach für alles. Eure Begeisterung für meine Geschichten gibt mir jeden Tag die Kraft und den Mut, das zu machen, was ich am meisten liebe.